मंत्र पुष्पाञ्जलि

मंत्र पुष्पाञ्जलि

मृदुला त्रिवेदी
टी॰पी॰ त्रिवेदी

MOTILAL BANARSIDASS PUBLISHING HOUSE
SINCE 1903

मोतीलाल बनारसीदास
पब्लिशिंग हाउस • दिल्ली

Email: mlbd@mlbd.in • Website: www.mlbd.in

द्वितीय पुनर्मुद्रण : दिल्ली, 2022
प्रथम संस्करण : 2010

ISBN: 978-93-91024-85-7 (सजिल्द)
ISBN: 978-93-91024-93-2 (अजिल्द)

मुद्रक एवं प्रकाशक
राजेन्द्र प्रकाश जैन *के द्वारा*
मोतीलाल बनारसीदास पब्लिशिंग हाउस
ए-44, नारायणा इंडस्ट्रियल एरिया, फेज़-1,
नई दिल्ली-110 028 (**भारत**)
Email: mlbd@mlbd.in
Website: www.mlbd.in

सस्नेह समर्पण

हमारे असीम, अगाध, अशेष स्नेह के शीर्ष पर अभिव्यक्त
संतति सुख की सुमन सम्पदा, हमारी स्नेह स्निग्धा,
स्नेह सम्पदा स्नेहाषिक्त दीक्षा तथा राहुल के समग्र कुल के
वात्सल्य मण्डित स्वर्णिम सुदीप, ज्येष्ठ तनया पुत्र

अंश बाजपेयी

के अनवरत उत्थान को, उसके प्यार और दुलार को, उसके निर्मल,
स्वच्छ स्वर्णिम एवं उज्ज्वल भविष्य को, सुखमय स्वस्थ समृद्ध जीवन को,
वात्सल्य विलसित आह्लाद एवं अनुराग के साथ सस्नेह समर्पित है

मंत्र पुष्पाञ्जलि

के शब्द-शब्द, अक्षर-अक्षर का शब्दार्थ एवं भावार्थ।

पुरोवाक्

नीलप्रवाल रुचिरं विलसत् त्रिनेत्रम्, पाशारुणोत्पलकपाल त्रिशूलहस्तम्।
अर्धाम्बिकेशमनिशं प्रविभक्तभूषम्, बालेन्दुबद्धमुकुटं प्रणमामि रूपम्।।

जिनका शरीर नीले मूँगे के सदृश सुशोभित है, हाथों में पाश, कमल, कपाल एवं त्रिशूल है, शरीर पर सर्पादि का आभूषण, सिर पर मुकुट रूप में बालेन्दु है, ऐसे अर्धनारीश्वर, त्रिनेत्रधारी शिव को मैं प्रणाम करता हूँ।

अभीष्ट की संसिद्धि हेतु, जब समस्त चेष्टाएँ, प्रभावहीन सिद्ध हों, तो मंत्रशक्ति का उपयोग चमत्कृत कर देता है तथा असंभव प्रतीत होने वाले दुर्गम कार्य, सहज ही सम्पन्न हो जाते हैं। मंत्र शक्ति का उपयुक्त उपयोग करने के लिए अनिवार्यता है, विषय से सम्बन्धित सूक्ष्म संज्ञान के साथ-साथ कार्यविशेष की संसिद्धि हेतु, संदर्भित साधनाओं के विस्तृत ज्ञान के सूक्ष्म तथ्यों के अभिज्ञान की, मंत्र और ज्योतिष के सम्बन्धों के मध्य निर्मित होने वाले सेतु के निर्माण की। **मंत्र पुष्पांजलि** इसी संदर्भित सेतु के निर्माण की नींव है। यह मानव के परिहार-परिज्ञान से सम्बन्धित समग्र जिज्ञासाओं तथा अनिवार्यताओं और अपेक्षाओं का सर्वसुलभ सुगम समाधान है।भारतवर्ष में मानवीय चेतना की अल्पता का प्रचार-प्रसार करके आधुनिक परिवेश के विदेशी संस्कृति से प्रभावित व्यक्ति हर्ष का अनुभव करते हैं, जिसका आधार उनकी अल्पज्ञता एवं अपने देश के प्रति निर्बल आस्था है। भारतीय चिन्तन हेतु तो समस्त मानवता कृतज्ञ है। भारतीय ऋषियों ने जितना ज्ञान-विज्ञान, मानवसमाज को प्रदान किया, उतना समस्त विश्व के मनीषियों ने, संयुक्त रूप से भी नहीं प्रदान किया। आस्थाहीन व्यक्तियों को संभवतः यह मिथ्या प्रतीत हो, पर हमने भारतीय ऋषियों की गवेषणाओं, स्थापनाओं एवं उपलब्धियों का दर्शन किया है, जो इतनी पूर्ण एवं महनीय है कि उनसे एकाकार होने के अतिरिक्त, कोई अन्य विकल्प हमारे पास नहीं है।

किसी भी देश की संस्कृति की समीक्षा से पूर्व, उस देश के इतिहास का संज्ञान अपेक्षित है। एक भारतीय जिज्ञासु जिस विधि से विषयविशेष का अध्ययन करता है, उसी विधि और रुचि के साथ, भारतीय वैज्ञानिक, संस्कृति से सम्बन्धित ग्रन्थों का गंभीरता से अध्ययन करे, तो उसे ज्ञात होगा कि ग्रन्थरचयिता कितने विशाल शिलाफलक पर आरूढ़ थे और अन्तरिक्ष की अपरिमेय उच्चता का दर्शन पा रहे थे। ऐसे ऋषि-महर्षि, प्रत्येक अनुभव और अनुसंधान को शब्दों में रूपान्तरित करके, उनसे मानवता का साक्षात्कार कराकर, अपनी अनुभूति की स्थापना की चेष्टा कर रहे थे। आज के वैज्ञानिक अपने विषय एवं कर्म के प्रति पूर्णतः आस्थावान एवं समर्पित हैं, किन्तु वे अपनी साधना में तल्लीनता की स्थिति ही प्राप्त कर पाते हैं, तन्मयता अथवा तद्रूपता की स्थिति नहीं। तल्लीनता में एक सीमित सायुज्य है तथा उसमें द्वित्व का समाधान नहीं प्राप्त होता। जबकि तन्मयता, समर्पित भाव, संयमित सीमा में संलग्न होकर सघन साधना का पर्याय है। मंत्रशक्ति को जागृत करके, चमत्कृत कर देने वाले उसके उपयोग का आधार तत्सम्बन्धी विषय

का सम्यक् संज्ञान तथा समग्र समर्पण भाव से तन्मय होकर अभिषिक्त हो जाना ही है। दर्पण में मुख देखने से पूर्व, दर्पण पर आच्छादित धूल और धुन्ध को पोंछना अनिवार्य है। इसी तरह मंत्रशक्ति के संज्ञान से पूर्व, अन्धी आधुनिकता से निकलकर, स्वच्छ व निर्मल चिन्तन भी अपेक्षित है जो साधना के प्रारम्भ से पूर्व का अभिनव सोपान है। मंत्रशक्ति द्वारा कार्यसिद्धि अनादिकाल से साकार स्वरूप में रूपान्तरित करने की परम्परा, हमें ऋषि-महर्षियों द्वारा प्राप्त होती रही है। आज आवश्यकता है पूर्ण तन्मयता के साथ मंत्रशक्ति के विस्तार, प्रसार और विकास की, ताकि मानवता के विद्रूप आकार को सुन्दर स्वरूप प्रदान हो, हमारी चेतना जागृत हो और हम उत्थान के उज्ज्वल पथ पर अग्रसर होने हेतु सचेत होकर प्रयत्नशील हों।

हमें स्मरण रखना होगा कि भारतीय संस्कृति एवं सभ्यता की पावन गंगा में, हमारा समाज युगों से स्नान करके लाभान्वित होता रहा है जिसके परोक्ष में समाज के विभिन्न उज्ज्वल पक्ष हैं, जिनमें लोककल्याण और आत्मकल्याण की भावना सन्निहित है, जिसके लिए हमारे मुनि-मनीषियों ने अनेक मार्ग प्रशस्त किए हैं जो उन्होंने सघन साधना, पूर्वजों की परम्परा तथा दैवीय कृपा द्वारा प्राप्त किये हैं। श्रेष्ठ संतति का दायित्व है कि स्वपूर्वजों से प्राप्त सम्पत्ति की रक्षा करे, उसमें उत्तरोत्तर वृद्धि करे तथा समाज के कल्याणार्थ, उसका सदुपयोग करे।

आस्तिक समाज के लिए, मंत्र, तंत्र, यंत्र, स्वर अथवा योग का पंचामृत हमें अपने पूर्वजों से प्राप्त हुआ है। इस साधना रूपी पंचामृत का संरक्षण, संवर्द्धन करना तथा सर्वसुलभ बनाना, हमारा पावन कर्तव्य है। तन् धातु से **सर्वधातुभ्यः ष्ट्रन्** उणादि सूत्र से **ष्ट्रन्** प्रत्यय होने पर **तन्त्र** शब्द बन जाता है। व्युत्पत्ति की दृष्टि से - **तन्यते विस्तीर्यते ज्ञानम् अनेन इति तन्त्रम्** अर्थात् जिस क्रिया से ज्ञान का विस्तार किया जाता है, वह तन्त्र है। इसी प्रकार तान्त्रिक व्युत्पत्ति-प्रक्रिया से **तन्** और त्र इन दोनों को पृथक्-पृथक् मानकर **तन्** का अर्थ प्रकृति एवं परमात्मा तथा त्र का अर्थ स्वाधीन बनाने का भाव लेकर तन्त्र का अर्थ देवता की पूजा आदि उपकरणों से प्रकृति और परमेश्वर को अपने अनुकूल बनाने का उपाय किया है, साथ ही परमात्मा की उपासना के लिए जो उपयोगी साधन हैं, वे भी तन्त्र ही कहलाते हैं।

मंत्र, तंत्र और यन्त्र, एक दूसरे से भिन्न होते हुए भी समस्त उद्‌देश्यों के निमित्त पृथक्-पृथक् मार्ग हैं। यह एक ही शक्ति को प्राप्त करने की भिन्न-भिन्न साधनाएँ हैं। समस्त मंत्रार्थों एवं अनुष्ठानों के विस्तृत ज्ञानार्जन के उपरान्त, उपयुक्त एवं अनुकूल अनुष्ठान के सम्पादन के पश्चात्, भय से रक्षा एवं अभीष्ट की संसिद्धि प्राप्त करने हेतु सम्पादित की जाने वाली साधना को ही तंत्र से नामांकित किया जाता है। तंत्र एक स्वतंत्र शास्त्र है जो अभीष्ट की सम्पूर्ति का पथ निर्मित करने का साधना सेतु है। तंत्र में साधना के अनेक अंग सन्निहित हैं। तंत्र की परिभाषा जो शास्त्रों में व्याख्यायित है, वह यही है:-

सर्वेऽर्था येन तन्यते त्रायन्ते च भयाज्जनान्।
इति तन्त्रस्य तन्त्रत्वं तन्त्रज्ञाः परिचक्षये।।

व्यक्ति की शक्ति को उद्दीप्त, अर्थात् जागृत करके, उसमें गुरुत्तर शक्ति का संचार करने वाले शब्दसमूह में सन्निहित शक्ति के रहस्य को मंत्र से नामांकित किया जाता है। इसके बार-बार, निरन्तर

उच्चारण से जो ऊर्जा जागृत होती है, वह सम्बन्धित ग्रहों के प्रभाव को अभीष्ट के अनुकूल दिशा और गति प्रदान करने में सहायक सिद्ध होती है।

मनोकामनाओं की सम्पूर्ति हेतु, मंत्र-तंत्र की शक्तियों, शक्ति से सम्बन्धित प्रक्रिया को ग्राफ द्वारा साधनाओं के प्रतीकात्मक अथवा चित्रात्मक स्वरूप प्रदान करके, उसमें अनुकूल मंत्रजप द्वारा शक्ति और ऊर्जा को केन्द्रित, समाहित करके, उसके उपयोग की सम्पूर्ण विधा को यन्त्र नाम से शब्दांकित किया जाता है। सविधि यंत्र-पूजन के विशिष्ट विधान का अनुसरण करने से कामनाओं की संसिद्धि संभव होती है। कामना की सम्पूर्ति हेतु किए जाने वाले मन्त्र शब्दों से उत्पन्न होने वाली तरंगों द्वारा जो रेखाचित्र स्वतः ही निर्मित होते हैं, उन्हीं से यन्त्र के आकार का निर्धारण होता है। यंत्रसिद्धि द्वारा साधक अपने साध्य का सामीप्य प्राप्त करके अपनी मनोकामना की सिद्धि करता है।

मंत्र हो अथवा तंत्र या यंत्र, यह सब समान तथ्य और अभिप्राय की सम्पूर्ति के विकासमय स्तर हैं। भाषा, मंत्र को उत्कृष्ट स्तर प्रदान करती है क्योंकि भाषा के विस्तार को वह कतिपय अक्षरों एवं शब्द समूह में सीमित कर देता है। विशिष्ट उपयोग हेतु संकलित शब्दसमूहों की बारम्बार आवृत्ति अथवा जप करने से, विश्व में व्याप्त शक्ति को एक निश्चित नियत स्वरूप प्राप्त हो जाता है। हमारे संकल्प, शक्ति एवं सतत साधना से मंत्र द्वारा प्रस्फुटित होने वाली यह ऊर्जा, अभीष्ट की संसिद्धि करती है एवं उस शक्ति और ऊर्जा की अनुभूति से हम आनन्दित और उत्साहित होते हैं, साथ ही साथ, विश्वव्यापिनी शक्ति से भी हमारा साक्षात्कार होता है।

मर्यादा पुरुषोत्तम राम के चरित्र में, उनकी पवित्रता, दिव्यता तथा दुराचार-दमन के प्रति प्रतिबद्धता थी, इसलिए राम से सम्बन्धित मंत्रजप द्वारा, साधक में उत्पन्न होने वाली विशेषता, उस मंत्र से प्रकट होने वाले केन्द्रीय बल और ऊर्जा का प्रतिफल है। ये शब्द, मंत्र का रूप ग्रहण करने के पश्चात्, साधक की शक्ति को उद्दीप्त करते हैं। इसमें कोई सन्देह नहीं कि प्रत्येक अक्षर का हमारे देह में उद्भव, एक नियत स्थान से होता है और उसका उच्चारण भी नियत स्थानों पर आघात होने पर ही होता है। इन शब्दों की बार-बार आवृत्ति से एक लय बनती है और वह लय वातावरण में प्रसारित होकर, एक अलक्षित प्रभामण्डल का निर्माण करती है, जिसे निश्चित दिशा और दूरी तक उपयुक्त गति एवं प्रवाह के साथ प्रक्षेपित करने में, हमारी चेतना तथा इच्छाशक्ति की प्रबलता ही सबल आधार का निर्माण करती है। इस विधान से ही मंत्र का निर्माण होता है तथा साधक उसके उपयोग से इच्छापूर्ति को चरितार्थ कर सकने में समर्थ होता है।

शब्द की शक्ति का संज्ञान, उसके रहस्य को समझना तथा प्रयोजन के आधार पर उसका उपयोग करना, एक अति महत्त्वपूर्ण एवं अनिवार्य तथ्य है जिसके अभाव में मंत्रशक्ति के सम्यक् उपयोग से प्राप्त होने वाली ऊर्जा अपूर्ण ही रह जाती है। वेद-मंत्रों की श्रेष्ठता, पौराणिक स्तोत्रों और मंत्रों की दिव्यता, तंत्र के मंत्रों का शीघ्र फल प्रदाता, जब क्लिष्ट अथवा दुष्कर प्रतीत हो, तो शाबर मंत्रों का उपयोग करना ही उचित होता है। शाबर मंत्र अपना प्रभाव प्रदान करते हैं परन्तु जिन प्रयोजनों के निमित्त शाबर मंत्र का प्रयोग किया जाता है, वे अत्यन्त सीमित हैं।

भारतवर्ष चेतनायुक्त देश है और चेतना; विद्युत की भाँति अदृश्य होती है जिसे उसके परिणाम से प्रभावित किया जा सकता है। जहाँ इन्द्रियों द्वारा की गई अनुभूतियाँ और प्रतीतियाँ

समाप्त हो जाती हैं तथा तर्क निरुत्तर हो जाता है, वहाँ से विश्वास का प्रारम्भ होता है। हमारे देश की अन्यान्य मान्यताएँ, विभिन्न स्थापनाएँ, पुनर्जन्म का आधार, ईश्वर की उपस्थिति, स्वर्ग-नर्क में आवागमन की आवृत्तियों को तर्क से प्रमाणित नहीं किया जा सकता, परन्तु उनके अस्तित्व का आधार, हमारा विश्वास है और विश्वास ही साधना का सबलतम प्रेरणास्रोत है और विश्वास ही भक्तिभावना का मूल है।

इस युग की विसंगतियाँ तथा वर्तमान पीढ़ी की पीड़ाएँ तथा समाज की व्याधिग्रस्त व्यवस्था के कारण उपजती अन्यान्य वेदनाएँ, विभिन्न आकारों में समाज के सामान्य जनों को भयभीत करती रहती हैं। ध्यान रखें, पीड़ित का पक्ष लेने वाला परमेश्वर का प्रिय होता है। दुःखी व्यक्ति की सहायता करने वाला, प्रभु के सन्निकट हो जाता है।

नत्वहं कामये राज्यं न स्वर्गं नापुनर्भवम्।
कामये दुःखतप्तानां प्राणिनामार्तिनाशनम्।

मंत्र पुष्पांजलि में अनेक प्रयोग, अनुष्ठान, साधनाएँ, मंत्र, स्तोत्र, कवच एवं तांत्रिक आराधनाओं का सम्यक् उल्लेख किया गया है। ये सभी प्रयोग स्वतः हमने सम्पादित नहीं किये हैं परन्तु अनेक साधकों, आचार्यों, तन्त्रशास्त्रियों, मन्त्र के विद्वानों, अनुष्ठानकर्ताओं तथा श्रेष्ठ आराधकों ने इन्हें भिन्न-भिन्न अवसरों पर पृथक्-पृथक् उद्देश्यों एवं अभिप्रायों की सम्पूर्ति हेतु सम्पन्न किया है। तदुपरान्त, जिनकी सत्यता, सुफलता व उपयोगिता को प्रमाणित किया, उन्हें ही **मंत्र पुष्पांजलि** में सम्मिलित किया गया है। हमारे परामर्श पर प्रतिपादित किये जाने वाले विभिन्न प्रयोगों ने अपनी प्रामाणिकता को स्वतः सिद्ध करके हमारे विश्वास को सुदृढ़ता प्रदान की है। यहाँ उल्लेखनीय है कि सभी मन्त्र अथवा तन्त्रप्रयोग सर्वजनहितकारी नहीं होते, जैसे एक ही औषधि सबको समान रूप से लाभ नहीं पहुँचाती। तन्त्र-साधना एक जटिल प्रक्रिया है जिसको सम्यक् संज्ञान के अभाव में सम्पादित करना सर्वथा शास्त्र के प्रतिकूल है। साधक की पात्रता, प्रकृति, प्रवृत्ति, प्रयोजन, प्रयास, निष्ठा, श्रद्धा के अनुकूल और उपयुक्त होने के उपरान्त भी अनेक जटिलताएँ मन्तव्य की सिद्धि, अभीष्ट की सम्पूर्ति में अवरोध उत्पन्न करती हैं जिनका समाधान पुस्तक के पृष्ठों में सन्निहित न होकर सन्दर्भित विषय के विद्वान के अधीन होता है। यदि सुगमता से साधना, सार्थक स्वरूप में स्वीकार न हो, तो योग्य आचार्य अथवा गुरु की शरण प्राप्त करने के पश्चात् साधनारत होना, शास्त्रानुमोदित है। यह सत्य तंत्र, मंत्र, यंत्र से सम्बन्धित समस्त आराधनाओं के लिए समान रूप से स्वीकार, अंगीकार किया जाना चाहिए।

शास्त्र को शस्त्र रूप में उपयोग करना साधक की विवशता ही होती है। अभिचार कर्म से संदर्भित प्रयोगों का उपयोग, यथासंभव नहीं करना चाहिए, अन्यथा उसका दुष्परिणाम भी साधक को प्रभावित करता है। आत्मरक्षा हमारा धर्म है और आत्मरक्षा, देहरक्षा, सम्मानरक्षा हेतु व्यवस्था का सही परामर्श हमारा कर्तव्य भी है और इस विद्या के प्रति सत्यनिष्ठा भी। हमें प्रतीत होता है कि कलिकाल के वर्तमान खण्ड में आत्मरक्षा परहिंसा का पर्याय बन गई है। रक्षक बल को हिंसक बल के समान प्रयोग करना, युगधर्म का रूप ग्रहण करता जा रहा है। सामयिक परिस्थितियों को देखते हुए, यहाँ इस प्रकार की आराधनाएँ और अनुष्ठान संकलित किये गये हैं, जो परित्राण

में सहायक सिद्ध होते हैं। उल्लेखनीय है कि मंत्रप्रयोग से पूर्व उसे सिद्ध करना अपेक्षित है। सिद्धि, साधना की सबलता और सफलता है। अतः अपने लिए किसी भी हितकारी मंत्र को अनुकूल मुहूर्त में सिद्ध कर लेना चाहिए। स्मरणीय है कि मंत्रसिद्धि, मंत्रजप द्वारा ही प्राप्त होती है-

जपात् सिद्धिः जपात् सिद्धिः जपात् सिद्धिर्न संशयः।

सिद्ध मंत्र एक अमोघ अस्त्र की भाँति, आवश्यकता पड़ने पर, कार्य में लाया जाता है। मंत्र सिद्ध करना या मंत्र के उपयोग से कार्य सिद्ध करने की आवश्यकता तभी अनुभव होती है, जब अन्य सभी प्रयास विफल हो जाते हैं। मंत्रशास्त्र द्वारा अभीष्ट की प्राप्ति, अन्तिम विकल्प है। प्रायः आराधना के उपरान्त बार-बार, असफलता प्राप्त होने पर, हम, मंत्रशास्त्र की सार्थक शक्ति पर ही अविश्वास कर बैठते हैं और उसे असत्य की संज्ञा प्रदान करने में भी संकोच नहीं करते। हमारा विश्वास है कि असत्य होता ही वहाँ है, जहाँ सत्य का अभाव होता है। असत्य कहने से पूर्व सत्य को जानना अनिवार्य है। सत्य तो यह है कि जिसे हम असत्य कहते हैं, वही पहले या पूर्व में सत्य था और कभी वही सत्य था तो आज भी वह सत्य ही है। हमारी असफलता नें उसे असत्य की संज्ञा प्रदान कर दी है। यह अनुष्ठान अथवा प्रयोग की असफलता नहीं, बल्कि हमारे भीतर व्याप्त दृढ़ संकल्पशक्ति का अभाव है। ध्यान रखें कि शब्दों के समूह का सतर्क संकलन एवं वैदुष्यपूर्ण क्रमबद्धता, मात्रा, संरचना, वहाँ तक अपने प्रभाव को प्रदर्शित करेगा, जहाँ तक शब्द का विस्तार है। मंत्रशक्ति के अभाव में यही शब्द, भाषा का प्रकार या आधार है परन्तु जैसे ही इनमें मंत्र शक्ति का संचार हो जाता है, यह अनेक कार्यों की सिद्धि हेतु शक्ति और ऊर्जा को स्वयं में समाहित करके, सक्रिय हो उठते हैं, जीवन्त हो जाते हैं।

मंत्र शक्ति : संस्कार एवं उपचार शीर्षक से नामांकित पहले अध्याय के अध्ययन अथवा संज्ञान के अभाव में मंत्र जप सम्पन्न करना, प्रायः प्रभावहीन ही प्रतीत होता है। मंत्र विद्या क्या है और मंत्र जप के प्रभाव से समस्याओं का समाधान कैसे सम्भव है, इसका संज्ञान एक अनिवार्य प्रक्रिया है। इसी प्रकार, एक मंत्र विशेष समस्त कार्यों की सिद्धि नहीं करता। अपने कार्य के अनुकूल मंत्र चयन करना मंत्र जप का आवश्यक अंग है। अग्नि तत्त्व का साधक यदि जल तत्त्व प्रधान मंत्र का जप करेगा, तो अग्नि प्रज्वलित होने के स्थान पर शान्त हो जाएगी। यदि वही व्यक्ति ऐसे मंत्र का जप करे जिसमें वायु तत्त्व प्रधान हो, तो अग्नि अधिक तीव्रता तथा तीक्ष्णता के साथ प्रज्वलित हो उठेगी। क्या भाग्य को मंत्र जप द्वारा परिवर्तित किया जा सकता है? यदि हाँ तो किस अंश तक और कैसे? मंत्र, कब और कैसे आरम्भ करना चाहिए? मंत्र प्रदान करना तथा प्राप्त करना किन मुख्य तथ्यों पर आधारित है इन सभी बातों की जानकारी इस अध्याय में मिलती है।

दूसरे अध्याय **साधना, ध्यान एवं दीक्षा मंत्र** में मंत्र संरचना का वैज्ञानिक विश्लेषण तथा साधना संज्ञान है। मंत्र शक्ति से अभिसिक्त होने से पूर्व मंत्र विज्ञान से सम्बन्धित सूक्ष्म ज्ञातव्य तथ्यों और तत्त्वों का सम्यक् अभिज्ञान अनिवार्य है जिसके संज्ञान के अभाव में मंत्र जप आदि में त्रुटि होने के संशय को अस्वीकार नहीं किया जा सकता है। अतः इस अध्याय के सम्यक्

अध्ययन, मनन, चिंतन के अनन्तर ही अन्य विषयों से सम्बन्धित मंत्र जप प्रविधि-विधानका अनुसरण करना अपेक्षित है ताकि उसका अधिकतम अपेक्षित फल साधक को उपलब्ध हो सके।

महेश्वर मंत्र मीमांसा अध्याय के अन्तर्गत समस्त अभिलाषाओं की संसिद्धि हेतु अनेक सशक्त साधनाएँ समाहित हैं। महेश्वर-तन्त्र आगम ग्रन्थों के मस्तक का तिलक है। आगम ग्रन्थों में संकलित सम्पूर्ण ज्ञान अपने मूल रूप में भगवान महेश द्वारा निर्गत और जगद्धात्री उमा द्वारा ग्रहीत है। यह ज्ञान उमा-महेश के शाश्वत संवाद के रूप में प्रसिद्ध है। यहाँ हम उन्हीं साधनाओं को सम्मिलित कर रहे हैं जिनकी उपयोगिता आधुनिक परिवेश में बार-बार परीक्षित एवं प्रशंसित हुई है।

दक्षिणामूर्ति के रूप में भगवान् शिव जगदगुरु के रूप में सनातन काल से प्रतिष्ठित हैं। इस रूप की विशेषता है व्याख्यान और तर्क की मुद्रायें। तान्त्रिक साधना में उन्हें आदि-गुरु के सर्वोच्च स्वरूप में नित्य स्मरण किया जाता है। **दक्षिणामूर्ति शिव स्तोत्र** में शिवाष्टक, श्रीमाहेश्वर कवच, शिवमहिम्नःस्तोत्र, चिन्तामणि मन्त्र साधना, पाशुपतास्त्र, त्वरित फलप्रदाता चमत्कारी रुद्रमंत्र अनुष्ठान, हरिहरपुत्र मंत्र प्रयोग, मंजुघोष साधना, अमोघ शिव कवच, पारद शिवलिंग साधना आदि साधना की सूक्ष्म विवेचना के साथ सम्मिलित किये गए हैं।

महामृत्युञ्जय मंत्र साधना शीर्षांकित अध्याय में समस्त अरिष्ट एवं अनिष्ट शमन हेतु मृत्युञ्जय मंत्र साधना का विस्तृत उल्लेख व्यवस्थित है। महामृत्युञ्जय, लघुमृत्युञ्जय, संजीवनी मृत्युञ्जय, मृत संजीवनी, सहस्त्राक्षरी एवं शताक्षरी मृत्युञ्जय मंत्र आदि प्रमुख मंत्रों को सम्यक् शुद्धता के साथ इस अध्याय में सम्मिलित किया गया है। मृत्युञ्जय मंत्र से सम्बन्धित अनेक मिथ्या धारणाओं, भ्रम, भ्रांति, भय आदि के निराकरण करने का भी प्रयास किया गया है। मृत्यु के स्वरूप एवं श्रोत का ज्योतिषीय विश्लेषण, महामृत्युञ्जय साधना सम्पादित करने हेतु उपयुक्त मुहूर्त, मृत्युञ्जय मंत्र के कतिपय अन्य लाभ, महामृत्युञ्जय मंत्र के प्रारूप, मृतसंजीवनी विद्या, शास्त्रसंगत हवन विधान आदि इस अध्याय में सविस्तार सम्मिलित किये गए हैं, जिनके अध्ययन और अनुसरण से मृत्यु के समान भयानक कष्ट के शमन में किसी प्रकार का संशय नहीं रह जाता है। हमारा परामर्श है कि मृत्यु से सम्बन्धित किसी भी साधना से पूर्व इस अध्याय का अध्ययन गहनता और गम्भीरता के साथ अवश्य कर लेना चाहिए ताकि अपेक्षित लाभ त्वरित ही उपलब्ध हो सके।

दत्तात्रेय तन्त्र साधना से शीर्षांकित अध्याय में महर्षि दत्तात्रेय कृत, दत्तात्रेय तंत्र से अनेक उपयोगी, विश्वसनीय एवं अनमोल साधनाएँ उद्धृत हैं। प्रभु के चौबीस अवतारों में श्रेष्ठ विद्या-विशारद अनेकानेक विज्ञ एवं योग्य गुरुजनों से शिक्षा-दीक्षा प्राप्त करके महामुनि महर्षि दत्तात्रेय ने, विश्व के अभ्युत्थान और कल्याण हेतु विभिन्न तेजों का मर्म उद्घाटित किया, जो उनकी अगाध अभिनव अनवरत आराधना साधना का अद्भुत प्रतिफल है। किसी कार्य को सम्पन्न करने के लिए साम-दाम-दण्ड-भेद में से परिस्थिति के अनुरूप किसी का भी उपयोग करके, अभीष्ट की संसिद्धि करना ही लक्ष्य होता है, उसी प्रकार से तंत्रसाधना शिरोमणि दत्तात्रेय तंत्रम् में विभिन्न प्रकार की अन्यान्य तंत्र साधनाएँ सन्निहित हैं जिनका सतर्क एवं सघन उपयोग तथा अनुसरण, अभीष्ट की संसिद्धि करता है, अनिवार्यता है, विषय वस्तु के तलस्पर्शी ज्ञान को आत्मसात् करके उसका अनुसरण करने की। दत्तात्रेय तंत्रम् की व्याख्या अनेक प्रतिभावान आचार्यों

ने सफल और सुन्दर रूप में करके कल्याण सेतु का निर्माण किया है, जिसका अनुगमन करके मारण, मोहन, वशीकरण, विद्वेषण, स्तम्भन, उच्चाटन आदि षट्कर्म प्रयोगों की सफलता सुनिश्चित हो जाती है।

डामर तथा कामरत्नम् तन्त्र षट्कर्म से सम्बन्धित एक अनुभूत साधना है। यह भैरव का उग्ररूप है। इस साधना को सम्पन्न करने में अत्यन्त सतर्कता अपेक्षित है। इस अध्याय में श्लोक अर्थ सहित उद्धृत हैं जिनमें डामर तथा कामरत्नम् तन्त्र का सम्पूर्ण परिचय तथा साधना का विधान सन्निहित है।

अंत में **मोतीलाल बनारसीदास** के शीर्षस्थ शलाका पुरुष **श्री नरेन्द्र प्रकाश जैन** और **श्री जैनेन्द्र प्रकाश जैन** के प्रति हम आभार व्यक्त करते हैं जिन्होंने ज्योतिष से सम्बन्धित हमारी सर्वाधिक कृतियों का प्रकाशन किया है। अपने पाठकों के निरन्तर सहयोग ने हमारे लेखन में सदा अभिनव आयाम प्रतिपादित किये हैं। अतः उनके प्रति भी हम अगाध कृतज्ञता अर्पित करते हैं।

वसंत पंचमी, वि. सं. 2065

'मृदुल वाटिका'
24, महानगर विस्तार,
ई-40, कारपोरेशन क्वाटर्स के सामने,
पीली कालोनी, लखनऊ - 226 006
दूरभाष : 0522-2326625

मृदुला त्रिवेदी
टी.पी. त्रिवेदी

अनुक्रमणिका

अध्याय 1 मंत्र शक्ति : संस्कार एवं उपचार

मन्त्र-चयन

अनुकूल और कार्यसिद्धि हेतु विशिष्ट मन्त्र-चयन अत्यन्त कठिन तथा बुद्धि साध्य प्रक्रिया है। यह ज्ञान आवश्यक है कि कौन सा उपाय क्या परिणाम प्रदान करेगा, किस प्रसंग में कौन सा उपाय प्रयोज्य है और उस उपाय का निर्दोष प्रयोग कैसे हो। यदि कन्या का विवाह विलम्बित है तो माँ दुर्गा और माँ गौरी में से किसकी आराधना उचित है? इस प्रसंग में दुर्गा सप्तशती की अपेक्षा सौन्दर्य लहरी का प्रयोग अधिक सटीक है। यदि कोई व्यक्ति निरन्तर आपत्तियों से ग्रस्त है तो भगवान शिव की अपेक्षा माँ भगवती दुर्गा की उपासना लाभप्रद है। शिवोपासना स्वास्थ्य सम्बन्धी कठिनाइयों का निवारण करने में सर्वोपरि है। तात्पर्य यह कि कारण और उपाय में वैज्ञानिक विवेचन की दक्षता आवश्यक है।

मन्त्र में सन्निहित शक्ति का उपयोग, विभिन्न कामनाओं, अभिलाषाओं तथा अभीष्टों की संसिद्धि हेतु करने में सफलता तभी प्राप्त होती है, जब मन्त्र शक्ति के उपयोग के वास्तविव. मार्ग का सम्यक् ज्ञान प्राप्त हो। किसी मन्त्र को पहाड़े की तरह रटते रहने से कामना की संसिद्धि नहीं होती, यह स्मरण रखना चाहिए।

मन्त्र सिद्धान्त से संदर्भित संज्ञान तथा मन्त्र उद्गम का वैज्ञानिक आधार ही मन्त्र शक्ति का आलोक स्तम्भ है। मन्त्र विज्ञान के साथ-साथ मन्त्र शक्ति का सूक्ष्मातिसूक्ष्म परिज्ञान इस अध्याय का प्रमुख प्रयोजन है।

अनुकूल मन्त्र के साथ-साथ त्वरित फलप्रदाता मन्त्र ज्ञान मात्र एक कला नहीं है, बल्कि इसका आधार अतिमहत्त्वपूर्ण वैज्ञानिक सूत्र है जिन्हें ज्योतिष विज्ञान का साहित्य मात्र जानने की भूल करना हानिकर सिद्ध होगा। विज्ञान को उसी रूप में यथावत् स्वीकार करके उपयोग में लाने से ही कार्यसिद्धि संभव होती है। अनुकूल तथा त्वरित फलप्रदाता मन्त्र चयन की प्रविधि हमने मन्त्र विज्ञान पर केन्द्रित अपनी समस्त कृतियों में उद्धृत की है, परन्तु मन्त्र सम्बन्धी इस विशिष्ट कृति में मन्त्र से सम्बन्धित अनिवार्य तथा अत्यन्त उपयोगी सूत्रों का समावेश करने की चेष्टा की जा रही है, जिनके संज्ञान के अभाव में उपयुक्त तथा शीघ्र फल प्रदान करने वाले मन्त्र का परिज्ञान संभव नहीं है। उपयुक्त मन्त्र का चयन न करके अन्य किसी मन्त्र का जप किया जाये, तो लाभ की अपेक्षा नहीं की जानी चाहिए। सामान्यजन के समझने के लिए इस वास्तविकता को हम अन्य प्रकार से व्यक्त कर सकते हैं कि यदि हमारा गन्तव्य मुम्बई है, तो चेन्नई जाने वाली ट्रेन में कितनभी लम्बी यात्रा क्यों न करें, मुम्बई नहीं पहुँच सकते। इसी तरह जो मन्त्र हमारी जन्मराशि, जन्म नक्षत्र, जन्म लग्न, पंचमेश, लग्नेश तथा नवमेश के उपयुक्त उपयोग के अभाव में बिना मन्त्र चयन पद्धति

का अनुपालन किए हुए उपयोग किया जाए, वह प्रायः फलहीन ही होता है। उस स्थिति में मन्त्र विज्ञान की सत्यता बार-बार आरोपित होती है। मन्त्र शक्ति पर साधक की आस्था स्वतः ही अनास्था में रूपांतरित हो उठती है।

मन्त्र और देवता

प्रत्येक मन्त्र का एक सुनिश्चित देवता होता है। अतः मन्त्राराधन से पूर्व और समापन के समय देव विशेष का पूजन-अर्चन आवश्यक है। ये देवता सात प्रकारों के होते हैं :-

1. मन देवता
2. आत्मा देवता
3. इष्ट देवता
4. कुल देवता
5. गृह देवता
6. ग्राम देवता
7. लोक देवता

मन्त्रोत्पत्तिवर्णनम्

तदा समभवत्तत्र नादो वै शब्दलक्षणः।
ओमोमिति सुरश्रेष्ठाः सुव्यक्तः प्लुतलक्षणः।।1।।

किमिदन्त्विति सञ्चिन्त्य मया तिष्ठन् महास्वनम्।
लिङ्गस्य दक्षिणे भागे तदापश्यत्सनानतम्।।2।।

आद्यं वर्णमकारन्त उकारञ्चोत्तरे ततः।
मकारं मध्यतश्चैव नादान्तं तस्यचोमिति।।3।।

सूर्यमण्डलवद्दृष्ट्वा वर्णमाद्यन्तु दक्षिणे।
उत्तरे पावकप्रख्यमुकारं पुरुषर्षभः।।4।।

शीतांशुमण्डलप्रख्यमकारं मध्यमं तथा।
तस्योपरि तदापश्यच्छुद्धस्फटिकवत्प्रभुम्।।5।।

तुरीयातीतममृतं निष्कलं निरूपप्लवम्।
निर्द्वन्द्वं केवलं शून्यं वाह्यभ्यन्तरवर्जितम्।।6।।

सवाह्याभ्यन्तरञ्चैव सवाह्याभ्यन्तरस्थितम्।
आदिमध्यान्तरहितमानन्दस्यापि कारणम्।।7।।

मात्रास्तिस्रस्त्वर्द्धमात्रं नादाख्यं ब्रह्मसंज्ञितम्।
ऋग्यजुः सामवेदा वै मात्रारूपेण माधवः।।8।।

वेदशब्देभ्य एवेशं विश्वात्मानमचिन्तयत्।
तदाभवदृषिर्वेद ऋषेः सारतमं शुभम्।।9।।

तेनैव ऋषिणा विष्णुर्ज्ञातवान् परमेश्वरम्।
आवयो स्तुतिसन्तुष्टो लिङ्गे तस्मिन् निरञ्जनः।।10।।

दिव्ये शब्दमये रूपमास्थाय प्रहसनम् स्थितः।
अकारस्तस्य मूर्द्धा तु ललाटं दीर्घमुच्यते।।11।।

इकारो दक्षिणं नेत्रमीकारो वामलोचनम्।
उकारो दक्षिणं श्रोत्रमूकारो वाममुच्यते।।12।।

ऋकारो दक्षिणं तस्य कपोलं परमेष्ठिनः।
वामं कपोलमृकारो लृलॄ नासापुटे उभे।।13।।

एकारमोष्ठमूर्द्धश्च ऐकारस्त्वधरो विभोः।
ओकारश्च तथौकारो दन्तपङ्क्तिद्वयं क्रमात्।।14।।

अमस्तु तालुनी तस्य देवदेवस्य धीमतः।
कादिपञ्चाक्षराण्यस्य पञ्च हस्तानि दक्षिणे।।15।।

चादिपञ्चाक्षाराण्येवं पञ्च हस्तानि वामतः।
आदि पञ्चाक्षरं पादस्तादिपञ्चाक्षरं तथा।।16।।

पकारमुदरं तस्य फकारः पार्श्व उच्यते।
बकारो वामपार्श्वं वै भकारं स्कन्धमस्य तत्।।17।।

मकारं हृदयं शम्भोर्महादेवस्य योगिनः।
यकारादि-सकारान्ता विभोर्वै सप्तधावतः।।18।।

हकार आत्मरूपं वै क्षकारः क्रोध उच्यते।
तं दृष्ट्वा उमया सार्द्धं भगवन्तं महेश्वरम्।।19।।

प्रणम्य भगवान् विष्णुः पुनश्चापश्यद्दूर्ध्वतः।
ओंकारप्रभवं मन्त्रं कलापञ्चकसंयुतम्।।20।।

शुद्धस्फटिकसङ्काशं शुभाष्टत्रिंशदक्षरम्।
मेधाकरमभूद्भूयः सर्वधर्मार्थसाधकम्।।21।।

गायत्रीप्रभवं मन्त्रं हरितं वश्यकारकम्।
चतुर्विंशतिवर्णाढ्यं चतुष्कलमनुत्तमम्।।22।।

अथर्वमसितं मन्त्रं कलाष्टकसमायुतम्।
अभिचारिकमत्यर्थं त्रयस्त्रिंशच्छुभाक्षरम्।।23।।

यजुर्वेदसमायुक्तं पञ्चत्रिंशच्छुभाक्षरम्।
कलाष्टकसमायुक्तं पञ्चत्रिंशच्छुभाक्षरम्।
कलाष्टकसमायुक्तं सुश्वेतं शान्तिकं तथा।।24।।

त्रयोदशकलायुक्तं वालाद्यैः सह लोहितम्।
समोद्भवं जगत्याद्यं वृद्धिसंहारकारणम्।।25।।

वर्णाः षडधिका षष्टिरस्य मन्त्रवरस्य तु।
पञ्च मन्त्रांस्तथा लब्ध्वा जजाप भगवान हरिः।।26।।

अथ इष्ट्वा कलावर्णमृग्यजुः सामरूपिणम्।
ईशानहमीशमुकुटं पुरुषास्यं पुरातनम्।।27।।

अघोरहृदयं हृद्यं वामगुह्यं सदाशिवम्।
सद्यः पादं महादेवं महाभोगीन्द्रभूषणम्।।28।।

विश्वतः पादवदनं विश्वतोऽक्षिकरं शिवम्।
ब्रह्मणोऽधिपतिं सर्ग-स्थिति-संहारकारणम्।।29।।

तुष्टाव पुनरिष्टाभिर्वाग्भिर्वरदमीश्वरम्।।30।।

<u>मन्त्रोत्पत्ति-वर्णन :</u> हे सुरश्रेष्ठगण ! उस समय उस स्थान पर इस प्रकार सुस्पष्ट, प्लुत स्वरमय, शब्दरूप एक नाद उत्पन्न हुआ था। वह क्या है? इस प्रकार उस महाशब्द के विषय में चिन्तन करते-करते स्वयंभू लिंग के दक्षिण-भाग में उस समय सनातन शब्दमय नाद परिलक्षित होने पर, उस नाद के आदि में अ-कार, उसके बाद उकार, उसके बाद मकार युक्त हुआ था। दक्षिण की ओर आद्यवर्ण को सूर्यमण्डल के द्वारा, उत्तर की ओर उ-कार को अग्नि के समान एवं मध्यम वर्ण म-कार को चन्द्र सप्तक के समान देखा था। उसके ऊपर शुद्ध स्फटिक के समान तुरीयीतीत, अमृतमय, निरिन्द्रिय, निरुपद्रव, द्वन्द्वरहित, अद्वितीय, शून्यमय, बाह्याभ्यन्तर-रहित, फिर भी बाह्याभ्यन्तर-युक्त एवं बाह्याभ्यन्तर-मध्यस्थित, आदि, मध्य एवं अन्तरहित, आनन्द का कारण, सार्द्धत्रिमात्र, ब्रह्मसंज्ञित, नाद नामक विभु को देखा था। ऋक्, यजुः एवं सामवेद मात्रा-रूप में ही अवस्थित रहते हैं। अतः वेद शब्द से उन्होंने विश्व की आत्मा ईश्वर का ही चिन्तन किया था। उस समय एक ऋषि उत्पन्न हुए थे। ऋषि से वेद प्रकाशित हुआ था। हम दोनों की स्तुति से

सन्तुष्ट होकर निरंजन विष्णु ने उस ऋषि के द्वारा उस लिंग में सारतम, शुभकारक, परमेश्वर को जाना था। वे शब्दमय दिव्य रूप में हँसते हुए विराजमान हुए थे। अ-कार उनका मस्तक था, आ-कार उनका ललाट, इ-कार उनका दक्षिण नेत्र, ई-कार उनका वाम नेत्र, उ-कार दक्षिण कर्ण, ऊ-कार वामकर्ण, ऋ-कार दक्षिण गण्ड, ॠ-कार वाम गण्ड, लृ-कार दक्षिण नासा, लॄ-कार वाम नासा, ए-कार ओष्ठ, ऐ-कार अधर, ओ-कार एवं औं-कार दन्तपंक्तिद्वय, अं एवं अः तालुद्वय, क-आदि पंचाक्षर उनके दाहिनी ओर के पंचहस्त, च-आदि पंचाक्षर उनके बायीं ओर के पंचहस्त, ट-आदि पंचाक्षर दाहिनी ओर के पाँच चरण, त-आदि पंचाक्षर बायीं ओर के पाँच चरण, प-कार उदर, क-कार दक्षिणपार्श्व, व-कार वामपार्श्व, भ-कार स्कन्ध, म-कार उन महायोगी महादेव शम्भु का हृदय, ष-कार से स-कार पर्यन्त उनके सप्तधातु, ह-कार उनका निज स्वरूप एवं क्ष-कार उनका क्रोध था। भगवान् विष्णु ने उमा के साथ उन भगवान् महेश्वर को देखकर, उन्हें प्रणाम कर पुनः ऊर्ध्वदिशा में पाँच कलाओं से विशिष्ट -कार-जात मन्त्र को देखा था। निर्मल स्फटिक समान सुन्दर अड़तीस वर्णात्मक, मेधाकर, समस्त धर्मार्थ के साधक, गायत्रीजात, हरिद्रवर्ण वश्यकारक मंत्र, चौबीस वर्णयुक्त, चार कला विशिष्ट, कृष्ण वर्ण, अथर्ववेद-जात-मंत्र, आठ कलाओं से युक्त अभिचार कर्म में समर्थ तैंतीस अक्षर-विशिष्ट मंत्र; यर्जुवेद-जात पैंतीस अक्षर-विशिष्ट आठ कलाओं से युक्त, श्वेतवर्ण का शान्तिक मंत्र, तेरह कलाओं से युक्त, केशादि के साथ लोहित वर्ण, सामवेद-जात, वृद्धि-संहार का कारण आदि में जगती छन्दः विशिष्ट मंत्र, इस मंत्र के 66वर्ण हैं। भगवान हरि ने इन पाँच मंत्रों को प्राप्तकर इनका जप किया था। तदनन्तर उन्होंने ऋक्, यजुः, सामरुप कला के वर्णों को देखकर, उन ईश्वर श्रेष्ठ पुरातन पुरुष सदाशिव के 'ईशान' नामक मुख, अघोर नामक हृदय, वामदेव नामक गुह्य, सद्योजात नामक चरण एवं चारों ओर मुख चरण, चक्षुः को देखकर, उन सर्पभूषण, ब्रह्माधिपति, सृष्टि-स्थिति-संहार के कारण, वरदानकारी, ईश्वर का स्तव अभिलषित वाक्यों के द्वारा किया था।

मन्त्रबीजवर्णनम्

प्रणवः सर्वमन्त्राणां श्रेष्ठः सेतुनिभः स्मृतः।
मन्त्रशक्तिरनेनैव शब्दब्रह्मात्मकश्च सः।।1।।

बीजमन्त्रास्त्रयः पूर्वे ततोऽष्टौ परिकीर्तिताः।
गुरुबीजं शक्तिबीजं रमाबीजं ततो भवेत्।।2।।

कामबीजं योगबीजं तेजो बीजमथापरम्।
शान्तिबीजं च रक्षा च प्रोक्ता चैषां प्रधानता।।3।।

उपासनासु सर्वासु भवन्ति शुभदानि वै।
एषां रहस्यं संयोगो विज्ञेयौ योगपारगात्।।4।।

ककारसहितं रेफमीमकारपुरस्कृतम्।
योगबीजं वदन्तीदं योगज्ञास्ते पुराविदः।।5।।

क्लौकामबीजं निर्दिष्टमीमकारपुरस्कृतौ।
आएमकारसहितं गुरुबीजं प्रकीर्तितम्।।6।।

हकाररेफसहितं ईकारोमपुरस्सरः।
शक्तिबीजं विनिर्दिष्टं रमाबीजमिहोच्यते।।7।।

शकाररेफईकारमकारैः किल जायते।
रेफात्कारसहित ईकारस्तदनन्तरम्।
ततो मकारश्चैवं हि तेजोबीजं विधीयते।।8।।

सतौ रकारेकाराभ्यां मकारेण च संयुतौ।
शान्तिबीजमिदं प्रोक्तं रक्षाबीजमथोच्यते।।9।।

लयुतेन हकारेण हीकारमयुतेन च।
बीजं रक्षामयं प्रोक्तमृषिभिर्ब्रह्मवादिभिः।।10।।

अष्टौ प्रकृतयः प्रोक्ता कारणब्रह्मणो यथा।
याभिराविर्वभूवेदं कार्यब्रह्म सनातनम्।।11।।

तथा प्रधानभूतानि बीजान्यष्टौ मनीषिभिः।
अष्टौ प्रकृतयः प्रोक्ताः कार्यरूपस्य ब्रह्मणः।।12।।

उपासनासु सर्वासु कल्याणाय भवन्ति वै।।13।।

मन्त्रबीज-वर्णन : 'प्रणव' सभी मंत्रों के शिरोमणि हैं, 'प्रणव' मंत्र समूह के सेतु स्वरूप हैं, 'प्रणव' के द्वारा ही समस्त मंत्र पूर्णशक्ति को प्राप्त होते हैं, 'प्रणव' ही शब्दरूप ब्रह्म है। प्रथमतः, बीज मंत्र तीन प्रकार के हैं। द्वितीयतः, बीजमंत्र आठ प्रकार के हैं। यथा-- गुरुबीज, शक्तिबीज, रमाबीज, कामबीज, योग-बीज, तेजोबीज, शान्तिबीज एवं रक्षाबीज। ये आठ बीज प्रमुख हैं। ये बीज सभी प्रकार की उपासना में परम सहायक हैं। परन्तु, इनके रहस्यों को ज्ञात करने में इनके यथायोग्य संयोग करने में योगचतुष्टय के ज्ञाता योगीराज ही समर्थ होते हैं। क्, लु, ई- एवं म-कार के द्वारा कामबीज अनुभूत होता है। क्, र्, ई एवं म-कार के द्वारा योगबीज का अनुभव होता है। आ, ए एवं म-कार के द्वारा गुरुबीज का अनुभव होता है। हकार, रकार, ईकार एवं म-कार के द्वारा शक्तिबीज का अनुभव होता है। शकार, रकार, ईकार एवं मकार के द्वारा रमाबीज का अनुभव होता है। टकार, रकार, ईकार एवं म-कार के द्वारा तेजोबीज का; सकार, तकार, रकार, ईकार एवं मकार के द्वारा शान्तिबीज का एवं लकार, ईकार एवं मकार के द्वारा रक्षाबीज का अनुभव होता है। जिस प्रकार कारण ब्रह्म की अष्ट प्रकृति से कार्य-ब्रह्म उत्पन्न होता है, उसी प्रकार शब्द

ब्रह्म के अष्ट बीज हैं। अष्ट प्रकृति। ये ही प्रधान बीज हैं। ये सभी प्रकार की उपासनाओं में ही कल्याणप्रद हैं। तन्त्रान्तर में इनके भिन्न नाम ही परिलक्षित होते हैं।

मन्त्रभेदवर्णनम्

उपासनाविधेर्भेदाद् बीजमन्त्राः पृथक्-पृथक्।
कृष्णबीजं रामबीजं शिवबीजमथापरम्।।1।।

गणेशबीजमित्यष्टबीजेभ्यश्चापरं मतम्।
मूलबीजेन संयोगाद्बीजमन्त्रस्य चैव वा।।2।।

एकबीजेनान्यबीजमेलनाज्जायते ध्रुवम्।
वैचित्र्यं मन्त्रशक्तीनां वदन्तीत्थं पुराविदः।।3।।

शाखापल्लवसंयुक्ता मन्त्रास्युरन्यभावकाः।
बीजं शाखापल्लवौ च मन्त्रे भवति कुत्रचित्।।4।।

शान्तिः पुष्पं फलञ्चेष्टदर्शनं विनिगद्यते।
भावप्रधानाः शाखा वै पल्लवाश्चोपवर्णिताः।।5।।

बीजेषु शक्तिर्निहिता मन्त्रा बीजविवर्जिताः।
शाखा पल्लवयुक्ताश्च भावमुख्या मता इमे।।6।।

परीक्ष्य शक्तिं प्रकृतिं प्रवृत्तिं साधकस्य वै।
उपासनाधिकारञ्च दत्तो मन्त्रः शुभावहः।।7।।

तन्त्रमन्त्रोपनिषदां विज्ञाता योगपारगः।
मन्त्राज्ञाने चोपदेशे शक्नोति स महामतिः।।8।।

प्रणवो मुख्यबीजञ्चोपासनाबीजमेव च।
तद्युक्तं बीतबीजं च मन्त्राः पञ्च प्रकीर्त्तिताः।।9।।

साधकानां हि प्रकृतिं प्रवृत्तिंमनुसृत्य वै।
मन्त्रः समुपदेष्टव्य एष मन्त्रविधिः स्मृतः।।10।।

मन्त्रयोगस्य माहात्म्यामिदमत्राऽपरं मतम्।
हठे लये तथा राजयोगे सहकरोप्यतः।।11।।

तन्त्रोपनिषदां संख्या यथाऽनन्ता त्रिधीयते।
तथा मन्त्रा ह्यनन्ता वै मुनीनामेष निश्चयः।।12।।

मन्त्रभेद-वर्णन : उपासनाविधि के भेद के अनुसार बीज मंत्र भिन्न-भिन्न प्रकार के होते हैं। यथा-कृष्णबीज, रामबीज, शिवबीज, गणपति बीज इत्यादि। ये बीज अष्ट बीज मंत्र के अतिरिक्त हैं। बीज के साथ मूलबीज मिलित होने पर अथवा एक बीज के साथ अन्य बीज के मिलित होने पर मंत्र शक्ति का वैचित्र्य उत्पन्न होता है। पुनः वह मंत्र, शाखा एवं पल्लव संयुक्त होने पर अन्य भाव धारण करता है। मन्त्र विशेष में बीज, शाखा एवं पल्लव तीनों ही संयुक्त होते हैं। शान्ति पुष्प रूप है तथा इष्ट-साक्षात्कार फल रूप है। शाखा एवं पल्लव केवल भावमय हैं। बीज में शक्ति निहित रहती है। कोई-कोई मंत्र बीज रहित एवं केवल शाखा-पल्लवयुक्त होते हैं। वे समस्त मंत्र भाव प्रधान हैं। साधक की प्रकृति, प्रवृत्ति, उपासनाधिकार एवं चित्त-संवेग की परीक्षा करके मन्त्रोपदेश करने पर अवश्य ही साधक को पूर्ण फल की प्राप्ति होती है। उपनिषद, तन्त्र एवं मंत्रशास्त्र-समूह के ज्ञाता योगी ही, मन्त्र का सुविस्तृत ज्ञानलाभ करने में यथाधिकार उपदेश करने में समर्थ होते हैं। प्रणव, प्रधान बीज, उपासना बीज, शाखा-पल्लवयुक्त बीज, बीजरहित शाखा - पल्लवयुक्त मंत्र - इस प्रकार मंत्र के पाँच भेद कथित होते हैं। साधक की प्रकृति, प्रवृत्ति एवं अधिकार की परीक्षा कर यथावत् मन्त्रोपदेश प्रदत्त होता है। मंत्र की विशेष महिमा यह है कि मंत्र योग, हठ योग, लययोग एवं राजयोग-सर्वत्र ही मंत्र की सहायता ग्रहण करना पड़ता है। उपनिषद एवं तंत्र-शास्त्र अनेक होने के कारण मंत्र भी अनेक प्रकार के हैं।

अथ मन्त्रयोगलक्षणम्

नामरूपात्मिका सृष्टिर्यस्मात्तदवलम्बनात्।
बन्धनान्भुच्यमानोऽयं मुक्तिमाप्नोतिसाधकः।।1।।

तामेव भूमिमालभ्ब्य स्खलनं यत्र जायते।
उत्तिष्ठति जनस्सर्वोऽध्यक्षेणैतत्समीक्ष्यते।।2।।

नामरूपात्मकैर्भावैर्वध्यन्ते निखिला जनाः।
अविद्याग्रसिताश्चैव तादृक्प्रकृतिवैभवात्।।3।।

आत्मनस्सूक्ष्मप्रकृतिम्प्रवृत्तिञ्चानुसृत्य वै।
नामरूपात्मनोश्शब्दभावयोरवलम्बनात्।
यो योगः साध्यते सोऽयं मन्त्रयोगः प्रकीर्त्तितः।।4।।

श्रेयः सम्पादकत्वेन सर्व्वेषामधिकारिणाम्।
मन्त्रयोगस्समाख्यातः सर्वजीवहितप्रदः।।5।।

प्रधान्यात्पञ्चतत्त्वानां पञ्चधा प्रकृतिर्मता।
उपासना पञ्चविधा मन्त्रयोगस्य कथ्यते।।6।।

मानव प्रकृतेर्भेदात्पञ्चोपासनमिष्यते।
उपासनाऽवताराणामत्रैवान्तर्भवत्यतः ।।7।।

उपासनम्पञ्चविधं ब्रह्मोपासनमेव तत्।
निश्चितोऽय मन्त्रयोगो वेदविज्ञानसम्मतः।।8।।

मन्त्रयोग-लक्षण : सृष्टि नामरूपात्मक होने के कारण नामरूप का अवलम्बन कर ही साधक सृष्टि के बन्धन से अतीत होकर मुक्तिपद को प्राप्त हो सकता है। जिस भूमि पर मानव पतित होता है, उठते समय उसे उस भूमि का ही पुनः अवलम्बन कर उठना पड़ता है। नामरूपात्मक विषय जीव को बन्धनयुक्त कर रखा है, नामरूपात्मक प्रकृति-वैभव ही जीव को अविद्या के द्वारा ग्रथित कर रखा है। अतः स्व-स्व सूक्ष्म प्रकृति एवं प्रवृत्ति की गति के अनुरूप नाममय शब्द एवं भावमय रूप के अवलम्बन से जिस योग-साधना को किया जाता है, उसका नाम 'मन्त्रयोग' है। मन्त्रयोग, समस्त अधिकारों में कल्याणप्रद होने के कारण वह सर्वजीवों के लिए हितकारक है। पंचतत्त्व के प्राधान्य के अनुसार मनुष्य-प्रकृति पंचविध होने के कारण मन्त्रयोगोक्त उपासना पद्धति पाँच प्रकार की है। यही 'पंचोपासना' नाम से परिचित है। अवतारादि की उपासना भी इस पंचोपासना के अन्तर्गत है। पंचोपासना 'ब्रह्मोपासना' नाम से भी अभिहित होता है। यह मन्त्रयोग वैदिक-विज्ञान-सम्मत है एवं अभ्रान्त है।

अथ मन्त्रयोगविज्ञानम्

कार्यं यत्र विभाव्यते किमति तत्स्पन्देन सव्यापकम्।
स्पन्दश्चापि तथा जगत्सुविदितश्शब्दान्वयी सर्वदा।।
सृष्टिश्चापि तथादिमाकृतिविशेषत्वादभूत्स्पन्दिनी।
शब्दश्चोद्भवत्तदा प्रणव इत्योंकाररूपः शिवः।।1।।

साम्यस्थप्रकृतेर्यथैवविदितः शब्दो महानोमिति
ब्रह्मादित्रितयात्मकस्य परमं रूपं शिवं ब्रह्मणः।
वैषम्ये प्रकृतेस्तथैव बहुधा शब्दाः श्रुताः कालतः
ते मन्त्राः समुपासनार्थमभवन् वीचानि नाम्ना तथा।।2।।

जगति भवति सृष्टिः पञ्चभूतात्मिका यत्तदिह
निखिलसृष्टिः पञ्चभागौर्विभक्ता।
श्रुतिरपि विधिरूपेणादिशन्तीह पञ्च
विविधविहितपूजारीतिभेदान प्रमाणम्।।3।।

प्रकृतिमिह जनानां सम्परीक्ष्य प्रवृत्तिं
गुरुरिह यदि दद्यान्मन्त्रशिक्षां यथावत्।
रुचिसमुचितदेवोपासनामादिशोद्वा
व्रजतिलघु स शिष्यो मोहपारं मुमुक्षुः।।4।।

अकारो न हि विद्यते किमपि वा रूपं परब्रह्मणो
रूपं तत्परिकल्प्यते जनगणैः किञ्चिञ्जगद्रूपिणः।
ध्यायद्भिर्निजवृत्तिमार्गचलितैर्देवं परं रूपिणं
मन्त्र वा सततं जयद्भिरिहतैर्मुक्तिः परा लभ्यते।।5।।

योगेऽयं परिकथ्यते क्रमयुतस्सन्मन्त्रयोगस्थिरो
योगः कर्म्मसु कौशलं निगदितं शास्त्रेषु विद्वद्वरैः।
ध्यायन् रूपविवर्जितस्य निखिलाधारस्य रूपं शुभं
देही भक्तिरतः प्रयाति परमां मुक्तिं शिवोपासकः।।6।।

मन्त्रयोग-विज्ञान : जिस स्थान पर कोई कार्य होता है, वहाँ पर कम्पन भी अवश्य ही होता है। जहाँ पर कम्पन होता है, वहाँ पर शब्द अवश्य ही उत्पन्न होता है। सृष्टिक्रिया एक प्रकार का कार्य होता है (उस सृष्टिक्रिया के प्रारम्भ में) प्रकृति के जिस प्रथम हिल्लोल के द्वारा कम्पन उत्थित होता है, उससे जो शब्द उत्पन्न होता है, वही मंगलकारी ॐकार-रूप प्रणव है।

जिस प्रकार साम्यावस्था (प्रकृति के जिस अवस्था में त्रिगुण में समानता रहती है, सृष्टि नहीं होती है, उसे 'साम्यावस्था' कहते हैं। जिस अवस्था में त्रिगुण की समानता नष्ट हो जाती है, सृष्टि विद्यमान रहती है, उस अवस्था को 'वैषम्यावस्था' कहते हैं।) के साथ सम्बन्धयुक्त प्रकृति का शब्द ब्रह्म-विष्णु-शिवात्मक ॐकार है, उसी प्रकार वैषम्यावस्थापन्न प्रकृति में भी नाना शब्द होते हैं। वे शब्द समूह की विभिन्न उपासना के विभिन्न बीजमंत्र हैं। सृष्टि पंचभौतिक होने के कारण पाँच भागों में विभक्त है। इसलिए वेद में पंचोपासना की रीति का आदेश दिया गया है। यदि श्रीगुरुदेव शिष्य की प्रकृति एवं प्रवृत्ति के अनुसार मन्त्रोपदेश देते हैं एवं शिष्य की रुचि के अनुरूप देवोपासना का उपदेश करते हैं, तो मुमुक्षु शिष्य शीघ्र ही निज लक्ष्य-स्थान में उपनीत होने में समर्थ हो जाते हैं।

परब्रह्म निराकार हैं, उनका कोई रूप नहीं है। साधकगण उन रूप-रहित विराट पुरुष के रूप की कल्पना भाव के द्वारा कर लेते हैं। निज-निज प्रकृति के अनुसार भगवद्रूप का ध्यान एवं बीजमन्त्र के जप के द्वारा योगी शीघ्र मुक्तिपद को प्राप्त हो जाते हैं। इस क्रमयुक्त योग-प्रणाली को 'मन्त्रयोग' कहा जाता है। शास्त्रों में विद्वानगणों ने सुकौशलपूर्ण कर्म को 'योग' शब्द से वर्णित किया है। जब भक्तिपूर्ण हृदय से साधक उन निराकार, सर्वाधार ब्रह्म की शुभरूपयुक्त-रूप में भावना कर उपासना करते हैं, तभी वह साधक 'उपासक' पद-वाच्य होते हैं, तभी वह क्रमशः मुक्तिपद को प्राप्त होने में समर्थ होते हैं।

अथ मन्त्रनिर्णयविधिः

ऋतम्भरधिया वापि नानाचक्रसहायतः।
मन्त्रानाशु विनिर्णीय शिष्यानुपदिशन्ति ते।।1।।

एकाक्षराः सेतुयुक्ता मन्त्रश्चाप्यधिकाक्षराः।
शाखा पल्लवसंयुक्ता निर्णेयास्ते विचारतः।।2।।

चक्रं कुलाकुलन्नाम राशिनक्षत्रचक्रकम्।
एवमाद्यानि साहाय्यं कुर्वन्ति ह्युपदेशने।।3।।

अपेक्षितानि चक्राणि निखिलान्यपि कुत्रचित्।
क्वचिदेकमिति ज्ञेय गुरुभिर्योगपारगैः।।4।।

मन्त्र निर्णय-विधि : ऋतम्भरा बुद्धि के द्वारा विविध चक्रों की सहायता से मन्त्र निर्णय कर गुरुदेव शिष्य को दीक्षा प्रदान करें। मन्त्र एकाक्षर, अधिकाक्षर, ससेतुक, शाखपल्लवयुक्त इत्यादि अनेक प्रकार का होता है। इन सभी के विचारपूर्वक मन्त्र का निर्णय करना कर्त्तव्य है। उपदेश प्रदान के लिए कुलाकुलचक्र, राशिचक्र, नक्षत्र चक्र इत्यादि अनेक प्रकार के चक्रों की सहायता ली जाती है। स्थल विशेष पर कभी एक ही चक्र की आवश्यकता होती है, कभी सभी चक्रों की भी आवश्यकता होती है। योगपारग गुरु के लिए ये सभी अवश्य ज्ञातव्य है।

अथ मन्त्रयोगाङ्गवर्णनम्

भवन्ति मन्त्रयोगस्य षोडषाङ्गानि निश्चितम्।
यथा सुधांशोर्जायन्ते कलाः षोडश शोभनाः।।1।।

भक्तिः शुद्धिश्चाऽसनं च पञ्चाङ्गस्याऽपि सेवनम्।
आचारधारणे दिव्यदेशसेवनमित्यपि।।2।।

प्राणक्रिया तथा मुद्रातर्पण हवणं बलिः।
योगो जपस्तथा ध्यानं समाधिश्चेति षोडश।।3।।

भक्तेर्भेदास्त्रयो ज्ञेयाश्चाऽधिकारस्य भेदतः।
त्रैगुण्यभेदात्त्रिविधोऽधिकारोऽस्याः प्रकीर्त्तितः।।4।।

शुद्धिश्चतुर्विधा प्रोक्ता चाऽसनं द्विविधं स्मृतम्।
पंञ्चाङ्गसेवनं गीतास्तोत्रपाठादिकं मतम्।।5।।

आचारस्त्रिविधः प्रोक्तोऽधिकारास्तस्य सप्तवै।
धारणा द्विविधा प्रोक्ता वाह्यभ्यन्तर भेदतः।।6।।

षोऽशाङ्गं विनिर्दिष्ट दिव्यदेशस्य सेवनम्।
आविर्भवन्तीष्टदेवा अत्रैवाशु स्वभावतः।।7।।

यदङ्गभूता न्यासाद्याः सैका प्राणक्रिया मता।
भावबाहुल्यवत्त्वाद्धि बह्व्यो मुद्राः प्रकर्त्तिताः।।8।।

देवानां प्रीतिकृज्ज्ञेयं तर्पणं हवनं बलिः।
बाह्याभ्यन्तरभेदेन यज्ञभेदो द्विधा मतः।।9।।

श्रद्धोपचारभेदेन पूजाया भेदकल्पना।
जपस्य हि त्रयोभेदा ध्यानं बहुविधं मतम्।
परं समाधिरेकः स्यान्महाभावेतिनामकः।।10।।

मन्त्रयोगाङ्ग-वर्णन : जिस प्रकार चन्द्रदेव षोडश अंगों में सुशोभित होते हैं, उसी प्रकार मंत्र योग षोडश अंगों में सुशोभित होंता है। भक्ति, शुद्धि, आसन, पंचांग-सेवन, आचार, धारणा, दिव्यदेश-सेवन, प्राणक्रिया, मुद्रा, तर्पण, हवन, बलि, याग, जप, ध्यान एवं समाधि- मंत्रयोग के ये षोडश अंग हैं। भक्ति के तीन भेद हैं एवं अधिकारभेद तथा उपासना के तारतम्य होने से गुणत्रय के अनुसार उनके अधिकार भी तीन प्रकार के हैं।

'शुद्धि' चतुर्विध है। 'आसन' द्विविध है। गीता-स्तोत्र-पाठ आदि को 'पंचांग-सेवन' कहते हैं। 'आचार' तीन प्रकार के होने पर भी साधक के अधिकार को सात प्रकार का माना जाता है। बाह्य एवं आन्तर भेद से 'धारणा' द्विविध है। 'दिव्यदेश-सेवन' षोडश प्रकार के हैं। स्वभावतः इनके अन्दर ही इष्टदेव का आविर्भाव होता है। 'प्राणक्रिया' एक ही प्रकार का है, परन्तु न्यासादि उसी के अन्तर्भूत हैं। भावबाहुल्य के कारण 'मुद्रा' अनेक प्रकार के हैं। तर्पण, हवन एवं बलि देवताओं के लिए प्रीतिमूलक हैं। बाह्य एवं आन्तर भेद से 'यज्ञ' द्विविध है। श्रद्धा एवं उपचार के भेद से पूजा-भेद कल्पित किये (लिखे) जाते हैं। 'जप' त्रिविध है। पंचोपासना के भेद के अनुसार 'ध्यान' बहुविध होने पर भी 'समाधि' एक ही प्रकार का है। मंत्रयोग समाधि को 'महाभाव' कहते हैं।

मंत्रजागृति हेतु संस्कार विधान

गौतमीय तन्त्र में मन्त्र के दस संस्कारों की व्याख्या की गई है जिनके नाम अग्रांकित हैं -

1. जनन, 2. जीवन, 3. ताड़न, 4. बोधन, 5. अभिषेक, 6. विमलीकरण, 7. आप्पायन, 8. तर्पण, 9. दीपन, 10. गुप्तिसंस्कार।

1. **जननः**- जनन संस्कार के लिए मातृका का यंत्र का निर्माण किया जाता है। यह यंत्र स्वर्णादि पात्र में कुंकुम, चन्दन या भस्म से अंकित करना चाहिए। शक्ति मंत्र के संस्कार में कुंकुम से, विष्णु मंत्र में चन्दन से और शिव मंत्र से भस्म से लिखें। इस मातृका यन्त्र से मन्त्र वर्णो का पर्याय क्रम से उद्धार करना जनन कहलाता है।

2. **जीवनः**- उद्धृत सभी मंत्र वर्णो को पंक्तिक्रम से प्रवण ॐ द्वारा पुटित कर एक-एक वर्ण का सौ बार जप करना जीवन है। विश्वसार तंत्र के अनुसार प्रत्येक मन्त्रवर्ण का सौ या दस बार जप करना चाहिए

3. **ताड़नः**- मंत्र के सभी वर्णों को अलग-अलग लिखकर **'यं'** मंत्र का उच्चारण करते हुए चंदन जल से प्रत्येक को सौ बार या दस बार ताड़ित करें यहव ताड़न है।

4. **बोधनः**- मंत्र की वर्ण संख्या के अनुसार करवीर कुसुमों से **'रं'** मंत्र का उच्चारण करते हुए उसे हनन करना बोधन कहलाता है।

5. **अभिषेकः**- सभी मंत्र वर्णों को लिखकर वर्ण संख्यक रक्त करवीर पुष्पों द्वारा **'रं'** मंत्र से एक-एक बार सभी वर्णों को अभिमन्त्रित कर अश्वत्थ या पीपल के पत्ते द्वारा तन्त्र मन्त्रोक्त विधान से सभी मन्त्रवर्णों का सिंचन करें यही अभिषेक है।

6. **विमलीकरणः**- सुषुम्ना के मूल और मध्य भाग में देव मंत्र का चिंतन कर ज्योर्तिमन्त्र **'ॐ ह्रौं'** से मलयत्र को दग्ध करना चाहिए। यही विमलीकरण है।

7. **आप्पायनः**- मंत्र के सभी वर्णों को कुशोदय या पुष्पोदक द्वारा ज्योर्तिमन्त्र से आप्पयित करने का नाम आप्पायन है।

8. **तर्पणः**- इसी ज्योर्तिमन्त्र द्वारा देय मंत्र की वर्ण संख्यानुसार जल से तर्पण करना मंत्र तर्पण कहलाता है। शक्तिमंत्र में मधु से, विष्णुमंत्र में कर्पूर मिश्रित जल से और शिव्र मंत्र में घी दूध से तर्पण किया जाता है।

9. **दीपनः**- **ॐ ह्रीं** और **श्रीं** इन तीनों मंत्रों द्वारा देय मंत्र को पुटित कर 108 बार जप करने से दीपन होता है।

10. **गुप्तिसंस्कारः**- अप्रकट रखने से गुप्ति संस्कार होता है।

मंत्र के इन दस संस्कारों के करने के बाद मंत्रग्रहण करने से अभीष्ट फल देवता है। उपर्युक्त मलयत्र ये हैं- **1. आणव्य, 2. मायिक, 3. कार्मण।**

प्रपंचसार में लिखा है कि स्त्री से जो मल उत्पन्न होता है वह मायिकमल, पुरुष से उत्पन्न मल को कार्मण और उभयविध मल को आणव्य कहते हैं।

मन्त्रों के दस संस्कार

जननं जीवनं पश्चात्ताडनं बोधनं तथा।
अथाऽभिषेको विमलीकरणाऽप्यायने पुनः।।1।।

तर्पणं दीपनं गुप्तिर्दशैता मन्त्रसंस्क्रियाः।
मन्त्राणां मातृकायन्त्रादुद्धारो जननं स्मृतम्।।2।।

स्वर्णादि पात्रे संलेख्य मातृकायन्त्रमुत्तमम्।
कश्मीरचन्दनेनाऽपि भस्मना वाऽथ सुव्रते।।3।।

काश्मीरं शक्तिसञ्चारे चन्दनं वैष्णवे मनौ।
शैवे भस्म समाख्यातं मातृकायन्त्रलेखने।।4।।

मन्त्रोष्टदलपद्मो हि कार्यः पूर्वं यथाविधि।
कादिमान्ताः पञ्चवर्गा दिक्षु पूर्वादितो न्यसेत्।।5।।

योदिवान्ताः शादिहान्ता लक्ष्मीशे प्रविन्यसेत्।
चतुरस्रं चतुर्द्वारं दिक्षु बं ठं विदिक्षु च।।6।।

(अपि च)

व्योमेन्द्वौरसनार्णकर्णिकमचां द्वन्द्वै स्फुरत्केसरम्।
वर्गोल्लासिवसुच्छदं वमुमतीगेहेन संवेष्टितम्।।1।।

पंङ्क्तिक्रमेण विधिना जननं वै विधीयते।।2।।

प्रणवाऽन्तरितान्कृत्वा मन्त्रवर्णाञ्जपेत्सुधीः।
प्रत्येकं शतवारं तु जीवनं तदुदीरितम्।।3।।

मन्त्रवर्णान्समालिख्य ताडयेच्चन्दनाऽम्भसा।
प्रत्येकं वायुबीजेन पूर्ववत्ताडनं मतम्।।4।।

विलिख्य मन्त्रवर्णांस्तु प्रसूनैः करवीरजैः।
तन्मन्त्रवर्णसङ्ख्याकैर्हन्याद्रेफेण बोधनम्।।5।।

विलिख्याऽक्षरसंख्यातैरक्तपुष्पहयाऽरिभिः।
मन्त्रवर्णान्वह्निनैकमभिमन्त्र्य सकृत्सकृत्।।6।।

तत्तन्मन्त्रोक्त विधिनाऽभिषेकस्तु प्रकीर्त्तितः।
अश्वत्यपल्वैः सिञ्चेन्मन्त्री मन्त्रार्णसंख्यया।।7।।

सञ्चिन्त्य मनसा मन्त्रं सुषुम्नामूलमध्यतः।
ज्योतिर्मन्त्रेण विधिवद्दहेन्मलत्रयं यती।।8।।

तारं व्योमाऽग्निमनुयुग्दण्डी ज्योतिर्मनुर्मतः।
स्वर्णेन कुशतोयने पुष्पतोयने वा तथा।।9।।

तेन मन्त्रेण विधिवदाप्यायनविधिः स्मृतः।।10।।

मन्त्रेणवारिणा मन्त्रे तर्पणं तर्पणं मतम्।
मधुना शक्तिमन्त्रेषु वैष्णवे चेन्दुमज्जलैः।।11।।

शैवेघृतेन दुग्धेन तर्पणं सभ्यगीरितम्।।12।।

तारमायारमायोगो मनोर्दीपनमुच्यते।
जप्यमानस्य मन्त्रस्य गोपनं त्वप्रकाशनम्।।13।।

संस्कारा दशसम्प्रोक्ताः सर्वतन्त्रेषु गोपिताः।
मान् कृत्वा सम्प्रदायेन मन्त्री वाञ्छितमाप्नुयात्।।14।।

मंत्रयोग के दशविध संस्कार : जनन, जीवन, ताड़न, बोधन, अभिषेक, विमलीकरण, आप्यायन, तर्पण, दीपन एवं गुप्ति - इन दशविध संस्कार के द्वारा मंत्र का संस्कार होता है। मातृका मंत्र के द्वारा मंत्रवर्ण के उद्धार को 'जनन' कहते हैं। मातृकायंत्र को केशर, चन्दन अथवा भस्म के द्वारा सुवर्णादि पात्र में अंकित करना चाहिए। शक्ति की उपासना करते समय केशर के द्वारा, विष्णु की उपासना करते समय चंदन के द्वारा, शिव की उपासना करते समय भस्म के द्वारा यंत्र का अंकन करना चाहिए।

मन्त्रसिद्धेरुपायः

मन्त्रे सम्यक् प्रजपिते यदि सिद्धिर्न जायते।
पुनस्तथैव कर्तव्यं ततः सिद्धिर्भवेद्ध्रुवम्।।1।।

भूयोऽप्यनुष्ठितो मन्त्रो यदि सिद्धो न जायते।
पुनस्तथैव कर्तव्यं ततः सिद्धो न संशयः।।2।।

पुनः सोऽनुष्ठितो मन्त्रो यदि सिद्धो न जायते।
उपायास्तत्र कर्त्तव्याः सप्तशङ्करभाषिताः।।3।।

भ्रामणं रोधनं वश्यं पीडनं शोषपोषणे।
दहनान्तं क्रमात् कुर्यात् ततः सिद्धो भवेन्मनुः।।4।।

मंत्र-सिद्धि के उपाय : विशेष प्रकार से पुरश्चरणादि के द्वारा यदि मंत्र सिद्धि नहीं होती है, तो पुनः पूर्ववत् करें। यदि उससे भी मंत्र सिद्धि न हो, तो तीसरी बार करें। यदि तीसरी बार

के बाद भी मंत्र-सिद्धि नहीं होती है, तो शिव-कथित भ्रामण, रोधन, वशीकरण, पीड़न, शोधन, पोषण एवं दाहन - इन सात प्रकार के उपायों का क्रमशः अवलम्बन करें। तंत्र शास्त्रों में इन सात प्रकार के उपायों का विस्तृत वर्णन है। आवश्यकता होने पर तन्त्रशस्त्रज्ञ श्रीगुरुदेव के निकट साधक को इस विषय में शिक्षा लाभ करना उचित है।

प्रणवप्रशंसा

श्रुतं ब्राह्मं वाक्यं श्रुत इह जनैर्यैश्च प्रणवो।
गत ब्राह्मं धाम प्रणव इह यैः शब्दित इव।।1।।

पदं ब्राह्मं दृष्टं नयनपथगो यस्य प्रणवः।
इतं ब्राह्मं रूयं मनसि सततं यस्य प्रणवः।।2।।

शास्त्राणां प्रणवः सेतुर्मन्त्राणां प्रणवः स्मृतः।
स्रवत्यनोङ्कृतः पूर्वं परस्ताच्च विशीर्यते।।3।।

निःसेतु सलिलं यद्वत् क्षणान्निम्नं प्रगच्छति।
मन्त्रस्तथैव निःसेतुः क्षणात् क्षरति यज्वनाम्।।4।।

माङ्गल्यं पावनं धर्म्यं सर्वकामप्रसाधनम्।
ओंकारं परमं ब्रह्म सर्वमन्त्रेषु नायकम्।।5।।

यथा पर्णं पलाशस्य शङ्कुनैकेन धार्यते।
तथा जगदिदं सर्वमोङ्कारेणैव धार्यते।।6।।

सिद्धानां चैव सर्वेषां वेदवेदान्त योस्तथा।
अन्येषामपि शास्त्राणां निष्ठार्थोङ्कार उच्यते।।7।।

आद्यं मन्त्राक्षरं ब्रह्म त्रयी यस्मिन् प्रतिष्ठिता।
सर्वमन्त्रप्रयोगेषु ओमित्यादौ प्रयुज्यते।।8।।

तेन सम्परिपूर्णानि यथोक्तानि भवन्ति हि।
सर्वमन्त्राधियज्ञेन ओंकारेण न संशयः।।9।।

तत्तदोङ्कारयुक्तेन मन्त्रेण सफलं भवेत्।।10।।

प्रणव-प्रशंसा : ॐकार ध्वनि का श्रवण करने पर, वस्तुतः उसका ब्रह्म वाक्य श्रवण करना होता है। ॐ-कार मंत्र का उच्चारण करने पर ब्रह्मधाम में गमन का फल प्राप्त होता है, ॐकार

के दर्शन से स्वरूप-दर्शन का फल प्राप्त होता है, ॐकार के चिन्तन से ब्रह्म-रूप प्राप्ति के समान फल होता है। 'प्रणव' शास्त्र एवं मंत्र के सेतुस्वरूप हैं। मंत्र के पहले प्रणव का संयोग न करने पर मंत्र पतित हो जाता है, मंत्र के पश्चात् प्रणव का संयोग न करने पर मंत्र विशीर्ण हो जाता है। सेतुहीन जलप्रवाह जिस प्रकार अल्पकाल के मध्य ही निम्नदेश में पतित हो जाता है, प्रणव अर्थात् ॐकार से रहित मंत्र भी उसी प्रकार जापक जपकर्त्ता को विनाश करने में समर्थ होता है। ॐकार मंगलकारी, पवित्र, धर्म-रक्षक एवं सभी प्रकार की कामनाओं का प्रदाता है। ॐकार परब्रह्मस्वरूप है, समस्त मंत्रों का स्वामी है। जिस प्रकार पलाश पत्र समूह को एक ही शाखा धारण करती है, उसी प्रकार कार भी समस्त जगत् को धारण कर रखता है। समस्त सिद्धियों के निमित्त एवं वेद तथा वेदान्तादि शास्त्र समूह में निष्ठा की स्थापना के लिए ॐकार का उच्चारण किया जाता है। वेदत्रय के द्वारा 'प्रणव' आदि मंत्र के रूप में स्थिरीकृत निर्णीत किया गया है। इसीलिए सभी मंत्रों के पहले 'प्रणव' संयोजित होता है। उक्त मंत्र समूह की सिद्धि के लिए ॐकार कथित हुआ है। अतः ॐकार समस्त मंत्रों की अधिपति है- यह निःसन्दिग्ध है।

ब्रह्ममन्त्र प्रशंसा

सगुणो ब्रह्ममन्त्रश्च द्वौ भेदौ समुदीरितौ।
मन्त्रस्य मन्त्रयोगज्ञैर्विद्वद्भिः परमर्षिभिः।।1।।

सगुणेनाप्यते तूर्णं समाधिः सविकल्पकः।
ब्रह्ममन्त्रेण च तथा निर्विकल्पो हि साधकैः।।2।।

ब्रह्ममन्त्रे हि प्रणवः सर्वश्रेष्ठतया मतः।
अन्ये भावमया ब्रह्ममन्त्रा योगविशारदै।।3।।

महावाक्यतया प्रोक्ताश्चत्वारस्तत्र मुख्यकाः।
चतुर्वेदानुसारेण चैते निर्णयतां गताः।।4।।

प्रधानानि भवन्त्येव महावाक्यानि द्वादश।
वेदशाखानुसारेण महावाक्यप्रधानता।।5।।

कल्पे सहस्रैकशताशीतिमन्त्रा मता इह।
ब्रह्ममन्त्रेषु मुख्यो हि गायत्रीमंत्र ईरितः।।6।।

स्वरूपद्योतका मन्त्राश्चात्मज्ञान प्रकाशकाः।
ब्रह्ममन्त्रो हि विहितः केवलं राजयोगिने।।7।।

<u>ब्रह्म-मंत्र-प्रशंसा :</u> मंत्र दो प्रकार का है-- सगुण मंत्र एवं ब्रह्म मंत्र। साधकगण सगुण मंत्र के द्वारा सविकल्प समाधि लाभ करते हैं, ब्रह्म-मंत्र के द्वारा निर्विकल्प समाधि लाभ करते हैं। ब्रह्म

मंत्रों में प्रणव ही सर्वश्रेष्ठ है। भावमय अन्य ब्रह्म मंत्र को योगविशारदगण 'महावाक्य' के नाम से अभिहित किया है। इन ब्रह्म-मंत्रों में चार मंत्र प्रधान हैं। चतुर्वेद के अनुसार ये चार निर्णीत हुए हैं। महावाक्यों में द्वादश महावाक्य प्रधान हैं। वेद की शाखाओं के अनुसार इनकी प्रधानता निर्णीत की गयी है। कल्प शास्त्र में एक हजार एक सौ अस्सी मंत्र उक्त हुए हैं। ब्रह्म मंत्रों में गायत्री मंत्र ही प्रमुख है। समस्त मंत्र स्वरुपद्योतक एवं आत्मज्ञान-प्रकाशक है। ब्रह्म मंत्र केवल राजयोगियों के सम्बन्ध में ही विहित हुआ है।

उपयुक्त मन्त्र

यह आवश्यक नहीं कि एक मन्त्र समस्त व्यक्तियों के लिए समानरूपेण उपयुक्त तथा प्रभावी हो। कोई औषधि किसी के लिए अमृत है और किसी के लिए विष है। अतः मन्त्र के साथ-साथ विशिष्ट व्यक्ति का अध्ययन भी अपेक्षित है।

मन्त्र और मनुष्य पाँच तत्त्वों से निर्मित हैं-- क्षिति, जल, अग्नि, आकाश और वायु। यदि अग्नितत्त्व प्रधान व्यक्ति को जलतत्त्व प्रधान मन्त्र बतलाया जाये तो कैसे प्रभावी होगा! हाँ, यदि अग्नि का सम्बन्ध वायु से हो तो अग्नि पूर्ण प्रज्वलित हो उठेगी।

मन्त्र के रूप और उसकी प्रकृति का सम्यक् अभिज्ञान आवश्यक है। समस्त वैदिक मन्त्र भगवान शिव द्वारा कीलित हैं, जिससे कोई व्यक्ति उनका अमर्यादित उपयोग न कर सके। मात्र पवित्र मानसिकता के जातक ही उनका प्रयोग कर सकें। मन्त्र प्रयोग से पूर्व उसकी 'कील' का निवारण आवश्यक है जिससे वह मुक्त होकर प्रभाव प्रदर्शित कर सके। यह प्रक्रिया 'उत्कीलन' कहलाती है। इस सन्दर्भ में संकल्प, न्यास और ध्यान का ज्ञान आवश्यक है। मन्त्र के आवश्यक बीजाक्षर, विनियोग, पुरश्चरण, हवन, तर्पण, मार्जन, मन्त्र दोष, आसन, भोज, वस्त्र, दिशा, संख्या आदि तथ्यों का सम्यक् अभिज्ञान मन्त्र सिद्धि हेतु अपरिहार्य है।

ऐसे अनेक प्रकरण हैं कि संतति सुख प्राप्ति हेतु दुःखी दम्पति नें सन्तान गोपाल मन्त्र की लाखों की संख्या का जप पूरी आस्था और श्रद्धा के साथ सम्पन्न किया। वर्ष पर वर्ष व्यतीत होते चले गए, परन्तु संतति सुख से वंचित रहना ही उनकी नियति बन गयी। मन्त्र शक्ति पर उनका अटूट विश्वास था जो खण्डित हो गया। सहसा हमारे सम्पर्क में जब वह आए, तो हमने उनकी खण्डित आस्था को पुनः जीवन्त करने का प्रयास करते हुए उन्हें मन्त्र चयन प्रविधि का ज्ञान कराया। हर व्यक्ति के लिए सन्तान गोपाल मन्त्र अथवा स्तोत्र फलप्रदाता सिद्ध हो, यह कदापि आवश्यक नहीं है। उन सन्तानहीन दम्पति को अभिलाषाष्टक स्तोत्र का पाठ करने का परामर्श प्रदान किया, तो संक्षिप्त अन्तराल में ही उनकी पत्नी गर्भवती हो गई और दम्पति संतति सुख से पुलकित और आह्लादित हो उठे।

अनुकूल तथा त्वरित फलप्रदाता मन्त्र चयन हेतु कुलाकुल चक्र का उपयोग अत्यन्त सुगम भी है तथा सार्थक भी। इसी प्रकार से मन्त्र जागृति भी मन्त्र शक्ति के उपयोग का एक अनिवार्य अंग है। मन्त्र जागृति के अभाव में मन्त्र जप निरर्थक ही सिद्ध होता है।

किसी पुस्तक से स्वतः ही मन्त्र चयन करके उसका जप करना मन्त्र जप विधान के प्रतिकूल है। इसी उद्देश्य से प्राचीन काल में हमारे पूर्वजों ने गुरु-शिष्य परंपरा की स्थापना की थी। गुरुमुख

से प्राप्त किए गये मन्त्र का जप करने से सिद्धि प्राप्त होती है तथा साथ ही अभीष्ट की संसिद्धि भी होती है। दीक्षा आदि ग्रहण करने के विधान का संज्ञान भी मन्त्र विज्ञान का अपरिहार्य परिज्ञान है जिसकी आवश्यकता तथा ज्ञातव्य तथ्यों की चर्चा इस अध्याय में करने की सार्थक चेष्टा की जा रही है।

मन्त्र जप प्रारम्भ करने से पूर्व अनुकूल मुहूर्त का चयन भी अनिवार्य है। शुभ नक्षत्र, अनुकूल चन्द्रराशि तथा योग, करण आदि पर ध्यान देना मन्त्र विज्ञान के सिद्धान्त का आलोक स्तम्भ है। कतिपय नक्षत्र सदा ही अशुभ फल प्रदान करने वाले स्वीकारे गये हैं जिनमें भरणी, चित्रा, शतभिषा, विशाखा, अश्विनी, ज्येष्ठा आदि भी सम्मिलित हैं। इन नक्षत्रों में किसी भी मन्त्र का न तो प्रारम्भ करना चाहिए, न ही किसी आचार्य को अपने लिए मन्त्र जप करने का संकल्प प्रदान करना चाहिए। ज्ञातव्य है कि मन्त्र प्रारम्भ के समय चन्द्रमा किसी भी स्थिति में चतुर्थ, अष्टम अथवा द्वादश भाव में नहीं होना चाहिए। यदि चन्द्रमा तृतीय, षष्ठ, सप्तम, दशम अथवा एकादश भाव में हो, तो मन्त्र सिद्धि शीघ्र प्राप्त होती है। किस विषय से सम्बन्धित मन्त्र जप किया जा रहा है, उसके लिए भी उपयुक्त नक्षत्र का चयन एक महत्त्वपूर्ण प्रक्रिया है।

किसी प्रबल मंगली कन्या के जन्मांग में वैधव्य दोष की उपस्थिति के शमन हेतु यदि मन्त्र जप अथवा सौभाग्याष्टोत्तर शतनाम स्तोत्र अथवा मंगलचण्डिका स्तोत्र का पाठ प्रारम्भ करना है तो मृगशिरा अथवा धनिष्ठा नक्षत्र उपयुक्त है परन्तु इन नक्षत्रों को अनुकूल राशियों में संस्थित होना चाहिए, तभी इन नक्षत्रों में मन्त्र जप प्रारम्भ करना उपयुक्त है।

ग्रह आराधना की अनिवार्यता

ग्रहों की आराधना महत्त्वपूर्ण है। ग्रहों ने श्रीराम, श्रीकृष्ण, पाण्डव और अन्यान्य दिव्य विभूतियों को भी क्षमा नहीं किया। पापाक्रान्त ग्रह अशुभ परिणाम प्रदान करते हैं। अनेकानेक सिद्ध व्यक्तियों का अभिमत है कि सर्वप्रथम ग्रहाराधन करके तत्पश्चात् अभीष्ट देवपूजन करना चाहिए।

मन्त्र या सूक्त का पाठ तो सुगम है, किन्तु यह ज्ञान कठिन है कि उपस्थित विषमताओं के लिए कौन सा ग्रह उत्तरदायी है। ग्रहों का अन्तःसम्बन्ध अत्यन्त जटिल प्रक्रिया है। अनेक बार शनि शुक्र की अन्तर्दशा में अनिष्ट उपस्थित करता है। बृहस्पति और शुक्र दोनों प्रथम श्रेणी के शुभ ग्रह होने के पश्चात् भी अपनी दशा भुक्ति में कठिनाइयाँ उपस्थित करते हैं।

आवश्यक है कि जन्मांग में ग्रहस्थिति और जीवन में व्यतीत घटनाओं का सांगोपांग अध्ययन करें। फिर निश्चित करना चाहिए कि कौन सा ग्रह अवरोधों का मूल कारण है। यथा-- होम्योपैथिक चिकित्सा में व्याधि का उचित निदान जानना कठिन है, उसी प्रकार ज्योतिष विद्या में यह जानना दुष्कर है कि अवरोध का वास्तविक उत्तरदायी ग्रह कौन सा है। अनेक बार बुरे भावों में स्थित ग्रह अच्छा फल देते हैं, अनेक बार श्रेष्ठ भावों में स्थित ग्रह विघ्न उत्पन्न करते हैं। इस अन्तर्विरोधी वक्तव्य से ज्योतिष के क्षेत्र में नवीन अनुसन्धानकर्ता सम्भवतः चकित हों, किन्तु इस क्षेत्र के आलोकित नक्षत्र डॉ. बी.वी. रामन, श्री पी.एस. शास्त्री, श्री निमाई बनर्जी, श्री के.एन. राव, श्री एच.आर. शंकर, श्रीमती गायत्री देवी वासुदेव, श्री आर. सन्थानम् आदि हमारे

इस मत की सत्यता को प्रशंसित करेंगे। तात्पर्य यह कि उत्तरदायी ग्रह की सम्यक् निष्ठा और श्रद्धा से आराधना अपेक्षित है।

उचित क्रम है- (1) सटीक विश्लेषण, (2) उचित औषधि का ज्ञान, (3) औषधि की सटीक मात्रा। अतः मन्त्रोपचार में प्रारम्भ और समापन का अत्यधिक महत्त्व है।

इन समस्त तथ्यों को उचित और सुयोग्य आचार्य के द्वारा ग्रहण करना अपेक्षित है। जो गुरु या आचार्य फोन पर या पत्र द्वारा मन्त्र निर्देश करते हैं वे त्रुटिपूर्ण कार्य करते हैं, क्योंकि गुरु के समक्ष मन्त्रोच्चारण की शुद्धता भी प्रमाणित होनी चाहिए।

जन्मांग और अनुकूल देवता

सर्वप्रथम जन्मांगों का अध्ययन करने के उपरान्त इस तथ्य का संज्ञान प्राप्त करना अति अनिवार्य है कि किस देवता की आराधना अमुक व्यक्ति के लिए लाभप्रद सिद्ध होगी। यदि पंचम भाव में मंगल अथवा मंगल की राशि स्थित है अथवा पंचम भाव पर मंगल का सशक्त प्रभाव प्रारूपित हो रहा है, तो महाबली बजरंगबली से संदर्भित उपासना शीघ्र फल प्रदान करने वाली सिद्ध होगी। पंचम भाव को इष्ट के चयन के लिए सर्वाधिक महत्त्वपूर्ण स्वीकारा गया है, परन्तु लग्न और नवम भाव तथा इनके भावाधिपतियों पर भी सम्यक् विचार करने के उपरान्त ही अनुकूल इष्ट अर्थात् देवता का चयन करना चाहिए तथा उन्हीं देवता से सम्बन्धित मन्त्र का जप, स्तोत्र का पाठ आदि करना चाहिए।

जन्मांग में पंचम भाव इष्टदेव या अनुकूल देवता को निर्देशित करता है। नियमित व्रताराधना में इष्टदेवता को वरीयता प्रदान करनी चाहिए। कुछ विशिष्ट परिस्थितियों में अथवा यदि अपेक्षित कार्य इष्टदेव की क्षमता से परे हों तो उनकी अनुमति से इतर आध्यात्मिक उपचारों का अवलम्ब ग्रहण करना उचित है। यथा किसी के इष्टदेव शिव हैं और उसे सरस्वती की कृपा वांछित है तो शिवानुमति से वाग्देवी की उपासना अभीष्ट है। विभिन्न ग्रहों से सन्दर्भित देवता अग्रांकित हैं:-

1.	सूर्य	विष्णु
2.	चन्द्र	सरस्वती
3.	मंगल	हनुमान
4.	बुध	विष्णु
5.	बृहस्पति	ब्रह्मा
6.	शुक्र	दुर्गा
7.	शनि	शिव और भैरव

उल्लेखनीय है, पंचमेश तथा पंचमस्थ ग्रहों पर अथवा पंचम भाव पर पड़ने वाले प्रबल ग्रहों की दृष्टि पर सर्वभाँति विचार करने के उपरान्त सर्वाधिक प्रबल ग्रह का निर्धारण कर लेना चाहिए तथा उसी ग्रह से सम्बन्धित देवता के प्रसन्नार्थ की जाने वाली आराधना अत्यन्त त्वरित फलप्रदाता सिद्ध होती है। साधक मन्त्र शक्ति का चमत्कार स्वतः ही अनुभव कर सकते हैं। यदि

पंचम भाव पर सूर्य का सर्वाधिक प्रभाव हो, तो भगवान विष्णु अथवा उनके अवतार राम, कृष्ण आदि से सम्बन्धित उपासनाएं शीघ्र फल प्रदान करती हैं परन्तु सूर्य के साथ मंगल का भी पंचम भाव पर प्रभाव हो, तो नृसिंह भगवान, नृसिंह कवच आदि से सम्बन्धित साधनाएं विचारणीय होती हैं। इसी प्रकार से पंचम भाव पर चन्द्रमा का प्रभाव होने पर माता सरस्वती की आराधना करनी चाहिए। पंचम भाव पर मंगल का प्रभाव हो, तो हनुमानजी, बुध का हो तो गणपति देवता, बृहस्पति का हो, तो ब्रह्मा के साथ-साथ विष्णु से संदर्भित उपासनाएं करना हितकर होता है। यदि बृहस्पति पर मंगल का भी प्रभाव हो, तो नारायण कवच, सुदर्शन शतक ऐसे प्रयोग अत्यन्त शीघ्र फल प्रदान करने वाले सिद्ध होते हैं। पंचम भाव पर यदि शुक्र का अत्यधिक प्रभाव परिलक्षित हो रहा हो, तो महाशक्ति त्रिपुरसुन्दरी, माता जगदम्बा, दुर्गतिनाशिनी दुर्गा, महाकाली, महालक्ष्मी; वैष्णों देवी, संतोषी माता, वैभवलक्ष्मी आदि की साधनाएं अद्भुत परिणाम प्रदान करती हैं। शनि यदि पंचम भाव को प्रभावित कर रहा हो, तो देवाधिदेव महादेव भगवान शंकर की उपासना करनी चाहिए। भैरव के किसी भी रूप की साधना करने से शीघ्र फल प्राप्त होता है।

जन्मांग में यदि शनि किंचित भी पापाक्रान्त न हो, स्वराशिगत अथवा उच्च राशिगत हो, केन्द्र अथवा त्रिकोण में स्थित हो, तो शिव उपासना करनी चाहिए, परन्तु यदि शनि अस्त, नीच अथवा पापाक्रान्त हो, पापग्रहों के सानिध्य में हो, तो भैरव उपासना करना अधिक हितकर सिद्ध होता है। पंचम भाव पर शुक्र और मंगल का संयुक्त प्रभाव हो, तो बगलामुखी देवी, प्रत्यंगिरा स्तोत्र की साधना हेतु परामर्श प्रदान किया जाता है। इसी तरह से राहु और शनि का संयुक्त प्रभाव हो, तो भैरव की उग्र साधना करना शीघ्र परिणाम प्रदाता तथा अभिलाषाओं की संसिद्धि करने वाला होता है। राहु, मंगल और शनि का पंचम भाव पर संयुक्त प्रभाव हो, तो भैरव की अतिउग्र साधना, पक्षीराज (आकाश भैरव) की साधना करना शत्रु के लिए प्राणघातक सिद्ध होता है। इस स्थिति में आवश्यकता पड़ने पर शत्रु के लिए मारण प्रयोग करने में भी शीघ्र सफलता प्राप्त होती है। बृहस्पति और मंगल का संयुक्त प्रभाव होने पर विष्णु के किसी उग्र रूप की साधना का मार्ग प्रशस्त होता है। जैसे नृसिंह साधना, वाराह साधना। यदि पंचम भाव में वायु तत्त्व की प्रधानता हो, तो आकाश भैरव की साधना अत्यन्त शीघ्र सिद्ध होती है।

अनुकूल देवता का चयन, अनुकूल मन्त्र का चयन, अनुकूल मुहूर्त का चयन आदि करने के पश्चात् मन्त्र साधना के विधान का संज्ञान भी अनिवार्य है। उपासना विशेष का महत्त्व, नक्षत्र के साथ-साथ, वार, मास आदि पर भी विचार करना आवश्यक है। प्राणप्रतिष्ठा, शुद्धि संज्ञान के साथ-साथ विभिन्न न्यासों के भी वैज्ञानिक आधार पर अवश्य चिंतन करना चाहिए, तदन्तर न्यास आदि करने के उपरान्त ही मन्त्र जप करना चाहिए। विभिन्न न्यास, पृथक्-पृथक् मन्त्रों के उच्चारण के साथ करना आवश्यक होता है। न्यास का मुख्य तात्पर्य यह है 'देवम्भुत्वा, देवमयजेत' अर्थात् देवता की आराधना करने से पूर्व स्वयं देवता के समतुल्य अपने आपको बना लेना चाहिए। तभी उस देवता के लिए सम्पन्न की जाने वाली साधना फलप्रदाता सिद्ध होती हैं। विभिन्न न्यासों में अंगन्यास को प्रथम प्राथमिकता प्रदान की गयी है जिसमें मन्त्र जप करते हुए शरीर के विभिन्न अंगों का स्पर्श इस उद्देश्य से करना चाहिए कि हम स्वयं देवता हैं तथा यह मन्त्र हमारे अंगों में देवता का वास करने हेतु किया जा रहा है। तत्पश्चात् हृदयान्यास, करन्यास विधिविधान सहित

करना चाहिए तथा इस प्रक्रिया के विषय में किसी योग्य, अनुभवी, विद्वान आचार्य से दीक्षा ग्रहण करनी चाहिए।

उपचारों के प्रकार

उपचार के अनेक प्रकार सम्भव हैं। अग्रांकित पंक्तियों में भारतीय संस्कृति में बहुव्यवहत और सर्वस्वीकृत उंपचार प्रस्तुत हैं :-

1. रत्न
2. मन्त्र
3. यन्त्र
4. तन्त्र
5. औषधि
6. व्रत
7. टोटका
8. आशीर्वाद या श्राप

पूजोपचार वर्णनम्

उत्तमो मानसो यागो मध्यमं वहिरर्च्चनम्।
मूलमन्त्रं समुच्चार्य पश्चाद्देयमुदीरयेत।।

सम्प्रदानं तदन्तेषु त्यागार्थकपदं ततः।
एवं क्रमेण सद्वृत्ते ! उपचारात् प्रकल्पयेत्।।

उपचारा विनिर्द्दिष्टाः पूजायामेकविंशतिः।।
मुनिभिर्योगतत्त्वज्ञैर्दश षोडश पञ्च च।।

पूजोपचार-वर्णन : मानस-याग सर्वोत्तम है, बहिरर्चन मध्यम है। पहले मूल मंत्र का उच्चारण कर देय-वस्तु अर्थात् जो वस्तु देवता को समर्पित की जायेगी, उसके नाम का उच्चारण कर, उसके बाद सम्प्रदान अर्थात् जिसे वह वस्तु प्रदत्त होगा, उसके नाम का उच्चारण कर समर्पणार्थक पद का उच्चारण करें। इस प्रकार समस्त उपचार देवता को समर्पित करना है। पूजा में इक्कीस, षोडश, दश एवं पंच-एवं विध प्रकार से योग-तत्त्वज्ञ महर्षियों ने उपचारों के भेद को निर्देशित किया है।

दशोपचार

पाद्यमर्घ्य तथा स्नानं मधुपर्काचमौ तथा।
नैवेद्यान्ता गन्धमुखा उपचारा दश क्रमात्।।

दशोपचार : पाद्य, अर्घ्य, स्नान, मधुपर्क, आचमन, गन्ध, पुष्प, धूप, दीप एवं नैवेद्य - ये दशोपचार हैं।

पञ्चोपचाराः

गन्धपुष्पे तथा धूपो दीपो नैवेद्यमेव च।
अखण्डं फलमासाद्य कैवल्यं लभते ध्रुवम्।।

पंचोपचार : गन्ध, पुष्प, धूप, दीप, नैवेद्य - ये पंचोपचार हैं। इनके द्वारा अखण्ड फल-लाभ होता है, अन्त में वह साधक कैवल्य का लाभ करता है।

एकविंशात्युपचाराः

आवाहनं स्वागतञ्च ह्यासनं स्थापनं तथा।
पाद्यमर्घ्यं तथा स्नानं वसनञ्चोपवीतकम्।।

भूषणं गन्धपुष्पे वै धूपदीपौ तथैव च।
नैवेद्याचमने चैव ताम्बूलं तदनन्तरम्।
माल्यं नीराजनं चैव नमस्कारविसर्जने।।

एकविंशत्युपचार : आवाहन, स्वागत, आसन, स्थापन, पाद्य, अर्घ्य, स्नान, वस्त्र, उपवीत, भूषण, गन्ध, पुष्प, धूप, दीप, नैवेद्य, आचमन, ताम्बूल, माल्य, आरति, नमस्कार एवं विसर्जन - ये एकविंशति उपचार है।

षोडशोपचाराः

आवाहनं स्थापनञ्च पाद्यमर्घ्यं तथैव च।
स्नानं वस्त्रं भूषणं वै गन्धपुष्पे च धूपकाः।।

दीपस्तथा च नैवेद्यं तथैवाचमनं भवेत्।
नीराज्जनञ्च ताम्बूलं प्रणाम इति षोडश।।

षोडशोपचार : आवाहन, स्थापन, पाद्य, अर्घ्य, स्नान, वस्त्र, भूषण, गन्ध, पुष्प, धूप, दीप, नैवेद्य, आचमन, ताम्बूल, आरति, प्रणाम—ये षोडशोपचार पूजा के उपचार हैं।

अनेक पाठक सुगम और सरल साधना के प्रकार में ही आस्था रखते हैं। दूसरे शब्दों में कतिपय साधक क्लिष्ट साधना सम्पन्न करने में असमर्थ होते हैं। ऐसे साधकों एवं सामान्य भक्तों की नियमित पूजा हेतु कतिपय आवश्यक प्रावधान शास्त्रों में शास्त्र-सम्मत् है। जिनमें से षोडशोपचार पूजन विधान का संज्ञान एवं प्रतिपादन आराधना का एक अनिवार्य अंग है। पाठकगण, जो षोडशोपचार पूजन से भली-भाँति परिचित नहीं हैं, उनके हितार्थ इस अध्याय में समस्त उपचारों को सम्पन्न करने हेतु सन्दर्भित श्लोक, अनेक प्रबुद्ध पाठकों के आग्रह पर प्रस्तुत किये जा रहे हैं। हमारी मंगल आस्था है कि सामान्य आराधक, भक्त एवं साधक षोडशोपचार पूजन विधान से अवश्य लाभान्वित होंगे।

समस्त देवी-देवताओं के पूजन के अनेक विधान हैं परन्तु पंचोपचार, एकादशोपचार, षोडशोपचार, एकविंशत्युपचार अधिक प्रचलित, प्रशंसित एवं प्रयुक्त हैं। सर्वप्रथम स्वास्तिवाचन का उच्चस्वर में उद्घोष करके वातावरण को शुद्ध करना चाहिए परन्तु स्वास्तिवाचन से पूर्व घृत का दीपक अवश्य प्रज्वलित कर लेना चाहिए। इसके उपरान्त गौरी-गणेश का पूजन पंचोपचार अथवा एकादशोपचार अथवा षोडशोपचार अथवा एकविंशत्युपचार द्वारा किया जाना चाहिए। हमारा परामर्श है कि षोडशोपचार पूजन सर्व-सम्मत और शास्त्र संगत है। अतः गौरी-गणेश तथा सम्बन्धित देवताओं का पूजन षोडशोपचार से अवश्य करना चाहिए। यहाँ पर गौरी-गणेश का षोडशोपचार पूजन विधान अंकित किया जा रहा है। इन्हीं मंत्रों का उच्चारण करते हुए गौरी-गणेश का पूजन करना चाहिए। पाठकों का ध्यान इस तथ्य पर केन्द्रित करना आवश्यक है कि ध्यान और आवाहन से सम्बन्धित उपचार के श्लोकों के अतिरिक्त, अन्य सभी उपचार के श्लोक सभी देवी-देवताओं और ग्रहों के लिए समान रूप से प्रस्तुत किये जाते हैं। इन सभी मंत्रों को यदि स्मरण कर लिया जाये तो प्रतिदिन पूजन करने में सुविधा तथा सुगमता होने में किसी प्रकार का संशय नहीं रह जाता। यहाँ पर गौरी-गणेश पूजन से सम्बन्धित श्लोक उद्धृत किये जा रहे हैं इन्हीं श्लोकों का उच्चारण करते हुए प्रत्येक उपचार सम्पन्न करना चाहिए।

गौरी गणेश पूजन

हाथ में अक्षत लेकर भगवान् गणेश का ध्यान-

गजाननं भूतगणादिसेवितं कपित्थजम्बूफलचारुभक्षणम्।
उमासुतं शोकविनाशकारकं नमामि विघ्नेश्वरपादपङ्कजम्।।

गौरी का ध्यान

नमो देव्यै महादेव्यै शिवायै सततं नमः।
नमः प्रकृत्यै भद्रायै नियताः प्रणताः स्मताम्।।
श्री गणेशाम्बिकाभ्यां नमः, ध्यानं समर्पयामि।

गणेश का आवाहन

हाथ में अक्षत लेकर -

ॐ गणानां त्वा गणपति ँ हवामहे प्रियाणां त्वा प्रियपति ँ हवामहे निधीनां त्वा निधिपति ँ हवामहे वसो मम। आहमजानि गर्भधमा त्वमजासि गर्भधम्।।

एह्येहि हेरम्ब महेशपुत्र ! समस्तविघ्नौघविनाशदक्ष!।
माङ्गल्यपूजाप्रथमप्रधान गृहाण पूजां भगवन्! नमस्ते।।

ॐ भूर्भुवः स्वः सिद्धिबुद्धिसहिताय गणपतये नमः, गणपतिमावाहयामि, स्थापयामि, पूजयामि च।

हाथ के अक्षत को गणेश जी पर अर्पित कर दें। पुनः अक्षत लेकर गणेश जी की दाहिनी ओर गौरी जी का आवाहन करें।

गौरी का आवाहन

ॐ अम्बे अम्बिकेऽम्बालिके न मा नयति कश्चन।
ससस्त्यश्वकः सुभद्रिकां काम्पीलवासिनीम्।।
हेमाद्रितनयां देवीं वरदां शङ्करप्रियाम्।
लम्बोदरस्य जननीं गौरीमावाहयाम्यहम्।।
ॐभूर्भुवः स्वः गौर्यै नमः, गौरीमावाहयामि, स्थापयामि, पूजयामि च।

प्रतिष्ठा-

ॐ मनो जूतिर्जुषतामाज्यस्य बृहस्पतिर्यज्ञमिमं तनोत्वरिष्टं यज्ञ ँ समिमं दधातु। विश्वे देवास इह मादयन्तामो 3 म्प्रतिष्ठ।।

अस्यै प्राणाः प्रतिष्ठन्तु अस्यै प्राणाः क्षरन्तु च।
अस्यै देवत्वमर्चायै मामहेति च कश्चन।।
गणेशाम्बिके! सुप्रतिष्ठिते वरदे भवेताम्।
प्रतिष्ठापूर्वकम् आसनार्थे अक्षतान् समर्पयामि गणेशाम्बिकाभ्यां नमः।

(आसन के लिए अक्षत समर्पित करें)।

पाद्य, अर्घ्य, आचमनीय, स्नानीय और पुनराचमनीय हेतु जल

ॐ देवस्य त्वा सवितुः प्रसवेऽश्विनोर्बाहुभ्यां पूष्णो हस्ताभ्याम्।।
एतानि पाद्यार्घ्याचमनीयस्नानीयपुनराचमनीयानि समर्पयामि गणेशाम्बिकाभ्यां नमः।

दुग्धस्नान-

ॐ पय : पृथिव्यां पय ओषधीषु पयो दिव्यन्तरिक्षे पयो धाः पयस्वतीः। प्रदिशः सन्तु मह्यम्।।

कामधेनुसमुद्भूतं सर्वेषां जीवनं परम्।
पावनं यज्ञहेतुश्च पयः स्नानार्थमर्पितम्।।
ॐ भूर्भुवः स्वः गणेशाम्बिकाभ्यां नमः, पयः स्नानं समर्पयामि।

दधिस्नान-

ॐ दधिक्राव्णो अकारिषं जिष्णोरश्वस्य वाजिनः।
सुरभि नो मुखाकरत्प्रण ७३ आयू ँषि तारिषत्।।
पयसस्तु समुद्भूतं मधुराम्लं शशिप्रभम्।
दध्यानीतं मया देव! स्नानार्थ प्रतिगृह्यताम्।।
ॐ भूर्भुवः स्वः गणेशाम्बिकाभ्यां नमः, दधिस्नानं समर्पयामि।

(पुनः जल स्नान करायें)।

घृत स्नान-

ॐ घृतं मिमिक्षे घृतमस्य योनिर्घृते श्रितो घृतम्वस्य धाम।
अनुष्वधमा वह मादयस्व स्वाहाकृतं वृषभ वक्षि हव्यम्।।
नवनीतसमुत्पन्नं सर्वसंतोषकारकम्।
घृतं तुभ्यं प्रदास्यामि स्नानार्थं प्रतिगृह्यताम्।।
ॐ भूर्भुवः स्वः गणेशाम्बिकाभ्यां नमः, घृतस्नानं समर्पयामि।

(पुनः जल स्नान करायें)।

मधुस्नान-

ॐ मधुव्वाताऽऋतायते मधुक्षरन्ति सिन्धवः। माध्वीर्नः सन्त्वोषधीः मधुनक्तमुतोषसो मधुमत्पार्थिव ँ रजः। मधुद्यौरस्तु नः पिता मधुमान्नो व्वनस्पतिर्म्मधुमाँऽ2 अस्तु सूर्यः माध्वीर्गावो भवन्तु नः।।

पुष्परेणुसमुद्भूतं सुस्वादुमधुरं मधु।
तेजः पुष्टिकरं दिव्यं स्नानार्थं प्रतिगृह्यताम्।।
ॐ भूर्भुवः स्वः गणेशाम्बिकाभ्यां नमः, मधुस्नानं समर्पयामि।

(पुनः जल स्नान करायें)।

शर्करास्नान-

ॐ अपा ँ रसमुद्वयस ७३ सूर्ये सन्त ँ समाहितम्।

अपा ७३ रसस्य यो रसस्तं वो गृह्णाम्युत्तममुपयामगृहीतोऽसीन्द्राय त्वा जुष्टं गृह्णाम्येष ते योनिरिन्द्राय त्वा जुष्टतमम्।।

इक्षुरससमुद्भूतां शर्करां पुष्टिदां शुभाम्।
मलापहारिकां दिव्यां स्नानार्थं प्रतिगृह्यताम्।।
ॐ भूर्भुवः स्वः गणेशाम्बिकाभ्यां नमः, शर्करास्नानं समर्पयामि।

(पुनः जल स्नान करायें)।

पञ्चामृतस्नान-

ॐ पञ्चनद्यः सरस्वतीमपि यन्ति सस्रोतसः।
सरस्वती तु पञ्चधा सोदेशेऽभवत्सरित्।।
पञ्चामृतं मयानीतं पयो दधि घृतं मधु।
शर्करया समायुक्तं स्नानार्थं प्रतिगृह्यताम्।।
ॐ भूर्भुवः स्वः गणेशाम्बिकाभ्यां नमः, पञ्चामृतस्नानं समर्पयामि।

शुद्धोदकस्नान-

ॐ शुद्धवालः सर्वशुद्धवालो मणिवालस्तऽआश्विनाः श्येतः श्येताक्षोऽरुणस्ते रुद्राय पशुपतये कर्णा यामा अवलिप्तारौद्रा नभोरूपाः पार्जन्याः।।

गङ्गे च यमुने चैव गोदावरि सरस्वति।
नर्मदे सिन्धुकावेरि स्नानार्थं प्रतिगृह्यताम्।।
ॐ भूर्भुवः स्वः गणेशाम्बिकाभ्यां नमः, शुद्धोकस्नानं समर्पयामि।

आचमन-

शुद्धोकदकस्नानान्ते आचमनीयं जलं समर्पयामि।

(आचमन के लिए जल दें)।

वस्त्र-

ॐ युवा सुवासाः परिवीत आगात् स उ श्रेयान् भवति जायमानः।
तं धीरासः कवय उन्नयन्ति स्वाध्यो३ मनसा देवयन्तः।।
शीतवातोष्णसंत्राणं लज्जाया रक्षणं परम्।
देहालङ्करणं वस्त्रमतः शान्तिं प्रयच्छ मे।।
ॐ भूर्भुवः स्वः गणेशाम्बिकाभ्यां नमः, वस्त्रं समर्पयामि।
वस्त्रान्ते आचमनीयं जलं समर्पयामि।

वस्त्र के बाद आचमन के लिए जल दें।

उपवस्त्र-

ॐ सुजातो ज्योतिषा सह शर्म वरूथमाऽसदत्स्वः।
वासो अग्ने विश्वरूप ँ᳚ सं व्ययस्व विभावसो।।
यस्याभावेन शास्त्रोक्तं कर्म किञ्चिन्न सिध्यति।
उपवस्त्रं प्रयच्छामि सर्वकर्मोपकारकम्।।
ॐ भूर्भुवः स्वः गणेशाम्बिकाभ्यां नमः, उपवस्त्रं समर्पयामि।

उपवस्त्र न हो तो रक्त सूत्र अर्पित करें।

आचमन- उपवस्त्र के बाद आचमन के लिए जल दें।

यज्ञोपवीत-

ॐ यज्ञोपवीतं परमं पवित्रं प्रजापतेर्यत्सहजं पुरस्तात्।
आयुष्यमग्र्यं प्रतिमुञ्च शुभ्रं यज्ञोपवीतं बलमस्तु तेजः।।
यज्ञोपवीतमसि यज्ञस्य त्वा यज्ञोपवीततेनोपनह्यामि।
नवभिस्तन्तुभिर्युक्तं त्रिगुणं देवतामयम्।
उपवीतं मया दत्तं गृहाण परमेश्वर!।।
ॐ भूर्भुवः स्वः गणेशाम्बिकाभ्यां नमः, यज्ञोपवीतं समर्पयामि।

आचमन- यज्ञोपवीत के बाद आचमन के लिए जल दें।

चन्दन-

ॐ त्वां गन्धर्वा अखनँस्त्वामिन्द्रस्त्वां बृहस्पतिः।
त्वामोषधे सोमो राजा विद्वान् यक्ष्मादमुच्यत।।
श्रीखण्डं चन्दनं दिव्यं गंधाढ्यं सुमनोहरम्।
विलेपनं सुरश्रेष्ठ! चन्दनं प्रतिगृह्यताम्।।
ॐ भूर्भुवः स्वः गणेशाम्बिकाभ्यां नमः, चन्दनानुलेपनं समर्पयामि।

अक्षत-

ॐ अक्षन्नमीमदन्त ह्यव प्रिया अधूषत।
अस्तोषत स्वभानवो विप्रा नविष्ठया मती योजान्विन्द्र ते हरी।।
अक्षताश्च सुरश्रेष्ठ कुङ्कुमाक्ताः सुशोभिताः।
मया निवेदिता भक्त्या गृहाण परमेश्वर।।
ॐ भूर्भुवः स्वः गणेशाम्बिकाभ्यां नमः, अक्षतान् समर्पयामि।

पुष्पमाला-

ॐ ओषधीः प्रति मोदध्वं पुष्पवतीः प्रसूवरीः।
अश्वा इव सजित्वरीर्वीरुधः पारयिष्णवः।।
माल्यादीनि सुगन्धीनि मालत्यादीनि वै प्रभो।
मयाहृतानि पुष्पाणि पूजार्थं प्रतिगृह्यताम्।।
ॐ भूर्भुवः स्वः गणेशाम्बिकाभ्यां नमः, पुष्पमालां समर्पयामि।

दूर्वा-

ॐ काण्डात्काण्डात्प्ररोहन्ती परुषः परुषस्परि।
एवा नो दूर्वे प्रतनुसहस्रेण शतेन च।।
दूर्वाङ्कुरान् सुहरितानमृतान् मङ्गलप्रदान्।
आनीतांस्तव पूजार्थं गृहाण गणनायक!।।
ॐ भूर्भुवः स्वः गणेशाम्बिकाभ्यां नमः, दूर्वाङ्कुरान् समर्पयामि।

सिन्दूर-

ॐ सिन्धोरिव प्राध्वने शूघनासो वातप्रमियः पतयन्ति यह्वाः।
घृतस्य धारा अरुषो न वाजी काष्ठा भिन्दन्नूर्मिभिः पिन्वमानः।।
सिन्दूरं शोभनं रक्तं सौभाग्यं सुखवर्धनम्।
शुभदं कामदं चैव सिन्दूरं प्रतिगृह्यताम्।।
ॐ भूर्भुवः स्वः गणेशाम्बिकाभ्यां नमः, सिन्दूरं समर्पयामि।

अबीर गुलाल आदि नाना परिमल द्रव्य-

ॐ अहिरिव भोगैः पर्येति बाहुं ज्याया हेतिं परिबाधमानः।
हस्तघ्नो विश्वा वयुनानि विद्वान् पुमान् पुमा ँ सं परि पातु विश्वतः।।
अबीरं च गुलालं च हरिद्रादिसमन्वितम्।
नाना परिमलं द्रव्यं गृहाण परमेश्वर!।।
ॐ भूर्भुवः स्वः गणेशाम्बिकाभ्यां नमः, नानापरिमलद्रव्याणि समर्पयामि।

सुगन्धिद्रव्य-

ॐ अहिरिव० इस पूर्वोक्त मंत्र से चढायें
दिव्यगन्धसमायुक्तं महापरिमलाद्भुतम्।
गन्धद्रव्यमिदं भक्त्या दत्तं वै परिगृह्यताम्।।
ॐ भूर्भुवः स्वः गणेशाम्बिकाभ्यां नमः, सुगन्धिद्रव्यं समर्पयामि।

धूप-

ॐ धूरसि धूर्व धूर्वन्तं धूर्व तं योऽस्मान् धूर्वति तं धूर्वयं वयं धूर्वामः।
देवानामसि वह्नितम ँ सस्नितमं पप्रितमं जुष्टतमं देवहूतमम्।।

वनस्पतिरसोद्भूतो गन्धाढ्यो गन्ध उत्तमः।
आघ्रेयः सर्वदेवानां धूपोऽयं प्रतिगृह्यताम्।।
ॐ भूर्भुवः स्वः गणेशाम्बिकाभ्यां नमः, धूपमाघ्रापयामि।

दीप-

ॐ अग्निर्ज्योतिज्योतिरग्निः स्वाहा सूर्यो ज्योतिर्ज्योतिः सूर्यः स्वाहा।
अग्निर्वर्चो ज्योतिर्वर्चः स्वाहा सूर्यो वर्चो ज्योतिर्वर्च स्वाहा।।
ज्योर्ति सूर्यः सूर्यो ज्योतिः स्वाहा।।
साज्यं च वर्तिसंयुक्तं वह्निना योजितं मया।
दीपं गृहाण देवेश त्रैलोक्यतिमिरापहम्।।
भक्त्या दीपं प्रयच्छामि देवाय परमात्मने।
त्राहि मां निरयाद् घोराद् दीपज्योतिर्नमोऽस्तु ते।।
ॐ भूर्भुवः स्वः गणेशाम्बिकाभ्यां नमः, दीपं दर्शयामि।

हस्तप्रक्षालन- **'ॐ हृषीकेशाय नमः'** कहकर हाथ धो लें।

नैवेद्य- पुष्प अर्पितकर बायें हाथ से पूजित घण्टा बजाते हुए।

ॐ नाभ्या आसीदन्तरिक्ष ᳬ शीर्ष्णो द्यौः समवर्तत।
पद्भ्यां भूमिर्दिशः श्रोत्राँस्त्था लोकाँ2 अकल्पयन्।।
ॐ प्राणाय स्वाहा। ॐ अपानाय स्वाहा। ॐ समानाय स्वाहा।
ॐ उदानाय स्वाहा। ॐ व्यानाय स्वाहा।
शर्कराखण्डखाद्यानि दधिक्षीरघृतानि च।
आहारं भक्ष्यभोज्यं च नैवेद्यं प्रतिगृह्यताम्।।
ॐ भूर्भुवः स्वः गणेशाम्बिकाभ्यां नमः, नैवेद्यं निवेदयामि।
नैवेद्यान्ते आचमनीयं जलं समर्पयामि।

ऋतुफल-

ॐ याः फलिनीर्या अफला अपुष्पा याश्च पुष्पिणीः।
बृहस्पतिप्रसूतास्ता नो मुञ्चुन्त्व ँ हसः।।
इदं फलं मया देव स्थापितं पुरतस्तव।

तेन मे सफलावाप्तिर्भवेज्जन्मनि जन्मनि।।
ॐ भूर्भुवः स्वः गणेशाम्बिकाभ्यां नमः, ऋतुफलानि समर्पयामि।

फलान्ते आचमनीयं जलं समर्पयामि। जल अर्पित करे। ॐ मध्ये-मध्ये पानीयं समर्पयामि। उत्तरापोशनं समर्पयामि हस्तप्रक्षालनं समर्पयामि मुखप्रक्षालनं समर्पयामि।

करोद्वर्तन-

ॐ अ ँ शुना ते अ ँ शुः पृच्यतां परुषा परुः।
गन्धस्ते सोममवतु मदाय रसो अच्युतः।।
चन्दनं मलयोद्भुतं कस्तूर्यादिसमन्वितम्।
करोद्वर्तनकं देव गृहाण परमेश्वर।।
ॐ भूर्भुवः स्वः गणेशाम्बिकाभ्यां नमः, करोद्वर्तनकं चन्दनं समर्पयामि।

ताम्बूल-

ॐ यत्पुरुषेण हविषा देवा यज्ञमतन्वत।
वसन्तोऽस्यासीदाज्यं ग्रीष्म इध्मः शरद्धविः।।
पूगीफलं महद्दिव्यं नागवल्लीदलैर्युतम्।
एलादिचूर्णसंयुक्तं ताम्बूलं प्रतिगृह्यताम्।।
ॐ भूर्भुवः स्वः गणेशाम्बिकाभ्यां नमः,
मुखवासार्थम् एलालवंगपूगीफलसहितं ताम्बूलं समर्पयामि।

(इलायची, लौंग-सुपारी के साथ ताम्बूल अर्पित करें)।

दक्षिणा-

ॐ हिरण्यगर्भः समवर्तताग्रे भूतस्य जातः पतिरेक आसीत्।
स दाधार पृथिवीं द्यामुतेमां कस्मै देवाय हविषा विधेम।।
हिरण्यगर्भगर्भस्थं हेमबीजं विभावसोः।
अनन्तपुण्यफलदमतः शान्तिं प्रयच्छ मे।।
ॐ भूर्भुवः स्वः गणेशाम्बिकाभ्यां नमः, कृताया पूजायाः
सादुगुण्यार्थे द्रव्यदक्षिणां समर्पयामि। (द्रव्य दक्षिणा समर्पित करें)।

विशेषार्घ्य-

ताम्रपात्र में जल, चन्दन, अक्षत, फल, पुष्प, दूर्वा और दक्षिणा रखकर अर्घ्यपात्र को हाथ में लेकर निम्नलिखित मंत्र पढ़ें:-

ॐ रक्ष रक्ष गणाध्यक्ष रक्ष त्रैलोक्यरक्षक।
भक्तानामभयं कर्ता त्राता भव भवार्णवात्।।
द्वैमातुर कृपासिन्धो षाण्मातुराग्रज प्रभो!।
वरदस्त्वं वरं देहि वाञ्छितं वाञ्छितार्थद।।
गृहाणार्घ्यमिमं देव सर्वदेवनमस्कृतम्।
अनेन सफलार्घ्येण फलदोऽस्तु सदा मम।।

आरती-

ॐ इद ँ हविः प्रजननं मे अस्तु दशवीर ँ सर्वगण ँ स्वस्तये।
आत्मसनि प्रजासनि पशुसनि लोकसन्यभयसनि।
अग्निः प्रजां बहुलां मे करोत्वन्नं पयो रेतो अस्मासु धत्त।।
ॐ आ रात्रि पार्थिव ँ रजः पितुरप्रायि धामभिः।
दिवः सदा ँ सि बृहती वि तिष्ठस आ त्वेषं वर्तते तमः।।
कदलीगर्भसम्भूतं कर्पूरं तु प्रदीपितम्।
आरार्तिकमहं कुर्वे पश्य मे वरदो भव।।
ॐ भूर्भुवः स्वः गणेशाम्बिकाभ्यां नमः, आरार्तिकं समर्पयामि।

(कर्पूर की आरती करें, आरती के बाद जल गिरा दें।)

मन्त्र पुष्पाञ्जलि-

अंजली में पुष्प लेकर खड़े हो जायें।

ॐ मालतीमल्लिकाजाती - शतपत्रादिसंयुताम्।
पुष्पाञ्जलिं गृहाणेश तव पादयुगार्पितम्।।
ॐ यज्ञेन यज्ञमयजन्त देवास्तानि धर्माणि प्रथमान्यासन्।
ते ह नाकं महिमानः सचन्त यत्र पूर्वे साध्याः सन्ति देवाः।।
नानासुगन्धिपुष्पाणि यथाकालोद्भवानि च।
पुष्पाञ्जलिर्मया दत्तो गृहाण परमेश्वर।।
ॐ भूर्भुवः स्वः गणेशाम्बिकाभ्यां नमः पुष्पाञ्जलिं समर्पयामि।

(पुष्पाञ्जलि अर्पित करें।)

प्रदक्षिणा-

ॐ ये तीर्थानि प्रचरन्ति सृकाहस्ता निषङ्गिणः।
तेषा ँ सहस्रयोजनेऽव धन्वानि तन्मसि।

यानि कानि च पापानि जन्मान्तरकृतानि च।
तानि सर्वाणि नश्यन्तु प्रदक्षिणपदे पदे।।
ॐ भूर्भुवः स्वः गणेशाम्बिकाभ्यां नमः, प्रदक्षिणां समर्पयामि।

(प्रदक्षिणा करें।)

प्रार्थना-

विघ्नेश्वराय वरदाय सुरप्रियाय लम्बोदराय सकलाय जगद्धिताय।
नागाननाय श्रुतियज्ञविभूषिताय गौरीसुताय गणनाथ नमो नमस्ते।।
लम्बोदर नमस्तुभ्यं सततं मोदकप्रिय। अविघ्नं कुरुमे देव सर्वकार्य्येषु सर्वदा।।
अनया पूजया सिद्धि-बुद्धि-सहितः श्रीमहागणपतिः साङ्गसपरिवारः प्रीयताम्।।
श्रीविघ्नराजप्रसादात्कर्तव्यामुककर्मनिर्विघ्नसमाप्तिश्चास्तु।

दिग्रक्षण-

वायें हाथ में श्वेत सरसों अथवा अक्षत लेकर दिग्रक्षण करे।

ॐ पूर्वे रक्षतु गोविन्द आग्नेय्यां गरुडध्वजः।
याम्ये रक्षतु वाराहो नारसिंहस्तु नैऋते।।
केशवो वारुणीं रक्षेद् वायव्यां मधुसूदनः।
उत्तरे श्रीधरोरक्षेदीशाने च गदाधरः।।
ऊर्ध्वं गोवर्द्धनो रक्षेदधस्तात्तु त्रिविक्रमः।
एवं दश दिशो रक्षेद्वासुदेवो जनार्दनः।।
यज्ञाग्रे पातु मा शंखः पृष्ठे पद्मन्तु रक्षतु।
वामपार्श्वे गदा रक्षेद्दक्षिणे च सुदर्शनः।।

ज्ञातव्य है कि स्वास्तिवाचन के पश्चात् पूजन एवं मंत्र जप हेतु संकल्प का उच्चारण करना चाहिए जिसका विस्तृत विधान का उल्लेख हमनें अन्यत्र किया है। संकल्प का उच्चारण करने से पूर्व दाहिने हाथ में स्वर्ण, रजत अथवा ताम्रपात्र या ताम्बूल पत्र पर साबुत सुपारी, अक्षत (चावल) पुष्प, जल एवं कुछ मुद्रायें रखकर संकल्प का उच्चारण आस्था और निष्ठा के साथ करना चाहिए। संकल्प के समय गौरी-गणेश का ध्यान करना उत्तम व्यवस्था है।

संकल्प के पश्चात् उपरांकित विधान से गौरी-गणेश का पूजन करें। तत्पश्चात् कलश-स्थापन, पुण्याहवाचन, अभिषेक, षोडशमातृका पूजन, सप्तघृतमातृका पूजन, नवग्रह-मण्डल पूजन तथा अन्त में प्रधान देवता का पूजन करना चाहिए। प्रधान देवता से तात्पर्य है जिन देवता से सम्बन्धित मंत्र का जप किया जा रहा हो उनका पूजन। उदाहरण के लिए-- महामृत्युंजय मंत्र के अधिष्ठाता देवता भगवान शंकर हैं अतः प्रधान देवता के रूप में भगवान् शंकर का उपरोक्त विधान से षोडशोपचार पूजन करना चाहिए। तत्पश्चात् महामृत्युंजय मंत्र का जप करना चाहिए। प्रत्येक मंत्र

जप से पूर्व सम्बन्धित देवता अर्थात् प्रधान देवता एवं मंत्र जप से सम्बन्धित समस्त औपचारिकताएँ सम्पन्न करने के पश्चात् ही मंत्र जप रुद्राक्ष, तुलसी, चन्दन अथवा स्फटिक आदि की माला से करना चाहिए।

ग्रहों का अनुग्रह अथवा विग्रह सम्पूर्ण जीवन की गति-मति-प्रगति को प्रभावित करता है। जब ग्रहों का विपरीत प्रभाव प्रसारित होता है, तब व्यक्ति का जीवन विघ्नों तथा संघर्षों से ओतप्रोत हो जाता है। पापी ग्रहों का स्वभाव और जन्मांग में उनका स्थान भी इस तथ्य को संयमित करता है। ज्योतिष का ज्ञान इस अर्थ में विशिष्ट है कि उससे शरीर और जीवन पर ग्रहों का पृथक्-पृथक् प्रभाव परिगणित होता है। विपत्ति का कारण रेखांकित किये बिना जो ज्योतिर्विद निदान बतलाते हैं, वे त्रुटिपूर्ण कार्य करते हैं। मेरे मतानुसार जन्मांग का सूक्ष्मातिसूक्ष्म विवेचन करते हुए सर्वप्रथम विसंगति के उत्तरदायी कारणों तथा उसमें ग्रहों की विशिष्ट भूमिका पर विचार परमावश्यक है। तत्पश्चात् समाधानात्मक उपाय निर्देशित करने चाहिए।

ये दैहिक-भौतिक तथा दैविक होते हैं। जब व्यक्ति, परिवार, समाज, धन तथा मन से परास्त हो जाता है तब पीड़ित जातक दैविक अर्थात् आध्यात्मिक उपचारों की शरण ग्रहण करता है। प्रायः अनुभव में आता है कि सर्वतोभावेन सम्पन्न कन्या अविवाहित रह जाती है। शारीरिक दृष्टि से पर्याप्त स्वस्थ नारी गर्भधारण में असमर्थ रहती है। यदि यह भाग्य का चक्र नहीं तो क्या है? भाग्य का वास्तविक स्वरूप क्या है और क्या यह परिवर्तनीय है? क्या समाधानात्मक उपाय भाग्य में प्रभाव छोड़ते हैं? इन प्रश्नों पर भी विचार आवश्यक है। किन्तु सर्वोपरि यह है कि अशुभ ग्रहों से त्रस्त व्यक्ति आध्यात्मिक उपचारों से कितना सुख-सन्तोष अर्जित कर सकते हैं।

रत्नोपचार

आध्यात्मिक उपचार या ग्रहावरोध-परिशमन हेतु रत्नों का प्रयोग आज के युग में अत्यन्त लोकप्रिय है। रत्न औषधि की भाँति सुलभ हैं और धनसाध्य हैं। अन्य उपचार, यथा- मन्त्र, स्तोत्र, सूक्त, पुरश्चरण, यन्त्र और तन्त्र में समय और श्रद्धा की घनीभूत उपस्थिति आवश्यक है। रत्न इनकी तुलना में प्रायः अधिक सुगम हैं। बहुमूल्य रत्न बहुधा अत्यन्त चमत्कारिक प्रभाव प्रसारित करते हैं।

रत्नों का प्रमुख उपयोग ग्रहों की क्षमता तथा शक्ति सम्वर्द्धन हेतु होता है। कुछ लोगों का अभिमत है कि रत्न का प्रयोग ग्रह विशेष का सहयोग प्राप्त करने हेतु होता है, जो भ्रामक है। यदि कोई ग्रह जन्मांग में विपरीत स्थिति में अवस्थित है तो वह शक्तिशाली होकर प्रबल क्षतिकारक हो जायेगा। ऐसे ग्रहों को शक्ति प्रदान करने वाले रत्नों को धारण नहीं करना चाहिए। अपनी स्थिति अथवा अपने स्वामित्व से लाभ प्रदान करने वाले ग्रहों को प्रभावित करने वाले रत्न ही धारण करने योग्य हैं। ऐसे शुभ किन्तु दुर्बल ग्रहों को शक्ति प्रदान करना समीचीन है। अतः यह निर्णय बहुत बुद्धिमानी से करना चाहिए।

यथा अष्टम भावस्थ चतुर्थाधिपति मंगल चतुर्थ भावगत फलों और दाम्पत्य को आक्रांत करता है। इस स्थिति में यदि मूँगा धारण किया जाये तो ये कुपरिणाम और प्रचुर होंगे। कारण मंगल और प्रबल हो जायेगा। किन्तु नवमस्थ चतुर्थाधिपति मंगल की दुर्बलता दूर करने हेतु मूँगा

धारणीय है। दशमाधिपति षष्ठस्थ बृहस्पति को सबल करने हेतु पुखराज पहनना आवश्यक है।

रत्न मूल्यवान होते हैं। यदि इन्हें क्रय करना कठिन हो तो उपरत्नों को धारण करना उचित है, किन्तु भ्रष्ट-निम्नकोटीय रत्नों को धारण करना ठीक नहीं है।

सर्वविदित है कि किस ग्रह हेतु कौन सा रत्न निर्धारित है--

सूर्य	माणिक्य
चन्द्र	मोती
मंगल	मूँगा
बुध	पन्ना
बृहस्पति	पुखराज
शुक्र	हीरा
शनि	नीलम
राहु	गोमेद
केतु	लहसुनिया

इस सन्दर्भ में जातक पारिजात में स्पष्ट उल्लेख है--

माणिक्यं दिननायकस्य विमलं मुक्ताफलं शीतगोः
माहेयस्य च विद्रुमं मरकतं सौम्यस्य गारुत्मकम्।
देवेज्यस्य च पुष्परागमसुराचार्यस्य वज्रं शनेः
नीलं निर्मलमन्ययोश्च गदिते गोमेदवैडूर्यके।।

उल्लेखनीय है रत्न की त्रुटिहीनता अथवा उत्तमता। रत्न का भार ग्रह के बलाबल पर निर्भर है। कुछ अत्यन्त महत्त्वपूर्ण सूत्र इस प्रकार हैं--

1. एक विचार है कि लग्नाधिपति से सन्दर्भित रत्न धारण करने से लग्न बलशाली होती है। फलतः व्यक्तित्व, सफलता और समृद्धि में गुणात्मक वृद्धि होती है। यह त्रुटियुक्त विचार है। यदि लग्नाधिपति दुष्ट प्रभावान्तर्गत संस्थित हो तो उसकी प्रबलता संदर्भित भावों को विनष्ट करेगी। यथा-- लग्नाधिपति चन्द्र षष्ठभावगत हो तो मोती धारण करने से शीतविकार, ज्वर और तज्जन्य रोगों में वृद्धि होती है।

2. महादशा से सन्दर्भित ग्रह का रत्न पहनने की परम्परा है। पंचमभावस्थ राहु बुद्धि-विकार उत्पन्न करता है। अतः ऐसे लक्षणों मे गोमेद धारण करने से बौद्धिक क्षमता का ह्रास होगा। हाँ, एकादशस्थ निर्बल राहु हेतु गोमेद पहनना उचित है। यदि महादशा से सन्दर्भित ग्रह शुभ स्थान में स्थित हो तो उसका रत्न धारण करना हितकारी होता है। कुछ ज्योतिर्विद अन्तर्दशाधिपति का रत्न धारण करने का परामर्श देते हैं। किन्तु इसे पहनने से पूर्व महादशा का रत्न उतार देना आवश्यक है। महादशा और अन्तर्दशा के ग्रहों के बलाबल एवं संस्थापन के आधार पर रत्न धारण का निश्चय करना चाहिए।

3. भाग्याधिपति से सन्दर्भित रत्न को धारण करना भी पूर्णतः समीचीन नहीं। यदि वह पाप ग्रह है और अशुभ भावस्थ है तो सम्बद्ध भाव की क्षति होगी।

4. जन्म राशि और चन्द्र राशि के अधिपतियों से सम्बन्धित रत्न धारण करने का परामर्श भी भ्रामक है। एक अन्य हास्यास्पद रीति है कि पुकारने वाले नाम की राशि से सन्दर्भित रत्न धारण करना। व्यक्ति न जाने कितना धन इस निमित्त व्यय कर देते हैं। लखनऊ में एक स्वर्णाभूषणों के व्यापारी हैं जिन्होंने मात्र दस वर्षों में करोड़ों रुपये अर्जित किये हैं। अनेक बार मैंने देखा कि वह व्यक्ति को पुकारने वाले नाम का सन्दर्भ देकर बहुमूल्यवान रत्न पहनने का परामर्श देते हैं। व्यक्ति अपना धन नष्ट करते रहते हैं।

हमारा मत है कि हजारों रुपये का रत्न क्रय करने से पूर्व किसी सुविज्ञ ज्योतिर्विद का परामर्श अपरिहार्य है, क्योंकि वही शुभत्व-पापत्व-संस्थिति-दृष्टि इत्यादि कोणों से सम्यक् विचार कर सकता है।

5. कुछ व्यक्ति नवरत्न की अँगूठी या लॉकेट धारण करके नवग्रहों को सन्तुष्ट करना चाहते हैं। यह उसी प्रकार व्यर्थ है जैसे बहुत सारी सब्जियों को मिलाकर बनाने से कोई सुस्वाद खाद्य नहीं बन सकता। एक रत्न धारण ही उचित है। विशिष्ट परिस्थितियों में दो रत्न भी धारणीय हैं।

रत्नों के प्रभाव का विश्लेषण प्रकाश में निहित सात रंगों के सहयोग से कर सकते हैं। सूर्य की रश्मियों में 7 रंगों का विलयन होता है। हमारे शरीर और अन्तरिक्ष में संस्थित ग्रहों में भी 7 रंग आप्लावित हैं। जब कोई ग्रह अनुकूल या प्रतिकूल होता है तो शरीर में उससे सन्दर्भित रंग अपनी नियमित प्राकृतिक व्यवस्था से विचलित हो जाता है। इसका परिणाम शारीरिक प्रभावों और मानसिक उत्कर्ष-अपकर्ष के द्वारा प्रकट होता है। यथा– मंगल की प्रतिकूलता से रक्त विकार, फोड़ा-फुंसी, मांसपेशियों में तनाव, दुर्घटना, अग्निभय, रक्तचाप परिवर्तन और प्रबल क्रोध जैसे सन्दर्भ उजागर होते हैं। यदि मंगल से सम्बद्ध रत्न मूँगा धारण किया जाये तो उससे लाल रंग की किरणों का विकिरण ग्रहीय कुप्रभावों को संयमित करेगा।

यदि ग्रहों से सम्बद्ध मूल रत्न क्रय करने की आर्थिक स्थिति न हो तो उपरत्नों का प्रयोग भी समीचीन है। उपरत्न इस प्रकार हैं–

नीलम	लाजवर्त/जमुनिया
पन्ना	अर्निक्स
मोती	चन्द्रमणि
पुखराज	सुनहला
हीरा	स्फटिक/अमेरिकन हीरा

ग्रहों से सन्दर्भित धातु भी उद्धरणीय हैं–

सूर्य	स्वर्ण
चन्द्र	चाँदी

मंगल	ताँबा
बुध	ताँबा
बृहस्पति	सोना
शुक्र	चांदी
शनि	लोहा
राहु-केतु	अष्टधातु

ग्रह से सम्बद्ध रत्न को अनुकूल धातु में ही धारण उचित है। वैसे पारा पीतल भी धातु हैं किन्तु इनके प्रयोग का विधान उपलब्ध नहीं होता। इस प्रसंग में रत्न, उपरत्न, धातु के साथ वानस्पतिक प्रयोग भी पर्याप्त प्रभावोत्पादक हैं। अपने अनुभव के आधार पर हम इनकी उपयोगिता की सम्पुष्टि करते हैं। यथा--

सूर्य	बिल्व मूल (बेल की जड़)
चन्द्र	खिरनी या क्षीरिका की जड़
मंगल	नागजिह्वा मूल या अनन्त मूल
बुध	विधारा (वृद्धदारु) मूल
बृहस्पति	भारंगी (वमनेठी) मूल
शुक्र	गूमा मजीठ (सिंह पुच्छी चित्रापर्णिका मषवनी) मूल
शनि	अमल वेत (विच्छुत वेतसी) मूल
राहु	श्वेत माल्य चन्दन की जड़ (जो फला-फूला न हो)
केतु	अश्वगन्ध की जड़

इन जड़ों को स्वर्ण/रजत ताबीजों में पवित्रतापूर्वक भरकर स्त्री बायें हाथ पर और पुरुष दायें हाथ पर धारण करें तो आपत्तियाँ दूर होती हैं।

उपचार की सीमाएँ

मन्त्रोच्चारण और निष्ठा से असम्भव कार्य सिद्ध हो सकते हैं। ये विचार पूज्य ज्योतिर्विदों के हैं। हमारा विश्वास इन अतिवादी कथनों में नहीं। तर्क और अनुभव से प्रमाणित तथ्य ही विश्वसनीय होता है। मात्र मन्त्रोच्चारण से कार्यसिद्धि का आश्वासन भ्रामक है। यदि हम ऐसे मन्त्र का निर्देश पाठकों को करते हैं जिसके जप से वे करोड़पति हो जायेंगे तो हम स्वयं क्यों नहीं वह प्रयोग करके करोड़पति हो जाते! इस मत में निहित वास्तविकता स्वीकारनी होगी।

कार्य की सिद्धि में नाना प्रकार की बाधाएँ उपस्थित होती हैं। इन्हें उपचारों से निर्मूल या क्षीण किया जा सकता है। व्यावसायिक संकट, आर्थिक कष्ट, शत्रुओं से भय अथवा विवाहादि सन्दर्भों में विपरीत स्थितियाँ उत्पन्न होने पर समाधानात्मक उपायों का आश्रय ग्रहण करना चाहिए।

ग्रहों का क्रूरभाव : परिहार विधान

ग्रह को देवस्वरूप माना जाता है। अतः विपरीत स्थितियों में इनका पूजन-अर्चन उपादेय होता है। यथा--

सूर्य - सूर्याराधन, रक्तचन्दन रंजित वस्त्र-ताँबे की अंगूठी धारणी, स्वर्ण व ताम्र भस्म सेवनीय।

चन्द्र - चन्द्राराधन, श्वेतचन्दनरंजित वस्त्र-चाँदी व शंख की अँगूठी धारणीय, शंख भस्म सेवनीय।

मंगल - मंगलाराधन, रक्तवर्ण वस्त्र-मूँगा धारणीय, मूँगा भस्म सेवनीय।

बुध - बुधाराधन, हरित वस्त्र-स्वर्ण अँगूठी धारणीय, स्वर्णभस्म सेवनीय।

बृहस्पति - बृहस्पति-आराधन, पीत वस्त्र-पुखराज धारणीय, मोती भस्म सेवनीय।

शुक्र - शुक्राराधन, पवित्र वस्त्र-हीरा धारणीय, स्वर्ण-रजत-हीरक भस्म सेवनीय।

शनि - शनि-आराधन, भूरा-हल्का वस्त्र-नीलम धारणीय, नागभस्म सेवनीय।

राहु - राहु-आराधन, नील वस्त्र-गोमेद धारणीय, लौहभस्म सेवनीय।

केतु - केतु-आराधन, श्वेतवस्त्र-राजपट्टधारणीय, राजपट्ट भस्म सेवनीय।

पूजन, धारण अथवा सेवन में ग्रहों की स्थिति और उनके बलाबल का यथेष्ट विवेचन आवश्यक है। अनिष्टकारी ग्रह यदि अशुभ स्थान में संस्थित हों तो उनका रत्नादि धारण करने की अपेक्षा प्रार्थना-जप-दान आदि अधिक उपयुक्त है।

नवग्रहों से सम्बन्धित दान पदार्थ

1. **सूर्य** – रक्त चन्दन, रक्त वस्त्र, स्वर्ण, ताम्र, केसर, सवत्सागौ, माणिक्य, गेहूँ, गुड़, कमल, नवनिर्मित गृह, वर्ण दक्षिणा आदि।

2. **चन्द्र** – मोती, कपूर, शंख, दही, बैल, चीनी, रजत, चावल, श्वेत पुष्प, बांस का पात्र, वर्ण दक्षिणा आदि।

3. **मंगल** – रक्त चन्दन, मसूर, लाल बैल, भूमि, मूंगा, गुड़, रक्तवस्त्र, स्वर्ण, ताम्र, केसर, कस्तूरी, वर्णदक्षिणा आदि।

4. **बुध** – पुस्तक, फल, कांस्यपात्र, हरित वस्त्र, हाथीदाँत, घी, मूंग, पन्ना, स्वर्ण, पुष्प, रत्न, षट्रस व्यंजन, वर्ण दक्षिणा आदि।

5. **बृहस्पति** – स्वर्ण, घृत, पीतपुष्प, केला, पुखराज, हरिद्रा, पुस्तक, मधु, लवण, शकर, भूमि, पीतधान्य, छत्र, वर्ण दक्षिणा आदि।

6. **शुक्र** -- स्वर्ण, दही, सुगन्धित द्रव्य, शकर, श्वेत चन्दन-चावल-वस्त्र-पुष्पहार, रजत, गाय, वर्ण दक्षिणा आदि।

7. **शनि** -- उड़द, तेल, कृष्ण वस्त्र, लोहा, भैंस, कृष्णा गौ, कृष्ण पुष्प, कस्तूरी, नीलम, तिल, वर्ण दक्षिणा।

8. **राहु** -- घोड़ा, सूप, लोहा, तलवार, तेल, तिल, सप्तधान्य, उड़द, नील वस्त्र, हेमनाग, काली गौ या बकरी, ताम्रपात्र, काला पुष्प, वर्ण दक्षिणा।

9. **केतु** -- वैदूर्यमणि, कस्तूरी, कम्बल, उड़द, सप्तधान्य, लोहा, बकरी, शस्त्र, वर्ण दक्षिणा आदि।

विपरीत स्थितियों के आध्यात्मिक उपचार से पूर्व जन्मांग का यथोचित विवेचन आवश्यक है। वैवाहिक विलम्ब, मंगलीदोष, वैवाहिक विघटन और वैवाहिक कलह जैसी उत्पीड़क स्थितियों के निमित्त जन्मांग में उत्तरदायी ग्रहों-ग्रहयोगों को रेखांकित करना चाहिए। सर्वप्रथम नवग्रहों का पूजन सविधि करना अपरिहार्य है। ग्रहों का क्रूर प्रभाव देवताओं को भी व्यथित कर देता है।

वैवाहिक विलम्ब हेतु शनि का विशिष्ट विवेचन अपेक्षित है। तदनुरूप मन्त्रों का प्रयोग करना हितकर है। इसके हेतु गायत्री उपासना, गौरीपूजन, गन्धर्वराज उपासना, भुवनेश्वरी पूजन, स्वयम्बर कलामन्त्र, विजयसुन्दरी मन्त्र, कुमार मन्त्र, वशीकरण मन्त्र, मनोवांछित भार्या प्राप्ति प्रयोग, कनकधारा स्तोत्र, सौन्दर्य लहरी, श्रीसूक्त, रामचरितमानस के विशेष सम्पुट, दुर्गा सप्तशती प्रयोग, शीघ्र विवाह मन्त्र प्रयोग, शनि प्रयोग व शुक्रवार प्रयोग आदि परम उपयोगी हैं।

मंगल कोप निवारणार्थ मंगल मन्त्र पूजन, मंगलस्तोत्र व मंगल मन्त्र हितकारी साधनाएँ हैं।

वैवाहिक विलम्ब हेतु सोमवार व्रत, शुक्रवार व्रत, वट सावित्री व्रत, मंगला गौरीव्रत, पवमान सूक्त, सौन्दर्य लहरी (मन्त्र सं. 1-27) व श्री हनुमान प्रयोग स्मरणीय हैं। पार्वतीमंगल स्तोत्र का सम्यक् पारायण बाधा परिशमन में समर्थ है।

अनेक ऐसे ज्ञातव्य तथ्यों की चर्चा इस अध्याय में करने की चेष्टा की गयी है, जिनका संज्ञान प्रत्येक साधक तथा आराधक के लिए आवश्यक है। अनुष्ठान में यदि कोई भी त्रुटि अथवा न्यूनता का संचरण हो, तो उस साधना अथवा अनुष्ठान को पूर्णता नहीं प्राप्त होती है तथा उस स्थिति में उसका परिणाम प्राप्त होने की संभावना भी शिथिल हो जाती है। इस अध्याय का अध्ययन पूरे मनोयोग तथा ध्यान के साथ करना चाहिए तथा ज्ञातव्य तथ्यों को अपने हृदय तथा मस्तिष्क में भलीभाँति प्रतिष्ठित करने के उपरान्त ही साधना के मार्ग पर प्रशस्त होना चाहिए।

त्यजन्ति मित्राणि धनैर्विहीनं दाराश्च भृत्याश्च सुहृज्जनाश्च।
तं चार्थवन्तं पुनराश्रयन्ते ह्यर्थो हि लोके पुरुषस्य बन्धुः।।

मित्र, स्त्री, सेवक भाई-बंधु भी धनहीन हो जाने पर साथ छोड़ देते हैं, किन्तु फिर धनी हो जाने पर पुनः आश्रय में आ जाते हैं अर्थात् धन ही इस युग में सर्वस्व है।

●

अध्याय 2

साधना, ध्यान एवं दीक्षा मंत्र

अथ साधनप्रशंसावर्णनम्

प्राप्तं जीवैः परममभयदं शाश्वतं ब्रह्मयोगैः
लब्धं ज्ञानं परमममृतं साधनैः साधकेन।
श्लाघ्यो योगो यमनुसरतो नास्तिकश्चिद्विषादो
धन्यो योगी सुरनरगुरुर्ब्रह्मविद् ब्रह्मरूपः।।

साधन-प्रशंसा वर्णन : मन्त्रयोग-साधन के द्वारा जीव भयरहित परमपद को प्राप्त होता है। साधक साधना के द्वारा अमृतमय ज्ञान का लाभ करते हैं। वह योग प्रशंसनीय है, जिसके अनुशीलन में कुछ भी विषाद की प्राप्ति नहीं होती है एवं वह सुरनर-गुरु योगी धन्य है, जो ब्रह्म का चिन्तन करते हुए ब्रह्म-रूप बन जाते हैं।

साधनस्थानवर्णनम्

विष्णोः सूर्यस्य शक्तेश्च विघ्नेशस्य शिवस्य च।
उपासनापरैः कार्यं स्थित्वा वै देवमन्दिरे।।
पूते च विजने गेहे साधनं शुभलक्षणम्।।1।।

गोमयैर्गाङ्गपानीयैः शोध्यं सग्धनसद्म तत्।
शोभितं चैव कर्तव्यं चित्रैर्भावभरैः शुभैः।।2।।

प्राप्येत येन चित्तस्य पूतना साधकैः स्फुटम्।
रजस्तमोभ्यां युक्तं यन्नकुर्यात्तत्र कर्म तत्।।3।।

मोक्षं कामयमानेन साधनीयः प्रयत्नतः।
गङ्गातीरे पञ्चवट्यामरण्ये च श्मशानके।।4।।

तीर्थे च सम्प्रदायस्य चात्मनो ह्यनुसारतः।
भूगर्ते च तथा योगगुहायामनुपद्रुतैः।
साधनीयः प्रयत्नेन प्रेष्ठसिध्यभिलाषुकैः।।5।।

योगसद्म विधातव्यं प्रत्यूहो यत्र नो भवेत्।
असंस्पृष्टं च विषयैर्विश्वोद्भूतैर्निरापदम्।।6।।

साधनस्थान-वर्णन : विष्णु, सूर्य, गणपति एवं शिव के उपासकगणों के लिए यह उचित है कि, वह देवमन्दिर अथवा साधना के लिए उपयोगी पवित्र एकान्त गृह में उपविष्ट होकर साधना करें। साधना-स्थान को गोमय, गंगाजल प्रभृति के द्वारा परिशुद्ध एवं उत्तम भावपूर्ण चित्रसमूह के द्वारा इस प्रकार सुशोभित करना चाहिएं, जिससे चित्त में पवित्रता का उद्‌भव हो। साधन-गृह में तामसिक एवं राजसिक कार्य तथा असज्जन पुरुष का प्रवेश उचित नहीं है। मोक्षाभिलाषी साधकगण स्व-स्व सम्प्रदाय के अनुसार गंगातट, पंचवटी, अरण्य, श्मशान एवं तीर्थादिप्रदेश का आश्रय कर साधना करें। विशेष सिद्धिलाभ की इच्छा होने पर भूगर्भ में योगगुहा का निर्माण कर निरुपद्रव होकर साधना करें। योग गृह इस प्रकार का होना चाहिए कि उसमें किसी प्रकार का विघ्न न हो सके एवं बहिर्जगत् के साथ उसका कोई सम्बन्ध न रह पाये।

साधनाधिकारवर्णनम्

उपासको भवेद्यस्य सम्प्रदायस्य कस्यचित्।
विना गुरुपदेशेन नैष्फल्यं साधने भवेत्।।

पुराणतन्त्रशास्त्रेषु संहितोपनिषत्सु च।
वर्णितं विविधं रूपं पञ्चोपासनभेदतः।।

यथाधिकारं मत्राणां देवतायाश्च निर्णयः।
न ग्रन्थैः साध्यते किन्तु गुरोरेवोपलभ्यते।।

नैशं तमोऽपनेतुं सूर्यः शक्तो न दीपचन्द्राद्याः।
तद्वद् यथाधिकारं शक्तागुरवो विनयानय।।

विना गुरूपदेशेन मन्त्रयोगस्य साधने।
नैष्फल्यं समवाप्नोतिसाधकः साधनोन्मुखः।।

साधनाधिकार-वर्णन : विष्णु, सूर्य, शक्ति, गणपति एवं शिव-उपासकगणों में किसी के भी उपासक साधक हों, गुरु के आदेश के बिना साधना करने पर उनकी वह साधना निष्फल हो जाती है। उपनिषद्, आर्य-संहिता, पुराण, तंत्र एवं मन्त्रशास्त्रसमूह में अनेक मंत्र वर्णित हैं। पंचोपासना के भिन्न-भिन्न रूप का वर्णन भी शास्त्रों में देखने को मिलता है। किन्तु यथाधिकार मंत्र एवं देवता का निर्वाचन करना ग्रंथ की सहायता से नहीं हो सकता। जिस प्रकार दीपालोक से रात्रि का सम्पूर्ण अन्धकार दूर नहीं हो सकता है, सूर्यदेव के प्रकाश से ही रात्रि का सम्पूर्ण अन्धकार विदूरित होता है, उसी प्रकार श्रीगुरुदेव के मुखारविन्द से ही साधकगण स्व-स्व साधनाधिकार को

प्राप्त एवं ज्ञात कर सकते हैं। गुरुपदेश के बिना मंत्रयोगी की साधना निष्फल एवं अहितकारक हो जाती है।

अथ जपवर्णनम्

मननात्त्रायते यस्मात्तस्मात् मन्त्रः प्रकीर्त्तितः।
जपात् सिद्धिर्जषात् सिद्धिर्जपात् सिद्धिर्न संशयः।।1।।

मनः संहृत्य विषयान्मन्त्रार्थगतमानसः।
न द्रुतं न बिलम्बेन जपेनमौक्तिकहारवत्।।2।।

जपः स्यादक्षरावृत्तिर्धानसोपांशुवाचिकैः।
स्वकर्णागोचरो यस्तु स जपो मानसः स्मृतः।
उषांशुर्निजकर्णस्य गोचरः परिकीर्त्तितः।।3।।

मन्त्रानुच्चारयेद्वाचा स जपो वाचिकः स्मृतः।
उच्चैचैर्जपाद्विशिष्टः स्थादुपांशुर्दशभिर्गुणैः।
जिह्वाजपः शतगुणं सहस्रो मानसः स्मृतः।।4।।

अतिहस्वो व्याधिहेतुरतिदीर्घो वसुक्षयः।
अक्षराक्षरसंयुक्तं जपेन्मौक्तिकहारवत्।।5।।

मनोऽन्यत्र शिवोऽन्यत्र शक्तिरन्यत्र मारुतः।
न सिध्यति वरारोहे कल्पकोटिशतैरपि।।6।।

जातसूतकमादौ स्यादन्ते च सूतसूतकम्।।7।।

सूतकद्वयसंयुक्तो यो मन्त्रः स न सिध्यति।
गुरोस्तत्र हितं कृत्वा मन्त्रं यावज्जपेद्धिया।।8।।

सूतकद्वयनिर्मुक्त स मन्त्रः सर्वसिद्धिदः।
तस्माद्देवि प्रयत्नेन ध्रुवेण पूटितं मनुम्।।9।।

अष्टोत्तरशतं वाऽपि सप्तवारं जपादितः।
जपान्ते च ततो जप्याच्चतुर्वर्गफलाप्तये।।10।।

ब्रह्मबीजं मनोर्दत्त्वा चाद्यन्ते परमेश्वरि।
सप्तवारं जपेन्मन्त्रं सूतकद्वयमुक्तये।।11।।

मन्त्रार्थं मन्त्रचैतन्यं योनिमुद्रा न वेत्ति यः।
शतकोटिजपेनापि तस्य सिद्धिर्न जायते।।12।।

लुप्तबीजाश्च ये मन्त्रा न दास्यन्ति फलं प्रिये।
मन्त्राश्चैतन्यसहिताः सर्वसिद्धिकराः स्मृताः।।13।।

चैतन्यरहिता मन्त्राः प्रोक्तवर्णास्तु केवलाः।
फलं नैव प्रयच्छन्ति लक्षकोटिशतैरपि।
मन्त्रोच्चारे कृते याद्दक्स्वरूपं प्रथमं भवेत्।।14।।

शते सहस्रे लक्षे वा कोटिजापेन तत्फलम्।
हृदये ग्रन्थिभेदश्च सर्वावयववर्द्धनम्।।15।।

आनन्दाऽश्रूणि पुलको देवावेशः कुलेश्वरि।
गद्गदोक्तिश्च सहसा जायते नात्र संशयः।।16।।

जप-वर्णन : जिसका मनन करने पर वह प्राण करता है, वही 'मन्त्र' है अर्थात् जिसके जप के द्वारा साधक रक्षित होता है, वही 'मंत्र' है। जप करते-करते साधक सिद्धि को प्राप्त करता है--इसमें सन्देह नहीं है। सांसारिक विषय-समूह से मन को संहत कर मन्त्रार्थ के अनुगमन पूर्वक मध्यम-वृत्ति अर्थात् न तो द्रुत न विलम्ब-एवंविध प्रकार से उच्चारण कर जप करें। बारम्बार मंत्र की आवृत्ति करने को 'जप' कहते हैं। जप तीन प्रकार का है-- मानस, उपांशु एवं वाचनिक। मंत्र का जप करते समय, जो जपकर्त्ता हैं, वह यदि इस प्रकार जप करें कि मन्त्रोच्चारण का शब्द उनके भी श्रुतिगोचर न हों, तो उनके इस जप को 'मानसिक जप' कहते हैं। मंत्र जप करते समय यदि वह दूसरे के श्रुतिगम्य न हो, परन्तु जो जपकर्त्ता है, उनके श्रुतिगोचर हों तो उसे 'उपांशु जप' कहते हैं। यदि वाक्य के द्वारा मंत्र उच्चारणपूर्वक जप किया जाय तो वह दूसरे के श्रुतिगम्य हों, तो उसे 'वाचनिक जप' कहते हैं। वाचनिक जप से से उपांशु जप दस गुना अधिक बलवान् है। जिह्वा जप उपांशु जप सौ गुना एवं मानस जप का हजार गुना अधिक फल है। अति ह्रस्व-जप व्याधि का कारण एवं अधिक द्रुत-जप धनक्षय को हेतु बनता है। अतः परस्पर मिलित मौक्तिक हार के समान जप करें। जप काल में जो मन, शिव, शक्ति एवं वायु के संयम-साधन में समर्थ नहीं होते, शतकोटिकल्प पर्यन्त जप करने पर भी उनके लिए सिद्धिलाभ करना दुष्कर है। मंत्र के पहले जातसूतक एवं अन्त में सूतसूतक होता है। दो सूतकयुक्त मंत्र से कदापि सिद्धिलाभ नहीं होता है। विशेष प्रकार से गुरुसेवा कर विचारपूर्वक साधक को जप करना चाहिए। जो मंत्र दो सूतकयुक्त नहीं होता है, वह मंत्र सिद्धिदायक होता है। इसलिए मंत्र को ध्रुव के साथ युक्त कर अष्टोत्तर शतबार या सप्तबार जप करने के अन्त में पुनः चतुर्वर्ग फल प्राप्ति के लिए उसी प्रकार जप करें। मंत्र के आदि एवं अन्त को ब्रह्म बीजयुक्त कर सात बार जप करें। इससे सूतक द्वयजन्य दोष निवृत्त हो जाएगा। मन्त्रार्थ, मन्त्र चैतन्य विधि एवं योनिमुद्रा न जानकर यदि कोई जप करता है तो शतकोटि जप से भी उसे सिद्धि प्राप्त नहीं होती है। जो मंत्र बीजरहित है, वह भी सिद्धिदायक नहीं हो सकता है। चैतन्ययुक्त मंत्र अवश्य ही सिद्धिदायक है। मंत्र-चैतन्य न कर केवल अक्षरमय

मंत्र का अनन्तकोटि जप करने पर भी सिद्धि की कोई आशा नहीं रहती है। मन्त्रोच्चारण करने पर जिस प्रकार से मंत्र का यथार्थ स्वरूप प्रकटित होता है, उसके अनुसार शत सहस्र या लक्ष जप करके कोटि जप के सदृश फल-लाभ किया जा सकता है, इसके द्वारा हृदय-ग्रन्थि उन्मुक्त हो जाती है, सर्वावयव परिवर्द्धित होने लगते हैं, होने लगते हैं, आनन्दाश्रु, रोमाञ्च एवं देवादेश होने लगता है, उक्त समय साधक के मुख से भाव-गद्गद् वाणी निर्गत होने लगती है।

अथयागवर्णनम्

अन्तर्यागो बहिर्यागश्चेति यागो द्विधा मतः।
अत्रोपचारास्त्रिविधा दश षोडश पञ्च च।।1।।

अत्राध्यात्मं गृहीत्वैव लक्ष्यं स्याच्छ्रेयसा युतः।
अन्तर्यागस्य महिमा सर्वश्रेष्ठः प्रकीर्त्तितः।।2।।

नाऽपेक्षिता देशशुद्धिर्नापि कालशरीरयोः।
यागे जपे मानसे वै तथा कर्मणि निश्चितम्।।
सर्वदा शक्त्ये कर्तुं मानसी निखिला क्रिया।।3।।

दिव्यदेशेषु कस्यापि देशस्याश्रयतो भवेत्।
यागस्य साधनं स्थूलात् सूक्ष्मे कोटिगुणं फलम्।।4।।

योगसिद्ध्या जपः सिद्धो ध्यानसिद्धिस्ततः परम्।
ततः समाधिसिद्धिः स्यादेतया देवदर्शनम्।
आविर्भवन्तीष्टदेवा दिन्यदेशेषु नित्यशः।।5।।

एषु स्थानेषु कल्पाणि यजन्ति परमां शिवाम्।
अरूपां रूपिणीं कृत्वा कर्मकाण्डरता नराः।।6।।

गवां सर्वाङ्गजं क्षीरं स्रवेत् स्तनमुखाद् यथा।
तथा सर्वात्मको देवः प्रतिमादिषु राजते।।7।।

अभिरुप्याच्च बिम्बस्य पूजायाश्च विशेषतः।।
साधकस्य च विश्वासाद् देवतासन्निधिर्भवेत्।।8।।

<u>याग-वर्णन :</u> अन्तर्याग एवं बहिर्याग भेद से याग दो प्रकार का है। षोडश, दश एवं पंच भेद से याग का उपचार त्रिविध है। मतान्तर में, चार प्रकार के भेद भी कथित है। याग के उपचार के विषय में अध्यात्म-दृष्टि रखना श्रेयस्कर है। अन्तर्याग की महिमा सर्वापेक्षा श्रेष्ठ है। मानस याग, मानस जप एवं मानस कर्म के लिए काल-शुद्धि, देश-शुद्धि एवं शरीर-शुद्धि का प्रयोजन नहीं

है। किसी भी समय मानसिक साधन किया जा सकता है। षोडश दिव्यदेश समूह में किसी भी देश का अवलम्बन कर याग-साधन करना चाहिए। स्थूल देश की अपेक्षा सूक्ष्म देश कोटि गुना अधिक फलप्रद है। याग-सिद्धि होने पर जप-सिद्धि के द्वारा समाधि लाभ होता है। याग की सिद्धि के द्वारा देवता का साक्षात्कार लाभ भी होता है। दिव्यदेश समूह में इष्ट देवगण सर्वदा आविर्भूत होते हैं। कर्मकाण्डरत मनुष्यगण पूर्वोक्त दिव्य स्थान समूह में रुपहीन परम-शिवा परमेश्वरी के नानावधि रूपों की कल्पना कर पूजा करते हैं। जिस प्रकार दुग्ध गाभी के सर्वांगों में परिव्याप्त रहने पर भी केवल स्तन से ही क्षरित होता है, उसी प्रकार सर्वव्यापक परमेश्वर भी प्रतिमादि का अवलम्बन करके ही प्रकटित होते हैं। साधक का विश्वास, पूजा की विशेषता एवं प्रतिमादि से स्वरूप-सादृश्य-युक्तता के कारण देवतागणों का आविर्भाव होता है।

उपयागवर्णनम्

विद्वानविद्वैस्तन्त्रशास्त्रतात्पर्य वेदिभिः।
ब्रह्मयागो जीवयाग उभौ मार्गौ निरूपितौ।।1।।

श्रुतिस्मृतिपुराणानां तन्त्राणाच्चैव पाठतः।
उत्पद्यते ब्रह्मयागो यद्द्वारा साधकोत्तमः
निजेष्टदेवताज्ञाने समर्थो जायते ध्रुवम्।।2।।

वैष्णवा गाणपत्या वा शाक्ताः शैवास्तथैव वा।
सौरा वा साधकाः सर्वे स्वस्वकल्याणकाङ्क्षिणः।।3।।

पठेयुर्नियतं गीतां श्रीकृष्णमुखनिर्गताम्।
गीतां भागवतीञ्चैवादित्यगीतां तथा पुनः।।4।।

शिवगीतां तथा गीतां गाणेशीं वा यथाक्रमम्।
एता हि परमोत्कृष्टास्तेषां स्वाध्यायपोषिकाः।।5।।

अनुसृत्याऽधिकारं स्वं गीतापाठे रतो नरः।
धर्मार्थकाममोक्षाख्यं चतुर्वर्गं समश्नुते।।6।।

सर्वेषां प्राणिनामत्र दयया रक्षयापिच।
मुखन्तु ब्रह्मणो मत्वा ब्राह्मणान्वेद पारगान्।।7।।

अतिथींश्चेष्टदेवेन समान् बुद्ध्वा यदर्प्यते।
भोजनं वसनं पानं जीवयागः स उच्यते।।8।।

आभ्यांद्वाभ्यां साधनाभ्यामस्मिन् लोके परत्र च।
लभन्ते मानवाः शर्म सत्यमेतन्न संशयः।
उभौ नित्यमनुष्ठेयाववश्यं साधकोत्तमैः।।9।।

उपयाग-वर्णन : विज्ञानविद् तन्त्रशास्त्र रहस्यज्ञ पण्डितों ने ब्रह्मयाग एवं जीवयाग के भेद से उपयाग के दो भेदों का निर्देश किया है। वेद, स्मृति, पुराण एवं तन्त्रसमूह का पाठ करने पर 'ब्रह्म-याग-साधन' होता है। ब्रह्मयाग-साधन के द्वारा साधक स्वीय इष्टदेव के स्वरूप का ज्ञान प्राप्त करता है, इसमें कोई सन्देह नहीं है। स्वीय कल्याणलाभेच्छु साधक-वैष्णव, गाणपत्य, शाक्त, शैव एवं सौर-सभी निज-निज उपासना के अनुसार भगवद्गीता, भगवतीगीता, आदित्यगीता, शिवगीता एवं गणेशगीता का पाठ करें। ये सभी गीता अति उत्तम हैं। इनके पाठ से स्वाध्याय पुष्ट होता है। जो साधक निज अधिकार के अनुसार गीता-पाठ करते हैं, उन्हें धर्म, अर्थ, काम एवं मोक्ष-- इन चतुर्वर्ग-फल का लाभ होता है। जीव-समूह के प्रति दया-परवश होकर अथवा उनके रक्षार्थ वेदपारग ब्राह्मणों को ब्रह्मा का मुख स्वरूप जानकर एवं अतिथि को निज इष्टदेव-सदृश मानकर उनकी तृप्ति के लिए जो भोजन, वसन एवं जलादि प्रदान किया जाता है, उसे 'जीवयाग' कहते हैं। इस ब्राह्मयाग एवं जीवयाग के साधन के द्वारा साधक इहलोक एवं परलोक में अनन्त कल्याण का लाभ करते हैं, इसमें कोई सन्देह नहीं है। अतः इन दोनों यज्ञों का साधन, साधक को अवश्य ही करना चाहिए।

अथ ध्यानवर्णनम्

ध्यानं वै सन्त्रयोगस्याध्यात्मभावाद्विनिर्गतम्।
परानन्दमये भावेऽतीन्द्रिये च विलक्षणे।।1।।

भ्रमद्भिः साधकश्रेयो वाञ्छद्भिर्योगवित्तमैः।
उपासनां पञ्चविधां ज्ञात्वा साधकयोग्यताम्।।2।।

मन्त्रध्यानं हि कथितमध्यात्मस्यानुसारतः।
वेदतन्त्रपुराणेषु मन्त्रशास्त्रप्रवर्तकैः।।3।।

वर्णितं श्रेय इच्छद्भिर्मन्त्रयोगपरस्य वै।
ध्यानानां वै बहुत्वेऽपि तत्प्रोक्तं पञ्चधैव हि।
तेषां भावमयत्वेन समाधिरधिगम्यते।।4।।

ध्यान-वर्णन : मंत्रयोग का ध्यान अध्यात्म-भाव से प्रकाशित हुआ है। अतीन्द्रिय एवं विशिष्ट परम आनन्दमय भाव के साथ भ्रमणशील साधकों के परम-कल्याणेच्छु योगविद्गण पंचविध उपासना एवं साधक की योग्यता को जानकर उनके अध्यात्मभाव के अनुसार मंत्रध्यान का निर्णय किया है। मंत्रयोग परायण साधकों के मंगलाकांक्षी होकर मंत्र-शास्त्र-प्रवर्त्तकगण वेद, तंत्र एवं पुराणों

में अनेकविध ध्यान रहने पर भी पाँच प्रकार के ध्यान के विषय में ही वर्णन किया है, क्योंकि उन पंचविध ध्यान के भावमय होने के कारण समाधि का लाभ होता है।

ध्यानभेदवर्णनम्

मन्त्रयोगानुसारेण तन्त्रशास्त्र विधानतः।
ध्यानं सप्तविधं ख्यातं विष्णुदेवस्य पूजने।।1।।

चतुर्विंशतिरूपं च ध्यानं वै शक्ति दैवतम्।
शङ्करोपासनायां च ध्यानं पंचविधं मतम्।।2।।

श्रीसूर्यस्य समर्चायां तथा गणपतेः पुनः।
उपासनासु कथिते ध्याने द्वे रूपकल्पिते।।3।।

ध्यानमिष्टस्वरूपस्य वेदनं मनसा खलु।
ध्यानमेव हि जन्तूनां कारणं बन्धमोक्षयोः।।4।।

ध्यायेद् यथा यथात्मानं तत्समाधिस्तथा तथा।
ध्यात्वैवात्मनि संस्थाप्यो नान्यथात्मावशो भवेत्।।5।।

एवमेव हि सर्वत्र यत् प्रसक्तस्तु यो नरः।
तथात्मा सोऽपि तत्रैव समाधि समवाप्नुयात्।।6।।

अभिन्नतां यथा गच्छेत् नद्यम्बु जलधिस्थितम्।
तथात्माभिन्न एवात्र तद्भावं समवाप्नुयात्।।7।।

ध्यानभेद-वर्णन : मंत्रयोग के अनुसार एवं तंत्रशास्त्र के विधान के अनुसार विष्णु देवता की पूजा में ध्यान सात प्रकार के बताये गए हैं। शक्ति-देवता का ध्यान चौबीस प्रकार का है। शंकर की उपासना में ध्यान पाँच प्रकार का है। श्री सूर्य की पूजा में एवं गणपति की उपासना में दो प्रकार के ध्यान बताये गए हैं। मन के द्वारा इष्टदेवता के स्वरूप के ज्ञान का नाम ध्यान है। ध्यान ही जीवों के बन्धन एवं मोक्ष का कारण होता है। इस प्रकार ध्यान कर इसे आत्मा में संस्थापित करना चाहिए। अन्य प्रकार से आत्मा वशीभूत नहीं होती है- ऐसा सर्वत्र जानें। जो मानव जिसमें प्रसक्त होता है, उसकी आत्मा भी उसी में ही समाधि प्राप्त कर लेती है। नदी का जल जिस प्रकार समुद्र के जल के साथ मिलकर अभिन्नता को प्राप्त होता है, उसी प्रकार आत्मा भिन्न होने पर भी इस प्रकार की समाधि में उस ध्यात विषय के भाव को प्राप्त होती है।

अथ समाधिवर्णनम्

समाधिर्लययोगस्य महालय इतीरितः।
हठस्य च महाबोधो यथायोगपरायणैः।
तथैव मन्त्रयोगस्य महाभावः प्रकीर्तितः।।1।।

ध्यानाधिकारः सम्प्रोक्तो यावद्वै त्रिपुटीस्थितिः।
विलीनायां च तस्यां वै महाभावसमुद्भवः।।2।।

मन्त्रसिद्ध्या देवतायां विधाय मनसो लयम्।
त्रिपुटीनाशतो योगी समाधिमधिगच्छति।।3।।

मनो मन्त्रस्तथा देवो ज्ञायते प्रथमं पृथक्।
ततः परस्परं तत्तज्ज्ञाने लीनं प्रजायते।।4।।

ध्येय-ध्यातृ-ध्यान-रूपत्रिपुटीविलयो भवेत्।।5।।

इमामवस्थां संप्राप्य साधकेषु प्रजायते।
रोमोदूगमस्तब्धता च तथाऽनन्दाश्रुवर्षणम्।।6।।

क्रमेण च मनोलीने समाधिः किल जायते।
समाधिना भवन्त्याशु कृत्यकृत्या हि साधकाः।
महाभावोपलब्धिर्हि मन्त्रयोगेऽन्तिमं फलम्।।7।।

समाधि-वर्णन : लययोग की समाधि जिस प्रकार महालय रूप है, हठयोग की समाधि जिसप्रकार 'महबोध' रूप है, उसी प्रकार मंत्रयोग की समाधि को योगपरायण मुनिगण 'महाभाव' रूप में अभिहित किया है। जब तक त्रिपुटी की अर्थात् ध्येय, ध्याता एवं ध्यान की स्थिति रहती है, तब तक ही ध्यान का अधिकार है। वह त्रिपुटी विलीन हो जाने पर 'महाभाव' की उत्पत्ति होती है। योगी मंत्र सिद्धि के द्वारा देवता में मन का लय कर 'त्रिपुटी' के नाश द्वारा समाधि का लाभ करते हैं। प्रथमतः, मन, मंत्र एवं देवता का ज्ञान होता है, अन्त में मंत्र देवता में लीन हो जाता है। ऐसा होने पर ही ध्येय ध्याता ध्यान रूप त्रिपुटी का नाश होता है। एवं विध अवस्था को प्राप्त होने पर साधकों का रोमोद्गम अर्थात् रोमांच, आनन्दाश्रु-वर्णन प्रभृति सात्त्विभाव क्रमशः प्रकाशित होने लगता है। मन का लय हो जाने पर क्रमशः समाधि होने लगती है। साधक समाधि के द्वारा ही शीघ्र कृतकृत्यता का लाभ करते हैं। महाभाव की प्राप्ति ही मंत्रयोग का चरम लक्ष्य है।

आसन वर्णन

प्रधानतो मन्त्रयोग आसने द्वे हितप्रदे।
पद्मं च स्वस्तिकं चैव तथा तच्छुद्धिरुच्यते।।1।।

भेदशुद्धिक्रियाभ्यासादासनं शुद्ध्यति ध्रुवम्।
यत्रास्यते साधकेन भेदास्तस्य पृथक्-पृथक्।
वेदेषु तन्त्रेषु तथा कथिता मुनिपुङ्गवैः।।2।।

सकामाकामं भेदेनोपासनायाश्च भेदतः।
कामनातारतम्याच्च निर्णीतान्यासनानि वै।।3।।

धारणाशुद्धितो मन्त्रोच्चारणादपि शुद्ध्यति।
आसनं तच्च द्विविधं कर्मोपासनभेदतः।।4।।

बहुशो वर्णितं कर्मोपासनाकाण्डयोः स्फुटम्।
निर्णीतमासनविधैर्विज्ञानं विधिपूर्वकम्।।5।।

परमात्मदर्शिभिः पूर्वैर्हठयोगविशारदैः।
योगिनां श्रेयसे सिद्धिरासनस्य प्रकीर्त्तिता।।6।।

आसन-वर्णन : मन्त्रयोग के लिए हितप्रद होने के कारण प्रमुखरूप से द्विविध आसन का ग्रहण यहाँ किया गया है। ये हैं - स्वस्तिकासन एवं पद्मासन। 'भेद, शुद्धि एवं क्रिया के अभ्यास के द्वारा आसन-शुद्धि' होती है, जिस आधार-रूप आसन के ऊपर बैठकर साधक को साधन करना चाहिए। वेद, तंत्र एवं मुनिपुंगवगणों के द्वारा उसके पृथक्-पृथक् भेद बताये गए हैं। सकाम एवं निष्काम विचार, उपासना पद्धति एवं कामना के तारतम्य के अनुसार आसन-भेद निर्णीत हुआ है। धारणा-शुद्धि एवं मन्त्रोच्चारण के द्वारा भी आसन-शुद्धि होती है। कर्म एवं उपासना के भेद से आसन-शुद्धि द्विविध है। कर्मकाण्ड एवं उपासना-काण्ड के विभिन्न भेदों के द्वारा उक्त उभय काण्डों में विभिन्न प्रकार के आसन निर्णीत हुए हैं। हठयोग-तत्त्वज्ञ परात्मद्रष्टा प्राचीन योगियों में आसन-क्रिया के विज्ञान का विधिपूर्वक निर्णय किया है। आसन-सिद्धि योगियों के लिए परम कल्याणप्रद है।

आसन भेद

सुचैलं काम्बलं कौशं सिंहव्याघ्रमृगाजिनम्।
एतेषामासनं शुद्धं सिद्धये वैफलाय च।।1।।

काम्यार्थं कम्बलं चैव श्रेष्ठं च रक्तकम्बलम्।
कृष्णाजिने ज्ञानसिद्धिर्मोक्षः स्याद्व्याघ्रचर्मणि।।2।।

कुशासने भवेदायुश्चैलं व्याधिविनाशनम्।
योगसिद्धिप्रदाने तु चैलाजिनकुशोत्तरम्।।3।।

धरण्यां दुःखसम्भूतिर्दौर्भाग्ये दारुजासने।
वंशासने दरिद्रः स्यात्पाषाणे व्याधिपीडनम्।।4।।

तृणासने यशोहानिः पल्लवे चित्तविभ्रमः।
जपध्यानतपोहानिर्वसनासनतो भवेत्।।5।।

नादीक्षितो विशेज्जातु सिंहव्याघ्राजिने गृही।
उदासीनवदास्येत स्नातकब्रह्मचारिभिः।।6।।

पृथिवीमन्त्रस्य च ऋषिर्मेरुपृष्ठ उदाहृतः।
सुतलं च तथाच्छन्दः कूर्मो देवोऽस्य कीर्त्तितः।।7।।

आसने विनियोगः स्यादासने सुखदे विशेत्।
जपार्चनादिकं कुर्यादन्यथा निष्फलं भवेत्।।8।।

आसन-भेद : पट्टवस्त्र, कम्बल, कुशासन, सिंहचर्म, व्याघ्रचर्म एवं मृगचर्म - इन सभी के आसन अति शुद्ध कहे गए हैं। ये सिद्धि एवं फलप्रद हैं। काम्य कर्म के लिए कम्बलासन श्रेष्ठ है, परन्तु रक्तकम्बल का आसन सर्वोत्तम है। 'कृष्णाजिन' अर्थात् कृष्णसार-मृगचर्म के आसन से ज्ञान-सिद्धि, व्याघ्रचर्म से मोक्ष प्राप्ति एवं कुशासन से आयु लाभ होता है, 'चैल' अर्थात् रेशम-निर्मित आसन से व्याधिनाश होता है। सर्वप्रथम चैलासन, सन्निम्न में अजिन एवं सर्वनिम्न में कुशासन - इस प्रकार से यथाक्रम से आसन को विन्यस्त कर तदुपरि उपविष्ट होकर योग-साधन करने पर वह विशेष सिद्धिप्रद होता है।

इसके बाद दुःखदायी अर्थात् निषिद्ध आसन-समूह का वर्णन किया जा रहा है। पृथिवी अर्थात् भूमि को आसन बनाने पर दुःख प्राप्ति होती है। काष्ठासन से दुर्भाग्य का उदय होता है। बांसनिर्मित आसन से दरिद्रता लाभ होता है। पाषाण निर्मित आसन से व्याधि उत्पन्न होती है। तृणासन से यशोहानि, पल्लव के आसन से चित्तविभ्रम एवं वस्त्र निर्मित आसन से जप, ध्यान एवं तप की हानि होती है। इन सभी कारणों से ये आसन निषिद्ध हैं। सिंह चर्म, व्याघ्र चर्म एवं कृष्ण सार चर्मोपरि गुरुदीक्षा-विहीन गृहस्थ को कदापि उपवेशन नहीं करना चाहिए। इन आसनों पर केवल गुरु-आदेश-प्राप्त गृहस्थगण ही उपवेशन कर सकते हैं, अन्यथा कदापि उस पर उन लोगों का उपवेसन करना उचित नहीं है। परन्तु स्नातक ब्रह्मचारीगण इन आसनों पर उदासीनवत् उपवेशन कर सकते हैं। यथायोग्य आसन पर उपविष्ट होकर पृथिवी मंत्र के ऋषिनाम का उच्चारणपूर्वक मेरूपृष्ठ आदि क्रम से छन्दादि का उच्चारण कर आसन में विनियोग के द्वारा आसन शुद्धिपूर्वक सुख से उपविष्ट होकर जप, पूजा आदि करने पर सिद्धि प्राप्त होती है, इसका अन्यथा करने पर साधन-कार्य निष्फल हो जाता है।

प्राणायामवर्णनम्

यदा प्राणं समारोप्य पूरयित्वोदरस्थितम्।
प्रणवेन सुसंयुक्तां व्याहृतिभिश्च संयुताम्।।

गायत्रीं च जपेद्विप्रः प्राणसंयमने त्रयम्।
पुनश्चैवं त्रिभिः कुर्यात् पुनश्चैवं त्रिसन्धिषु।।

<u>प्राणायाम-वर्णन</u> : प्राण को बहिर्भाग से आकर्षण कर, उदर में पूरण करें। फिर साधक प्रणव एवं व्याहृतियुक्त गायत्री मंत्र का तीन बार जप करें। पुनः सन्धित्रय में तीन-तीन बार करके गायत्री मंत्र का जप करने पर 'प्राणायाम' होता है।

अथ प्राणक्रिया वर्णनम्

मनःप्राणा मरुच्चैतेऽभेदसम्बन्धयोगिनः।
कार्यकारणरूपत्वं वायोः प्राणस्य चेष्यते।।1।।

अतः प्राणक्रियायोगयुक्ता न्यासाः प्रकीर्त्तिताः।
प्राणायामस्य भेदा वै वर्णिता हठयोगिभिः।।2।।

मंत्रयोगेऽपि सहितः प्राणायामो विधीयते।।3।।

मंत्रयोगे तथा केचिदाचार्या वै प्रचक्षतै।
प्राणायामो हि सहजः सर्वलोकहितप्रदः।।4।।

न्यासा यद्यपि बहवः परं तत्र प्रधानता।
सप्तानां ते तु विज्ञेया गुरुदेवोपदेशतः।।5।।

साधारणोपासनायां करन्यासाङ्गन्यासकौ।
उपकारितया प्रोक्तौ विस्तरोपासनासु तु।
ऋष्यादिमातृकान्यासो ह्यनुष्ठेयतया मतः।।6।।

दिग्दर्शनार्थं न्यासस्य प्राणायामस्य चैव हि।
विन्यस्यतेऽवबोधाय तथोदाहरणं स्फुटम्।।7।।

<u>प्राणक्रिया-वर्णन</u> : मन, प्राण एवं वायु - ये तीन एक ही सम्बन्ध से युक्त हैं। वायु के साथ प्राण का कार्यकारणरूप सम्बन्ध है। इस कारण, प्राणायाम क्रिया के साथ न्यास-क्रिया का सम्बन्ध है। प्राणायाम के भेदों का विस्तृत वर्णन हठयोग के आचार्यों ने किया है। मंत्रयोग के साथ भी प्राणायाम गृहीत होता है। वह परम हितकर है। उसके अतिरिक्त सहज प्राणायाम का उपदेश भी

कुछ आचार्यों ने किया है। न्यास के अनेक भेद हैं। उनमें सात प्रकार के न्यास प्रधान हैं। उन यन्त्रों का अधिकार श्रीगुरुदेव के निकट से ज्ञातव्य है। साधारण उपासना में करन्यास एवं अंगन्यास भी उपयोगी हैं। विस्तृत उपासना-कार्य में ऋष्यादिन्यास एवं मातृकान्यास आदि अवश्य करणीय है। साधारणजनों की अवगति के लिए प्राणायाम एवं न्यास का उदाहरण दिया जा रहा है।

मुद्रा वर्णन

मोदनात् सर्वदेवानां द्रावणात् पापसन्ततेः।
तस्मान्मुद्रेति विख्याता मुनिभिस्तंत्रवेदिभिः।।1।।

अथ मुद्राः प्रवक्ष्यामि सर्वतन्त्रेषुकल्पिताः।
याभिर्विरचिताभिश्च मोदन्ते मंत्रदेवता।।2।।

अर्चने जपकाले च ध्याने काम्ये च कर्मणि।
स्नाने चाऽवाहने शङ्खे प्रतिष्ठायां च रक्षणे।।3।।

नैवेद्ये च तथान्यत्र तत्तत्कल्प प्रकाशिते।
स्थाने मुद्रा प्रद्रष्टव्याः स्वस्वलक्षणलक्षिताः।।4।।

आवाहन्यादिका मुद्रा नव साधारणी मता।
तथा षडंगमुद्राश्च सर्वमन्त्रेषु योजयेत्।।5।।

एकोनविंशतिर्मुद्रा विष्णोरुक्ता मनीषिभिः।
शङ्ख-चक्र-गदा-पद्म-वेणु-श्रीवत्स-कौस्तुभाः ।।6।।

वनमाला तथा ज्ञानमुद्रा बिल्वाऽह्वया तथा।
गरुडाख्या परा मुद्रा विष्णोः सन्तोषवर्धिनी।।7।।

नारसिंही च वाराही हायग्रीवी धनुस्तथा।
बाणमुद्रा च परशुर्जगन्मोहनिका परा।।8।।

काममुद्रा पराख्याता शिवस्य दश मुद्रिकाः।
लिङ्गयोनित्रिशूलाख्या मालेष्टाभीमृगाऽह्वयाः।।9।।

खट्वाङ्गा च कपालाख्या डमरुः शिवतोषदाः।
सूर्यस्यैकैव पद्मख्या सप्त मुद्रा गणेशितुः।।10।।

दन्तपाशाङ्कुशा विघ्नपरशुलज्जुसंज्ञिताः।
बीजपूराऽह्वया मुद्रा ज्ञेया विघ्नेषपूजने।।11।।

पाशांकुशवराभीतिखड्गचर्मधनुः शरा।
मौशली मुद्रिका दौर्गी मुद्राः शक्ते प्रियंकराः।।12।।

लक्ष्मीमुद्रार्चने लक्ष्म्या वाग्वादिन्याश्च पूजने।
अक्षमाला तथा वीणा व्याख्या पुस्तकमुद्रिकाः।।13।।

सप्तजिह्वाऽह्वया मुद्रा विज्ञेया वह्निपूजने।
मत्स्यमुद्रा च कूर्माख्या लेलिहा मुण्डसंज्ञिका।।14।।

महायोनिरितिख्याता सर्वसिद्धि समृद्धिदा।
शक्त्यर्चने महायोनिः श्यामादौ मुण्डमुद्रिका।।15।।

मत्स्यकूर्मलेलिहाख्या मुद्रा साधारणी मता।
तारार्चने विशेषास्तु कथ्यन्ते पञ्च मुद्रिका।।16।।

योनिश्च भूतिनी चैव बीजाख्या दैत्यधूमिनी।
लेलिहानेति संप्रोक्ताः पञ्चमुद्रा प्रकाशिताः।।17।।

दशका मुद्रिका ज्ञेयास्त्रिपुरायाः प्रपूजने।
रांक्षोभद्रावणाकर्षवश्योन्मादमहाङ्कुशाः ।।18।।

खेचरी बीजयोन्याख्याः त्रिखण्डाःपरिकीर्त्तिता।
कुम्भमुद्राभिषेके स्यात् पद्ममुद्रासने तथा।।19।।

कालकर्णी प्रयोक्तव्या विघ्नप्रशमकर्मणि।
गालिनी च प्रयोक्तव्या जलशोधनकर्मणि।।20।।

श्रीगोपालार्चने वेणुर्नृहरेर्नारसिंहिका।
वराहस्य च पूजायां वराहाख्यां प्रयोजयेत्।।21।।

हयग्रीवार्चने चैव हायग्रीवीं प्रदर्ययेत्।
रामार्चने धनुर्बाणमुद्रे पर्शुस्तथाऽर्चने।।22।।

परशुरामस्य विज्ञेया जगन्मोहनसंज्ञिका।
वासुदेवाऽह्वया ध्याने कुन्तमुद्रा तु रक्षणे।।
सर्वत्र प्रार्थने चैव प्रार्थनाख्यां प्रयोजयेत्।।23।।

यथाधिकारं शिक्षेयुः साम्प्रदायिकसाधकाः।
गुरोर्मुद्रालक्षणानि तान्त्रिकैर्वर्णितानि वै।।24।।

देवदेवी प्रसादाय बह्वो मुद्राः प्रदर्शिताः।
या वर्णिताः पद्धतिषु तासु तासु मनीषिभिः।
मुद्राश्च कथिताः पञ्चोपासनस्यानुसारतः।।25।।

यथा देवप्रसादाय मुद्राभेदा निरूपिताः।
तथर्षिप्रीणनार्थाय मुद्रा काचिन्निगद्यते।।26।।

ज्ञानमुद्रा दानमुद्रा कर्ममुद्रा तथैव च।
तपोमुद्रा दानमुद्रा ऋणीणां तुष्टिकारिकाः।।27।।

मुद्रावरा अभयदा प्रीणयन्ति जगत्त्रयम्।
देवर्षीश्च पितृंश्चापि कस्य स्यादत्र संशयः।।28।।

मुद्रा-वर्णन : मुद्रासमूह के द्वारा देवताओं का आनन्दवर्धन होता है, साधक के पापसमूह का विनाश होता है। इसीलिए तत्त्ववेत्ता मुनियों ने इसकी संज्ञा 'मुद्रा' की है। अधुना मैं तन्त्रसमूह में विहित मुद्राओं का वर्णन करूँगा। देवार्चना के समय उनकी साधना करने पर मंत्र देवतागण प्रसन्न होते हैं। पूजाकाल में, जपकाल में, ध्यान में, काम्यकर्म में, स्नान में, आवाहन में, शंखस्थापन में, प्राण-प्रतिष्ठा में, रक्षण में, नैवेद्य एवं अन्यान्य कल्पोक्त कार्य समूह में, उन समस्त कार्यों के लक्षण के अनुसार यथारीति मुद्राओं का प्रदर्शन करना कर्त्तव्य है। आवाहनी प्रभृति नौ मुदाएँ साधारण रूप में माने जाते हैं, षडङ्गमुद्रा भी समस्त कार्यों में योजनीय है। मनीषियों ने विष्णुपूजा के विषय में इक्कीस मुद्राओं को निर्दिष्ट किया है। शंख, चक्र, गदा, पद्म, वेणु, श्रीवत्स, कौस्तुभ, वनमाला, ज्ञान, विल्व, गरुड, नारसिंही, वाराही, हायग्रीव, धनु, बाण, परशु, जगन्मोहनिका एवं कामनामिका-ये इक्कीस प्रकार की मुद्राएँ श्रीविष्णु भगवान को अतीव प्रीति प्रदानकारी हैं। लिंग, योगि, त्रिशूल, माला, वर, अभय, मृग, खट्टाङ्ग, कपाल एवं डमरू- ये दशविध मुद्राएँ शिव के लिए आनन्दप्रद हैं। सूर्योपासना में एकमात्र पद्ममुद्रा विहित है। गणेश पूजा में दन्त, पाश, अंकुश, विघ्न, परशु, लड्डूक एवं बीजपुर-ये सात प्रकार की मुद्राएँ निर्दिष्ट हैं। पाश, अंकुश, वर, अभय, खड्ग, चर्म, धनु, शर एवं मूसल-ये नौ प्रकार की मुद्राएँ शक्ति-उपासना में प्रशस्त हैं। लक्ष्मीपूजा में लक्ष्मी मुद्रा एवं सरस्वती पूजा में अक्षमाला, वीणा, व्याख्या एवं पुस्तक-ये कई प्रकार की मुद्राएँ विहित हैं। अग्निदेव की पूजा में सप्तजिह्वाख्य मुद्रा प्रसिद्ध है। मत्स्य, कूर्म, लेलिहा, मुण्ड एवं महायोनि-ये सभी मुद्राएँ सर्व प्रकार की ऋद्धि एवं सिद्धियों की प्रदान करने वाली हैं। शक्ति की अर्चना में महायोनि, श्यामादि की पूजा में मुण्डमुद्रा एवं मत्स्य, कूर्म्म एवं लेलिहा-- ये साधारण पूजा के लिए उपयोगी हैं। तारा देवी की अर्चना में विशेष रूप से योनि, भूतिनी, बीज, दैत्य-धूमिनी एवं लेलिलना मुद्रा विहित है। त्रिपुरा सुन्दरी की पूजा में क्षोभिणी, द्राविणी, आकर्षिणी, वश्या, उन्मादिनी, महाङ्कुशा, खेचरी, बीज, योनि एवं त्रिखण्डा-ये दशविध मुद्राएँ प्रशस्त हैं। अभिषेक कार्य में कुम्भमुद्रा, विघ्नदमन कार्य में कालकर्णी मुद्रा एवं जलशोधन कार्य में गालिनी मुद्रा विहित है। गोपालपूजन में वेणु मुद्रा, नृसिंह पूजन में नारसिंही मुद्रा, बराहदेव-पूजन में वाराही मुद्रा, हयग्रीव-अर्चन में हायग्रीवी मुद्रा का प्रदर्शन करना कर्त्तव्य है। श्रीराम

के पूजन में धनु एवं बाणमुद्रा एवं परशुराम के अर्चन में परशु एवं सम्मोहिनी मुद्रा प्रशस्त है। आवाहन कार्य में वासुदेव मुद्रा, रक्षा कार्य में कुम्भ मुद्रा एवं सर्वत्र प्रार्थना काल में प्रार्थना-मुद्रा प्रयोज्य है।

श्रीगुरुदेव के निकट पंच सम्प्रदाय के साधक स्व-स्व अधिकार के अनुसार मुद्रा-शिक्षा प्राप्त करें। तन्त्र-समूह में सभी मुद्राओं के विस्तृत लक्षण उक्त हुए हैं। देव-देवियों की प्रसन्नता के लिए अनेक प्रकार की मुद्राएँ विहित हैं। पृथक्-पृथक् उपासना-पद्धति के साथ उन सभी का वर्णन द्रष्टव्य है। पंचोपासना के अनुसार कई विशिष्ट मुद्राओं के नाम बताये गए हैं। देव-देवियों की प्रसन्नता-प्राप्ति के लिए जिस प्रकार के मुद्रा समूह का वर्णन किया गया है, ऋषियों की प्रीति के निमित्त भी उसी प्रकार अनेक मुद्राएँ निर्दिष्ट की गयी हैं। जैसे--ज्ञानमुद्रा भक्तिमुद्रा, तपोमुद्रा, कर्ममुद्रा, दानमुद्रा - इन सभी मुद्राओं के द्वारा ऋषिगण प्रसन्न होते हैं। वरमुद्रा एवं अभयमुद्रा आदि के द्वारा ऋषि, देवता, पितृगण एवं त्रिलोक-निवासी सभी प्रसन्न होते हैं।

धारणा-वर्णन

बाह्याऽभ्यन्तरभेदेन धारणाद्विविधा मता।
सहायतां प्रकुरुते मन्त्रयोगे हि धारणा।।

बाह्यवस्तुमनोयोगाद बाह्य भवति धारणा।
अन्तर्जगत्सूक्ष्मद्रव्ये मेनोयोगान्मताऽपरा।
श्रद्धायोगसमभ्यासात्स्फुटं सिध्यति धारणा।।

<u>धारणा-वर्णन :</u> बाह्य एवं आभ्यन्तर भेद से धारणा दो प्रकार के हैं। मन्त्रयोग में धारणा सहायक है। बाह्य-पदार्थ-समूह के साथ मन का संयोग करने पर बहिर्धारणा की साधना सूक्ष्मातिसूक्ष्म अन्तर्जगत् के विषय समूह के साथ मन का संयोग करने पर अन्तर्धारणा की साधना होती है। धारणा की सिद्धि श्रद्धामूलक एवं योगमूलक हैं।

धारणाऽधिकार वर्णन

धारणासिद्धिमासाद्य सिद्धिं वै ध्यानमन्त्रयोः।
प्राप्नोति साधको नित्यं मन्त्रयोगपरायणः।।1।।

भक्तिर्जपस्य ससिद्धिराचारः प्राणसंयमः।
साक्षात्कारो देवताया दिव्यदेशेषु नित्यशः।।2।।

देवशक्तिविकाशो वै हीष्टदर्शनमेव च।
लभ्यन्ते धारणासिद्धया सर्वाणीति विनिश्चयः।।3।।

स्थूलसूक्ष्मक्रिया या वै धारणासिद्धिलब्धये।
विज्ञेया योगमर्मज्ञाद् गुरुदेवाद्यथाविधि।।4।।

धारणाधिकार-वर्णन : धारणा में सिद्धिलाभ करने पर साधक मन्त्रसिद्धि एवं ध्यानसिद्धि लाभ करने में समर्थ हो जाता है। भक्ति, आचार, प्राणसंयम, जपसिद्धि, देवतासान्निध्य, दिव्यदेशादि में दैवी-शक्ति का आविर्भाव, इष्ट-रूप-दर्शन प्रभृति धारणा-सिद्धि के द्वारा ही प्राप्त होती है। धारणा-सिद्धि के लिए अनेक स्थूल एवं सूक्ष्म क्रिया वर्णित है। इन विषयों के सम्बन्ध में योगमर्मज्ञ श्रीगुरुदेव के निकट से यथाविधि जान लेना चाहिए।

अथ भक्तिवर्णनम्

भक्तिस्तु त्रिविधा ज्ञेया वैधी रागात्मिका परा।
देवे परोऽनुरागस्तु भक्तिः सम्प्रोच्यते बुधैः।।1।।

विधिना या विनिर्णीता निषेधेन तथा पुनः।
साध्यमाना च या धीरैः सा वैधी भक्तिरुच्यते।।2।।

ययाऽस्वाद्य रसान्भक्तेर्भावे मज्जति साधकः।
रागात्मिका सा कथिता भक्तियोगविशारदैः।।3।।

पराऽऽनन्दप्रदा भक्तिः परा भक्तिर्मता बुधैः
या प्राप्यते समाधिस्थैर्योगिभिर्योगपारगैः।।4।।

त्रैगुण्यभेदात्त्रिविधा भक्ता वै परिकीर्त्तिताः।
आर्त्तो जिज्ञासुरर्थार्थी तथा त्रिगुणतः परः।
पराभक्त्यधिकारी यो ज्ञानिभक्तः स तुर्यकः।।5।।

उपासकाः स्युस्त्रिविधास्त्रिगुणस्याऽनुसारतः।
ब्रह्मोपासक एवाऽत्र श्रेष्ठः प्रोक्तो मनीषिभिः।।6।।

सगुणोपासना या स्यादवतारप्रपूजनम्।
विहिता ब्रह्मबुद्ध्या चेदत्रैवान्तर्भवन्ति ताः।।7।।

सकाम बुद्ध्या विहितं देवर्षिपितृपूजनम्।
द्वितीयश्रेणिका ज्ञेयास्तत्कर्त्तारस्तथा पुनः।।8।।

तृतीय श्रेणिकास्ते स्युः क्षुद्रशक्तिसमर्चकाः।
प्रेताद्युपासनं चैव निम्नश्रेणिकमुच्यते।।9।।

ब्रह्मोपासनमेवाऽत्र मुख्यं परममङ्गलम्।
निःश्रेयसकरं ज्ञेयं सर्वश्रेष्ठं शुभावहम्।।10।।

भक्ति-वर्णन : भक्ति त्रिविध है - वैधी, रागात्मिका एवं परा। निज इष्टदेव के प्रति ऐकान्तिक अनुराग को ही धीर पुरुषगण भक्ति कहते हैं। विधिनिषेध के द्वारा निर्णीत तो साध्यमान है, उस भक्ति को 'वैधीभक्ति' कहते हैं। जो भक्ति भक्तिरस का आस्वादन कराकर साधक को भावविशेष में निमग्न कर देता है, उसे 'रागात्मिका भक्ति' कहते हैं। परमानन्द-प्रदा भक्ति, जिसे योग कुशल योगिगण समाधि-दशा में प्राप्त होते हैं, उसे 'पराभक्ति' कहते हैं। त्रिगुण-भेद से भक्त त्रिविध होते हैं- आर्त्त, जिज्ञासु, अर्थार्थी एवं चतुर्थ है - भक्त ज्ञानी अर्थात् जो त्रिगुणातीत हो जाते हैं। ज्ञानी भक्त ही परा-भक्ति के अधिकारी हैं। त्रिगुणभेद से उपासक त्रिविध होते हैं। मनीषिगण ब्रह्मोपासक को ही सर्वश्रेष्ठ उपासक कहते हैं। ब्रह्मबुद्धि के अनुसार सगुणोपासक एवं ब्रह्म बुद्धि से अवतारोपासक, इसी श्रेणी के अन्तर्गत आते हैं। सकाम बुद्धि से ऋषि, देव एवं पितृगणों की उपासना द्वितीय श्रेणी के अन्तर्गत एवं क्षुद्र शक्ति-समूह की उपासना तृतीय श्रेणी के अन्तर्गत आते हैं। उपदेवता एवं प्रेतादि की उपासना सर्वनिम्न श्रेणी में परिगणित हैं। प्रथम श्रेणी की उपासना अर्थात् ब्रह्मोपासना की परम कल्याणप्रद एवं निःश्रेयस्कर होने के कारण सर्वश्रेष्ठ है।

अथ शुद्धिवर्णनम्

काय-चित्त-दिशा-स्थानभेदाच्छुद्धिश्चतुर्विधा।
यद्वा-
स्थानशुद्धिश्च दिक्शुद्धिर्बाह्यशुद्धिस्तथैव च।।1।।

अन्तःशुद्धिरिति प्रोक्तास्ताश्चतस्रो यथाक्रमम्।
स्थानशुद्धया पुण्यवृद्धिः पावित्र्यञ्च प्रजायते।।2।।

दिक्शुद्धयाशक्त्यधिगमो ब्राह्मशुद्धयात्महृष्टता।
इष्टदेवकृपाप्राप्तिश्चान्तः शुद्धयेष्टदर्शनम्।।3।।

समाधिसिद्धिर्भवति, योगी शुद्धीः समाचरेत्।

शुद्धि-वर्णन : शरीर, मन, दिक् एवं स्थान के भेद से 'शुद्धि' चार प्रकार के हैं। इन्हें ही स्थान-शुद्धि, दिक्-शुद्धि, ब्राह्य शुद्धि एवं अभ्यन्तर शुद्धि नाम से कहा जाता है। स्थान शुद्धि के द्वारा पवित्रता एवं पुण्यवृद्धि होती है। दिक्शुद्धि के द्वारा शक्तिलाभ होता है। बाह्य शुद्धि के द्वारा आत्म प्रसाद एवं इष्टदेव की कृपा उपलब्ध होती है एवं अन्तःशुद्धि के द्वारा इष्टदेव का दर्शन एवं समाधिलाभ होता है। योगिगणों के लिए इन चार प्रकार की शुद्धियों का पालन करना अवश्य कर्त्तव्य है।

पञ्चाङ्गशुद्धिः

आत्मस्थान-मन्त्र-द्रव्य-देवशुद्धीर्यथाक्रमात्।
यावन्न कुरुते देवि तस्य देवार्चनं कुतः।।1।।

पञ्चशुद्धिं बिना पूजा अभिचाराय कल्पते।
स्नानेन भूतशुद्ध्या च प्राणायामादिभिस्तथा।।2।।

षडङ्गाद्यखिलन्यासैरात्मशुद्धिरुदीरिता ।
सम्भार्जनानुलेषाद्यैर्दर्पणोदरवत्शुभम् ।।3।।

वितानधूपदीपादिपुष्पमाल्यादिशोभितम् ।
पञ्चवर्णरजोभिश्च स्थानशुद्धिरितीरितम्।।4।।

ग्रथित्वा मातृकावर्णैर्मूलमन्त्राक्षराणि च।
क्रमौत्क्रमाद्विरावृत्त्या मंत्रशुद्धिरितीरितम्।।5।।

पूजाद्रव्याणि सम्प्रोक्ष्य मूलमन्त्रैर्विधानतः।
दर्शयेद्धेनुमुद्रादीन् द्रव्यशुद्धिः प्रकीर्त्तिता।।6।।

पीठदेवीं प्रतिष्ठाप्य साधको मन्त्रविद्वरः।
मूलमन्त्रेण माल्यादीन्धूपादीनुदकेन च।।7।।

त्रिवारं प्रोक्षयेद्विद्वान्देवशुद्धिरितीरितम्।
पञ्चशुद्धिं विधायेत्थं पश्चात् पूजां समाचरेत्।।8।।

पंचांग-शुद्धि : साधक जब तक आत्मा, स्थान, मंत्र, पूजा-द्रव्य एवं देवता की शुद्धि न कर लें, तब तक पूजा किस प्रकार सम्भव हो सकती है? पूजा को छोड़कर जो पंचशुद्धि की जाती है, वह केवल अभिचार-मात्र होता है। स्नान, भूतशुद्धि, प्राणायाम एवं षडङ्गन्यासों के द्वारा 'आत्मशुद्धि' होती है। संमार्जन, अनुलेपन, वितान, धूप, दीप, पुष्प एवं माल्यादि के द्वारा सुशोभित करना एवं विविध वर्णों से विभूषित करना इत्यादि के द्वारा 'स्नान शुद्धि' होती है। मूल मंत्र के अक्षर समूह को मातृका वर्ण के द्वारा संयुक्त कर दो बार क्रम एवं उत्क्रम से पाठ करने पर 'मंत्र शुद्धि' होती है। पूजा-द्रव्य-समूह को जल के द्वारा धौत एवं मूलमंत्र के द्वारा विधिपूर्वक अभिमन्त्रित कर धेनुमुद्रा दिखाने पर 'द्रव्य-शुद्धि' होती है। मंत्र साधक मूल मंत्र के द्वारा पीठ-देवी की प्रतिष्ठा करें। पुनः पुष्प-माल्य एवं धूपादि का समर्पण कर जल के द्वारा उसे प्रोक्षण करें ऐसा करने पर 'देव-शुद्धि' होती है। इस प्रकार पंचशुद्धि-विधान के साथ पूजा करना उचित है।

दिक्शुद्धिः

आसीनः प्राङ्मुखोनित्यं जपं कुर्याद्यथाविधि।
रात्र्यावुदङ्मुखेः कुर्याद्दिवं कार्यं सदैव हि।।

दिक्शुद्ध्या साधकः सिद्धिं साधने लभतेऽसा।
मनश्च वश्यतां यातीत्यतः कार्या प्रयत्नतः।।

दिक्-शुद्धि : पूर्वास्य होकर यथाविधि नित्य जप करें, रात्रिकाल में उत्तरमुखी होकर दैवकार्य करें। दिक्शुद्धि के द्वारा साधक को साधन में सिद्धिलाभ होता है। मन वशीभूत होता है इसलिए यत्नपूर्वक योगिगणों के लिए दिक्शुद्धि का विचार करना कर्त्तव्य है।

स्थानशुद्धिः

गोमयेन यथा स्थानं कायो गङ्गोदकेन च।
पञ्चाशाखायुतं देशं तथा सिद्धिप्रदायकम्।।

गोशाला वै गुरोर्गेहं देवायतन-काननम्।
पुण्यक्षेत्रं नदीतीरं सदा पूतं प्रकीर्त्तितम्।।

स्थान-शुद्धि : जिस प्रकार गंगाजल के द्वारा शरीर शुद्ध होता है, गोमय के द्वारा स्थान शुद्ध होता है, उसी प्रकार पंचशाखायुक्त स्थान अर्थात् अश्वत्थ, वट, बिल्व, आमलक एवं अशोक इन पंचवृक्षयुक्त पंचवटी का निम्नतल-प्रदेश सिद्धिप्रद परम पवित्र स्थान है। गोशाला, गुरुगृह, देवायतन अर्थात् देवमन्दिरादि, वनस्थल, तीर्थादि पुण्य क्षेत्र एवं नदी तट -- ये सभी स्थान सर्वदा पवित्र होते हैं।

कायशुद्धिः

स्थानमूलाः क्रियाः सर्वाः श्रुतिस्मृत्युदिता नृणाम्।
तस्मात्स्नानं निषेवेत श्री-पुष्ट्यारोग्यवर्द्धनम्।।1।।

मान्त्रं भौमं तथाऽऽग्नेयं वायव्यं दिव्यमेव च।
वारुणं मानसञ्चैव सप्तस्नानं प्रकीर्त्तितम्।।2।।

आपोहिष्ठादिभिर्मान्त्रं भौमं देहप्रमार्जनम्।
आग्नेयं भस्मनास्नानं वायव्यं गोरजः स्मृतम्।।3।।

यत्तदाऽतपवर्षेण स्नानं दिव्यमिहोच्यते।
वारुणं चावगाहः स्यान्मानसं विष्णुचिन्तनम्।।4।।

अनन्तादित्यसङ्काशं वामदेवं चतुर्भुजम्।
शङ्खचक्रगदापद्ममुकुटं शेषशायिनम्।।5।।

प्रभूतसत्त्वसम्पन्नं ध्यायेन्नारायणं विभुम्।
अथ स्नानं प्रकुर्वीत यथा शास्त्रविधिः स्मृतिः।
मलप्रक्षालनं स्नानं स्वशाखोक्तं समाचरेत्।।6।।

ताम्रपात्रं सदूर्वं च सतिलं सजलं तथा।
गृहीत्वा स्वेष्टदेवस्य प्रीतये स्नानमाचरेत्।।7।।

गुरुपङ्क्तिं तु सन्तर्प्य तर्पयेदिष्टदेवताम्।
मान्त्रं स्नानं साधको वै नित्यं कुर्याद्यथाविधि।।8।।

काय-शुद्धि : साधन कार्य के लिए स्नान करना सांधक का सर्वप्रथम कर्त्तव्य है। इसका कारण यह है कि स्नान के अनन्तर ही सभी कार्यों को करने का विधान स्मृति-श्रुत्यादि में किया गया है। स्नान की और भी उपयोगिताएँ ये हैं कि इसके द्वारा सौन्दर्य, पुष्टि एवं अरोगिता का लाभ होता है। स्नान सात प्रकार का है- मन्त्रस्नान, भौमस्नान, आग्नेयस्नान, वायव्य स्नान, दिव्य स्नान, वारुण स्नान एवं मानस्नान। "आपोहिष्टा" इत्यादि मंत्र के द्वारा जो स्नान किया जाता है, उसे 'मन्त्र स्नान' कहते हैं। सिक्तवस्त्र के द्वारा भलीप्रकार अंगमार्जन करने को 'भौमस्नान' कहते हैं। भस्म धारण करने को 'आग्नेय स्नान' कहते हैं। गोरज के द्वारा शरीरलेपन करना अथवा शरीर में उसके स्पर्श के द्वारा 'वायव्य स्नान' किया जाता है। वृष्टिपात के समय यदि सूर्यातप रहे, तो उस समय उस वृष्टि के जल में स्नान करने को 'दिव्य स्नान' कहते हैं। जल में अवगाहनपूर्वक स्नान करने को 'वारुण स्नान' कहते हैं एवं भगवत् चिन्तन को 'मानस-स्नान' कहते हैं। मानस-स्नान में अनन्तसूर्यसमप्रभ, वामदेव, चतुर्भुज, शंख-चक्र-गदा-पद्म एवं मुकुटधारी, शेषशायीं, सत्त्वगुणमय भगवान का चिन्तन ही श्रेष्ठफलप्रद है। निज-निज शाखा के अनुरूप शास्त्र विधि के अनुसार शरीर-मल के दूरीकरणार्थ स्नान करना कर्त्तव्य है। दूर्वा, तिल एवं जल संयुक्त ताम्र-पात्र लेकर स्नान करें। पहले गुरुपंक्ति का तर्पण कर इष्टदेव का तर्पण करें। इस प्रकार प्रतिदिन साधक को मन्त्रस्नान करना चाहिए।

अन्तःशुद्धि

अभयं सत्त्वसंशुद्धिर्ज्ञानयोगव्यवस्थितिः।
दानं दमश्च यज्ञश्च स्वाध्यायस्तप आर्जवम्।।1।।

अहिंसा सत्यमक्रोधस्त्यागः शान्तिरपैशुनम्।
दया भूतेष्वगृध्नुत्वं मार्दवं ह्रीरचापलम्।।2।।

तेजः क्षमा धृतिः शौचमद्रोहो नाऽतिमानिता।
भवन्ति सम्पदो दैव्यश्चित्तनैर्मल्यकारणम्।।3।।

दम्भो दर्पोऽभिमानश्च क्रोधः पारुष्यमेव च।
अज्ञानं चाऽभिजातस्य विद्यात्सम्पदमासुरीम्।।4।।

दैवी सम्पद्विमोक्षाय निबन्धायासुरी मता।
दैवीं सम्पत्तिमासाद्य निस्त्रैगुण्यो भवेत्सुधीः।।5।।

अन्तःशुद्धि - भयशून्यता, चित्तप्रसन्नता, ज्ञानयोग से अर्थात् आत्म-ज्ञान-लाभ के उपाय-समूह में तीव्रनिष्ठा, दान, इन्द्रिय संयम, यज्ञ, वेद एवं वेदसम्मत शास्त्र समूह का पाठ, तप, सरलता, अहिंसा, सत्य, अक्रोध, कर्मफल में अनासक्ति, चित्तशान्ति, खलवृत्ति समूह का त्याग, भूतदया, निर्लोभिता, निरहंकारिता, कुकर्म में लज्जा-बोध, अचांचल्य, तेज, क्षमा, धैर्य, शौच, निर्विरोध, अनभिमानिता अर्थात् "मैं पूज्य हूँ" "मैं बहुत योग्य हूँ" इत्यादि प्रकार मात्सर्य-भाव-समूह का त्याग-इन सभी को 'दैवी सम्पत्ति' कहते हैं। इस समस्त वृत्तियों के अभ्यास के द्वारा अन्तःकरण निर्मल होता है। 'दम्भ' अर्थात् "मैं धार्मिक हूँ" इत्याकार अभिमान, 'दर्प' अर्थात् "मैं धनवान् हूँ" इत्यादि प्रकार का अहंकार, 'अभिमान' अर्थात् "मैं पूज्य हूँ" इत्यादि प्रकार का अहंकार, क्रोध, पारुष्य, अविवेक इत्यादि असुरी सम्पट हैं। ये ही जीव के बन्धन के हेतु हैं। इसलिए सुधीजनों को चाहिए कि इस दैवी-सम्पद् की अभ्यास-वृद्धि के द्वारा मोक्ष-मार्ग में अग्रसर हो।

कुलाकुल चक्रम्

कुलाकुलस्य भेदो हि प्रोच्यते मन्त्रिणामिह।
वाय्वग्निभूजलाकाशाः पञ्चाशल्लिपयः क्रमात् ।।1।।

पञ्च ह्रस्वाः दीर्घा विन्द्वन्ताः सन्धिसम्भवाः।
कादयः पञ्चशः प क्ष ल स हान्ताः प्रकीर्तिताः।।2।।

अ आ ए क च ट त प य षा मारुताः।
इ ई ऐ ख छ ठ थ फ र क्षा आग्नेयाः।
उ ऊ ओ ग ज ड द ब ल लाः पार्थिवाः।
ऋ ॠ औ घ झ ढ ध भ व सा वारुणाः।
ऌ ॡ अं ङ ञ ण न म श हा नाभसाः।।3।।

साधकस्याक्षरं पूर्वं मन्त्रस्यापि तदक्षरम्।
यद्येकभूतदैवत्यं जानीयात् स्वकुलं हि तम्।।4।।

भौमस्य वारुणं मित्रं आग्नेयस्यापि मारुतम्।
मारुतं पार्थिवानाञ्च आग्नेयञ्चाम्भसां रिपुः।।5।।

नाभसं सर्वमित्रं स्याद्विरुद्धं नैव शीलयेत्।।6।।

गुह्यातिगुह्यविषयास्तत्वज्ञानं विशेषतः।
मन्त्राणाञ्चाऽनुकूलानां तत्वज्ञानेन विर्णयः।।7 ।।

कुलाकुलाख्यचक्रेणतत्वज्ञानं प्रजायते।
अतः कुलाकुलं चक्रं सिद्धिदायि प्रकीत्तितम्।।8।।

कुलाकुल-चक्र : मन्त्रशास्त्रज्ञों के लिए कुलाकुल चक्र का वर्णन किया जा रहा है। पंच ह्रास, पंच दीर्घ, बिन्धन्त सन्धि सम्भव अक्षर, क-वर्गादि पंचवर्ग, ष, क्ष, ल, स, ह - ये सभी वायु, अग्नि, पृथिवी, जल एवं आकाश रूप हैं। अर्थात् पाँच ह्रस्व स्वर एवं पाँच दीर्घ स्वर, अं एवं सन्धि सम्भव ए, ऐ, ओ, औ, य, र, ल, व, श एवं क- वर्गादि पंच वर्ग के पाँच-पाँच अक्षर एवं ष, क्ष, ळ, स, ह - ये पचास अक्षर पंच तत्त्व के अन्तर्गत विभक्त किये गए हैं।

अ आ ए क च ट त प य ष ये सभी मारुत हैं।

इ ई ऐ ख छ ठ थ फ र क्ष - ये सभी आग्नेय हैं।

उ ऊ ओ ग ज ड द ब ल ळ - ये सभी पार्थिव हैं।

ऋ ॠ औ घ झ ढ ध भ व स - ये सभी वारुण हैं।

ऌ ॡ अं ङ ञ ण न म श ह - ये सभी नाभस (आकाशीय) हैं।

कुलाकुल चक्र

वायु	अग्नि	भूमि	जल	आकाश
अ आ	इ ई	उ ऊ	ऋ ॠ	ऌ ॡ
ए	ऐ	ओ	औ	अं
क	ख	ग	घ	ङ
च	छ	ज	झ	ञ
ट	ठ	ड	ढ	ण
त	थ	द	ध	न
प	फ	ब	भ	म
य	र	ल	व	श
ष	क्ष	ळ	स	ह

साधक के नाम का पूर्वाक्षर एवं मंत्र का पूर्वाक्षर यदि समान भूत देवता अर्थात् एक ही कोष्ठ का होता है, तो उसे 'स्वकुल' जानना चाहिए। पृथिवी का मित्र जल है एवं अग्नि का मित्र वायु है। पृथिवी का रिपु वायु एवं अग्नि है एवं जल का रिपु अग्नि है। आकाश सभी का मित्र है। शत्रु होने पर वह मंत्र देना उचित नहीं है। स्वकुल एवं मित्र होने पर उपदेश देना चाहिए। इस शास्त्र में गुह्यातिगुह्य विषय वर्णित हुआ है एवं तत्त्वज्ञान और भी गुह्यातिगुह्य है। अनुकूल मंत्रों का निर्णय तत्त्वज्ञान के द्वारा किया जाता है। कुलाकुलचक्र के द्वारा तत्त्वज्ञान उत्पन्न होता है। इसीलिए कुलाकुलचक्र को सिद्धिदायक के रूप में कीर्त्तन किया गया है।

तन्त्रान्तरे कुलाकुलचक्रम्

पञ्चभूताज्जगत् सृष्टं पञ्च देवा हि मानवैः।
पूज्यन्ते तद्रहस्यन्तु ज्ञायते योगपारगैः।।

पञ्चतत्त्वरहस्यानि प्रकाशयति तत्त्वतः।
अतः कुलाकुलं चक्रं परमं मंगलं स्मृतम्।।

मन्त्राणां देवतानाञ्च कुलनिर्णयकारकम्।
पाञ्चभौतिकशक्तेर्हि भेदान्मन्त्रविनिर्णयः।।

पञ्चाधिकारभेदेन चोपासनविनिश्चयः।
चक्रे नैतेन सिद्ध्यन्ति तस्मादेतच्छुभावहम्।।

तन्त्रान्तरोक्त कुलाकुलचक्र-विधान : सृष्टि पंचभूतात्मक है अर्थात् पृथिवी, जल, अग्नि, वायु एवं आकाश -- इन पंच तत्त्वों के द्वारा जगत् गठित है। इसी कारण मनुष्यों के लिए पंचदेवोपासना का विधान किया गया है। उपासना रहस्य को योग पारगामी गुरुदेव ही सम्यक् प्रकार से अवगत हैं। इसलिए पंचतत्त्व रहस्य के प्रकाशक कुलाकुलचक्र परम हितकर है। इसके लिए मंत्र देवताओं के कुलनिर्णय-कार्य का सम्पादन हो सकता है। पाँच भौतिक शक्ति के तारतम्य के अनुसार मन्त्राधिकार-निर्णय एवं पंचदेवात्मक अधिकार के भेद से उपासनाधिकार - निर्णय इस चक्र के द्वारा सुसिद्ध होता है। इसलिए यह चक्र परम हितकर है।

राशिचक्रम्

रेखाद्वयं पूर्वपरेण कुर्यात्। तन्मध्यतो याम्यकुबेरभेदात्।।
ऐशान्यमारभ्य निशाचरान्तं। कुर्याद्धि रेखामनिलाऽनलान्तः।।1।।

वेदाग्निवह्नियुगलश्रवणाक्षिपञ्च
पञ्चेपुबाणशरवेदमितादि वर्णान्।
मेषादिराशिभवनेषु लिखेच्च सर्व्वान्।
कन्यागृहे प्रविलिखेदथ शादिवर्णान्।।2।।

राशीनां शुद्धताज्ञेया त्यजेच्छक्रं मृतिं व्ययम्।
स्वराशेर्मन्त्रराश्यन्तं गणनीयं विचक्षणैः।।3।।

तेन मन्त्राद्यवर्णेन नाम्नश्चाद्यक्षरेण च।
गणयेद्यदि षष्ठो वाप्यष्टमो द्वादशस्तु वा।।4।।

रिपुर्मन्त्राद्यवर्णः स्यात्तेन तस्याहिंत भवेत्।
लग्नं घनं भ्रातृबन्धू प्रत्रशत्रू कलत्रकम्।।5।।

मरणं धर्मकर्म्मायव्ययाद्वादश राशयः।।6।।

नामानुरूपमेतेषां शुभाऽशुभफलं लभेत।।7।।

लग्ने सिद्धिस्तथा नित्यं घने धनसमृद्धिदम्।।
भ्रातरि भ्रातृवृद्धिः स्याद् बांधवे बांधवप्रियः।।8।।

पुत्रे च पुत्रवृद्धिस्स्याच्छत्रौ शत्रुविवर्द्धनम्।
कलत्रे मध्यमं प्रोक्तं मरणे मरणं भवेत्।।9।।

धर्मे च धर्मवृद्धिस्स्यात् सिद्धिदः कर्मसंस्थिताः।
आये च धनसम्पत्तिर्व्यये च सञ्चितव्ययः।।10।।

वृष उ ऊ ऋ मिथुन ॠ लृ ॡ	मेष अ आ इ ई	मीन य र ल व क्ष कुम्भ प फ ब भ म
कर्क ए ऐ	राशिचक्र	मकर त थ द ध न
सिंह ओ औ कन्या अं अः श ष स ह	तुला क ख ग घ ङ	धनु ट ठ ड ढ ण वृश्चिक च छ ज झ ञ

राशि-चक्र : पहले पूर्व एवं पश्चिम भाग में दो रेखाएँ अंकित कर, इन दो रेखाओं के मध्य से उत्तर एवं दक्षिण में और भी दो रेखाओं को खींचकर इशाचादि चतुष्कोणों में और भी चार रेखाओं को खींचकर राशिचक्र अंकित करें। इस चक्र के द्वादशस्थानों में यथानियम से द्वादशराशि की कल्पना कर मेषादि क्रम के अनुसार वर्ण-स्थापन करें। मेष राशि में चार, वृष में तीन, मिथुन में तीन, कर्कट में दो, सिंह में दो, कन्या में दो, तुला में पाँच, वृश्चिक में पाँच, धनु में पाँच, मकर में पाँच, कुम्भ में पाँच, मीन में चार एवं अवशिष्ट श-कार आदि वर्ण कन्याराशि के घर में लिखने के योग्य हैं। इस प्रकार से अकारादि वर्णों को संस्थापनपूर्वक राशिचक्र का विचार किया जाता है।

अपनी राशि के अनुकूल मंत्र ग्रहण करने पर मंगल लाभ होता है। इसलिए नाम के आदिवर्ण एवं मंत्र के आदिवर्ण को ग्रहण कर निजराशि से मंत्रराशि पर्यन्त गणना के द्वारा राशि-शुद्धि का विचार करना विद्वज्जन के लिए अवश्य कर्त्तव्य है। इस प्रकार गणना के द्वारा षष्ठ (शत्रु), अष्टम (मृति) एवं द्वादश (व्यय) राशिस्थ मंत्र का त्याग करें। इसका कारण यह है कि उन सभी राशियों में स्थित मंत्रों के ग्रहण करने से अमंगल होता है। लग्न, धन, भ्रातृ, बन्धु, पुत्र, शत्रु, कलत्र, मृत्यु, धर्म, कर्म, आय एवं व्यय-लग्नादि द्वादश राशियों के ये द्वादश संज्ञाएँ हैं। इन समस्त संज्ञाओं के शब्दार्थ के द्वारा शुभाशुभ फल का निर्णय किया जा सकता है। विष्णु-उपासना के विषय में, बन्धु के स्थान में शत्रु एवं शत्रु के स्थान में बन्धु-इस प्रकार समझना चाहिए।

जन्मराशि स्थित मंत्र से मंत्रसिद्धि, धनस्थान स्थित मंत्र से धनवृद्धि, भ्रातृस्थान स्थित मंत्र से भ्रातृ वृद्धि, बन्धु स्थान स्थित मंत्र से बन्धुप्रियता, पुत्र स्थानस्थ से पुत्रलाभ, शत्रु स्थानस्थ से शत्रुवृद्धि, कलत्रस्थानस्थ से मध्यम फल, मृत्युस्थानस्थ से मृत्यु, धर्मस्थानस्थ से धर्मवृद्धि, कर्मस्थानस्थ से कार्यसिद्धि, आयस्थानस्थ से धनागम एवं व्ययस्थानस्थ मंत्र से ग्रहण से संचित धन का क्षय होता है।

नक्षत्र चक्रम्

उत्तराद्दक्षिणाग्रान्तु रेखाङ्कुर्याच्चतुष्टयीम्।
दशरेखाः पश्चिमाग्राः कर्त्तव्या वीरवन्दिते।।1।।

अश्विन्यादिक्रमेणैव विलिखेत्तारकाः पुनः।
अकारादिक्षकारान्तान् द्विचन्द्रवह्निवेदकान्।।2।।

भूमीन्दुनेत्रचन्द्रांश्च अश्लेषान्तं खगौ प्रिये।
द्विभूनेत्रनेत्रयुग्मांश्चेन्दुनेत्राग्नियुग्मकान्।।3।।

मघादिकं च ज्येष्ठान्तं द्वितीयं नवतारकम्।
वह्निभूमीन्दुचन्द्रांश्च युग्मेन्दुनेत्रवह्निकान्।।4।।

वेदेन भेदितान् वर्णान् रेवत्यन्तं गतान् क्रमात्।
पूर्वोत्तरत्रयं चैव भरण्यार्द्राथ रोहिणी।।5।।

इमानि मानुषाण्याहुर्नक्षत्राणि मनीषिणः।।6।।

ज्येष्ठा शतभिषामूला धनिष्ठाश्लेषकृत्तिकाः।
चित्रा मघा विशाखाः स्युस्ताराराक्षसदेवताः।।7।।

अश्विनी रेवती पुष्या स्वाती हस्तापुनर्वसूः।

अनुराधा मृगशिरः श्रवणा देवतारकाः।।
स्वजातौ परमा प्रीतिर्मध्यमा भिन्नजातिषु।।8।।

रक्षोमानुषयोर्नाशो वैरं दानव देवयोः।
जन्म सम्पद्विपत् क्षेमं प्रत्यरिः साधको वधः।।9।।

मित्रं परममित्रं च जन्मादीनि पुनः पुनः।
रसाष्टनवभद्राणि युग्मयुग्मगतानि च।।10।।

इतराणि न भद्राणि तत्याज्यानि मनीषिणा।
प्रदक्षिण्येन गणयेत् साधकाद्यक्षरात् सुधीः।।11।।

नक्षत्र-चक्र : उत्तर से दक्षिण की ओर चार रेखओं को अंकित कर उसके मध्य में पूर्व-पश्चिम दिशा के क्रम से दश रेखाओं का सम्पात करें (खींचे)। उक्त प्रकार से अंकित सत्ताईस कोष्ठों में अश्विनी आदि सत्ताईस नक्षत्रों का यथाक्रम से स्थापन करके अकारादि से क्ष-कार पर्यन्त समस्त वर्णों का स्थापन करें।

नक्षत्र-चक्र

अश्विनी अ आ देव	भरणी इ नर	कृतिका ई उ ऊ राक्षस	रोहिणी ऋ ॠ ऌ ॡ नर	मृगशिरा ए देव	आर्द्रा ऐ नर	पुनर्वसु ओ औ देव	पुष्य क देव	आश्लेषा ख ग राक्षस
मघा घ ङ राक्षस	पूर्वा.फा. च नर	उ.फा. छ ज नर	हस्त झ ञ देव	चित्रा ट ठ राक्षस	स्वाती ड देव	विशाखा ढ ण राक्षस	अनु. त थ द देव	ज्येष्ठा ध राक्षस
मूल न प फ राक्षस	पू.षा. ब नर	उ.षा. भ नर	श्रवण म देव	धनिष्ठा य र राक्षस	शत. ल राक्षस	पू.भा. व श नर	उ.भा. ष.स ह नर	श्रेवणी ल क्ष अं अः देव

प्रथम कोष्ठ में दो वर्ण, द्वितीय कोष्ठ में एक वर्ण, तृतीय कोष्ठ में तीन वर्ण, चतुर्थ कोष्ठ में चार वर्ण, पंचम कोष्ठ में एक वर्ण, षष्ठ कोष्ठ में एक वर्ण, सप्तम कोष्ठ में दो वर्ण, अष्टम कोष्ठ में एक वर्ण, नवम कोष्ठ में दो वर्ण, दशम कोष्ठ में दो वर्ण, एकादश कोष्ठ में एक वर्ण, द्वादश कोष्ठ में दो वर्ण, त्रयोदश कोष्ठ में दो, चतुर्दश कोष्ठ में दो, पंचदश कोष्ठ में एक, षोडश कोष्ठ में दो, सप्तदश कोष्ठ में तीन, अष्टादश कोष्ठ में एक, ऊनविंशति कोष्ठ में तीन, विंशति में एक, एकविंशति में एक, द्वाविंशतति में एक, त्रयोविंशति में दो, चतुर्विंशति में एक, पंचविंशति में दो, षड्विंशति में तीन एवं सप्तविंशति कोष्ठ में चार वर्णों को स्थापित करना चाहिए।

स्वपूर्वफाल्गुनी, पूर्वाषाढ़ा, पूर्वभाद्र, उत्तरफाल्गुनी, उत्तराषाढ़ा, उत्तरभाद्र, भरणी, आर्द्रा एवं रोहिणी- ये नौ नक्षत्र मनुष्यगण हैं। ज्येष्ठा, शतभिषा, मूला, धनिष्ठा, अश्लेषा, कृत्तिका, चित्रा, मघा एवं विशाखा - ये नौ नक्षत्र राक्षसगण हैं। अश्विनी, रेवती, पुष्य, स्वाती, हस्त, पुनर्वसु, अनुराधा, मृगशिरा एवं श्रवण - ये नौ नक्षत्र देवगण के नाम से कथित हैं। जाति में परमा प्रीति, भिन्न जाति में मध्यमा प्रीति, राक्षस एवं मानव में विनाश तथा राक्षस एवं देवता में शत्रुता रहती है।

जन्म नक्षत्र एवं मंत्र के आदि अक्षर जिस कोष्ठ में आयेंगे, उन कोष्ठगत नक्षत्रों के साथ मिलाकर गणना करनी चाहिए। यदि मंत्र एवं ग्रहीता का एक ही गण होता है, तो वह मंत्र शुभदायक होता है। यदि शिष्य का मनुष्यगण एवं मंत्र का देवगण होता है, तो भी वह मंत्र मंगलदायक होता है। शत्रुताकारक एवं मृत्युकारक मंत्र ग्रहण योग्य नहीं है। जन्म, सम्पद्, विपद, क्षेम, प्रत्यरि, साधक, वध, मित्र एवं परम मित्र- इस प्रकार से जन्म नक्षत्र से मंत्र नक्षत्र पर्यन्त पुनः पुनः गणना करनी चाहिए। यदि जन्म नक्षत्र से मंत्र नक्षत्र जन्म, तृतीय, पंचम अथवा सप्तम होता है, तो वह त्याज्य है। षष्ठ, सप्तम, द्वितीय, नवम एवं चतुर्थ मन्त्र शुभदायक होता है। इन पंचस्थान स्थित मंत्र को छोड़कर अन्य सभी मंत्र 'अशुभ हैं' - ऐसा जानना चाहिए। अतः पण्डितगण जन्मादि मंत्रों का त्याग करें। जन्म मंत्र के साथ मिलाकर पूर्वकथन के अनुसार गणना करने पर इस चक्र का उद्धार होता है।

अकथहचक्रम्

चतुरस्र लिखेत् कोष्टं चतुःकोष्ठसमन्वितम्।
पुनश्चतुष्कं तत्रापि लिखेद्धीमान् क्रमेण तु।
ततः षोडशकोष्ठेषु लिखेद्वर्णान् यथाक्रमात्।।1।।

इन्द्वग्निरुद्रनवनेत्रयुगार्कदिक्षु।
ऋत्वष्टषोडशचतुर्दशभौतिकेषु।
पातालपञ्चदशवह्निहिमांशुकोष्टे।
वर्णाल्लिखेपिभवान् क्रमशस्तु धीमान्।।2।।

नामाद्यक्षरमारभ्य यावन्मन्त्रादिमाक्षरम्।

चतुर्भिः कोष्टैरेकैकमिति कोष्ठचतुष्टयम्।
पुनः कोष्ठगकोष्ठेषु सव्यतो नाम्न आदितः।।3।।

सिद्धः साध्यः सुसिद्धोऽरिः क्रमाजज्ञेयो विचक्षणैः।।4।।

सिद्धार्णा बान्धवाः प्रोक्ताः साध्यास्तु सेवकाः स्मृताः।।5।।

सुसिद्धाः पोषका ज्ञेयाः शत्रवो घातकाः स्मृताः।
सिद्धः सिध्यति कालेन साध्यस्तु जपहोमतः।
सुसिद्धो ग्रहणादेव रिपुर्मूलं निकृन्तति।।6।।
सिद्धसिद्धोयथोक्तेन् द्वैगुण्यात् सिद्धसाध्यकः।
सिद्धसुसिद्धोऽर्द्धजपात् सिद्धारिर्हन्ति बान्धवान्।।7।।

साध्यसिद्धो द्विगुणकः साध्यसाध्यो निरर्थकः।
तत्सुसिद्धस्तुद्विगुणात् साध्यारिर्हन्ति गोत्रजान्।।8।।

सुसिद्धसिद्धोऽर्द्धजात् ततसाध्यो द्विगुणोऽधिकात्।
तत्सुसिद्धो ग्रहादेव सुसिद्धारिः स्वगोत्रहा।।9।।

अरिसिद्धः सुतान् हन्यादरिसाध्यस्तु कन्यकाः।
तत्सुसिद्धस्तु पत्नीघ्नस्तदरिर्हन्तिसाधकम्।।10।।

वटपत्रे लिखित्वारिमंत्रं स्रोतसि निक्षिपेत्।
एवं मंत्रविमुक्तिः स्यादित्याह भगवान् शिवः।।11।।

1 अ क थ ह	2 उ ङ प	3 आ ख द	4 ऊ च फ
5 ओ ड ब	6 लृ झ म	7 औ ढ श	8 लॄ ञ य
9 ई घ न	10 ॠ ज भ	11 इ ग ध	12 ऋ छ व
13 अः त स	14 ऐ ठ ल	15 अं ण ष	16 ए ट र

अकथह-चक्र : पहले चार कोष्ठों में विभाग योग्य चतुष्कोण-विशिष्ट एक कोष्ठ अंकित कर पुनः उसके प्रत्येक कोष्ठ को चार-चार कोष्ठों में विभक्त कर सोलह कोष्ठों में निम्नलिखित नियम से अकारादि वर्णों का विन्यास करें। प्रथम कोष्ठ में अ, तृतीय कोष्ठ में आ, एकादश में इ, नवम में ई, द्वितीय में उ, चतुर्थ में ऊ, द्वादश में ऋ, दशम में ॠ, षष्ठ में ऌ, अष्टम में ॡ, षोडश में ए, चतुर्दश में ऐ, पंचम में ओ, सप्तम में औ, पंचदश में अं एवं त्रयोदश कोष्ठ में अः। इस प्रकार से षोडश कोष्ठों में षोडशाक्षर स्थापनपूर्वक पुनः उक्त नियम के अनुसार ककारादि से ह-पर्यन्त समस्त वर्णों को उक्त षोडश कोष्ठों में स्थापित करना चाहिए।

इस प्रकार चक्र का निर्माण कर, गृहीता के नाम के आद्यक्षर से प्रारम्भ कर मंत्र के आद्यक्षर पर्यन्त बायीं ओर से प्रधान चार कोष्ठों में एवं बाद के कोष्ठान्तर्गत कोष्ठ में यथाक्रम से सिद्ध, साध्य, सुसिद्ध एवं अरि इन भेदचतुष्टय के एक-एक पर विचार करना चाहिए।

सिद्धमंत्र को बान्धव, साध्य मंत्र को सेवक, सुसिद्ध मंत्र को पोषक एवं शत्रु मंत्र को घातक बताया गया है। सिद्ध मंत्र को ग्रहण करने पर मंत्र समय पर सिद्ध होता है। साध्यमंत्र जप, होम आदि क्रियाओं के द्वारा सिद्ध होता है। सुसिद्धमंत्र को ग्रहण करने पर तत्क्षण ही मंत्र की सिद्धि संघटित हो जाती है एवं अरिमंत्र को ग्रहण करने पर साधक का सर्वनाश उपस्थित होता है। सिद्ध-सिद्ध मंत्र किंचित् काल में ही फलप्रद होता है, सिद्ध-साध्य मंत्र उसकी अपेक्षा दुगुने जप से फलप्रद होता है एवं सिद्ध सुसिद्ध मंत्र अर्द्ध-जप से फलप्रद होता है। सिद्ध-अरि मंत्र का जप करने पर बन्धुगणों का वियोग हो जाता है। साध्य-सिद्ध मंत्र के द्विगुण जप करने पर वह मंत्र फलदायी होता है। साध्य-साध्य मंत्र का जप निष्फल होता है। साध्य-सुसिद्ध मंत्र का द्विगुण जप फलप्रद होता है। साध्य-अरि मंत्र का जप करने पर स्वगोत्रीय व्यक्ति का विनाश हो जाता है। सुसिद्ध-सिद्ध मंत्र अर्द्ध-जप से एवं सुसिद्ध-साध्य मंत्र द्विगुणाधिक जप से फलप्रद होता है। सुसिद्ध-सुसिद्ध मंत्र ग्रहण मात्र से ही फल-प्रदान करता है। सुसिद्ध-अरि मंत्र का जप स्वगोत्र का नाशक है-इस प्रकार परिकीर्त्तित हुआ है। अरि-सिद्ध मंत्र जप करने पर पुत्र विनष्ट होता है। अरि-साध्य मंत्र का जप कन्या का, अरि-सुसिद्ध मंत्र का जप पत्नी का एवं अरि-अरि मंत्र का जप साधक का विनाशक होता है। इसलिए अरि-मंत्र को ग्रहण करना कदापि उचित नहीं है। भ्रमवश अरिमंत्र गृहीत होने पर, वट पत्र के उपरिभाग में उस मंत्र को लिखकर नदी के स्रोत में बहा देना चाहिए। श्रीभगवान महादेव ने अरिमंत्र के त्याग के विषय में इस प्रकार विधि-निर्देश किया है।

अकडम-चक्रम्

रेखाद्वयं पूर्वपरेण कुर्यात्तन्मध्यतो याम्य कुबेरभेदात्।
महेशरक्षोऽधिपतिक्रमेण तिर्यक्तथा वायुहुताशनेन।।1।।

अकारादिक्षकारान्तान् क्लीवहीनान् लिखित्ततः।
एकैकक्रमतो लेख्यान् मेषादिसु वृषान्तकान्।।2।।

गणयेत् क्रमशो भद्रे नामादिवर्णपूर्वकान्।
मेषादितश्च मीनान्तं गणयेत् क्रमशः सुधीः।।3।।

जप्तुः स्वनामतो मंत्री यावन्मंत्रादिमाक्षरम्।।4।।

सिद्धसाध्यसुसिद्धारीन् पुनः सिद्धादयः पुनः।
नवैकपञ्चमे सिद्धः साध्यः षड्दशयुग्मके।।5।।

सुसिद्धः त्र्यर्षिरुद्रे च वेदाष्टद्वादशे रिपुः।
एतत्ते कथितं देवि अकडमादिकमुत्तमम्।।6।।

अकडम-चक्र : पहले पूर्व एवं पश्चिम की ओर दो दीर्घ रेखाओं को अंकित कर, बाद में उसके मध्यभाग से उत्तर-दक्षिण में और भी दो दीर्घ रेखाओं को अंकित करें। पुनः उन रेखा-समूह के ईशानादि चतुष्कोणों में चार रेखाएँ खींचकर एक राशिचक्र प्रस्तुत करें। इस चक्र के मेष आदि से वृष पर्यन्त द्वादश राशियों के गृहों में दक्षिणावर्त्तक्रम से अकारादि से क्षकारान्त वर्ण समूह की स्थापना करें। केवल ऋ, ॠ, एवं ऌ, ॡ इन चारों क्लीववर्णों का परित्याग करें।

मीन अः ठ भ कुम्भ अं ट व	मेष अ क ड म	वृष आ ख ढ य मिथुन इ ग ण र
कर्क औ ञ फ क्ष	अकडम चक्र	मकर ई घ त ल
धनु ओ झ प ह वृश्चिक ऐ ज न स	तुला ए छ ध ष	सिंह उ ङ थ ब कन्या ऊ च द श

अ, क, ड, म इन चार वर्णों को मेष राशि के गृह में स्थापित करें। इस प्रकार मेष में आरम्भ कर मीन राशि के कोष्ठ पर्यन्त मिलाकर मन्त्रोद्धार विधि को कहा गया है। साधक के नाम के आद्यक्षर से मंत्र के आद्यक्षर पर्यन्त सिद्ध, साध्य, सुसिद्ध एवं अरि मंत्र की गणना करनी चाहिए। नवम, प्रथम एवं पंचम कोष्ठ स्थित मंत्र 'सिद्ध', षष्ठ, दशम एवं द्वितीय कोष्ठस्थित मंत्र 'साध्य', तृतीय, सप्तम एवं एकादश कोष्ठ स्थित मंत्र 'सुसिद्ध' एवं चतुर्थ, अष्टम एवं द्वादश कोष्ठ स्थित

मंत्र 'अरिमंत्र' के नाम से विवेच्य है। हे देवि ! आपके निकट जिस श्रेष्ठ चक्र का वर्णन किया है - यही 'अकडम चक्र' के नाम से प्रसिद्ध है।

ऋणिधनिचक्रम्

कोष्ठा एकादशोत्रेयाः वेदेन परिपूरिताः।
अकारादिहकारांताँल्लिखेत् कोष्ठेषु तत्त्ववित्।।1।।

प्रथमं पञ्चकोष्ठेषु ह्रस्वदीर्घक्रमेण तु।
द्वयं द्वयं लिखेत्तत्र विचारेण तु साधकः।।2।।

शेषेष्वेकैकशो वर्णान् क्रमशस्तु लिखेत् सुधीः।।3।।

अपिच

द्वौ द्वौ स्वरौ पञ्चसु कोष्ठकेषु
शेषान् स्वरान् षट्सु षडेकमेकम्।
कादीन् हशेषान् विलिखेत्ततोऽर्णान्
एकैकमेकादशसु त्रिकेषु।।4।।

षट्-काल-काल-वियदग्नि-समुद्र-वेद-
खकाश-शून्य-दहनाः खलु साध्य-वर्णाः।
युग्म-द्विपञ्च-वियदम्बरयुक्शशांक-
व्योमाब्धि वेद-शशिनः खलु साधकार्णाः।।5।।

(साधकाङ्काः)

नामाज्झलादकठबाद्गजभक्तशेषम्।
ज्ञात्वोभयोरधिकशेषमृणं धनं स्यात्।।6।।

मन्त्रो यद्यधिकाङ्कः स्यात्तदा मन्त्रं जपेत् सुधीः।
समेऽपि च जपेन्मन्त्रं न जपेत्तु ऋणाधिकं।।7।।

शून्ये मृत्युं विजानीयात्तस्माच्छून्यं परित्यजेत्।।8।।

सुप्तोजागर्त्ति येनासौ दूरस्थः प्रतिभाषते।
वदत्यन्यमनस्कोऽपि तन्नाम ग्राह्यमेव च।।9।।

ऋणि-धनि-चक्र : पहले एकादश कोष्ठों को अंकित कर उसे पुनः चार कोष्ठों के द्वारा पूर्ण कर एक चक्र का अंकन करें। इस चक्र के प्रथम पंच कोष्ठों में एक ह्रस्व एवं एक दीर्घ इस

प्रकार दो-दो कर अकारादि दश स्वर वर्णों को स्थापित करें। तदनन्तर एकारादि दश स्वर वर्ण एवं क से ह पर्यन्त समस्त व्यंजनवर्णों को एक-एक कोष्ठ में क्रमपूर्वक लिखें। इसके उपरिभाग में 6, 6, 6, 0, 3, 4, 4, 0, 0, 0, एवं 3 का साध्यांक लिखें। नीचे 2, 2, 5, 0, 0, 2, 1, 0, 4, 4 एवं 1 का साध्यांक लिखें।

ऋणि-धनि-चक्र

6	6	6	0	3	4	4	0	0	0	3
अ आ	इ ई	उ ऊ	ऋ ॠ	लृ ॡ	ए	ऐ	ओ	औ	अं	अः
क	ख	ग	घ	ङ	च	छ	ज	झ	ञ	ट
ठ	ड	ढ	ण	त	थ	द	ध	न	प	फ
ब	भ	म	य	श्र	ल	व	श	ष	स	ह
2	2	5	0	0	2	1	0	4	4	1

मंत्र के स्वर एवं सभी व्यंजन वर्णों को पृथक्-पृथक् रखना चाहिए। ऐसा करने पर जो-जो वर्ण दृष्ट होगा, वे वर्ण एवं तत्तत् वर्ण जिस-जिस कोष्ठ में स्थित होंगे, उस-उस कोष्ठ के ऊपर के अंकों को एक साथ योग करके, युक्त अंक-समूह को आठ से भाग देकर अवशिष्ट अंक समूह को पृथक् स्थान में रखें। इस प्रकार मंत्र ग्रहोता के नाम के स्वर वर्ण समूह एवं व्यंजन वर्ण समूह हो पृथक्-पृथक् कर पूर्व कथन के अनुसार योग एवं भाग देकर अंतिम अंक समूह को ग्रहण करें। इसमें विशेष बात यह है कि चक्र के निम्नवर्ती अंक समूह को ग्रहण करना चाहिए। तदनन्तर, पूर्व-पूर्व स्थापित अंक एवं इस अंक समूह को लेकर विचार करना चाहिए। जो अंक अधिक होगा उसे 'ऋणी' समझें एवं जो न्यून होगा, उसे 'धनी' समझें। यदि मन्त्र 'ऋणी' है अर्थात् मन्त्रांक अधिक है, जो वह मंत्र ग्रहण योग्य है। यदि मंत्र 'ऋणी' है अर्थात् मन्त्रांक न्यून है तो उस मंत्र को ग्रहण करना उचित नहीं है। मन्त्रांक एवं नामांक समान होने पर भी उस मंत्र को ग्रहण किया जा सकता है। परन्तु यदि उभयांक न्यून है, तो उस मंत्र के द्वारा मृत्यु होती है। इसलिए वैसा मंत्र सर्वदा त्याज्य है। जिस नाम को लेकर पुकारने पर ही सुप्त मनुष्य जाग्रत हो जाता है, दूर से पुकारने पर मनुष्य उत्तर देता है, किसी वस्तु में एकाग्रचित्त होने पर भी जिस नाम को सुनने पर बात करता है, उसी नाभ के साथ इस ऋणी, धनी चक्र की गणना करने का विधान है-ऐसा समझना चाहिए। मूल में जो 'अकठवत्' शब्द है, वह इस चक्र के आदि कोष्ठ के आदि चार अक्षरों के द्योतक हैं।

श्रीगुरुमहिमा

यादृगस्तीह सम्बन्धो ब्रह्माण्डस्येश्वरेण वै।
तथा क्रियाख्ययोगस्य सम्बन्धो गुरुणा सह।।1।।

दीक्षाविधावीश्वरो वै कारणस्थलमुच्यते।
गुरुकार्य्यस्थलञ्ज्ञातो गुरुर्ब्रह्म प्रगीयते।।2।।

गुरौ मानुषबुद्धिन्तु मन्त्रे चाक्षरभावनां।
प्रतिमासु शिलाबुद्धिं कुर्व्वाणो नरकं व्रजेत्।।3।।

जन्महेतु हि पितरौ पूजनीयौ प्रयत्नतः।
गुरुर्विशेषतः पूज्यो धर्माऽधर्मप्रदर्शकः।।4।।

गुरुः पिता गुरुर्माता गुरुर्देवो गुरुर्गतिः।
शिवे रुष्टे गुरुस्त्राता गुरौ रुष्टे न कश्चन।।5।।

श्री गुरु-महिमा : ईश्वर के साथ जिस प्रकार ब्रह्माण्ड का सम्बन्ध है, गुरु के साथ उसी प्रकार क्रियायोग का सम्बन्ध है। दीक्षा-विधि में ईश्वर कारण-स्थानीय एवं गुरु कार्य स्थानीय के रूप में कहे गए हैं। इसलिए गुरु ही ब्रह्म स्वरूप है। जो लोग गुरु में मनुष्य-बुद्धि, मन्त्र में अक्षर-बुद्धि एवं देव प्रतिमा में पाषाण-बुद्धि रखते हैं, वे नरकगामी बनते हैं। माता-पिता जन्म देने के कारण पूजनीय हैं किन्तु गुरु धर्माधर्म का ज्ञान प्रदान करते हैं, इसलिएं गुरु पिता-माता की अपेक्षा भी अधिक पूज्य हैं। गुरु ही पिता हैं, गुरु ही माता हैं, गुरु ही देवता हैं एवं गुरु ही सद्गति हैं। परमेश्वर क्रोधित हों, तो गुरु रक्षा करने में समर्थ हैं। परन्तु गुरु के अप्रसन्न होने पर और कोई भी उसको त्राण करने में समर्थ नहीं होता है।

सद्गुरुलक्षणम्

सर्वशास्त्रपरो दक्षः सर्वशास्त्रार्थवित्सदा।
सुवचाः सुन्दरः स्वंगः कुलीनः शुभदर्शनः।।1।।

जितेन्द्रियस्सत्यवादी ब्राह्मणश्शान्तमानसः।
पितृमातृहिते युक्तः सर्वकर्म्मपरायणः।।
आश्रमी देशवासी च गुरुरेवं विधीयते।।2।।

आचार्यगुरुशब्दौ द्वौ सदा पर्य्यायवाचकौ।
कश्चिदर्थगतो भेदो भवत्येवं तयोः क्वचित्।।3।।

औपपत्तिकमं शन्तु धर्मशास्त्रस्य पण्डितः।
व्याचष्टे धर्ममिच्छूनां स आचार्यः प्रकीर्त्तितः।।4।।

सर्वदर्शी तु यः साधुर्मुमुक्षूणांहिताय वै।
व्याख्याय धर्मशास्त्रांशं क्रियासिद्धप्रबोधकम्।।5।।

उपासनाविधेः सम्यगीश्वरस्य परात्मनः।
भेदान् प्रशास्ति धर्म्मज्ञः स गुरुः समुदाहृतः।।6।।

सप्तानां ज्ञानभूमीनां शास्त्रोक्तानां विशेषतः।
प्रभेदान् यो विजानाति निगमस्यागमस्य च।।7।।

ज्ञानस्य चाधिकारांस्त्रीन् भावतात्पर्यलक्ष्यतः।
तन्त्रेषु च पुराणेषु भाषायास्त्रिविधां सृतिम्।।8।।

सम्यग्भेदैर्विजानाति भाषातत्त्वविशारदः।
निगुणो लोकशिक्षायां श्रेष्ठाचार्यः स उच्यते।।9।।

पञ्चतत्त्वविभेदज्ञः पञ्चभेदान् विशेषतः।
सगुणोपासनां यस्तु सम्यग् जानाति कोविदः।।10।।

चतुष्टयेन भेदेन ब्रह्मणः समुपासनाम्।
गम्भीरार्थां विजानीते बुधो निर्म्मलमानसः।।11।।

सर्वकार्येषु निपुणो जीवन्मुक्तस्त्रितापहृत्।
करोति जीवकल्याणां गुरुः श्रेष्ठः स कथ्यते।।12।।

सद्गुरु-लक्षण : सर्वशास्त्र-पारगामी, दक्ष, सर्वशास्त्रतत्त्ववेत्ता, सुभाषी, सर्वांगपूर्ण एवं सुन्दर, कुलीन, शुभदर्शन, जितेन्द्रिय, सत्यवादी, ब्राह्मण, शान्तचेता, पितृमातृ-हित में रत, सर्वकर्मपरायण, आश्रमी (ब्रह्मचर्य, गृहस्थ, वानप्रस्थ एवं संन्यास—इन चार आश्रमों में किसी एक आश्रम-व्रतधारी), भारतवासी-इन समस्त गुणों से सम्पन्न पुरुष ही गुरु बनने के योग्य हैं।

आचार्य एवं गुरु - ये दोनों पर्यायवाचक शब्द हैं। केवल कार्य वैलक्षण्य के कारण इन दोनों में किंचिद् भेद निर्धारित हुआ है। जो सम्पूर्ण वेद एवं शास्त्रों में सुपण्डित हैं, शिष्य को उनके औपपत्तिक ज्ञान का उपदेश देते हैं, वह ही 'आचार्य' पदवाच्य हैं एवं जो सर्वदर्शी साधु मुमुक्षुगणों के हित के लिए वेदशास्त्रोक्त क्रिया-सिद्धांश एवं परमेश्वर की उपासना के भेदसमूह का उपदेश यथाधिकार शिष्य को प्रदान करते हैं, वह 'गुरु' पदवाच्य हैं। दर्शनशास्त्र की सप्तभूमि के अनुसार वेद एवं शास्त्र के जो समस्त भेद हैं, जो इन सभी को अवगत हैं; जो अध्यात्म, अधिदैव एवं अधिभूत नामक इन भावत्रय के रहस्य को विशेष रूप में अवगत हैं एवं जो तन्त्र तथा पुराणों

की समाधिभाषा, लौकिकभाषा एवं परकीयभाषा--इन त्रिविधि भाषा में सम्यक् अभिज्ञ होकर लोकशिक्षा में निपुण होते हैं, वह ही श्रेष्ठ 'आचार्य' पदवाच्य हैं।

पंचतत्त्व के भेद विभाग के अनुसार जो महापुरुष विष्णुपासना, सूर्योपासना, शक्त्युपासना, गणेशोपासना एवं शिवोपासनारूप पंच सगुण उपासना के पूर्ण रहस्यसमूह के वेत्ता हैं एवं जो योगीराज मन्त्रयोग, हठयोग, लययोग, राजयोग इन चतुर्विध योगपद्धति के अनुसार चतुर्विध निर्गुण उपासना प्रणाली में अभिज्ञ हैं, उन ज्ञानी, निर्मलचेता, सर्वकार्यनिपुण, त्रितापरहित, जीवकल्याणकारी, जीवन्मुक्त महात्मा ही श्रेष्ठ 'गुरु' - पदवाच्य हैं।

श्रीगुरु मण्डल पूजन

तंत्र साधना में गुरुमंडल पूजन का विशेष महत्त्व है। श्रीनाथादि गुरुत्रयं श्लोक का ध्यान तो सभी करते हैं परन्तु पूजान्तर में कौन-कौन से देवता हैं उनका ध्यान पूजन विशेष फलदायी होता है इसके 2-3 प्रकारान्तर पूजन प्रयोग हैं। प्रस्तुत प्रयोग श्रीगुप्तावतार बाबा की लेखमाला के अन्तर्गत है।

गुरुमण्डल यंत्र का पूजन विधान

गुरुमंडल यंत्र बनाना हो तो मूल में बिन्दु, वृत्त, त्रिकोण, षट्कोण, अष्टदल द्वादशदल बनायें। द्वादशदल के ऊपर षोडशदल पुनः अष्टदल पश्चात् अष्टकोण के बाद भूपुर बनायें। बिन्दुः विश्वव्यापिनी, महाचिच्छक्ति भगवती मालिनी। वृतः मंत्रराजः। त्रिकोणः गुरुत्रय। षट्कोणः-ऊपर के दो कोणों में गणपति, नीचे के तीनों कोणों में पीठत्रय और सबसे ऊपर शीर्षकोण में, भैरव ईशान। अष्टदलः पत्र के अग्रभाग में सिद्धि सहित दुर्गाम्बा आदि और दल के दोनों और सनकानन्दनाथादि सिद्धौघ। द्वादशदलः दिव्योघाः 11 और परमौघ पुरुषाः 1-12। षोड़शदलः दसदूती, बटुकत्रय पदयुगं 16 दल। अष्टदलः वीरानष्ट भैरव। योगिनीः 64। मण्डलं-चतुष्पष्टि योगिनी पश्चात् अन्तिम वृत्त में। नवकं अष्टकोण में 8 और अष्टकोण के ऊपर के कोण में नीचे एक। वीरावली पंचकः भूपुर के चार द्वारों में 4 और ईशान कोण में भगवान ईशान।

श्रीनाथादि गुरुत्रयं गणपतिं पीठत्रयं भैरवं,
सिद्धौघं वटुकत्रयं पदयुगं दूतीक्रमं मण्डलम्।
वीरानष्ट-चतुष्कषष्टि-नवकं वीरावली पञ्चकम्,
श्रीमन्मालिनि मंत्रराजसहितं वन्दे गुरोर्मण्डलम्।।

पाठान्तर भेद में कहीं-कहीं वीरावली सप्तकम् भी है।

1. श्रीनाथादि गुरुत्रयं

	गुरु नाम	दिव्य दैवत	गुरु परम्परा	शक्ति
1.	श्रीनाथ	महाविष्णु (कृष्ण)	स्वगुरु	ज्ञान (पोषिणि)
2.	दुर्गनाथ	महादुर्गा	परमगुरु	इच्छा जननी
3.	आदिनाथ	महाशिव (रुद्र)	परात्परा	क्रिया(लयात्मिका)

	गुरुनाम	बीज स्वर	गुण	क्रिया	लक्ष्य
1.	श्रीनाथ	उ, ई	सत्त्व	धारणा	उपदेश
2.	दुर्गनाथ	अ, ह, र	रज	गति	साधना
3.	आदिनाथ	म्, म्	तम	काल	सिद्धि

श्रीविश्वगुरु महाशताक्षरी मंत्र :

ॐ ह्रीं ह्रीं ह्रीं, श्रीं श्रीं श्रीं, क्रीं क्रीं क्रीं, ऐं क्लीं सौः, हंसः सोऽहं, नमो भगवते जगन्नाथाय, आं आं आं, ईं ईं ईं, सर्वकारणकारणाय, हं ग्लौं, ह्रीं ॐ ह्रीं महामंत्रराज रूपाय, श्रीमहाभैरवीचक्राधीश्वराय, हसक्षमलवरयूं, सहसक्षमलवर ईं, क्ष्रों क्ष्रों क्ष्रों, कएईल ह्रीं, हसकहल ह्रीं, सकल ह्रीं, हसकरीं ह्रीं ह्रीं ह्रीं, हंसः सोऽहं, ॐ महाज्वालामालिने त्रिगुणात्मकाय, परमगुरवे महापुरुषाय नमः।।

2. गणपतिं

प्रत्येक साधक को प्रथम वन्धनीय। दर्शन शक्तिः गं बीजम्।। महागणपति मंत्र से भी पूजन कर सकते हैं।

3. पीठ त्रयं

आधारत्रय में जालंधर, पूर्णगिरि एवं कामपीठ का बीज मंत्र ऐं से पूजन करें। मूलाधार - **जालन्धरपीठमूलाकर्षण-अण्डाकर्षण**। पत्राधार- **पूर्णगिरिपीठगत्याकर्षण-अण्वाकर्षण**। कारणाधार - **कामपीठ - बीजाकर्षण-स्थानाकर्षण स्वरूपा** है।

4. भैरवं

ईशान भैरवः प्रधान है। ऐं ह्रीं श्रीं फ्रें फट्। कालचक्र शक्ति है। अन्यत्र ग्रंथों में

5. सिद्धौघं

तत्त्वशक्ति। अष्टसिद्धिस्वामिनि महाशक्तियाँ है। महादुर्गाम्बा ईशित्वसिद्धि सहिताय नमः। सुन्दर्यम्बा महिमासिद्धिसहिताय नमः। कालिकाम्बा अणिमासिद्धिसहिताय नमः।

पञ्चवाणाम्बा लघिमासिद्धिसहिताय नमः। तारिण्यम्बा प्राप्तिसिद्धिसहिताय नमः। शुक्रचन्द्रिकाम्बा प्राकाम्यसिद्धिसहिताय नमः। विशालिन्यम्बा गरिमासिद्धिसहिताय नमः। स्वराम्बा वशित्व सिद्धिसहिताय नमः।

सनकानन्दनाथ, सनन्दनानन्दनाथ, सनातनानन्दनाथ, सनत्कुमारानन्दनाथ, सनत्सुजातानन्दनाथ, यामदग्न्यानन्दनाथ, व्यासानन्दनाथ, शुकानन्दनाथ, वशिष्ठानन्दनाथ, वामदेवानन्दनाथ, कौशिकानन्दनाथ, परापरानन्दनाथ आदि का नाम पूर्वक पूजन करें।

6. दिव्यौघं

ज्येष्ठानन्दनाथ, श्रेष्ठानन्दनाथ, बालानन्दनाथ, सद्योजातानन्दनाथ, दटुकानन्दनाथ, नन्द्यानन्दनाथ, अघोरानन्दनाथ, ईशानानन्दनाथ, वामदेवानन्दनाथ, तत्पुरुषानन्दनाथ।

परमौघाः महापुरुषाः- दत्तात्रेय महापुरुषानन्दनाथ, शिवानन्दनाथ, श्रीनाथानन्दनाथ, दुर्गनाथानन्दनाथ।

7. बटुकत्रयं

त्रिगुणात्मक शक्तियों के भैरव का पूजन करें।

मंत्रः- **ह्रीं क्लीं श्रीं हुं फट्।** मूलाग्नि- **तमोगुणी रूप काली (भैरव) स्कन्धवटुक।** गत्यग्नि- **सत्त्वगुणीरूप भुवनेशी (भैरव)** विचित्र वटुक। तरलाग्नि - **रजोगुणीरूप भैरवी** (भैरव) चित्र वटुक (आनन्द भैरव)

कुछ साधक भुवनेशीभैरव के स्थान पर पीताम्बरा वटुक का पूजन करते हैं।

8. पदयुगं

त्रिपुरसुन्दरी के 3 कूटो के स्वरूपों का वर्णन है। **क ए ई ल ह्रीं।।1।। हसकहल ह्रीं - प्रकृतिपदः गति पदः, पुरुषपदः स्थिरपद-अर्द्धनारीनटेश्वर।।2।। सकल ह्रीं - अम्बपद, गुरुपद।**

कुछ साधक **'पदयुगं'** से मात्र प्रकृति पुरुष को ग्रहण करते है।

9. दूतीक्रमं

प्रपंचभय से मन को जाग्रत करने वाली सदसद्-विवेकबुद्धि। **अं आं ऐं क्लीं सौः ह्रीं श्रीं इं ईं द्रां द्रीं क्लीं ब्लूं सः** मंत्र से 10 देवियों का पूजन करें। **श्रीयोन्यम्बा। चित्रयोन्यम्बा, महायोन्यम्बा, दिव्ययोन्यम्बा, विश्वयोन्यम्बा, शंखयोन्यम्बा, हस्तियोन्यम्बा, महाभूतियोन्यम्बा, कामयोन्यम्बा, पद्मयोन्यम्बा।**

10. मण्डलं

1. ऐं ह्रीं श्रीं, रं रमा दशकलात्मने अग्निमण्डलाय श्रीवैश्वानर श्रीपादुकां पूजयामि। 2. श्रीं ह्रीं ऐं, अं, नमो द्वादशकलात्मने सूर्यमण्डलाय श्रीआदित्य श्रीपादुकां पूजयामि। 3. ह्रीं क्लीं सौः मं, नमो षोडशकलात्मने सोममण्डलाय श्रीसोम श्रीपादुकां पूजयामि।

11. वीरानष्ट

कालचक्रशक्तिः। मंत्रों से 8 भैरवों का पूजन करें। श्रीं ह्रीं फट् एं एं। 1. असिताङ्गभैरव श्रीपादुकां पूजयामि। 2. रुरुभैरव श्रीपादुकां पूजयामि। 3. चण्डभैरव श्रीपादुकां पूजयामि। 4. क्रोधभैरव श्रीपादुकां पूजयामि। 5. उन्मत्तभैरव श्रीपादुकां पूजयामि। 6. कपालभैरव श्रीपादुकां पूजयामि। 7. भीषणभैरव श्रीपादुकां पूजयामि। 8. संहारभैरव श्रीपादुकां पूजयामि।

12. चतुष्क-षष्टि

कालचक्र के अष्टवीरों में, प्रत्येक की अष्ट-अष्ट क्रिया शक्तियाँ 64 योगनियाँ कहलाती हैं। ह्रीं ह्रीं ह्रीं ऐं क्लीं सौः श्रीं श्रीं मंत्र से पूजन करें।

कुलेशी कुलनन्दा च वागीशी भैरवी तथा।
उमा श्रीः शान्तया चण्डी धूम्रा काली करालिनी।।

महालक्ष्मीश्च कङ्काली रुद्रकाली सरस्वती।
वाग्-वादिनी च नकुली भद्रकाली शशिप्रभा।।

प्रत्यङ्गिरा सिद्धलक्ष्मीरमृतेशी च चण्डिका।
खेचरी भूचरी सिद्धा कामाक्षी हिंगुला बला।।

जया च विजया चाप्यजिता नित्याऽपराजिता।
विलासिनी तथा घोरा चित्रा मुग्धा धनेश्वरी।।

सोमेश्वरी महाचण्डा विद्या हंसी विनायका।
वेदगर्भा तथा भीमा उग्रा वैद्या च सद्मतिः।।

उग्रेश्वरी चन्द्रगर्भा ज्योत्सना सत्या यशोवती।
कुलिका कामिनि काम्या ज्ञानवत्यथ डाकिनी।।

राकिनी लाकिनी चाथ काकिनी शाकिनीत्यपि।
डाकिनीति/चतुष्षष्टी शक्तयः सिद्धिदायिकाः।।

13. नवकं

हठसिद्ध नवनाथो का पूजन करें। **1. मत्स्येन्द्रनाथ,** संक्षोभिणी मुद्रासिद्ध। **2. जालन्धरनाथ** विद्राविणी मुद्रासिद्ध। **3. गोरक्षनाथ,** आकर्षिणी मुद्रासिद्ध। **4. कौण्डिन्यनाथ,** उन्मादिनी मुद्रासिद्ध। **5. भर्तृहरिनाथ** खेचरीमुद्रासिद्ध। **6. देवनाथ,** वशीकरिणीमुद्रासिद्ध। **7. सिद्धनाथ,** अंकुशामुद्रासिद्ध। **8. दिव्यनाथ,** धेनुमुद्रासिद्ध। **9. कलानाथ** योनिमुद्रासिद्ध।

14. वीरावली-पंचकं

पंचदेवताओं के उनको बीज मंत्रों से पूजन करें यथा - **1. लं, इन्द्र,** भक्त। **2. ह्रीं ईशान,** अघोर। **3. हं, ब्रह्मा** (चिच्छक्ति), शाम्भवी मुद्रासिद्ध। **4. हौं, रुद्र,** योगी। **5. क्लीं,** विष्णु ज्ञानी।

15. श्रीमन्मालिनि-मंत्रराज

मालिनी मंत्र यह भगवती श्रीमालिनी पर विद्या अनेक कोटि ब्रह्माण्ड नायिका भगवती आद्या महाचिच्छक्ति का नामान्तर है। अर्थात् ॐ हीं ॐ ह्रों सहित वर्णमाला के 50 वर्णाक्षर। मंत्रराज में यहाँ अघोर मंत्र लिखा है परन्तु अन्यत्र नृसिंह मंत्र का भी उल्लेख है।

<u>मालिनी मंत्र :</u> **ह्रीं ॐ ह्रों अं आं इं ईं......शं षं सं लं क्षं पंचाशल्लिपि-वर्णाः।**
मंत्रराज अघोरमंत्रः।

निन्द्यगुरुलक्षणम्

श्वित्री चैव् गलत्कुष्ठी नेत्ररोगी च वामनः।
कुनखः श्यावदन्तश्च स्त्रीजितो ह्यधिकाङ्गकः।।

हीनाङ्गः कपटी रोगी वह्वाशी बहुजल्पकः।
एतैर्दोषैर्विमुक्तो यः स गुरुः शिष्यसम्मतः।।

<u>निन्द्यगुरुलक्षण</u> : श्वित्ररोगी, गलितकुष्ठरोगी, नेत्ररोगी, वामन, कुनखी, श्यावदन्त, स्त्रीजित् (स्त्री के वशीभूत), अधिकांग विशिष्ट, अंगहीन, कपटी, रोगी, बहुभोजी, अधिक वाक्यव्ययी इन समस्त दोषों से रहित गुरु ही शिष्य के लिए अपनाने योग्य होते हैं।

शिष्यलक्षणम्

अलुब्धः स्थिरगात्रश्च आज्ञाकारी जितेन्द्रियः।
आस्तिको दृढ़भक्तश्च गुरौमन्त्रे च दैवते।।

एवम्बिधो भवेच्छिष्य इतरो दुःखकृद्गुरोः।।

शिष्य-लक्षण : लोभरहित, स्थिरगात्र अर्थात् जिसके अंग चंचल नहीं हैं, गुरु-आज्ञा का पालनकर्त्ता, जितेन्द्रिय, आस्तिक एवं गुरु, मन्त्र तथा देवता के प्रति दृढ़ भक्तिमान् इस प्रकार के शिष्य ही दीक्षा के अधिकारी हैं, इन सभी गुणों के विरुद्ध गुण सम्पन्न शिष्य, गुरु के लिए दुःखप्रद होते हैं।

अथ दीक्षाविवरणम्

कुलाकुलं नामचक्रं राशिचक्रं तथैव च।
नक्षत्राकथहचक्रमकडमं चक्रमीरितम्।।1।।

तत्रं चेन्निर्गुणो मन्त्रो नान्यच्चक्रम्विचिन्तयेत्।
तथा च धनिमन्त्रंन गृह्णीयाद् यत्प्रयोजनम्।।2।।

गुरुर्दीक्षापूर्व्वदिने स्वशिष्यमभिमन्त्रयेत्।
दर्भशय्याम्परिष्कृत्य शिष्यं तत्र निवेशयेत्।।3।।

स्वापमन्त्रेण मन्त्रज्ञः शिखां तस्य प्रबन्धयेत्।
तन्मन्त्रं स्वापसमये पठेद्वारत्रयं शिशुः।।4।।

श्रीगुरोः पादुके ध्यात्वातूपवासी जितेन्द्रियः।
"नमोजयत्रिनेत्राय पिङ्गलायमहात्मने।।5।।

रामाय विश्वरूपाय स्वप्नाधिपतये नमः।
स्वप्ने कथय मे तथ्यं सर्वकार्य्येष्वशेषतः।।6।।

क्रियासिद्धिम्विधास्यामित्वत्प्रसादान्महेश्वरः।
स्वप्ने शुभाशुभं दृष्टं पृच्छेत्प्रातः शिशुं गुरुः।।7।।

कन्यां छत्रं रथं दीपं प्रासादं कमलं नदीम्।
कुञ्जरं वृषभं माल्यं समुद्रं फलिनं द्रुमम्।।8।।

पर्वतं तुरगं मेध्यमाममांसं सुरासवम्।
एवमादीनि सर्व्वाणि दृष्ट्रवा सिद्धिमवाप्नुयात्।।9।।

वर्षेणैकेन योग्यः स्याद् विप्रो गुणसमन्वितः।
वर्षद्वयेन राजन्यो वैश्यस्तु वत्सरैस्त्रिभिः।।10।।

चतुर्भिर्वत्सरैश्शूद्रः कथिता शिष्ययोग्यता।
तथा गुरुश्च स्वाधीनस्सर्व शक्तियुतो विभुः।।11।।

यदि भाग्यवशेनैव सिद्धो हि पुरुषो मिलेत्।
तदैव दीक्षांगृह्णीयात्त्यक्त्वा कालविचारणाम्।।12।।

दीक्षाविवरण : दीक्षा प्रदान करने के पहले कुलाकुलचक्र अर्थात् देवतोद्धार-चक्र, नामचक्र, राशिचक्र, नक्षत्रचक्र, अकथहचक्र एवं अकडमचक्र अर्थात् मन्त्रोद्धार-चक्र- इन सभी के ऊपर विचार करना आवश्यक है। निर्गुण मन्त्र ग्रहण अर्थात् मोक्षाभिलाषी साधकगणों के लिए केवल उपर्युक्त चक्रसमूह के उद्धार की विधि विहित है; उनके लिए किसी और अन्य चक्र के सम्बन्ध में विचार करने का प्रयोजन नहीं है। जो लोग प्रवृत्तिमार्ग सम्बन्धी कल्याण की कामना करते हैं, उन लोगों के लिए ही ऋणी, धनी आदि चक्रों का विचार करना आवश्यक है।

दीक्षा के पूर्वदिन मन्त्रदातागुरु शिष्य को बुलाकर कुशासन पर उपवेशन कराकर निद्रा-मंत्र के द्वारा उसकी शिखा का बन्धन करें एवं शिष्य निद्राग्रहण से पूर्व उपवासी एवं जितेन्द्रिय होकर तीन बार उस मंत्र का जप करें, गुरुपादुका का ध्यान कर शयन करें। मन्त्र इस प्रकार है-

नमो जय त्रिनेत्राय पिङ्गलाय महात्मने।
रामाय विश्वरुपाय स्वप्नाधिपतये नमः।।
स्वप्ने कथय मे तथ्यं सर्वकार्येष्वशेषतः।
क्रियासिद्धिं विधास्यामि त्वत्प्रसादान्महेश्वरः।।

इस मंत्र का पाठ कर शयन करें, प्रातःकाल उठकर गुरु के निकट उपस्थित हों तथा उनसे आज्ञा लेकर निज स्वप्नदृष्ट-विषय का निवेदन कर उस स्वप्न के शुभाशुभ फल को जानें।

यदि शिष्य को स्वप्न में कन्या, छत्र, रथ, प्रदीप, प्रासाद, कमल, नदी, हस्ती, वृषभ, माल्य, समुद्र, फलयुक्त वृक्ष, पर्वत, अश्व, पवित्र अपकू मांस, सुरा एवं आसव-इन पदार्थों का दर्शन हो, तो मंत्र की सिद्धि होगी, ऐसा जानना चाहिए।

गुणवान् ब्राह्मण एक वर्ष, क्षत्रिय दो वर्ष, वैश्य तीन वर्ष एवं शूद्र चार वर्ष पर्यन्त गुरुदेव के साथ एकत्र अवस्थान करने पर (शिष्यत्व) योग्यता को प्राप्त होता है। परन्तु गुरु सर्वशक्तिमान् एवं ईश्वररूप है। इसी कारण वह अपनी इच्छानुसार देश, काल-विषयक विचार की अपेक्षा न रखकर ही शिष्य को उपदेश दे सकते हैं। यदि सौभाग्यवश मुमुक्षु शिष्य को सिद्धपुरुष का दर्शनलाभ होता है, तो तत्क्षण उसे दीक्षाग्रहण करना चाहिए। उस समय कालादि-विषयक विचार करने की कोई आवश्यकता नहीं है।

दीक्षा प्रयोजनम्

दीक्षामूलो जयस्सर्वो दीक्षामूलं परं तपः।
सद्गुरोराहिता दीक्षा सर्व्वकर्म्माणिसाधयेत्।।

अदीक्षिता ये कुर्वन्ति जपपूजादिकाः क्रियाः।
न फलन्ति प्रिये तेषां शिलायामुप्तबीजवत्।।

देवि ! दीक्षाविहीनस्य न सिद्धिर्न च सद्गतिः।
तस्मात्सर्वप्रयत्नेन गुरुणा दीक्षितो भवेत्।।

दीक्षा की प्रयोजनीयता : 'दीक्षा' समस्त जप एवं तपश्चर्या का मूल है। सद्गुरु के निकट से प्राप्त दीक्षा ही सर्व-सिद्धि-प्रदायिनी है। जो व्यक्ति अदीक्षित होकर जप-पूजादि करता है, शिला-गात्र में बीज-वपन के समान उसकी समस्त क्रियाएँ व्यर्थ हो जाती हैं। दीक्षाविहीन व्यक्ति का समस्त अनुष्ठान ही निष्फल हो जाता है, उसकी कोई सद्गति नहीं होती है। इसलिए सर्वप्रयत्न से गुरु के निकट दीक्षा ग्रहण करना कर्तव्य है।

अथ दीक्षोपयोगी कालोदेश्च

मासनिर्णयः

मन्त्रारम्भस्तु चैत्रे स्यात्समस्तपुरुषार्थदः।
वैशाखे रत्नलाभस्याज्यैष्ठे च मरणंभवेत्।।1।।

आषाढ़े बन्धुनाशस्स्यात्पूर्णायुः श्रावणे भवेत्।
प्रजानाशोभवेद्भाद्रे अश्विने रत्नसञ्चयः।।2।।

कार्तिके मन्त्रसिद्धिस्स्यान्मार्गशीर्षे तथा भवेत्।
पौषे तु शत्रुपीड़ा स्यान्माघे मेधाविवर्द्धनम्।।3।।

फाल्गुने सर्वकामास्स्युर्मलमासं विवर्ज्जयेत्।।4।।

दीक्षोपयोगीकाल एवं देश, मास निर्णय : चैत्रमास में दीक्षा ग्रहण करने पर समस्त पुरुषार्थ सिद्ध होता है। वैशाख में रत्नलाभ, ज्येष्ठमास में मरण, आषाढ़ में बन्धुनाश, श्रावणमास में दीर्घायु, भाद्रमास में सन्ताननाश, आश्विनमास में रत्नसंचय, कार्त्तिक एवं अग्रहायणमास में मंत्र-सिद्धि पौषमास में शत्रुपीड़ा, माघमास में मेधा-वृद्धि एवं फाल्गुनमास में मन्त्रग्रहण करने पर समस्त मनोरथ पूर्ण होता है। परन्तु यदि उत्तम मास मलमास (अधिकमास) होता है, तो वह परित्याज्य है।

वारनिर्णयः

रविवारे भवेद्वित्तं सोमे शान्तिर्भवेत्किल।
आयुरङ्गारके हन्ति तत्र दीक्षाम्विवर्जयेत्।।5।।

बुधे सौन्दर्यमाप्नोति ज्ञानं स्यात्तु बृहस्पतौ।
शुक्रे सौभाग्यमाप्नोति यशोहानिश्शनैश्चरे।।6।।

वारनिर्णय : रविवार को मन्त्र ग्रहण करने पर वित्तलाभ, सोमवार को शान्ति एवं मंगलवार को आयु क्षय होता है। इस कारण मंगलवार को दीक्षा ग्रहण निषिद्ध है। बुधवार को सौन्दर्यलाभ, बृहस्पतिवार को ज्ञानवृद्धि, शुक्रवार को सौभाग्य लाभ एवं शनिवार को दीक्षाग्रहण करने पर यश की हानि होती है।

तिथिनिर्णयः

प्रतिपद्विहिता दीक्षा ज्ञाननाशकरी मता।
द्वितीयायां भवेज्ज्ञानं तृतीयायां शुचिर्भवेत्।।7।।

चतुर्थ्यां वित्तनाशस्यात् पञ्चम्यां बुद्धिवर्द्धनम्।
षष्ट्यां ज्ञानक्षयः सौख्यं लभते सप्तमीतिथौ।।8।।

अष्टम्यां बुद्धिनाशस्यान्नवम्यां वपुषः क्षयः।
दशम्यां राजसौभाग्यमेकादश्यां शुचिर्भवेत्।।9।।

द्वादश्यां सर्वसिद्धिस्यात्त्रयोदश्यां दरिद्रता।
तिर्यग्योनिश्चतुर्दश्यां हानिर्मासावसानके।।10।।

पक्षान्ते धर्मवृद्धिस्स्यादस्वाध्यायम्विवर्ज्जयेत्।
सन्ध्यागर्जितनिर्घोषभूकम्पोल्कानिपातने ।।11।।
एतानन्यांश्च दिवसान् श्रुत्युक्तान् परिवर्जयेत्।।12।।

तिथि-निर्णय : प्रतिपदा तिथि में मन्त्रग्रहण करने पर ज्ञान का नाश हो जाता है; द्वितीया में ज्ञान की वृद्धि, तृतीया में शुद्धता-प्राप्ति, चतुर्थी में वित्तनाश, पंचमी में बुद्धिवृद्धि, षष्ठी में ज्ञानक्षय, सप्तमी में सुखलाभ, अष्टमी में बुद्धिनाश एवं नवमी में शरीर क्षय होता है। दशमी में राज सौभाग्य की प्राप्ति, एकादशी में पवित्रता, दशमी में सर्वकार्यसिद्धि, त्रयोदशी में दरिद्रता, चतुर्दशी में तिर्यकयोनि की प्राप्ति, महीने के अन्त में कार्यहानि एवं पक्ष के अन्त में दीक्षाग्रहण करने पर धर्म-वृद्धि होती है। मन्त्र ग्रहण के लिए 'अस्वाध्याय' अर्थात् जिस दिन वेदपाठ निषिद्ध

है, वह दिन परित्याज्य है। सन्ध्या, (मेघ के) गर्जन वाले दिन, भूमिकम्प वाले दिन, उल्कापात वाले दिन एवं अस्वाध्याय वाले दिनसमूह परित्याज्य हैं--ऐसा श्रुति में निर्दिष्ट है।

नक्षत्रनिर्णयः

अश्विन्यां सुखमाप्नोति भरण्यां मरणं ध्रुवम्।
कृत्तिकायां भवेद्दुखी रोहिण्यां वाक्पतिर्भवेत्।।13।।

मृगशीर्षे सुखावाप्तिरार्द्रायां बन्धुनाशनम्।
पुनर्वसौ धनाढ्यस्यात्पुष्ये शत्रुविनाशनम्।।14।।

अश्लेषायां भवेन्मृत्युर्मघायां दुःखमोचनम्।
सौन्दर्यं पूर्वफाल्गुन्यां प्राप्नोति च न संशय।।15।।

ज्ञानं चोत्तरफल्गुन्यां हस्तर्क्षे च धनी भवेत्।
चित्रायां ज्ञानसिद्धिस्यात् स्वात्यां शत्रुविनाशनम्।।16।।

विशाखायां सुखं चैवानुराधा वन्धुवर्द्धिनी।
ज्येष्ठायां सुतहानिस्यान्मूलर्क्षे कीर्त्तिवर्द्धनम्।।17।।

पूर्वाषाढ़ोत्तराषाढे भवेतां कीर्त्तिदायिके।
श्रवणायाम्भवेद् दुःखी धनिष्ठायां द्ररिद्रता।।18।।

बुद्धिः शतभिषायां स्यात् पूर्वभाद्रे सुखी भवेत्।
सौख्यं चोत्तरभाद्रे च रेवत्यां कीर्त्तिवर्द्धनम्।।19।।

नक्षत्र-निर्णय : अश्विनी नक्षत्र में दीक्षा ग्रहण करने पर सुखलाभ, भरणी में मृत्यु, कृत्तिका में दुःख, रोहिणी में विद्या प्राप्ति, मृगशिरा में सुख, आर्द्रा में बन्धुनाश, पुनर्वसु में धन प्राप्ति, पुष्या में शत्रुनाश, अश्लेषा में मृत्यु, मघा में दुःखनाश, पूर्व फाल्गुनी में सौन्दर्य, उत्तरफाल्गुनी में ज्ञान प्राप्ति, हस्ता में धन प्राप्ति, चित्रा में ज्ञान प्राप्ति, स्वाती नक्षत्र में शत्रुनाश, विशाखा में सुख प्राप्ति, अनुराधा में बन्धुवृद्धि, ज्येष्ठा में सन्ताननाश, मूलानक्षत्र में कीर्त्तिवृद्धि, पूर्वाषाढ़ा एवं उत्तराषाढ़ा में कीर्त्तिलाभ, श्रवण में दुःख, धनिष्ठा में दरिद्रता, शतभिषा में बुद्धिलाभ, पूर्वभाद्रपद एवं उत्तर भाद्रपद में सुखप्राप्ति एवं रेवती नक्षत्र में मन्त्र-ग्रहण करने पर कीर्त्ति वर्द्धित होती है।

योगनिर्णयः

योगास्स्युः प्रीतिरायुष्मान्सौभाग्यशोभनो धृतिः।
वृद्धिर्ध्रुवः सुकर्मा च साध्यश्शुक्लश्च हर्षणः।।20।।
वरीयांश्च शिवः सिद्धो ब्रह्मा इन्द्रश्च षोडश।।21।।

योग-निर्णय : प्रीति, आयुष्मान्, सौभाग्य, शोभन, धृति, वृद्धि, ध्रुव, सुकर्मा, साध्य, शुक्ल, हर्षण, वरीयान्, शिव, सिद्ध, ब्रह्मा, इन्द्र-इन षोडश योगों में दीक्षा ग्रहण करने पर दीक्षा सफल होती है।

करणनिर्णयः

ववबालवकौलवतैतिलवणिजस्तु पञ्च।
करणानि शुभान्येव सर्वतन्त्रेषु भाषितम्।।22।।

करण-निर्णय : वव, वालव, कौलव, तैतिल एवं वणिज्- इन कारणों में दीक्षा ग्रहण मंगलकारी है। यह सर्वशास्त्र सम्मत है।

लग्ननिर्णयः

वृषे सिंहे च कन्यायां धनुर्मीनाख्य लग्नके।
चन्द्रतारानुकूले च कुर्याद्दीक्षाप्रवर्तनम्।।23।।

स्थिरलग्नं विष्णुमन्त्रे शिवमन्त्र चरं शुभम्।
द्विस्वभावगतं लग्नं शक्तिमन्त्रे प्रशस्यते।।24।।

त्रिषडायगताः पापाः शुभाः केन्द्र त्रिकोणगाः।
दीक्षायान्तु शुभास्सर्वे वक्रस्थास्सर्वनाशकाः।।25।।

लग्न-निर्णय : वृष, सिंह, कन्या, धनु एवं मीन इन पाँच लग्नों में एवं चन्द्र-तारा की अनुकूलता का विचार कर दीक्षादान देना चाहिए। वृष, सिंह, वृश्चिक एवं कुम्भ ये स्थिरलग्न हैं। इन लग्नों में विष्णु मन्त्र-ग्रहण शुभकारक है। चर लग्न अर्थात् मेष, कर्कट, तुला एवं मकर लग्न शिव मन्त्र-ग्रहण के लिए शुभजनक है। शक्ति मन्त्र के ग्रहण के लिए द्विस्वभावगत लग्न अर्थात् मिथुन, कन्या, धनु एवं मीन लग्न मंगलकारी हैं। लग्न के तृतीय, षष्ठ एवं एकादशस्थान में पापग्रह तथा लग्न और उसके चतुर्थ, सप्तम, दशम, नवम एवं पंचमस्थान में शुभग्रह अवस्थान करने पर उस लग्न में दीक्षाग्रहण कल्याणकारक है। वक्रग्रह सर्वनाशक होने के कारण दीक्षा कार्य में परित्यज्य है।

पक्षनिर्णयः

शुक्ले पक्षे शुभा दीक्षा कृष्णोऽप्यापञ्चमादिनात्।
भोगकामैः शुक्लपक्षे मुक्तिकामैश्शुभं परे।।26।।

निन्दितेष्वपि मासेषु दीक्षोक्ता ग्रहणे शुभा।
सूर्य ग्रहणकालस्य समानो नास्ति भूतले।।27।।

पक्ष-निर्णय : शुक्ल पक्ष एवं कृष्ण पक्ष की पंचमी पर्यन्त दीक्षा ग्रहण के लिए शुभजनक है। प्रवृत्तिमार्ग के साधकों के लिए शुक्ल पक्ष एवं निवृत्तिमार्ग सेवी साधकों के लिए कृष्णपक्ष

उपयोगी है। निन्दित महीने में भी यदि ग्रहण-समय उपस्थित होता है तो वह दिन भी दीक्षा कार्य के लिए शुभप्रद है। सूर्यग्रहण के समय के समान दीक्षा ग्रहणोपयोगी सर्वोत्तम शुभकाल जगत में और दूसरा नहीं है।

दीक्षास्थाननिर्णयः

गोशालायां गुरोर्गेहे देषागारे च कानने।
पुण्यक्षेत्रे तथोद्याने नदीतीरे च दीक्षणम्।।

धात्रीविल्वसमीपे च पर्वताग्रे गुहासु च।
गंगायाश्च तरे वापि कोटिकोटिगुणम्भवेत्।।

अथवा गुरुरेवास्य दीक्षयेछत्र तच्छुभम्।
गुरोः पर तरन्नास्ति तद्वाक्यं श्रुतिसन्निभम्।।

दीक्षा-स्थान-निर्णय : गोशाला, गुरु गृह, देवमन्दिर, अरण्य, पुण्य क्षेत्र (तीर्थादि), उद्यान, नदीतीर, आमलक एवं विल्ववृक्ष के समीप, पर्वत शिखर एवं गुहा- ये सभी स्थान दीक्षा ग्रहण के लिए प्रशस्त हैं। गंगा तट पर दीक्षा ग्रहण करना कोटि-कोटि गुण अधिक फल प्रदान करता है अथवा गुरुदेव जिस स्थान में दीक्षा प्रदान करना चाहते हैं, वही शुभ स्थान है। इसका कारण यह है कि गुरु की अपेक्षा श्रेष्ठ कोई नहीं है, उनका वाक्यं वेदवाक्य तुल्य है।

अथ उपास्यनिर्णयविधिः

निराकारात्समुत्पन्नं साकारं सकलं जगत्।
तत्साकारं समाश्रित्य ध्याने भवति तन्मयम्।।1।।

तत्त्वाद्ब्रह्माण्डमुत्पन्नं तत्त्वेन परिवर्त्तते।
तत्त्वेन लीयते देवि तत्त्वाद्ब्रह्माण्डनिर्णयः।।2।।

शिवः सूर्यो गणेशश्च विष्णुः शक्तिर्यथाक्रमम्।
सगुणोपासनायाश्च देवताः पञ्चकीर्त्तिताः।।3।।

उपासनानां पञ्चानां पञ्चतत्त्वविवेकतः।
निर्णयो मुनिभिः पूर्व कृतः सूक्ष्मार्थदर्शिभिः।।4।।

वेदप्रमाणतश्चैव तथायुक्तिविचारतः।
सिद्धः स सर्वथादेवि सर्वकल्याणकारकः।।5।।

विरोधो दृश्यते योऽसौ सम्प्रदायवतामिह।
अज्ञानजोऽयं हेतुर्वै दुर्गतेनात्र संशय।।6।।

<u>उपास्य-निर्णय-विधि</u> : रूपात्मक यह सम्पूर्ण जगत् निराकार से समुत्पन्न हुआ है। इसलिए साकार ध्यान के द्वारा साधक तन्मयता को प्राप्त करता है। तत्त्व से समस्त ब्रह्माण्ड उत्पन्न हुआ है, तत्त्व के द्वारा ही उसमें परिवर्तन एवं लय होता है, तत्त्व के द्वारा ही ब्रह्माण्ड का निर्णय होता है। शिव, सूर्य, गणेश, विष्णु एवं शक्ति-ये पंच देवता यथाक्रम से सगुण उपासना के उपास्य देवता हैं। सूक्ष्मदर्शी मुनिगण पंचतत्त्व के विचार के द्वारा पंच सगुण उपासना की विधि का निर्णय किया है। हे देवी! वेद प्रमाण एवं युक्ति विचार के द्वारा यह उपासना-भेद सर्वकल्याणप्रद-रूप में सिद्ध है। जो समस्त साम्प्रदायिक विरोध देखा जाता है, वह अज्ञानमूलक है, वह अज्ञान-जन्य विरोध ही समस्त दुर्गतियों के कारण हैं, इसमें संदेह नहीं है।

पञ्चदेवविज्ञानम्

प्रकृतेः पर एवाऽन्यः स नरः पञ्चविंशकः।
तस्येमानि च भूतानि तेन नारायणः स्मृतः।।7।।

सविता सर्वभूतानां सर्वान् भावान् प्रसूयते।
सवनात् पावनाञ्चैव सविता तेन चोच्यते।।8।।

ब्रह्माण्डमूलभूता या पूजिता देवतागणैः।
ईशनात्सर्वलोकस्य मता सा वै महेश्वरी।।9।।

गुणत्रयेश्वरोऽतीततत्त्वो व्यक्तः सुनिर्मलः।
गणानामीश्वरो यस्मात् तस्माद् गणपतिर्मतः।।10।।

ब्रह्मादीनां सुराणां च मुनीनां ब्रह्मवादिनाम्।
तेषां महत्वाद्देवोऽयं महादेवः प्रकीर्त्तितः।।11।।

देवपञ्चकमित्याहुरेकं देवं सुधीवराः।
एकमेव परं ब्रह्म परमात्मपराभिधम्।।12।।

<u>पञ्चदेवविज्ञान</u> : जो पुरुष हैं, वह प्रकृति के अतीत हैं एवं पंचविंशतितम (पच्चीसवें) तत्त्व हैं। यह चराचर सम्पूर्ण जगत् उन्हीं के अधीन है, इसी कारण उन्हें 'नारायण' कहा जाता है। वह सम्पूर्ण भूत समूह एवं पदार्थनिचय के उत्पादक हैं, अतः उन्हें 'सविता' कहा जाता है। जो ब्रह्माण्ड के मूलभूता एवं देवगण-कर्त्तृक सम्पूजिता हैं, वह सभी लोकों की ईशानी हैं, इसलिए उन्हें 'महेश्वरी' कहा जाता है। जो गुणत्रय के अतीत हैं, तत्त्वातीत, अव्यक्त एवं सुनिर्मल हैं, वह गणसमूह के अधिपति हैं, अतः उन्हें 'गणपति' कहा जाता है। जो ब्रह्मादि देवगणों एवं मुनियों तथा ब्रह्मवादियों

की अपेक्षा भी महान् हैं, वह 'महादेव' नाम से अभिहित होते हैं। इस प्रकार यह परमात्मा परब्रह्म के पंचदेवरूप पंचभेद का निर्णय पूज्यपाद महर्षिगणों के द्वारा किया गया है।

अधिकारनिर्णयः

मनवानां प्रकृतयः पञ्चधा परिकीर्त्तिताः।
यतो निरूप्यते सर्गः पञ्चभूतात्मको बुधैः।।13।।

भिन्ना यद्यपि भूतानां प्रकृतिः प्रकृतेर्वशात्।
तथापि पञ्चतत्त्वानामनुसारेण तन्त्रवित्।।14।।

उपासनाधिकारस्य पञ्चभेदवर्णयत्।
उपासनाः पञ्चविधा इत्थं निर्णयते स्फुटम्।।15।।

आकाशस्याधिपो विष्णुरग्नेश्चापि महेश्वरी।
वायोः सूर्यः क्षितेरीपो जीवनस्य गणाधिपः।।16।।

गुरवो योगनिष्णाताः प्रकृतिं तञ्चधागताम्।
परीक्ष्य कुर्य्युः शिष्याणामधिकारविनिर्णयम्।।17।।

ऋतम्भरधिया ज्योतिः स्वरोदयसहायतः।
उपासनाधिकारो वै निर्णेतु शक्यते ध्रुवम्।।18।।

चित्तसंवेगवैराग्यधारणादिविनिर्णयम्।
परीक्ष्य चास्यान्तरिकान् भावाँच्छिष्यस्य गोयवित्।।19।।

तत्सम्प्रदायनियमं तेषां प्रकृतिसन्निभम्।
करोति जीवकल्याणकल्पनाकलितान्तरः।।20।।

अधिकार-निर्णय : सृष्टि पंचभौतिक होने के कारण मनुष्य-प्रकृति भी पाँच प्रकार की है। यद्यपि प्राकृतिक वैचित्र्य के कारण सभी मनुष्यों की प्रकृति के अन्दर कुछ-न-कुछ भेद रहता है, फिर भी आकाशादि पंचतत्त्व के अनुसार प्रत्येक तत्त्व के आधिक्य का विचार कर तन्त्रज्ञ महर्षियों ने मनुष्य की उपासना के अधिकारों में भी पाँच भेदों का निर्णय किया है। इससे ही पंचोपासना का निर्णय किया जाता है। आकाश के अधिपति विष्णु हैं, अग्नि के महेश्वरी, वायु के सूर्य, पृथिवी के शिव एवं जल के अधिपति गणेश हैं। योगनिष्णात गुरुदेव शिष्य की पंचधा प्रकृति का निर्णय कर उसकी उपासना के अधिकार को निर्धारित कर दें। ऋतम्भरा बुद्धि, स्वरोदय, ज्योतिष - इन तीनों की सहायता से उपासनाधिकार का निर्णय किया जाता है। पंचोपासना के अनुसार उपासनाधिकार का निर्णय किये जाने के बाद शिष्य के आन्तरिक भाव की परीक्षा के द्वारा एवं

चित्त वेग, वैराग्य-धारणादि निर्णय के द्वारा एवं प्रकृति के अनुकूल सम्प्रदाय एवं रूप का निर्णय कर दिये जाने पर शिष्य का कल्याण साधित होता है।

पञ्चाङ्ग सेवन वर्णन

गीतासहस्रनामानि स्तवः कवचमेव च।
हृदयं चेति पञ्चैते पञ्चाङ्गं प्रोच्यते बुधैः।।1।।

स्वोपासनानुसारेण गीतायाः पठनाद्ध्रुवम्।
सहस्रनामाध्ययनात्स्वपद्धत्यनुसारतः ।।2।।

स्तोत्रस्यकवचस्याऽपि हृदयस्य च पाठतः।
योगसिद्धिमवाप्नोति योगी विगतकल्मषः।।3।।

गीता पञ्चविधा प्रोक्ता पञ्चोपासनभेदतः।
भगवत्सूर्यशक्तीनां गणेशस्य शिवस्य च।।4।।

तथा सहस्रनामाद्या विविधाः परिकीर्त्तिताः।
अनेकोपासनाभेदाद्विज्ञेया गुरुदेवतः।।5।।

गीतासुवर्णितं ह्येकं जगज्जन्मादिकारणम्।
विचित्रभावशबलं विज्ञानं ब्रह्मणः स्फुटम्।।6।।

ब्रह्मोपासनतां यान्ति यतः पञ्चाऽप्युपासनाः।

पञ्चाङ्ग-सेवन-वर्णन : गीता, सहस्रनाम, स्तव, कवच एवं हृदय - इन्हें बुधगण 'पंचांग' कहते हैं। स्व-स्व उपासन-सम्प्रदाय के अनुसार गीता एवं स्व-स्व पद्धति के अनुसार सहस्रनाम, स्तव, कवच एवं हृदय का प्रतिदिन पाठ करने पर योगी निष्कलुष होकर योगसिद्धि को प्राप्त होते हैं। पंचोपासना के अनुसार गीता पाँच प्रकार की है - भगवद्गीता, गणेशगीता, भगवतीगीता, सूर्यगीता एवं शिवगीता। इस प्रकार पृथक्-पृथक् पाँच सहस्रनाम भी हैं। विभिन्न पद्धतियों के अनुरूप स्व-स्व उपासना मूलक स्तव, कवच एवं हृदय बहुधा विभक्त हैं। इस सभी को श्रीगुरुदेव के निकट से साधक प्राप्त करते हैं। सभी गीता में ही जगत-जन्मादि के कारण-विषयक विचारों में एक, अद्वितीय ब्रह्म के ही विचित्र भावमय विज्ञान का वर्णन है, क्योंकि पंचदेवता की उपासना ही ब्रह्मोपासना के अन्तर्गत है।

आचार वर्णन

आचारस्त्रिविधः प्रोक्तः साधाकानां मनीषिभिः।
दिव्यदक्षिणवामाश्चाधिकाराः सप्त कीर्त्तिताः।।1।।

सप्ताधिकारा विदुषः साधकस्य मताइमे।
दीक्षा ततो महादीक्षा पुरश्चरणमेव च।।2।।

ततो महापुरश्चर्याऽभिषेकस्तदनन्तरम्।
षष्ठो महाभिषेकश्च तद्भावोऽन्तिम ईरितः।।3।।

साधकोऽनेन लभते मोक्षं नाऽस्तीह संशयः।
एषां सप्ताधिकाराणां नामानि विविधानि वै।।4।।

तन्त्रादिशास्त्रे कथितान्याचारस्याऽनुसारतः।
परस्परं विप्रतीपावाचारौ वामदक्षिणौ।।5।।

द्वयोरभिन्नलक्ष्यत्वेऽप्येकः प्रवृत्तिनिष्ठितः।
निवृत्तिनिष्ठो ह्यपरः प्रवृत्तिर्हि निसर्गजा।।6।।

महाफला निवृत्तिस्तु विज्ञेया वेदवादिभिः।
अतो ह्युपासनार्थां वै आचारोद्विविधो मतः।।7।।

उपासनान्तर्भावा वै त्रिविधाश्चाऽपि शुद्धयः।
आचारैः परिचीनयन्ते प्रोक्तमेतन्मनीषिभिः।।8।।

स्वाचारभेदा विज्ञेया गुरुदेवोपदेशतः।
निवृत्तिमार्गपथिका रतायत्रनिसर्गतः।।9।।

दिव्याचारः स भवति यस्तृतीयतया मतः।
द्वौ वामदक्षिणाचारौ विरुद्धौ हि परस्परम्।।10।।

दिव्याचारो नो विरुद्धः सर्वजीवहितप्रदः।
वामः प्रवृत्तिपरको दक्षिणस्तु निवृत्तिगः।
दिव्याचार उभाभ्यां वै परः श्रेयस्करो मतः।।11।।

<u>आचार-वर्णन :</u> मनीषिगण साधकों के लिए त्रिविधि आचार का वर्णन किया है। जैसे-दिव्य, दक्षिण एवं वाम। पुनः साधक का अधिकार भी सप्तविध है-ऐसा वर्णित हुआ है। यथा - दीक्षा, महादीक्षा, पुरश्चरण, महापुरश्चरण, अभिषेक, महाभिषेक एवं तद्भाव। इन सभी अधिकारों के द्वारा साधक मोक्ष लाभ करते हैं, इसमें कोई संदेह नहीं है। स्व-स्व सम्प्रदाय-प्रचलित साधक के इन सप्तविध अधिकारों का नाम तन्त्रादिशास्त्र में दिव्य, दक्षिण एवं वामाचार के अनुसार विविध प्रकारों का है। वाम एवं दक्षिण आचार परस्पर-विरुद्ध हैं। दोनों का ही लक्ष्य निवृत्तिमूलक है, फिर भी इनमें एक प्रवृत्तिपरक हैं, दूसरा निवृत्तिपरक है। मानव की प्रवृत्ति स्वाभाविक होने पर भी निवृत्ति महाफल-दायिनी है। इस कारण उपासना-विधियों में द्विविध आचारों का वर्णन देखने को मिलता

है। आचार, उपासना के अन्तर्भूत त्रिविध शुद्धि का परिचायक है-ऐसा मनीषिगण कहते हैं। निज-निज आचार गुरु के निकट ज्ञातव्य है। निवृत्तिमार्गगामी साधकगण स्वभावतः जिस आचार का पालन करते हैं, उसका नाम 'दिव्याचार' है; यह 'तृतीय आचार' भी कहा जाता है। अन्य आचार-द्वंय के मध्य अर्थात् वाम एवं दक्षिणाचार में परस्पर विरुद्धता है, जबकि 'दिव्याचार' इन उभय आचारों के अविरुद्ध एवं सर्वजनहित कर हैं। वामाचार प्रवृत्तिपरक है एवं दक्षिणाचार निवृत्तिपरक हैं जबकि दिव्याचार प्रवृत्ति एवं निवृत्ति उभय के अतीत हैं। इसे द्वन्द्वातीत होने के कारण 'परमानन्दप्रद' कहा जाता है।

लता-साधन

उपासना-विधौ यस्तु भावो बाह्यक्रियाश्रयः।
आचारः कथ्यते सोऽसौ तन्त्रशास्त्रप्रवर्त्तकैः।।1।।

विष्णु-सूर्य-गणेशानां शिवस्योपासनासु च।
चतसृष्वयमाचारो भवत्येकविधः सदा।।2।।

द्विविधस्तु भवत्येष वाम-दक्षिणभेदतः।
आचारः शक्तिपूजायां सर्वतन्त्रानुसारतः।।3।।

शक्तिप्राधान्यतश्चाऽस्मिञ्छक्तिपूजाविधौ नृणाम्।
साधनानां सुविस्तारः क्रियते तत्त्वदर्शिभिः।।4।।

अधिकारोऽत्र पूजायां द्विविधो दृश्यते तथा।
तन्त्रेषु बहुविस्तारः शक्तिपूजाविधेरभूत्।।5।।

दक्षिणाचारतो योऽयं विपरीतो भवेदिह।
वामाचारः स विज्ञेयस्तन्त्रशास्त्रविशारदैः।।6।।

जनेसत्त्वप्रधाने तु दिव्याचारः प्रशस्यते।
पश्याचारो रजोमुख्ये वामाचारश्च तामसे।।7।।

वामाचारस्तु योऽयं वै वीराचारः स कथ्यते।
लोककल्याणसिद्ध्यर्थं निर्णीतोऽसौ कलौयुगे।।8।।

स्वां स्वां प्रकृतिमाश्रित्य जीवाः परवशाः कलौ।
वामाचारमनुष्ठाय लप्स्यन्तेशुभमव्ययम्।।9।।

एवं प्रवृत्तिकार्येषु निवृत्तेर्लक्ष्यतावशात्।
नूनं प्रवृत्तिचेष्टासु घोरास्वपि च साधकः।।10।।

प्रभवेत्साधितुं सिद्धिमात्मनश्चोन्नतिं सदा।
वामाचाररहस्यं वै ह्येतन्मुनिसमादृतम् ।।11।।

वामाचारक्रियामुख्यं लतासाधनवर्णनम्।
विहितं तन्त्रमर्मज्ञैः, प्रायशः शक्त्युपासने।।12।।

अन्येषु सम्प्रदायेषु युग्मोपासनवर्णना।
विहिता यत्र, तत्रैव क्रियेयमुपवर्णिता।।13।।

यथा द्वैविध्यमापन्नो दक्षिणाचार उच्यते।
वामाचारे तथा चाष्टौ भेदाः प्रोक्ताहितान्त्रिकैः।।14।।

वामाचारेऽधिकाराः स्युः सप्त वै परिकीर्तिताः।
प्राप्यन्ते साधकैस्ते हि गुरुदेवकृपावशात्।।15।।

महाभिषेके प्राप्नोति साधकः परिपूर्णताम्।
शून्यो विधिनिषेधाभ्यां जीवन्मुक्तो भवेत्ततः।।16।।

तथा गुरुकृपां प्राप्य तत्सारूप्यं प्रपद्यते।
प्राधान्यं चात्र तत्त्वानां पञ्चानां हि विधीयते।।17।।

गीयन्ते पञ्चतत्त्वानि शक्तिरूपाणिनिश्चितम्।
अन्यत्र ब्रह्मरूपाणि तत्त्वानि कथतिनि तु।।18।।

अत्र सर्वं शक्तिमयं तत्साहाय्यात्परं पदम्।
प्राप्तुं यत्नः परो लक्ष्यः साधनस्याऽस्यकीर्त्तितः।।19।।

मनोवीर्यं तथा वायुः कारणस्थूलसूक्ष्मतः।
भवन्ति त्वेकरूपाणि शक्तिरूपाणि चैव हि।।20।।

स्थूलशक्तिं विजित्याशु सूक्ष्मशक्तेः पराजयात्।
कृपालाभो हि शक्तेश्च मुख्योलक्ष्योऽस्य कीर्तितः।।21।।

शक्तेः स्थूलविभूतीनां पूजनात्तत्कृपावशात्।
सेवनात्पञ्चतत्त्वानां साफल्यं स्यादुपासने।।22।।

ऊर्ध्वरेतस्त्वसंप्राप्त्या मनसो वै पराजयः।
तन्मात्राणां वशीकाराज्जित्वा सर्वाश्च वृत्तिकाः।
स्वस्वरूपोपलब्धिर्हि लक्ष्यञ्चास्यान्तिमं स्मृतम्।।23।।

लता-साधन : उपासना-विधियों में बाह्य क्रिया-समूह के प्रति जो भाव रखा गया है, तन्त्रशास्त्र-प्रवर्त्तक आचार्यगण उसे 'आचार' कहते हैं। यह आचार विष्णुपासना, सूर्योपासना, गणेशोपासना एवं शिवोपासना- इन चारों उपासनाओं में एक ही प्रकार होता है। परन्तु भक्ति-उपासना में समग्र तन्त्रशास्त्र के अनुसार वाम एवं दक्षिण के भेद से उक्त उपचार द्विविध है। (जगत् में), शक्ति की प्रधानता के कारण तत्त्वदर्शीगण शक्ति-उपासना में साधना का वर्णन अति विस्तार से किया है। पूजा-विधियों में द्विविध अधिकार भी देखने को मिलते हैं। तन्त्र शास्त्र समूह में शक्ति-उपासना का विधान सुचित्रितरूप से है। तन्त्र शास्त्रज्ञ ऋषिगण दक्षिणाचार के विपरीत आचार को ही वामाचार बताया है। सात्त्विक साधक के लिए 'दिव्याचार' कल्याणकारक है, राजसिक साधक के लिए 'पश्वाचार' हितकारक है, तामसिक साधक 'वामाचार' के अधिकारी हैं। 'वामाचार' को ही 'वीराचार' भी कहा जाता है। इसे कलियुग के लिए लोककल्याणार्थ निर्णीत किया गया है। निज-निज प्रकृति के वशीभूत जीव-गण कलियुग में इस आचार के पालन के द्वारा अक्षय कल्याण की साधना करने में समर्थ होते हैं। इस प्रकार, प्रवृत्तिमूलक क्रियासमूह में निवृत्तिमूलक लक्ष्य रहने के कारण घोर प्रवृत्ति का आचरण (चेष्टा) समूह के मध्य भी साधक आत्मोन्नति-पूर्वक सिद्धिर्लाभ कर सकता है। प्रायः तन्त्र समूह में वामाचार-साधन-प्रधानलता-साधन का वर्णन देखा जाता है। परन्तु वैष्णवादि चार सम्प्रदायों में जहाँ युगल-उपासना की विधि है, उन-उन स्थानों में इस साधन-क्रिया का वर्णन देखने को मिलता है। दक्षिणाचार में जिस प्रकार दो भेद हैं, वामाचार में भी उसी प्रकार तान्त्रिकगण आठ भेद स्वीकार करते हैं। इस आचार में साधक के सात अधिकारों का निर्देश किया गया है, इन्हें साधक गुरुकृपा से उन्नति की ओर अग्रसर होते हुए क्रमशः प्राप्त होते हैं। महाभिषेक में साधक पूर्णता का लाभ कर विधि-निषेध से रहित होकर जीवन्मुक्ति को प्राप्त करते हैं, गुरुकृपा के द्वारा तत्सारुप्य को प्राप्त होते हैं। इस आचार में पंचतत्त्व की प्रधानता का विधान किया गया है। पंचतत्त्व शक्ति-मय-रूप में निर्दिष्ट है। अन्याचार आचार समूह में सर्वब्राह्म-मय भाव परिलक्षित होते हैं, जबकि इस आचार में सभी शक्तिमय-रूप में परिलक्षित होते हैं। शक्ति की सहायता से ही परमपद की प्राप्ति होती है। यह आचार ही साधना के चरम लक्ष्य के रूप में निर्दिष्ट हुआ है। मन, वायु एवं वीर्य - ये तीन कारण, सूक्ष्म एवं स्थूलरूप में एक ही हैं, शक्ति-स्वरूप हैं। स्थूल शक्ति का जय कर शीघ्र ही सूक्ष्म शक्ति को जय करने के बाद शक्ति की कृपा का लाभ करना ही साधना का प्रधान लक्ष्य है। शक्ति की स्थूल विभूति-समूह की पूजा उक्त विभूति-समूह की कृपा का लाभ एवं पंचतत्त्व के सेवन के द्वारा उपासना की सफलता प्राप्त होती है। इस प्रकार, ऊर्ध्वरेतस्त्व की प्राप्ति के द्वारा मन-जय, तन्मात्रवशीकरण के द्वारा वृत्तिजय एवं प्रकृति की कृपा-लाभ के द्वारा स्व-स्व रुप-प्राप्ति ही इस साधना का अन्तिम लक्ष्य है।

सप्त-अधिकार

यदोपदिशते मन्त्रं शिष्यं कृत्वा दया गुरुः।
स एव दीक्षासंस्कारोवर्णितो मुनिपुङ्गवैः।।1।।

ततस्तु साधकं योग्यं ज्ञात्वा प्रारभते गुरुः।
गुरुलक्ष्यसमायुक्ताः क्रिया योगस्य शोभनाः।।2।।

उपदेष्टुं निजं शिष्यं तदा नद्धं प्रतिज्ञया।
कथितेयं महादीक्षा तन्त्रशास्त्रविशारदैः।।3।।

गुरुलक्ष्यसमायुक्तसाधनेनेह साधकः।
येन क्रमेण संसिद्धिं मन्त्रस्याप्नोति शर्म्मदाम्।।4।।

तदेवाऽत्र महाधीभिः पुरश्चरण मीरितम्।
ग्रहणादिशुभे काले रीत्या सामान्यया किल।।5।।

क्रियते यो मन्त्रजपः तत्पुरश्चरणं मतम्।
क्रियाविशेषसंसाध्या कालसाध्योपदेशतः।।6।।

साध्या च या पुरश्चर्या सा महादिः प्रकीर्तिता।
लब्ध्वा सिद्धिं पुरश्चर्य्याद्वारा साधक उन्नतः।।7।।

अधिकारी यदा जातः सद्‌गुरोः कृपया तदा।
योग्यं ज्ञात्वाऽनन्दराज्ये रहस्यमनुशास्ति तम्।।8।।

एषोऽभिषेको विद्वद्भिस्तान्त्रिकैः परिकीर्तितः।
पञ्चदेवात्मकाः पञ्च सम्प्रदाया श्रुताः त।।9।।

श्रूयन्तेऽस्यैव नामानि तेषु नूनं पृथक्-पृथक्।
अत्युन्नतैस्तु संस्कारैः संस्कृतं साधकं गुरुः।।10।।

स्वस्मिन्यदा मेलयति स महादिः प्रकीर्तितः।
आध्यात्मिकोन्नतिद्वारोच्चावस्थां प्राप्य साधकः।।11।।

नामरूपैकताज्ञाने सामर्थ्यं लभते बहु।
सर्वोत्तमाधिकारोऽयं बुधैस्तद्भाव ईर्यते।।12।।

साधकोऽनेन भावेन स्वेष्टदेवैकतां दृढाम्।
संस्थाप्याऽन्ते महाभावं लभते ब्रह्मविन्मतम्।।13।।

सप्ताधिकार : जब श्री गुरुदेव कृपापूर्वक शिष्य को मन्त्रोपदेश प्रदान करते हैं, तब उस संस्कार को दीक्षा कहते हैं। तदनन्तर साधक को उपयुक्त देखकर जब गुरुदेव साधना के साथ गुरुलक्ष्ययुक्त शोभन योगक्रिया-समूह का उपदेश प्रदान के द्वारा शिष्य को (साधन मार्ग में) दृढ़प्रविष्ट करते रहते हैं, तब उस द्वितीय उन्नताधिकार को 'महादीक्षा' कहते हैं। जिस गुरु एवं

लक्ष्ययुक्त साधन के द्वारा साधक क्रमशः मंत्रसिद्धि का लाभ प्राप्त करता है, उसे 'पुरश्चरण' कहते हैं। ग्रहणादि शुभकाल में साधारण रीति से जो 'मन्त्रपुरश्चरण' किया जाता है, वह 'पुरश्चरण' शब्दवाच्य है। विशेष क्रिया साध्य, कालसाध्य एवं उपदेश साध्य जो पुरश्चरण है, उसे 'महापुरश्चरण' कहते हैं। पुरश्चरण के द्वारा सिद्धिलाभ कर साधक जब उन्नत अधिकार को प्राप्त होते हैं, तब गुरुदेव शिष्य को उपयुक्त विवेचन कर (जानकर) साधन-सम्बन्धी गुप्त-रहस्यसमूह को जिस संस्कार के द्वारा उपदेश कर शिष्य को आनन्द-राज्य के अधिकारी बना देते हैं, उसे 'अभिषेक' कहते हैं। पंचदेवात्मक पंच सम्प्रदायों में इस अभिषेक के पृथक्-पृथक् नाम हैं। श्रीगुरुदेव जब उन्नततम संस्कार के द्वारा साधक को अपने समान बनाकर मिला लेते हैं, तब उस संस्कार को 'महाभिषेक' कहते हैं। किसी-किसी तंत्र में इसमे 'पूर्णाभिषेक' नाम से भी अभिहित किया गया है। आध्यात्मिक उन्नति के द्वारा साधक जब सर्वोच्च अवस्था का लाभ कर नामरूप की एकता को प्राप्त करने में समर्थ होते हैं, तब उस सर्वोत्तम अवस्था को 'तद्भाव' कहते हैं। इस भाव के द्वारा इष्टदेव के साथ साधक की एकता स्थापित हो जाती है, इस अवस्था से ही महाभाव की प्राप्ति भी हो जाती है।

मातृका-यंत्र

पूर्वोक्ति विधि से एक अष्टदल पद्म अंकित कर उसके अष्ट दलों में आठ वर्गों को स्वतन्त्र रूप से पूर्वादि-क्रम से लिखना चाहिए। पद्म के बहिर्भाग में चतुर्द्वार एवं चतुष्कोण अंकित कर पद्म को वेष्टित करें। यन्त्र के चारों ओर के चारों कोणों में 'ठं' मंत्र एवं चारों ओर 'वं' मंत्र लिखना है। व्योम अर्थात् ह-कार, इन्दु अर्थात् स-कार, औ-कार, रसनार्ण अर्थात् विसर्ग-इन समस्त वर्णों को युक्त कर 'ह्सौः' मंत्र को कर्णिका के रूप में पद्म के मध्य में स्थापित कर, दो-दो करके स्वरवर्णों को पद्म के अष्टकेशर में लिखकर पूरा करें। एक वृत्त के द्वारा उसे वेष्टित करें। इस प्रकार मातृका-यंत्र का अंकन करें।

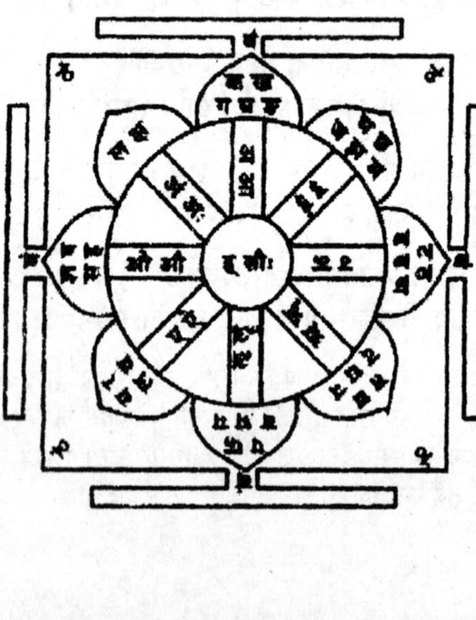

पूर्वोक्त रीति से उक्त मातृका-यंत्र के द्वारा उद्धृत वर्ण समूह में पंक्तिक्रम से लिखकर प्रत्येक वर्ण को प्रणव के द्वारा पुटित कर एक-एक को सात बार या दस बार जप करना चाहिए। विधि जप-क्रिया को 'जीवन' कहते हैं। मंत्र-वर्ण-समूह को पृथक्-पृथक् लिखकर 'वं' मंत्र के द्वारा, चन्दनोदक से सात या दस बार ताड़न करने को मुनिगण 'ताड़न-क्रिया' कहते हैं। मंत्र-वर्ण-समूह को पृथक्-पृथक् लिखकर उनकी संस्था के अनुसार रक्तकरबी पुष्प के द्वारा 'रं' इस मंत्र से मंत्र-वर्ण-समूह की हनन-क्रिया को 'बोधन' कहते हैं। मंत्र-वर्ण-समूह को लिखकर, मंत्र के अक्षरों की संख्या के अनुसार रक्तकरबी-पुष्प एवं 'रं' मंत्र के द्वारा एक-एक बार मंत्रवर्ण समूह को अभिमन्त्रित कर, उस मन्त्रोक्त विधान के अनुसार अश्वत्थ-पल्लव के द्वारा मंत्र-संख्या के क्रम से अभिषिंचित् करने पर, उसे 'अभिषेक' क्रिया कहते हैं। सुषुम्ना के मूल एवं मध्यभाग में मंत्र का चिन्तन कर ज्योतिर्मन्त्र अर्थात् 'ॐ हौं' इस मंत्र के द्वारा मल दग्ध करने को 'विमलीकरण' कहते हैं। स्त्री से जो मल उत्पन्न होता है, उसे 'मायिक', पुरुष से जो मल उत्पन्न होता है, उसे 'कार्म्मण' एवं दोनों से जो मल उत्पन्न होता है, उसे 'आनव्य' कहते हैं। ये मलत्रय साधना के लिए बाधक हैं। तार-ॐ, व्योम-ह, अग्नि-र, मनु-औ एवं दण्डी-मू-इन सभी के योग में 'ॐ ह्रौं' मंत्र बनता है, इसमे 'ज्योतिर्मन्त्र' कहते हैं। मंत्रवर्ण समूह को स्वर्णजल से, कुशजल से अथवा पुष्पजल से पूर्वोक्त मंत्र रीति से अर्थात् ज्योतिर्मन्त्र से विधिपूर्वक आप्यायन करने को 'आप्यायन' कहते हैं। उक्त ज्योतिर्मन्त्र से जल के द्वारा मन्त्रोपरि तर्पण करने को 'तर्पण' कहते हैं। शक्ति-मंत्र में मधु, विष्णु मंत्र में कर्पूरमिश्रित जल एवं शिवमंत्र में घृत-दुग्ध के द्वारा 'तर्पण' करने की विधि शास्त्र में उक्त हुआ है। तार-ॐ, माया-ह्रीं एवं रमा-श्रीं-इनके द्वारा अर्थात् 'ॐ ह्रीं श्रीं', वेद मंत्र के द्वारा मंत्र का दीपन किया जाना 'दीपन' कहलाता है। जिस मंत्र से जप किया जाता है, उसे अति गोपन रखने को 'गुप्ति' क्रिया कहते हैं। इन सभी को 'मंत्र के दस संस्कार' कहते हैं। यह तन्त्र शास्त्र का अति गुप्त विषय है। स्व-स्व सम्प्रदाय के अनुसार इन दस संस्कारों के द्वारा संस्कृत किये गए मंत्र से जपकर्त्ता साधक अपने मनोवांछित फल को प्राप्त करते हैं।

वाह्यमातृकान्यासः

ललाटेऽनामिकामध्ये विन्यसेन्मुखपङ्कजे।
तर्जनीमध्यमानामा वृद्धानामे च नेत्रयोः।। 1।।

अङ्गुष्ठं कर्णयोर्न्यस्य कनिष्ठाङ्गुष्ठकौ नसोः।
मध्यास्त्रिस्रो गण्डयोस्तु मध्यमाञ्चोष्ठयोर्न्यसेत्।। 2।।

अनामां दन्तयोर्न्यस्य मध्यमामुत्तमाङ्गके।
मुखेऽनामां मध्यमाञ्च हस्तपादेषु पार्श्वयोः।। 3।।

कनिष्ठानामिकामध्यास्तास्तु पृष्ठे च विन्यसेत्।
ताः साङ्गुष्ठा नाभिदेशे सर्वाः कुक्षौ च विन्यसेत्।। 4।।

हृदये च तलं सर्वमसयोश्च ककुत् स्थले।
हृत्पूर्वं हस्तपत्कुक्षिमुखेषु तलमेव च।। 5।।

एतास्तु मानृकामुद्राः क्रमेण परिकीर्तिताः।
आज्ञात्वा विन्यसेद्यस्तु न्यासः स्यात्तस्य निष्फलः।। 6।।

ललाटे मुखनेत्रे च श्रुतिघ्राणे च गण्डयोः।
ओष्ठदन्तोत्तमाङ्गास्यदोः पत्सन्ध्यग्रकेषु च।। 7।।

पार्श्वयोः पृष्ठतो नाभौ जठरे हृदयेऽसके।
ककुद्यंसे च हृत्पूर्वं पाणिपादयुगे तथा।
जठराननयोर्न्यस्येन्मातृकार्णान् यथाक्रमात्।। 8।।

ओमाद्यन्तो नमोऽन्तो वा सबिन्दुर्बिन्दुवर्जितः।
पञ्चाशद्वर्णविन्यासः क्रमादुक्तो मनीषिभिः।। 9।।

वाह्यमातृकान्यास : अनामिका एवं मध्यमा इन दोनों अंगुलियों के द्वारा ललाट में, तर्जनी, मध्यमा एवं अनामिका के द्वारा मुख में, अंगुष्ठ एवं अनामिका के द्वारा नेत्रद्वय में, अंगुष्ठ के द्वारा कर्णद्वय में, कनिष्ठा एवं अंगुष्ठ के द्वारा नासिकाद्वय में, तर्जनी, मध्यमा एवं अनामिका के द्वारा कपोल प्रदेश में, मध्यमा के द्वारा ओष्ठद्वय में, अनामिका के द्वारा दन्तपंक्तिद्वय में, मध्यमा के द्वारा उत्तमांग में, अनामिका एवं मध्यमा के द्वारा मुख में, कनिष्ठा, अनामिका एवं मध्यमांगुलि के द्वारा हस्त, पद एवं उभय पार्श्वों में, कनिष्ठा, अनामिका एवं मध्यमा के द्वारा पृष्ठ में, समस्त अंगुलियों के द्वारा उदर में एवं करतल के द्वारा अन्तःकरण, स्कन्धद्वय एवं ककुत्स्थल में न्यास करना चाहिए। हृदय से हस्त पर्यन्त, हृदय से पद पर्यन्त, हृदय से कुक्षि पर्यन्त एवं हृदय से मुख पर्यन्त करतल के द्वारा न्यास करना चाहिए। ये सभी मातृका-मुद्राएँ यथाक्रम से निर्दिष्ट की गयी हैं। इन सभी को न जानकर जो साधक न्यास-साधन करता है, उसका वह न्यास निष्फल होता है।

ललाट, मुखमण्डल, चक्षुर्द्वय, कर्णद्वय, नासिकाद्वय, कपोलद्वय, ओष्ठद्वय, दन्तपङ्क्तिद्वय, मस्तक, मुखहस्तपाद की सन्धि, हस्तपद के अग्रभाग, पार्श्वद्वय, पृष्ठ, नाभि, उदर, हृदय, दक्षिणस्कन्ध, ककुत्स्थल, वामस्कन्ध, हृदय से हस्त पर्यन्त, हृदय से पद पर्यन्त, हृदय से उदर पर्यन्त, हृदय से मुख पर्यन्त - इन सभी स्थानों में मातृका-वर्ण-समूह के द्वारा क्रम-न्यास करने पर वह फलप्रद होता है। आदि एवं अन्त में 'प्रणव' अथवा अन्त में 'नमः' इस शब्द को संयुक्त कर बिन्दु सहित अथवा बिन्दु-वर्जित पचास वर्णसमूह के द्वारा न्यास करने की विधि महर्षिगण-कर्त्तृक वर्णित की गयी है।

मातृकान्यासः

मातृकां शृणु देवेशि न्यसेत् पापनिकृन्तनीम्।
ऋषिर्ब्रह्मास्य मन्त्रास्य गायत्रीछन्द उच्यते।। 10।।

देवता मातृकादेवी बीजं व्यञ्जनमुच्यते।
शक्त्यस्तु स्वरा देवि! षडङ्गन्या समाचरेत्।। 11।।

अं आं मध्ये कवर्गान्तु इं ईं मध्ये चवर्गकम्।
उं ऊं मध्ये टवर्गन्तु एं ऐं मध्ये तवर्गकम्।। 12।।

ओं औं मध्ये पवर्गन्तु, बिन्दुयुक्तंन्यसेत् प्रिये।। 13।।

अनुस्वाराद्विसर्गान्तौ यशवर्गौ सलक्षकौ।
हृदयञ्च शिरो देवि शिखा कवचकं तथा।। 14।।

नेत्रमस्त्रं न्यसेन् ङेन्तं नमः स्वाहा क्रमेण तु।
वषट् हुँ वौषडन्तञ्च फडन्तं योजयेत् प्रिये।। 15।।

षडङ्गोऽयं मातृकायाः सर्वपापहरः स्मृता।
एकैकवर्णमुच्चार्य मूलाधाराच्छिरोऽन्तकम्।। 16।।

नमोऽन्त इति विन्यास आन्तरः परिकीर्त्तितः
अथान्तर्मातृकान्यासो मूलाधारे चतुर्दले।
सुवर्णाभे वशषसचतुर्वर्ण विभूषिते।। 17।।

षड्दले वैद्युतनिभे स्वाधिष्ठानेऽनलत्विषि।
बभेमैर्यरलैर्युक्ते वर्णैः षड्भिश्च सुव्रते।। 18।।

मणिपूरे दशदले नीलजीभूतसन्निभे।
डादिफान्तदैर्युक्ते बिन्दूद्भासितमस्तकैः।। 19।।

अनाहते द्वादशारे प्रवालरुचिसन्निभे।
कादिठान्तदलैर्युक्ते योगिनां हृदयङ्गमे।। 20।।

विश्रुद्धेषोडशदले धूम्राभे स्वरभूषिते।
आज्ञाचक्रे तु चन्द्राभे द्विदले हक्षलाञ्छिते।। 21।।

सहस्रारे हिमनिभे सर्ववर्णविभूषिते।
अकथादित्रिरेखात्महलक्षत्रयभूषिते।। 22।।

तन्मध्ये परबिन्दुञ्च सृष्टिस्थितिलयात्मकम्।
एवं समाहितमना ध्यायेन्नयासोऽयमान्तरः।। 23।।

मातृकान्यास : श्री महादेव ने कहा-- हे देवेशि! आप मातृकान्यास का श्रवण करें। इस मातृका न्यास के द्वारा पापसमूह नष्ट होते हैं। इस मातृकान्यास के ऋषि ब्रह्मा हैं, छन्द गायत्री

है, देवता मातृका-देवी हैं, बीज व्यंजनवर्ण हैं एवं समस्त स्वर इसकी शक्ति हैं। हे देवि! इसके बाद षडङ्गन्यास का आचरण करना चाहिए। अं आं-इनमें बिन्दुयुक्त कवर्ग, इं ईं-इसमें बिन्दुयुक्त चवर्ग, उं ऊं - इनमें बिन्दुयुक्त टवर्ग, एं ऐं-इनमें बिन्दुयुक्त तवर्ग, ओं औं-इनमें बिन्दुयुक्त पवर्ग, एवं अं अः-इनमें बिन्दुयुक्त यवर्ग, शवर्ग एवं ल तथा क्ष विन्यासपूर्वक चतुर्थ्यन्त हृदय, शिर, शिखा, कवच, नेत्र एवं अस्त्र-शब्द से संयुक्त करके क्रमपूर्वक नमः, स्वाहा, वषट्, हुं, वैषट् एवं फट्-इन सभी शब्दों को मिलाकर उक्त अंगसमूह का स्पर्श करने पर अंगन्यास होता है। यह षडङ्ग मातृकान्यास साधक के पापसमूह का हरण करता है।

मूलाधार से मस्तक पर्यन्त बिन्दुसंयुक्त एक-एक वर्ण 'नमः' शब्द के साथ उच्चारण करके जिस न्यास-साधन को किया जाता है, उसे 'मातृकान्यास' कहते हैं। यथा-- सुवर्ण-सदृश चतुर्दल-विशिष्ट मूलाधार-चक्र को व श ष स बिन्दु विभूषित इन चार वर्णों के द्वारा ध्यान करें। विद्युत-सदृश एवं अग्नि सम तेज पुंज-विशिष्ट षडदल- स्वाधिष्ठान चक्र को ब भ म य र ल इन छह बिन्दु-विभूषित वर्णों के द्वारा, नील मेघ सदृश दशदल-विशिष्ट मणिपुर चक्र को बिन्दुयुक्त ड ढ ण त थ द ध न प फ - इन दश बिन्दु विभूषित वर्णों के द्वारा, प्रवाल-कान्ति-सन्निभ योगिजन हृदय स्थिति द्वादश दल अनाहत चक्र को सबिन्दु क ख ग घ ङ च छ ज झ ञ ट ठ - इन द्वादश बिन्दु विभूषित वर्णों के द्वारा, धूम सदृश आभायुक्त षोडशदल-विशिष्ट विशुद्ध चक्र को बिन्दुयुक्त षोडश वर्णों से विभूषित कर चन्द्रकान्ति द्विदल आज्ञा चक्र को बिन्दुयुक्त हक्ष-इन वर्णों से विभूषित एवं हिमसन्निभ सर्ववर्णसंयुक्त सहस्रारचक्र को अकथादि त्रिरेखा स्थित ह ल क्ष-इन सबिन्दु वर्णों से विभूषित करके इनका ध्यान करें, उनके मध्य में सृष्टि, स्थिति एवं लय के कारण परबिन्दु (परम शिव) को समाहित चित्त से ध्यान करें।

ऋष्यादिन्यास

महेश्वरमुखाज ज्ञात्वा यः साक्षात् तयसा मनुं।
संसाधयति शुद्धात्मा स तस्य ऋषिरीरितः।।
गुरुत्वान्मस्तके चाऽस्य न्यासस्तु परिकीर्तितः।। 24।।

सर्वेषां मन्त्रतत्त्वानां छादनाच्छन्द उच्यते।
अक्षरत्वात्पदत्वाच्चमुखे छन्दः समीरितम्।। 25।।

सत्वेषामेव जन्तूनां भाषणात्प्रेरणात्तथा।
हृदयाम्भोजमध्यस्था देवता तत्र तां न्यसेत्।। 26।।

ऋषिश्छन्दोऽपरिज्ञानान्न मन्त्रफलभाग् भवेत्।
दौर्बल्यं याति मन्त्राणां विनियोगमजानताम्।। 27।।

ऋषिं न्यसेन्मूर्ध्नि देशे छन्दस्तु मुखपङ्कजे।
देवतां हृदये चैव बीजं तु गुह्यदेशके।
शक्तिञ्च पादयोश्चैव सर्वाङ्गे कीलंक न्यसेत्।। 28।।

ऋष्यादि-न्यास : जिन्होंने महेश्वर के मुख से मंत्र का श्रवण कर उसके द्वारा मंत्रसिद्धि की है, वह ही उस मंत्र के ऋषि हैं, ऋषि मंत्र के गुरु हैं, इसलिए मस्तक में उनका न्यास करना चाहिए। सम्पूर्ण मंत्र-तत्त्व को जो आच्छादिक किये हुए रहता है, उसका नाम 'छन्दः' है। समस्त छन्दः, अक्षर एवं पद-घटित होने के कारण मुख में छन्दः का न्यास करें। जो समस्त जीवों को भाषण के लिए प्रेरित करते हैं, वह 'देवता' नाम से अभिहित होते हैं। अतः हृत्-पद्म में इनका न्यास करना कर्त्तव्य है। ऋषि एवं छन्द को न जानकर कार्य करने से मंत्र से फल का लाभ नहीं होता है। विनियोग न जानकर मंत्र का प्रयोग करने पर हीन-बल हो जाता है। मस्तक में ऋषि, मुख में छन्द, हृदय में देवता, गुह्य देश में बीज, पादद्वय, सन्धि एवं सर्वांग में कीलक का उच्चारण कर ऋष्यादिन्यास करें।

अथ दिव्यदेश वर्णनम्

यथा गवां सर्वशरीरजं पयः।
पयोधरान्निःसरतीह केवलम्।
तथा परमात्माऽखिलगोऽपिशाश्वतो
विकाशमाप्नोति स दिव्यदेशकैः।।1।।

तन्त्रेषु दिव्यदेशाः षोडशा प्रोक्ता यथाऽत्र कथ्यन्त्रे।
अग्न्यम्बुलिङ्गवेद्यो भित्तौरेखा तथा च चित्रं च।।2।।

मण्डलविशिखौ नित्यमंत्र पीठं च भावयन्त्रं च।
मूर्तिर्विभूतिनामी हृदयं मूर्धा च षोडशैतेस्युः।।3।।

यथाधिकारं लभते दिव्यदेशेह्युपासनाम्।
योगसिद्धयुपलब्धौ हि सहकारितया मता।।4।।

धारणासहकारेण दिव्यदेशे प्रकाशते।
इष्टदेवो मंत्रयोगे दिव्यदेशो हितप्रदः।।5।।

वेदेषु तन्त्रशास्त्रेषु दिव्यदेशस्य वर्णना।
भेदश्च वर्णितो विज्ञैर्विस्तरेण महात्मभिः।।6।।

कुर्यादावाहनं मूर्तौ मृण्मयादौ सदैव हि।
प्रतिमायां जले बह्नौ नावाहनविसर्जनं।।7।।

दिव्यदेश-वर्णन : जिस प्रकार दुग्ध, गाभी के सर्वशरीरव्यापिनी होने पर भी केवल स्तन से क्षरित होता है, उसी प्रकार परमात्मा सर्वव्यापक होने पर भी दिव्य देश समूह में ही उनका विकास होता है। तन्त्र में दिव्यदेश के षोडश प्रकार बताये गए हैं, यथा--वह्नि, अम्बु, लिंग, स्थण्डिल, कुण्ड, पट, मण्डल, विशिख, नित्ययन्त्र, भावयन्त्र, पीठ, विग्रह, विभूति, नाभि, हृदय एवं मूर्द्धा। साधक

अधिकार के अनुसार इन दिव्यदेशों में उपासना करने का अधिकार प्राप्त करते हैं। योगसिद्धि प्राप्त करने के लिए ये सभी परम हितकर हैं। धारणा की सहायता से दिव्यदेश समूह में इष्टदेवता का आविर्भाव होता है। मंत्रयोग में सभी दिव्यदेश परम हितकर हैं। दिव्यदेश-समूह का विस्तृत वर्णन एवं भेद, वेद तथा तन्त्र समूह में अनेक प्रकार से वर्णित है। मृन्मयादि मूर्त्ति-समूह में पहले देवता का आवाहन कर पूजा प्रारम्भ करना चाहिए। परन्तु प्रतिष्ठित देव-विग्रह, संस्कृत अग्नि अथवा संस्कृत जल में आवाहन एवं विसर्जन की आवश्यकता नहीं होती है।

अथ तर्पणवर्णनम्

तर्पणाद्देवताप्रीतिस्त्वरितं जायते यतः।
अतस्तत्तर्पणं प्रोक्तं तर्पणत्वे न योगिभिः।।1।।

सकामनिष्कामतया द्विभेदं तर्पणं मतम्।
सकामतर्पणद्रव्यं भिन्नं निर्दिश्यते बुधैः।।2।।

तर्पणं मन्त्रयोगस्य मुख्यमङ्गं निरूपितम्।
इष्टान सन्तर्प्य प्रथमं देवर्षिपितरस्तथा।
सन्तर्प्याश्चैव गदितस्तर्पणस्य विधिः शुभः।।3।।

महात्म्यञ्चास्य भवति विधिना तर्पितेन यत्।
न पितृदेवभूतानां यज्ञानुष्ठानमिष्यते।।4।।

अनिशं तर्पणं कार्यमात्मश्रेयोऽभिलाषुकैः।
तूर्णं हि स्वेष्टदेवस्य वाञ्छद्भिश्च प्रसादनाम्।।5।।

मधुना तर्पणं कुर्यात् सर्वकामप्रपूरकम्।
मन्त्रसिद्धिकरं साक्षान् महापातकनाशनम्।।6।।

कर्पूरमिश्रितैस्तोयैर्मासमात्रं हि तर्पयेत्।
वशीकृत्य नृपान् सर्वान् भोगी स्याज्जीवनाऽवधि।।7।।

घृतैः पूर्णायुषः सिद्ध्यै दुग्धैरारोग्यसिद्धये।
अगुरुमिश्रितैस्तोयैः सर्वकालं सुखी भवेत्।।8।।

नारिकेलोदकैर्मिश्रैस्तोयैः सर्वार्थसिद्धये।
मरीचमिश्रितैस्तोयैस्तथा शत्रून् विनाशयेत्।।9।।

केवलैरुष्णतोयैश्च शत्रुमुच्चाटयेत् क्षणात्।
ज्वराक्रान्तो भवेच्छत्रुर्दुग्धसेजात् समंततः।।10।।

शताभिजप्रमात्रेण रोचनातिलकं नरः।
कृत्वा पश्यति यं मंत्री तं कुर्याद्दासवत् सुधीः।।11।।

तर्पण-वर्णन : देवतागण तर्पण के द्वारा शीघ्र परितुष्ट हो जाते हैं, इसीलिए इसका नाम 'तर्पण' है। 'तर्पण' सकाम एवं निष्काम के भेद से द्विविध है। सकाम तर्पण के द्रव्य, कामना के अनुसार पृथक-पृथक होते हैं। 'तर्पण' मंत्रयोग का एक प्रधान अंग है। इष्ट तर्पण के बाद ऋषि तर्पण, अन्य देवता तर्पण एवं पितृतर्पण का विधान है।

तर्पण की विशेषता यह है कि विधिपूर्वक तर्पण करने पर देवयज्ञ, भूतयज्ञ एवं पितृयज्ञ करने की कोई आवश्यकता नहीं होती है। यदि स्वीय इष्टदेव को शीघ्र प्रसन्न करने की इच्छा हो तो प्रतिदिन विधिपूर्वक तर्पण करना चाहिए। मधु के द्वारा तर्पण करने पर समस्त अभीष्ट पूर्ण होता है, मंत्र की सिद्धि होती है। समस्त महापातक विनष्ट होता है। कर्पूर मिश्रित जल के द्वारा एक महीना मात्र तर्पण करने पर राजन्य वर्ग वशीभूत हो जाते हैं, बाकी समस्त जीवन परम सुख से व्यतीत होता है। घृत के द्वारा तर्पण करने पर पूर्णायु प्राप्त होती है। आरोग्य लाभ के लिए दुग्ध के द्वारा तर्पण करने का विधान है। अगुरु-संयुक्त जल से नित्य तर्पण करने पर सदा सुख लाभ होता है। नारियल के जल से तर्पण करने पर सभी अभीष्ट सिद्ध होता है। मरिच-मिश्रित जंल से तर्पण करने पर शत्रु का नाश होता है। मात्र उष्ण जल से तर्पण करने पर शत्रु का उच्चाटन होता है। उसके द्वारा शत्रु ज्वराक्रान्त हो जाता है। यदि शत्रु के दुःख निवारण की इच्छा हो, तो दग्ध के द्वारा तर्पण कर उसके दुःख को दूर करें। तर्पण के बाद सौ बार मंत्र का जप कर रोचना के द्वारा तिलक धारण कर, साधक जिसके प्रति दृष्टिपात करेगा, वह क्रीतदास तुल्य हो जाएगा।

अथ हवनतर्पणम्

नोसिध्यत्यजपान्मन्त्रो नाहुतश्च फलप्रदः।
नानिष्टो ददते कामान् तस्मात्रितयमर्जयेत्।।1।।

पूजया लभते पूजां जपात् सिद्धिर्न संशयः।
विभूतिश्चाग्निकार्येण सर्वसिद्धिञ्च विन्दति।।2।।

नित्यहोमं प्रवक्ष्यामि सर्वार्थं येन विन्दति।
सपर्यां सम्यगापाद्य बलिपूर्वं चरेद्विधिम्।।3।।

ततो होमं तर्पणञ्च चरेत् साधकसत्तमः।
बलिवैश्वादिकञ्चैव ब्राह्मणः समुषाचरेत्।।4।।

अर्घ्योदकेन संप्रोक्ष्य तिस्रो रेखाः समालिखेत्।
विधिवदग्निमानीय क्रव्यादेभ्यो नमस्तथा।।5।।

मूलमंत्रं समुच्चार्य कुण्डे वास्थण्डिलेऽपि वा।
भूमौ वा संस्तरेद्वह्निं व्याहृतित्रितयेन च।।6।।

स्वाहान्तेन त्रिधा हुत्वाषडङ्गहवनं चरेत्।
ततो देवीं समाबाह्य मूलेन षोडशाहुतीः।
हुत्वा स्तुत्वा नमस्कृत्य विसृजेदिन्दुमण्डले।।7।।

न विना पञ्चयज्ञेन सिद्धिमाप्नोति साधकः।
त्रिविधाः सिद्धयः पञ्चमहाज्ञेन शाश्वतम्।।8।।

पञ्चाङ्गसेवने नैव ब्रह्मयज्ञफलागमः।
स्वेष्टदेव प्रसादः स्यान्नित्यं होमानुशीलनात्।।9।।

देवा देव्यश्च तृप्यन्ति होमेनानेन निश्चितम्।
योगाङ्गयुक्तास्ते यज्ञा यतः शुद्धिविधायकाः।।10।।

अनुष्ठेयः स यत्नेन मोक्षप्राप्त्यभिलाषुकैः।
साम्प्रदायिकमाङ्गल्यो नित्यहोमो विधीयते।।11।।

इष्टदेवप्रीणनाय हुत्वा पूर्वं यथाविधि।
ततश्चान्यान्प्रीणयितुं हवनं परिकीर्तितम्।।12।।

<u>हवन-वर्णन :</u> जप के बिना मंत्रसिद्धि नहीं होती है, हवन के बिना फललाभ नहीं होता है, इष्ट के पूजन के बिना अभीष्ट-प्राप्ति नहीं होती है। इसी कारण इन तीनों का अनुष्ठान अवश्य करणीय है। पूजा के द्वारा पूजा-प्राप्ति, जप के द्वार सिद्धि एवं हवन के द्वारा विभूति तथा समस्त सिद्धि-समूह का लाभ होता है। सर्वार्थप्रद नित्य हवन-विधि का वर्णन किया जा रहा है। पहले यथाविहित पूजा कर विधिपूर्वक बलि प्रदान कर, तदन्तर होम एवं तर्पण करना साधक के लिए कल्याणकारी है। ब्राह्मण साधक बलिवैश्व देवादि विधि का भी पालन करें। अर्घ्योदक के द्वारा भूमि का शोधन कर तीन रेखाएँ अंकित करें, फिर विधि पूर्वक अग्नि का आहरण (आनयन) कर "क्रव्यादेभ्यो नमः" इस मंत्र एवं मूल मंत्र के उच्चारणपूर्वक, कुण्ड में, स्थण्डिल में अथवा भूमि में व्याहृति-त्रय के साध अग्नि की स्थापना करें। स्वाहान्त मंत्र से तीन बार हवन कर षडङ्ग हवन करें, फिर देवी का आवाहन कर मूल मंत्र के साथ षोडश आहुति प्रदान करें। यहाँ शक्ति-उपासना को लक्ष्य कर 'देवी' शब्द का प्रयोग किया गया है। अतः यह समझना चाहिए कि वैष्णव, सौर एवं गणपत्यादि उपासकगण स्व-स्व सम्प्रदाय के अनुकूल यथाक्रम से निज-निज इष्टदेव के आवाहनादि करें। चूँकि मंत्रयोग पंचोपासना प्रधान है इसीलिए इस प्रकार की दृष्टि सम्पूर्ण ग्रंथ में है-ऐसा समझें। इस प्रकार से हवन कर स्तव-पाठ कर नमस्कार करें। बाद में इन्दु-मण्डल में उसका विसर्जन करें। पंच महायज्ञ-रूप साधन के बिना साधक को सिद्धि का लाभ नहीं होता है। पंच महायज्ञ त्रिविधि सिद्धिविधायक है। पंचांग-सेवन के द्वारा ब्रह्मयज्ञ के फल का लाभ होता है। नित्य होम के द्वारा

इष्टदेव प्रसन्न होते हैं, एवं देव देवीगण तृप्तिलाभ करते हैं। पंच महायज्ञ त्रिविधि शुद्धिप्रद होने के कारण योगांग के साथ उनका सम्बन्ध है। नित्य हवन करना मोक्षाभिलाषी उपासक का कर्त्तव्य है। वैष्णव, शाक्त, शैव एवं गणपत्यादि जिस किसी भी सम्प्रदाय के योगी हों, उनके लिए

हवन करना परम हितकारक है। पहले इष्टदेव के प्रीत्यर्थं आहुति को प्रदान कर देवदेवियों को इष्टदेव के अंगीभूत मानकर उन सभी के भी सम्बद्धनार्थ (पूजा के लिए) आहुति प्रदान करना चाहिए।

अथ बलिवर्णनम्

बलिदानाद्विघ्नशान्तिः स्वेष्टदेवस्य पूजने।
बलिदानेषु सर्वेभ्यः श्रेष्ठ आत्मबलिः स्मृतः।।1।।

एतेन नष्टाऽहङ्कारः कृतार्थो मानवो भवेत्।
कामक्रोधादिशत्रूणां बलिरत्र द्वितीयकः।।2।।

अन्तर्यागेन संबद्धाः सर्वे चैते प्रकीर्तिताः।
देवान् सम्पूज्य यत्नेन तदद्रव्यैर्हि बलिक्रिया।
इष्टदेवाः प्रसीदन्ति विधिनाऽनेन निश्चितम्।।3।।

सम्प्रदाये क्वचिद्देव प्रीणनाय विलोक्यते।
फलोपहारस्य विधिर्वर्णितो मुनिपुङ्गवैः।।4।।

क्वचिद्यज्ञपशोरेव बलिदानविधिः स्मृतः।
बलिभेदा हि निर्दिष्टास्त्रिगुणस्यानुसारतः।।5।।

इष्टदेव प्रसादाय बलिं दत्वा यथाविधि।
भूतानां तृप्तये पश्चाद्बलिदानविधिः स्मृतः।।6।।

पूजाशिष्टैः फलैः पुष्पैस्तथा द्रव्यैः सुगन्धिभिः।
बलिं निजेष्टदेवायावश्यं भक्तः समर्पयेत्।।7।।

बलिप्रदानतः स्वेष्टदेवो नूनं प्रसीदति।
विघ्नाः सर्वे प्रणश्यन्ति बलिदानप्रभावतः।।8।।

प्रथमं वेष्टदेवाय बलिं दद्याद्यथाविधि।
भक्त्या ततोन्यदेवेभ्यः पितृणां तृप्तये ततः।।9।।

ब्रह्मणे गृहमध्ये तु विश्वेदेवेभ्य एव च।
धन्वन्तरिं समुद्दिश्य प्रागुदीच्यां बलिं क्षिपेत्।।10।।

प्राच्यां शक्राय याम्यायां यमाय बलिमाहरेत्।
प्रतीच्यां वरुणायैवसोमयोत्तरतो बलिम्।।11।।

दद्याद्धात्रे विधात्रे च बलिं द्वारे ग्रहस्य च।
अर्यम्णे च बलिं दद्यात् ग्रहेभ्यश्चसमन्ततः।।12।।

नक्तञ्चरेभ्यो भूतेभ्यो बलिमाकाशतो हरेत्।
पितृणां निर्वपेच्चैव दक्षिणाभिमुखः स्थितः।।13।।

गृहस्थस्तत्परो भूत्वा सुसमाहितमानसः।
ततस्तोयमुपादाय तिष्ठेदाचमनाय वै।।14।।

स्थानेषु निक्षिपेत् प्राज्ञस्तास्या उद्दिश्य देवताः।
एवं ग्रहबलिं कृत्वा गृहे गृहपतिः शुचिः।।15।।

आप्यायनाय भूतानां कुर्यादुत्सर्गमादरात्।
श्वभ्यश्च श्वपचेभ्यश्च वयोभ्यश्चावपेद्भुवि।
वैश्वदेवं हि नामैतत्सायं प्रातरुदाहृतम्।।16।।

बलि-वर्णन : इष्टदेव के पूजन में विघ्न-शान्ति के निमित्त बलि प्रदान किया जाता है। सर्वप्रकार की बलियों में आत्मबलि ही श्रेष्ठ है। आत्मबलि के द्वारा साधक अहंकार का नाश कर कृतार्थ हो जाते हैं। बलि साधन-कार्य में काम-क्रोधादि रिपुसमूह की बलि प्रदान करना द्वितीय-स्थानीय है। ये सभी कार्य अन्तर्योग के साथ सम्बन्धयुक्त है। पूजा के बाद अवशिष्ट द्रव्यों के द्वारा जो बलि प्रदान किया जाता है, उसके द्वारा इष्टदेव प्रसन्न होते हैं, किसी-किसी सम्प्रदाय में इष्टदेव के प्रीत्यर्थ उत्कृष्ट फलों की बलि प्रदत्त होते देखा जाता है। किसी-किसी सम्प्रदाय में यज्ञ-पशु-समूह की बलि देने की विधि प्रचलित है। त्रिगुण-भेद से इन समस्त बलियों में भेद का निर्णय किया गया है। इष्टदेव के प्रीत्यर्थ बलि-प्रदान के अनन्तर संसार के समस्त भूतों की तृप्ति के लिए बलि देना कर्त्तव्य है। पूजा करने के बाद भक्त इष्टदेव की प्रीति के लिए अवशिष्ट फल, पुष्प एवं गंधद्रव्य के द्वारा अवश्य बलि-समर्पण करें। बलि-प्रदान के द्वारा इष्टदेव अवश्य प्रसन्न होते हैं। विघ्नसमूह दूर होता है। पहले विधिपूर्वक अपने इष्टदेव को बलि-समर्पण कर अन्य देवताओं को बलि प्रदान करें, तदनन्तर भक्तिमान् साधक पितृगणों के प्रीत्यर्थ बलि-प्रदान करें। ब्रह्मा एवं विश्वदेवगणों के निमित्त बलि गृह में ही प्रदान करना चाहिए। धन्वन्तरि के लिए बलि उत्तर दिशा में देना चाहिए। इन्द्र के निमित्त पूर्वदिशा में, यम के निमित्त दक्षिण दिशा में, वरुण के निमित्त पश्चिम दिशा में एवं चन्द्र के निमित्त उत्तर दिशा में बलि प्रदान करें। गृह द्वार के ऊपर धाता एवं विधाता के निमित्त बलि प्रदान की विधि है। अर्यमा एवं ग्रह समूह के लिए गृह के चतुर्दिशाओं में बलि-प्रदान करने का विधान है। नक्तञ्चर (राक्षस) समूह के लिए आकाश की ओर बलि प्रदान करना चाहिए। पितृगणों की तृप्ति के लिए दक्षिणाभिमुख होकर बलि प्रदान करें। गृहस्थ साधक तद्गत चित्त होकर चित्त को स्थिर कर जल के द्वारा आचमन करें। बाद में पुनः जल लेकर देवताओं को उद्देश्य कर यथायथ स्थान में बलि प्रदान करें। इस प्रकार, पवित्र होकर गृहस्थ बलि प्रदान करें। पुनः भूत-समूह की तृप्ति के लिए श्वा, श्वपच तथा पक्षियों की तृप्ति के लिए भूमि पर अन्न रखें। यह वैश्व देवविधि प्रातः एवं सन्ध्याकाल में करणीय है।

सिद्धिवर्णनम्

स्वभावसिद्धा जीवानां वासनेतिमुनेर्मतम्।
तन्नाशेन बिना मुक्तिप्राप्तिः परमदुष्करा।।1।।

परं तस्या अनादित्वान्मध्यमैरधिकारिभिः।
सम्बन्धो हि विनिर्दिष्टो नातः पूर्वं निवर्त्तते।।2।।

अपेक्षिता सा सुतरां मध्यमैरधमैरपि।
मन्त्रयोगी मन्त्रसिद्ध्या तपःसिद्ध्या हठान्वितः।
ऐशीं विभूतिमाप्नोति लययोगी च संयमैः।।3।।

मन्त्रयोगस्य महात्म्यं कथितं वेदविद्वरैः।
यत्नेनैवाऽधिगम्यन्ते त्रिविवाः शुद्ध योजनैः।।4।।

मन्त्रसाधनतो देवा देव्यः संयान्ति वश्यताम्।
विभवाश्चैव जगतो यान्ति तस्योपभोग्यताम्।।5।।

यत्साधनक्रियाशुद्ध्या शुद्ध्या वैद्रव्यमन्त्रयोः।
विभूतयोऽधिगम्यन्ते महादेववचो यथा।।6।।

एतेन साधनेनात्र वैफल्यं नैव जायते।।7।।

<u>सिद्धि-वर्णन</u> : जीव की वासना स्वभाव सिद्ध है। यद्यपि वासनाक्षय के बिना मुक्ति नहीं हो सकती है, फिर भी वासना के साथ अनादि सम्बन्ध रहने के कारण मध्यम अधिकारियों के साथ भी उसका सम्बन्ध रहता है। अतः अधम एवं मध्यम इन द्विविध अधिकारियों में सिद्धि समूह की आवश्यकता परिलक्षित होती है। मन्त्रोयोगी मंत्र सिद्धि के द्वारा, हठयोगी तपःसिद्धि के द्वारा एवं लययोगी संयम-सिद्धि के द्वारा ऐसी विभूति समूह को प्राप्त करते हैं। मन्त्र योग की विशेषता यह है कि उसमें अध्यात्म, अधिदैव एवं अधिभूत इन त्रिविध शुद्धियों का लाभ होता है। मन्त्र-साधना के द्वारा देवदेवीगण स्वतः ही वशीभूत हो जाते हैं। मन्त्र-योग-सिद्ध योगी के लिए संसार का समस्त वैभव सुलभ हो जाता है। महादेव कहते हैं कि मंत्र शुद्धि, क्रियाशुद्धि एवं द्रव्यशुद्धि के द्वारा जो साधना की जाती है, उससे साधक सभी प्रकार की ऐसी सिद्धियों का लाभ प्राप्त करने में समर्थ हो जाते हैं और इस प्रकार की साधना कभी विफल नहीं होती है।

करमालानिरूपणम्

तर्जनीमध्यमानामा कनिष्ठा चेतिताः क्रमात्।
तिस्रोऽङ्गुल्यस्त्रिपर्वाणो मध्यमा चैकपर्विका।।1।।

पर्वद्वयं मध्यमाया मेरुत्वेनोपकल्पयेत्।
अनामामध्यमारभ्य कनिष्ठादित एव च।
तर्जनीमूलपर्यन्तं दशपर्वसु संजपेत्।।2।।

अनामामूलमारभ्य कनिष्ठादित एव च।
तर्जनीमध्यपर्यन्तमष्टपर्वसु सञ्जपेत।।3।।

अनामिकात्रयं पर्व कनिष्ठायास्त्रिपर्विका।
मध्यमायाश्च त्रितयं तर्जनी मूलपर्वणि।
तर्जन्यग्रे तथा मध्ये यो जपेत् स तु पापकृत्।।4।।

अङ्गुलीर्न वियुञ्जीत किञ्चिदाकुञ्चिते तले।
अङ्गुलीनां वियोगाच्च छिद्रे च स्रवते जपः।।5।।

जपसंख्यातु कर्त्तव्या नासंख्यातं जपेत् सुधीः।
असंख्यया प्रजपतः सर्वं भवति निष्फलम्।।6।।

करमाला-निरूपण : कर जप के समय तर्जनी, मध्यमा, अनामा एवं कनिष्ठा इन चार अंगुलियों में जप करना चाहिए। तर्जनी, अनामा एवं कनिष्ठा में तीन-तीन पर्वों में एवं मध्यमा में एक पर्व में अंगुष्ठ को निक्षेप कर जप करें। मध्यमा के मध्य पर्व एवं मूल पर्व को मेरू स्वरूप रखें अर्थात् उसमें जप न करें। अनामा के मध्य पर्व से आरम्भ कर कनिष्ठा के मूलपर्व से क्रमशः तर्जनी के मूल पर्यन्त इन दश पर्वों में जप करें। आठ बार जप करना हो तो अनामा के मूलपर्व से आरम्भ कर कनिष्ठा के मूल पर्व से तर्जनी के मध्य पर्यन्त जप करें।

शक्ति मंत्र जप के विषय में अनामा के मध्यपर्व से आरम्भ कर कनिष्ठा के मूल पर्व से क्रमशः मध्यमा के तीन पर्व एवं तर्जनी के मूल पर्व पर्यन्त इन दश पर्वों में जप करना चाहिए। तर्जनी के अग्र एवं मध्य में जो जप करते हैं, वह पाप-संचय करते हैं। जप करते समय अंगुलि समूह को युक्त कर एवं हस्त के तल देश को किंचित् आकुंचित कर जप करें। अंगुलियों के परस्पर भली प्रकार जुड़े न रहने पर एवं छिद्र रहने पर जप क्षरित हो जाता है। जप की संख्या रखना अवश्य कर्त्तव्य है। संख्या न रखकर कभी जप न करें। संख्या न रखकर जप करने पर सभी निष्फल हो जाते हैं।

मालाविचारवर्णनम्

अरिष्टपत्रं बीजञ्च शङ्खपद्मौमणिस्तथा।
कुशग्रन्थिश्च रुद्राक्ष उत्तमं चोत्तरोत्तरम्।।1।।

प्रबालमुक्तास्फटिकैर्जपः कोटिफलप्रदः।
तुलसीमणिभिर्येन गणितं चाक्षयं फलम्।।2।।

हिरण्यगर्भमणिभिर्जप्तं शतगुणं भवेत्।
सहस्रगुणमिन्द्राक्षैरुद्राक्षैर्नियुतं भवेत्।।3।।

साम्राज्यं स्फाटिके स्यात्तु पुत्रजीवे परां श्रियम्।
आत्मज्ञानं कुशग्रन्थौ रुद्राक्षाः सर्वकामदाः।।4।।

प्रवालैश्च कृता माला सर्वलोकवशङ्करी।
मोक्षप्रदा च माला स्यादामलक्याः फलैः कृता।।5।।

मुक्ताफलैः कृता माला सर्वविद्याप्रदायिनी।
मणिक्यरचिता माला त्रैलोक्यस्त्रीवशङ्करी।।6।।

नीलैर्मरकतैर्वापि कृता शत्रुभयप्रदा।
सुवर्णरचिता माला दद्याद्वै महतीं श्रियम्।।7।।

तथा रौप्यमयी माला कन्यां यच्छतिकामिताम्।
उक्तानां सर्वकामानां दायिनी पारदैः कृता।।8।।

तुलसीरचिता माला विष्णुभक्तिप्रदायिनी।
जपने यादृशी माला संख्यानेऽपि च तादृशी।।9।।

रुद्राक्षमालामाहात्म्यं बहुतन्त्रेष्वनेकशः।
प्रोक्तं तद्धारणे चापि फलं बहुविधं स्मृतम्।।10।।

रुद्राक्षमालया सर्वसम्प्रदायस्य साधकः।
परं श्रेयः समाप्नोति तन्त्रेष्वेतन्निरूपितम्।।11।।

पञ्चानां सम्प्रदायानां हितं रुद्राक्षमालया।
यथोपासनपूजाद्या गुरोरेवाधिगम्यते।।12।।

तथा तद्धारणविधिस्तस्मादेवावगम्यताम्।।13।।

माला-विचार-वर्णन : अरिष्ट पत्र, बीज, शंख, पद्म, मणि, कुशग्रन्ति, रुद्राक्ष इन सभी की माला क्रमशः उत्तम है। प्रवाल, मुक्ता तथा स्फटिक की माला के द्वारा जप करने पर कोटि गुण फल का लाभ होता है। तुलसी की माला एवं मणिनिर्मित माला के द्वारा जप करने पर अक्षय फल का लाभ होता है। सुवर्ण-युक्त मणिनिर्मित माला के द्वारा जप करने पर शत गुण फल का लाभ होता है। इन्द्राक्ष-माला के द्वारा जप करने पर सहस्र गुण फल एवं रुद्राक्ष-माला के द्वारा जप करने पर नियुत गुण फल का लाभ होता है। स्फटिक माला से साम्राज्य, पुत्र जीव माला से अर्थात् जीव-पत्रिका से सम्मत् तथा कुशग्रन्थि की माला से आत्मज्ञान का लाभ होता है। रुद्राक्ष माला सर्व कामनाओं को पूर्ण करता है। प्रवाल-माला सर्वलोक को वश में कर देता है। आमलक की माला मोक्ष का दान करता है। मुक्ता की माला सर्वविद्या को प्रदान करता है। माणिक्य की माला

त्रैलोक्य के समस्त स्त्रीगणों को वशीभूत कर देता है। नीलवर्ण मरकत मणि की माला शत्रुओं को भयभीत कर देती है। सुवर्ण की माला परम सम्पद् का दान करता है। रौप्यनिर्मित माला अभिलाषित फल प्रदान करता है। पारद-निर्मित माला पूर्वोक्त समस्त फल प्रदान करता है। तुलसी की माला विष्णु-भक्ति का उत्पादन करता है। जप के लिए जिस माला को ग्रहण करें, संख्या रखने के लिए भी उसी प्रकार की माला को ही ग्रहण करें। रुद्राक्ष की माला का महात्म्य अनेक सन्तों में अनेक बार कहा गया है। उसका धारण फल भी बहुविध है। समस्त सम्प्रदायों के साधकगण ही रुद्राक्ष की माला के द्वारा परम कल्याण को प्राप्त होते हैं। रुद्राक्ष की माला के द्वारा पंच सम्प्रदायों का ही हित होता है- ऐसा समस्त तंत्रों में ही निरूपित किया गया है।

उपासना, पूजा प्रभृति के विषय में जिस प्रकार गुरु से जानना चाहिए, उसी प्रकार रुद्राक्ष की माला की धारण-विधि भी गुरु से ही जानना चाहिए।

रूपभेदवर्णनम्

भावप्रधानं ध्यानं वै मन्त्रयोगे निरूपितम्।
कारणब्रह्म वै कार्य ब्रह्मभावमयं बिदुः।।1।।

कार्यब्रह्म यथा भावमयं निर्द्दिश्यते बुधैः।
भावगम्यं तथा ब्रह्म मनोवाचामगोचरम्।।2।।

यथा शब्देन संबद्धा मन्त्रा वै परिकीर्त्तिताः।
तथा भावेन रूपस्य सम्बन्धो विनिगद्यते।।3।।

मंत्रयोगोपासनाया ध्यानानि निविधानि वै।
भवानन्त्यं यतस्तस्माद् व्याहतानि मनीषिभिः।।4।।

विजानद्भिर्मन्त्रभेदान् वेदतन्त्रविशारदैः।
ध्यानानि वर्णितानीत्थं कथ्यन्ते तानि तत्त्वतः।।5।।

उद्यत्कोटिदिवाकराभमनिशं शङ्खं गदां पङ्कजम्।
चक्रविभ्रतमिन्दिरावसुमतीसंशोभिपार्श्वद्वयम्।
कोटीराङ्गदहारकुण्डलधर पीताम्बरं कौस्तुभोद्दीप्तं
विश्वधरं स्ववक्षसि लसच्छ्रीवत्सचिह्नं भजे।।6।।

भास्वद्रत्नाढ्यमैर्गलः स्फुरदधररुचारञ्चितश्चारुकेशो।
भास्वान्यो दिव्यतेजाः करकमलयुतः स्वर्णवर्णः प्रभाभिः।
विश्वाकाशावकाशे ग्रहगणसहितो भाति यश्चोदयाद्रौ।
सर्वानन्दप्रदाता हरिहरहृदयः पातु मां विश्वचक्षुः।।7।।

सिंहस्था शशिशेखरा मरकतप्रख्या चतुर्भिर्भुजैः।
शङ्खं चक्रधनुः शरांश्च दधती नेत्रैस्त्रिभिः शोभिता।
आमुक्ताङ्गदहारकङ्कणरणत्काञ्ची क्वणन्नूपुरा।
दुर्गादुर्गतिहारिणी भवतु नोरत्नोल्लसत्कुण्डला।।8।।

खर्वं स्थूलतनुं गजेन्द्रवदनं लम्बोदरं सुन्दरं।
प्रस्यन्दन्मदगन्धलुब्धमधुपव्यालोलगण्डस्थलम्।
दन्तघातविदारितारिरुधिरैः सिन्दूरशोभाकरम्।
वन्दे शैलसुतासुतं गणपतिं सिद्धिप्रदं कर्मसु।।9।।

ध्यायेन्नित्यं महेशं रजतगिरिनिभं चारुचन्द्रावतंसम्।
रत्नाकल्पोज्ज्वलाङ्गं परशुमृगवराभीतिहस्तं प्रसन्नम्।
पद्मासीनं समन्तात् स्तुतममरगणैर्व्याघ्रकृत्तिं वसानम्।
विश्वाद्यं विद्याबीजं निखिलभयहरं पञ्चवक्त्रं त्रिनेत्रम्।।10।।

रूप-भेद-वर्णन : मंत्रयोग में जिस प्रकार ध्यान को भाव-प्रधान बताया गया है, उसी प्रकार विद्वद्गण कारण-ब्रह्म एवं कार्य-ब्रह्म को भी भावमय कहकर निर्देशित किया है। कार्यब्रह्म जिस प्रकार भावमय, मन एवं वाक्य के अगोचर हैं, कारण-ब्रह्म भी उसी प्रकार भावगम्य हैं। मंत्र-समुदाय जिस प्रकार शब्द के द्वारा सम्बन्धयुक्त हैं, रूप भी उसी प्रकार भाव के द्वारा सम्बन्धयुक्त हैं। भावों की अनन्तता के कारण वेद तन्त्र विशारद मनीषिगण मंत्रयोग के उपासना के ध्यान को विविध रूप में प्रकाशित किया है। अन्य प्रकरण में जो पाँच प्रकार के ध्यानों की प्रमुखता को बताया गया है, यहाँ पर उन्हीं पाँच प्रकार के ध्यानों का वर्णन किया जा रहा है।

1. जो उदीयमान कोटि सूर्यों के समान प्रभासम्पन्न हैं, जो निरन्तर शंख, गदा, पद्म, चक्र को धारण करते हैं, जिनका उभय पार्श्व लक्ष्मी एवं पृथिवी के द्वारा सुशोभित है, जो नूपुर, वलय, हार एवं कुण्डल को धारण करते हैं, जिनका परिधेय वस्त्र पीतवर्ण है, जो कौस्तुभमणि-कर्त्तृक उज्वलित हैं, जिनके वक्ष में श्रीवत्सचिह्न सुशोभित हो रहा है, मैं उन विश्वधर विष्णु की आराधना करता हूँ।

2. जिनके मस्तक पर दीप्यमान रत्न सुशोभित हो रहा है, जिनकी अधर-निःसृत कान्ति सुन्दर केशजाल को रंचित कर रही है, जो दिव्यतेजः स्वरूप हैं, जिनके कर में पद्म विद्यमान है, जिनकी प्रभा स्वर्ण-वर्ण से सदृश है, जो विश्व के आकाश-देश में उदय-पर्वत पर ग्रह-गणों के साथ सुशोभित होते हैं, सभी प्रकार के आनन्दों के प्रदाता, हरिहर-हृदय, विश्वचक्षुः, वह भास्वान् मेरी रक्षा करें।

3. जो सिंहोपरि विराजित हैं, जिनके शिखरदेश में अर्द्ध-चन्द्र सुशोभित हैं, जिनकी अंगकान्ति मरकत-मणि के समान है, जो अपने चारों भुजाओं के द्वारा शंख, चक्र, धनुः एवं शर धारण की हुई है, जो नयन त्रय के द्वारा सुशोभिता हैं, जिन्होंने वलय, हार, कंकण एवं शब्दायमान

मेखला को पहन रखीं हैं, जिनके चरणों में नूपुर शब्दायमान हैं, जिनके कर्णों में रत्नकुण्डल सुशोभित हैं, वह दुर्गतिहारिणी दुर्गा हमारी रक्षा करें।

4. जो खर्वाकृति, स्थूलाङ्ग, गजेन्द्र वदन एवं स्थूलोदर हैं, जिनका गण्डस्थल मदक्षरण के गन्ध से लोलुप मधुकर-समूह के द्वारा व्यालोल है, जिन्होंने अपने दन्ताघात के द्वारा विदारित शत्रुओं के रुधिर को सिन्दूर के समान लेपन कर शोभायमान हो गए हैं, समस्त कार्यों के सिद्धिदाता, पार्वती-पुत्र, उन परम सुन्दर गणपति की मैं वन्दना करता हूँ।

5. जो रत्न-गिरि-सदृश हैं, चन्द्र जिनके सुन्दर भूषण हैं, जिनका अंग रत्नाभरणों से उज्ज्वल हैं, जिन्होंने परशु, मृग, वर एवं अभय को अपने हस्तों के द्वारा धारण कर रखा है, जो पद्म के ऊपर उपविष्ट हैं, अमरवृन्द जिनके चारों ओर स्तव कर रहे हैं, जिन्होंने व्याघ्र-चर्म परिधान किया है, जो इस विश्व के आदि हैं, इस विश्व के कारण हैं। सभी के भय का हरण करते हैं, जिनके पाँच मुख हैं, प्रत्येक मुख में तीन-तीन नेत्र विद्यमान हैं, उन प्रसन्नमूर्त्ति महेश का नित्य ध्यान करें।

विशेषरूपभेदवर्णनम्

विष्णोः सूर्यस्य शक्तेश्च गणेशस्य शिवस्य च।
मुख्यानि पञ्च रूपाणि पञ्चोपासनभेदतः।।1।।

तन्त्रेषु मन्त्रशास्त्रेषु पुराणेषु तथैव च।
निर्दिष्ट बहवो भेदास्तेऽत्रैवान्तर्भवन्ति वै।।2।।

साधकस्य हि प्रकृतिं प्रवृत्तिमनुसृत्य च।
यथाधिकारं रूपस्योपदेशः प्राप्यते गुरोः।।3।।

यो यस्य सम्प्रदायः स्याद्या च वै कुलदेवता।
तावेव तस्य निर्दिष्टौ तन्त्रेषु परमर्षिभिः।।4।।

युक्तियुक्तमिदं भाति यतः कुलक्रमागता।
प्रकृतिः पैतृकगुणासाधकेषु विलोक्यते।।5।।

परं यथाधिकारं वै ह्युपदेशः शुभावहः।।6।।

उपासनाया भेदस्य बहुत्वेऽपि प्रदर्श्यते।
भेदस्तन्त्रेषु यो विज्ञैर्वर्णितस्तन्त्रमार्मिकैः।।7।।

अनुसृत्योपदेष्टव्यो देवोपासनपद्धतिम्।
विधिं चैते च द्रष्टव्ये तन्त्रशास्त्रेषु योगिभिः।।8।।

उपासनायाः साहाय्यं करोत्युपनिषत् स्फुटम्।
पुराणकथिताः पञ्चगीताश्चापि सहायिकाः।।9।।

मन्त्रयोगाङ्गपूर्णाश्च पद्धत्या सहिताश्च वै।
रहस्यग्रन्थाः सप्त स्युर्वैष्णवे सम्प्रदायके।।10।।

सौर्ये द्वौ शक्तिपूजायां चतुर्विंशति कल्पिताः।
शैवे पञ्चत्रयः प्रोक्ता गाणपत्ये प्रधानतः।।11।।

गणेशस्य च प्राधान्याद्रूपभेदो द्विधा मतः।
क्वचिच्च त्रिविधः प्रोक्तो मताः श्रेयस्करा इमे।।12।।

विशेष रूप-भेद-वर्णन : पंचोपासना के भेद के अनुसार विष्णु, सूर्य, शक्ति, गणेश एवं शिव-ये पाँच रुप ही प्रधान हैं। तन्त्र, मंत्र शास्त्र एवं पुराण में जो अनेक रूप निर्दिष्ट हैं, वे इन्हीं पाँच रूपों के अन्तर्गत हैं। साधक की प्रकृति एवं प्रवृत्ति के अधिकार के अनुसार गुरु से उपदेश प्राप्त होता है जिसका जो सम्प्रदाय एवं कुलदेवता है, तन्त्र शास्त्र में महर्षियों के द्वारा उनके लिए वैसा ही निर्देश दिया गया है। साधक के कुल क्रमागत प्रकृति एवं पैतृक गुण जब स्पष्ट दिखायी पड़ता है, तब पूर्वोक्त निर्देश ही युक्तियुक्त है। परन्तु अधिकार के अनुसार दिया गया उपदेश ही शुभकारक होता है। उपासना के भेद में अनेकत्व रहने पर भी तन्त्र शास्त्र के मर्मज्ञगण-कर्त्तृक तंत्र में जो भेद वर्णित हुआ है उसे ही मैं प्रदर्शित कर रहा हूँ। देवोपासना की पद्धति के अनुसार उपदेश देना चाहिए। तंत्रशास्त्र में योगियों ने इन दो विषयों को भी बताया है कि उपनिषद एवं पुराण-कथित पंचगीता, उपासना में सहायती करती हैं। वैष्णव सम्प्रदाय में पद्धति के साथ मन्त्रयोगांगपूर्ण - रहस्यग्रंथ सात हैं, सौर-सम्प्रदाय में दो हैं, शाक्त-सम्प्रदाय में चौबीस हैं, शैव सम्प्रदाय में पन्द्रह हैं। गाणपत्य सम्प्रदाय में गणेश के प्राधान्य-हेतु रुपभेद दो प्रकार का है, किसी-किसी स्थल पर त्रिविध भी कहा गया है। यही श्रेयस्कर है।

अथ भूतशुद्धि प्रयोग

सर्वप्रथम भू शुद्धि करें। यथा तन्त्रों के रचियता भगवान शिव का स्मरण करें। शिव मंत्र अथवा इष्ट मंत्र से आचमन प्राणायाम का संकल्प करें।

विनियोगः ॐ नमो भगवते रुद्राय इति मन्त्रस्य प्रजापतिर्ऋषिः रुद्रो देवता विराट् छन्दः आचमने प्राणायामे विनियोगः।

इष्ट मंत्र से तीन बार आचमन कर, हस्तशुद्धि कर प्राणायाम करें। आसन पूजा भूमिपूजा करें।

विनियोगः ॐ भूरसीत्यस्य प्रजापतिर्ऋषिः मातृका देवताः प्रस्तारपंक्ति छन्दः भू शुद्धौ विनियोगः।

ॐ भूरसि भूमिरस्यदितिरसि विश्वधाया विश्वस्यभुवनस्वधर्त्री पृथिवीयच्छ पृथिवीन्दू ऽ‍ँ ह पृथिवीम्माहि ठ सीः।

शिखा बन्धन करें। गुरु नमस्कार कर स्मरण करें।

स्वदक्षिणेः **ॐ गुरुभ्यो नमः, सरस्वत्यै नमः, शङ्खनिधने नमः। स्ववामे- गंगणेशाय नमः, दुं दुर्गायै नमः। ॐ लक्ष्म्यै नमः, ॐ पद्मनिधने नमः, हृदये-इष्टदेवताभ्यो नमः।**

भैरव को नमस्कार करें-

विनियोगः **यो भूतानामित्यस्य कौण्डिन्य ऋषिः नारायणो देवता अनुष्टुपूछन्दः भैरव नमस्कारे विनियोगः।**

ॐ यो भूतानामधिपतिर्यस्मिल्लोका अधिश्रिताः। यऽइशे महतो महाँस्तेन गृह्णामित्त्वामहम्मयि गृह्णामि त्वामहम्।। भैरवाय नमः।

भूतशुद्धि प्रयोग हेतु शरीर में छह स्थित चक्रों का तथा कुण्डली शक्ति एवं ब्रह्मरंध्र स्थित सहस्रदल का ज्ञान होना अनिवार्य है।

मूलाधार से आज्ञा चक्र कौन-कौन से चक्र हैं, उनका क्या अर्थ है एवं कौन-कौन सी मातृकायें किस-किस दल में हैं इनका वर्णन अन्तर्मातृकान्यास में दिया गया है।

परब्रह्म की दिव्य चेतना शक्ति मूलाधारचक्र में सर्पिणी रूप में शिवलिंग के साढ़े तीन आवृत्ति कर लिपटी हुई है। साधक उसको जागृत कर सुषुम्ना मार्ग से ले जाते हुए ब्रह्मरंध्र में परब्रह्म से मिलायें तथा 'ॐ हंसः सोहं' इस मंत्र को स्मरण करते हुए हृदयकमल से जीवतत्त्व को उठाकर ब्रह्मरंध में परब्रह्म से संयोजन कर जीव को ब्रह्ममय बनायें। इस तरह जीव का शोधन हुआ जानना चाहिए।

मातृकोपसंहारः शब्दब्रह्म के मातृकावर्णों की ब्रह्म में समष्टि करने से मातृका तत्त्व का शोधन होगा। मातृका के अन्तिम वर्ण को अपने पूर्व तत्त्व से संयोजन करते हुए ॐ तत्त्व तक संयोजन करें। इस तरह से समस्त मातृकावर्णों का ॐकार में उपशमन होगा। यथा-

ॐ क्ष कारं हकारे उपसंहरामि। ॐ हकारं सकारे उपसंहरामि। ॐ सकारं षकारे उप०। ॐ षकारं शकारे उप०। ॐ शकारं वकारे उप०। ॐ वकारं लकारे उप०। ॐ लकारं रकारे उप०। ॐ रकारं यकारे उप०। ॐ यकारं मकारे उप०। ॐ मकारं भकारे उप०। ॐ भकारं बकारे उप०। ॐ बकारं फकारे उप०। ॐ फकारं पकारे उप०। ॐ पकारं नकारे उप०। ॐ नकारं धकारे उप०। ॐ धकारं दकारे उप०। ॐ दकारं थकारे उप०। ॐ थकारं तकारे उप०। ॐ तकारं णकारे उप०। ॐ णकारं ढकारे उप०। ॐ ढकारं डकारे उप०। ॐ डकारं ठकारे उप०। ॐ ठकारं टकारे उप०। ॐ टकारं ञकारे उप०। ॐ ञकारं झकारे उप०। ॐ झकारं जकारे उप०। ॐ जकारं छकरि उप०। ॐ छकारं चकारे उप०। ॐ चकारं ङकारे उप०। ॐ ङकारं घकारे उप०। ॐ घकारं गकारे उप०। ॐ गकारं खकारे उप०। ॐ खकारं ककारे उप०। ॐ ककारं अःकारे उप०। ॐ अःकारं अंकारे उप०। ॐ अंकारं औकारे उप०। ॐ औकारं ओकारे उप०। ॐ ओकारं एकारे उप०। ॐ ऐकारं एकारे उप०। ॐ एकारं ॡकारे उप०। ॐ ॡकारं ऌकारे उप०। ॐ ऌकारं ॠकारे उप०। ॐ ॠकारं ऋकारे उप०। ॐ ऋकारं ऊकारे

उप०। ॐ ऊकारं उकारे उप०। ॐ उकारं ईकारे उप०। ॐ ईकारं इकारे जप०। ॐ इकारं आकारे उप०। ॐ आकारं अकारे उप०। ॐ अकार सहस्रदलाम्बुजाकारे ब्रह्मरन्ध्रे परमात्मनि लयं गत इति भावयत्।

इसके पश्चात् पंचतत्त्वों का शरीर में ध्यान कर उनका एक दूसरे में प्रविलाय कर।

विनियोगः **शरीरस्यात्मा ऋषिः, प्रकृतिश्छन्दः, परमात्मा देवता, शरीरभूतशुद्ध्यर्थे जपे विनियोगः।**

(शरीराकारभूतानां भूतानां यद्विशोधनम्। अव्यक्त ब्रह्मसंपर्काद्भूत शुद्धिरियं मता।। भूतशुद्धिं विना कर्म क्रियते यज्जपादिकम्। तत्सर्वं निष्फलं यस्मात्तस्मात्तां पूर्वमाचरेत्।।) **ॐ पृथ्वीबीजमन्त्रस्य ब्रह्माऋषिः गायत्रीश्छन्दः पृथ्वी देवता पृथ्वीभूतशुद्ध्यर्थे जपे विनियोगः।**

पादादिजानु पर्यन्तं पृथ्वीस्थानं चतुरस्रं पीतवर्णं सबिन्दुकं लँ बीज सहितं ध्यायेत्।

विनियोगः **ॐ वरुण बीजमन्त्रस्य हिरण्यगर्भ ऋषिः अनुष्टुप् छन्दः वरुणो देवता वारुणि भूतशुद्ध्यर्थं जपे विनियोगः।**

जानु से नाभिपर्यन्त धनुषाकार शुभ्रवर्ण बिन्दू वँ बीज का ध्यान करें।

विनियोगः **ॐ वह्नि बीजमन्त्रस्य कश्यप ऋषिः जगतिछन्दः जातवेदोऽग्निर्देवता आग्नेय भूतशुद्ध्यर्थे जपे विनियोगः।**

नाभि से हृदय पर्यंत रक्तवर्ण के त्रिकोण अग्निमण्डल का ध्यान कर रँ बीज का स्मरण करें।

विनियोगः **ॐ वायुबीजमन्त्रस्य किष्किन्ध ऋषिः बृहति छन्दः वायुर्देवता वायव्याख्य भूतशुद्ध्यर्थे जपे विनियोगः।**

हृदय से भ्रूमध्य पर्यन्त धूम्रवर्ण के वर्तुलाकार वायुमण्डल का यँ बीज सहित ध्यान करें।

विनियोगः **ॐ आकाशबीजमन्त्रस्य रुद्र ऋषिः त्रिष्टुप् छन्दः परमात्मादेवता आकाशाख्य भूतशुद्ध्यर्थे जपे विनियोगः।**

भ्रूमध्य से ललाट पर्यन्त आकाशमण्डल का हँ बीज युक्त ध्यान करें।

ततो वायु सम्यङ् निरुध्य पृथिवीं अप्सु लयं नयेत्।

इसके बाद पृथ्वितत्त्व की जल में लय की भावना करें।

मन्त्रः **ॐ लँ ह्रां ह्रूं फट् भुवं जले प्रविलापयामि।**

ततो जलं अग्नौ संहरेत् - **ॐ वँ ह्रीं ह्रः फट् जलं शुचौ प्रविलापयामि।**

ततः अग्निः वायौ संहरेत् - **ॐ रँ ह्रूँ ह्रः फट् अग्निं वायौ प्रविलापयामि।**

वायु आकाशे लयं नयेत् - **ॐ यँ हैः हुं हः फट् वायुं आकाशे प्रविलापयामि।**
आकाशं अहंकारे संहरेत् - **ॐ हँ हौं हः फट् आकाशं अहंकारे प्रविलापयामि।**

ॐ अहंकारं प्रकृतौ प्रविलापयामि। ॐ प्रकृतिं परमात्मनि प्रविलापयामि।

तत्पश्चात् शिर में कर्णिका व केसर युक्त अष्टदल की भावना करें, वहाँ चित्प्रकाशवान् चन्द्रमा के समान शीतल स्वरूप भगवान् शिव का ध्यान करें।

(यदि भूतशुद्धि करने में असमर्थ हो तो हौं इस मंत्र का 108 बार जप कर अपने शरीर को शुद्ध करें)

इसके पश्चात् अपने शरीर में स्थित पापपुरुष का दहन कर स्वशरीर की प्राण-प्रतिष्ठा कर मातृका न्यास करें।

तदनन्तर बाईं कोख में पाप पुरुष का ध्यान इस प्रकार करें-

वामकुक्षि स्थितं कृष्णामंगुष्ठ परिमाणांकं।
विप्रहत्या शिरोयुक्तं कनकस्तेय बाहुकम्।।
मदिरापान हृदयं गुरु तल्प कटीयुतम्।
तत्संयोगि पदद्वन्द्वमुपपातक रोमकम्।।
खड्ग चर्मधरं दुष्टमधोवक्त्रं च दुःसहम्।

इसके बाद यं बीज को 16 बार जपते हुए बाँयीं नासिका से वायु को भीतर खींचे और बाँयी कोख में ले जाकर वहाँ पर स्थित पाप पुरुष का उससे शोषण करें। इस समय दाहिनी नासिका को दाहिने अंगुष्ठ से बन्द किये रहें। इसके बाद रं अग्नि बीज को 64 बार जपते हुए उस वायु को भीतर भरे रहें और यह समझें कि उस वायु से पाप पुरुष सहित सारा शरीर जल गया है। तदनन्तर यं वायु बीज को 32 बार जपते हुए उस वायु को दाहिनी नासिका से बाहर निकाल दें और यह समझें कि जले हुए पाप पुरुष के शरीर की सारी राख उससके साथ बाहर निकल गई है। उस समय बायीं नासिका को अनामा और कनिष्ठा से बन्द किये रहें। वं सुधा बीज को सोलह बार जपते हुए ललाट में स्थित चन्द्रमा कि अमृत वृष्टि करायें और यह समझें कि उस अमृतवृष्टि से यह भस्मीभूत शरीर पुनः सावयव होकर पहले जैसे ही अस्तित्त्व में आ गया है। अतः लं पृथ्वी बीज को 16 बार जपे और यह समझें कि वह शरीर पहले के समान सुदृढ़ हो गया है। इसके बाद **सोऽहं** इस बीज मंत्र का उच्चारण कर परमात्मा से युक्त जीवात्मा और कुण्डलनी को उसी मार्ग से ले जाकर हृदयकमल में जीवात्मा को और कुण्डलनी को मूलाधारचक्र में स्थापित करें। इस प्रकार अपनी आत्मा को प्रपंचों से अलग समझें।

इस प्रकार शरीर की शुद्धि कर लेलिहानीमुद्रा से अपने हृदय के दशदल के कमल में अपने इष्ट देवता की प्राणप्रतिष्ठा करें। पहले स्वयं की **मम प्राणा** इत्यादि बोलकर प्रतिष्ठा करें। फिर **अमुक देवताया इष्टदेवताया प्राणा** इत्यादि मंत्र पढ़ें। यथा-

स्वप्राणप्रतिष्ठा

ॐ आं ह्रीं क्रों यं रं लं वं शं षं सं हौं सोहं हंसः मम प्राणाः इह प्राणाः। ॐ आं ह्रीं क्रों यं रं लं वं शं षं हौं सोहं हंसः मम जीव इह स्थितः। ॐ आं ह्रीं क्रों यं रं लं वं शं षं सं हौं सोहं हंसः मम सवेन्द्रियाणि। ॐ आं ह्रीं क्रों यं रं लं वं शं षं सं हौं सोहं हंसः मम वाङ्मनो चक्षुश्रोत्रघ्राणप्राणपदानि इहैवागत्य सुखं चिरं तिष्ठन्तु स्वाहा।

इस मंत्र को तीन बार पढ़े और यह समझें कि मेरा शरीर दिव्यप्राणमय हो गया है। पश्चात् **मम प्राणा** की जगह इष्टदेवता का अपने हृदय में आवाहन **अमुक देवताया प्राणा इह प्राणा** सहित उपरोक्त मंत्र जपें एवं समझे कि देवता अपने साकार रूप में उसके हृदय में स्थित हो गया है।

करशुद्धिन्यासः इसके बाद न्यासक्रिया के लिए अँगुलियों की शुद्धि के लिए करशुद्धिन्यास करें। यथा-

ॐ अं नमः दक्ष करतले। ॐ आं नमः वाम करतले। ॐ इं नमः दक्ष करपृष्ठे। ॐ ईं नमः वाम करपृष्ठे। ॐ उं नमः दक्ष करतले। ॐ ऊं नमः वाम करतले। ॐ ऋं नमः दक्ष अंगुष्ठे। ॐ ॠं नमः दक्ष तर्जन्यां। ॐ ऌं नमः दक्ष मध्यमायाम्। ॐ ॡं नमः दक्ष अनामायाम्। ॐ एं नमः दक्ष कनिष्ठायाम्। ॐ ऐं नमः वाम कनिष्ठायाम्। ॐ ओं नमः वामअनामायाम्। ॐ औं नमः वाममध्यमायाम्। ॐ अं नमः वामतर्जन्याम्। ॐ अः नमः वामअंगुष्ठे।

ॐ कं नमः वामतर्जनीप्रथम पर्वे। ॐ खं नमः वामतर्जनीमध्यपर्वे। ॐ गं नमः वामतर्जनीतृतीयपर्वे। ॐ घं नमः वामतर्जनीअग्ने। ॐ ङं नमः वाममध्यमाप्रथम पर्वे। ॐ चं नमः वाममध्यमा द्वितीयपर्वे। ॐ छं नमः वाममध्यमा तृतीयपर्वे। ॐ जं नमः वाम मध्यमाअग्ने। ॐ झँ नमः वामअनामा प्रथमपर्वे। ॐ ञं नमः वामअनामा द्वितीयपर्वे। ॐ टं नमः वामअनामा तृतीयपर्वे। ॐ ठं नमः वामअनामाअग्ने।

ॐ डं नमः वामकनिष्ठा प्रथमपर्वे। ॐ ढं नमः वामकनिष्ठा द्वितीयपर्वे। ॐ णं नमः वामकनिष्ठा तृतीयपर्वे। ॐ तं नमः वामकनिष्ठाअग्ने। ॐ थं नमः दक्षकनिष्ठा प्रथमपर्वे। ॐ दं नमः दक्षकनिष्ठा द्वितीयपर्वे। ॐ धं नमः दक्षकनिष्ठा तृतीयपर्वे। ॐ नं नमः दक्षकनिष्ठाअग्ने। ॐ पं नमः दक्षअनामा प्रथमपर्वे। ॐ फं नमः दक्षअनामा द्वितीयपर्वे। ॐ वं नमः दक्षअनामा तृतीयपर्वे। ॐ भं नमः दक्षअनामाअग्ने। ॐ मं नमः दक्षमध्यमाप्रथम पर्वे। ॐ यं नमः दक्षमध्यमा द्वितीयपर्वे। ॐ रं नमः दक्षमध्यमा तृतीयपर्वे। ॐ लं नमः दक्षमध्यमाअग्ने। ॐ वं नमः दक्षतर्जनीप्रथमपर्वे। ॐ शं नमः दक्षतर्जनीद्वितीयपर्वे। ॐ षं नमः दक्षतर्जनीतृतीयपर्वे। ॐ सं नमः दक्षतर्जनीअग्ने। ॐ हं नमः दक्ष अंगुष्ठे। ॐ लं नमः वाम अंगुष्ठे। ॐ क्षं नमः सर्वाङ्गे।

अन्तर्मातृकान्यासः

इसके बाद मातृकान्यास करें। पहले अन्तर्मातृकान्यास करें। यथा-

विनियोगः अस्य अन्तर्मातृकान्यासमन्त्रस्य ब्रह्मा ऋषिः गायत्री छन्दः मातृका सरस्वती देवता हलो बीजानि स्वराः शक्तयः अव्यक्तं कीलकं अमुकदेवताया पूजाङ्गत्वेन श्रीबालात्रिपुरापूजाङ्गत्वेन देवभावाप्तये अन्तर्मातृकान्यासे विनियोगः।

ऋष्यादिन्यासः अं ब्रह्मणे ऋषये नमः आं शिरसि। इं गायत्री छन्दसे नमः ईं मुखे। उं सरस्वती देवता यै नमः ऊं हृदये। एं हलेभ्यो बीजेभ्यो नमः ऐं गुह्ये। ओं स्वरेभ्यः शक्तिभ्यो नमः औं पादयोः। अ अव्यक्तकीलकाय नमः अः ना। श्रीबालात्रिपुरा पूजांगत्वेन देवभावाप्तये अन्तर्मातृकान्यासे विनियोगाय नमः अंजलौ।

प्राणायाम्: अं आं इं ईं उं ऊं ऋं ॠं लृं लॄं एं ऐं ओं औं अं अः इन स्वरों से पूरक। कं खं गं घं ङं चं छं जं झं ञं टं ठं डं ढं णं तं थं दं धं नं पं फं बं भं मं इन व्यंजनों से कुम्भक और यं रं लं वं शं षं सं हं इन वर्णों से रेचक प्राणायाम करें।

करन्यासः अं कं खं गं घं ङं आं अंगुष्ठाभ्यां नमः। इं चं छं जं झं ञं ईं तर्जनीभ्यां नमः। उं टं ठं डं ढं णं ऊं मध्यमाभ्यां नमः। एं तं थं दं धं नं ऐं अनामिकाभ्यां नमः। ओं पं फं बं भं मं औं कनिष्ठिकाभ्यां नमः। अं यं रं लं वं शं षं सं हं लं क्षं अः करतलकरपृष्ठाभ्यां फट्।

षडङ्गन्यासः अं कं खं गं घं ङं आं हृदयाय नमः। इं चं छं जं झं ञं ईं शिरसे स्वाहा। उं टं ठं डं ढं णं ऊं शिखायै वषट्। एं तं थं दं धं नं ऐं कवचाय हुम्। ओं पं फं बं भं मं औं नेत्रत्रयाय वौषट्। अं यं रं लं वं शं षं सं हं लं क्षं अः करतलकरपृष्ठाभ्यां नमः।

ध्यानः **आधारे लिङ्गनाभौ प्रकटित हृदये तालुमूले ललाटे।
द्वे पत्रे षोडशारे द्विदश दशदले द्वादशार्द्धे चतुष्के।।
वासान्ते वालमध्ये डफकठ संहिते कण्ठदेशे स्वराणाम्।
हक्षौ तत्त्वार्थचिन्त्यं सकल दलगतं वर्णरूपं नमामि।।
शारत्पूर्णेन्दु शुभ्रां सकललिपि-मयीं लोल रक्तत्रिनेत्राम्।
शुक्लालंकारभासां शशिमुकुट जटाभार हार प्रदीप्ताम्।।
विद्यासक् पूर्ण कुम्भान् वरमपि दधतीं शुद्ध पट्टाभिराढ्याम।
वागुदेवी पद्मपत्रां कुचभर नमितां चिन्तयेत् साधकेन्द्रः।।**

यह अन्तर्मातृकान्यास मेरुदण्ड में स्थित छहों चक्रों में करें। यथा-

न्यासः

कठे धूम्रवर्णे षोडशदले विशुद्धे - ॐ अं नमः। ॐ आं नमः। ॐ इं नमः। ॐ ईं नमः। ॐ उं नमः। ॐ ऊं नमः। ॐ ऋं नमः। ॐ ॠं नमः। ॐ लृं नमः। ॐ ॡं नमः। ॐ एं नमः। ॐ ऐं नमः। ॐ ओं नमः। ॐ औं नमः। ॐ अं नमः। ॐ अः नमः।

हृदये रक्तवर्णे द्वादशदले अनाहते- ॐ कं नमः। ॐ खं नमः। ॐ गं नमः। ॐ घं नमः। ॐ ङं नमः। ॐ चं नमः। ॐ छं नमः। ॐ जं नमः। ॐ झं नमः। ॐ ञं नमः। ॐ टं नमः। ॐ ठं नमः।

नाभौ मेघवर्णे दशदले मणिपूरे- ॐ डं नमः। ॐ ढं नमः। ॐ णं नमः। ॐ तं नमः। ॐ थं नमः। ॐ दं नमः। ॐ धं नमः। ॐ नं नमः। ॐ पं नमः। ॐ फं नमः।

लिङ्गमूले विधुद्वर्णे षट्दले स्वाधिष्ठाने- ॐ बं नमः। ॐ भं नमः। ॐ मं नमः। ॐ यं नमः। ॐ रं नमः। ॐ लं नमः।

सुवर्णवर्णे चतुर्दले मूलाधारे- ॐ वं नमः। ॐ शं नमः। ॐ षं नमः। ॐ सं नमः।

भ्रूमध्ये श्वेतवर्णे द्विदले आज्ञाचक्रेः- ॐ हं नमः। ॐ क्षं नमः।

बहिर्मातृकान्यास

इसके बाद बहिर्मातृकान्यास करें। पहले सृष्टिमातृका का न्यास करें।

मतान्तरे सृष्टिन्यास स्त्री को एवं स्थितिन्यास पुरुष को करना चाहिए। बहिर्मातृकान्यास सृष्टि, स्थिति और संहार के क्रम से तीन प्रकार का होता है। यह किसी मत से यह ब्रह्मचारी सृष्टिन्यास से प्रारम्भ करते हैं परन्तु गृहस्थ संहारक्रम से न्यास करते हैं। परन्तु सृष्टिन्यास सर्वत्र प्रचलित है।

विनियोगः अस्य बहिर्मातृकान्यासे सृष्टिमातृकान्यास मन्त्रस्य ब्रह्मऋषिः गायत्री छन्दः सृष्टिमातृका सरस्वती देवता हलो बीजानि स्वराः शक्तयः अव्यक्तं कीलकं अमुकदेवताया (श्रीबालात्रिपुरा) पूजाङ्गत्वेन देवभावाप्तये सृष्टिमातृकान्यासे विनियोगः।

ऋष्यादिन्यासः ब्रह्मणे ऋषये नमः शिरसि। गायत्री छन्दसे नमः मुखे। सृष्टिमातृका सरस्वती देवतायै नमः हृदि। हलेभ्यो बीजेभ्यो नमः गुह्ये। स्वरेभ्यः शक्तिभ्यो नमः पादयोः। अव्यक्तकीलकाय नमः नाभौ। श्रीबालात्रिपुरा पूजाङ्गत्वेन देवभावाप्तये सृष्टिमातृकान्यासे विनियोगाय नमः अञ्जलौ।

प्राणायामः अं.........अः इन स्वरों से पूरक। कं.........मं इन व्यंजनों से कुम्भक और यं. ....क्षं इन वर्णों से रेचक प्राणायाम करें।

करन्यासः अं कं........ङं आं अंगुष्ठाभ्यां नमः। इं चं...........ञं ईं तर्जनीभ्यां नमः। उं टं..........णं ऊं मध्यमाभ्यां नमः। एं तं.........नं ऐं अनामिकाभ्यां नमः। ओं पं..........मं औं कनिष्ठाकाभ्यां नमः। अं यं.......क्षं अः करतलकरपृष्ठाभ्यां नमः।

षडङ्गन्यासः अं कं.........ङं आं हृदयाय नमः। इं चं..........ञं ईं शिरसे स्वाहा। उं टं........ णं ऊं शिखायै वषट्। एं तं........नं ऐं कवचाय हुम्। ओं पं.........मं औं नेत्रत्रयाय वौषट्। अं यं.........क्षं अः अस्त्राय फट्।

ध्यानः
अर्द्धोन्मुक्त शशांक कोटिसदृशीमापीन-तुङ्गतनीम्।
चन्द्रार्द्धाङ्कितशेखरां मधुदलैरालोलनेत्रत्रयाम्।।
विभ्राणामनिशं वरं जपवटीं शूलं कपालं करैः।
आद्यां यौवनगर्विता लिपितनुं वागीश्वरीमाश्रये।।

न्यासः
अं नमः ललाटे-मध्यमा+अनामिका
आं मुखवृत्ते-तर्जनी+ मध्यमा +अनामिका
इं नमः दक्षनेत्रे-अंगुष्ठा (तर्जनी या)+अनामिका
ईं नमः वामनेत्रे-अंगुष्ठा (तर्जनी या)+अनामिका
उं नमः दक्षकर्णे-अंगुष्ठा (तर्जनी या)+अनामिका
ऊं नमः वामकर्णे-अंगुष्ठा (तर्जनी या)+अनामिका
ऋं नमः दक्षनासायाम्-अंगुष्ठा+कनिष्ठा
ॠं नमः वामनासायाम्-अंगुष्ठा+कनिष्ठा
लृं नमः दक्षगण्डे-तर्जनी+मध्यमा+अनामिका
लॄं नमः वामगण्डे-तर्जनी+मध्यमा+अनामिका
एं नमः ऊर्ध्वओष्ठे-मध्यमा
ऐं नमः अधोओष्ठे-मध्यमा
ओं नमः ऊर्ध्वदन्तपंक्तौ-अनामिका
औं नमः अधो दन्तपंक्तौ-अनामिका
अं नमः शिरसि-मध्यमा
अः नमः मुखे-अनामिका (अनामिका+मध्यमा)
कं नमः दक्षबाहुमूले-मध्यमा+ अनामिका+कनिष्ठा
खं नमः दक्षकूर्परे-मध्यमा +अनामिका+कनिष्ठा
गं नमः दक्षमणिबन्धे-मध्यमा+अनामिका+कनिष्ठा
घं नमः दक्षकरतले- मध्यमा+अनामिका+कनिष्ठा
ङं नमः दक्षकराग्रे- मध्यमा+अनामिका+कनिष्ठा
चं नमः वामबाहुमूले-कनिष्ठा+अनामिका+मध्यमा
छं नमः वामकूर्पर- कनिष्ठा+अनामिका+मध्यमा
जं नमः वाममणिबन्धे- कनिष्ठा+अनामिका+मध्यमा
झं नमः वामकरतले- कनिष्ठा+अनामिका+मध्यमा
ञं नमः वामकराग्रे- कनिष्ठा+अनामिका+मध्यमा
टं नमः दक्षोरुमूले- कनिष्ठा+अनामिका+मध्यमा

ठं नमः दक्षजानुनि- कनिष्ठा+अनामिका+मध्यमा

डं नमः दक्षगुल्फे - कनिष्ठा+अनामिका+मध्यमा

ढं नमः दक्षपादतले- कनिष्ठा+अनामिका+मध्यमा

णं नमः दक्षपादाग्रे - कनिष्ठा+अनामिका+मध्यमा

तं नमः वामोरुमूले - कनिष्ठा+अनामिका+मध्यमा

थं नमः वामजानुनि - कनिष्ठा+अनामिका+मध्यमा

दं नमः वामगुल्फे - कनिष्ठा+अनामिका+मध्यमा

धं नमः वागपादतले - कनिष्ठा+अनामिका+मध्यमा

नं नमः वामपादाग्रे - कनिष्ठा+अनामिका+मध्यमा

पं नमः दक्षपार्श्वे - कनिष्ठा+अनामिका+मध्यमा

फं नमः वामपार्श्वे - कनिष्ठा+अनामिका+मध्यमा

बं नमः पृष्ठे - कनिष्ठा+अनामिका+मध्यमा

भं नमः नाभौ - अंगुष्ठ+कनिष्ठा+अनामिका+मध्यमा

मं नमः जठरे - अंगुष्ठ+तर्जनी+मध्यमा+अनामिका+कनिष्ठा

यं त्वगात्मने नमः हृदि-अंगुष्ठ+तर्जनी+मध्यमा+अनामिका+कनिष्ठा

रं असृगात्मने नमः दक्षांशे-अंगुष्ठ+तर्जनी+मध्यमा+अनामिका +कनिष्ठा

लं मांसात्मने नमः ककुदि-अंगुष्ठ+तर्जनी+मध्यमा+अनामिका +कनिष्ठा

वं मेदात्मने नमः वामांशे -अंगुष्ठ+तर्जनी+मध्यमा+अनामिका +कनिष्ठा

शं अस्थ्यात्मने नमः हृदयादि दक्ष करांगुल्यन्तम्।

षं मज्जात्मने नमः हृदयादि वाम करांगुल्यन्तम्।

सं शुक्रात्मने नमः नाभ्यादि दक्ष पादान्तम्।

हं जीवात्मने नमः नाभ्यादि वाम पादान्तम्।

लं परमात्मने नमः हृदयादि कुक्षौ।

क्षं ज्ञानात्मने नमः हृदयादि मुखे।

हृदयाय नमः।

<u>करन्यासः</u> अः क्षं लं हं सं षं शं वं लं रं यं अं करतलकरपृष्ठाभ्यां फट्। औं मं भं बं फं पं ओं नेत्रत्राय वौषट्। ऐं नं धं दं थं तं एं अनामिकाभ्यां हुँ। ऊं णं ढं डं ठं टं उं मध्यमाभ्यां वषट्। ईं ञं झं जं छं चं इं तर्जनीभ्यां स्वाहा। आं ङं घं गं खं कं अं अंगुष्ठाभ्यां नमः।

<u>ध्यानः</u> **धूम्रांगीं मुक्तकेशीं शशिमलिनमुखीं घोररूपां त्रिनेत्राम्।**
व्यस्तैर्हस्तैर्दधानां व्यजनकरधृतां दीप्तमग्निं वहाहाम्।
हाहाकाराट्टहासामभयवरकरां ज्वालयन्तीं दिशाश्च।
भक्तेभ्यः प्रेमबद्धां दिशतु प्रतिदिनं भारतीं तां नमामि।।

<u>न्यासः</u> क्षं ज्ञानात्मने नमः ललाटे। लं परमात्मने नमः मुखवृत्ते। हं जीवात्मने नमः दक्ष नेत्रे। सं शुक्रात्मने नमः वामनेत्रे। षं मज्जात्मने नमः दक्षकर्णे। शं अस्थ्यात्मने नमः वामकर्णे। वं मेदात्मने

नमः दक्ष नासायाम्। लं मांसात्मने नमः वाम नासायाम्। रं असृगात्मने नमः दक्ष गंडे। यं त्वगात्मने नमः वामगण्डे। मं नमः ऊर्ध्वओष्ठे। भं नमः अधः ओष्ठे। बं नमः ऊर्ध्वदंतपंक्तौ। फं नमः अधो दंतपंक्तौ। पं नमः शिरसि। नं नमः मुखे। धं नमः दक्ष बाहुमूले। दं नमः दक्ष कूपरि। थं नमः दक्ष मणिबन्धें। तं नमः दक्ष करांगुलिमूले। णं नमः दक्ष करांगुल्यग्रे। ढं नमः वामबाहुमूले। डं नमः वाम कूपरि। ठं नमः वाममणिबन्धे। टं नमः वामकरांगुलिमूले। ञं नमः वामकरांगुल्यग्रे। झं नमः वामोरु मूले। जं नमः वामजानुनि। छं नमः दक्षगुल्फे। चं नमः दक्ष पादांगुलिमूले। ङं नमः दक्ष पादांगुल्यग्रे। वं नमः वामोरुमूले। गं नमः वामजानुनि। खं नमः वाम गुल्फे। कं नमः वामपादांगुलिमूले। अः नमः वामपादांगुल्यग्रे। अं नमः दक्ष पार्श्वे। औं नमः वाम पार्श्वे। ओं नमः पृष्ठे। ऐं नमः नाभौ। एं नमः जठरे। लृं नमः हृदये। लृं नमः दक्षांशे। ॠं नमः ककुदि। ऋं नमः वामांशे। ऊं नमः हृदयादि दक्ष करान्तम्। उं नमः हृदयादि वाम करान्तम्। ईं नमः हृदयादि दक्ष पादान्तम्। इं नमः नाभ्यादि वाम पादान्तम्। आं नमः हृद यादि कुक्षौ। अं नमः हृदयादि मुखे।

भूतलिपि प्रयोग

मंत्र जागृति हेतु वर्णात्मिका वागेश्वरी देवी का भूतलिपि सिद्धि हेतु प्रयोग करना चाहिए। शारदा तिलक में इसका विधान है- **'प्राणतोषणी ग्रन्थ'** व अन्य ग्रन्थों में भी विधान है कहीं-कहीं मतान्तर भिन्नता भी है।

भगवान शिव ने कहा है कि जो साधक योनिमुद्रा नहीं कर सकते उन्हें भूतलिपि का प्रयोग करना चाहिए। योनिमुद्रा से तात्पर्य रतिसाधना की अंतरंग पूजा से है।

पाँचह्रस्व - अ इ उ ऋ लृ यह प्रथम वर्ग है।

संधिवर्ण - ए ऐ ओ औ यह द्वितीय वर्ग है। य र ल व ह यह तीसरा वर्ग है। क......ङ। च.......ञ। ट.........ण। त.........न। प........म। ये पाँच अन्य वर्ग है। नवां वर्ग श ष स का हुआ। इस तरह 42 अक्षर की यह भूतलिपि है।

ब्रह्मा, विष्णु, रुद्र, अश्वि, प्रजापति, इन्द्र, यम, वरुण एवं सोम इन नौ वर्गों के देवता है।

ऋष्यादिन्यासः- ॐ श्रीभूतलिपि मन्त्रस्य दक्षिणामूर्ति ऋषिः गायत्रीछन्दः श्रीवर्णेश्वरी देवता मन्त्रोर्जाग्रति हेतवे न्यासे जपे विनियोगः।

क, च, ट, त, प वर्ग एवं श ष स इन छह वर्गों से हृदयादि षडङ्गन्यास करें।

भूतलिपि वर्णाक्षरों की एक वृक्षरूप में कल्पना करें, परसंवित् जिसका महाबीज है। बिन्दुनाद जिसकी महाशिफा है एवं पृथ्वीरूपी अक्षरों की शाखाओं से सभी दिशायें आच्छादित हैं।

भूतलिपि वर्णाक्षरों को भोजपत्र या ताम्रादिपात्र पर लिखें। सभी वर्ण बिन्दु अनुस्वार युक्त हों यथा - **कं खं गं घं........**। भूतलिपि की प्राणप्रतिष्ठा कर देवी का ध्यान करें -

अङ्कोन्मुक्त शशाङ्क-कोटिसदृशीमापीन तुङ्गस्तनीम्।
चन्द्रार्द्धाङ्कितमस्तकां मधुमदादालोल नेत्रत्रयाम्।

बिभ्राणामनिशं वरं जपवटीं विद्यां कपालं करैराद्यां।
योवनगर्वितां लिपितनुं वागीश्वरीमाश्रये।।

नववर्गों से आचार्य मूलाधार, स्वाधिष्ठान, नाभि, हृदय, कण्ठ, बिन्दु, नाद, शिव एवं शक्ति इन नवाधारों में न्यास करें। क, च, ट, त, प, इन पाँचों वर्गो के वर्णो में बाहुओं एवं पादों में न्यास करें। अग्रमूल, उपमूलाग्र और मध्य देश के क्रम से समाहित होकर जठर में, दोनों पार्श्वों में, नाभि में, पृष्ठ में न्यास करें। र ल च इन तीनों वर्णों से गुह्य हृदय एवं भ्रूमध्य में न्यास करें। वर्णाक्षरों का सृष्टि स्थिति तथा संहार क्रम से यथा प्रयोगानुसार न्यास करना चाहिए।

सृष्ट्यां सर्गावसानां स्यात् स्थितौ वह्निर्मरुत् प्रियः। वियद्भूमि क्रमान्न्यस्येद् बिन्दुसर्गावसानिकाम्। संहृतौ प्रतिलोमेन विन्यसेद् विन्दुभूषिताम्। सृष्ट्यामिति सर्गावसानिका भूतलिपिरितिशेषः। स्थितौ विन्दुसर्गावसानिकां तां क्रमान्न्यसेद्इत्यर्थः।

<u>तत्रायं क्रमः-</u> ऊः ईः ऋः अः लृः ओः औः ऐः एः रः यः वः हः लः। खः कः घः गः ङः छः चः झः जः ञः ठः टः ढः डः णः थः तः धः दः नः फः पः भः बः मः सः षः शः।

कश्चित् तु वह्नि वर्ग वर्णान् प्रथमं विन्यस्य पश्चान्मरुद् वर्णान् ततोजलान्तान् एतान् सविन्दून् ततो वियद्भूमि वर्णान् सविसर्गान् न्यस्येदित्याहस्म नौ वर्गों के प्रथमादि वर्ण व्योमादि नामों वाले होते हैं। यथा- क आदि 5 वर्णों वाले में आकाश, वायु, अग्नि, जल, और भूमि होते हैं। द्वितीयवर्ग ए ऐ ओ औ में भू तंत्त्व नहीं है। नवम वर्ग श ष स में जल एवं पृथ्वी तत्त्व नहीं है।

भूतलिपि यन्त्रपूजन

बिन्दु, षट्कोण, अष्टदल, षोडशदल, बत्तीसदल एवं उसके बाहर चौसठदल का कमल बनायें उनके बाहर चारद्वार युक्त भूपुर (परिधि) बनायें। नववर्गों के मातृका वर्णों को आसन प्रदान करें। मूर्ति की कल्पना कर पूर्वोक्त ध्यान करें।

<u>प्रथमावरणम्-</u> (षट्कोणे) कं........ङं हृदयाय नमः। चं........ञं शिरसे स्वाहा। टं.........णं शिखायै वषट्। तं.........नं कवचाय हुम्। पं.........मं नेत्रत्रयाय वौषट्। शं षं सं अस्त्राय फट्। भगवती वर्णेश्वरी अंबिका वाग्भवी, दुर्गा श्रीशक्ति स्वरूपा सभी लक्षणों से युक्त है ऐसा ध्यान करें।

<u>द्वितीयावरणम्-</u> (अष्टदले) अष्टदल में चतुर्थी लगाकर ब्राह्मी आदि अष्टमातृकाओं का पूजन करें। यथा - **ॐ ब्राह्मयै नमः। ॐ माहेश्वर्यै नमः। ॐ कौमार्यै नमः। ॐ वैष्णव्यै नमः। ॐ वाराह्यै नमः। ॐ नारसिंह्यै नमः। ॐ ऐन्द्रट्यै नमः। ॐ चामुण्डायै नमः। ॐ लक्ष्म्यै नमः।**

<u>तृतीयावरणम्-</u> (षोडशदले) **काली, विकराली, उमा, सरस्वती, श्री, दुर्गा, उषा, लक्ष्मी, श्रुति. स्मृति, धृति, श्रद्धा, मेधा, मति, क्रीति और आर्या** इन सोलह शक्तियों का चतुर्थी से आवाहन प्रथमा से स्थापन करें। ये सभी खड्ग और खेटक धारण किये हुए श्याम आभा वाली हैं।

चतुर्थावरणम् (द्वित्रिंशद्दले) - **विद्या, ह्री, पुष्टि, प्रज्ञा, सिनीवाली, कूहू, रुद्रवीर्या प्रभा, नन्दा, योषा, ऋद्धिदा, शुभा, कालरात्रि, महारात्रि, भद्रकाली, कपर्दिनी, विकृति, दण्डी, मुण्डिनी, इन्दुखण्डा, शिखण्डिनी, निशुंभशुंभ मथनी, महिषासुरमर्दिनी, इन्द्राणी, रुद्राणी, शंकरार्धशरीरिणी, नारी, नारायणी, त्रिशूलनी, पालिनी, अंबिका एवं ह्लादिनी** का पूजन करें।

ये सभी पिशाचमुण्ड एवं उरुभूषण युक्त हैं तथा हाथों में चक्र धारण किये हैं।

पंचमावरणम्- (चतुष्षष्टिदले) **सभी 64 शक्तियों का चतुर्थी से आवाहन, प्रथमा से स्थापन करें।** सभी शक्तियाँ चाप व वाण धारण किये हुए हैं। उर्ध्वकेशी एवं तीखी दाढों वाली युद्धोन्मुखी है।

पिङ्गलाक्षी, विशालाक्षी, समृद्धि, वृद्धि, श्रद्धा, स्वाहा, स्वधा, माया, वसुन्धरा, संज्ञा, त्रिलोकधात्री, सावित्री, गायत्री, त्रिदशेश्वरी, सुरूपा, बहुरूपा, स्कन्दमाता, अनुच्युतप्रिया, विमला, अमला, अरुणी, आरुणी, प्रकृति, विकृति, सृष्टि, स्थिति, संहति, संध्या, माता, सती, हंसी, मर्दिका, कुब्जिका, अपरा, देवमाता, भगवती, देवकी, कमलासना, त्रिमुखी, सप्तमुखी, अन्या, सुरासुरविमर्दिनी, लंबोष्टा, उर्ध्वकेशी, बहुशीर्षा, वृकोदरी, रथरेखा, शशिरेखा, अपरा, गगनवेगा, पवनवेगा, भुवनमाला, मदनातुरी, अनङ्गमदना, अनङ्गमेखला, अनङ्गकुसुमा, विश्वरूपा, असुरभयंकरी, अक्षोभ्या, सत्यवादिनी, वज्ररूपा, शुचिव्रता, वरदा एवं वागीशा ये चौसठ शक्तियाँ हैं। इनका पूजन करें।

षष्ठावरणम्- (भूपुर में दशों दिशाओं में) - **इन्द्र, अग्नि, यम, नैऋति, वरुण, वायु, कुबेर, ईशान, ब्रह्मा एवं अनन्त** का पूजन करें।

सप्तमावरणम्- (भूपूरे) - **लोकपालों के आयुधों का पूजन करें। वज्र, शक्ति,** दण्ड, **खड्ग, पाश, अंकुश,** गदा, **त्रिशूल, पद्म एवं चक्र** का आवाहन करें।

इस तरह यन्त्रावरण पूजन कर भूतलिपि वर्णमाला का जप करें। दस हजार कमलपुष्पों के होम से राज्य लक्ष्मी की प्राप्ति होती है। ढाक के पुष्पों के हवन से वाणी सिद्धि हो कवित्व प्राप्त हो। राई, नमक के होम से वनिता को भी वश में कर सके।

भूतलिपि (वर्णमाला) के संपुट से अपने मूल मंत्र को 100 बार जपे तो मंत्र सिद्ध हो जाता है।

भूतलिपि के पूजन से अन्य मंत्रों की सिद्धि भी शीघ्र होती है।

अष्टभैरवों का वर्णन है।

सर्व यंत्र-मंत्र-तन्त्रोत्कीलन स्तोत्र

जिन मंत्रों की उत्कीलन विधि ज्ञात नहीं हो उन मंत्रों को इस स्तोत्र के पठन से उत्कीलित किया जा सकता है।

पार्वत्युवाच

देवेश परमानन्द भक्तानामभयं प्रद।
आगमाः निगमाश्चैव, वीजं वीजोदयस्तथा।।

समुदायेन वीजानां, मन्त्रो मन्त्रस्य संहिता।
ऋषिच्छन्दादिकं भेदो वैदिकं यामलादिकम्।।

धर्मोऽधर्मस्तथा ज्ञानं विज्ञानं च विकल्पन।
निर्विकल्प विभागेन तथा षट्कर्म सिद्धये।।

भुक्ति-मुक्ति-प्रकारश्च सर्वं प्राप्तं प्रसादतः।
कीलनं सर्वमन्त्राणां शंसयद् हृदये वचः।।

इति श्रुत्वा शिवानाथः, पार्वत्यावचनं शुभं।
उवाच परया प्रीत्या मन्त्रोत्कीलनकं शिवां।।

शिव उवाच

वरानने हि सर्वस्य व्यक्ताव्यक्तस्य व स्तुनः।
साक्षी भूय त्वमेवासि जगतस्तु मनोस्तथा।।

त्वया पृष्टं वरारोहे तद् वक्ष्याम्युत्कीलनं।
उद्दीपनं हि मन्त्रस्य सर्वस्योत्कीलनं भवेत्।।

पुरा तव मया भद्रे समाकर्षण वश्यजा।
मन्त्राणां कीलिता सिद्धिः सर्वे ते सप्तकोटयः।।

तवानुग्रह प्रीतस्त्वात् सिद्धिस्तेषां फलप्रदा।
येनोपायेन भवति तं स्तोत्रं कथयाम्यहम्।।

शृणु भद्रेऽत्र सततमावाभ्यामखिल जगत्।
तस्य सिद्धिभवेत् तिष्ठे माया येषां प्रभावकम्।।

अन्नं पानं हि सौभाग्यं दत्तं तुभ्यं मया शिवे।
सञ्जीवनं च मन्त्राणां तथा दत्तुं पुनर्ध्रुवम्।।

यस्य स्मरण मात्रेण पाठेन जपतोऽपि वा।
अकीला अखिला मन्त्राः सत्यं सत्यं न संशयः।।

विनियोगः ॐ अस्य सर्व यन्त्र-मन्त्र-तन्त्राणामुत्कीलन मन्त्र स्तोत्रस्य मूल प्रकृतिः ऋषिः, जगतीच्छन्दः, निरञ्जनो देवता, क्लीं बीजं, ह्रीं शक्तिः, ह्रः सौं कीलकं, सप्तकोटि मन्त्र-यन्त्र-तन्त्र कीलकानां सञ्जीवन सिद्ध्यर्थे जपे विनियोगः।

ऋष्यादिन्यासः ॐ मूल प्रकृति ऋषये नमः शिरसि। ॐ जगतीच्छन्दसे नमः मुखे। ॐ निरञ्जन देवतायै नमः हृदि। ॐ क्लीं बीजाय नमः गुह्ये। ॐ ह्रीं शक्तये नमः पादयोः। ॐ ह्रः सौं कीलकाय नमः सर्वाङ्गे। ॐ मंत्राणां सञ्जीवन सिद्ध्यर्थे जपे विनियोगाय नमः अञ्जलौ।

षडङ्गन्यास	करन्यास	अङ्गन्यास
ॐ ह्रां	अंगुष्ठाभ्यां नमः।	हृदयाय नमः।
ॐ ह्रीं	तर्जनीभ्यां नमः।	शिरसे स्वाहा।
ॐ ह्रूं	मध्यमाभ्यां नमः।	शिखायै वषट्।
ॐ ह्रैं	अनामिकाभ्यां नमः।	कवचाय हुम्।
ॐ ह्रौं	कनिष्ठिकाभ्यां नमः।	नेत्रत्रयाय वौषट्।
ॐ ह्रः	करतलकर पृष्ठाभ्यां नमः	अस्त्राय फट्।

ध्यानः **ॐ ब्रह्मस्वरूपममलं च निरञ्जनं तं ज्योतिः प्रकाशमनिशं महतो महान्तम्।**
कारुण्यरूपमति बोधकरं प्रसन्नं दिव्यं स्मरामि सततं मनु जीवनाय।।
एवं ध्यात्वा स्मरेन्नित्यं, तस्य सिद्धिस्तु सर्वदा।
वाञ्छितं फलमाप्नोति, मन्त्र संजीवनं ध्रुवम्।।

मन्त्रः **ॐ ह्रीं ह्रीं ह्रीं सर्व मन्त्र यन्त्र तन्त्रादीनामुत्कीलनं कुरु कुरु स्वाहा। जपं कुर्यात् ॐ ह्रीं ह्रीं ह्रीं षट्पञ्चाक्षराणामुत्कीलय उत्कीलय स्वाहा। ॐ जूं सर्वमन्त्र यन्त्र तन्त्राणां सञ्जीवनं कुरु कुरु स्वाहा।**

ॐ ह्रीं जूं अं आं इं ईं उं ऊं ऋं ॠं लृं लॄं एं ऐं ओं औं अं अः, कं खं गं घं ङं, चं छं जं झं ञं, टं ठं डं ढं णं, तं थं दं धं नं, पं फं बं भं मं, यं रं लं वं, शं षं सं हं ळं क्षं। मात्राऽक्षराणां सर्वं उत्कीलनं कुरु कुरु स्वाहा।

मंत्र के बाद 11 लिखा है अर्थात् उस बीज मंत्र की 11 बार आवृत्ति करें।

ॐ सोऽहं हंसोऽहं 11, ॐ जूं सोहं हंसः ॐ ॐ 11, हं जूं हं सं गं 11, सोऽहं हंसो यं 11, लं 11, ॐ 11, यं 11, ॐ ह्रीं जूं सर्वमन्त्र यन्त्र तन्त्र स्तोत्र कवचादीनां सञ्जीवन सञ्जीवन कुरु कुरु स्वाहा। ॐ सोऽहं हंसः ॐ सञ्जीवनं स्वाहा। ॐ ह्रीं मन्त्राक्षराणामुत्कीलय, उत्कीलनं कुरु कुरु स्वाहा।

ॐॐ प्रणव रूपाय, अं आं परम रूपि णे। इं ईं शक्ति स्वरूपाय, उं ऊं तेजोमयाय च।। ऋं ॠं रंजितदीप्ताय, लृं लॄं स्थूल स्वरूपिणे। एं ऐं वाचां विलासाय, ओं औं अं अः शिवाय च।। कं खं कमल नेत्राय, गं घं गरुड़ गामिने। ङं, चं श्री चन्द्रभालाय, छं जं जयकराय च।। झं ञं टं ठं जयकर्त्रे, डं ढं णं तं पराय च। थं दं धं नं नमस्तस्मै, पं फं यन्त्रमयाय च।। बं भं मं बलवीर्याय, यं रं लं यशसे नमः। वं शं षं बहुवादाय, सं हं ळं क्षं स्वरूपिणे।। दिशामादित्य रूपाय, तेजसे रूपधारिणे। अनन्ताय अनन्ताय

नमस्तस्मै नमो नमः ।। मातृकायाः प्रकाशायै तुभ्यं तस्यै नमो नमः । प्राणेशायै क्षीणदायै सं सञ्जीव नमो नमः ।। निरञ्जनस्य देवस्य, नामकर्म विधानतः । त्वया ध्यानं च शक्त्या च तेन सञ्जायते जगत् ।। स्तुतामहमचिरं ध्यात्वा, मायाया ध्वंस हेतवे । सन्तुष्टा भार्गवायाहं यशस्वी जायते हि सः ।।

ब्रह्माणं चेतयन्ती विविध सुर नरास्तर्पयन्ती प्रमोदाद् ।
ध्यानेनोद्दीपयन्ती निगम जप मनुं षट्पदं प्रेरयन्ती ।।
सर्वान् देवान् जयन्ती दितिसुत दमनी साऽप्यहङ्कारमूर्ति ।
स्तुभ्यं तस्मै च जाप्यं स्मर रचित मनुं मोचये शाप जालात् ।।
इदं श्रीत्रिपुरा स्तोत्रं पठेद् भक्त्या तु यो नरः ।
सर्वान् कामानवाप्नोति सर्व-शापाद् विमुच्यते ।।

नास्त्यकीर्तिसमो मृत्युर्नास्ति क्रोधसमो रिपुः ।
नास्ति निन्दासमं पापं नास्ति मोहसमासवः ।।
नास्त्यसूया-समाकीर्तिर्नास्ति कामसमोऽनलः ।
नास्ति रागसमः पाशो नास्ति संग-समं विषम् ।।

अपेष के समान कोई मृत्यु नहीं है। क्रोध के समान कोई शत्रु नहीं है। निंदा के समान कोई पाप नहीं है और मोह के समान कोई भय नहीं हैं। ईर्ष्या के समान कोई कलंक नहीं है। कामवासना के समान कोई अग्नि नहीं है। आसक्ति के समान कोई बंधन नहीं है, और बुरी संगति के समान कोई विष नहीं है अर्थात् इन सभी से सदैव सावधान रहना चाहिए।

●

अध्याय 3 महेश्वर मंत्र मीमांसा

महेश्वर अर्थात् देवाधिदेव महादेव जो इस धरती पर व्याप्त मंत्रविद्या के अधिष्ठाता हैं। तन्त्र एक विद्या है जिसके अनुकरण हेतु विविध विधाओं से सन्दर्भित साधनाओं द्वारा अभीष्ट की संसिद्धि होती है। तन्त्रविद्या की मुख्य तीन शाखाएँ हैं। मंत्र, यंत्र और तंत्र, मंत्र और यन्त्र भी तन्त्र विद्या के ही पृथक् स्वरूप हैं। तन्त्र से सन्दर्भित अनेक ग्रन्थों में महेश्वर तन्त्र को, तन्त्र विज्ञान के मस्तक की संज्ञा प्रदान की गयी है।

भगवान् शिव-शंकर का पृथ्वी वासियों को प्रदत्त प्रसादामृत की संरचना महर्षि 'शिवगिरि' को उनके द्वारा ही प्राप्त प्रेरणा का प्रतिफल है। शिव भक्त शिरोमणि महर्षि 'शिवगिरि' ने अपनी भक्तियुक्त साधना से भगवान् त्र्यम्बकेश्वर को प्रसन्न किया। फलतः स्वप्न में भगवान् शंकर ने श्रेष्ठ एवं अमोघ मंत्र प्रयोग की दीक्षा महर्षि को प्रदान की, जिन्हें कालान्तर में सिद्ध कर लेने के फलस्वरूप उन्हें प्रचुर यश, कीर्ति और सम्मान प्राप्त हुआ। श्रेष्ठ साधक अथवा उपासक वही है जो प्रभु कृपा से प्राप्त ज्ञान-विज्ञान और संज्ञान के निरन्तर विस्तार और प्रसार से मानवता के कल्याण और उत्थान हेतु चेष्टारत रहता है। इसी मूल मंत्र के आदर्श से महर्षि 'शिवगिरि' प्रेरित हुए तथा उन्होंने समस्त विश्व की प्रगति, उन्नति, समृद्धि की संसिद्धि हेतु एक लघु कृति, ''महेश्वर तंत्र''की संरचना की जिसमें उनके अभिन्न शिष्य श्री लक्ष्मीनारायणगौडनेप्रमुख रचनात्मक भूमिका का निर्वाह किया तथा इस कृति में विश्व विख्यात मंत्रों का समावेश करके गागर में सागर कहावत को चरितार्थ किया।

श्री गौड़ संस्कृत व्याकरण से विज्ञ थे, अतः गुरुवर आचार्य शिवगिरि की आज्ञा के अनुरूप भगवान् त्रयम्बकेश्वर द्वारा प्राप्त सूत्रों और मंत्रों को श्लोकबद्ध किया तथा उसके उपरान्त यह ग्रन्थ महेश्वर तंत्र के नाम से प्रसिद्ध, प्रतिष्ठित एवं प्रशंसित हुआ।

मारण, मोहन, स्तम्भन, विद्वेषण, उच्चाटन, वशीकरण, आकर्षण, यक्षिणी आराधना का सर्वसुलभ संज्ञान सन्निहित है। महेश्वर तन्त्र में समस्त अभीष्टों की संसिद्धि हेतु अनेक सिद्धिदायक सफल एवं सरल प्रयोगों को सम्मिलित किया गया है। इसकी उपयोगिता से सभी अनुभवी पाठक भली-भाँति परिचित हैं।

महेश्वर-तन्त्र आगम ग्रन्थों के मस्तक का तिलक है। आगम ग्रन्थों में संकलित सम्पूर्ण ज्ञान अपने मूल रूप में भगवान महेश द्वारा निर्गत और जगद्धात्री उमा द्वारा ग्रहीत है। अतः यह ज्ञान उमा-महेश के शाश्वत संवाद के रूप में प्रसिद्ध है। भगवान महेश समस्त ज्ञान के आदि स्रोत हैं। इसके साथ ही वे भोले, भण्डारी, औघड़ दानी, पृथ्वीपति, जगद्गुरु, आदि पुरुष, देवाधिदेव तथा अखिल विश्व द्वारा वन्दित और पूजित हैं। साधकों की यत्किंचित् सेवा-साधना से शीघ्र प्रसन्न होकर दुःसाध्य सिद्धियों के अनन्त कोष वितरित करने की उनकी प्रवृत्ति लोकप्रसिद्ध है। यही

कारण है कि भगवान महेश की साधना के प्रति योगियों और साधकों में विशेष रुचि है, एकनिष्ठ आस्था है।

महेश्वर तन्त्र सरल और सुगम प्रयोगों तथा चमत्कारिक सिद्धियों से साधकों की कामनाओं को साकार स्वरूप प्रदान करने हेतु आदिकाल से ही प्रशंसित रहा है। सुख, समृद्धि, लोक-प्रतिष्ठा और व्याधि रहित जीवन पाने जैसी सर्व-सामान्य कामनाओं के अतिरिक्त मारण, मोहन, स्तम्भन, विद्वेषण, वशीकरण, आकर्षण जैसे तन्त्रोक्त प्रयोगों की सरल विधि और सद्यः फलदायी साधना महेश्वर तन्त्र के प्रति सदैव ही साधकों को आकर्षित करती रही है।

इस ग्रन्थ में सिद्ध योगी और भगवान महेश के अनन्य साधक शिवगिरि द्वारा कठिन साधना से भगवान महेश को प्रसन्न कर प्राप्त की गयी चमत्कारी सिद्धियों को साधकों के कल्याणार्थ प्रकाशित किया गया है। भगवान महेश द्वारा स्वप्न में बताये गए प्रयोगों, मन्त्रों और अन्य तान्त्रिक क्रियाओं को योगी शिवगिरि ने निर्देशित विधि से करके वांछित सिद्धियाँ प्राप्त कीं और लोक कल्याण के लिए उनका प्रयोग करके सर्वपूज्य हुए। इन सिद्धियों में तन्त्रोक्त काम्य प्रयोगों के अतिरिक्त रसायन सिद्धि द्वारा स्वर्ण बनाने और यक्षिणी साधना जैसी दुर्लभ साधनाएँ भी संकलित हैं।

'महेश्वर तन्त्र' प्रमुख प्रयोगों को प्रस्तुत करने वाला भगवान त्र्यम्बकेश्वर शिव की कृपा से प्राप्त प्रसादामृत है। इसके अनुसार त्र्यम्बकेश्वर (नासिक महाराष्ट्र के निकटवर्ती प्रसिद्ध ज्योतिर्लिंगस्थ पीठ) में निवास कर तप साधना करने वाले महात्मा 'शिवगिरि' को भगवान शिव ने उनकी साधना से प्रसन्न होकर उन्हें प्रदान किया था।

महेश्वर तंत्र में उद्धृत है कि - 'ये महात्मा सन्यासियों में शिरोमणि थे, अनेक तन्त्र-क्रियाओं की साधना में निपुण थे, किन्तु कुछ क्रियाओं में उनको सिद्धि नहीं हो पायी थी, इससे संतप्त होकर उन्होंने आर्तभाव से भगवान शिव के मन्दिर में जाकर तपस्या की। भक्त के हठ-योग से वशीभूत होकर देवाधिदेव महादेव भगवान शिव ने स्वप्न में उन महात्मा को दर्शन दिया और उत्तमोत्तम सिद्धिप्रद साधनाओं का संज्ञान प्रदान किया। इन साधनाओं की संसिद्धि द्वारा उनके विश्वास और आस्था का विस्तृत विस्तार एवं प्रसार हुआ।'

इधर उन्हीं दिनों जयपुर (राजस्थान) के निकटस्थ 'धोला' गाँव के निवासी पं. भवानीप्रसाद जी के पौत्र तथा पं. राजकुमार जी के पुत्र पं. लक्ष्मीनारायण जी गौड़, यात्रा के प्रसंग में त्र्यम्बकेश्वर गए और वहाँ उन महात्मा जी की प्रतिभा एवं प्रशंसा का परिज्ञान प्राप्त हुआ। वे वहीं रुक गए और महात्मा शिवगिरि की सेवा में संलग्न होकर स्वयं को कृतकृत्य किया। यथासमय महात्मा का कृपा प्रसाद उन्हें प्राप्त हुआ। उन्होंने पं. लक्ष्मीनारायण गौड़ जी को मन्त्र-दीक्षा प्रदान करके, उनके लिए साधना के मार्ग का अभिज्ञान प्रशस्त किया एवं अनेक अमोघ एवं तत्काल सिद्धि प्रदान करने वाले उत्तम मन्त्रों और प्रयोगों को प्रसाद रूप में उन्हें प्रदान करके संतोष की अनुभूति की।

पण्डित जी श्रेष्ठ विद्वान तो थे ही साथ में कवि भी थे। अतः महात्मा शिवगिरि ने पं. लक्ष्मीनारायण गौड़ को निर्देश दिया कि मेरे द्वारा बताये गए इन सिद्ध साधनाओं एवं अनुष्ठानों को संस्कृत में श्लोकबद्ध करके 'महेश्वर-तन्त्र' के नाम से प्रतिष्ठित एवं प्रसिद्ध करो।

गुरु-आज्ञा को शिरोधार्य कर पण्डित जी ने दस अध्यायों में यह तन्त्र संकलित किया। इसमें कुल 122 पद्य हैं। पद्यों में प्रयुक्त भाषा सुगम, सरल व स्वाभाविक है। इस क्लिष्ट विषय का सम्पादन अत्यन्त कुशलतापूर्वक किया गया है।

महेश्वर-तन्त्र में जिन विषयों का संकलन है उनका संक्षिप्त परिचय क्रमशः इस प्रकार हैः-

प्रथम अध्याय में ग्यारह पद्य हैं जिनमें सम्बद्ध तंत्र एवं साधना की व्याख्या सन्निहित है। तथा मारण, मोहन, स्तम्भन, विद्वेषण, उच्चाटन, वशीकरण, आकर्षण, यक्षिणी साधना और रसायन प्रयोग का उल्लेख किया गया है।

द्वितीय अध्याय में मारण प्रयोग की व्याख्या करते हुए साधक को सतर्क किया गया है कि ऐसा उग्र कर्म प्राण-संकट होने पर ही करना उचित है। विश्व को ब्रह्मरूप समझकर प्रयोग करने से दोष की संभावना का शमन हो जाता है। सर्वप्रथम इस प्रक्रिया का पूरा ज्ञान गुरु परम्परा से प्राप्त कर लेना चाहिए, अन्यथा इसमें स्वयं पर कष्ट आने की संभावना को अस्वीकार नहीं किया जा सकता है। इस कार्य में 'पुत्तालिका प्रयोग' और 'महाकाल-भैरव के मंत्र' का उल्लेख करके ग्यारह पद्यों में अध्याय को पूर्णता प्रदान की गई है।

तृतीय अध्याय में तत्काल-सिद्धि की दृष्टि से मोहन-प्रयोगों का विवरण नौ श्लोकों में दिया गया है। सभी प्रयोग तिलकधारण पर आधारित हैं।

चतुर्थ अध्याय का विषय स्तम्भन से सम्बद्ध है। इस कार्य के लिए यहाँ अग्नि स्तम्भन, आसन स्तम्भन, बुद्धि-स्तम्भन, शस्त्र स्तम्भन, पशु-स्तम्भन, मनुष्य स्तम्भन, मेघ स्तम्भन, निद्राहरण, नौका स्तम्भन, गर्भ स्तम्भन के तंत्र प्रयोगों की व्याख्या प्रस्तुत की गई है। इस अध्याय में अट्ठारह पद्य हैं।

पंचम अध्याय में विद्वेषण हेतु मात्र एक मंत्र तथा कतिपय अन्य उपाय प्रस्तुत किये गए हैं। परस्पर कलह हेतु यह प्रयोग सम्पादित किया जाता है।

षष्ठ अध्याय में उच्चाटन हेतु कुछ प्रयोगों का निर्देश छह पद्यों में किया गया है। रौद्ररूप, महारुद्र का मन्त्र भी सम्मिलित किया गया है।

वशीकरण के लिए जिन साधनाओं का अनुकरण किया जाता है उनमें से कुछ का संकेत सप्तम अध्याय में बीस पद्यों में निर्दिष्ट है। इन प्रयोगों में पान में डालने का वशीकरण गुटिका और तिलक प्रक्रिया के साथ मोहिनी तंत्र का भी उल्लेख है। इन्हीं के साथ-

स्त्री, पुरुष और राजा के वशीकरण के लिए पान में मिलाने का चूर्ण, पुत्तलिका विधान, कज्जल विधान, बीजभक्षण विधान प्रमुख हैं, कामाक्षीदेवी और सूर्य के मंत्र का उल्लेख भी किया गया है तथा विशेष रूप से ब्राह्मणपूजा और स्वर्णदान से इन प्रयोगों की सिद्धि प्राप्त होने का निर्देश किया गया है।

अष्टम अध्याय आकर्षण विधान से सम्बद्ध है। इसमें वीर बेताल का मंत्र एवं पंचदशी यंत्र के माध्यम से विदेश में गए व्यक्ति को बुलाने का प्रयोग है तथा स्त्री आकर्षण का भी एक प्रयोग प्रस्तुत किया गया है। इस अध्याय में मात्र छह पद्य हैं।

नवम अध्याय में समस्त अभीष्टों की संसिद्धि हेतु 'यक्षिणी साधना' का उल्लेख किया गया है। यहाँ शिव पूजन, त्र्यम्बक (महामृत्युंजय) मंत्र का जप तथा कुबेर को प्रसन्न करने हेतु अनुष्ठान की विशेष व्याख्या की गयी है।

महायक्षिणी साधना एवं इसके साक्षात्कार से वर का विवेचन करते हुए साधक के लिए कर्तव्य पालन का संकेत भी निर्दिष्ट है। बीस पद्यों में इस अध्याय की सम्पन्नता का संतोष प्राप्त हुआ है।

दशम अध्याय में व्याख्या की गयी है कि व्यक्ति कुबेर के समान धनवान किस विधान से बन सकता है? इसके लिए कुछ रसायन प्रयोगों का उल्लेख किया गया है। इसमें सुवर्ण निर्माण की विधि की व्याख्या है। और त्रयम्बक मंत्र के जप का निर्देश किया गया है। साथ ही खरल में पीसते समय जप हेतु एक स्वर्ण सिद्धिकर शिव मन्त्र का भी उल्लेख किया गया है। परन्तु हम स्वर्ण के निर्माण के विधान के प्रति किसी भी प्रकार का परामर्श देना उपयुक्त नहीं समझते हैं। इस साधना से पूर्व मन की शक्ति और तप का अत्यधिक बल अपेक्षित है। तभी सफलता संभव है। हमें ऐसा ही प्रतीत होता है क्योंकि अभी तक इस विधि से स्वर्ण-निर्माण में सफलता प्राप्त करने वाले किसी भी साधक से हमारा सम्पर्क नहीं हो पाया है।

अन्य सभी प्रयोग अत्यन्त सुगम हैं तथा सहज ही साधना को सिद्धि प्रदान करके अभीष्ट की सम्पूर्ति करते हैं। इनमें से अनेक प्रयोग बारम्बार परीक्षित होने के कारण सुप्रसिद्ध एवं प्रतिष्ठित हैं।

आधुनिक परिवेश में यथासम्भव इस प्रकार की साधनाओं का संज्ञान होने के उपरान्त भी उनसे बचना ही उपयुक्त है। अत्यधिक आवश्यकता होने पर योग्य गुरु के निर्देश में ही तंत्र साधना का ज्ञान एवं सिद्धि प्राप्त करनी चाहिए। इसके पश्चात् ही व्यक्ति विशेष पर सम्बन्धित साधनाओं का उपयोग करके सफलता की प्राप्ति संभव है।

मंत्र पुष्पांजलि में हम उन्हीं साधनाओं को सम्मिलित कर रहे हैं जिनकी उपयोगिता आधुनिक परिवेश में बार-बार परीक्षित एवं प्रशंसित हुई है। मंत्र महेश्वर तंत्र की पुनरावृत्ति हमारा अभिप्राय नहीं है। इसलिए मारण, मोहन, सम्मोहन, वशीकरण, आकर्षण, स्तम्भन, विद्वेषण, उच्चाटन और महायक्षिणी साधना से सम्बन्धित प्रयोगों को उपर्युक्त स्थल पर प्रस्तुत किया जा रहा है।

मारण प्रयोग

कर्त्तव्यं मारणं चेत्स्यात्तदा कृत्यं समाचरेत्।
शत्रुपादतलात्पांसुं गृहणीयाद्भौमवासरे।।1।।

यदि मारण करना ही एकमात्र साधन रह जाए तो दुष्ट के नाश के लिए मारण का प्रयोग इस प्रकार करे- मंगल के दिन शत्रु ने जिस स्थान में अपना पैर रखा हो, वहाँ की धूल लाये।

गोमूत्रेण च संसिच्य प्रतिमां कारयेद् द्विजः।
निर्जने च नदीतीरे स्थापयेत् स्थण्डिलोपरि।।2।।

उस मिट्टी में गोमूत्र मिलाकर शत्रु की मूर्ति बनाये और नदी तीर पर एकान्त में वेदी पर उसे स्थापित करे।

लोहशूलं च निखनेत्तद्वक्षसि सुदारुणम्।
तद्वामे भैरवं कृष्णं बलिभि प्रत्यहं यजेत्।।3।।

उसकी छाती में अत्यन्त कठिन लोहे का त्रिशूल गाड़ दे और उसकी बायीं ओर बलि देकर कालभैरव का प्रतिदिन पूजन करे।

एकादशवटूंस्तत्र परमान्नेन भोजयेत्।
अखण्डदीपं तस्याग्रे कटुतैलेन ज्वालयेत्।।4।।

वहाँ ग्यारह बालकों को उत्तम अन्न से भोजन कराये और उस मूर्ति के सामने सरसों के तेल का ऐसा दीपक जलाये जो दिन-रात जलता रहे।

व्याघ्रचर्मासनं कृत्वा निवसेत्तस्य दक्षिणे।
दक्षिणाभिमुखो रात्रौ जपेन्मन्त्रमतन्द्रितः।।5।।

व्याघ्रचर्म का आसन बिछाकर उसके दक्षिण की ओर बैठे और रात्रि को दक्षिण दिशा की ओर मुख करके सावधान होकर इस मन्त्र का जप करे।

ॐ नमो भगवते महाकालभैरवाय कालाग्नितेजसे ।
अमुकं मे शत्रुं मारय मारय पोथय हुं फट् स्वाहा।।6।।

मारण के लिए उपरोक्त मन्त्र का जप करना चाहिए। (मन्त्र में 'अमुकं' के स्थान पर शत्रु का नाम साधक को बोलना चाहिए।)

अयुतं प्रजपेदेनं मन्त्रं निशि समाहितः।
एकोनत्रिंशद्दिवसैर्मारणं जायते ध्रुवम्।।7।।

रात को सावधान होकर यह मन्त्र दस हजार बार जप करे तो निश्चयपूर्वक उनतीस दिन में मारण होगा।

इत्येवं मारणं तन्त्रं सद्यः सिद्धिकरं नृणाम्।
कथितं शिवगिरे तुभ्यं मोहनं शृण्वथो परम्।।8।।

इस प्रकार यह मारण तन्त्र मनुष्यों को तत्काल सिद्धि देने वाला है। हे शिवगिरे! यह मैंने तुझ से कहा। अब मोहन प्रयोग सुनो।

विशेषः- भगवान त्र्यम्बक ने शिवगिरि को उपदेश देते हुए सावधान किया है कि प्रलय और संहार का कार्य भगवान महेश का है। अतः साधक को सदैव सावधान रहना चाहिए तथा व्यक्तिगत स्वार्थ के लिए भूलकर भी मारण प्रयोग नहीं करना चाहिए। इस विद्या का उपयोग लोक कल्याण के लिए तभी करना चाहिए जब अन्य किसी प्रकार से कार्य सम्भव ही न हो। मारण प्रयोग कभी भी गुरु के निर्देश के बिना नहीं करने चाहिए। इन प्रयोगों में जरा-सी भी असावधानी रह जाने पर साधक के प्राण संकट में पड़ सकते हैं।

सम्मोहन साधना

पेषयेत्तुलसीबीजं सहदेव्या रसेन च।
रवौ यस्तिलकं कुर्यान्मोहयेत्सकलं जगत्।।1।।

सहदेवी के रस में तुलसी के बीज पीसे। रविवार के दिन जो इस पिष्टि का तिलक लगाता है, वह संसार को मोहित कर लेता है।

हरितालं चाश्वगन्धां पेषयेत् कदलीरसैः।
गोरोचनेन संयुक्तं तिलकं लोकमोहनम्।।2।।

हरताल, असगन्ध और गोरोचन केले के रस में पीसकर तिलक करता है वह संसार को मोहित कर लेता है।

शृंङ्गीचन्दनकुष्ठेन वचाधूपेन धूपयेत्।
वस्त्राणि च मुखं चैव सर्वजन्तून् विमोहयेत्।।3।।

काकडासिंगी, चन्दन कूट और वच इनकी धूप मुख और कपड़ों में देने से सब प्राणियों को मोहित कर लेता है।

मनःशिलां च कर्पूरं पेषयेत्कदलीरसैः।
तिलकं मोहनं नृणां नान्यथा मम भाषितम्।।4।।

मैनसिल और कपूर को केले के रस में पीसकर तिलक करे तो साधक संसार के सभी मनुष्यों को मोहित कर लेता है।

सिन्दूरं कुंकुमं चैव गोरोचनसमन्वितम्।
धात्रीरसेन सम्पिष्टं तिलकं लोकमोहनम्।।5।।

सिन्दूर, केसर और गोरोचन को आँवले के रस में पीसकर तिलक करता है, वह संसार को मोहित कर लेता है।

औदुम्बरस्य पुष्पेण वर्तिं कृत्वा प्रदीपयेत्।
नवनीतेन संयुक्तं कज्जलं लोकमोहनम्।।6।।

गूलर के फूल की बत्ती बनाकर और उसमें मक्खन लगाकर उसे जलाये। उसका काजल बना ले इस काजल को लगाने से साधक संसार को मोहित कर लेता है।

श्वेतार्कमूलमादाय श्वेतचन्दनसंयुतम्।
अनेन तिलकं भाले जगतो मोहनं भवेत्।।7।।

सफेद आक की जड़ और सफेद चन्दन इन दोनों को घिसकर बनायी गई पिष्टि का तिलक मस्तक में करने से साधक संसार को मोहित कर लेता है।

विजयावचमादाय श्वेतसर्षपसंयुतम्।
उद्वर्तनेन देहस्य जगतो मोहनं भवेत्।।8।।

विजया, वच तथा श्वेत सरसों इन को भलीभाँति पीसकर पिष्टि बनाए। इस पिष्टि का शरीर पर उबटन करने से साधक संसार को मोहित कर सकता है।

ॐ रक्तचामुण्डे सर्वजनान् मोहय मोहय मम वश्यं कुरु कुरु स्वाहा।
(सपादलक्षजपात्सिद्धिर्भवति।)

उपरोक्त मन्त्र को गुरु द्वारा बताए गए विधान से विधिपूर्वक सवा लाख जपने से साधक को सम्मोहन क्रिया में सिद्धि प्राप्त होती है।

विशेषः- मोहन प्रयोग करके साधक भगवान त्र्यम्बक की कृपा से किसी को भी वश में कर सकता है। किन्तु व्यक्तिगत स्वार्थ के लिए इन प्रयोगों को जब चाहे प्रयोग नहीं करना चाहिए और न ही इन प्रयोगों द्वारा अधीन किये गए व्यक्ति से कोई लोकविरुद्ध हित ही साधना चाहिए। दुरुपयोग करने पर ये प्रयोग तो निष्फल होते ही हैं, साधक को भी पाप का भागी बनाकर नष्ट कर सकते हैं। अतः प्रयोगों के प्रति सावधानी रखनी चाहिए।

स्तम्भन साधना

स्तम्भन प्रयोग प्रायः आक्रमण या प्रहार करने वाले प्राणी को तत्काल रोकने के लिए किये जाते हैं। भगवान त्र्यम्बक द्वारा उपदेशित स्तम्भन प्रयोग इस प्रकार हैं-

कुमारीरसयुक्तेन तैलेनाभ्यङ्गमाचरेत्।
अग्निना न दहेदङ्गमग्निस्तम्भः प्रजायते।।1।।

घी गुवार का गूदा और तेल मिलाकर शरीर में लगाने से शरीर अग्नि से जलता नहीं है। अग्नि का स्तम्भन हो जाता है।

कदलीरसमादाय कुमारीरसं लेपयेत्।
अर्कदुग्धं तथा युक्तमग्निस्तम्भः प्रजायते।।2।।

केले का रस, घी गुवार का गूदा और आक का दूध इनके लगाने से अग्नि-स्तम्भन होता है।

कुमारीरसलेपेन किञ्चिद्वस्तु न दह्यते।
अग्निस्तम्भनयोगोऽयं नान्यथा मम भाषितम्।।3।।

घी गुवार के गूदे का लेप करने से कोई वस्तु जलती नहीं है। मेरा कहना मिथ्या नहीं है। यह अग्नि-स्तम्भन योग है।

ॐ नमो अग्निरूपाय मम शरीरे स्तम्भनं कुरु कुरु स्वाहा।

इस मन्त्र को एक लाख बार जपने से सिद्धि प्राप्त होती है। मंत्र को गुरु द्वारा निर्देशित विधि-विधान के साथ सावधानी पूर्वक प्रयोग में लाना चाहिए।

नृकपाले मृदं क्षिप्त्वा श्वेतगुञ्जां च निर्वपेत्।
गोदुग्धेन तु संसिच्य कुर्याद् गुञ्जालतां शुभाम्।।4।।

आदमी की खोपड़ी में मिट्टी भरकर उसमें सफेद गुंजा के बीज बोए। फिर उसे गाय के दूध से सींचने से गुंजा की सुन्दर बेल उगेगी।

यस्यांगे तल्लता क्षिप्ता स्थानस्तम्भः प्रजायते।
यस्य नाम्ना न लवणं श्मशानाग्नौ जुहेत्तथा।।5।।

यह लता जिसके शरीर पर डाल दी जाएगी, उसका आसनस्तम्भन हो जाएगा। जिसका नाम लेकर मुर्दे पर चिता की अग्नि में नमक से होम करे उसका भी आसन स्तम्भन हो जाएगा।

ॐ नमो दिगम्बराय अमुकस्यासनं स्तम्भय स्तम्भय फट् स्वाहा।
(अस्य मन्त्रस्य लक्षजपात्सिद्धिर्भवति।)

इस मन्त्र को एक लाख बार जपने से साधक को स्तम्भन कार्य में सिद्धि होगी। मन्त्र को गुरु निर्देशित विधि-विधान से प्रयोग में लाना चाहिए।

भृङ्गराजमपामार्गं सिद्धार्थं सहदेविका।
कोलं वचां च श्वेतार्कः सत्त्वमेषां समाहरेत्।।6।।

भांगरा, अपामार्ग, सरसों, सहदेवी, कंकोल, वच और सफेद आक की जड़ इनका सत निकाले।

लोहपात्रे विनिक्षिप्य त्रिदिनं मर्दयेत्सुधीः।
ललाटे तिलकं कुर्याद् द्रष्टुर्बुद्धिः प्रणश्यतिः।।7।।

इस सत को लोहे के बर्तन में रखकर तीन दिन तक पकाये। फिर मस्तक पर इसका तिलक कर ले। जो उसे देखेगा उसकी बुद्धि नष्ट हो जाएगी।

उलूकस्य कपेर्वापि ताम्बूले यस्य दापयेत्।
विष्ठां प्रयत्नतस्तस्य बुद्धिस्तम्भः प्रजायते।।8।।

उल्लू या वानर की विष्ठा सावधानी से पान में रखकर जिसे खिलाया जाएगा उसकी बुद्धि का स्तम्भन हो जाएगा।

ॐ नमो भगवते नृसिंहाय अमुकस्य बुद्धिस्तम्भनं कुरु कुरु फट् स्वाहा।
(सपादलक्षजपात्सिद्धिर्भवति।)

इस मन्त्र को सवा लाख जपने से सिद्धि प्राप्त होगी। मन्त्र में अमुक के स्थान पर उस व्यक्ति का नाम लें जिसका स्तम्भन करना हो। मन्त्र का गुरु के उपस्थिति में सावधानीपूर्वक जाप करें।

पुष्यार्केऽह्नि सपादाय अपामार्गस्य मूलकम्।
घृष्ट्वा लिम्पेच्छरीरे स्वे शस्त्रस्तम्भः प्रजायते।।9।।

रविवार के दिन पुष्य नक्षत्र में अपामार्ग की जड़ लाकर उसे घिसे और अपने शरीर पर उसका लेप करे तो शस्त्रों का कुछ असर नहीं होता है।

चिताङ्गारेण विलिखेन्मन्त्रं पात्रे च मृण्मये।
रिपुनामयुतं तच्च जलकुण्डे विनिक्षिपेत्।।10।।

चिता के कोयले से मिट्टी के बर्तन में शत्रु के नाम के साथ मन्त्र लिखकर उसे जल से भरे कुण्ड में डाल दे।

शिलया स्तम्भयेद् द्वारं सेनास्तम्भः प्रजायते।

उष्ट्रास्थि निखनेद्दिक्षु पशुस्तम्भः प्रजायते।।11।।

उसके ऊपर से शिला ढक दे तो सेना का स्तम्भन हो जाता है, जिसके सभी ओर ऊँट की हड्डी गाड़ दे तो उस पशु का स्तम्भन हो जाता है।

ऋतुमत्या योनिवस्त्रे लिखेद् गोरोचनैर्नरम्।
तन्नाम्ना प्रक्षिपेत्कुम्भे नरस्तम्भः प्रजायते।।12।।

रजस्वला स्त्री की योनि के वस्त्र पर गोरोचन से मनुष्य की तस्वीर बनाये और फिर जिसका नाम लेकर उसे घड़े में गिरा दे तो उस मनुष्य का स्तम्भन हो जाता है।

इण्टकां सम्पुटे कृत्वा तस्मिन्मेघं समालिखेत्।
श्मशानभस्मना स्थाप्य भूमौ स्तम्भः प्रजायते।।13।।

ईंटों का सम्पुट बनाकर उसमें चिता की राख से बादलों की तस्वीर बनाये और फिर उसे भूमिगत कर दे तो मेघों का स्तम्भन होता है।

मधुना बृहतीमूलै रञ्जयेल्लोचनद्वयम्।
निद्रास्तम्भो भवेत्तस्य नान्यथा मम भाषितम्।।14।।

शहद में पीसकर कंटकारी की जड़ को नेत्रों में लगाने से निद्रा नहीं आती है, मेरा कहना मिथ्या नहीं है।

भरण्यां क्षीरकाष्ठस्य कीलं पञ्चांगुलं खनेत्।
नौकामध्ये तदा नौकास्तम्भनं जायते ध्रुवम्।।15।।

भरणी नक्षत्र में गूलर की लकड़ी की पाँच अँगुल की कील नाव के बीच में गाड़ दे तो निश्चय करके नाव का स्तम्भन हो जाता है।

पुष्यार्केण तु गृह्णीयात् कृष्णधत्तूरमूलकम्।
कट्यां बद्ध्वा गर्भिणीनां गर्भस्तम्भः प्रजायते।।16।।

रविवार के दिन पुष्यनक्षत्र में काले धतूरे की जड़ लाकर गर्भिणी की कमर में बाँधे तो गर्भस्तम्भन हो जाता है।

बिम्बाकाष्ठस्य धूपेन योनिं धूपयते यदा।
मुक्तगर्भा तदा नारी जायते नात्र संशयः।।17।।

बिम्बाकाष्ठ के धुएँ से योनि में धूप देने से स्त्री का गर्भ गिर जाता है इसमें सन्देह नहीं है।

ॐ नमो भगवते महानृसिंहाय सर्वस्तम्भनकर्त्रे सर्वस्तम्भन कुरु स्वाहा
(सपादलक्षजपात्सिद्धिर्भवति।)

इस मन्त्र को सवा लाख बार जपने से सिद्धि प्राप्त होती है।

जैसा कि निर्देश किया गया है स्तम्भन का अर्थ है किसी को जड़वत् स्थिर कर देना। यह स्तम्भन व्यक्तियों के अतिरिक्त अस्त्र-शस्त्र तथा अग्नि, जल, मेघ, पशु आदि का भी किया जा सकता है। किन्तु भूलकर भी भगवान त्र्यम्बक द्वारा उपदेशित इस विद्या को बिना अपरिहार्य कारण

के प्रयोग में नहीं लाना चाहिए। किसी की रक्षा, लोक की भलाई या अपनी रक्षा के लिए ही इस विद्या का प्रयोग करना चाहिए।

विद्वेषण सम्बन्धी साधनाएँ

इस अध्याय में विद्वेषण की कामना से सम्पादित किये जाने वाले द्वेष के प्रयोग प्रमुख हैं। अग्रांकित साधनाओं के अनुसरण से सम्बन्धित व्यक्तियों में कलह, विद्रोह, पृथकता, द्वेष आदि की स्थिति उत्पन्न हो जाती है और वे एक-दूसरे से पृथक् होने हेतु विवश हो जाते हैं।

मार्जारकमूषकयोर्विष्ठामादाय यत्नतः।
विद्विषः पादतलतो मृदमादाय मिश्रयेत्।।1।।

बिलाव और चूहे की विष्ठा लेकर उसमें शत्रु के पैर के तले की मिट्टी लेकर मिलाये।

जपेन्मन्त्रशतं कुर्यान्नरपुत्तलिकां शुभाम्।
नीलवस्त्रेण संवेष्ट्य तद्गृहे निखनेद्यदि।।2।।

मन्त्र को सौ बार जप करके उससे आदमी का पुतला बनाये और नीला कपड़ा लपेटकर शत्रु के घर में गाड़ दे।

विद्वेषो जायते शीघ्रं पितृपुत्रावपि ध्रुवम्।
चिताभस्मयुतं तत्तु सर्पयोर्दन्तचूर्णकम्।।3।।

इससे पिता और पुत्र तक में शीघ्र लड़ाई हो जाती है। साँप और नकुल के दाँत पीसकर उनमें चिता की राख मिलाये।

पृथक्पुत्तलिकां कृत्वा तत्तन्नाम्नाभिमन्त्रिताम्।
उद्याने निखनेद् भूमौ विद्वेषो जायते ध्रुवम्।।4।।

और अलग पुतले बनाकर अलग-अलग उनके नाम लेकर मन्त्र से उन पर पानी के छीटें दे और किसी बगीचे में धरती में गाड़ दे तो उनमें अवश्य आपस में सम्बन्ध खराब हो जाते हैं।

गजकेसरिणोर्दन्तान्नवनीतेन पेषयेत्।
यन्नाम्ना हूयते चाग्नौ तयोर्विद्वेषणं भवेत्।।5।।

हाथी और शेर के दाँतों को पीसकर और उनमें मक्खन मिलाकर जिसका नाम लेकर अग्नि में होम करेगा उनमें आपस में लड़ाई हो जाएगी।

ॐ नमो नारदाय अनयोर्विद्वेषं कुरु कुरु ऐं ह्रीं क्लीं फट् स्वाहा।
(चतुर्लक्षजपात्सिद्धिर्भवति।)

शत्रु परिवार में झगड़ा कराने के लिए विद्वेष मन्त्र प्रयोग में लाए जाते हैं। इन मन्त्रों का व्यर्थ ही प्रयोग नहीं करना चाहिए। इससे साधक की सिद्धि नष्ट होती है। आवश्यक होने पर ही इसका प्रयोग करना चाहिए। मन्त्रजप आदि गुरु के निर्देशानुसार ही करने चाहिए।

उच्चाटन प्रयोग

उच्चाटन का अर्थ है मन की एकाग्रता भंग हो जाना, मन का उचट जाना, किसी कार्य में मन न लगना। इन प्रयोगों को लोक का अनिष्ट करने वाले व्यक्ति के मन को उचाट करने के लिए किया जाता है। इन प्रयोगों का ज्ञान अग्रांकित है, जिनका सविधि अनुकरण करने से सभी प्रकार के उच्चाटन संभव होते हैं। दो व्यक्तियों के मन का उच्चाटन करने हेतु भी इन प्रयोगों का सम्पादन किया जा सकता है।

ब्रह्मदण्डीचिताभस्मसिद्धार्थैः सम्प्रलेपयेत्।
शिवलिंगे मन्दवारे तद्गृहीत्वा गृहे क्षिपेत्।।1।।
यस्य तस्योच्चाटनं स्यात्पशुपुत्रादिभिः सह।।2।।

ब्रह्मदण्डी, चिता की राख और सरसों से शनिवार के दिन शिवलिंग पर लेपन करे और फिर उस लेप को लाकर जिसके घर में फेंके उसका पशु तथा बच्चों सहित उच्चाटन हो जाता है।

उच्चाटनं भवेत्तस्य नान्यथा मम भाषितम्।
काकोलूकस्य पक्षाणि यस्य चुल्ल्यां खनेद्रवौ।।3।।

कौए और उल्लू के पंख रविवार को जिसके चूल्हे में स्थापित कर दे उस परिवार का उच्चाटन हो जाता है। मेरा कथन मिथ्या नहीं है।

शयने यस्य निखनेत्तस्योच्चाटनकं ध्रुवम्।
आर्द्रोदुम्बरकाष्ठस्य कीलकं चतुरंगुलम्।।4।।
उलूकविष्ठामपि वा निखनेच्छयने तथा।।5।।

गूलर की गीली लकड़ी की चार अंगुल की कील लेकर जिसके पलंग में स्थापित कर दे अथवा उल्लू की विष्ठा शय्या में लगा दे उसका निश्चय ही उच्चाटन हो जाता है।

नरास्थिकीलकं द्वारि निखनेच्चतुरंगुलम्।
तत्र मूत्रं तु यः कुर्यात्तस्योच्चाटनकं भवेत्।।6।।

आदमी की हड्डी की चार अंगुल की कील बनाकर दरवाजे पर गाड़ दे तो वहाँ जो मूत्र करेगा उसका उच्चाटन हो जाता है।

ॐ नमो भगवते महारुद्राय रौद्ररूपाय अमुकस्य (शत्रु का नाम)
सपरिवारस्योच्चाटनं कुरु कुरु फट् स्वाहा। (सपादलक्षजपात्सिद्धिर्भवति)

इस मन्त्र को सवा लाख बार जपने से सिद्धि प्राप्त हो जाती है। मन्त्र जप गुरु के निर्देशानुसार ही करना चाहिए।

वशीकरण प्रयोग

वशीकरण का अर्थ है-- वश में करना, आधीन करना। इन प्रयोगों से किसी भी प्राणी को साधक अपने वश में कर सकता है। वशीकरण हेतु अनेक परीक्षित साधनाएँ प्रस्तुत हैं।

ब्रह्मदण्डीवचाकुष्ठचूर्णं सूर्यस्य वासरे।
ताम्बूलेन तु ये दद्यात्स वश्यो वर्तते सदा।।1।।

रविवार के दिन ब्रह्मदण्डी, वच, कूट इनका चूर्ण जिसे पान में रखकर खिला दे वह सदा वश में रहता है।

सहदेवीं गृह्य पुष्यार्के छायाशुष्कां विधाय च।
दद्याच्चूर्णं च ताम्बूले सर्वलोकवशं नयेत्।।2।।

पुष्य-नक्षत्र में रविवार को सहदेवी लाकर उसे छाया में सुखाए और उसका चूरा पान में रखकर दे तो वह समस्त संसार को वश में कर लेता है।

देवदाल्या च सिद्धार्थैर्गुटिकां कारयेद् बुधः।
मुखे निक्षिप्य भाषेत सर्वलोकान् वशं नयेत्।।3।।

देवदाली और सरसों की गोली बनाकर उसे मुख में रखकर बात करे तो समस्त संसार वश में हो जाता है।

कुंकुमं तगरं कुष्ठं हरितालं मनःशिलाम्।
अनामिकाया रक्तेन तिलकं वश्यकारकम्।।4।।

केशर, तगर, कूट, हरताल और मनसिल इनमें अनामिका अँगुली का रुधिर, मिलाकर तिलक करे तो सभी प्रकार का वशीकरण हो जाता है।

ॐ ह्रीं नमो मोहिन्यै सर्वलोकान् मे वशं कुरु कुरु हुँ फट् स्वाहा।
(सपादलक्षजपात्सिद्धिर्भवति।)

इस मन्त्र को सवा लाख बार जपने से सिद्धि प्राप्त होती है।

स्त्रीवशीकरण

करपदनखानां च भस्म ताम्बूलपत्रके।
दातव्यं रविवारे च वशीकरणमद्‌भुतम्।।5।।

रविवार को हाथ, पैर के नाखूनों की राख पान में मिलाकर जिस स्त्री को खिलायेंगे वह वश में हो जाएगी।

भौमवारे-लवंगं च लिंगछिद्रे च निक्षिपेत्।
बुधे निष्कास्य ताम्बूले दद्यात्सा वशगा भवेत्।।6।।

मंगल के दिन एक लौंग लिंग के छेद में उरस दे। फिर इसे बुधवार के दिन निकालकर जिसे पान में रखकर देंगे वह वश में हो जाएगी।

वामपादतलात् पांसुं वनितायाः शनौ हरेत्।
तस्य पुत्तलिकां कुर्यात्तस्याः केशान्नियोजयेत्।।7।।

स्त्री के बाएँ पैर के नीचे से धीरे से मिट्टी ले ले और उसकी पुतली बनाकर उसमें बाल लगाये।

नीलवस्त्रैर्वेष्टयित्वा स्ववीर्यं तु भगे क्षिपेत्।
सिन्दूरेण समायुक्तां निखनेद् द्वारदेशके।।8।।

उसे नीले कपड़े से लपेटकर उसके भग में अपने वीर्य का निक्षेप करे और फिर सिन्दूर लगाकर उसे दरवाजे पर गाड़ दें।

उल्लंघनाद् वशं याति प्राणैरपि धनैरपि।
कृतज्ञः स्ववशं कुर्यान्मोदते सुचिरं भुवि।।9।।

उसे लाँघने से प्राण और धन सहित स्त्री वश में हो जाती है। फिर कृतज्ञ मनुष्य चिरकाल तक पृथ्वी पर आनन्दमय रहता है।

तालीसकुष्ठतगरैर्लिप्तां क्षौमीं सुवर्तिकाम्।
सिद्धार्थतैले निक्षिप्य कज्जलं नरमस्तके।।10।।

रेशम की बत्ती बनाकर उस पर तालीस, कूट और तगर लगाये तथा आदमी की खोपड़ी में सरसों का तेल भरकर उसे जलाकर काजल बनाये।

पातयेदञ्जनात्तस्य सर्वदा भुवनत्रये।
दृष्टिगोचरमायातः सर्वो भवति दासवत्।।11।।

उस काजल के लगाने से हमेशा तीनों भुवनों में आँखों के सामने आये हुए सभी व्यक्ति दास के समान हो जाते हैं।

विप्राय वेदविदुषे दत्त्वा कर्षसुवर्णकम्।
एतन्मन्त्रं जपेद्यत्नाद् वश्यं सिद्ध्यति नान्यथा।।12।।

वेदपाठी ब्राह्मण को सोलह मासे सोने का दान देकर यत्नपूर्वक इस मन्त्र के जपने से ही सिद्धि प्राप्त होगी, अन्यथा नहीं।

ॐ नमः कामाक्ष्यै देव्यै अमुकीं मे वशं कुरु कुरु फट् स्वाहा।
(सपादलक्षजपात्सिद्धिर्भवति।)

इस मन्त्र को सवा लाख बार जपने से सिद्धि प्राप्त होती है।

राजा वशीकरण

विष्णुक्रान्ताबीजतैलं दीपे प्रज्वाल्य यत्नतः।
दर्शे कार्तिकमासस्य सोमवारेऽर्द्धरात्रके।।13।।

दीपावली के दिन सोमवार हो तो आधी रात को विष्णुकान्ता के बीजों का तेल भरकर दिया जलाये।

कज्जलं पातयेद्धोमाञ्छुभ्रे हेमशरावके।
यदञ्जनाच्चक्रवर्ती राजा वशमवाप्नुयात्।।14।।

सोने की साफ कटोरी में काजल बनाये। उसके लगाने से चक्रवर्ती राजा भी वश में हो जाता है।

तत्र विप्रं समाहूय कृत्वा पूजां यथाविधि।
पलमेकं सुवर्णस्य दद्यात्तस्मै द्विजन्मने।।15।।

वहाँ ब्राह्मण को बुलाकर और उसकी विधिपूर्वक पूजा करके उसे 64 माशा सोना दे।

तस्य हस्तेन गृह्णीयादपामार्गस्य बीजकान्।
मौनेन स्वगृहं गच्छेत् कृत्वा बीजांस्तु निस्तुषान्।।16।।

उसके हाथ से अपामार्ग के बीज तुड़वाकर उन्हें अपने घर चुपचाप ले जाये और उनका छिलका निकालकर साफ करे।

गौरीशं हृदये ध्यात्वा राजानं खादयेच्च तान्।
येन केनाप्युपायेन यावज्जीवं भवेद्वशे।।17।।

महादेव का ध्यान करके उन्हें किसी प्रकार राजा को खिला दे तो वह जीवन-पर्यन्त उसके वश में हो जाता है।

चक्रवर्ती वशं याति नान्यथा मम भाषितम्।
न नीचाय प्रदातव्यं प्रयोगमनुभूतिदम्।।18।।

चक्रवर्ती राजा भी वश में हो जाता है। मेरा कथन मिथ्या नहीं है। यह ऐश्वर्य देने वाला प्रयोग नीच पुरुष को नहीं देना चाहिए।

ॐ नमो भास्कराय जगदात्मने राजानं वशमानय कार्यं कुरु कुरु फट् स्वाहा।
(सपादलक्षजपात्सिद्धिः।)

इस मन्त्र का सवा लाख जप करने से सिद्धि प्राप्त होती है।

विशेषः- वशीकरण, स्त्री, राजा, शत्रु, अधिकारी आदि को अपने वश में करने के लिए हैं। किन्तु काम, क्रोध, लोभ, मोहवश किसी को वश में करने के लिए इन प्रयोगों का करना उचित नहीं है। इन प्रयोगों से वश में किये गए व्यक्ति से स्वार्थ के लिए कोई अनुचित कार्य करवाना भी सर्वथा निन्दनीय है। ऐसा करने वाला साधक अपनी सिद्धि को नष्ट कर लेता है।

आकर्षण के निमित्त साधनाएँ

कृष्णधत्तूरपत्राणां रसैर्गोरोचनायुतैः।
करवीरस्य लेखिन्या यन्त्रं पञ्चदशं लिखेत्।।1।।

काले धतूरे के रस में गोरोचन मिलाकर कनेर की कलम से पन्द्रह का यन्त्र लिखे।

भूर्जपत्रेषु तन्नाम्ना तापयेत् खदिराग्निना।
शतयोजनगो वापि शीघ्रमायाति नान्यथा।।2।।

मंत्र भोजपत्र पर लिखकर जिसका आकर्षण करना हो उसका नाम लेकर खदिर की अग्नि से तपाये तो दूर रहने वाला प्राणी भी शीघ्र वापस आ जाता है। इसमें मिथ्या कुछ नहीं है।

नृकपाले लिखेद् यन्त्रं गोरोचनसकुंकुमैः।
खदिरांगारकैस्ताप्यं त्रिसन्ध्यं यस्य नामतः।।3।।

गोरोचन और कुंकुम मिलाकर मनुष्य की खोपड़ी में यन्त्र लिखकर उस मनुष्य का नाम लेकर तीनों समय खदिर की अग्नि में तपाये।

मंत्रं जपेत् सुसंसिद्धं कर्षयेदुर्वशीमपि।
ब्रह्मदण्डीं समादाय पुष्यार्केण तु चूर्णयेत्।।4।।

फिर सिद्ध मन्त्र का जप करे तो उर्वशी का भी आकर्षण कर ले। रविवार को पुष्य नक्षत्र में ब्रह्मदण्डी लाकर उसका चूर्ण करे।

कामार्तां कामिनीं दृष्ट्वा उत्तमांगे विनिक्षिपेत्।
पृष्ठतः सा समायाति नान्यथा मम भाषितम्।।5।।

और कामार्ता कामिनी को देखकर उसके शिर पर डाल दे तो वह उसके पीछे हो जाता है। मेरा कहना अन्यथा नहीं।

ॐ नमो वीरवेंतालाय मन्दराचलवासिने अमुकम्
(जिसे आकर्षित करना हो उसका नाम लें) **आकर्षय आकर्षय ह्रीं क्लीं फट् स्वाहा।**
(लक्षत्रयजपात्सिद्धिर्भवति।)

यह मन्त्र अत्यन्त प्रभावी आकर्षण मन्त्र है किन्तु मन्त्र का प्रभाव उसके विधि-विधान से सिद्ध करने में है। इसके लिए गुरु सान्निध्य में इसको सिद्ध करना चाहिए। तीन लाख बार जपने से मंत्रसिद्धि प्राप्त होती है।

यक्षिणी साधन प्रकरण

भगवान त्र्यम्बक ने सभी मनोवांछित फल प्रदान करने वाली यक्षिणी साधना का योगी शिवगिरि को उपदेश दिया है। यक्षिणी साधना का विधान दुष्कर है। फिर भी सावधान चित्त वाले तथा लोक कल्याण के लिए सिद्धि प्राप्त करने वाले साधकों के लिए मन्त्र प्रस्तुत हैं।

आषाढपूर्णिमायां तु कृत्वा क्षौरादिकाः क्रियाः।
सितेज्ययोरमौढ्ये तु साधयेद् यक्षिणीं नरः।।1।।

आषाढ़ शुक्ल पूर्णिमा के दिन दाढ़ी बनवाकर बृहस्पति और शुक्र के उदय में मनुष्य यक्षिणी का साधन करे।

प्रतिपद्दिनमारभ्य श्रावणेन्दुबलान्वितः।
मासमात्रप्रयोगोऽयं निर्विघ्नेन विधिं चरेत्।।2।।

सावन में प्रतिपदा से लेकर चन्द्रबल देखकर एक मास तक यह प्रयोग निर्विघ्न करे।

निर्जने बिल्ववृक्षस्य मूले कुर्याच्छिवार्चनम्।
षोडशैरुपचारैस्तु रुद्रपाठसमन्वितम्।।3।।

एकान्त स्थान में बिल्व के वृक्ष के नीचे शिवजी का षोडशोपचार सहित पूजन करे और रुद्र पाठ करे।

त्र्यम्बकेत्यस्य मन्त्रस्य जपं पञ्चसहस्रकम्।
दिवसे दिवसे कृत्वा कुबेरस्य च पूजनम्।।4।।

'त्र्यम्बकं यजामहे' इस मन्त्र का पाँच हजार बार जप करे और प्रतिदिन कुबेर का पूजन करे।

यक्षराज नमस्तुभ्यं शङ्करप्रियबान्धवः।
एकां मे वशगां नित्यं यक्षिणीं कुरु ते नमः।।5।।

हे शंकरप्रिय यक्षराज! तुम्हें नमस्कार है। नित्य एक यक्षिणी मेरे वश में कीजिए।

इति मन्त्रं कुबेरस्य जपेदष्टोत्तरं शतम्।
ब्रह्मचर्येण मौनेन हविष्याशी भवेद्दिवा।।6।।

यह कुबेर का मन्त्र है। इसका एक सौ आठ बार जप करे और दिन में ब्रह्मचर्य से मौन धारण करके रहे तथा हविष्य भोजन करे।

रात्रेस्तु मध्यमे यामे विनिद्रो मितभोजनः।
बिल्ववृक्षं समारुह्य जपेन्मन्त्रमिमं सदा।।7।।

रात के बीच के दो पहरों में निद्रारहित हो कुछ भोजन करके बेल के वृक्ष के ऊपर बैठकर यह मन्त्र जपे।

ॐ क्लीं ह्रीं ऐं ॐ श्रीमहायक्षिण्यै सर्वैश्वर्यप्रदात्र्यै नमः
श्रीं क्लीं ह्रीं ऐं ॐ स्वाहा।

इति मन्त्रस्य च जपं सहस्रत्रय संमितम्।
कुर्याद् बिल्वसमारूढो मासमात्रमतन्द्रितः।।8।।

बिल्व वृक्ष पर बैठकर सावधान होकर केवल एक मास तक इस मन्त्र का तीन हजार बार जप करे।

मध्वामिषबलिं तत्र कल्पयेत संस्कृतं पुरः।
नानारूपधरा यक्षी क्वचित्तत्रागमिष्यति।।9।।

उत्तम मधु और मांस सामने रख लें, क्योंकि अनेक रूप धरने वाली यक्षिणी किसी-न-किसी समय वहाँ आयेगी।

तां दृष्ट्वा न भयं कुर्याज्जपेत् संसक्तमानसः।
यस्मिन्दिने बलिं भुक्त्वा वरं दातुं समर्थयेत्।।10।।

उसे देखकर डरें नहीं, परन्तु मन लगाकर जप करें। जिस दिन वह बलि का भोजन करे, उस दिन वर देना चाहेगी।

तदा वरान् वै वृणुयात्तांस्तान्वै मनसेसिप्तान्।
धनमानयितुं ब्रूयादथवा कर्णवार्तिकीम्।।11।।

तब जो-जो मन का इच्छा हो सभी वर उससे माँग लें। धन मँगवाने का वर माँग लें या अपने कान में सब बात कहलाने का वर माँग लें।

भोगार्थमथवा ब्रूयान्नृत्यं कर्तुमथापि वा।
भूतानानयितुं वापि स्त्रियमानयितुं तथा।।12।।

भोग-भोगने के लिए अथवा नाच देखने के लिए वर माँग लें। प्राणियों अथवा स्त्रियों से बुलवा लेने वा वर माँग ले।

राजानं वा वशीकर्तुमायुर्विद्यायशोबलम्।
एतद्यदन्यदीप्सेत साधकस्तत्तु याचताम्।।13।।

राज को वश में करने का वर माँग लें या आयु, विद्या, यश और बल का वर माँग लें। इसके अतिरिक्त साधक की जो भी इच्छा हो वह वर माँग ले।

चेत्प्रसन्ना यक्षिणी स्यात्सर्वं दत्ते न संशयः।
अशक्तस्तु द्विजः कुर्यात् प्रयोगं सुरपूजितम्।।14।।

यदि यक्षिणी प्रसन्न हो जाए तो निःसन्देह सभी वर प्रदान करती हैं। जो मनुष्य अपने आप प्रयोग करने में असमर्थ हो वह इस प्रयोग को ब्राह्मणों से कराये। देवता भी इस प्रयोग का आदर करते हैं।

सहायानथवा गृह्य ब्राह्मणान् साधयेद् व्रतम्।
नित्यं कुमारिका भोज्याः परमान्नेन वै त्रयः।।15।।

अथवा ब्राह्मणों की सहायता लेकर उस व्रत का साधन करें। तीन कन्याओं को प्रतिदिन उत्तम अन्न से भोजन करायें।

सिद्धे धनादिकेनैव सदा सत्कर्म चाचरेत्।
कुकर्मणि व्ययश्चेत्स्यात्सिद्धिर्गच्छति नान्यथा।।16।।

यक्षिणी की सिद्धि होने पर जो धन आदि प्राप्त हो उसे अच्छे कार्यों में लगायें। बुरे कार्यों में व्यय करने से सिद्धि कदापि नहीं रहती।

गुप्तेन विधिना कार्यं प्रकाशं नैव कारयेत्।
प्रकाशे बह्वो विघ्ना जायन्ते नात्र संशयः।।17।।

यह सब गुप्त विधि से करें। इसे प्रकट न करें। प्रकट करने में निःसन्देह बहुत से विघ्न होते हैं।

प्रयोगश्चानुभूतोऽयं तस्माद्यत्नवदाचरेत् ।
पूर्यमाणा निर्विघ्नेन भवेत्सिद्धिरनुत्तमा ।।18।।

यह प्रयोग अनुभव किया हुआ है। इसे प्रयत्नपूर्वक करें। इसे निर्विघ्न पूरा करने से उत्तम सिद्धि प्राप्त होती है।

गोप्यं चेदं महत्तन्त्रं यस्मै कस्मै न दापयेत् ।
दुर्जनस्पर्शनाद्विद्या भवत्यल्पफला यतः ।।19।।

इस महामन्त्र को छुपाकर रखें। चाहे जिसको न दें। दुर्जन स्पर्श से विद्या का फल घट जाता है।

विशेषः- यक्षिणी साधना एक दुष्कर साधना है। अतः साधना में मति होने पर योग्य गुरु के संरक्षण में स्थिर मन वाला साधक ही यक्षिणी साधना कर सकता है। कमजोर हृदय वाले साधकों को यह साधना करने में अनेक विघ्न आ सकते हैं। अतः गुरु के निर्देशन में ही कोई साधना करनी चाहिए।

कृत्या निवारण

कृत्या एक प्रकार का अभिचार कर्म है। स्त्रियों, निम्न लोगों द्वारा राजाओं, ब्राह्मणों कौलाचारियों, कपालिकों द्वारा किए जाने वाले घातक मारण प्रयोगों को कृत्या कहा जाता है। जिस पर प्रयोग करना होता है उसकी आकृति बनाकर मन्त्रों का प्रयोग किया जाता है। यह अत्यन्त निन्दनीय कर्म है। रागद्वेषवत प्रायः निम्न स्तरीय लोग मिट्टी, कागज अथवा कपड़े पर आकृति बनाकर उस पर मन्त्रों का प्रयोग करते हैं। अतः सम्बन्धित व्यक्ति असह्य पीड़ा से ग्रस्त हो जाता है। कभी मन्त्रों से अभिमन्त्रित कर कोई वस्तु भोज्य पदार्थों में मिलाकर दी जाती है। कृत्या को लोकभाषा में मूठ भी कहते हैं। यह प्रयोग कभी किसी व्यक्ति अथवा सम्पूर्ण परिवार, गृह, खेत, दुकान, व्यवसाय तथा रोजी-रोजगार के विनाश के लिए किया जाता है। इस कृत्या दोष को प्रभावहीन करने के लिए अथर्ववेद अत्यन्त सफल मार्ग प्रशस्त करता है। इस कृत्या दोष को दूर करने का सरल उपाय जलावसेचन तथा हवन प्रतिपादन है। पहले तीन दिन पर्यन्त अथर्ववेद के नौ सूक्तों के मन्त्रों से पीड़ित व्यक्ति के सिर के ऊपर विनियोगपढ़कर जलावसेचन करे, पुनः इन्हीं सूक्तों से तीन दिन तक विनियोग सहित हवन करने से भीषण कृत्या दोष भी शांत हो जाता है।

कृत्या दोष प्रतिहरणार्थ विनियोग : हवन मन्त्र

1. विनियोग- ॐ अस्य अथर्ववेदस्य द्वितीयकाण्डस्य एकादशसूक्तस्य शुक्रः ऋषिः। कृत्यादूषणम् देवता। चतुष्पदा विराट् गायत्रीः, त्रिपदा परोष्णिक्, पिपीलिकमध्या निचृत् छन्दांसि। कृत्यादोषनिवारणे जलावसेचने, होमे च विनियोगः।

ॐ दूष्या दूषिरसि हेत्या हेतिरसि मेन्योमेनिरसि।
आपुहि श्रेयांसमति समं क्राम।।1।।

स्रक्त्योऽसि प्रतिसरोऽसि प्रत्यभिचरणोऽसि।
आपुहि श्रेयांसमति समं क्राम।।2।।

प्रतितमभिचर योऽस्मान्द्वेष्टि यं वयं द्विष्मः।
आपुहि श्रेयांसमति समं क्राम।।3।।

सूरिरसि वर्चोधा असि तनूपानोऽसि।
आपुहि श्रेयांसमति समं क्राम।।4।।

शुक्रोऽसि भ्राजोऽसि स्वरसि ज्योतिरसि।
आपुहि श्रेयांसमति समं क्राम।।5।।

2. विनियोग- ॐ अस्य अथर्ववेदस्य चतुर्थकाण्डस्य सप्तदशसूक्तस्य शुक्रः ऋषिः। अपामार्गो वनस्पतिः देवता। अनुष्टुप् छन्दः। कृत्यादोषपरिहरणे जलावसेचने, होमे च विनियोगः।

ॐ ईशानां त्वा भेषजानामुज्जेष आ रभामहे।
चक्रे सहस्रवीर्यं सर्वास्मा ओषधेत्वा।।1।।

सत्यजितं शपथयावनीं सहमानां पुनः सराम्।
सर्वाः समह्व्योषधीरितो नः पारयादिति।।2।।

या शशाप शपनेन याघंमूरमादधे।
या रसस्य हरणाय जातमारेभे तोकमत्तु सा।।3।।

यां ते चक्रुरामे पात्रे यां चक्रुर्नीललोहिते।
आमे मांसे कृत्यां यां चक्रुस्तया कृत्याकृतो जहि।।4।।

दौष्वप्न्यं दौर्जीवित्यं रक्षो अभ्वमराय्यः।
दुर्णाम्नीः सर्वा दुर्वाचस्ता अस्मन्नाशयामसि।।5।।

क्षुधामारं तृष्णामारमगोतामनपत्यताम्।
अपामार्ग त्वया वयं सर्वं तदप मृज्महे।।6।।

तृष्णामारं क्षुधामारमथो अक्षपराजयम्।
अपामार्ग त्वया वयं सर्वं तदप मृज्महे।।7।।

अपामार्ग ओषधीनां सर्वासामेक इद्वशी।
तेन ते मृज्म आस्थितमथ त्वमगदश्चर।।8।।

3. विनियोग- ॐ अस्य अथर्ववेदस्य चतुर्थकाण्डस्य अष्टादशसूक्तस्य शुक्रः ऋषिः। अपामार्गो वनस्पतिः देवता। अनुष्टुप्, वृहतीगर्भा छन्दसी। कृत्यादोषपरिहरणे जलाभिसेचने, होमे च विनियोगः।

ॐ समं ज्योतिः सूर्येणाह्ना रात्रीं समावती।
कृणोमि सत्यमूतयेऽरसाः सन्तु कृत्वरीः।।1।।

यो देवाः कृत्यां कृत्वा हरादविदुषो गृहम्।
वत्सो धारुरिव मातरं तं प्रत्यगुप्नप्नद्यताम्।।2।।

अमा कृत्वा पाप्मानं यस्तेनान्यं जिघांसति।
अश्मानस्तस्यां दग्धायां बहुला फट् करिक्रति।।3।।

सहस्रधामन्विशिखान्विग्रीवां छायया त्वम्।
प्रति स्म चक्रुषे कृत्यां प्रियां प्रियावते हर।।4।।

अनयाहमोषध्या सर्वाः कृत्या अदूदुषम्।
यां क्षेत्रे चक्रुर्यां गोषु यां वा ते पुरुषेषु।।5।।

यश्चकार न शशाक कर्तुंशक्ते पादमङ्गुरिम्।
चकार भद्रमस्मभ्यमात्मने तपनं तु सः।।6।।

अपामार्गोऽप्न मार्ष्टु क्षेत्रियं शपथश्च यः।
अपाह यातुधानीरप्न सर्वा अराय्यः।।7।।

अपमृज्य यातुधानानप्न सर्वा सराय्यः।
अपामार्ग त्वया वयं सर्वं तदप मृज्महे।।8।।

4. विनियोग- ॐ अस्य अथर्ववेदस्य चतुर्थकाण्डस्य ऊनविंशतिसूक्तस्य शुक्रः ऋषिः। अपामार्गो वनस्पतिः देवता। अनुष्टुप् पथ्यापंक्तिश्छन्दसी। कृत्यादोषपरिहरणे जलावसेचने, होमे च विनियोगः।

उतो अस्यबन्धुकृदुतो असि नु जामिकृत्।
उतो कृत्याकृतः प्रजां नडमिवा छिन्धि वार्षिकम्।।1।।

ब्राह्मणेन पर्युक्तासि कण्वेन नार्षदेन।
सेनेवैषित्विषीमती न तत्र भवमस्ति यत्र प्रापोप्योषधे।।2।।

अग्रमेष्योषधीनां ज्योतिषेवाभिदीपयन्।
उत त्रातासि पाकस्यार्थो हन्तासि रक्षसः।।3।।

यददो देवा असुरांस्त्वयाग्रे निरकुर्वत।
ततस्त्वमध्योषधेऽपामार्गो अजायथाः।।4।।

विभिन्दती शतशाखा विभिन्दन्नाम ते पिता।
प्रत्यग्वि भिन्धि त्वं तं यो अस्मां अभिदासति।।5।।

असद्भूम्याः समीवत्तद्यामेति महद्व्यचः।
तद्वै ततो विधूपायत्प्रत्यक्कर्त्तारमृच्छतु।।6।।

प्रत्यङ् हि संवभूविथ प्रतीचीनफलस्त्वम्।
सर्वान्मच्छपथां अधि वरीयो यावया वधम्।।7।।

शतेन मां परिपाहि सहस्रेणाभि रक्ष मा।
इन्द्रस्ते वीरुधां पतः उग्र ओज्मानमा दधत्।।8।।

5. <u>विनियोग-</u> ॐ अस्य अथर्ववेदस्य पञ्चमकाण्डस्य चतुर्दशसूक्तस्य शुक्रः ऋषिः। वनस्पतिः, कृत्यापरिहरणम् देवते। अनुष्टुप्, भुरिक्, त्रिपदा विराट्, निचृद्वृहती, त्रिपदासाम्नी त्रिष्टुप्, स्वराट् छन्दांसि। कृत्या परिहरणे जलावसेचने, होमे च विनियोगः।

ॐ सुपर्णस्त्वान्वविन्दत्सूकरस्त्वा खनन्नसा।
दिप्सौषधे त्वं दिप्सन्तमव कृत्याकृतं जहि।।1।।

अव जहि यादुधानानव कृत्याकृतं जहि।
अथो यो अस्मान्दिप्सति तमु त्वं जह्योषधे।।2।।

रिश्यस्येव परीशासं परिकृत्य परि त्वचः।
कृत्यां कृत्याकृते देवा निष्कमिव प्रति मुञ्चत।।3।।

पुनः कृत्यां कृत्याकृते हस्तगृह्य पराणय।
स्मक्षमस्मा आ धेहि यथा कृत्याकृतं हनत्।।4।।

यां ते चक्रुरमूलायां वलगं वा नराच्याम्।
क्षेत्रे ते कृत्यां यां चक्रुः पुनः प्रति हरामि ताम्।।5।।

यां ते चक्रुर्गार्हपत्ये पूर्वाग्रावुत दुश्चितः।
शालायां कृत्यां यां चक्रुः पुनः प्रति हरामि ताम्।।6।।

यां ते चक्रुः सभायां यां चक्रुरधिदेवने।
शालायां कृत्यां यां चक्रुः पुनः प्रति हरामि ताम्।।7।।

यां ते चक्रुः सेनायां यां चक्रुरिष्वायुधे।
दुन्दुभौ कृत्यां यां चक्रुः पुनः प्रति हरामि ताम्।।8।।

यां ते कृत्यां कूपेऽवदधुः श्मशाने वा निचख्नुः।
सद्मनि कृत्यां यां चक्रुः पुनः प्रति हरामि ताम्।।9।।

यां ते चक्रुः पुरुषास्थे अग्नौ संकसुके च याम्।
म्रोकं निर्दाहं क्रव्यादं पुनः प्रति हरामि ताम्।।10।।

अपथेना जभारैणां तां पथेतः प्र हिण्मसि।
अधीरो मर्याधीरेभ्यः सं जभाराचित्या।।11।।

यश्चकार न शशाक कर्तुं शक्ते पादमङ्गुरिम्।
चकार भद्रमस्मभ्यमभगो भगवद्भ्यः।।12।।

कृत्याकृतं वलगिनं मूलिनं शपथेय्यम्।
इन्द्रस्तं हन्तु महता वधेनाग्निर्विध्यत्वस्तया।।13।।

6. विनियोग- ॐ अस्य अथर्ववेदस्य सप्तमकाण्डस्य पञ्चाधिकषष्ठि सूक्तस्य शुक्रः ऋषिः। अपामार्गबीरुत् देवता। अनुष्टुप् छन्दः। कृत्यादोष परिहरणे जलावसेचने होमे च विनियोगः।

ॐ प्रतीचीन फलो हि त्वमपामार्गरुरोहिथ।
सर्वान्मच्छपथां अधि वरीयो यावया इतः।।1।।

यद्दुष्कृतं यच्छमलं यद्वा चेरिम् पापया।
त्वया तद्विश्वतोमुखापामार्गाप मृज्महे।।2।।

श्यावदता कुनखिनां वण्डेन यत्सहासिम।
अपामार्ग त्वया वयं सर्वं तदप मृज्महे।।3।।

कृत्याः सन्तु कृत्याकृते शपथः शपथीयते।
सुखो रथ इव वर्ततां कृत्या कृत्याकृतं पुनः।।4।।

यदि स्त्री यदि वा पुमान्कृत्यां चकार पाप्मने।
तामु तस्मै नयामस्यश्वमिवाश्वाभिधान्या।।5।।

यदि वासि देवकृता यदि वा पुरुषैः कृता।
तां त्वा पुनर्णयामससीन्द्रेण सयुजा वयम्।।6।।

अग्ने पृतनाषाट् पृतनाः सहस्व।
पुनः कृत्यां कृत्याकृते प्रतिहरणेन हरामसि।।7।।

कृतव्यधनि विध्य तं यश्चकार तमिञ्जहि।
न त्वामचक्रुषे वयं वधाय सं शिशीमहि।।8।।

पुत्र इव पितरं गच्छ स्वज इवाभिष्ठितो दश।
बन्धमिवावक्रामी गच्छ कृत्ये कृत्याकृतं पुनः।।9।।

उदेणीव वारण्यभिस्कन्दं मृगीव।
कृत्या कर्त्तारमृच्छतु।।10।।

इष्वा ऋजीवः पततु द्यावापृथिवी तं प्रति।
सा तं मृगमिव गृहण्तु कृत्या कृत्याकृतं पुनः।।11।।

अग्निरिवैतु प्रतिकूलमनुकूलमिवोदकम्।
सुखो रथ इव वर्ततां कृत्या कृत्याकृतं पुनः।।12।।

7. विनियोग- ॐ अस्य अथर्ववेदस्य पञ्चमकाण्डस्य एकत्रिंशत् सूक्तस्य शुक्रः ऋषिः। कृत्यादूषणम् देवता। अंनुष्टुप, वृहतीगर्भा, पथ्यावृहती छन्दांसि। कृत्यादोषनिवारणे जलावसेचने, होमे च विनियोगः।

ॐ यां ते चक्रुरामे पात्रे यां चक्रर्मिश्रधान्ये।
आमे मांसे कृत्यां यां चक्रुः पुनः प्रति हरामि ताम्।।1।।

यां ते चक्रुः कृकवाकावजे वा यां कुरीरिणि।
अव्या ते कृत्यां यां चक्रुः पुनः प्रति हरामि ताम्।।2।।

यां ते चक्रुरेकशफे पशूनामुभयादति।
गर्दभे कृत्यां यां चक्रुः पुनः प्रति हरामि ताम्।।3।।

8. विनियोग- ॐ अस्य अथर्ववेदस्य अष्टमकाण्डस्य पञ्चमसूक्तस्य शुक्रः ऋषिः। कृत्यादूषणं मन्त्रोक्त देवताः। अनुष्टुप, उपरिष्टाद्वृहती, त्रिपदा विराट्, गायत्री चतुष्पदा भुरिज्जगती, भुरिक्संस्तारपंक्तिः, ककुम्मती, चतुष्पदापुरस्कृतिजगती, त्रिष्टुप्, पथ्यापंक्तिः, त्र्यवसाना षट्पदा जगती, पुरस्ताद्वृहती, त्रिष्टुप्, पथ्यापंक्तिः त्र्यवसाना षट्पदाजगती, पुरस्ताद् वृहती, जगतीगर्भा त्रिष्टुप्, विराड्गर्भा प्रस्तारपक्तिः। विराट् त्रिष्टुप्, त्र्यवसाना सप्तपदा विराड्गर्भा भुरिक्शक्वरी छन्दांसि। कृत्यादोष निवारणे जलावसेचने, होमे, स्राक्त्यमणि बन्धने च विनियोगः।

ॐ अयं प्रतिसरो मणिर्वीरो वीराय वध्यते।
वीर्यवान्त्सपत्नहा शूरवीरः परिपाणं सुमंगलः।।1।।

अयं मणिः सपत्नहा सुवीरः सहस्वान्वाजी सहमान उग्रः।
प्रत्यक्कृत्या दूषयन्नेति वीरः।।2।।

अनेनेन्द्रो मणिना वृत्रमहन्ननेनासुराम्पराभावयन्मनीषी।
अनेनाजयद् द्यावापृथिवी उभे इमे अनेनाजयत्प्रदिशश्चतस्रः।।3।

अयं स्राक्त्यो मणिः प्रतीवर्तः प्रसिसरः।
ओजस्वान्विमृधो वशी सो अस्मान्पातु सर्वतः।।4।।

तदग्निराह तदु सोम आह बृहस्पतिः सविता तदिन्द्रः।
ते मे देवाः पुरोहिताः प्रतीचीः कृत्याः प्रतिसरैरजन्तु।।5।।

अन्तर्दधे द्यावापृथिवी उताहरुत सूर्यम्।
ते मे देवाः पुरोहिताः प्रतीचीः कृत्याः प्रतिसरैरजन्तु।।6।।

ये स्राक्त्यं मणिं जना वर्माणि कृण्वते।
सूर्य इव दिवमारुह्य विकृत्या बाधते वशी।।7।।

स्राक्त्येन मणिना ऋषिणेव मनीषिणा।
अजैषं सर्वाः पृतना वि मृधोहन्मि रक्षसः।।8।।

याः कृत्या आङ्गिरसीर्याः कृत्या आसुरीर्याः
कृत्याः स्वयंकृता सा उ जान्येभिराभृताः।
उभयोस्ताः परा यन्तु परावतो नवतिं नाव्या अति।।9।।

अस्मै मणि वर्म वध्नन्तु देवा इन्द्रो विष्णुः सविता रुद्रो अग्निः।
प्रजापतिः परमेष्ठी विराड्वैश्वानर ऋषयश्च सर्वे।।10।।

उत्तमो अस्योषधीनामनड्वान्जगतामिव व्याघ्रः श्वपदामिव।
यमैच्छामाविदाम तं प्रतिस्पाशनमन्तितम्।।11।।

स इद्व्याघ्रो भवत्यथो सिंहो अथो वृषा।
अथो सपत्नकर्शनो यो विभर्तीमं मणिम्।।12।।

नैनं घ्यन्त्यप्सरसो न गन्धर्वा न मर्त्याः।
सर्वा दिशो व राजति यो विभर्तीमं मणिम्।।13।।

कश्यपस्त्वामसृजत कश्यपस्त्वा समैरयत।
अविभस्त्वेन्द्रो मानुषे विभ्रत्संश्रेषिणेऽजयत्।
मणिं सहस्रवीर्यं वर्मदेवा अकृण्वत।।14।।

यस्त्वा कृत्याभिर्यस्त्वा दीक्षाभिर्यज्ञैर्यस्त्वा जिघांसति।
प्रत्यक्त्वमिन्द्र तं जहि वज्रेण शतपर्वणा।।15।।

अयमिद्वै प्रतीवर्त ओजस्वान्संजयो मणिः।
प्रजां धनं च रक्षतु परिपाणः सुमङ्गलः।।16।।

असपत्नं नो अधरादसपत्नं न उत्तरात्।
इन्द्रासपत्नं नः पश्चाज्ज्योतिः शूरपुरस्कृधि।।17।।

वर्म मे द्यावापृथिवी वर्माहर्वम सूर्यः।
वर्म म इन्द्रश्चाग्निश्च वर्म धाता दधातु मे।।18।।

ऐन्द्राग्नं वर्म बहुलं यदुग्रं विश्वे देवा नाति विध्यन्ति सर्वे।
तन्मे तन्वं त्रायतांसर्वतो वृहदायुष्मांजरदष्टिर्यथासानि।।19।।

आ मारुक्षद्देवमणिर्मह्या अरिष्टतातये।
इमं मेथिमभिसंविशध्वं तनूपानं त्रिवरुथमोजसे।।20।।

अस्मिन्निन्द्रो नि दधातु नृम्णमिमं देवासो अभिसंविशध्वम्।
दीर्घायुत्वाय शतशारदायायुष्माञ्जरदष्टिर्यथासत्।।21।।

स्वस्तिदा विशां पतिर्बृत्रहा विमृधो वशी।
इन्द्रोबध्नातु ते मणिं जिगीवाँ अपराजितः सोमपा अभयंकरो वृषा।
स त्वा रक्षतु सर्वतो दिवा नक्तं च विश्वतः।।22।।

9. <u>विनियोग-</u> ॐ अस्य अथर्ववेदस्य दशमकाण्डस्य प्रथमसूक्तस्य प्रत्यङ्गिरसः ऋषयः। कृत्यादूषणम् मन्त्रोक्ताः देवताः। अनुष्टुप्, महावृहती, विराड्नाम गायत्री, पथ्यापंक्तिः, पंक्तिः उरोवृहती, चतुष्पदा विराड्जगती, प्रस्तारपंक्तिः (विराड्), त्रिष्टुप्, चतुष्पदा जगती, एकावसाना द्विपदार्ची उष्णिक्, त्रिपदा भुरिग्विषमा गायत्री, त्रिपदा गायत्री, मध्येज्योतिष्मती, जगती, द्वयनुष्टुप्गर्भा पञ्चपदा जगती छन्दांसि। कृत्यादूषण परिहरणे जलावसेचने, होमे, सर्षप अभिमंत्रणे च विनियोगः।

ॐ यां कल्पयन्ति वहतौ वधूमिव विश्वरूपां हस्तकृतां चिकित्सवः।
सारादेत्वप् नुदाम एनाम्।।1।।

शीर्षण्वती नस्वती कर्णिनी कृत्याकृता संभृता विश्वरूपा।
सारादेत्वप्न नुदाम एनाम्।।2।।

शूद्रकृता राजकृता स्त्रीकृता ब्रह्मभिः कृता।
जाया पत्या नुत्तेव कर्त्तारं बन्ध्वृच्छतु।।3।।

अनयाहमोषध्या सर्वाः कृत्या अदूदुषम्।
यां क्षेत्रे चक्रुर्यां गोषु यां वा ते पुरुषेषु।।4।।

अधमस्त्वघकृते शपथः शपथीयते।
प्रत्यक्प्रति प्रहिण्मो यथा कृत्याकृतं हनत्।।5।।

प्रतीचीन आङ्गिरसोऽध्यक्षो नः पुरोहितः।
प्रतीचीः कृत्या आकृत्यामून्कृत्याकृतो जहि।।6।।

यस्त्वोवाच परेहीति प्रतिकूलमुदाय्यम्।
तं कृत्येऽभिनिवर्तस्व मास्मानिच्छो अनागसः।।7।।

यस्ते परूंषि संदधौ रथस्येवर्भुर्धिया।
तं गच्छ तत्र तेऽयनमज्ञातस्तेऽयं जनः।।8।।

ये त्वा कृत्वालेभिरे विद्वला अभिचारिणः।
शंभ्वीदं कृत्वादूषणं प्रतिवर्त्म पुनः सरं तेन त्वा स्नपयामसि।।9।

यद्दुर्भगां प्रस्नपितां मृतवत्सामुपेयिम्।
अपैतु सर्वं मत्पापं द्रविणम् मोप तिष्ठतु।।10।।

यत्ते पितृभ्यो ददतो यज्ञे वा नाम जगृहुः।
संदेश्यात्सर्वस्मात्पापादिमा मुञ्चन्तु त्वौषिधीः।।11।।

देवैनसात्पित्र्यान्नामग्राहात्संदेश्यादभिनिष्कृतात्।
मुञ्चन्तु त्वा वीरुधो वीर्येण ब्रह्मण ऋग्भिः पयस ऋषीणाम्।।12।।

यथा वातश्च्यावयति भूम्या रेणुमन्तरिक्षाच्चाभ्रम्।
एवा मत्सर्वं दुर्भूतं ब्रह्मनुत्तमपायति।।13।।

अप क्राम नानदती विनद्धा गर्दभीव।
कर्तुन्नक्षस्वेतो नुत्ता ब्रह्मणा वीर्यावता।।14।।

अयं पन्थाः कृत्येति त्वा नयामोऽभिप्रहितां प्रति त्वा प्र हिण्मः।
तेनाभि याहि भञ्जत्यनस्वतीव वाहिनी विश्वरूपा कुरूटिनीः।।15।

पराक्ते ज्योतिपथं ते अर्वागन्यत्रास्मदयना कृणुष्व।
परेणेहि नवतिं नाव्या अति दुर्गाः स्रोत्या मा क्षणिष्ठाः परेहि।।16।

वात इव वृक्षान्नि मृणीह पादय मा गामश्वं पुरुषमुच्छिष एषाम्।
कर्तॄन्निवृत्येतः कृत्येऽप्रजास्त्वाय बोधय।।17।।

यां ते बर्हिषि यां श्मशाने क्षेत्रे कृत्यांवलगं वा निचख्नुः।
अग्नौ वा त्वा गार्हपत्येऽभिचेरुः पाकं सन्तं धीरतरा अनागसम्।।18।।

उपाहृतमनुबुद्धं निखातं वैरं त्सार्यन्वविदाम कर्त्रम्।
तदेतु यत आभृतं तत्राश्व इव वर्ततां हन्तु कृत्याकृतः प्रजाम्।।19।।

स्वायसा असयः सन्ति नो गृहे विद्मा ते कृत्ये यतिधा परूंषि।
उत्तिष्ठैव परेहीतोऽज्ञाते किमिहेच्छसि।।20।।

ग्रीवास्ते कृत्ये पादौ चापि कर्त्स्यामि निर्द्रव।
इन्द्राग्नी अस्मान्रक्षतां यौ प्रजानां प्रजावती।।21।।

सोमो राजाधिपा मृडिता च भूतस्य नः पतयो मृडयन्तु।।22।।

भवाशर्वावस्यतां पापकृते कृत्याकृते।
दुष्कृते विद्युतं देवहेतिम्।।23।।

यद्येयथ द्विपदी चतुष्पदी कृत्याकृता संभृता विश्वरूपा।
सेतोष्टापदी भूत्वा पुनः परेहि दुच्छुने।।24।।

अभ्यक्ताक्ता स्वरंकृता सर्वं भरन्ती दुरितं परेहि।
जानीहि कृत्ये कर्त्तारं दुहितेव पितरं स्वम्।।25।।

परेहि कृत्ये मा तिष्ठो विद्धस्येव पदं नय।
मृगः स मृगयुस्त्वं न त्वा निकर्तुमर्हति।।26।।

उत हन्ति पूर्वासिनं प्रत्यादायापर इष्वा।
उत पूर्वस्य निघ्नतो नि हन्त्यपरः प्रति।।27।।

एतद्धि शृणु मे वचोऽथेहि यत एयथ।
यस्त्वा चकार तं प्रति।।28।।

अनागोहत्या वै भीमा कृत्ये मा नो गामश्वं पुरुषं वधीः।
यत्रयत्रासि निहिता ततस्त्वोत्थापयामसि पर्णाल्लघीयसी भव।।29।।

यदि स्थ तमसावृता जालेनाभिहिता इव।
सर्वाः संलुप्येतः कृत्याः पुनः कर्त्रे प्र हिण्मसि।।30।।

कृत्याकृतो वलगिनोऽभिनिष्कारिणः प्रजाम्।
मृणीहि कृत्ये मोच्छिषोऽमून्कृत्याकृतो जहि।।31।।

यथा सूर्यो मुच्यते तमसस्परि रात्रिं जहात्युषसश्च केतून्।
एवाहं सर्वं दुर्भूतं कर्त्रं कृत्याकृता कृतं हस्तीव रजो दुरितं जहासि।।32।।

महेश्वर का षडक्षर मंत्र

(व्याधिमुक्त, दीर्घायु, बाधित धन तथा समस्त अभीष्टों की प्राप्ति हेतु)

मंत्रः **ॐ नमः शिवाय**

भगवान शंकर समस्त सिद्धियों को प्रदान करने वाले हैं अतः सर्वविधि षोडशोपचार से देवाधिदेव महादेव शिवशंकर का पूजन करना चाहिए। उपरांकित मंत्र का **24 लाख** जप पूरे मनोयोग, श्रद्धा, विश्वास तथा आस्था के साथ करने के उपरान्त **24** हजार मंत्रों द्वारा हवन सम्पन्न करने से मंत्र सिद्ध हो जाता है। एक बार मंत्र सिद्ध हो जाए, तो सभी अभीष्टों की संसिद्धि अत्यन्त सुगमता से हो जाती है।

इस मंत्र की सिद्धि के विषय में किये जाने वाले पुरश्चरण की व्याख्या करते हुए विशेष निर्देश दिए गए हैं जो अग्रांकित हैं जिसके लिए मंत्र महेश्वर तंत्र का विस्तृत अध्ययन तथा अनुसरण आवश्यक है। यहाँ हम मंत्र महेश्वर की कतिपय चमत्कारी साधनाओं का उल्लेख करना भी उपयुक्त समझते हैं।

अथ वक्ष्ये महेशस्य मंत्रान् सर्वसमृद्धिदान्।
यैः पूर्वमृषयः प्राप्ताः शिवसायुज्यमञ्जसा।।1।।

इसके उपरान्त बाद सम्पूर्ण सिद्धियों के देने वाले महेश्वर के मंत्र को कहता हूँ, जिसका अनुष्ठान करके पूर्वकाल में अनेक महर्षियों ने अनायास ही शिव सायुज्य प्राप्त किया।

शिवमंत्रः। ऋष्यादिकथनम्

हृदयं वपरं साक्षि लान्तोऽनन्तान्वितो मरुत्।
पञ्चाक्षरो मनुः प्रोक्तस्ताराद्योऽयं षडक्षरः।।2।।

हृदय (नमः), वपर (श), साक्षि (उसे इकार से संयुक्त करें), लान्त (व) अनन्त (उसे आकार से संयुक्त करें), तदनन्तर मरुत् (य)। इस प्रकार 'नमः शिवाय' यह पञ्चाक्षर शिव का मंत्र निष्पन्न हुआ। यदि इस के आदि में प्रणव (ॐ) का योग कर दें तो 'ॐ नमः शिवाय' यह षडक्षर शिव मंत्र निष्पन्न हुआ है।

षडङ्गन्यासः **वामदेवो मुनिश्छन्दः पंक्तिरीशोऽस्य देवता।**
षड्भिर्वर्णैः षडङ्गानि कुर्यान्मन्त्रस्य देशिकः।।3।।

इस महामंत्र के वामदेव ऋषि हैं, पंक्ति छन्द है और ईश्वर देवता हैं। साधक इस मंत्र के छः अक्षरों से षडङ्गन्यास करें।

पञ्चमूर्तिन्यासः **मन्त्रवर्णादिका न्यस्येत् पञ्चमूर्त्तीर्यथाक्रमम्।**
तर्जनीमध्ययोरन्त्यानामिकांगुष्ठ के पुनः।।4।।

पुनः इस मंत्र के आदि वर्णों के क्रम से क्रमानुसार पञ्चमूर्तियों द्वारा हाथों की दोनों तर्जनी, मध्यमा, कनिष्ठा, अनामिका तथा अंगुष्ठों में न्यास करें।

ताः स्युस्तत्पुरुषाघोरसद्योवामेशसंज्ञकाः।
वक्त्रहृत्पदगुह्येषु निजमूर्धनि ताः पुनः।।5।।

ये पञ्चमूर्तियाँ क्रमशः तत्पुरुष-अघोर-सद्योजात वामदेव तथा ईशान संज्ञक हैं। चारों अंगुलियों में न्यास का प्रयोग क्रमशः 'शिं तत्पुरुषमूर्त्यै तर्जनीभ्यां नमः', 'वां अघोरमूर्त्यौ मध्यामाभ्यां नमः' इत्यादि प्रकार से करें। इसी प्रकार पञ्चाक्षर मंत्र के एक-एक अक्षर से संयुक्त एक-एक मूर्ति का न्यास मुख, हृदय, पाद गुह्य, तथा सिर प्रदेश में करें।

प्राग्याम्यवारुणोदीच्यमध्यवक्त्रेषु पञ्चसु।
मन्त्राङ्गानि न्यसेत् पश्चाज्जातियुक्तानि षट् क्रमात्।।6।।

इसके पश्चात् अपने सिरःप्रदेश में पंचवक्त्रत्व की भावना करते हुए पूर्व, दक्षिण, पश्चिम, उत्तर तथा मध्य इस प्रकार पाँच मुखों में पूर्वोक्त विधि से न्यास करें। पुनः मंत्र के अंग से तत्तदञ्जलि युक्त षडङ्गन्यास करें। यथा 'ॐ हृत् नं शिर' इत्यादि।

कुर्वीत गोलकन्यासं रक्षायै तदनन्तरम्।
हृदि वक्त्रेऽसयोऽर्वोः कण्ठे नाभौ द्विपार्श्वयोः।।7।।

पृष्ठे हृदि ततो मूर्ध्नि वदने नेत्रयोर्नसोः।
दोः पत्सन्धिषु साग्रेषु विन्यसेत्तदनन्तरम्।।8।।

शिरोवदनहृत्कुक्षिसोरुपादद्वये पुनः।
हृदि वक्त्राम्बुजे टङ्के मृगाभयवरेष्वथ।।9।।

इस प्रकार तत्त्वन्यास करने के बाद अपनी रक्षा के लिए दशावृत्ति में किए जाने वाले गोलक न्यास करें। हृदय, मुख, दो कन्धे और दोनों ऊरु में प्रथमावृत्ति; कण्ठ, नाभि दोनों पार्श्व, पृष्ठ तथा हृदय में द्वितीयावृत्ति; मूर्धा, मुख, दोनों नेत्र तथा दोनों नासिका में तृतीयावृत्ति; इसके बाद बाहु तथा पैरों में चतुर्थावृत्ति; उनकी सन्धियों में पंचम आवृत्ति; अंगुलियों के मध्य सन्धि में षष्ठावृत्ति; उनके अग्रभाग में सप्तम आवृत्ति से न्यास करें।

वक्त्रांसहृत्सपादोरुजठरेषु क्रमान् न्यसेत्।
मूलमन्त्रस्य षड्वर्णान् यथावद्देशिकोत्तमः।।10।।

पुनः सिर, मुख, हृदय, कुक्षि, ऊरु तथा दोनों पैरों में अष्टम आवृत्ति; हृदय, मुख, परशु मृग, अभय तथा वर में नवम आवृत्ति; इसके पश्चात् मुख, कन्धा, हृदय, पाद, ऊरु और जठर में दशमावृत्ति के क्रम से न्यास करें। उत्तम आचार्य इस प्रकार मूल मंत्र मे छः अक्षरों के प्रत्येक वर्ण से उक्त स्थानों में दशावृत्ति युक्त न्यास करें।

मूर्ध्नि भालोदरांसेषु हृदये ताः पुनर्न्यसेत्।
पश्चादनेन मन्त्रेण कुर्वीत व्यापकं सुधी।।11।।

नमोऽस्तु स्थाणुरूपाय ज्योतिर्लिङ्गामृतात्मने।
चतुर्मूर्त्तिवपुच्छायाभासिताङ्गाय शम्भवे।
एवं न्यस्तशरीरोऽसौ चिन्तयेत्पार्वतीपतिम्।।12।।

पुनः सिर, भाल, उदर दोनों कन्धे तथा हृदय में पंचमूर्त्तियों के द्वारा पुनः न्यास करें, आगे कहे जाने वाले मन्त्र से बुद्धिमान् साधक व्यापक न्यास करें। मन्त्र है- 'नमोऽस्तु स्थाणुरूपाय ज्योतिर्लिङ्गात्मने चतुर्मूर्त्तिवपुच्छायाभासिताङ्गाय शभ्भवे'। इस मन्त्र से व्यापक न्यास करके पार्वतीपति शंकर का इस रूप में ध्यान करें।

दशावृत्तिमयं गोलकन्यासमाह कुर्वीतेति। तदनन्तरं तत्त्वन्यासानन्तरमित्यर्थः।

<u>तत्त्वन्यासो यथा-</u>

वक्ष्यतेऽथो शैवतत्त्वन्यासः प्रसादतः परम्।
पञ्चाक्षरी परायेति तत्त्वनामात्मने नमः।।
आवृत्त्या शिवपञ्चाक्षर्यर्णयुक्तं पृथक् सह।
द्वितीयादि क्षादिवर्णैरान्तैराद्यं ध्रवादिकैः (कम्)।।
शिवः शक्तिः सदापूर्वः शिव ईश्वर एव च।

शुद्धविद्या च माया च कालश्च नियतिः कला।।
स्मृतोपरागः पुरुषः प्रकृतिर्बुद्ध्यहंकृती।
मन एतान् हृदि न्यस्येत् श्रोत्रादिषु स्थले तथा।
वागाद्यप्यथशब्दादि मूर्धास्योरौ गुदे पदे।।
आकाशादीन् न्यसेदेषु वक्ष्यमाणं च पञ्चकम्।
सदाशिवाद्या आकाशाद्याधिपत्यन्तकाः सङ्गेः।।
शान्त्यतीताकलाद्यन्ता निवृत्त्याद्याः स्वबीजतः।
न्यसेत् पादादिशीर्षान्ते मूर्धादिचरणान्तिके।।
शान्त्यात्मेशानमूर्धा च ङेयुतश्च सदाशिवः।
सत्यात्मा तत्पुरुषवक्त्रो ङेयुतश्च ईश्वरः।।
नादात्माऽघोरहृदयो ङेयुतश्च महेश्वरः।
बिन्द्वात्माऽथो वामदेवगुह्यो विष्णुश्च ङेयुतश्चः।
बीजात्मा च सद्योजातपादो ब्रह्मा च ङेयुतश्चः।
ईशानाद्यानूर्ध्ववक्त्राद्यान् सदाशिवपूर्वकान्।।
ऊर्ध्वादिपञ्चवक्त्रेषु ङेतानक्षरपूर्वकान् इति।।

पञ्चमुखशिवध्यानम्

ध्यायेन्नित्यं महेशं रजतगिरिनिभं चारुचन्द्रावतंसं
रत्नाकल्पोज्ज्वलाङ्गं परशुमृगवराभीतिहस्तं प्रसन्नम्।
पद्मासीनं समन्तात् स्तुतममरगणैर्व्याघ्रकृत्तिं वसानं
विश्वाद्यं विश्वरूपं निखिलभयहरं पञ्चवक्त्रं त्रिनेत्रम्।।

रजत पर्वत के समान जिनके शरीर का वर्ण सर्वथा श्वेत है, जिनके भाल प्रदेश में द्वितीया का चन्द्रमा आभूषण रूप में विभूषित है, जिनका समस्त अंग रत्न के समान उज्ज्वल है, जिनके हाथ में परशु, मृग, वर और अभय मुद्रा हैं, जो सर्वथा प्रसन्न रहने वाले हैं जो श्वेत पद्म के आसन पर विराजमान हैं, देवता लोग जिनकी चारों ओर से स्तुति कर रहे हैं, व्याघ्र चर्म को धारण किए उन विश्व के आदि, विश्वरूप, निखिल भयहर्ता, पंचमुख तथा त्रिनेत्र महेश्वर का ध्यान करना चाहिए।

उच्छ्रितं दक्षिणाङ्गुष्ठं वामाङ्गुष्ठेन बन्धयेत्।
वामाङ्गुलीर्दक्षिणाभिरङ्गुलीभिश्च वेष्टयेत्।

लिङ्गमुद्रेयमाख्याता शिवसान्निध्यकारिणी।। इति।।
इयं सर्वशैवमन्त्रसाधारणीति ज्ञेयम्।।

पुरश्चरणादिकथनम्

तत्त्वलक्षं जपेन्मन्त्रं दीक्षितः शैववर्त्मना।
तावत्संख्यासहस्राणि जुहुयात् पायसैः शुभैः।
ततः सिद्धो भवेन्मन्त्रः साधकाभीष्टसिद्धिदः।।

शैव मार्ग के अनुसार दीक्षा लेने के पश्चात् इस मंत्र का 24 लाख जप करें। फिर पायस से चौबीस हजार होम करें। तब यह मंत्र सिद्ध हो जाता है और साधक को अभीष्ट सिद्धि प्रदान करता है।

देवं सम्पूजयेत्पीठे वामादिनवशक्तिके।
वामा ज्येष्ठा ततो रौद्री काली कलपदादिका।।

विकारिण्याह्वया प्रोक्ता बलाद्या विकरिण्यथ।
बलप्रमथनी पश्चात्सर्वभूतदमन्यथ।।

आसनमन्त्रः

मनोन्मनीति संप्रोक्ताः शैवपीठस्य शक्तयः।
नमो भगवते पश्चात्सकलादि वदेत् पुनः।।

गुणात्मशक्तियुक्ताय ततोऽनन्ताय तत्परम्।
योगपीठात्मने भूयो नमस्तारादिको मनुः।।

तत्पश्चात् वामादि नव शक्तियों से युक्त पीठ पर सदाशिव का पूजन करें। 1. वामा, 2. ज्येष्ठा, 3. रौद्री, 4. कलपदा, 5. विकरिणी, छबलविकरिणी, 7. बलप्रमथिनी, 8. सर्वभूतदमनी और, 9. मनोन्मयी- ये शैव पीठ की नवशक्तियाँ हैं। 'ॐ नमो भगवते सकलगुणात्मशक्तियुक्ताय अनन्ताय योगपीठात्मने नमः' - यह कहें।

अमुना मनुना दद्यादासनं गिरिजापतेः।
मूर्त्तिं मूलेन सङ्कल्प्या तत्राऽऽवाह्य यजेच्छिवम्।।

ऊपर कहे गए मन्त्र से गिरिजापति को आसन प्रदान करें, मूल मन्त्र पढ़कर मूर्त्ति की कल्पना करें, तदन्तर उसी में शिव का आवाहन कर पूजा करें।

आवरणदेवताध्यानम्-

कर्णिकायां यजेन्मूर्त्तीरीशमीशानदिग्गतम्।
शुद्धस्फटिकसङ्काशं दिक्षु तत्पुरुषादिकाः।।

कर्णिका में चारों दिशाओं में तत्पुरुष, अघोर, सद्योजात और वामदेव की मूर्त्तियों की पूजा करें। पश्चात् ईशान कोण में शुद्ध स्फटिक के समान ईशान मूर्त्ति की पूजा करें।

पीताञ्जनश्वेतरक्ताः प्रधानसदृशायुधाः।
चतुर्वक्त्रसमायुक्ता यथावत् संप्रपूजयेत्।।

ऊपर ईशान का रूप शुद्ध स्फटिक समान कह दिया गया है। अब शेष चार मूर्त्तियों के वर्ण कहते हैं ये मूर्त्तियाँ क्रमशः पीत, अञ्जन, श्वेत तथा रक्त वर्ण की हैं। सभी के आयुध प्रधान के सदृश हैं। सभी चार मुखों से युक्त हैं, उनकी प्रणव से युक्त मन्त्र वर्णों से यथाविधि पूजा करें।

कोणेष्वर्च्याः निवृत्त्याद्यास्तेजोरूपाः कलाः क्रमात्।
अङ्गानि केसरस्थानि विद्येशान् पत्रगान् यजेत्।।

इसके उपरांत कर्णिकाओं के चारों कोणों में तेजःस्वरूप चार कलाओं की निवृत्ति, प्रतिष्ठा, विद्या और शान्ति की पूजा करें। ईशान में शान्त्यतीता की पूजा करें। केशरों पर अंगों की तथा पत्रों पर विद्येश्वरों की पूजा करें।

अनन्तं सूक्ष्मनामानं शिवोत्तममनन्तरम्।
एकनेत्रमेकरुद्रं त्रिनेत्रं तदनन्तरम्।।

पश्चाच्छ्रीकण्ठनामानं शिखण्डिनमनन्तरम्।
रक्तपीतसितारक्तकृष्णरक्ताञ्जनासितान् ।।

अनन्त, सूक्ष्म, शिवोत्तम, एकनेत्र, एकरुद्र, त्रिनेत्र, श्रीकण्ठ एवं शिखण्डी ये विद्येशों के नाम हैं। इनका वर्ण क्रमशः रक्त, पीत, सित, रक्त, कृष्ण रक्त, अंजन एवं श्वेत है।

किरीटार्पितबालेन्दून् पद्मस्थितान् भूषणान्वितान्।
त्रिनेत्रान् शूलवज्रास्त्रचापहस्तान् मनोहरान्।।

इन सभी की किरीट में बालेन्दु विराजमान हैं, सभी पद्म पर आसीन हैं और भूषणों से भूषित एवं त्रिनेत्र हैं। सभी अपने हाथों में शूल, वज्र, बाण और धनुष लिए हुए हैं और समस्त की आकृतियाँ मनोहर हैं।

उत्तरादि यजेत्पश्चादुमां चण्डेश्वरं पुनः।
ततो नन्दिमहाकालौ गणेशवृषभौ पुनः।।

अथ भृङ्गरीटिं स्कन्दमेतान् पद्मासनस्थितान्।
स्वर्णतोयारुणश्याममुक्तेन्दुसितपाटलान् ।।

इसके उपरान्त उत्तर के क्रम से उमा, चण्डेश्वर नन्दी, महाकाल, गणेश, वृषभ, भृङ्गरीटि और स्कन्द इन आठों विद्येश्वरों की आठों दिशाओं में पूजा करें। ये सभी पद्मासन पर स्थित हैं इनके शरीर के वर्ण सुवर्ण, जल, अरुण, श्याम, मुक्ता, चन्द्रमा श्वेत और पाटल (रक्त) हैं।

इन्द्रादयस्ततः पूज्या वज्राद्यायुधसंयुताः।
इत्थं संपूजयेद्‌देवं सहस्रं नित्यशो जपेत्।।

तत्पश्चात् वज्रादि आयुधों से संयुक्त इन्द्रादि इस दिग्पालों की पूजा करें। इस प्रकार आवरण सहित देवाधिदेव की पूजा करें और नित्य प्रति इच्छित उक्त मन्त्र का जप करें।

सर्वपापविनिर्मुक्तः प्राप्नुयाद्वाञ्छितां श्रियम्।
द्विसहस्रं जपेद्रोगान् मुच्यते नात्र संशयः।।

फलश्रुति-

ऐसा करने से साधक सभी पापों से मुक्त हो जाता है, इच्छित श्री प्राप्त करता है। यदि उपरोक्त विधि से पूजा कर दो सहस्र नित्य जप करे तो साधक रोगमुक्त हो जाता है, इसमें संशय नहीं है।

त्रिसहस्रं जपेन्मन्त्रं दीर्घमायुरवाप्नुयात्।
सहस्रवृद्‌ध्या प्रजपन् सर्वान् कामानवाप्नुयात्।।

आज्यान्वितैस्तिलैः शुद्धैर्जुहुयाल्लक्षमादरात्।
उत्पातजनितान् क्लेशान्नाशयेन्नाऽत्र संशयः।
शतलक्षं जपेत्साक्षाच्छिवो भवति मानवः।।

यदि तीन सहस्र नित्य जप करे तो दीर्घ आयु प्राप्त करता है। चार सहस्र जप करे तो सम्पूर्ण कामनाएँ सिद्ध कर लेता है। यदि इस मन्त्र से घृत मिश्रित शुद्ध तिलों द्वारा भक्तिपूर्वक एक लाख जप करे तो साधक दिव्य भौम अन्तरिक्षजन्य उत्पातों को विनष्ट कर देता है, इसमें संशय नहीं है। यदि इस मन्त्र का एक करोड़ जप करें तो वह मनुष्य साक्षात् शिव हो जाता है।

महेश्वर का अष्टाक्षर मन्त्र

मन्त्रः **ॐ नमः शिवाय ह्रीं**

अष्टाक्षर मंत्र के अधिपति देवता भगवान शंकर हैं। उपरांकित मंत्र के जप की संख्या 14 लाख तथा दशांश हवन 14 हजार करने का विधान है। अष्टाक्षर मंत्र का हवन त्रिमधुर मिश्रित अराग्वध की श्रेष्ठ समिधाओं द्वारा करने से सिद्धि प्राप्त होती है।

अष्टाक्षरमन्त्रः। ऋष्यादिकथनम्-

षडक्षरः शक्तिरुद्धः कथितोऽष्टाक्षरो मनुः।
ऋषिश्छन्दः पुरा प्रोक्तो देवता स्यादुमापतिः।।1।।

अङ्गानि पूर्वमुक्तानि सोममीशं विचिन्तयेत्।।2।।

अब शिव के मन्त्रान्तर का उद्धार कहते हैं। शक्ति (ह्रीं) से सम्पुटित षड्क्षर (ॐ नमः शिवाय ह्रीं)। इसके ऋषि एवं छन्द पहले के जैसे हैं। (द्र. श्लोक सं. 3) उमापति देवता हैं। इसके षड्ङ्ग पहले जैसे हैं।

उमापतिशिवध्यानम्-

बन्धूकाभं त्रिनेत्रं शशिशकलधरं स्मेरवक्त्रं वहन्तं
हस्तैः शूलं कपालं वरदमभयदं चारुहासं नमामि।
वामोरुस्तम्भगायाः करतलविलसच्चारुरक्तोत्पलाया
हस्तेनाऽऽश्लिष्टदेहं मणिमयविलसद्भूषणायाः प्रियायाः।।3।।

इसके उपरान्त उमा सहित सदाशिव का ध्यान बताया गया है-- जिनके शरीर की कांति बन्धूक पुष्प के समान है, जो त्रिनेत्र हैं एवं चन्द्रमा की कला को धारण करने वाले हैं, स्मित पूर्ण जिनके मुख हैं, जो अपने हाथों में शूल, कपाल, वरद एवं अभय मुद्रा धारण किए हुए हैं, जो वाम उरु पर बैठी हुई, करतल में मनोहर पद्म धारण करने वाली मणिमय आभूषणों से विभूषित अपनी प्रिया पार्वती के दाहिने हाथ से जिनका शरीर आश्लिष्ट है- ऐसे उमा सहित सदाशिव को मैं प्रणाम करता हूँ।

पुरश्चरणादिकथनम्-

मनुलक्षं जपेन्मन्त्रं तत्सहस्रं यथाविधि।
जुहुयान्मधुरासिक्तैरारग्वधसमिद्वरैः ।।4।।

इस अष्टाक्षर मन्त्र का चौदह लाख जप करें तथा उतने ही अर्थात् चौदह सहस्र विधि के अनुसार होम करें। तदनन्तर त्रिमधुर मिश्रित अराग्वध की श्रेष्ठ समिधाओं से चौदह सहस्र होम करें।

प्राक्प्रोक्ते पूजयेत् पीठे गन्धपुष्पैरुमापतिम्।
अङ्गावृतीर्बहिः पूज्या हल्लेखाद्या यथा पुरा।।5।।

पूर्वोक्त (द्र.श्लोक सं. 12 से 19) पीठ पर गन्ध पुष्पादि द्वारा उमापति की पूजा करें। उसी प्रकार (श्लोक सं. 19 से 27) अंगावरण की पूजा करें। तदनन्तर बाहर हल्लेखादि की पूर्वोक्त रीति से बीजाक्षर युक्त हों हें हुं हिं हम् की पूजा करें।

मध्यप्राग्दक्षिणोदीच्यपश्चिमेषु विधानतः।
हल्लेखा गगना रक्ता चतुर्थी तु करालिका।
महोच्छुष्मा क्रमादेताः पञ्चभूतसमप्रभाः।।6।।

पाशाङ्कुशवरा भीतिधारिण्योऽमितभूषणाः।
यजेत् पूर्वादिपत्रेषु वृषभाद्याननुक्रमात्।।7।।

कर्णिका के मध्य, पूर्व, दक्षिण, उत्तर और पश्चिम की दिशाओं में विधानपूर्वक क्रमशः हृल्लेखा, गगना, रक्ता, करालिका और महोच्छुष्मा की पूजा करें। जिनके शरीर का वर्ण पृथ्वी आदि पञ्चभूतों के सदृश है। हृल्लेखा का पीत, गगना का स्वच्छ, रक्ता का रक्त तथा करालिका का कृष्ण और महोच्छुष्मा का श्वेत वर्ण है।

ये समस्त पाश अंकुश, वर, अभय धारण करने वाली तथा अमित आभूषणों से विभूषित हैं। इसके उपरान्त पूर्व के पत्रादि में क्रमशः वृषभादि का पूजन करना चाहिए।

वृषभध्यानम्- **हिमालयाभं वृषभं तीक्ष्णशृङ्गं त्रिलोचनम्।**
सर्वाभरणसन्दीप्तं साक्षाच्छन्दः स्वरूपिणम्।।8।।

यह वृषभ हिमालय के समान ऊँचे हैं, इनके शृङ्ग तीक्ष्ण हैं तथा तीन नेत्र हैं, सम्पूर्ण आभरणों की प्रभा से प्रकाश युक्त हैं तथा साक्षात् वेद के स्वरूप हैं।

क्षेत्रपालध्यानम्- **कपालशूलविलसत्करं कालघनप्रभम्।**
क्षेत्रपालं त्रिनयनं दिगम्बरमथाऽर्चयेत्।।9।।

तदुपरांत हाथ में कपाल एवं शूल धारण करने वाले मेघ के समान शरीर की छटा वाले, तीन नेत्र वाले दिगम्बर क्षेत्रपाल की पूजा करें।

चण्डेशध्यानम्- **शूलटङ्काक्षवलयं कमण्डलुलसत्करम्।**
रक्ताकारं त्रिनयनं चण्डेशमथ पूजयेत्।।10।।

इसके उपरान्त हाथ में त्रिशूल, परशु, अक्षमाला तथा कमण्डलु धारण किए हुए रक्त वर्ण की आकृति वाले त्रिनेत्र चण्डेश्वर की पूजा करें।

दुर्गाध्यानम्- **चक्रशङ्खाभयाभीष्टकरां मरकतप्रभाम्।**
दुर्गां प्रपूजयेत् सौम्यां त्रिनेत्रां चारुभूषणाम्।।11।।

इसके अनन्तर चक्र, शङ्ख, अभय तथा वरदान मुद्रा हाथ में धारण करने वाली मरकत (हरे) वर्ण वाली, सौम्य स्वभाव वाली, त्रिनेत्र तथा मनोहर भूषणों से भूषित दुर्गा देवी की पूजा करें।

षण्मुखध्यानम्- **कल्पशाखां रत्नघण्टां दधानं द्वादशेक्षणाम्।**
बालार्काभं शिशुं कान्तं षण्मुखं पूजयेत् ततः।।12।।

तत्पश्चात् कल्पलता, रक्तघण्टा धारण करने वाले द्वादश नेत्रों से युक्त उदीयमान सूर्य के समान कान्तिमान् महा मनोहर शिशु स्वरूप षण्मुख कार्त्तिकेय की पूजा करें।

नन्दिध्यानम्- **नन्दिनं पूजयेत्सौम्यरत्नभूषणमण्डितम्।**
परश्वेणवराभीतिधारिणं श्यामविग्रहम्।।13।।

तदुपरांत रक्तवर्ण के भूषणों से विभूषित सौम्य स्वभाव वाले नन्दी की पूजा करें, जो हाथ में परशु, मृग, वर तथा अभय धारण किये हुए हैं तथा शरीर से श्यामवर्ण वाले हैं।

विघ्ननायकध्यानम्- **पाशाङ्कुशवराभीष्टधारिणं कुङ्कुमप्रभम्।**
विघ्ननायकमभ्यर्चेच्चन्द्रार्धकृतशेखरम् ।।14।।

इसके अनन्तर पाश, अंकुश वर एवं अभय धारण करने वाले, कुंकुम से समान कान्ति वाले विघ्ननायक गणेश की अर्चना करें जिनके ललाट प्रदेश में अर्धचन्द्र शोभित है।

सेनापतिध्यानम्- **श्यामं रक्तोत्पलकरं वामाङ्कन्यस्ततत्करम्।**
त्रिनेत्रं रक्तवस्त्राढ्यं सेनापतिमथाऽर्चयेत्।।15।।

इसके उपरान्त श्यामवर्ण वाले एक हाथ में रक्त कमल तथा दूसरे को अपने बायें अंक में रखे हुए, त्रिनेत्र रक्त वस्त्र युक्त सेनापति की अर्चना करें।

ततोऽष्टमातरः पूज्या ब्राह्म्याद्याः प्रोक्तलक्षणाः।
इन्द्रादिकान् लोकपालान् स्वस्वदिक्षु समर्चयेत्।।16।।

इसके अनन्तर पत्र के अग्रभाग में ब्राह्मी आदि अष्ट मातृकाओं की, जिनका स्वरूप पूर्व में कहा जा चुका है, पूजा करें। तदनन्तर इन्द्रादि लोकपालों की उन-उन दिशाओं में पूजा करें।

वज्रादीनि तदस्त्राणि तद्बहिः क्रमशोऽर्चयेत्।
एवं यो भजते मन्त्री देवेशं तमुमापतिम्।
स भवेत् सर्वलोकानां प्रियं सौभाग्यसम्पदाम्।।17।।

इसके अनन्तर पत्र के बाहर इन्द्रादि के आयुधों की क्रमशः पूजा करें। जो मन्त्रज्ञ इस प्रकार उन देवाधिदेव उमापति की पूजा करता है वह सभी लोगों की अपेक्षा सौभाग्य तथा सम्पत्ति का पात्र हो जाता है।

यस्यार्था धर्मकामार्थास्तस्य सर्वं प्रदक्षिणम्।
अधनेनार्थकामेन नार्थः शक्यो विचिन्विता।।

जिसके पास धन है उसके धर्म-अर्थ-काम पुरुषार्थ सिद्ध हो जाते हैं, सब कुछ उसके अनुकूल बन जाता है। जो निर्धन है, वह अर्थ की इच्छा रखकर उसका अनुसंधान करने पर भी पुरुषार्थ के अभाव में उसे प्राप्त नहीं कर सकता।

●

अध्याय 4 दक्षिणामूर्ति शिव स्तोत्र

पंचायतन में चौथे देवता भगवान् शिव हैं। त्रि-देवों में इन्हें प्रमुख स्थान प्राप्त है। ब्रह्मा का कार्य सृष्टि, विष्णु का स्थिति और शिव का संहार करना है किन्तु वास्तव में ये कार्य विशेषता-सूचक हैं। अन्यथा सृष्टि और स्थिति के कार्यों में भी भगवान् शिव पूर्णतः सक्षम हैं। भगवान् शिव का अनूठापन इस बात में है कि वे परम कारुणिक एवं शीघ्र प्रसन्न होने वाले हैं और भक्तों की मनमानी इच्छा की पूर्ति करते हैं। इसी से वे भोलानाथ, औघड़-दानी जैसे नामों से प्रसिद्ध हैं।

दक्षिणामूर्ति के रूप में भगवान् शिव जगदगुरु के रूप में सनातन काल से प्रतिष्ठित हैं। इस रूप की विशेषता है व्याख्यान और तर्क की मुद्रायें। तान्त्रिक साधना में उन्हें **आदि-गुरु** के सर्वोच्च स्वरूप में नित्य स्मरण किया जाता है। भगवान् शिव का एक प्रसिद्ध नाम **पशु-पति** है। ब्रह्मा से लेकर स्थावर-जंगम आदि सभी 'पशु' श्रेणी में हैं और उसके **पति** अर्थात् स्वामी हैं भगवान् शिव। **जीव** को **पशु** कहा जाता है क्योंकि वह इन्द्रिय-भोगों में लिप्त रहता है। सांसारिक भोग और विषय तथा काम-क्रोधादि **पाश** रूप हैं, जिनसे वह बँधा रहता है। इन पाशों से जीव का उद्धार उन्हीं की कृपा से होता है।

शिव शब्द का अर्थ है शुभ, कल्याण, मंगल, श्रेयस्कर आदि। यहाँ यह विचारणीय है कि उनका मुख्य कार्य **संहार** है। नामार्थ के साथ उनके कार्य की संगति बैठाने से विदित होता है कि संहार या लय-प्रक्रिया-द्वारा ही जीव का परम कल्याण साधित हो पाता है। इनके अन्य दो प्रसिद्ध नामों **शम्भु** और **शंकर** से भी इसी तत्त्व की उपलब्धि होती है।

भगवान् शिव की उपासना किये बिना अन्य देवता की कृपा प्राप्त नहीं होती। **उत्पत्ति तंत्र** में इस सम्बन्ध में स्पष्ट कहा है कि-

शाक्तो वा वैष्णवो वाऽपि सौरो वा गाणपोऽथवा।
शिवार्चन-विहीनस्य कुतः सिद्धिर्भवेत् प्रिये।।

भगवान् शिव के **पंच-कृत्य** अर्थात् पाँच प्रकार के कार्य विख्यात हैं- 1. सृष्टि, 2. स्थिति, 3. संहार, 4. तिरोधान (गोपन या लोपन), 5. अनुग्रह (प्रसाद)। वे विभिन्न कलाओं-- संगीत, नृत्यादि और विद्याओं - योग, मंत्र-तंत्र-यंत्र, व्याकरण, व्याख्यान, भैषज्य आदि के मूल प्रवर्त्तक हैं। सभी जीवों के वे स्वामी हैं, इसी से पशु-पति, भूत-नाथ, भूत-पति जैसे नामों से लोकप्रिय हैं। सभी देवों से श्रेष्ठ होने के कारण उन्हें महादेव, महेश्वर, देवाधिदेव आदि कहा जाता है।

ऋग्वेद में रुद्र का उल्लेख है। शुक्ल यजुर्वेद की वाजसनेयी संहिता का **शत-रुद्रिय** पाठ प्रसिद्ध है। अथर्व-वेद में रुद्र की महिमा वर्णित है। इस प्रकार वैदिक साहित्य में भगवान् शिव का मूल स्वरूप **रुद्र** के रूप में मिलता है। श्वेताश्वतर उपनिषद् में **रुद्र** का नामान्तर **शिव** बताया है। शाङ्खायन, कौषीतकि, शतपथ ब्राह्मण ग्रन्थों में उनके आठ नामों का उल्लेख है- 1. रुद्र, 2. शर्व, 3. उग्र, 4. भीम या अशनि (ये चारों शिव के भयंकर रूप हैं) 5. भव, 6. पशु-पति, 7. महादेव, 8. ईशान (ये चारों सौम्य रूप हैं)।

भगवान् शंकर का प्रणवरूप

(स्वामी श्रीज्योतिर्मयानन्दजी पुरी)

नमः प्रणववाच्याय नमः प्रणवलिङ्गिने।
नमः सृष्ट्यादिकर्त्रे च नमः पञ्चमुखाय ते।।

वेदों में भगवान शंकर का विशेष वर्णन है। यजुर्वेद के प्रधान देव भगवान रुद्र हैं।

नमः शम्भवाय च मयोभवाय च नमः शंकराय।
च मयस्कराय च नमः शिवाय च शिवतराय च।।

(यजुर्वेद 16/41)

भक्तों को भोग-मोक्षरूप सुख के दाता, कल्याणरूप, कल्याणकारी शिव को नमस्कार है, इत्यादि। यजुर्वेद में 16वाँ अध्याय रुद्र की महिमा का गान करने के कारण ही 'रुद्राध्याय' के नाम से प्रसिद्ध है।

वेदों के अतिरिक्त अनेक स्मृतियों तथा इतिहास-पुराणों में भी शंकर के स्वरूप का अति स्पष्ट वर्णन पाया जाता है और स्कन्दपुराण, लिंगपुराणादि में तो परमात्मा शिव का माहात्म्य तथा स्वरूप अति उत्तम रीति से वर्णित है। उनमें भगवान शंकर के अनेक रूपों तथा माहात्म्य का वर्णन है। परन्तु भगवान शिव के प्रणव-स्वरूप का वर्णन जैसा शिवपुराण में स्पष्ट तथा विस्तृत रूप से है वैसा अन्य किसी ग्रन्थ में नहीं मिलता, इसलिए यहाँ उक्त पुराण में वर्णित भगवान शंकर के प्रणव-स्वरूप तथा उसके माहात्म्य का कुछ वर्णन किया जा रहा है।

एक समय भगवान शंकर सुरम्य कैलास-पर्वत के शिखर पर भगवती पार्वती के सहित विराजमान थे और दीक्षाविधि के क्रम से प्रणवादि महामन्त्रों का देवी से प्रसन्नतापूर्वक वर्णन कर रहे थे, उस समय भगवती पार्वती पति को प्रसन्न देखकर कहने लगीं- 'हे देव! आपने मुझे प्रणवसहित मंत्र का उपदेश दिया है, इस कारण मैं सर्वप्रथम प्रणव-स्वरूप को जानना चाहती हूँ। हे शिव! यदि आपकी मेरे ऊपर कृपा है तो इसका अवश्य वर्णन कीजिए।' इस प्रार्थना को सुनकर भगवान् शंकर पार्वती से कहने लगे-

'प्रणवार्थ का परिज्ञान ही मेरे स्वरूप का ज्ञान है। प्रणवस्वरूप मंत्र सब विद्याओं का बीज है, वह वटबीज के सदृश अति सूक्ष्म तथा महान् अर्थवाला है। वह वेदों का आदि तथा सार है

एवं मेरा स्वरूप है। तीन गुण से अतीत, सर्वज्ञ, सर्वस्रष्टा, सर्वप्रभु, सर्वगत, शिवस्वरूप में ही मैं उस ओंकार में स्थित हूँ, तीन गुणों से न्यून - प्राधान्ययोग से जगत् में जो कुछ वस्तु है वह समष्टि और व्यष्टि रूप से प्रणवार्थ ही है। यह प्रणव सर्वार्थ का साधक है और अक्षर ब्रह्म है। इस कारण इसी प्रणव से शिवजी सर्वप्रथम जगत् का निर्माण करते हैं। जो शिव है वही प्रणव है, जो प्रणव है वही शिव है, क्योंकि वाच्य और वाचक में कोई भेद नहीं होता। इसीलिए ब्रह्मर्षि लोग मुझे एकाक्षर ओंकाररूप ब्रह्म कहते हैं। मुमुक्षु को चाहिए कि वह प्रणव को ही सर्वकारण, निर्विकार, निर्गुण शिवस्वरूप समझे।' (कै०सं०अ० 3/1-9) भगवान स्वामिकार्तिक ऋषि वामदेव से कहते हैं-

'हे वामदेव! आपके स्नेह से मैं आपके ज्ञान के लिए इस श्रुति का तात्पर्य वर्णन करता हूँ, आप सुनें। शिवशक्ति का योग ही परमात्मा है (और वह परमात्मा ही आकाशादि के रूप में परिणत होता है। जैसे उपादानकारण मृत्तिका अपने से अभिन्न घटरूप ग्रहण करती है, जैसे दुग्ध दही के आकार में बदल जाता है अथवा जैसे रज्जुरूप उपादान अज्ञान के कारण सर्पादि आकार में परिणत हो जाता है, ऐसे ही ॐकारस्वरूप परब्रह्म पंचाकार में परिणत होता है)। परमात्मा की पराशक्ति से चिच्छक्ति उत्पन्न होती है और चैतन्यशक्ति से आनन्दशक्ति, उससे इच्छाशक्ति, इच्छाशक्ति से ज्ञानशक्ति और ज्ञानशक्ति से पंचमी क्रियाशक्ति उत्पन्न हुई है और इन्हीं शक्तियों से क्रमशः जगत् की उत्पत्ति हुई है। चिदानन्दशक्ति से नाद और बिन्दु उत्पन्न हुए हैं, इच्छाशक्ति से मकार, ज्ञानशक्ति से उकार और क्रियाशक्ति से अकार-स्वर उत्पन्न हुआ है। इस प्रकार प्रणव की सृष्टि हुई है और इस प्रणव से पंचब्रह्म की, तत्पश्चात् कलादि क्रम से आकाशादि की उत्पत्ति हुई है।' (कै०सं०अ० 16/53-57)। स्वामिकार्तिकेय ने जिस प्रकार परमात्मा की पंचशक्ति से प्रणव के अकारादि पंचवर्णों की उत्पत्ति बतायी है, ऐसे ही स्वयं भगवान शंकर ने भी स्वीय पंचमुख से प्रणव की उत्पत्ति बतायी है। भगवान शंकर ब्रह्मा-विष्णु से कहते हैं -

'ॐकार मेरे मुख से उत्पन्न होने के कारण मेरे ही स्वरूप का बोधक है, यह वाच्य है, मैं वाचक हूँ, यह मंत्र मेरा आत्मा है, इसका स्मरण करने से मेरा ही स्मरण होता है, मेरे उत्तर की ओर के मुख से अकार, पश्चिम के मुख से उकार, दक्षिण के मुख से मकार, पूर्व के मुख से बिन्दु और मध्य के मुख से नाद उत्पन्न हुआ है, इस प्रकार पाँचों मुखों से निर्गत हुए इन सबसे 'ॐ' यह एकाक्षर बना है। सम्पूर्ण नाम-रूपात्मक जगत्, स्त्री-पुरुषादि भूतसमुदाय एवं चारों वेद-सभी इसी मंत्र से व्याप्त हैं और यह शिवशक्ति का बोधक है।' (विद्येश्वरसंहिता 8/16/20)

इसी प्रसंग में भगवान शंकर ने प्रणव-मंत्र से **'नमः शिवाय'** मंत्र की भी उत्पत्ति बतायी है। यथा -

अस्मात् पञ्चाक्षरं जज्ञे बोधकं सकलस्य तत्।
अकारादिक्रमेणैव नकारादि यथाक्रमम्।।

अर्थात् इसी प्रणव से पंचाक्षर मंत्र उत्पन्न हुआ है अर्थात् अकार से नकार, उकार से मकार, मकार से शि, बिन्दु से वा और नाद से यकार उत्पन्न हुआ है।

इसका नाम प्रणव क्यों है?

प्रो हि प्रकृतिजातस्य संसारस्य महोदधेः।
नवं नावान्तरमिति प्रणवं वै विदुर्बुधाः।।

(विद्ये०सं०अ० 17, श्लोक 4)

अर्थात् (प्र) प्रकृति से उत्पन्न हुए संसार-सागर के लिए (नवम्) यह प्रणव नौकारूप है, इस कारण पण्डितलोग इसे 'प्रणव' कहते हैं। अथवा-

प्रः प्रपञ्चो हि नास्ति वो युष्माकं प्रणवं विदुः।
प्रकर्षेण नयेद्यस्मान्मोक्षं वः प्रणवं विदुः।।

(प्र) प्रपंच (न) नहीं है (वः) तुममें, अर्थात् जिसको जपने से संसार नहीं रहता उसका नाम 'प्रणव' है। अथवा-

(प्र) प्रकृष्टरूप से (न) मोक्ष को ले जाता है (वः) जपनेवाले तुम लोगों को, इस कारण इसका नाम 'प्रणव' है। अथवा -

स्वजापकानां योगिनां स्वमंत्रपूजकस्य च।
सर्वकर्मक्षयं कृत्वा दिव्यज्ञानं तु नूतनम्।।

अर्थात् अपना पूजन करने वाले को, उसके सर्व कर्म क्षय कर, दिव्य ज्ञान देने से यह 'प्रणव' कहलाता है। अथवा -

तमेव मायारहितं नूतनं परिचक्षते।
प्रकर्षेण महात्मानं नवं शुद्धस्वरूपकम्।।
नूतनं वै करोतीति प्रणवं तं विदुर्बुधाः।

अर्थात् मायारहित होने से प्रणव को 'नूतन' कहते हैं, यह महात्माओं को अत्यन्त नवीन शुद्ध रूप प्रदान करता है। नूतन करने वाला होने के कारण पण्डितलोग इसे 'प्रणव' कहते हैं।

स्वयं शिवजी भी कहते हैं-

ब्रह्मादिस्थावरान्तानां सर्वेषां प्राणिनां खलु।
प्राणः प्रणव एवायं तस्मात् प्रणव ईरितः।।

(कै०सं०अ० 3, श्लोक 14)

अर्थात् ब्रह्मा से लेकर स्थावरपर्यन्त सम्पूर्ण प्राणियों का यह प्रणव ही प्राण है, इससे इसको 'प्रणव' कहते हैं।

हंस-मंत्र में प्रणव की प्राप्ति

प्राणिमात्र श्वास-प्रश्वास में हंस-मंत्र का उच्चारण करते हैं। इस मंत्र में भी सदा प्रणव का ही जाप होता है, इस बात को भगवान कार्तिकेय स्वामी वामदेव के प्रति कहते हैं-

प्रतिलोमात्मके हंसे वक्ष्यामि प्रणवोद्भवम्।
तव स्नेहाद् वामदेव सावधानतया शृणु।।
व्यञ्जनस्य सकारस्य हकारस्य च वर्जनात्।
ओमित्येव भवेत् स्थूलो वाचकः परमात्मनः।।

(कै०सं०अ० 16/37-38)

अर्थात् हे वामदेव! हंस-मंत्र के प्रतिलोम (विपरीत) 'सोऽहं' मंत्र से प्रणव की प्राप्ति के विषय में मैं तुमसे कहता हूँ, सावधान होकर सुनो। व्यंजन 'स'कार और 'ह'कार के वर्जन से 'ॐ' इस प्रकार परमात्मा का वाचक स्थूल अक्षर होता है।

प्रणव तारक मंत्र है

इस प्रणव-मंत्र को 'तारक' मंत्र कहा जाता है, क्योंकि इस मंत्र द्वारा प्राणिमात्र भव-समुद्र से तर जाते हैं। भगवान शंकर कहते हैं-

एनमवेहि देवेशि सर्वमन्त्रशिरोमणिम्।
काश्यामहं प्रदास्यामि जीवानां मुक्तिहेतवे।।

(कै०सं०अ० 3, श्लोक 10)

अर्थात् 'हे देवि! सर्व मंत्रों के शिरोमणि इस ओंकार को ही मैं काशी में प्राणत्याग करने वाले जीवों को मुक्तिहेतु देता हूँ।' स्वामिकार्तिकेय भी वामदेव से कहते हैं-

एनमेव महामन्त्रं जीवानां च तनुत्यजाम्।
काश्यां संश्राव्य मरणे दत्ते मुक्तिं परां शिवः।।

(कै०सं०अ० 13, श्लोक 62)

अर्थात् शिवजी काशी में शरीर त्याग करनेवाले को मृत्यु समय इसी महामंत्र का उपदेश देकर मुक्त करते हैं।

प्रणव का विषय

भगवान शिवजी पार्वती के प्रश्न का उत्तर देते हुए कहते हैं -

विषयः स्यामहं देवि जीवब्रह्मैक्यभावनात्।

(कै० सं० अ० 3, श्लोक 36)

अर्थात् जीव-ब्रह्म की एक भावना से मैं (शिव) ही इसका विषय हूँ। स्वामिकार्तिकेय वामदेव से कहते हैं-

दक्षिणं बाहुमुद्धृत्य शपथं प्रब्रवीमि ते।
सत्यं सत्यं पुनः सत्यं सत्यं सत्यं पुनः पुनः।।
प्रणवार्थः शिवः साक्षात् प्राधान्येन प्रकीर्तितः।
श्रुतिषु स्मृतिशास्त्रेषु पुराणेष्वागमेषु च।।

(कै०सं०अ० 12, श्लोक 5-6)

अर्थात् मैं दक्षिण भुजा उठाकर शपथपूर्वक कहता हूँ कि यह सत्य है, सत्य है, सत्य है, प्रणव प्रधानतया साक्षात् शिवका ही वाचक कहा गया है। यही बात श्रुति-स्मृति, शास्त्र-पुराण और आगमों में भी बतायी गयी है।

इसके अधिकारी

अधिकारी भवेद्यस्य वैराग्यं जायते दृढम्।

(कै०सं०अ० 3, श्लोक 35)

अर्थात् जिसे दृढ़ वैराग्य हो, वही इसका अधिकारी है।

शमादिधर्मनिरतो वेदान्तज्ञानपारगः।
अत्राधिकारी स प्रोक्तो यतिर्विगतमत्सरः।।

अर्थात् शम-दमादि धर्म में निरत, वेदान्तज्ञान के पारगामी, मात्सर्यरहित, यत्नशील उपासक ही इसके अधिकारी हैं।

सम्बन्ध

जीवात्मनो मया सार्धमैक्यस्य प्रणवस्य च।
वाच्यवाचकभावोऽत्र सम्बन्धः समुदीरितः।।

(कै०सं०अ० 3, श्लोक 37)

अर्थात् प्रणव मेरी और जीवात्मा की एकता का वाचक है, अतः इस एकता का प्रणव के साथ वाच्य-वाचक-भाव-सम्बन्ध है।

प्रणव का स्थान

आधारो मणिपूरश्च हृदयं तु ततः परम्।

विशुद्धिराज्ञा च ततः शक्तिः शान्तिरिति क्रमात्।।
स्थानान्येतानि देवेशि शान्त्यतीतं परात्परम्।।

(कै०सं०अ० 3, श्लोक 34-35)

अर्थात् आधार, मणिपूर, हृदय, विशुद्धिचक्र, आज्ञाचक्र, शक्ति और शान्ति-ये कलाक्रम से प्रणव के स्थान हैं, हे देवि ! शान्ति से जो अतीत है उसको 'परात्पर' कहते हैं।

उपासना-विधि

हृत्पुण्डरीकं विरजं विशोकं विशदं परम्।
अष्टपत्रं केशराढ्यं कर्णिकोपरि शोभितम्।।
आधारशक्तिमारभ्य त्रितत्त्वान्तमयं पदम्।
विचिन्त्य मध्यतस्तस्य दहरं व्योम भावयेत्।।
ओमित्येकाक्षरं ब्रह्म व्याहरन् मां त्वया सह।
चिन्तयेन्मध्यतस्तस्य नित्यमुद्युक्तमानसः।।

(कै०सं०अ० 3, श्लोक 67-68, 89)

अर्थात् उपासक स्वच्छ, शोकरहित, उज्ज्वल, अष्टदल कमल के समान मकरन्दयुक्त, कर्णिका से शोभायमान हृदय-कमल के मध्य में आधार-शक्ति से आरम्भ करके त्रितत्त्वमय उत्तम पद का ध्यान करके दहरव्योम की भावना करे। 'ॐ' इस एकाक्षर ब्रह्म का उच्चारण कर तुम्हारे साथ मेरा दहराकाश के बीच में सदा उत्कण्ठा से चिन्तन करे।

उपासना का फल

एवंविधोपासकस्य मल्लोकगतिमेव च।
मत्तो विज्ञानमासाद्य मत्सायुज्यफलं प्रिये।।

अर्थात् हे प्रिये! इस प्रकार उपासना करनेवाले को मेरे लोक की गति प्राप्त होती है और मुझसे ज्ञान प्राप्तकर वह मेरे ही सायुज्य को प्राप्त हो जाता है।

जप-विधि

विनियोग- **ॐ अस्य श्रीप्रणवमन्त्रस्य ब्रह्मा ऋषिः, गायत्री छन्दः, परमात्मा सदाशिवो देवता, अं बीजम् उं शक्तिः, मं कीलकम्, मम मोक्षार्थे जपे विनियोगः।**

अङ्गन्यास- **शिरसि, ब्रह्मणे ऋषये नमः। मुखे, गायत्रीच्छन्दसे नमः। हृदि, परमात्मने देवतायै नमः। गुह्ये, अं बीजाय नमः। पादयोः, उं शक्तये नमः। नाभौ,**

मं कीलकाय नमः। सर्वाङ्गे, मम मोक्षार्थे जपे विनियोगः।

करन्यास- **अं अंगुष्ठाभ्यां नमः। उं तर्जनीभ्यां नमः। मं मध्यमाभ्यां नमः। अं अनामिकाभ्यां नमः। उं कनिष्ठिकाभ्यां नमः। मं करतलकरपृष्ठाभ्यां नमः।**

हृदयादिन्यास- **अं ब्रह्मणे हृदयाय नमः। उं विष्णवे शिरसे स्वाहा। मं रुद्राय शिखायै वषट्। अं ब्रह्मणे कवचाय हुम्। उं विष्णवे नेत्रत्रयाय वौषट्। मं रुद्राय अस्त्राय फट्।**

ध्यान- **ॐकारं निगमैकवेद्यमनिशं वेदान्ततत्त्वास्पदं**
चोत्पत्तिस्थितिनाशहेतुममलं विश्वस्य विश्वात्मकम्।
विश्वत्राणपरायणं श्रुतिशतैः सम्प्रोच्यमानं प्रभुं
सत्यं ज्ञानमनन्तमूर्तिममलं शुद्धात्मकं तं भजे।।

नमस्कार- **ॐकारं विन्दुसंयुक्तं नित्यं ध्यायन्ति योगिनः।**
कामदं मोक्षदं चैव ॐकाराय नमो नमः।।

प्रणव-जप का फल

महर्षि पतञ्जलि ने कहा है-

ततः प्रत्यक्चेतनाधिगमोऽप्यन्तरायाभावश्च।

अर्थात् प्रणव के जप से आत्मस्वरूप की प्राप्ति तथा सारे विघ्नों का नाश होता है।

भगवान शंकर ब्रह्मा-विष्णु से कहते हैं-

तत्तन्मन्त्रेण तत्सिद्धिः सर्वसिद्धिरितो भवेत्।

(वि०सं०अ० 10, श्लोक 23)

अनेन मन्त्रकन्देन भोगो मोक्षश्च सिध्यति।
सकला मन्त्रराजानः साक्षाद् भोगप्रदाः शुभाः।।

अर्थात् उस-उस मंत्र से वह-वह सिद्धि होती है, किंतु प्रणव-मंत्र से सब सिद्धियाँ प्राप्त होती हैं। यह सकल मंत्रों का मूल है और भोग-मोक्ष दोनों का देने वाला है।

वेदादौ च प्रयोज्यं स्याद्वन्दने संध्ययोरपि।
नवकोटिजपाञ्जप्त्वा संशुद्धः पुरुषो भवेत्।।

पुनश्च नवकोट्या तु पृथिवीजयमाप्नुयात्।
पुनश्च नवकोट्या तु ह्यपां जयमवाप्नुयात्।।

पुनश्च नवकोट्या तु तेजसां जयमाप्नुयात्।
पुनश्च नवकोट्या तु वायोर्जयमवाप्नुयात्।
आकाशजयमाप्नोति नवकोटिजपेन वै।।

गन्धादीनां क्रमेणैव नवकोटिजपेन वै।
अहंकारस्य च पुनर्नवकोटिजपेन वै।।

सहस्रमन्त्रजप्तेन नित्यं शुद्धो भवेत् पुमान्।
ततः परं स्वसिद्ध्यर्थं जपो भवति हि द्विजाः।।

एवमष्टोत्तरशतकोटिजप्तेन वै पुनः।
प्रणवेन प्रबुद्धस्तु शुद्धयोगमवाप्नुयात्।।

शुद्धयोगेन संयुक्तो जीवन्मुक्तो न संशयः।
सदा जपन् सदा ध्यायञ्छिवं प्रणवरूपिणम्।।

समाधिस्थो महायोगी शिव एव न संशयः।।

(विद्ये०सं०अ० 17, श्लोक 18-25)

अर्थात् वेद के आदि में तथा दोनों काल के संध्या-वन्दन में भी ॐकार का प्रयोग करना चाहिए। नौ करोड़ जप करने से पुरुष शुद्ध होता है। फिर नौ करोड़ जप करने से पृथिवी-तत्त्व का जय होता है। इसी प्रकार नौ-नौ करोड़ से क्रमशः जल, अग्नि, वायु एवं आकाश-तत्त्व का जय होता है। पश्चात् नौ-नौ करोड़ से क्रमशः पंचतन्मात्राओं तथा अहंकार-तत्त्व का जय होता है। नित्य सहस्र मंत्र जपने से पुरुष शुद्ध रहता है, फिर इससे अधिक जप आत्मज्ञान की सिद्धि के लिए होता है। इस प्रकार 108 करोड़ जप करने से पुरुष प्रबुद्ध होकर शुद्ध योग को प्राप्त होता है। और शुद्ध योग से निःसंदेह जीवन्मुक्त हो जाता है।

प्रणवरूप शिव का सदा जप और ध्यान करनेवाला महायोगी समाधि में स्थित होकर शिवरूप हो जाता है - **'शिव एव न संशयः'**।

वेदसार शिव स्तवः

किसी भी देवता का एक साधारण रूप है, और विशेष। साधारण रूप से साधक उपासना को प्रारंभ करता है, जैसे-जैसे उपासना में विकास होता है, उपास्य का स्वरूप भी महत् होता जाता है। उपासक धीरे-धीरे उपास्य को तत्वतः जानने लगता है। जब समूचा जगत उपासक को उपास्य हो उत्पन्न, उसी में स्थित और उसी में समाता दिखता है, तब वह आश्चर्यचकित हो जाता है।

यही उपासक द्वारा उपास्य को तत्वतः जानने की स्थिति है; जो कि उपासना का लक्ष्य है। इस स्तोत्र में आपको भगवान शिव के ऐसे ही महत् स्वरूप के दर्शन होंगे।

पशूनां पतिं पापनाशं परेशं गजेन्द्रस्य कृत्तिं वसानं वरेण्यम्।
जटाजूटमध्ये स्फुरद्गङ्गवारि महादेवमेकं स्मरामि स्मरारिम्।।1।।

जो सम्पूर्ण प्राणियों के रक्षक हैं, पाप को ध्वंस करने वाले हैं, परमेश्वर हैं, गजराज का चर्म पहने हुए हैं तथा श्रेष्ठ हैं और जिनके जटाजूट में श्री गंगा जी खेल रही हैं; उन एकमात्र कामारि श्री महादेव जी का मैं स्मरण करता हूँ।

महेशं सुरेशं सुरारार्तिनाशं विभुं विश्वनाथं विभूत्यङ्गभूषम्।
विरूपाक्षमिन्द्वर्कवह्नित्रिनेत्रं सदानन्दमीडे प्रभुं पञ्चवक्त्रम्।।2।।

चन्द्र, सूर्य और अग्नि-तीनों जिनके नेत्र हैं; उन विरूप नयन महेश्वर, देवेश्वर, देव दुख दलन, विभु, विश्वनाथ, विभूति भूषण, नित्यानन्द स्वरूप तथा पंचमुख भगवान महादेव की मैं स्तुति करता हूँ।

गिरीशं गणेशं गले नीलवर्णं गवेन्द्राधिरूढं गुणातीतरूपम्।
भवं भास्वरं भस्मना भूषिताङ्गं भवानीकलत्रं भजे पञ्चवक्त्रम्।।3।।

जो कैलासनाथ हैं, गणनाथ हैं, नीलकण्ठ हैं, बैल पर सवार हैं, अगणित रूप वाले हैं, संसार के आदिकारण हैं, प्रकाश स्वरूप हैं, शरीर में भस्म लगाये हुए हैं और श्री पार्वती जी जिनकी अर्द्धांगिनी हैं; उन पंचमुख महादेव जी को मैं भजता हूँ।

शिवाकान्त शम्भो शशाङ्कार्धमौले महेशान शूलिन् जटाजूटधारिन्।
त्वमेको जगद्व्यापको विश्वरूपं प्रसीद प्रसीद प्रभो पूर्णरूप।।4।।

हे पार्वतीवल्लभ महादेव ! हे चन्द्रशेखर ! हे महेश्वर ! हे त्रिशूलिन ! हे जटाजूटधारिन! हे विश्वरूप ! एकमात्र आप ही जगत में व्याप्त हैं। हे पूर्ण रूप प्रभो! प्रसन्न होइए, प्रसन्न होइए।

परात्मानमेकं जगद्बीजमाद्यं निरीहं निराकारमोङ्कारवेद्यम्।
यतो जायते पाल्यते येन विश्वं तमीशं भजे लीयते यत्र विश्वम्।।5।।

जो परमात्मा हैं, एक है, जगत के आदि कारण हैं, इच्छा रहित हैं, निराकार हैं, प्रणव द्वारा जानने योग्य हैं तथा जिनसे सम्पूर्ण विश्व की उत्पत्ति एवं पालन होता है और फिर जिनमें उसका लय हो जाता है; उन प्रभु को मैं भजता हूँ।

न भूमिर्न चापो न वह्निर्न वायुर्न चाकाशमास्ते न तन्द्रा न निद्रा।
न ग्रीष्मो न शीतं न देशो न वेषो न यस्यास्ति मूर्तिस्त्रिमूर्तिं तमीडे।।6।।

जो न पृथ्वी हैं, न जल हैं, न अग्नि हैं, न वायु हैं, न आकाश हैं, न तन्द्रा हैं, न निद्रा हैं, न ग्रीष्म हैं और न शीत हैं तथा जिनका न कोई देश एवं न कोई वेष है; उन मूर्तिहीन त्रिमूर्ति की मैं स्तुति करता हूँ।

अजं शाश्वतं कारणं कारणानां शिवं केवलं भासकं भासकानाम्।
तुरीयं तमःपारमाद्यन्तहीनं प्रपद्ये परं पावनं द्वैतहीनम्।।7।।

जो अजन्मा हैं, नित्य हैं, कारण के कारण हैं, कल्याण स्वरूप हैं, एक हैं, प्रकाशकों के भी प्रकाशक हैं, अवस्था त्रय से विलक्षण हैं, अज्ञान से परे हैं तथा अनादि और अनन्त हैं; उन परम पावन अद्वैत स्वरूप को मैं प्रणाम करता हूँ।

नमस्ते नमस्ते विभो विश्वमूर्ते नमस्ते नमस्ते चिदानन्दमूर्ते।
नमस्ते नमस्ते तपोयोगगम्य नमस्ते नमस्ते श्रुतिज्ञानगम्य।।8।।

हे विश्वमूर्ते ! हे विभो ! आपको नमस्कार है, नमस्कार है। हे चिदानन्दमूर्ते ! आपको नमस्कार है, नमस्कार है। हे तप तथा योग से प्राप्तव्य प्रभो ! आपको नमस्कार है, नमस्कार है। हे वेदवेद्य भगवन् ! आपको नमस्कार है, नमस्कार है।

प्रभो शूलपाणे विभो विश्वनाथ महादेव शम्भो महेश त्रिनेत्र।
शिवाकान्त शान्त स्मरारे पुरारे त्वदन्यो वरेण्यो न मान्यो न गण्यः।।9।।

हे प्रभो ! हे त्रिशूलपाणे ! हे विभो ! हे विश्वनाथ ! हे महादेव ! हे शम्भो ! हे महेश्वर! हे त्रिनेत्र ! हे पार्वती प्राणवल्लभ ! हे शान्त ! हे कामारे ! हे त्रिपुरारे ! आपके अतिरिक्त न कोई श्रेष्ठ है, न माननीय है और न ही गणनीय है।

शम्भो महेश करुणामय शूलपाणे गौरीपते पशुपते पशुपाशनाशिन्।
काशीपते करुणया जगदेतदेक स्त्व हंसि पासि विदधासि महेश्वरोऽसि।।10।।

हे शम्भो ! हे महेश्वर ! हे करुणामय ! हे त्रिशूलिन ! हे गौरीपते ! हे पशुपते ! हे पशुबन्ध मोचन ! हे काशीश्वर ! एक आप ही करुणावश इस जगत की उत्पत्ति, पालन और संहार करते हो। हे प्रभो! आप ही इसके एकमात्र स्वामी हो।

त्वत्तो जगद्भवति देव भव स्मरारे त्वय्येव तिष्ठति जगन्मृड विश्वनाथ।
त्वय्येव गच्छति लयं जगदेतदीश लिङ्गात्मकं हर चराचरविश्वरूपिन्।।11।।

हे देव! हे शंकर! हे कन्दर्प दलन! हे शिव! हे विश्वनाथ! हे ईश्वर! हे हर! हे चराचर जगद्रूप प्रभो! यह लिंग स्वरूप समस्त जगत आप ही से उत्पन्न होता है, आप ही में स्थित रहता है और आप ही में लय हो जाता है।

शिवाष्टक

तस्मै नमः परमकारणकारणाय दीप्तोज्ज्वलज्ज्वलितपिङ्गललोचनाय।
नागेन्द्रहारकृतकुण्डलभूषणाय ब्रह्मेन्द्रविष्णुवरदाय नमः शिवाय।।1।।

जो कारण के भी परम कारण हैं, अग्निशिखा के समान अति देदीप्यमान, उज्ज्वल और पिंगल नेत्रों वाले हैं; सर्पराजों के हार-कुण्डलादि से भूषित हैं तथा ब्रह्मा, विष्णु और इन्द्रादि को भी वर देने वाले हैं; उन श्रीशंकर को मैं बार-बार नमस्कार करता हूँ।

श्रीमत्प्रसन्नशशिपन्नगभूषणाय शैलेन्द्रजावदनचुम्बितलोचनाय।
कैलासमन्दरमहेन्द्रनिकेतनाय लोकत्रयार्तिहरणाय नमः शिवाय।।2।।

जो शोभायमान हैं, निर्मल चन्द्रकला तथा सर्प ही जिनके भूषण हैं, गिरिराजकुमारी अपने मुख से जिनके लोचनों का चुम्बन करती हैं, कैलास और महेन्द्र गिरि जिनके निवास स्थान हैं तथा जो त्रिलोकी के दुख को दूर करने वाले हैं; उन श्री शंकर को मैं नमस्कार करता हूँ।

पद्मावदातमणिकुण्डलगोवृषाय कृष्णागरुप्रचुरचन्दनचर्चिताय।
भस्मानुषक्तविकचोत्पलमल्लिकाय नीलाब्जकण्ठसदृशाय नमः शिवाय।।3।।

जो स्वच्छ पद्मराग मणि के कुण्डलों से किरणों की वर्षा करने वाले, अगरु और अनेक चन्दन से चर्चित तथा भस्म, प्रफुल्लित कमल और जूही से सुशोभित हैं; ऐसे नीलकमल सदृश कण्ठ वाले शिव को नमस्कार है।

लम्बत्सपिङ्गलजटामुकुटोत्कटाय दंष्ट्राकरालविकटोत्कटभैरवाय।
व्याघ्राजिनाम्बरधराय मनोहराय त्रैलोक्यनाथनमिताय नमः शिवाय।।4।।

जो लटकती हुई पिंगल वर्ण जटाओं सहित मुकुट धारण करने से उत्कट जान पड़ते हैं, तीक्ष्ण दाढ़ों के कारण अति विकट और भयानक प्रतीत होते हैं, व्याघ्र चर्म धारण किये हुए हैं, अति मनोहर हैं तथा तीनों लोकों के अधीश्वर भी जिनके चरणों में झुकते हैं, उन श्रीशंकर को प्रणाम है।

दक्षप्रजापतिमहामखनाशनाय क्षिप्रं महात्रिपुरदानवघातनाय।
ब्रह्मोर्जितोर्ध्वगकरोटिनिकृन्तनाय योगाय योगनमिताय नमः शिवाय।।5।।

दक्ष प्रजापति के महायज्ञ को ध्वंस करने वाले, महान त्रिपुरासुर को शीघ्र मार डालने वाले, दर्पयुक्त ब्रह्मा के ऊर्ध्वमुख पंचम सिर का छेदन करने वाले, योग स्वरूप तथा योग से नमस्कृत शिव को मैं नमस्कार करता हूँ।

संसारसृष्टिघटनापरिवर्तनाय रक्षः पिशाचगणसिद्धसमाकुलाय।
सिद्धोरगग्रहगणेन्द्र निषेविताय शार्दूलचर्मवसनाय नमः शिवाय।।6।।

जो कल्प-कल्प में संसार रचना का परिवर्तन करने वाले हैं; राक्षस, पिशाच और सिद्धगणों से घिरे रहते हैं; सिद्ध, सर्प, ग्रहगण एवं इन्द्रादि द्वारा सेवित हैं तथा जो व्याघ्र चर्म धारण किये हुए हैं; उन श्रीशंकर को मैं नमस्कार करता हूँ।

भस्माङ्गरागकृतरूपमनोहराय सौम्यावदातवनमाश्रितमाश्रिताय।
गौरीकटाक्षनयनार्धनिरीक्षणाय गोक्षीरधारधवलाय नमः शिवाय।।7।।

भस्म रूपी अंगराग से जिन्होंने अपने रूप को अत्यन्त मनोहर बनाया है, जो अति शान्त और सुन्दर वन का आश्रय करने वालों के आश्रित हैं, श्रीपार्वती जी के कटाक्ष की ओर जो बांकी चितवन से निहार रहे हैं और गोदुग्ध की धारा के समान जिनका श्वेत वर्ण है; उन श्रीशंकर को मैं नमस्कार करता हूँ।

आदित्यसोमवरुणानिलसेविताय यज्ञाग्निहोत्रवरधूमनिकेतनाय।
ऋक्सामवेदमुनिभिः स्तुतिसंयुताय गोपाय गोपनमिताय नमः शिवाय।।8।।

जो सूर्य, चन्द्र, वरुण और पवन द्वारा सेवित हैं, यज्ञ एवं अग्निहोत्र के धूम में जिनका निवास है, ऋक्सामादि वेद तथा मुनिजन जिनकी स्तुति करते हैं; उन नन्दीश्वर पूजित गौओं का पालन करने वाले महादेव जी को मैं नमस्कार करता हूँ।

शिवाष्टकमिदं पुण्यं यः पठेच्छिवसन्निधौ।
शिवलोकमवाप्नोति शिवेन सह मोदते।।9।।

जो इस पवित्र शिवाष्टक को श्रीमहादेव जी के समीप पढ़ता है, वह शिव लोक जाकर शंकर जी के साथ आनन्द प्राप्त करता है।

शिव पंचाक्षर स्तोत्र

शिव पंचाक्षर मंत्र शिवजी का प्रमुख मंत्र है। यह स्तोत्र इस मंत्र के पाँचों अक्षरों से प्रारम्भ होता है, यही इसकी विशेषता है।

नागेन्द्रहाराय त्रिलोचनाय भस्माङ्गरागाय महेश्वराय।
नित्याय शुद्धाय दिगम्बराय तस्मै 'न' काराय नमः शिवाय।।1।।

जिनके कण्ठ में सांपों का हार है, जिनके तीन नेत्र हैं, भस्म ही जिनका अंगराग (अनुलेपन) है, दिशाएँ जिनका वस्त्र हैं (अर्थात् जो नग्न हैं); उन शुद्ध अविनाशी महेश्वर 'न' कार स्वरूप शिव को नमस्कार है।

मन्दाकिनीसलिलचन्दनचर्चिताय नन्दीश्वरप्रमथनाथमहेश्वराय।
मन्दारपुष्पबहुपुष्पसुपूजिताय तस्मै 'म' काराय नमः शिवाय।।2।।

गंगाजल और चन्दन से जिनकी अर्चा हुई है, मन्दार पुष्प तथा अन्योन्य कुसुमों से जिनकी सुन्दर पूजा हुई है; उन नन्दी के अधिपति प्रमथगणों के स्वामी महेश्वर 'म' कार स्वरूप शिव को नमस्कार है।

शिवाय गौरीवदनाब्जवृन्दसूर्याय दक्षाध्वरनाशकाय।
श्रीनीलकण्ठाय वृषध्वजाय तस्मै 'शि' काराय नमः शिवाय।।3।।

जो कल्याण स्वरूप हैं, पार्वती जी के मुख कमल को विकसित (प्रसन्न) करने के लिए जो सूर्य स्वरूप हैं, जो दक्ष का यज्ञ नाश करने वाले हैं और जिनकी ध्वजा में बैल का चिह्न है; उन परम शोभाशाली नीलकण्ठ 'शि' कार स्वरूप शिव को नमस्कार है।

वसिष्ठकुम्भोद्भवगौतमार्य मुनीन्द्रदेवार्चितशेखराय।
चन्द्रार्कवैश्वानरलोचनाय तस्मै 'व' काराय नमः शिवाय।।4।।

वसिष्ठ, अगस्त्य और गौतम आदि श्रेष्ठ मुनियों ने तथा इन्द्र आदि देवताओं ने जिनके मस्तक की पूजा की है; चन्द्रमा, सूर्य एवं अग्नि जिनके नेत्र हैं; उन 'व' कार स्वरूप शिव को नमस्कार है।

यक्षस्वरूपाय जटाधराय पिनाकहस्ताय सनातनाय।
दिव्याय देवाय दिगम्बराय तस्मै 'य' काराय नमः शिवाय।।5।।

जिन्होंने यक्ष रूप धारण किया है, जो जटाधारी हैं, जिनके हाथ में पिनाक है, जो दिव्य सनातन पुरुष हैं; उन दिगम्बर देव 'य' कार स्वरूप शिव को नमस्कार है।

पञ्चाक्षरमिदं पुण्यं यः पठेच्छिवसन्निधौ।
शिवलोकमवाप्नोति शिवेन सह मोदते।।6।।

जो शिव के समीप यह पवित्र पंचाक्षर स्तोत्र पढ़ता है, वह शिवलोक जाकर श्रीशंकर जी के साथ आनन्द प्राप्त करता है।

श्रीशिव षडक्षर स्तोत्र

ॐकारं बिन्दु संयुक्तं नित्यं ध्यायन्ति योगिनः।
कामदं मोक्षदं चैव 'ॐ' काराय नमो नमः।।1।।

नमन्ति ऋषयो देवा नमन्त्यप्सरसां गणाः।
नरा नमन्ति देवेशं 'न' काराय नमो नमः।।2।।

महादेवं महात्मानं महाध्यायं परायणम्।
महापापहरं देवं 'म' काराय नमो नमः।।3।।

शिवं शान्तं जगन्नाथं लोकानुग्रह कारकम्।
शिवमेकपदं नित्यं 'शि' काराय नमो नमः।।4।।

वाहनं वृषभो यस्य वासुकिः कण्ठ भूषणम्।
वामे शक्तिधरं देवं 'व' काराय नमो नमः।।5।।

यत्र यत्र स्थितो देवः सर्वव्यापी महेश्वरः।
यो गुरुः सर्वदेवानां 'य' काराय नमो नमः।।6।।

षडक्षर मिदं स्तोत्रं यः पठेच्छिवसन्निधौ।
शिवलोकमवाप्नोति शिवेन सह मोदते।।7।।

द्वादश ज्योतिर्लिंग

वैसे शिव की आराधना किसी भी प्रतिष्ठित शिवलिंग की अर्चना-वंदना द्वारा की जा सकती है लेकिन ये 12 स्थान ऐसे हैं जहाँ शिव साक्षात् एवं जाग्रत हैं। इन स्थानों का 'रुद्री' द्वारा अभिषेक करने से साधक की समस्त कामनाएँ शीघ्र पूर्ण होती हैं।

सौराष्ट्रे सोमनाथं च श्रीशैले मल्लिकार्जुनम्।
उज्जयिन्यां महाकालमोङ्कारममलेश्वरम्।।
परल्यां वैद्यनाथं च डाकिन्यां भीमशङ्करम्।
सेतुबन्धे तु रामेशं नागेशं दारुकावने।।
वाराणस्यां तु विश्वेशं त्र्यम्बकं गौतमीतटे।
हिमालये तु केदारं घुश्मेशं च शिवालये।।
एतानि ज्योतिर्लिङ्गानि सायं प्रातः पठेन्नरः।
सप्तजन्मकृतं पापं स्मरणेन विनश्यति।।

(1) सौराष्ट्र प्रदेश (काठियावाड़) में श्री सोमनाथ, (2) श्रीशैल पर श्रीमल्लिकार्जुन, (3) उज्जयिनी (उज्जैन) में श्रीमहाकाल, (4) ॐकारेश्वर अथवा अमलेश्वर, (5) परली में वैद्यनाथ, (6) डाकिनी नामक स्थान में श्री भीमशंकर, (7) सेतुबन्ध पर श्रीरामेश्वर, (8) दारुकावन में श्रीनागेश्वर, (9) वाराणसी (काशी) में श्रीविश्वनाथ, (10) गौतमी (गोदावरी) के तट पर श्रीत्र्यम्बकेश्वर, (11) हिमालय पर केदारखण्ड में श्रीकेदारनाथ और (12) शिवालय में श्री घुश्मेश्वर, ये बारह ज्योतिर्लिंग हैं। जो मनुष्य प्रतिदिन प्रातःकाल और सायंकाल इन बारह ज्योतिर्लिंगों का नाम लेता है, उसके सात जन्मों का पाप मिट जाता है।

1. श्रीसोमनाथ गुजरात प्रांत के काठियावाड़ में समुद्र के किनारे स्थित है।
2. श्रीशैल पर्वत तमिलनाडु प्रांत के कृष्णा जिले में कृष्णा नदी के तट पर है। इसे दक्षिण का कैलास कहते हैं।

3. श्रीमहाकालेश्वर मालवा क्षेत्र में क्षिप्रा नदी के तट पर उज्जैन नगर में विराजमान हैं। उज्जैन को अवन्तिकापुरी भी कहते हैं।

4. ॐकारेश्वर का स्थान मालवा क्षेत्र में नर्मदा नदी के तट पर है। यह स्थान उज्जैन से खण्डवा रेलवे लाइन पर मोरटक्का नामक स्टेशन से 7 मील दूर है। यहाँ ॐकारेश्वर और अमलेश्वर के दो पृथक्-पृथक् लिंग हैं, परन्तु ये एक ही लिंग के दो स्वरूप हैं।

5. हैदराबाद नगर से इधर परभनी नामक जंक्शन है। वहाँ से परली तक एक ब्रांच लाइन है। इस परली स्टेशन से थोड़ी दूर परली ग्राम के निकट श्रीवैद्यनाथ नामक ज्योतिर्लिंग है। 'शिव पुराण' के अनुसार संथाल परगना में जैसीडीह स्टेशन के पास वाला शिवलिंग ही वास्तविक वैद्यनाथ ज्योतिर्लिंग सिद्ध होता है; क्योंकि यही चिताभूमि है।

6. श्री भीमशंकर का स्थान मुम्बई से पूर्व और पूना से उत्तर भीमा नदी के किनारे सह्य पर्वत पर है। यह स्थान सड़क मार्ग से नासिक से लगभग 120 मील दूर है। सह्य पर्वत के एक शिखर का नाम डाकिनी है। इससे अनुमान होता है कि वहाँ कभी डाकिनी और भूतों का निवास था। 'शिव पुराण' में भीमशंकर ज्योतिर्लिंग का स्थान आसाम के कामरूप जिले में गुवाहटी के पास ब्रह्मपुर पहाड़ी पर बताया गया है। कुछ लोग कहते हैं कि नैनीताल जिले के उज्जनक नामक स्थान में एक विशाल शिव मन्दिर है, वही भीमशंकर का स्थान है।

7. श्रीरामेश्वर एक प्रसिद्ध तीर्थ है। यह तमिलनाडु के रामनद जिले में है।

8. श्रीनागेश्वर गुजरात राज्यान्तर्गत गोमती द्वारका से ईशान कोण में 12-13 मील की दूरी पर है। कुछ लोग हैदराबाद राज्य के अन्तर्गत औढ़ा ग्राम में स्थित शिवलिंग को ही 'नागेश्वर' ज्योतिर्लिंग मानते हैं। कुछ लोगों के अनुसार अल्मोड़ा से 17 मील उत्तर-पूर्व में यागेश (जागेश्वर) शिवर्लिंग ही नागेश ज्योतिर्लिंग है।

9. काशी के श्रीविश्वनाथ जी विश्व प्रसिद्ध हैं।

10. यह ज्योतिर्लिंग मुम्बई प्रान्त के नासिक जिले में नासिक-पंचवटी (जहाँ शूर्पणखा की नाक कटी थी) से 18 मील की दूरी पर ब्रह्म गिरि के निकट गोदावरी नदी के किनारे है।

11. श्रीकेदारनाथ हिमालय के केदार नामक चोटी पर स्थित है। शिखर के पूर्व में अलकनन्दा के तट पर श्रीबद्रीनाथ और पश्चिम में मन्दाकिनी के किनारे श्री केदारनाथ विराजमान हैं। यह स्थान हरिद्वार से 150 मील और ऋषिकेश से 132 मील दूर है।

12. श्री घुश्मेश्वर को घुसृणेश्वर या घृष्णेश्वर भी कहते हैं। इनका स्थान आंध्र प्रदेश दौलताबाद स्टेशन से 12 मील दूर बेरूल गाँव के पास है।

स्तोत्र

सौराष्ट्रदेशे विशदेऽतिरम्ये ज्योतिर्मयं चन्द्रकलावतंसम्।
भक्तिप्रदानाय कृपावतीर्णं तं सोमनाथं शरणं प्रपद्ये।।1।।

जो अपनी भक्ति प्रदान करने के लिए अत्यन्त रमणीय तथा निर्मल सौराष्ट्र प्रदेश (काठियावाड़) में दयापूर्वक अवतीर्ण हुए हैं और चन्द्रमा जिनके मस्तक का आभूषण है; उन ज्योतिर्लिंग स्वरूप भगवान् श्रीसोमनाथ की शरण में मैं जाता हूँ।

श्रीशैलशृङ्गे विबुधातिसङ्गे तुलाद्रितुङ्गेऽपि मुदावसन्तम्।
तमर्जुनं मल्लिकपूर्वमेकं नमामि संसारसमुद्रसेतुम्।।2।।

जो ऊँचाई के आदर्शभूत पर्वतों से भी बढ़कर ऊँचे श्रीशैल के शिखर पर जहाँ देवताओं का अत्यन्त समागम होता रहता है, प्रसन्नतापूर्वक निवास करते हैं तथा जो संसार-सागर से पार कराने के लिए पुल के समान हैं; उन एकमात्र प्रभु मल्लिकार्जुन को मैं नमस्कार करता हूँ।

अवन्तिकायां विहितावतारं मुक्तिप्रदानाय च सज्जनानाम्।
अकालमृत्योः परिरक्षणार्थं वन्दे महाकालमहासुरेशम्।।3।।

संतजनों को मोक्ष देने के लिए जिन्होंने अवन्तिकापुरी (उज्जैन) में अवतार धारण किया है, उन महाकाल नाम से विख्यात महादेवजी को मैं अकाल मृत्यु से बचने के लिए नमस्कार करता हूँ।

कावेरिकानर्मदयोः पवित्रे समागमे सज्जनतारणाय।
सदैव मान्धातृपुरे वसन्तमोङ्कारमीशं शिवमेकमीडे।।4।।

जो सत्पुरुषों को संसार-सागर से पार उतारने के लिए कावेरी और नर्मदा के पवित्र संगम के निकट मान्धातापुर में निवास करते हैं, उन अद्वितीय कल्याणमय भगवान ॐकारेश्वर का मैं स्तवन करता हूँ।

पूर्वोत्तरे प्रज्वलिकानिधाने सदा वसन्तं गिरिजासमेतम्।
सुरासुराराधितपादपद्मं श्रीवैद्यनाथं तमहं नमामि।।5।।

जो पूर्वोत्तर दिशा में चिताभूमि (वैद्यनाथ धाम) के भीतर सदैव गिरिजा के साथ वास करते हैं तथा देवता और असुर जिनके चरण-कमलों की आराधना करते हैं; उन श्रीवैद्यनाथ को मैं प्रणाम करता हूँ।

याम्ये सदङ्गे नगरेऽतिरम्ये विभूषिताङ्गं विविधैश्च भोगैः।
सद्भक्तिमुक्तिप्रदमीशमेकं श्रीनागनाथं शरणं प्रपद्ये।।6।।

जो दक्षिण के अत्यन्त रमणीय सदंग नगर में विविध भोगों से सम्पन्न होकर सुन्दर आभूषणों से भूषित हो रहे हैं तथा जो एकमात्र सद्भक्ति और मुक्ति देने वाले हैं; उन प्रभु श्रीनागनाथ की मैं शरण में जाता हूँ।

महाद्रिपार्श्वे च तटे रमन्तं सम्पूज्यमानं सततं मुनीन्द्रैः।
सुरासुरैर्यक्षमहोरगाद्यैः केदारमीशं शिवमेकमीडे।।7।।

जो महागिरि हिमालय के पास केदार शिखर के तट पर सदा निवास करते हुए मुनीश्वरों द्वारा पूजित होते हैं तथा देवता, असुर, यक्ष और महान सर्प आदि भी जिनकी पूजा करते हैं; उन कल्याण कारक भगवान केदारनाथ का मैं स्तवन करता हूँ।

सह्याद्रिशीर्षे विमले वसन्तं गोदावरीतीरपवित्रदेशे।
यद्दर्शनात्पातकमाशु नाशं प्रयाति तं त्र्यम्बकमीशमीडे।।8।।

जो गोदावरी तट के पवित्र देश में सह्य पर्वत के विमल शिखर पर वास करते हैं और जिनके दर्शन से तुरंत ही पातक नष्ट हो जाते हैं; उन श्रीत्र्यम्बकेश्वर का मैं स्तवन करता हूँ।

सुताम्रपर्णीजलराशियोगे निबध्य सेतुं विशिखैरसंख्यैः।
श्रीरामचन्द्रेण समर्पितं तं रामेश्वराख्यं नियतं नमामि।।9।।

जो भगवान राम द्वारा ताम्रपर्णी और सागर के संगम में अनेक बाणों से पुल बाँधकर स्थापित किये गए, उन श्रीरामेश्वर को मैं नियम से प्रणाम करता हूँ।

यं डाकिनीशाकिनिकासमाजे निषेव्यमाणं पिशिताशनैश्च।
सदैव भीमादिपदप्रसिद्धं तं शङ्करं भक्तहितं नमामि।।10।।

जो डाकिनी और शाकिनीवृन्द में प्रेतों द्वारा सदैव सेवित होते हैं, उन भक्त हितकारी भगवान भीमशंकर को मैं प्रणाम करता हूँ।

सानन्दमानन्दवने वसन्तमानन्दकन्दं हतपापवृन्दम्।
वाराणसीनाथमनाथनाथं श्रीविश्वनाथं शरणं प्रपद्ये।।11।।

जो स्वयं आनन्दकन्द हैं और आनन्दपूर्वक आनन्दवन (काशीक्षेत्र) में वास करते हैं तथा जो पाप समूह का नाश करने वाले हैं; उन अनाथों के नाथ काशीपति विश्वनाथ की मैं शरण में जाता हूँ।

इलापुरे रम्यविशालकेऽस्मिन् समुल्लसन्तं च जगद्वरेण्यम्।
वन्दे महोदारतरस्वभावं घृष्णेश्वराख्यं शरणं प्रपद्ये।।12।।

जो इलापुर के सुरम्य मन्दिर में विराजमान होकर समस्त जगत के आराधनीय हो रहे हैं, जिनका स्वभाव बड़ा ही उदार है; उन घृष्णेश्वर नामक ज्योतिर्मय भगवान शिव की शरण में मैं जाता हूँ।

ज्योतिर्मयद्वादशलिङ्गकानां शिवात्मनां प्रोक्तमिदं क्रमेण।
स्तोत्रं पठित्वां मनुजोऽतिभक्त्या फलं तदालोक्य निजं भजेच्च।।13।।

यदि मनुष्य क्रमशः कहे गए इन द्वादश ज्योतिर्मय शिवलिंगों के स्तोत्र का भक्तिपूर्वक पाठ करे तो वह इनके दर्शन से होने वाला फल प्राप्त कर सकता है।

श्रीमाहेश्वर कवच

देवाधिदेव महादेव जीवन रक्षक तो हैं ही साथ ही साथ व्याधि विनाशक भी हैं इसलिए गंभीर अथवा असाध्य व्याधियों से मुक्ति प्राप्त करने हेतु जितनी भी साधनाएँ, उपासनाएँ, आराधनाएँ तथा पूजाएँ शास्त्रों में वर्णित हैं वह सभी भगवान शिव की व्याधि-विनाशक शक्ति पर ही केन्द्रित हैं। जीवन-रक्षा हेतु और गंभीर व्याधियों अथवा असाध्य रोगों से मुक्ति प्राप्ति हेतु महामृत्युञ्जय मंत्र, संजीवनी मृत्युञ्जय मंत्र, रुद्राष्टाध्यायी, पाशुपतास्त्र, कर्मजव्याधि विनाशक मंत्र आदि सभी मंत्र भगवान शिव की व्याधि-विनाशक अनुपम शक्ति पर आधारित हैं। देवाधिदेव महादेव एक मात्र ऐसे आलोक स्तम्भ हैं जहाँ पर पहुँच कर सभी प्रकार की व्यथाओं, विपदाओं, विपत्तियों एवं विकृतियों की वीभत्सता का विशिष्ट समाधान सम्भव होता है। यहाँ पर सर्वरोगहरं श्री महेश्वर कवच प्रस्तुत किया जा रहा है, जिसकी साधना से सभी प्रकार की व्याधियों का अन्त होता है।

इस कवच का नियमित पाठ करने से सभी प्रकार के भय और आशंकाओं से व्यक्ति को मुक्ति प्राप्त होती है। समग्र दैहिक और भौतिक विकारों का निर्मूलन होता है और व्यक्ति पूर्णतः स्वस्थ्य जीवन व्यतीत करके हर्षित और उल्लासित होता है। निरोग जीवन एक महान उपलब्धि है जो सर्वरोगहरं श्री महेश्वर कवच के नियमित पाठ करने से सम्भव होती है। इस कवच का कम से कम एक पाठ नियमित अवश्य करना चाहिए। यदि सामर्थ्य हो तो तीन, पाँच अथवा ग्यारह पाठ स्वयं करना चाहिए। किसी आचार्य द्वारा सम्पन्न कराना हो तो ग्यारह सौ पाठ का संकल्प करना चाहिए। पाठ के पश्चात् दशांश हवन आदि अनिवार्य है उल्लेखनीय है कि सर्वरोगहरं श्रीमहेश्वर कवच के पाठ का संकल्प लेने से पूर्व भगवान् शंकर की षोडशोपचार विधि से आराधना करनी चाहिए।

राजोवाच

अङ्गन्यासो यदुक्तो भो महेशाक्षर संयुतः।
विधानं कीदृशं तस्य कर्तव्यः केन हेतुना।।1।।
तद्वदस्व महाभाग विस्तरेण मामग्रतः।

भृगुरुवाच

कवचं माहेश्वरं राजन्देवैरपि सुदुर्लभम्।
यः करोति स्वगात्रेषु पूतात्मा स भवेन्नरः।।2।।

कृत्वा न्यासमिमं यस्तु संग्रामं प्रविशेन्नरः।
न शरास्तोमरास्तस्य खड्गशक्तिपरश्वधाः।।3।।

प्रभवंति रिपोः क्वापि भवेच्छिवपराक्रमः।
व्याधिग्रस्तस्तु यः कश्चित्कारयेच्चैव मार्जनम्।।4।।

एकादशकुशैः साग्रैर्मुक्तो भवति नान्यथा।
न भूता न पिशाचाश्च कूष्माण्डा न विनायकाः।।5।।
शिवस्मरणमात्रेण न विशन्ति कलेवरम्।

विनियोगः ॐ नमः पञ्चवक्राय शशिसोमार्कनेत्राय भयार्तानामभयाय मम सर्वगात्ररक्षार्थे विनियोगः।

कवचम्

ॐ हौं हां हं मन्त्रेणानेन वृषगोमयभस्मनाम्।
आमन्त्र्य ललाटे तिलकमादाय पठेत्।

त्राहि मां देव दुष्प्रेक्ष शत्रूणां भयवर्द्धन।
ॐ स्वच्छंदभैरवः प्राच्यामाग्नेय्यां शिखिलोचनः।।1।।

भूतेशो दक्षिणे भागे नैर्ऋत्यां भीमदर्शनः।
वारुण्यां वृषकेतुश्च वायौ रक्षतु शङ्करः।।2।।

दिग्वासाः सौम्यतो नित्यमैशान्यां मदनान्तकः।
वामदेवोर्ध्वतो रक्षेदधो रक्षेत्त्रिलोचनः।।3।।

पुरारिः पुरतः पातु कपर्द्दी पातु पृष्ठतः।
विश्वेशो दक्षिणेभागे वामे कालीपतिः सदा।।4।।

महेश्वरः शिरोभागे भवो भाले सदैव तु।
भ्रुवोर्मध्ये महातेजास्त्रिनेत्रो नेत्रयोर्द्वयोः।।5।।

पिनाकी नासिकादेशे कर्णयोर्गिरिजापतिः।
उग्रः कपोलयो रक्षेन्मुखदेशे महाभुजः।।6।।

जिह्वायामन्धकध्वंसी दंतान् रक्षतु मृत्युजित्।
नीलकंण्ठः सदा कण्ठे पृष्ठे कामाङ्गनाशनः।।7।।

त्रिपुरारिः स्कंधदेशे बाह्वोश्च चन्द्रशेखरः।
हस्तिचर्मधरो हस्ते नखाङ्गुलिषु शूलभृत्।।8।।

भवानीशः पातु हार्दे पातूदरकटी मृडः।
गुदे लिङ्गे च मेढ्रे च नाभौ च प्रमथाधिपः।।9।।

जंघोरुचरणे भीमः सर्वाङ्गे केशवप्रियः।
रोमकूपे विरूपाक्षः शब्दस्पर्शे च योगवित्।।10।।

रक्तमज्जावसामांसशुक्रे वसुगणार्चितः।
प्राणापानसमानेषूदानव्यानेषु धूर्ज्जटिः।।11।।

रक्षाहीनं तु यत्स्थानं वर्जितं कवचेन यत्।
तत्सर्वे रक्ष मे देव व्याधि दुर्गज्वरादितः।।12।।

कार्य्यं कर्म्म त्विदं प्राज्ञैर्दीपं प्रज्वाल्य सर्पिषा।
निवेद्य शिखिनेत्राय वारयेत्तु ह्युदङ्मुखम्।।13।।

ज्वरदाहपरिक्रांतं तथान्यव्याधिसंयुतम्।
कुशैः संमार्ज्यसंमार्ज्य क्षिपेद्दीपशिखां ज्वरम्।।14।।

ऐकाहिकं द्व्याहिकं वा तृतीयकचतुर्थकम्।
वातपित्तकफोद्भूतं सन्निपातोग्रतेजसम्।।15।।

अन्यं दुःखदुराधर्षकर्म्मजं चाभिचारिकम्।
धातुस्थं कफसं मिश्रं विषमं कामसम्भवम्।।16।।

भूताभिषङ्गसंसर्गं भूतचेष्टादिसंस्थितम्।
शिवाज्ञां घोरमन्द्रेण पूर्ववृत्तं स्वयं स्मर।।17।।

त्यज देहं मनुष्यस्य दीपं गच्छ महाज्वर।
कृतं तु कवचं दिव्यं सर्वव्याधिभयार्द्दनम्।।18।।

न बाधंते व्याधयस्तं बालग्रहभयानि च।
लूताविस्फोटकं घोरं शिरोर्तिच्छर्दिविग्रहम्।।19।।

कामलां क्षयकासं च गुल्माश्मरीभगंदराः।
शूलोन्मादं च हृद्रोगयकृती पाण्डुविद्रधिम्।।20।।

अतिसारादिरोगांश्च डाकिनीपीडकग्रहान्।
पामाविचर्चिकादद्रुकुष्ठ व्याधिविषार्दनम्।।21।।

स्मरणान्नाशयत्याशु कवचं शूलपाणिनः।
यस्तु स्मरति नित्यं वै यस्तु धारयने नरः।।22।।

स मुक्तः सर्व पापेभ्यो वसेच्छिवपुरे चिरम्।
संख्याव्रतस्य दानस्य यज्ञस्यास्तीह शास्त्रतः।।23।।

न संख्या विद्यते शम्भोः कवचस्मरणाद्यतः।
तस्मात्सम्यगिदं सर्वैः सर्वकामफलप्रदम्।।24।।

श्रोतव्यं सततं भक्त्या कवचं सर्वकामिकम्।
लिखितं तिष्ठते यस्य गृहे सम्यगनुत्तमम्।।25।।

न तत्र कलहोद्वेगो नाकालमरणं भवेत्।
नाल्पप्रजाः स्त्रियस्तत्र न दौर्भाग्यं समाश्रिताः।।26।।

तस्मान्माहेश्वरं नाम कवचं देवगणार्चितम्।
श्रोतव्यं पठितव्यं च मंतव्यं भावुकप्रदम्।।27।।

श्रीमाहेश्वर कवचं सर्वव्याधिनिषूदनम्।
यः पठेत्तु नरो नित्यं स व्रजेच्छाङ्करं पुरम्।।28।।

इति सर्वव्याधिहरं श्रीमाहेश्वरकवचं सम्पूर्णम्।

शिव ताण्डव स्तोत्र

शिव तांडव स्तोत्र की रचना दशकंधर रावण ने की थी। वह सायंकाल की पूजा समाप्त करके इस स्तोत्र का गायन करता था। यह भी एक महत्त्वपूर्ण और हितकारी स्तोत्र है। इसका पाठ करने से श्री शिव की अपार कृपा प्राप्त होती है। वे साधक को हाथी, घोड़े, रथ तथा भूमि-भवन आदि स्थिर सम्पत्ति प्रदान करते हैं।

जटाटवीगलज्जलप्रवाहपावितस्थले
गलेऽवलम्ब्य लम्बितां भुजङ्गतुङ्गमालिकाम्।
डमड्डमड्डमड्डमन्निनादवड्डमर्व्वयं
चकार चण्डताण्डवं तनोतु नः शिवः शिवम्।।1।।

जिन्होंने जटा रूपी अटवी (वन) से निकलती हुई गंगाजी के प्रवाहों से पवित्र किये गए गले में सर्पों की माला धारण करके डमरू के डम-डम शब्दों से मण्डित प्रचण्ड ताण्डव नृत्य किया, वे शिव जी हमारे कल्याण का विस्तार करें।

जटाकटाहसंभ्रमभ्रमन्निलिम्पनिर्झरी-
विलोलवीचिवल्लरी विराजमानमूर्द्धनि।
धगद्धगद्धगद्धगज्ज्वलल्लाटपट्टपावके
किशोरचन्द्रशेखरे रतिः प्रतिक्षणं मम।।2।।

जिनका मस्तक जटा रूपी कड़ाह में वेग से घूमती हुई गंगा की चंचल तरंग लताओं से सुशोभित हो रहा है, ललाटाग्नि धक्-धक् जल रही है और सिर पर बाल चन्द्रमा विराजमान है; उन भगवान शिव में मेरा निरन्तर अनुराग रहे।

धराधरेन्द्रनन्दिनीविलासबन्धुबन्धुर-
स्फुरदृगन्तसन्ततिप्रमोदमानमानसे ।
कृपाकटाक्षधोरणीनिरुद्धदुर्धरापदि
क्वचिद्दिगम्बरे मनो विनोदमेतु वस्तुनि।।3।।

गिरिराज किशोरी पार्वती के विलास कालोपयोगी शिरोभूषण से समस्त दिशाओं को प्रकाशित होते देखकर जिनका मन आनन्दित हो रहा है और जिनकी निरन्तर कृपादृष्टि से कठिन आपत्ति का भी निवारण हो जाता है, ऐसे किसी दिगम्बर तत्त्व में मेरा मन विनोद करे।

जटाभुजङ्गपिङ्गलस्फुरत्फणामणिप्रभा-
कदम्बकुङ्कुमद्रवप्रलिप्तदिङ्गवधूमुखे।
मदान्धसिन्धुरस्फुरत्त्वगुत्तरीयमेदुरे
मनो विनोदमद्भुतं बिभर्तु भूतभर्तरि।।4।।

जिनके जटाजूटवर्ती भुजंगों के फणों की मणियों का फैलता हुआ पिंगल प्रभापुंज दिशा रूपिणी अंगनाओं के मुख पर कुंकुमराग का अनुलेप कर रहा है एवं मतवाले हाथी के हिलते हुए चमड़े का उत्तरीय वस्त्र (चादर) धारण करने से स्निग्ध वर्ण हुए उन भूतनाथ में मेरा चित्त अद्भुत विनोद करे।

सहस्रलोचनप्रभृत्यशेषलेखशेखर-
प्रसूनधूलिधोरणीविधूसराङ्घ्रिपीठभूः ।
भुजङ्गराजमालया निबद्ध जाटजूटकः
श्रिये चिराय जायतां चकोरबन्धुशेखरः।।5।।

जिनकी चरण पादुकाएँ इन्द्र आदि समस्त देवताओं के (प्रणाम करते समय) मस्तकवर्ती कुसुमों की धूलि से धूसरित हो रही हैं और नागराज के हार से बँधी हुई जटा वाले वे भगवान चन्द्रशेखर मेरे लिए चिरस्थायिनी सम्पत्ति के साधक हों।

ललाटचत्वरज्वलद्धनञ्जयस्फुलिङ्गभा-
निपीतपञ्चसायकं नमन्निलिम्पनायकम्।

सुधामयूखलेखया विराजमानशेखरं
महाकपालि संपदे शिरोज्जटालमस्तु नः।।6।।

जिसने ललाट-वेदी पर प्रज्वलित हुई अग्नि के स्फुलिंगों के तेज से कामदेव को नष्ट कर डाला था, जिसे इन्द्र नमस्कार करते हैं तथा सुधाकर की कला से सुशोभित मुकुट वाला श्रीमहादेव जी का वह उन्नत, विशाल और जटिल मस्तक हमारी सम्पत्ति का साधक हो।

करालभालपट्टिकाधगद्धगद्धगज्ज्वल-
द्धनंजयाहुतीकृतप्रचण्डपञ्चसायके ।
धराधरेन्द्रनन्दिनीकुचाग्रचित्रपत्रक-
प्रकल्पनैकशिल्पिनि त्रिलोचने रतिर्मम।।7।।

जिन्होंने अपने विकराल भालपट्ट पर धक्-धक् जलती हुई अग्नि में प्रचण्ड कामदेव को हवन कर दिया था तथा गिरिराज किशोरी के स्तनों पर पत्रभंग-रचना करने के एकमात्र कारीगर उन भगवान त्रिलोचन में मेरी धारणा लगी रहे।

नवीनमेघमण्डलीनिरुद्धदुर्धरस्फुरत्
कुहूनिशीथिनीतमः प्रबन्धबद्धकन्धरः।
निलिम्पनिर्झरीधरस्तनोतु कृत्तिसुन्दरः
कलानिधानबन्धुरः श्रियं जगद्धुरन्धुरः।।8।।

जिनके कण्ठ में नवीन मेघमाला से घिरी हुई अमावस्या की आधी रात के समय फैलते हुए दुरूह अन्धकार के समान श्यामलता अंकित है तथा जो गजचर्म लपेटे हुए हैं; वे संसार भार को धारण करने वाले चन्द्रमा (के सम्पर्क) से मनोहर कान्तियुक्त भगवान गंगाधर मेरी सम्पत्ति का विस्तार करें।

प्रफुल्लनीलपङ्कजप्रपञ्चकालिमप्रभा-
वलम्बिकण्ठकन्दलीरुचिप्रबद्धकन्धरम् ।
स्मरच्छिदं पुरच्छिदं भवच्छिदं मखच्छिदं
गजच्छिदान्धकच्छिदं तमन्तकच्छिदं भजे।।9।।

जिनका कण्ठदेश खिले हुए नीलकमल समूह की श्याम प्रभा का अनुकरण करने वाली हरिणी जैसी छवि वाले चिह्न से सुशोभित है तथा जो कामदेव, त्रिपुर, भव (संसार), दक्ष-यज्ञ, हाथी, अन्धकासुर और यमराज का भी उच्छेदन करने वाले हैं; उन्हें मैं भजता हूँ।

अखर्वसर्वमङ्गलाकलाकदम्बमञ्जरी-
रसप्रवाहमाधुरीविजृम्भणामधुव्रतम् ।

स्मरान्तकंपुरान्तकं भवान्तकं मखान्तकं
गजान्तकान्धकान्तकंतमन्तकान्तकं भजे।।10।।

जो अभिमान रहित पार्वती की कला रूप कदम्ब मंजरी के मकरन्द स्रोत की बढ़ती हुई माधुरी का पान करने वाले मधुप हैं तथा कामदेव, त्रिपुर, भव, दक्ष-यज्ञ, हाथी, अन्धकासुर और यमराज का भी अन्त करने वाले हैं; उन्हें मैं भजता हूँ।

जयत्यदभ्रविभ्रमभ्रमद्भुजङ्गमश्वस-
द्विनिर्गमत्क्रमस्फुरत्करालभालहव्यवाट्।
धिमिंधिमिंधिमिध्वनन्मृदङ्गतुङ्गमङ्गल-
ध्वनिक्रमप्रवर्तितप्रचण्डताण्डवः शिवः।।11।।

जिनके मस्तक पर बड़े वेग के साथ घूमते हुए भुजंग के फुफकारने से ललाट की भयंकर अग्नि क्रमशः धधकती हुई फैल रही है तथा धीमे-धीमे बजते हुए मृदंग के गम्भीर मंगल घोष के क्रमानुसार जिनका प्रचण्ड ताण्डव हो रहा है; उन भगवान शंकर की जय हो।

दृषद्विचित्रतल्पयोर्भुजङ्गमौक्तिकस्रजो-
र्गरिष्ठरत्नलोष्ठयोः सुहृद्विपक्ष पक्षयोः।
तृणारविन्दचक्षुषोः प्रजामहीमहेन्द्रयोः
समप्रवृत्तिकः कदा सदाशिवं भजाम्यहम्।।12।।

पत्थर और सुन्दर बिछौने में, साँप एवं मुक्ता की माला में, बहुमूल्य रत्न तथा मिट्टी के ढेले में, मित्र या शत्रु पक्ष में, तृण अथवा कमललोचना तरुणी में, प्रजा और पृथ्वी के महाराज में समान भाव रखता हुआ मैं कब सदाशिव को भजूँगा।

कदा निलिम्पनिर्झरीनिकुञ्जकोटरे वसन्
विमुक्तदुर्मतिः सदा शिरस्थमञ्जलिं वहन्।
विलोललोललोचनो ललामभाललग्नकं
शिवेति मन्त्रमुच्चरन्सदा सुखी भवाम्यहम्।।13।।

सुन्दर ललाट वाले भगवान चन्द्रशेखर में दत्तचित्त हो, अपने कुविचारों को त्यागकर गंगाजी के तटवर्ती निकुंज के भीतर रहता हुआ सिर पर हाथ जोड़ डबडबाई हुई विह्वल आँखों से 'शिव' मंत्र का उच्चारण करता हुआ मैं कब सुखी होऊँगा?

निलिम्पनाथनागरीकदम्बमौलिमल्लिका-
निगुम्फनिर्भरक्षरन्मधूष्णिकामनोहरः।
तनोतु नो मनोमुदं विनोदिनीमहर्निशं
परश्रियः परं पदं तदङ्गजत्विषां चयः।।14।।

देवांगनाओं के सिर में गुँथे पुष्पों की मालाओं के झड़ते हुए सुगन्धमय पराग से मनोहर, परम शोभा के धाम श्री शिवजी के अंगों की सुन्दरताएँ परमानन्दयुक्त हमारे मन की प्रसन्नता को सर्वदा बढ़ाती रहें।

प्रचण्डवाडवानलप्रभाशुभप्रचारिणी
महाष्टसिद्धिकामिनीजनावहूतजल्पना ।
विमुक्तवामलोचनाविवाहकालिकध्वनिः
शिवेति मन्त्रभूषणं जगज्जयाय जायताम् ।।15।।

प्रचण्ड बड़वानल की भाँति पापों को भस्म करने में, स्त्री स्वरूपिणी अणिमादिक अष्ट महासिद्धियों तथा चंचल नेत्रों वाली देवकन्याओं से शिव-विवाह समय में गान की गई मंगलध्वनि सब मंत्रों में परमश्रेष्ठ शिवमंत्र से पूरित, संसारिक दुःखों को नष्ट कर विजय पायें।

इमं हि नित्यमेवमुक्तमुत्तमोत्तमं स्तवं
पठन् स्मरन् ब्रुवन् नरो विशुद्धिमेति सन्ततम्।
हरे गुरौ सुभक्तिमाशु याति नान्यथा गतिं
विमोहनं हि देहिनां सुशङ्करस्य चिन्तनम्।।16।।

जो मनुष्य इस प्रकार से उक्त उत्तमोत्तम स्तोत्र का नित्य पाठ, स्मरण तथा वर्णन करता है; वह सदा शुद्ध रहता है और शीघ्र ही सुरगुरु श्रीशंकर जी की अच्छी भक्ति प्राप्त कर लेता है। ऐसा व्यक्ति विरुद्ध गति को नहीं प्राप्त होता; क्योंकि श्रीशिव जी का अच्छी प्रकार चिन्तन प्राणी वर्ग के मोह का नाश करने वाला है।

पूजावसानसमये दशवक्त्रगीतं
यः शम्भुपूजनमिदं पठति प्रदोषे।
तस्य स्थिरां रथगजेन्द्रतुरङ्गयुक्तां
लक्ष्मीं सदैव सुमुखीं प्रददाति शम्भुः।।17।।

सायंकाल पूजा समाप्त होने पर रावण द्वारा गाये हुए इस शम्भुपूजन सम्बन्धी स्तोत्र का जो व्यक्ति पाठ करता है, भगवान शंकर उसे रथ, हाथी एवं घोड़ों से युक्त सदा स्थिर रहने वाली अनुकूल सम्पत्ति देते हैं।

शिवमहिम्नःस्तोत्र

स्तोत्र-साहित्य

भारतीय देव-स्तोत्र-साहित्य अपनी विशालता, विविधता और विशिष्टता के कारण अत्यन्त उपादेय है। आगम-ग्रन्थों में स्तोत्र को उपासना का एक प्रमुख अंग बताकार साधनोपयोगी पाँच अंगों में जिह्वारूप कहा है। **'स्तोत्रं देवीरसा प्रोक्ता'**- स्तोत्र भगवती वाग्देवी की जिह्वा है।

समस्त वांगमय की अधिष्ठात्री देवी सरस्वती वाणी के रूप में आविर्भूत होकर इष्टदेव की स्तुति करती है। रसमयता के कारण स्तोत्र, स्तोता एवं स्तोतव्य की त्रिवेणी एक अद्भुत रस-स्वरूप बनकर अखिल ब्रह्माण्ड को तद्रूप बना देती है। इसीलिए कालिदास ने कहा है कि - **'स्तोत्रं कस्य न तुष्टये?'** - स्तोत्र किसे अच्छा नहीं लगता, किसे संतुष्ट नहीं करता? 'स्तोत्र' शब्द स्वयं प्रशंसा का ही तो पर्याय है। महर्षि पाणिनि ने **'ष्टुञ्'** धातु को इसी अर्थ में समाविष्ट बताकर उसका अर्थ स्तुति करना किया है। साहित्य की समस्त विधाएँ अथवा वाग्व्यवहार के जितने भी प्रकार होते हैं, हो सकते हैं, वे सभी स्तोत्र की परिधि में आ जाते हैं। अव्यक्त और व्यक्त भावों की अक्षरात्मक अभिव्यक्ति स्तोत्ररूप ही तो है। चराचर जगत् की अखिल चेष्टाएँ तथा ध्वनियाँ अहर्निश उस परमपिता परमात्मा की स्तुति में ही तल्लीन हैं। प्रकृति का पूरा परिवेष स्तोत्र में ही व्याप्त है और उसका वांगमय रूप स्तोत्र ही है।

शिवोपासना की चिरन्तनता

आदिदेव महादेव परम दयालु, आशुतोष हैं। साधारण भक्ति से प्रसन्न होने वाले सर्वमंगलकारी भगवान शिव की आराधना-उपासना चिरकाल से देव, गन्धर्व, यक्ष, राक्षस, मानव आदि सभी करते आये हैं। वेदों में शिव की महिमा का वर्णन अत्यन्त उत्कृष्टता से हुआ है और वेदोपदिष्ट मार्ग का ही अनुसरण करते हुए विद्वान् साधकों ने शिव की महिमा को लौकिक संस्कृतभाषा के आश्रय से स्तोत्रों द्वारा पल्लवित किया है।

स्तोत्र-रचना का अविरल प्रवाह अनेकविध तरंगों, लहरियों और धाराओं में बढ़ता हुआ निखिल विश्व को आप्यायित करता आ रहा है। आदिकवि महर्षि वाल्मीकि के द्वारा दृष्ट क्रौंचवध की घटना से सहसा आविर्भूत श्लोक की भाँति स्तोत्र-साहित्य की सृष्टि की पृष्ठभूमि भी किसी-न-किसी घटना से सम्पृक्त है। पीड़ा की कसक से उपजी आर्त किंतु प्रार्थनारूप वाणी ही स्तोत्र की जन्मस्थली है और यही वाणी स्तोतव्य तथा स्तोता की भावना, भक्ति एवं विद्यावैभव की भव्यता से तरतमता दृष्टिगोचर होती है, किंतु आत्मनिवेदन की शुचिता का दर्शन सर्वत्र समान ही रहता है।

समस्त वेद तथा वेदान्त का सार एवं परमतत्त्व शिव ही हैं। इसीलिए 'आश्वलायन-सूत्र' में तथा 'रुद्राध्याय' आदि में सभी वस्तुओं को शिव का सद्भाव कहा है। एक महेश्वर ही अखिल मूर्तियों में उपास्य हैं - **'प्रतिपाद्यो महादेवः स्थितः सर्वासु मूर्तिषु'** (स्कन्दपुराण) के अनुसार समस्त मूर्तियों में प्रतिपाद्य महादेव ही हैं। शिव की महिमा अगम्य, अनन्त तथा अवर्णनीय है। 'श्रीमद्भागवत' के चतुर्थ स्कन्ध में स्वयं ब्रह्माजी ने दक्षयज्ञ में शिव के क्रोध की शान्ति की इच्छा रखनेवाले देवताओं से कहा है कि -

नाहं न यज्ञो न च यूयमन्ये ये देहभाजो मुनयश्च तत्त्वम्।
विदुः प्रमाणं बलवीर्ययोर्वा तस्यात्मतन्त्रस्य कथं विधित्सेत्।।

ब्रह्मा, विष्णु, ऋषि और मुनि आदि कोई भी उन भगवान शिव के बल एवं वीर्य की महिमा को नहीं जानते। ऐसे अपार महिमामय भगवान शिव की महिमा का वर्णन उनके अनन्य से

गन्धर्वराज श्रीपुष्पदन्त ने स्व-महिमा से भ्रष्ट होने पर पुनः अपनी उस महिमा-प्राप्ति के लिए किया। वह स्तोत्र गंगाधर शिव की प्रीति के लिए 'शिखरिणी' छन्द में गाया गया। शिखर से भूतल पर अवतरित भगवती भागीरथी की मंगलमय स्वर-लहरी से गुंजित शिखरिणी-छन्द गंगा के समान ही शिवजी को परम प्रिय है, इस रहस्य का ज्ञान श्रीपुष्पदन्त ने उनकी सेवा में रहते हुए प्राप्त किया था, अतः उसी को आधार बनाकर गुण-कथन-पुण्य से अपनी वाणी को पावन करते हुए प्रार्थना-स्तोंत्र की रचना की। स्तोत्र का प्रारम्भ **'महिम्नः'** पद से होने के कारण सद्यःस्मृति के लिए उसे 'महिम्नःस्तोत्र' की संज्ञा दी गयी।

महिम्नःस्तोत्र के आविर्भावक 'शिव'

यद्यपि यह सुप्रसिद्ध है कि 'महिम्नःस्तोत्र' की रचना पुष्पदन्त नामक गन्धर्वराज ने अपनी महिमा की पुनः प्राप्ति के लिए की। तथापि ऐसे बहुत से प्रमाण मिलते हैं कि इसे स्वयं भगवान शिव ने अपने 'भृंगी' नामक गण के बत्तीसों दाँतों पर बत्तीस पद्यों में अंकित दिखाया था। उसका कारण भी यह था कि पुष्पदन्ताचार्य की इस स्तुति से भगवान शिव ने प्रसन्न होकर उन्हें विलुप्त शक्ति की पुनरुपलब्धि का वरदान दिया था। उससे उनके मन में अभिमान जग गया। उसे अन्तःसाक्षी शिव ने भृंगी को निमित्त बनाकर दूर किया और इसे पुष्पदन्त भी समझ गए कि मेरे और सभी भक्तों के उद्धार-हेतु भगवान ने मुझे निमित्त बनाकर इस स्तोत्र को प्रकट किया है। अतएव काश्मीरी शैवग्रन्थों में इसे 'सिद्धस्तोत्र' की संज्ञा दी गयी है तथा भगवान की मंगलमयी भक्ति और उनके सगुण-निर्गुण स्वरूप के साक्षात्कार का साधन भी माना गया है।

भगवान शिव समस्त आगमों के प्रवक्ता हैं, उनके द्वारा प्रकाशित आगमिक साहित्य में स्तोत्र को भी आवश्यक अंग माना गया है तथा निर्वाण-तन्त्र के अनुसार **'कलावागमसम्मतः'** के आदेशानुसार जो साधना-साहित्य वेद-पुराणादि से प्राप्त हो उसे भी कलियुग में आगमानुरूप बनाकर साधना करने से शीघ्र लाभ होता है। वैदिक गायत्री-मंत्र को भी इसीलिए आगमिक पद्धति से पूर्वांग और उत्तरांग मंत्रों के बीच मूल गायत्री मंत्र को भी आगमिक रूप में जपने का विधान है, जो पूर्ण लाभकारी है।

महिम्नःस्तोत्र की आगमिकता के लिए तन्त्रों में यत्र-तत्र निर्देश प्राप्त हैं, जिनमें विनियोग, ऋष्यादिन्यास, कर-हृदयादिन्यास, ध्यान, मुद्रा और पूजा-विधान के साथ ही काम्यप्रयोग भी वर्णित हैं। उनमें से हमें जो स्वरूप प्राप्त हो सके हैं उसके कुछ अंश इस प्रकार हैं -

विनियोग - **ॐ अस्य श्रीशिवमहिम्नःस्तोत्रस्य श्रीपुष्पदन्त ऋषिः, शिखरिण्यादिच्छन्दांसि, श्रीमदाशुतोषशिवो देवता, हौं बीजम्, जूं शक्तिः, सः कीलकं मम श्रीसाम्बसदाशिवप्रीत्यर्थे (अमुकफलप्राप्तये) पाठे, अभिषेके विनियोगः।**

ऋष्यादिन्यास- **श्रीपुष्पदन्तर्षये नमः (शिरसि), शिखरिण्यादिच्छन्दोभ्यो नमः (मुखे), श्रीमदाशुतोषशिव देवतायै नमः (हृदये), हौं बीजाय नमः (गुह्ये, जूं**

शक्तये नमः (पादयोः), सः कीलकाय नमः (नाभौ), विनियोगाय नमः (सर्वांगे)।

कर-हृदयादि-न्यास		**पहली बार**	**दूसरी बार**
भवः शर्वो रुद्रः	(पूरा श्लोक)	अंगुष्ठाभ्यां नमः।	हृदयाय नमः।
नमो नेदिष्ठाय०	" ।	तर्जनीभ्यां नमः।	शिरसे स्वाहा।
बहलरजसे०	" ।	मध्यमाभ्यां नमः।	शिखायै वषट्।
मनः प्रत्यक्चित्ते०	" ।	अनामिकाभ्यां नमः।	कवचाय हुम्।
श्मशानेष्वाक्रीडा०	" ।	कनिष्ठिकाभ्यां नमः।	नेत्रत्रयाय वौषट्।
हरिस्ते साहस्रं	" ।	करतलकरपृष्ठाभ्यां नमः।	अस्त्राय फट्।

ध्यानम् - **ध्यायेन्नित्यं महेशं रजतगिरिनिभं चारुचन्द्रावतंसं**
रत्नाकल्पोज्ज्वलाङ्गं परशुमृगवराभीतिहस्तं प्रसन्नम्।
पद्मासीनं समन्ततात् स्तुतममरगणैर्व्याघ्रकृत्तिं वसानं
विश्वाद्यं विश्ववन्द्यं निखिलभयहरं पञ्चवक्त्रं त्रिनेत्रम्।।

इसके पश्चात् आगे बताये गए श्लोकों को पूरा बोले और उनके पहले **'ॐ ऐं ह्रीं श्रीं हौं जूं सः'** ये प्रणवयुक्त बीज लगाकर शिवजी की विशेष पूजा करनी चाहिए। यथा -

त्वमर्कस्त्वं सोमः०	**पादयोः पाद्यं समर्पयामि।**
त्रयी साख्यं योगः०	**हस्तयोरर्घ्यं समर्पयामि।**
भवः शर्वो रुद्रः०	**आचमनीयं समर्पयामि।**
नमो नेदिष्ठाय०	**जलस्नानं समर्पयामि।**
बहलरजसे०	**दुग्धस्थानं समर्पयामि।**
ऐं ह्रीं श्रीं हौं जूं सः (बीजमंत्र)	**शुद्धजलस्नानं समर्पयामि।**
मनःप्रत्यक्चित्ते०	**दधिस्नानं समर्पयामि।**
(बीजमंत्र)	**शुद्धजलस्नानं समर्पयामि।**
श्मशानेष्वाक्रीडा०	**घृतस्नानं समर्पयामि।**
(बीजमंत्र)	**शुद्धजलस्नानं समर्पयामि।**
लावण्याशंसा०	**मधुस्नानं समर्पयामि।**
(बीजमंत्र)	**शुद्धजलस्नानं समर्पयामि।**
प्रजानाथं नाथः०	**शर्करास्नानं समर्पयामि।**
(बीजमंत्र)	**शुद्धजलस्नानं समर्पयामि।**
वियद्व्यापी तारा०	**पुनः शुद्धोदक स्नानं समर्पयामि।**
क्रतौ सुप्ते जाग्रत्०	**वस्त्रं समर्पयामि।**

रथः क्षोणी यन्ता० — **यज्ञोपवीतं समर्पयामि।**
क्रियादक्षो दक्षः० — **पुनर्वस्त्रं समर्पयामि।**
यदृद्धिं सुत्राम्णो० — **गन्धं समर्पयामि।**
अकाण्डब्रह्माण्ड० — **अक्षतान् समर्पयामि।**
असिद्धार्था नैव० — **भस्म समर्पयामि।**
हरिस्ते साहस्रं० — **पुष्पाणि समर्पयामि।**
अयत्नादापाद्य० — **बिल्वपत्राणि समर्पयामि।**
तवैश्वर्यं यत्नाद० — **परिमलद्रव्यं समर्पयामि।**
तवैश्वर्यं यत्तत्० — (इत्र) **सुगन्धिद्रव्यं समर्पयामि।**
तवैश्वर्यं यत्नाद० — **धूपं समर्पयामि।**
अमुष्य त्वत्सेवा० — **दीपं समर्पयामि।**
महीपादाघाताद्० — **नैवेद्यं समर्पयामि।**
नमो नेदिष्ठाय० — **नीराजनं समर्पयामि।**
कृशपरिणति चेतः० — **पुष्पाञ्जलिं समर्पयामि।**
असितगिरिसमं० — **क्षमाप्रार्थनां समर्पयामि।**
त्वमर्कस्त्वं सोमः० — **प्रदक्षिणां समर्पयामि।**

इसके पश्चात् भक्तिपूर्वक 'महिम्नःस्तोत्र' का पाठ करे और उत्तरपूजा करके पाठ-समर्पण तथा क्षमा-प्रार्थना करके **'श्रीसाम्बसदाशिवार्पणमस्तु'** कहकर जल छोड़े।

पूर्वाङ्ग-विस्तार और उत्तराङ्ग-पूर्ति

यदि उपासक 'महिम्नःस्तोत्र' के पाठ को और भी विशिष्ट रूप देना चाहता हो तो वह पाठ से पहले इन स्तोत्रों का पाठ भी करे -

1. संकटनाशन श्रीगणेश-स्तोत्र।
2. तुलसीदासकृत रामचरित-मानसान्तर्गत शिवस्तोत्र 'नमामीशमीशान०' आदि।
3. दारिद्र्य-दहन-स्तोत्र **'दारिद्र्यदुःखदहनाय नमःशिवाय'** आदि।
4. **'वन्दे देवमुमापतिं०'** और **'कर्पूरगौरं करुणावतारं०'** आदि दोनों पद्य।
5. द्वादश ज्योतिर्लिङ्ग-स्तोत्र **'सौराष्ट्रे सोमनाथं च०'**। और महिम्नःस्तोत्र के पश्चात् पुनः विलोमक्रम से उपर्युक्त पाँचों स्तोत्रों का पाठ करके उत्तर-पूजा-प्रार्थनादि करे।

विशिष्ट पूर्वांग-विधान

किसी भी मंत्र अथवा स्तोत्र के द्वारा विशिष्ट कार्य की सिद्धि अपेक्षित होने पर उसके पूर्वांग का स्वरूप भी विशिष्ट ही होना चाहिए। ऐसी शास्त्राज्ञा है। 'महिम्नःस्तोत्र' से लक्ष्मी-प्राप्ति,

दारिद्र्यनाश, शिवकृपा-प्राप्ति, रोग-निवृत्ति-जैसी कामनाओं की पूर्ति के लिए 'विशिष्ट पूर्वांग-विधान' इस प्रकार है -

इसमें पहले 1- गुरुस्तोत्र, 2- संकटनाशन गणेशस्तोत्र, 3- श्रीतुलसीदासकृत शिवस्तोत्र के साथ अन्य कामनानुसारी स्तोत्र का पाठ करके 'महिम्नःस्तोत्र' का पाठ और बीजमंत्रों का लोम-विलोम सम्पुट पाठ किया जाता है। यदि भय-असंतोष आदि के निवारण की अपेक्षा हो तो 'अष्टोत्तरशत-भैरव-नामावलि' का आद्यन्त में पाठ करना उत्तम है। विद्या एवं ज्ञानप्राप्ति के लिए **'सरस्वत्यष्टक' 'रविरुद्रपितामह०'** से प्रारम्भ और **'तव नौमि सरस्वति०'** तक का आद्यन्त में पाठ करे। 'हनुमान-चालीसा' और बगलामुखी स्तोत्र का पाठ भी आदि-अन्त में करने से वाद-विवाद आदि में अवश्य विजय प्राप्त होती है। ऋणनाश के लिए ऋणहर-गणपति के स्तोत्र का पाठ करना चाहिए।

शिव महिम्न में उपर्युक्त सम्पुट द्वारा अभीष्ट की संसिद्धि

जिस प्रकार 'दुर्गासप्तशती' के किसी एक मंत्र का स्वतन्त्ररूप से सम्पुट लगाकर जप करने से कार्य-सिद्धि होती है, उसी प्रकार महिम्नःस्तोत्र के श्लोकों के प्रयोग करने का भी विधान मिलता है। यथा -

1. **सर्वकामना-पूर्ति के लिए - 'ऐं ह्रीं श्रीं ह्रौं जूं सः'** इन सम्पुट का प्रत्येक श्लोक के साथ लोम-विलोम पाठ करने से सिद्धि प्राप्त होती है।
2. **दाम्पत्य-सुख के लिए - 'ऐं ह्रीं श्रीं'** का लोम-विलोम' करके **'नमो नेदिष्ठाय०'** इत्यादि का जप करना चाहिए।
3. **समृद्धिप्राप्ति के लिए** - स्वर्णाकर्षणभैरव के मंत्र का सम्पुट लगाकर **'यदृद्धिं सुत्राम्णो०'** इत्यादि का जप करना चाहिए।
4. **संतति-सुख के लिए - 'ऐं ह्रीं श्रीं'** का आदि में और अन्त में **'श्रीं ह्रीं ऐं'** का सम्पुट लगाकर **'हरिस्ते साहस्रम्०'** पद्य का जप करना चाहिए।
5. **मानसिक पीड़ा-निवारण के लिए - 'ऐं ह्रीं श्रीं' 'कृशपरिणति चेतः'** इत्यादि पद्य और **'श्रीं ह्रीं ऐं'** का जप करना चाहिए।
6. **विजय के लिए - 'श्रीं ह्रीं ॐ नमो नेदिष्ठाय०'** इत्यादि पद्य और अन्त में **'ॐ ह्रीं श्रीं'** जोड़कर जप करना चाहिए।
7. **सम्मान-प्राप्ति के लिए** - आदि में **'श्रीं ह्रीं क्लीं'** और अन्त में **'क्लीं ह्रीं श्रीं'** सम्पुट लगाकर **'भवःशर्वो रुद्रः'** इत्यादि पद्य का जप करना चाहिए।
8. **विद्याप्राप्ति के लिए - 'विशुद्धज्ञानदेहाय०'** इत्यादि का सम्पुट लगाकर **'महिम्नःस्तोत्र'** का नित्य पूरा पाठ करें।
9. **पुत्रप्राप्ति-प्रयोग** - नारी निराहार (प्रातःकाल कुछ भी नहीं लेकर) स्नानादि करके पति

के साथ प्रतिदिन गेहूँ के आटे के 11 पार्थिवेश्वर बनाये और उनकी ऊपर बताये अनुसार 'महिम्नःस्तोत्र' के श्लोकों से पार्थिव-पूजा करके 11 पाठ से अभिषेक करे। अभिषेक-जल ग्रहण करे और पुत्र प्राप्ति के लिए प्रार्थना करे। यह प्रयोग 21 अथवा 41 दिन तक करे।

बिना किसी कामना के भगवत्प्रीत्यर्थ इन प्रयोगों के अनुष्ठान की महिमा अमित है। निष्कामभाव से किये गए अनुष्ठान में त्रुटि होने पर प्रत्यवाय भी नहीं लगता तथा उसका फल भी अनन्त है।

प्रसाद मंत्र

यह प्रासाद मंत्र भगवान् शंकर की प्रीति प्राप्त करने के निमित्त किये जाने का विधान है। इस प्रासाद मंत्र का जप करने से पूर्व सवा लाख मंत्र जप करने का संकल्प लेना चाहिए। संकल्प से पूर्व भगवान् शंकर का षोडशोपचार पूजन करना चाहिए। भगवान् शंकर के प्रसन्नार्थ की जाने वाली यह अत्यन्त सुगम साधना है जो यथाशक्ति साधक को स्वयं प्रतिपादित करनी चाहिए। प्रासाद मंत्र का जप विधि-विधान और विश्वास के साथ सम्पन्न करने से सभी कामनाओं की संसिद्धि, प्रासाद रूप में प्राप्त होती है। स्वस्थ जीवन के लिए भी यह साधना हितकर है। यदि प्रासाद मंत्र का जप, योग्य विद्वान् एवं अनुभवी आचार्य द्वारा सम्पन्न कराया जाये तो रुद्राष्टाध्यायी अथवा रुद्री का पाठ मंत्र जप से पूर्व कर लेना अधिक उपयुक्त लाभप्रद, शीघ्रफलप्रदाता सिद्ध होता है।

मंत्र- **ॐ हौं हसकल ह्रीं ह्रीं हसकहल ह्रीं नमः सकल ह्रीं शिवाय।**

विनियोग एवं न्यासः शिरसि वामदेवाय नमः, मुखे पंक्तिछन्दसे नमः, हृदये श्रीसदाशिवाय देवतायै नमः, गुह्ये हं बीजाय नमः, पादयोः श्रीशक्तये नमः सर्वाङ्गे सर्वाभीष्टसिद्धये विनियोगः।

ध्यानः

सिन्दूरपुञ्जशोणाङ्गं स्मेरवक्त्रं त्रिलोचनम्।
मणिमौलि लसच्चन्द्रकलालंकृत मस्तकम्।।
दक्षिणोर्ध्वकरे टङ्कं दधानं तदधोवरम्।
वामोर्ध्वहस्ते हरिणं तदधोऽभयमादरात्।।
पीनवृत्तघनोत्तुङ्गस्तनाग्रे विविवेश्य च।
वामाङ्के सिनिविष्टायाः प्रियायाः रक्तपङ्कजे।

दधत्या दक्षिणे हस्ते वासिनं रक्तपङ्कजे।
नानाभरणसंदीप्तं दिव्यगन्धस्रगम्बरम्।।

हां, हीं, हूं, हैं, हौं, हः से करांगन्यास करें।

तत्पश्चात् मंत्र जप करें या आचार्य द्वारा संकल्प लेकर सवा लाख मंत्र जप सम्पन्न करें। मंत्र जप के उपरान्त दशांश हवन, तर्पण, मार्जन आदि विधान के अनुसार करें। हवन में आचार्य

के साथ स्वयं सम्मिलित हों। यदि विवाहित हों तो हवन के समय पत्नी को भी आपके दाहिने बैठकर हवन कराने में योगदान प्रदान करना चाहिए।

मन्त्रः **हौं**

देवताः सदाशिव

जप संख्याः पाँच लाख

हवन संख्याः पचास हजार (करवीर के पुष्पों को शहद में डुबोकर)

परिहार क्षेत्रः समस्त सुख सुविधा सम्पन्नता सौख्य समृद्धि संतति जन्म एवं उन्नतिप्रदायक

प्रासादमन्त्रः **सान्तः सद्यान्तसंयुक्तो बिन्दुभूषितमस्तकः।**
प्रासादाख्यो मनुः प्रोक्तो भजतां सर्वसिद्धिदः।।1।।

अब प्रासाद मन्त्र कहते हैं-- सान्त (ह), साद्यान्त (औ) से संयुक्त तथा मस्तक पर बिन्दु युक्त (इस प्रकार हौं) प्रासादमन्त्र कहा गया है, जो जप करने वालों को समस्त सौख्य प्रदान करता है।

ऋष्यादिकथनम्। मूर्त्तिन्यासः

वामदेवो मुनिश्छन्दः पंक्तिर्देव सदाशिवः।
षडदीर्घयुक्तबीजेन षडङ्गविधिरीरितः।।2।।

इस मन्त्र के वामदेव ऋषि हैं, पंक्ति छन्द है और सदाशिव देवता हैं। षड्दीर्घ युक्त बीज मन्त्र (हाँ हीं हूँ हैं हौं हौं) से इसका षड्ङ्गन्यास करना चाहिए।

ईशानादीर्न्यसेन् मूर्त्तिरङ्गुष्ठादिषु देशिकः।
ईशानाख्यं तत्पुरुषमघोरं तदनन्तरम्।
वामदेवाख्यं सद्य आसां बीजं क्रमाद्विदुः।।3।।

इसके बाद आचार्य, अङ्गुष्ठादि अंगुलियों में ईशानादि मूर्त्तियों का न्यास करें। ईशान, तत्पुरुष, अघोर, वामदेव तथा सद्योजात - ये ईशानादि मूर्त्तियाँ कही गई हैं। इन मूर्त्तियों का बीज क्रमशः इस प्रकार कहा गया है।

ओंकाराद्यैःपञ्चह्रस्वैर्विलोमात् संयुतं वियत्।
तत्तदङ्गुलिभिर्भूयस्तत्तद्बीजादिका न्सयेत्।।4।।

शिरोवदनहृद्गुह्यपाददेशे तथा क्रमात्।
ऊर्ध्वप्राग्दक्षिणोदीच्यपश्चिमेषु मुखेषु ताः।।5।।

(ओ ए उ इ अ) इन विलोम ह्रस्वों से संयुक्त हकार बीज हैं (हों हें हु हिं हं)। ऊपर जिस प्रकार अंगुष्ठ, तर्जनी मध्यमा, अनामिका तथा कनिष्ठा अंगुलियों में ईशानादि मूर्त्तियों का न्यास

कहा गया है, उसी क्रम से इन बीजाक्षरों को भी समझना चाहिए। अतः उन-उन बीजाक्षरों का सिर, वदन, हृदय, गुह्य एवं पाद स्थान में न्यास करना चाहिए 'हौं' इति अंगुष्ठाभ्यां शिरसि, हैं इति तर्जनीभ्याम् वदने इत्यादि। इसी प्रकार इन बीजों का ऊर्ध्व, प्राक् दक्षिण, उत्तर एवं पश्चिम मुखों में भी उन-उन अंगुलियों से न्यास करें।

अष्टात्रिंशत्कलान्यासः

ततः प्रविन्यसेद्विद्वानष्टत्रिंशत्कलास्तनौ।
ईशानाद्या ऋचः सम्यगङ्गुलीषु यथाक्रमम्।।6।।

अङ्गुष्ठादिकनिष्ठान्तं न्यसेद्देशिकसत्तमः।
मूर्धास्यहृदयाम्भोजगुह्यपादेषु ताः पुनः।।7।।

अडतीस कलान्यास-विद्वान साधक अड़तीस कलाओं का अपने शरीर में न्यास करें। इसी क्रम से ईशानः सर्वविद्यानाम्, तत्पुरुषाय विद्महे, अघोरेभ्योऽथ, वामदेवाय नमो तथा सद्योजातम् इत्यादि पाँच ऋचाओं का अंगुष्ठ से कनिष्ठा पर्यन्त पाँचों अंगुलियों में न्यास करें।

यथा- 'ईशानः सर्वविद्यानामीश्वरः। सर्वभूतानां ब्रह्मधिपतिर्ब्रह्मणो धिपतिर्ब्रह्मा शिवो मे अस्तु सदाशिवोम्' अङ्गुष्ठाभ्यां नमः, इत्यादि। इसके पश्चात् इन्हीं ऋचाओं से क्रमशः सिर, मुख, हृदय, गुह्य तथा पाद स्थानों में उत्तम देशिक न्यास करें।

1. **ईशानः सर्वविद्यानामीश्वरः। सर्वभूतानां ब्रह्माधिपतिर्बह्मणोऽ धिपतिर्ब्रह्मा शिवो मे अस्तु सदाशिवोम्।**
2. **तत्पुरुषाय विद्महे महादेवाय धीमहि तन्नो रुद्रः प्रचोदयात्।**
3. **अघोरेभ्योऽथ घोरेभ्यो घोरघोरतरेभ्यः सर्वतः सर्वशर्वेभ्यो नमस्ते अस्तु रुद्ररूपेभ्यः।**
4. **वामदेवाय नमो ज्येष्ठाय नमः श्रेष्ठाय नमो रुद्राय नमः कालाय नमः कलविकरणाय नमो बलविकरणाय नमो बलाय नमो बलप्रमथनाय नमः सर्वभूतदमनाय नमो मनोन्मनाय नमः।**
5. **सद्योजातं प्रपद्यामि सद्योजाताय वै नमः भवेऽभवे नातिभवे भज (व) स्त्र मां भवोद्भवाय नमः।**

वस्त्रेषूर्ध्वादि विन्यसेद्भूयोऽङ्गानि प्रकल्पयेत्।
तारपञ्चकमुच्चार्य सर्वज्ञाय हृदीरितम्।।8।।

इसी प्रकार इन ऋचाओं द्वारा ऊर्ध्व, पूर्व, दक्षिण, पश्चिम तथा उत्तर की दिशाओं में रहने वाले ईशानादि मुखों में न्यास करें। तदनन्तर अंगन्यास की कल्पना इस प्रकार करें।

अमृततेजोमालिनितृप्तायेति पदं पुनः।
तदन्ते ब्रह्म शिरसे शिरोङ्ग ज्वलितं ततः।।9।।

शिखिशिखाय परतोऽनादिबोधाय तच्छिखा।
वज्रिणे वज्रहस्ताय स्वतन्त्राय तनुच्छदम्।।10।।

सौं वौं हौमिति संभाष्य पुरतो लुप्तशक्तये।
नेत्रमुक्तं श्लीं पशुं हुँ फडन्तेऽनन्तशक्तये।
अस्त्रमुक्तषडङ्गानि कुर्याद्देशिकसत्तमः।।11।।

प्रथम तारपंचक युक्त (ऐं, क्लीं, ब्लूँ, स्त्रीं, सः,) 'सर्वज्ञाय' से हृदय में, अमृततेजोमालिनि नित्यतृप्ताय ब्रह्मशिरसे' से सिर में, पुनः 'ज्वलित शिखिशिखाय अनादि बोधाय से शिखा में, बज्रहस्ताय स्वतन्त्राय' से कवच, सौं, वौं, हौं पुरतो लुरुशक्तये से दोनों नेत्रों में, 'श्लीं पशुं हुँ फट् अनन्तशक्तये' से अस्त्र का देशिकसत्तम षडङ्गन्यास करें।

ईशमन्त्रकलान्यासः **पूर्वदक्षिणपाश्चात्यसौम्यमध्येषु पञ्चसु।**
वक्त्रेषु पञ्च विन्यस्येदीशानस्य कलाः क्रमात्।।12।।

पूर्व प्रतिज्ञान ईश मन्त्र का कलान्यास बताया गया है- साधक पूर्व दक्षिण-पश्चिम-उत्तर एवं मध्य इस प्रकार 5 मुखों में ईशान मन्त्र की कलान्यास इस प्रकार से करें।

ईशानः सर्वविद्यानां शशिनी प्रथमा कला।
ईश्वरः सर्वभूतानामङ्गदा तदनन्तरम्।।13।।

ब्रह्माधिपतिशब्दान्ते ब्रह्मणोऽधिपतिः पुनः।
ब्रह्मेष्टदा तृतीया स्याच्छिवो मेऽस्तु ततः परा।।14।।

मरीची कथिता तन्त्रे चतुर्थी च सदाशिवोम्।
अंशुमालिन्यथ परा प्रणवाद्या नमोऽन्विताः।।15।।

'ईशानः सर्वविद्यानाम्' यह शशिनी नाम की प्रथम कला है, अतः 'ॐ ईशानः सर्वविद्यानाम् शशिन्यै नमः' से पूर्वमुख में, पुनः 'ईश्वरः सर्वभूतानाम्' यह अंगदा नाम की द्वितीय कला है, अतः 'ॐ ईश्वरः सर्वभूतानाम् अंगदायै नमः' से दक्षिणामुख में, 'ब्रह्माधिपतिर्बह्मणोऽधिपति ब्रह्मेष्टदा नाम की तृतीय कला है, अतः 'ॐ ब्रह्माधिपतिर्बह्मणोऽधिपति ब्रह्मेष्टदायै नमः' से पश्चिम मुख में, पुनः 'शिवोमेऽस्तु' यह मरीची नाम की चतुर्थ कला है, अतः 'ॐ शिवो मेऽस्तु मरीच्यै नमः' से उत्तर मुख मे, पुनः 'ॐ सदाशिवोऽम् नमः' यह अंशुमालिनि नामक पंचम कला है, अतः ॐ सदाशिवोम् नमः अंशुमालिन्यै नमः - इससे मध्य मुख में न्यास करें। यहाँ तक प्रणवपूर्वक नमोऽन्त ईशान की पाँच कला से पाँच मुखों का न्यास कहा गया। अब तत्पुरुष की चार कलाओं से चार मुखों का न्यास कहते हैं।

पूर्वपश्चिमयाम्योदग्वक्त्रेषु तदनन्तरम्।
चतस्रो विन्यसेन् मन्त्री पुरुषस्य कलाः क्रमात्।।16।।

साधक पूर्व, पश्चिम, दक्षिण तथा उत्तर के मुखों में तत्पुरुष मन्त्र की चार कलाओं से इस प्रकार न्यास करें।

आद्या तत्पुरुषायेति विद्महे शान्तिरीरिता।
महादेवाय शब्दान्ते धीमहि स्यात् ततः परम्।।17।।

विद्या द्वितीया कथिता तन्नो रुद्रः पदं ततः।
प्रतिष्ठा कथिता पश्चात् तृतीया स्यात् प्रचोदयात्।
निवृत्तिस्तत्परा सर्वाः प्रणवाद्या नमोऽन्विताः।।18।।

'तत्पुरुषाय विद्महे' यह शान्ति नाम की प्रथम कला है, अतः 'ॐ तत्पुरुषाय विद्महे शान्त्यै नमः' से पूर्व मुख में, 'महादेवाय धीमहि' यह विद्या नाम की द्वितीय कला है, अतः 'ॐ तत्पुरुषाय विद्महे विद्यायै नमः' से पश्चिम मुख में, 'तन्नो रुद्रः' यह प्रतिष्ठा नाम की तृतीय कला है, अतः 'ॐ तन्नो रुद्रः प्रतिष्ठायै नमः' से दक्षिण मुख में, तदन्तर 'प्रचोद्यात्' यह निवृत्ति की चतुर्थ कला है, अतः 'ॐ प्रचोदयात् निवृत्त्यै नमः' से चौथे उत्तर मुख में न्यास करें। सभी के आदि में प्रणव तथा अन्त में नमः लगाकर यह न्यास करना चाहिए।

हृद्ग्रीवांसद्वये नाभौ कुक्षौ पुच्छे च वक्षसि।
अघोरस्य कला न्यस्येदष्टौ मन्त्री यथाविधि।।19।।

इसके बाद हृदय, ग्रीवा, दोनों कन्धे, नाभि, कुक्षि, पुच्छ तथा वक्षस्थल में अघोर की आठ कलाओं द्वारा अंगुलियों से यथाविधि न्यास करें। बुद्धिमान् यथाविधि मन्त्र के आदि में ॐ तथा कला के अन्त में नमः लगा कर स्वयं अपनी बुद्धि से इन आठों स्थानों में क्रमशः न्यास करें।

अघोरेभ्यस्तथा पूर्वमरीरिता प्रथमा कला।
अथ घोरेभ्य इत्यन्ते मोहा स्यात्तदनन्तरम्।।20।।

घोरान्ते स्यात् क्षमा पश्चात् तृतीया परिकीर्त्तिता।
घोरतरेभ्यो निद्रा स्यात् सर्वतः सर्वतत्परा।।21।।

व्याधिस्तु पञ्चमी प्रोक्ता शर्वेभ्यस्तदनन्तरम्।
मृत्युर्निगदिता षष्ठी नमस्ते अस्तु तत्परम्।।22।।

क्षुधा स्यात्सप्तमी रुद्ररूपेभ्यः कथिता तृषा।
अष्टमी कथिता एता ध्रुवाद्या नमसाऽन्विताः।।23।।

इस प्रकार प्रकृति में आठ कलाओं का दिग्दर्शन करा देते हैं। 'अघोरेभ्यः' इस प्रथम कला का नाम ईरिता है। 'अथ घोरेभ्यः' इस द्वितीय कला का नाम मोहा है। 'घोर' इस तृतीय कला का नाम क्षमा है। 'घोरतरेभ्यः' इस चतुर्थी कला का नाम निद्रा है। 'सर्वतः सर्व' इस पंचमी कला का नाम व्याधि है। 'शर्वेभ्यः' इस छठी कला का मृत्यु है। 'नमस्तेऽस्तु' इस सप्तमी कला का नाम क्षुधा हैं 'रुद्ररूपेभ्यः' इस अष्टमी कला का नाम तृषा है। सभी के आदि में ॐ तथा अन्त में नमः लगाकर उक्त आठों स्थानों में न्यास करें।

विमर्श- 'ॐ अघोरेभ्यः ईरितायै नमः' इति हृदये, इसी प्रकार अन्य न्यासों को ऊह करके करना चाहिए।

गुह्यमुष्कोरुयुग्मेषु जानुजङ्घायुगे स्फिचोः।
कट्यां पार्श्वद्वये वामकला न्यस्येत् त्रयोदश।।24।।

आगे वामदेव मन्त्र के कलान्यास का वर्णन हैं - इस मन्त्र में 13 कलाएँ हैं - अतः उन कलाओं में प्रत्येक से 1. गुह्य, 2-3. दोनों अण्डकोश, 4-5. दोनों ऊरु, 6-7. दोनों जानु, 8-9. दोनों जङ्घा, 10 नितम्ब, 11. कटि और 12-13. दोनों पार्श्व इस प्रकार तेरह स्थानों में न्यास करें।

प्रथमा वामदेवाय नमोऽन्ते स्याद्वज्रा कला।
स्याज्ज्येष्ठाय नमो रक्षा द्वितीया परिकीर्त्तिता।।25।।

स्याद्रुद्राय नमः पश्चात् तृतीया रतिरीरिता।
कालाय नम इत्यन्ते पालिनी परिकीर्त्तिता।।26।।

कलकामा पञ्चमी स्यात्ततो विकरणाय च।
नमः संयमनी षष्ठी कथिता तदनन्तरम्।।27।।

बलक्रिया समादिष्टा बलविकरणाय च।
नमो वृद्धिरष्टमीस्याद्बलान्ते च स्थिरा कला।।28।।

पश्चात् प्रमथनायाऽन्ते नमो रात्रिरुदीरिता।
सर्वभूतदमनाय नमोऽन्ते भ्रामणी कला।।29।।

नमोऽन्ते मोहिनी प्रोक्ता मन्त्रज्ञैर्द्वादशी कला।
उन्मनाय नमः पश्चाज्जरा प्रोक्ता त्रयोदशी।
प्रणवाद्याश्चतुर्थ्यन्ता नमोऽन्तास्ताः प्रकीर्तिताः।।30।।

'वामदेवाय नमः' यह वज्र नाम की प्रथम कला है। 'ज्येष्ठाय नमः' यह रक्षा नाम की द्वितीय कला है। 'रुद्राय नमः' यह रति नामक तृतीय कला है। 'कालाय नमः' यह पालिनी नाम की चतुर्थ कला है। 'कलाय नमः' कामा नाम की पंचमी कला है। 'विकरणाय नमः' यह संयमिनी नाम की षष्ठी कला है। 'बलाय नमः' क्रिया नाम की सप्तमी कला है। 'बलविकरणाय नमः' यह स्थिरा

नाम की नवमी कला है। 'प्रमथनाय नमः' यह रात्रि नाम की दशमी कला है। 'सर्वभूतदमनाय नमः' यह भ्रामणी नाम की एकादश कला है। 'मनः' यह मोहिनी नाम की द्वादशी कला है। इसके बाद 'उन्मनाया नमः' यह जरा नाम की तेरहवीं कला है। इनमें भी आदि में प्रणव लगाएँ, पश्चात् कलाओं के नाम में चतुर्थ्यन्त लगा कर नमः पद का प्रयोग करें। पूर्वोक्त तेरह स्थानों में न्यास करें।

विमर्श- प्रयोग यथा- 'ॐ वामदेवाय नमः ॐ वज्रायै नमः' इति गुह्ये, इत्यादि।

पाददोस्तलनासासु मूर्ध्नि बाहुयुगे न्यसेत्।
सद्योजातोद्भवाः सम्यगष्टौ मन्त्री कलाः क्रमात्।।31।।

इसके उपरान्त सद्योजात के कला न्यास का वर्णन करते हैं - सद्योजात मन्त्र में वक्ष्यमाण आठ कलाएँ हैं। अतः उन आठ कलाओं से दोनों पैरों के तलवे, दोनों हाथ के तलवे, नासिका, दो सिर तथा दोनों बाहुओं में न्यास करें। आगे उन आठ कलाओं का नाम बताया गया है।

सद्योजातं प्रपद्यामि सिद्धिः स्यात्प्रथमा कला।
सद्योजाताय वै भूयो नमः स्याद्वृद्धिरीरिता।।32।।

भवे द्युतिस्तृतीया स्यादभवे तदनन्तरम्।
लक्ष्मीश्चतुर्थी कथिता ततो नातिभवे पदम्।।33।।

मेधा स्यात् पञ्चमी प्रोक्ता कला भूयो भज (व) स्व माम्।
प्रज्ञा समीरिता षष्ठी भवान्ते स्यात् प्रभा कला।
उद्भवाय नमः पश्चात् स्वधा स्यादष्टमी कला।।34।।

प्रणवाद्याश्चतुर्थ्यन्ताः कलाः सर्वा नमोऽन्विताः।
अष्टत्रिंशत्कलाः प्रोक्ता पञ्चब्रह्मपदान्तिकाः।।35।।

'सद्योजातं प्रपद्यामि' यह सिद्धि नाम की कला है। 'सद्योजाताय वै नमः' वृद्धि नाम की दूसरी कला है। 'भवे' यह द्युति नाम की तृतीया कला है। 'अभवे' यह लक्ष्मी नाम की चतुर्थी कला है। इसके बाद 'नातिभवे' यह मेधा नाम की पंचम कला है। 'भजस्व माम्' यह प्रज्ञा नाम की षष्ठी कला है। 'भवः' यह प्रभा नाम की सप्तमी कला है। 'उद्भवाय नमः' यह स्वधा नाम की अष्टमी कला है। इन सभी मन्त्रों के आदि में तथा अन्त की कलाओं में चतुर्थ्यन्त नमः लगाकर उक्त आठ स्थानों में न्यास करें।

विमर्श- प्रयोग यथा 'ॐ सद्यो जातं प्रपद्यामि सिद्ध्यै नमः' दक्षिणपादतले इत्यादि।

इस प्रकार पंचब्रह्म के प्रत्येक पद के अनुसार 38 कलाओं का तत्तत्स्थानों में न्यासपूर्वक हमने वर्णन किया।

इति विन्यस्तदेहोऽसौ भवेद्‌गङ्गाधरः स्वयम्।
ततः समाहितो भूत्वा ध्यायेद्‌देवं सदाशिवम्।।36।।

जो इस प्रकार पंचब्रह्म की 38 कलाओं का न्यास करता है वह साक्षात् शिवस्वरूप हो जाता है। साधक इस प्रकार न्यास कर लेने के पश्चात् एकाग्रचित हो सदाशिव का इस प्रकार ध्यान करें।

विमर्श- ऊपर बताए गए पाँचों ऋचाओं के पदों को क्रमशः इस प्रकार की अंगुलियाँ से न्यास करें - 'ईशानः सर्वविद्यानाम्' इस समस्त ईशान मन्त्र को अंगुष्ठ सहित मुष्टि से, द्वितीय तत्पुरुष कलाओं को तर्जनी और अंगुष्ठ से सम्मिलित कर, चतुर्थ वामदेव नामक ऋचा की कलाओं को कनिष्ठा और अंगुष्ठ को मिलाकर न्यास कर उन-उन स्थानों में न्यास करें।

<u>प्रासादध्यानम्-</u> **मुक्तापीत-पयोदमौक्तिकजवावर्णैर्मुखैः पञ्चभिः।**
त्र्यक्षैरञ्चितमीशमिन्दुमुकुटं पूर्णेन्दुकोटिप्रभम्।
शूलं टङ्ककृपाणवज्रदहनान्नागेन्द्रघण्टांकुशान्
पाशं भीतिहरं दधानममिताकल्पोज्ज्वलं चिन्तयेत्।।37।।

ध्यान का प्रकार- मोती के समान ऊपर का मुख, पीतवर्ण का पूर्व मुख, नीलवर्ण का दक्षिण मुख, मुक्तावर्ण का पश्चिम मुख, विद्रुम के समान उत्तर मुख इस प्रकार पाँच मुख, तीन नेत्रों से युक्त, चन्द्रजटित मुकुट से मण्डित, करोड़ों पूर्णचन्द्र से समान प्रकाश वाले, हाथ में त्रिशूल, परशु कृपाण, वज्र, अग्नि, सर्प, घण्टा तथा अंकुश पाश तथा अभय धारण करने वाले तथा उज्ज्वल कान्ति से युक्त सदाशिव का मै ध्यान करता हूँ।

<u>पुरश्चरणादिकथनम्-</u> **एवं ध्यात्वा जपेन्मन्त्रं पञ्चलक्षं मधुप्लुतैः।**
प्रसूनैः करवीरोत्थैर्जुहुयात्तद्‌दशांशकम्।।38।।

इस प्रकार सदाशिव का ध्यान कर उक्त मन्त्र का पाँच लाख जप करें तथा त्रिमधु से भीगे हुए करवीर के पुष्पों से उसका दशांश हवन करें।

<u>अङ्गावृतिदेवता-</u> **पूर्वोक्ते प्रयजेत्पीठे मूर्त्तिं मूलेन कल्पयेत्।**
आवाह्य पूजयेत्तस्यां मूर्त्याद्यावरणैः सह।।39।।

तदन्तर पूर्वोक्त पीठ (श्लोक 15-19) पर मूल मन्त्र से मूर्ति की कल्पना करें। पश्चात् उसी में देवाधिदेव सदाशिव का आवाहन कर अंगावरण एवं मूर्ति के आवरण के सहित उनकी पूजा करें।

शक्तिं डमरुकाभीतिवरान् सन्दधतं करैः।
ईशानं त्रीक्षणं शुभ्रमैशान्यां दिशि पूजयेत्।।40।।

हाथों में शक्ति, डमरू, अभय तथा वर धारण करने वाले तीन नेत्रों से युक्त ईशान देव की ईशान कोणस्थ दिशा में पूजा करें।

परश्वेणवराभीतिर्दधानं विद्युदुज्ज्वलम्।
चतुर्मुखं तत्पुरुषं त्रिनेत्रं पूर्वतोऽर्चयेत्।।41।।

साधक हाथों में परशु, मृग, वर तथा अभय धारण करने वाले, बिजली के समान उज्ज्वल, चार मुखों एवं तीन नेत्रों से युक्त तत्पुरुष की पूर्व दिशा में पूजा करें।

अक्षस्रजं मृगपाशौ सृणिं डमरुकं ततः।
खट्वाङ्गं निशितं शूलं कपालं बिभ्रतं करैः।।42।।

अञ्जनाभं चतुर्वक्त्रं भीमदंष्ट्रं भयावहम्।
अघोरं त्रीक्षणं याम्ये पूजयेन्मन्त्रवित्तमः।।43।।

हाथों में अक्षमाला, मृग, पाश, अंकुश, डमरू, खट्वांग, तीक्ष्ण शूल और कपाल धारण करने वाले, अंजन के समान काले, भयानक दाँतों वाले महाभयानक तीन नेत्रों वाले अघोर की दक्षिण दिशा में पूजा करें।

कुङ्कुमाभं चतुर्वक्त्रं वामदेवं त्रिलोचनम्।
वराभयाक्षवलयकुठारं दधतं करैः।।44।।

विलासिनं स्मेरवक्त्रं सौम्ये सम्यक् समर्चयेत्।
कर्पूरेन्दुनिभं सौम्यं सद्योजातं त्रिलोचनम्।।45।।

कुंकुम के समान कांति वाले चतुर्वस्त्र तथा तीन नेत्रों से युक्त, हाथों में वर, अभय, जपमाला और कुठार धारण करने वाले, विलासी एवं मन्दस्मित वामदेव की उत्तर दिशा में पूजा करें।

हरिणाक्षगुणाभीतिवरहस्तं चतुर्मुखम्।
बालेन्दुशेखरोल्लासि मुकुटं पश्चिमे यजेत्।।46।।

कर्पूर एवं इन्दु के समान श्वेत, तीन नेत्रों से युक्त, हाथों में मृग, अक्षमाला, अभय तथा वर धारण करने वाले चतुर्मुख, बालेन्दु से जटित मुकुट धारण करने वाले सद्योजात की पश्चिम दिशा में पूजा करें।

निवृत्त्याद्यास्ततः कोणे तेजोरूपाः कलाः क्रमात्।
केसरेषु षडङ्गानि पूर्ववत् पूजयेत् सुधीः।।47।।

फिर तेजःस्वरूपधारिणी निवृत्ति, प्रतिष्ठा, विद्या तथा शान्तिरूप कलाओं की कोणों में पूजा करें। केशरों पर षडग की पूजा पूर्ववत् करें (द्र. श्लोक 22)।

विद्येश्वराननन्ताद्यान् पत्रेषु परितो यजेत्।
उमादिकास्ततो बाह्ये शक्राद्यानायुधैः सह।।48।।

पुनः पत्रों पर अनन्तादि विद्येश्वरों की पूजा करें (द्र. श्लोक 22-25)। फिर पूर्व से लेकर उत्तर दिशा में उमादि की पूजा करें (द्र. श्लोक 26-27)। तदनन्तर बाहर इन्द्रादिकों की उनके आयुधों के साथ पूजा करें।

इति सम्पूज्य देवेशं भक्त्या परमया युतः।
प्रीणयेन्नृत्यगीताद्यैः स्तोत्रैर्मन्त्री मनोहरैः।।49।।

इस प्रकार परम भक्ति से पूजा करने के पश्चात् नृत्य गीतादि एवं मनोहर स्तोत्रों से सदा शिव को प्रसन्न करें।

अष्टाक्षरप्रासादमंत्रः **तारो माया वियद् बिन्दुमनुस्तरसमन्वितम्।**
पञ्चाक्षरसमायुक्तो वसुवर्णो मनुर्मतः।।50।।

तार (प्रणव), माया (ह्रीं), वियत् (हकार) उसको बिन्दु तथा मनुस्वर (औ) से युक्त कर पंचाक्षर से युक्त करें। इस प्रकार 'ॐ ह्रीं हौं नमः शिवाय' - यह अष्टाक्षर मन्त्र का उद्धार कहा गया है।

पञ्चाक्षरोक्तवत् कुर्यादङ्गन्यासादिकं बुधः।।51।।

साधक को इसका अंगन्यास पंचाक्षर में कही गई विधि के अनुसार करना चाहिए (द्र. श्लोक 3)।

ध्यानम्। पुरश्चरणादिकथनम्

वन्दे सिन्दूरवर्णं मणिमुकुटलसच्चारुचन्द्रावतंसं
भालोद्यन्नेत्रमीशं स्मितमुखकमलं दिव्यभूषाङ्गरागम्।
वामोरुन्यस्तपाणेररुणकुवलयं सन्दधत्याः प्रियाया
वृत्तोत्तुङ्गस्तनाग्रे निहितकरतलं वेदटङ्केष्टहस्तम्।।52।।

अष्टाक्षर मंत्र के ध्यान का प्रकार-सिन्दूर के समान कान्ति वाले, मनोहर चन्द्रजटित मणिमय मुकुट धारण किए हुए, भालेक्षण, मन्द स्मित युक्त मुख कमलों वाले, दिव्य आभूषण तथा दिव्य अंगरागों से युक्त सदा शिव की मै वन्दना करता हूँ। वाम ऊरु पर एक हाथ रखने वाली तथा दूसरे हाथ में अरुण कमल धारण करने वाली प्रिया पार्वती के स्तर पर जिनका एक हाथ निहित है तथा अन्य में पुस्तक, परशु और वर धारण किए हुए हैं, ऐसे सदाशिव का ध्यान करें।

अष्टलक्षं जपेदेनं मनुं मनुविदां वरः।
तत्सहस्रं प्रजुहुयात् पायसान्नैर्घृतप्लुतैः।।53।।

मन्त्रवेत्ता साधक उपरोक्त अष्टाक्षर मन्त्र का आठ लाख जप करें और घृत युक्त खीर से उसका दशांश होम करें।

प्राक्पीठे मूलमन्त्रेण मूर्त्तिं सङ्कल्प्य पूजयेत्।
अङ्गैरावरणं पूर्वमनन्ताद्यैरनन्तरम्।।54।।

पुनः पुर्वोक्त पीठ पर मूर्त्ति की कल्पना कर उसमें आवाहन करें। फिर मूर्त्ति की पूजा करें। पूर्व में अंगावरण के पश्चात् अनन्तादिकों की पूजा करें।

उमादिभिः समुद्दिष्टं तृतीयं लोकनायकैः।
चतुर्थं पञ्चमं तेषामायुधैः परिकीर्त्तितम्।।55।।

तृतीय में उमादि की, चतुर्थ में इन्द्रादि लोकपालों की तथा पंचम में उनके आयुधों की पूजा करें।

एवं प्रतिदिनं देवं पूजयेत्साधकोत्तमः।
पुत्रमित्रादिसहितां श्रियं प्राप्य प्रमोदते।।56।।

इस प्रकार उत्तम साधक प्रति दिन देवाधिदेव शिव का पूजन करे तो पुत्र, मित्रादि सहित श्री प्राप्त कर प्रसन्नता प्राप्त करता है।

दक्षिणामूर्ति शिव स्तोत्र

विश्वं दर्पणदृश्यमाननगरीतुल्यं निजान्तर्गतं
पश्यन्नात्मनि मायया बहिरिवोद्भूतं यथा निद्रया।
यः साक्षात्कुरुते प्रबोधसमये स्वात्मानमेवाद्वयं
तस्मै श्रीगुरुमूर्तये नम इदं श्रीदक्षिणामूर्तये।।1।।

जो अपने हृदयस्थित दर्पण में दृश्यमान नगरी-सदृश विश्व को निद्रा द्वारा स्वप्न की भाँति मायाद्वारा बाहर प्रकट हुए की तरह आत्मा में देखते हुए ज्ञान होने पर अथवा निद्रा-भंग होने पर अपने अद्वितीय आत्मा का साक्षात्कार करते हैं, उन श्रीगुरुस्वरूप श्रीदक्षिणामूर्ति को यह मेरा नमस्कार है।

बीजस्यान्तरिवाङ्कुरो जगदिदं प्राङ्निर्विकल्पं शनै-
र्मायाकल्पितदेशकालकलनावैचित्र्यचित्रीकृतम्।
मायावीव विजृम्भयत्यपि महायोगीव यः स्वेच्छया
तस्मै श्रीगुरुमूर्तये नम इदं श्रीदक्षिणामूर्तये।।2।।

जिन्होंने महायोगी की तरह अपनी इच्छा से सृष्टि के पूर्व निर्विकल्परूप से स्थित इस जगत् को बीज के भीतर स्थित अंकुर की भाँति माया द्वारा कल्पित देश, काल और धारणा की विचित्रता से चित्रित किया है तथा मायावी-सदृश जँभाई लेते हुए-से दिखते हैं, उन श्रीगुरुस्वरूप श्रीदक्षिणामूर्ति को यह मेरा नमस्कार है।

यस्यैव स्फुरणं सदात्मकमसत्कल्पार्थकं भासते
साक्षात् तत्त्वमसीति वेदवचसा यो बोधयत्याश्रितान्।
यत्साक्षात्करणाद्भवेन्न पुनरावृत्तिर्भवाम्भोनिधौ
तस्मै श्रीगुरुमूर्तये नम इदं श्रीदक्षिणामूर्तये।।3।।

जिसका सदात्मक स्फुरण हव असत्-तुल्य भासित होता है, जो अपने आश्रितों का 'साक्षात् तत्त्वमसि' अर्थात् 'तुम साक्षात् वही ब्रह्म हो' इस वेद-वाक्यद्वारा ज्ञान प्रदान करते हैं तथा जिनका साक्षात्कार करने से पुनः भवसागर में आवागमन नहीं होता, उन श्रीगुरुस्वरूप श्रीदक्षिणामूर्ति को यह मेरा नमस्कार है।

नानाछिद्रघटोदरस्थितमहादीपप्रभाभास्वरं
ज्ञानं यस्य तु चक्षुरादिकरणद्वारा बहिः स्पन्दते।
जानामीति तमेव भान्तमनुभात्येतत्समस्तं जगत्
तस्मै श्रीगुरुमूर्तये नम इदं श्रीदक्षिणामूर्तये।।4।।

अनेक छिद्रोवाले घट के भीतर स्थित विशाल दीपक की उज्ज्वल प्रभा के समान ज्ञान जिनके नेत्र आदि इन्द्रियों द्वारा बाहर प्रसरित होता है तथा जैसा मैं समझता हूँ कि उसी के प्रकाशित होने पर यह सम्पूर्ण जगत् प्रकाशित होता है, उन श्रीगुरुस्वरूप श्रीदक्षिणामूर्ति को यह मेरा नमस्कार है।

देहं प्राणमपीन्द्रियाण्यपि चलां बुद्धिं च शून्यं विदुः
स्त्रीबालान्धजडोपमास्त्वहमिति भ्रान्ता भृशं वादिनः।
मायाशक्तिविलासकल्पितमहाव्यामोहसंहारिणे
तस्मै श्रीगुरुमूर्तये नम इदं श्रीदक्षिणामूर्तये।।5।।

भ्रमित हुए बहुवादी-शून्यवादी बौद्ध आदि देह, प्राण, इन्द्रियों को तथा तीव्र बुद्धि को भी स्त्री, बालक, अंध और जड की तरह शून्य मानते हैं तथा 'अहं' को ही प्रधानता देते हैं, ऐसे माया-शक्ति के विलास से कल्पित महामोह का संहार करने वाले उन गुरुस्वरूप श्रीदक्षिणामूर्ति को यह मेरा नमस्कार है।

राहुग्रस्तदिवाकरेन्दुसदृशो मायासमाच्छादनात्
सन्मात्रः करणोपसंहरणतो योऽभूत् सुषुप्तः पुमान्।
प्रागस्वाप्समिति प्रबोधसमये यः प्रत्यभिज्ञायते
तस्मै श्रीगुरुमूर्तये नम इदं श्रीदक्षिणामूर्तये।।6।।

जो पुरुष राहु द्वारा ग्रस्त सूर्य-चन्द्र के समान माया द्वारा समाच्छादित होने के कारण सन्मात्र का इन्द्रियों द्वारा उपसंहार करके सो गया था, उसे निद्रा में लीन होने पर अथवा जागने के पश्चात् जो प्रत्यभिज्ञातुल्य भासित होता है, उन श्रीगुरुस्वरूप श्रीदक्षिणामूर्ति को यह मेरा नमस्कार है।

बाल्यादिष्वपि जाग्रदादिषु तथा सर्वास्ववस्थास्वपि
व्यावृत्तास्वनुवर्तमानमहमित्यन्तः स्फुरन्तं सदा।
स्वात्मानं प्रकटीकरोति भजतां यो मुद्रया भद्रया
तस्मै श्रीगुरुमूर्तये नम इदं श्रीदक्षिणामूर्तये।।7।।

जो अपने भक्तों के समक्ष भद्रा मुद्रा द्वारा बाल, युवा, वृद्ध, जाग्रत्, स्वप्न, सुषुप्ति तथा सभी व्यावर्तित अवस्थाओं में भी अनुवर्तमान एवं सदा 'अहं' रूप से अन्तःकरण में स्फुरमाण स्वात्मा को प्रकट करते हैं, उन श्रीगुरुस्वरूप श्रीदक्षिणामूर्ति को यह मेरा नमस्कार है।

विश्वं पश्यति कार्यकारणतया स्वस्वामिसम्बन्धतः
शिष्याचार्यतया तथैव पितृपुत्राद्यात्मना भेदतः।
स्वप्ने जाग्रति वा य एष पुरुषो मायापरिभ्रामित-
स्तस्मै श्रीगुरुमूर्तये नम इदं श्रीदक्षिणामूर्तये।।8।।

जिनकी माया द्वारा परिभ्रामित हुआ यह पुरुष स्वप्न अथवा जाग्रत्-अवस्था में विश्व को कार्य-कारण, स्वामी-सेवक, शिष्य-आचार्य तथा पिता-पुत्र के भेद से देखता है, उन श्रीगुरुस्वरूप श्रीदक्षिणामूर्ति को यह मेरा नमस्कार है।

भूरम्भांस्यनलोऽनिलोऽम्बरमहर्नाथो हिमांशुः पुमा-
नित्याभाति चराचरात्मकमिदं यस्यैव मूर्त्यष्टकम्।
नान्यत्किञ्चन विद्यते विमृशतां यस्मात् परस्माद्विभो-
स्तस्मै श्रीगुरुमूर्तये नम इदं श्रीदक्षिणामूर्तये।।9।।

जिनकी पृथ्वी, जल, अग्नि, वायु, आकाश, सूर्य, चन्द्रमा, पुरुष- ये आठ मूर्तियाँ ही इस चराचर जगत् के रूप में प्रकाशित हो रही हैं तथा विचारशीलों के लिए जिन परात्पर विभु के अतिरिक्त अन्य कुछ नहीं है, उन श्रीगुरुस्वरूप श्रीदक्षिणामूर्ति को यह मेरा नमस्कार है।

सर्वात्मत्वमिति स्फुटीकृतमिदं यस्मादमुष्मिन् स्तवे
तेनास्य श्रवणात्तदर्थमननाद्ध्यानाच्च संकीर्तनात्।
सर्वात्मत्वमहाविभूतिसहितं स्यादीश्वरत्वं स्वतः
सिध्येत्तत्पुनरष्टधा परिणतं चैश्वर्यमव्याहतम्।।10।।

चूँकि इस स्तोत्र में यह स्पष्ट किया गया है कि यह चराचर जगत् सर्वात्म-स्वरूप है, इसलिए इसका श्रवण, इसके अर्थ का मनन, ध्यान और संकीर्तन करने से स्वतः सर्वात्मत्वरूप महाविभूतिसहित ईश्वरत्व की प्राप्ति होती है, पुनः आठ रूप में परिणत हुआ स्वच्छन्द ऐश्वर्य भी सिद्ध हो जाता है।

वटविटपिसमीपे भूमिभागे निषण्णं
सकलमुनिजनानां ज्ञानदातारमारात्।
त्रिभुवनगुरुमीशं दक्षिणामूर्तिदेवं
जननमरणदुःखच्छेददक्षं नमामि।।11।।

जो वटवृक्ष के समीप भूमिभाग पर स्थित हैं, निकट बैठे हुए समस्त मुनिजनों को ज्ञान प्रदान कर रहे हैं, जन्म-मरण के दुःख का विनाश करने में प्रवीण हैं, त्रिभुवन के गुरु और ईश हैं, उन भगवान् दक्षिणामूर्ति को मैं नमस्कार करता हूँ।

चित्रं वटतरोर्मूले वृद्धाः शिष्या गुरुर्युवा।
गुरोस्तु मौनं व्याख्यानं शिष्यास्तु छिन्नसंशयाः।।12।।

आश्चर्य तो यह है कि उस वटवृक्ष के नीचे सभी शिष्य वृद्ध हैं और गुरु युवा हैं। साथ ही गुरु का व्याख्यान भी मौन भाषा में है, किंतु उसी से शिष्यों के संशय नष्ट हो गए हैं।

मन्त्रः **'ॐ ह्रीं दक्षिणामूर्त्तये तुभ्यं वटमूल निवासिने**
ध्यानैकनिरताङ्गाय नमः रुद्राय शम्भवे ह्रीं ॐ'।

देवताः **शम्भु**

जप संख्याः तीन लाख

हवन संख्याः तीस हज़ार

परिहार क्षेत्रः व्याधि मुक्त, दीर्घायु एवं विद्या प्राप्ति हेतु।

दक्षिणामूर्ति भगवान् शंकर का ही नाम है। इस नाम से मन्त्रेश्वर तंत्र में विस्तृत साधना का विधान है। उपरोक्त मंत्र दक्षिणामूर्ति मंत्र के नाम से शब्दांकित और व्याख्यायित है। इस मंत्र के तीन लाख जप करने से पुरश्चरण सम्पन्न होता है। इसके विधि-विधान सहित करने से साधक दीर्घायु होता है। व्याधिरहित जीवन व्यतीत करता है तथा विद्या प्राप्ति के विभिन्न मार्गों और प्रखर बुद्धि की उपलब्धि होती है। दशांश हवन आदि का विधान भी पूर्वोक्त हवन विधान के समान ही है। दक्षिणामूर्ति मंत्र संदर्भित कतिपय महत्त्वपूर्ण एवं उल्लेखनीय साधनाएँ अग्रांकित हैं जो अन्यान्य प्रयोजनों हेतु विधि-विधान सहित संपादित करनी चाहिए।

अथ दक्षिणामूर्त्तिप्रकरण-

अथ वक्ष्ये मन्त्ररत्नं समस्तपुरुषार्थदम्।
अवापुर्येन जप्तेन दिव्यं ज्ञानं मुनीश्वराः।।1।।

यहाँ पर समस्त पुरुषार्थों को प्रदान करने वाले मन्त्र रत्नों का निरूपण प्रस्तुत किया गया है। जिनके जप मात्र से मुनीश्वरों ने दिव्य ज्ञान प्राप्त किया था।

मन्त्रः। ऋष्यादिकथनम्-

दक्षिणामूर्त्तये पूर्वं तुभ्यं पदमनन्तरम्।
वटमूलपदस्याऽन्ते पदं पश्चान्निवासिने।।2।।

ध्यानैकनिरताङ्गाय पश्चाद् ब्रूयान्नमः पदम्।
रुद्राय शम्भवे तारशक्तिरुद्धोऽयमीरितः।।3।।

मन्त्र के उद्धार का क्रम-- प्रथम 'दक्षिणामूर्त्तये' पद, उसके बाद 'तुभ्यम्' पद, तदनन्तर 'वटमूलपदं', फिर 'निवासिने', तदनन्तर 'ध्यानैकनिरताङ्गाय', तदनन्तर 'नमः रुद्राय शम्भवे' कहें। मन्त्र के आदि तथा अन्त में प्रणव का उच्चारण करें। इस प्रकार - 'ॐ दक्षिणामूर्त्तये तुभ्यं वटमूलपदं निवासिने ध्यानैकनिरताङ्गाय नमः रुद्राय शम्भवे ॐ'। यह 36 अक्षरात्मक दक्षिणामूर्त्ति मन्त्र का उद्धार कहा गया है।

षट्त्रिंशदक्षरो मन्त्रः सर्वकामफलप्रदः।
मुनिः शुकः समुद्दिष्टश्छन्दोऽनुष्टुप्समीरितम्।।4।।

अङ्गन्यासः। ध्यानम्- दक्षिणामूर्त्तिनामाऽस्य देवता शम्भुरीरितः।
षड्भिर्वर्णैर्हृदाख्यातं द्वाभ्यां शिर उदीरितम्।।5।।

36 अक्षरों वाला दक्षिणामूर्त्ति का मन्त्र सभी कामनाओं का फल प्रदान करता है, इस मन्त्र के शुक ऋषि हैं और अनुष्टुप् छन्द है। दक्षिणामूर्त्ति नाम वाले शम्भु इस मन्त्र के देवता हैं।

शिखाऽष्टभिः समुद्दिष्टा वस्वर्णैः कवचं मतम्।
पञ्चभिर्नेत्रमाख्यातं त्रिभिरस्त्रमुदाहृतम्।।6।।

यहाँ पर इस मन्त्र से अंगन्यास का क्रम कहा गया हैं - छः अक्षरों से हृदय का, दो से सिर का, 8 से शिखा का, 8 अक्षर से कवच का, 5 से नेत्र का और 3 अक्षर से अंगन्यास करना चाहिए।

षडेते तारशक्त्याद्या ह्राऽद्यन्ताः सजातयः।
अङ्गमन्त्राः समुद्दिष्टा यथावद्देशिकोत्तमैः।।7।।

इस षडङ्गन्यास के प्रत्येक न्यास के अक्षरों के आदि में माया बीज तथा अन्त में 'ह्राँ' लगाना चाहिए। जैसे - 'ॐ ह्रीं दक्षिणामूर्त्तये हाँ हृदयाय नमः' इति हृदये, 'ॐ ह्रीं तुभ्यं ह्रीं शिरसे स्वाहा' इति शिरसि इत्यादि। आचार्यों ने इस प्रकार इस मन्त्र से अङ्गन्यास का प्रकार कहा है।

मूर्ध्नि भाले दृशोः श्रोत्रे गण्डयुग्मेऽथ नासिके।
आस्ये दोः सन्धिषु गलेस्तनहृन्नाभिमण्डले।।8।

दक्षिणामूर्त्तिध्यान। पुरश्चरणादिकथनम्-

कट्यां गुह्ये पुनः पादसन्धिषुवर्णान्न्यसेत् क्रमात्।
व्यापकं तारशक्तिभ्यां कुर्याद्देहे ततः परम्।।9।।

सिर, भाल, दोनों नेत्र, दोनों श्रोत्र, दोनों गण्डस्थल, दोनों नासिका, मुख, हाथ की सन्धियाँ, गला, दोनों स्तन, हृदय, नाभि, कटि, गुह्य तथा पैर की सन्धियों में, इस प्रकार 34 स्थानों में मात्र 34 अक्षरों के एक-एक अक्षर के क्रम से न्यास करें। फिर 'ॐ ह्रीं' लगा कर समस्त मन्त्रों द्वारा शरीर में व्यापक न्यास करें। यथा - 'ॐ ह्रीं दं नमः इति शिरसि', 'ॐ ह्रीं क्षिं नमः इति भाले' इत्यादि।

हेमाचलतटे रम्ये सिद्धकिन्नरसेविते।
विविधद्रुमशाखाभिः सर्वतो वारितातपे।।10।।

सुपुष्पितैर्लताजा लैराश्लिष्टकुसुमद्रुमैः।
शिलाविवरनिर्गच्छन्निर्झरानिलसेविते।।11।।

गायद्भृङ्गाङ्गनासङ्घे नृत्यद्बर्हिकदम्बके।
कूजत्कोकिलसङ्घेन मुखरीकृतदिङ्मुखे।।12।।

परस्परविनिर्मुक्त मात्सर्यमृगसेविते।
आद्यैः शुकाद्यैर्मुनिभिरजस्रं समुपस्थिते।।13।।

पुरन्दरमुखैर्देवैः सेवायातैर्विलोकितम्।
वटवृक्षं महोच्छ्रायं पद्मरागफलोज्ज्वलम्।।14।।

गारुत्मतमयैः पत्रैर्निविडैरुपशोभितम्।
नवरत्नमयाकल्पैर्लम्बमानैरलङ्कतम्।।15।।

जलजैः स्थलजैः पुष्पैरामोदिभिरलङ् कृतम्।
शृण्वद्भिर्वेदशास्त्राणि शुकवृन्दैर्निषेवितम्।।16।।

संसारतामविच्छेद कुशलच्छायमद्भुतम्।
विचिन्त्य तस्य मूलस्थे रत्नसिंहासने शुभे।।17।।

दक्षिणामूर्त्ति का ध्यान- हिमाचल (सुवर्ण पर्वत) के मनोहर तट पर जहाँ सिद्ध किन्नरों का निवास है, नाना प्रकार के वृक्षों की शाखाओं की छाया रहने के कारण जहाँ धूप का नामोनिशान नहीं, जहाँ फूली हुई लताओं के समूह से पुष्पित वृक्ष आलिंगित हो रहे हैं, शिलासमूह के विवर से निकलते हुए झरनों का जल जहाँ शीतल वायु का स्पर्श कर रहा है, जहाँ भ्रमरियों का समूह

कलगान कर रहा है तथा मयूरसंघ नृत्य कर रहा है, कोकिलों की कूज से जहाँ दिशाएँ मुखरित हो रही हैं, जहाँ पर अरण्य जन्तु अपनी स्वाभाविक मत्सरता त्याग निवास करते हैं, जहाँ आद्य शुक्रादि मुनि निवास करते हैं। इस प्रकार, सुरम्य तट पर श्री दक्षिणामूर्त्ति की सेवा के लिए आए हुए शुक्रादि देवगण जिसे बड़े ध्यान से देख रहे हैं, ऐसा एक महान ऊँचा वट वृक्ष है, जिसमें पद्मराग के सदृश लाल-लाल फल लगे हुए हैं, जो गारुत्मत मणि के समान लटकते हुए घने-घने पत्तों से तथा नव रत्नमणियों के समान वट प्ररोहों से शोभित हो रहा है। जहाँ जल में तथा स्थल में उत्पन्न होने वाले पुष्प अपनी सुगन्ध विकीर्ण कर रहे हैं, तथा वेदशास्त्र को सुनने वाले शुक समूहों का जहाँ निवास है। संसार के त्रिताप को शान्त करने वाली जिसकी अद्भुत छाया है, ऐसे वटवृक्ष के मूल में मणिमय मण्डप के मध्य में एक बहुत सुरम्य रत्न का सिंहासन है।

आसीनममिताकल्पं शरच्चन्द्रनिभाननम्।
स्तूयमानं मुनिगणैर्दिव्यज्ञानाभिलाषिभिः।
संस्मरेज्जगतामाद्यं दक्षिणामूर्त्तिमव्ययम्।।18।।

उस रत्नसिंहासन पर सुन्दर आभूषणों से विभूषित, शरत्कालीन पूर्णचन्द्र के समान मनोहर मुख वाले, दिव्य ज्ञान की अभिलाषा रखने वाले अनेक मुनिगणों से वंदनीय, जगत् के आदि कारण सर्वथा विकार रहित दक्षिणामूर्त्ति का ध्यान करें।

कैलासाद्रिनिभं शशाङ्कशकलस्फूर्जज्जटामण्डितं
नसालोकनतत्परं त्रिनयनं वीरासनाध्यासितम्।
मुद्राटङ्ककुरङ्गजानुविलसत्पाणिं प्रसन्नाननं
कक्षाबद्धभुजङ्गमं मुनिवृतं वन्दे महेशं परम्।।19।।

जो कैलाश पर्वत के समान सर्वथा उज्ज्वल हैं, जिनकी जटा बाल चन्द्रमा की किरणों से चमक रही हैं, जो निरन्तर नासाग्र के अवलोकन में तत्पर हैं, तीन नेत्रों से युक्त हैं, वीरासन से बैठे हुए हैं। जो अपने तीन हाथों में मुद्रा; परशु तथा मृग धारण किए हुए हैं और एक हाथ जानु पर रखे हुए हैं, ऐसे प्रसन्न मुख वाले, कक्ष में सर्पराज को बाँधे हुए एवं मुनिगणों से आवृत परब्रह्मस्वरूप महेश्वर को मैं नमस्कार करता हूँ।

अयुतद्वयसंयुक्तं गुणलक्षं जपेन्मनुम्।
तद्दशांशं तिलैः शुद्धैर्जुहुयात् क्षीरसंयुतैः।।20।।

इस मन्त्र का तीन लाख बीस हजार जप करें। उसका दशांश क्षीर मिश्रित शुद्ध तिलों से होम करें।

पञ्चाक्षरोदिते पीठे विधानेन प्रपूजयेत्।
उपचारैः समुत्पन्नैः पाद्याद्यैः परमेश्वरम्।।21।।

तदनन्तर पंचाक्षर मन्त्र में कथित विधिपूर्वक पाद्यादि यथोपलब्ध उपचारों से परमेश्वर का पूजन करें।

एवं कृतपुरश्चर्यः सिद्धमन्त्रो भवेत् सुधीः।
भिक्षाहारो जपेन्मासं मनुमेनं जितेन्द्रियः।।22।।

नित्यं सहस्रमष्टार्धं परं विन्दति वाङ्मयम्।
त्रिवारं जप्तमेतेन मनुना सलिलं पिबेत्।।23।।

इस प्रकार पुरश्चरण करने के बाद जब साधक सिद्धमन्त्र हो जाए तब जितेन्द्रिय हो भिक्षाटन से निर्वाह करते हुए एक महीने तक निरन्तर इस मन्त्र का 1008 बार जप करे तो उत्कृष्ट वाणी का ऐश्वर्य प्राप्त करता है।

नित्यशो दक्षिणामूर्त्तिं ध्यायन् साधकसत्तमः।
शास्त्रव्याख्यानसामर्थ्यं लभते वत्सरान्तरे।।24।।

नित्य दक्षिणामूर्त्ति का ध्यान करते हुए तीन बार इस मन्त्र से अभिमन्त्रित जप करे तो वह उत्तम साधक एक वर्ष के भीतर शास्त्रों की व्याख्या करने में समर्थ हो जाता है।

<u>पुरश्चरणादिकथनम्-</u> **ब्राह्मीसैन्धवसिद्धार्थवचाकुष्ठकणोत्पलैः।**
सुगन्धिसंयुतैः कल्कैः शृतं ब्राह्मीरसे घृतम्।।25।।

मनुनाऽनेन सञ्जप्तमयुतं साधुसाधितम्।
निपीतं कविताकान्तिरक्षायुः श्रीधृतिप्रदम्।।26।।

ब्राह्मी, सेंधा नमक, सफेद सरसों, वचा, कुष्ठ, पीपर, नागरमोथा, तेजपत्ता, इलायची तथा केसर का चूर्ण कर 24 पल ब्राह्मीरस तथा धृत सब मिलाकर अग्नि में पकाए। जब घृत मात्र शेष रह जाए तो उसे उतार ले। इस प्रकार ब्राह्मीरस में पकाए गए घृत को हाथ से स्पर्श कर दस हजार जप कर उसे अच्छी तरह सिद्ध करे और प्रतिदिन उसे शुद्ध रीति से पवित्र हो पीता रहे, तो कविता की क्षमता हो जाती है, कान्ति बढ़ती है, अनेक प्रकार की बाधाओं से रक्षा होती है। आयु, श्री तथा धैर्य प्राप्त होता है।

<u>मन्त्रान्तरम्। ऋष्यादिकथनम् -</u>

प्रणवो हृदयं पश्चात्ततो भगवते पदम्।
ङेयुतं दक्षिणमूर्त्तिं मह्यं मेधामुदीरयेत्।।27।।

प्रयच्छ ठद्वयान्तोऽयं द्वाविंशत्यक्षरो मनुः।
मुनिश्चतुर्मुखश्छन्दो गायत्री देवता मनोः।।28।।

दक्षिणामूर्त्ति का अन्य मन्त्र- (ॐ), हृदय (नमः), उसके बाद 'भगवते', तदनन्तर 'दक्षिणामूर्त्तये', इसके बाद 'मह्यम् मेधां प्रयच्छ स्वाहा' कहें। यह 32 अक्षर का मन्त्र हुआ।

दक्षिणामूर्त्तिराख्यातो वेदव्याख्यानतत्परः।
ताररुद्धैः स्वरैर्दीर्घैः षड्भिरङ्गानि कल्पयेत्।।29।।

इस मन्त्र के चतुमुर्ख ब्रह्मा मुनि हैं; गायत्री छन्द है तथा दक्षिणामूर्त्ति देवता कहे गए हैं जो निरन्तर वेदों के व्याख्यान में तत्पर रहते हैं।

प्रणव में सम्पुटित दीर्घ स्वर 'आ ई ऊ ऐ औ अः' इनसे अंगन्यास करना चाहिए।

विमर्श- यथा - 'ॐ आँ ॐ इति हृदये, ॐ ईं ॐ शिरसे स्वाहा' इति शिरसि, इत्यादि।

अथवा मनुसम्भूतैः पदैर्वा कल्पयेत् क्रमात्।
पूर्वोक्तवटमूलस्थं चिन्तयेन्मन्त्रनायकम्।।30।।

अतएव इस मन्त्र को 6 पदों में प्रविभक्त कर क्रमशः षडंगन्यास करें। यथा - 1. ॐ नमः। 2. भगवते। 3. दक्षिणामूर्त्तये। 4. मह्यं। 5. मेधां। 6. प्रयच्छ स्वाहा- यह मन्त्र का छः भाग कहा गया। पूर्व में कहे गए वट के नीचे समस्त मन्त्रों के देवता दक्षिणामूर्त्ति का इस प्रकार ध्यान करें।

दक्षिणामूर्त्तिध्यानम्- **स्फटिकरजतवर्णं मौक्तिकीमक्षमाला-**
ममृतकलशविद्याज्ञानमुद्राः कराग्रैः।
दधतमुरगकक्षं चन्द्रचूडं त्रिनेत्रं
विधृतविविधभूषं दक्षिणामूर्त्तिमीडे।।31।।

जिनके शरीर का वर्ण स्फटिक मणि तथा रजत के समान अत्यन्त उज्ज्वल है, जो अपने हाथों में मोती की जपमाला, अमृतपूर्ण कलश, पुस्तक तथा ज्ञानमुद्रा धारण किए हुए हैं, जिन्होंने अपने कक्ष में लटकते हुए साँपों को धारण किया है, जिन्होंने चन्द्रमा को अपने मुकुट में तथा शरीर में नाना प्रकार के आभूषणों को धारण किया है ऐसे तीन नेत्र वाले दक्षिणामूर्त्ति की मैं स्तुति करता हूँ।

पुरश्चरणादिकथनम्- **लक्षमेकं जपेन्मन्त्रं ब्रह्मचारिव्रते स्थितः।**
जुहुयात् सघृतैः पद्मैर्दशांशं संस्कृतेऽनले।।32।।

निरन्तर ब्रह्मचर्य पालन करते हुए इस मन्त्र का एक लाख जप करें पश्चात् सुसंस्कृत अग्नि में घृतयुक्त पद्मों से दशांश होम करें।

पूर्वोदिते यजेत्पीठे वक्ष्यमाणेन वर्त्मना।
अङ्गानभ्यर्चयेद्बाह्ये पत्रेष्वष्टसु पूजयेत्।।33।।

सरस्वतीं वाचयन्तीं पुस्तकं सस्मिताननाम्।
ब्रह्माणं सनकं पश्चात् सनन्दनमतः परम्।।34।।

सनत्कुमार नामानं शुकं व्यासं गणेश्वरम्।
सिद्धगन्धर्वयोगीन्द्रविद्याधरगणान् बहिः।।35।।

पूर्वोक्त पीठ पर आगे वर्णित विधि के अनुसार दक्षिणामूर्त्ति की पूजा करें। चारों दिशाओं में अंगों की पूजा करें। तदनन्तर आठ पत्रों पर किञ्चित् मन्द-मन्द ईषद्धास्य करती हुई और पुस्तक पढ़ती हुई सरस्वती, ब्रह्मा, सनक, सनन्दन, सनत्कुमार, शुक, व्यास और गणेश की पूजा करें। पत्रों के बाहर सिद्ध गन्धर्व योगीन्द्र और विद्याधर गणों की पूजा करें।

बाह्ये लोकेश्वरानर्चेद्वज्राद्यायुधसंयुतान्।
इत्थं पूजादिभिः सिद्धे मन्त्रेऽस्मिन् साधकोत्तमः।।36।।

वल्लभो जायते वाचां वाचस्पतिरिवाऽपरः।
मन्त्रेणाऽनेन सञ्जप्तैर्विशुद्धैः सलिलैः सुधीः।।37।।

अभिषिञ्चेत् स्वशिरसि श्रियमारोग्यमाप्नुयात्।
कण्ठमात्रे जले स्थित्वा जपेन्मन्त्रं सहस्रकम्।
प्रत्यहं मण्डलादर्वाक् कवीनामग्रणीर्भवेत्।।38।।

तदुपरान्त बाहर वज्रादि आयुधों से युक्त इन्द्रादि लोकपालों की पूजा करें। इस प्रकार की पूजा से जब यह मन्त्र सिद्ध हो जाए तो उत्तम साधक बृहस्पति के समान समस्त वाणियों का वल्लभ हो जाता है। इस मन्त्र के द्वारा जपे गए विशुद्ध जल से साधक अपने सिर को अभिषिक्ति करे तो श्री और आरोग्य प्राप्त करता है कण्ठ मात्र जल में खड़े रह-रह कर इस मन्त्र का प्रतिदिन एक सहस्र जप करें तो वह 49 दिन के भीतर कवियों में अग्रगण्य हो जाता है।

गौर्या पार्श्वस्थया सार्द्धं श्रीकामी चिन्तयन् विभुम्।
अयुतं प्रजपेन्मन्त्रं भूयसीं श्रियमाप्नुयात्।।39।।

लक्ष्मी चाहने वाला गौरी के पार्श्व में स्थित दक्षिणामूर्त्ति का ध्यान करते हुए श्री सम्पुटित इस मन्त्र का प्रतिदिंन दस हजार जप करे तो बहुत अधिक सम्पत्ति प्राप्त करता है।

भुञ्जानः प्रयतो मन्त्री गोमूत्रे शृतमोदनम्।
भिक्षान्नमथवा मन्त्रमयुतद्वितयं जपेत्।
अश्रुतान् वेदशास्त्रादीन् व्याचष्टे नात्र संशयः।।40।।

गोमूत्र में पकाए गए, ओदन को निमयपूर्वक खाने वाला अर्थात् भिक्षान्न भोजन करने वाला

मन्त्रज्ञ इस मन्त्र का बीस हजार जप करे, तो वह अश्रुत भी वेद और शास्त्रादि की व्याख्या करने में समर्थ हो जाता है इसमें संशय नहीं।

विमर्श- इस श्लोक में 'अश्रुपाद्' पद आया है, इससे सूचित किया गया कि बाला महाविद्या से सम्पुटित उक्त मन्त्र का जप करे।

सिद्धगन्धर्वमुनिभिर्योगीन्द्रैरपि सेवितौ।
ज्ञानवागर्थिनां प्रीत्यै कथितौ मन्त्रनायकौ।।41।।

यहाँ तक हमने दक्षिणामूर्त्ति के दो मन्त्रों का व्याख्यान किया है। ये दोनों ही सिद्ध गन्धर्व एवं मुनियों तथा योगीन्द्रों से सेवित हैं। ज्ञान, वाणी तथा अर्थ की अपेक्षा रखने वालों के लिए हमने यहाँ इनका व्याख्यान किया है।

मंत्र प्रयोग

मंत्र- **ॐ ह्रीं दक्षिणामूर्तये तुभ्यं हसकल ह्री वटमूल निवासने हसकहलह्रीं ध्यानैकनिरताङ्गाय सकलह्रीं नमो रुद्राय शंभवे ह्रीं ॐ।**

विनियोगन्यास- शिरसि शुकाय ऋषये नमः, मुखे गायत्री छन्दसे नमः, हृदय दक्षिणामूर्तये दैवतायै नमः, गुह्ये ॐ बीजाय नमः, पादयोः ह्रीं शक्तये नमः, सर्वाङ्गे ममाभीष्टसिद्धये विनियोगः।

ध्यान-
वटविटपिसमीपे भूमिभागे निषण्णं,
सकलमुनिजनानां ज्ञानदातारमारात्।
त्रिभुवनगुरुमीशं दक्षिणामूर्तिरूपं,
जननमरणदुःखच्छेददक्षं नमामि।।

जिस मंत्र की साधक को दीक्षा प्राप्त नहीं हुई हो वह दक्षिणामूर्तिशिव अर्थात् भगवान् शंकर को सम्पूर्ण आस्था, श्रद्धा और समर्पण के साथ अपना गुरु स्वीकार करके उनके अधीनस्थ स्वयं की साधना यात्रा के साथ प्रगति पथ पर अग्रसर होने का विधान है।

नीलकण्ठ उपासना

नीलकण्ठ श्री भगवान् शंकर का एक प्रसिद्ध और प्रभावशाली नाम है। सागर-मंथन में जब धधकता हुआ तीव्र विष का प्याला निकला तो सभी देवी-देवता भयभीत हो गए, किसी में भी आगे बड़कर विष को स्पर्श करने का साहस न था, सभी ने भगवान् शंकर से विष से मुक्त होने हेतु प्रार्थना की, और उन्होंने इस तीव्र विष को पी लिया। इस विष को पीते समय विष को कुछ समय के लिए कण्ठ में रोकना अनिवार्य हो गया, तभी उनका कण्ठ नीला पड़ गया, इस तरह भगवान् शंकर नीलकण्ठ कहलाने लगे। भगवान् शंकर के नीलकण्ठ स्वरूप की उपासना

करने से साधक किसी भी प्रकार के विष से मुक्त हो जाता है। अतः विष प्रभावहीन हो जाता है।

महेश्वर तंत्र की नीलकण्ठ साधना अग्रांकित हैं।

मन्त्रः **प्रौं न्रीं ठः**

जप संख्याः तीन लाख

परिहार क्षेत्रः विष के प्रभाव को कम करने हेतु

नीलकण्ठमन्त्रः **लोहितोऽग्न्यासनः सद्यो बिन्दुमान् प्रथमं ततः।**
द्वितीयं वह्निबीजस्था दीर्घा शान्तीन्दुभूषितः।।42।।

लोहित नीलकण्ठ मन्त्र- लोहित (प), जिसमें अग्नि (रेफ) का आसन हो तथा जो सद्य (औ) और बिन्दु से युक्त हो। इस प्रकार इस मन्त्र का 'प्रौं' प्रथम अक्षर हुआ। दीर्घ (नकार), जो वह्निबीच (रेफ) पर स्थित हो और शान्ति (ई) तथा बिन्दु से युक्त हो इस प्रकार 'न्रीम्' यह इस मन्त्र का दूसरा अक्षर हुआ।

तृतीयं लाङ्गली सर्गी मन्त्रो बीजत्रयान्वितः।
नीलकण्ठात्मकः प्रोक्तो विषद्वयहरः परः।।43।।

लांगली (ठकार), जो सर्गी (विसर्ग) से युक्त हो यह तीसरा अक्षर हुआ। इस प्रकार 'ठः' यह 'प्रौं न्रीं ठः' तीन बीजों वाला नीलकण्ठात्मक मन्त्र स्थावर तथा जंगम दोनों प्रकार के विषों को दूर करने वाला है।

पंचागन्यासः - **हरद्वयं वह्निजाया हृदयं परिकीर्त्तितम्।**
कपर्दिने ठयुगलं शिरोमन्त्र उदाहृतः।।44।।

नीलकण्ठाय ठद्वन्द्वं शिखामन्त्र उदाहृतः।
कालकूटपदस्याऽन्ते विषभक्षणङ्येतम्।।45।।

हुँ फट् कवचमादिष्टं विद्वद्भिर्नीलकण्ठिने।
स्वाहान्तमस्त्रमेतानि पञ्चाङ्गानि मनोर्विदुः।।46।।

'हर स्वाहा' से हृदय का नाम, 'कपर्दिने स्वाहा' से सिरःन्यास; 'नीलकण्ठाय स्वाहा', से शिखा का, 'कालकूटविषभक्षणाय हुँ फट्' से कवच का, 'नीलकण्ठिने स्वाहा' इससे अस्त्र का न्यास करें। इस मन्त्र का पंचाग न्यास करें, ऐसा विद्वानों का मत है।

मूर्ध्नि कण्ठे हृदम्भोजे क्रमाद्बीजत्रयं न्यसेत्।
ततः समाहितो भूत्वा नीलकण्ठं विचिन्तयेत्।।47।।

इसके बाद एक बार फिर सिर, कण्ठ तथा हृदय में उक्त तीनों बीज मन्त्रों से न्यास करे। फिर एकाग्र चित्त हो नीलकण्ठ का इस प्रकार ध्यान करें।

<u>निलकण्ठशिवध्यानम्-</u> **बालार्कायुततेजसं धृतजटाजूटेन्दु खण्डोज्ज्वलं**
नागेन्द्रैः कृतभूषणं जपवटीं शूलं कपालं करैः।
खट्वाङ्गं दधतं त्रिनेत्रविलसत्पञ्चाननं सुन्दरं
व्याघ्रत्वक्परिधानमब्जनिलयं श्रीनीलकण्ठं भजे।।48।।

सहस्त्रों बाल सूर्यों के समान तेज वाले, जटाजूट में धारण किए गए इन्दु खण्ड के प्रकाश से उज्ज्वल वर्ण युक्त, सर्पों के आभूषणों से भूषित, जप माला, शूल, कपाल तथा खट्वांग हाथों में धारण किए हुए, त्रिनेत्र, पंचानन, मनोहर वेष वाले बाघम्बर पर पद्मासन से विराजमान श्री नीलकण्ठ का मैं भजन करता हूँ।

<u>पुरश्चरणादिकथनम्-</u> **लक्षत्रयं जपेन्मन्त्रं तद्दशांशं ससर्पिषा।**
हविषा जुहुयात् सम्यक् संस्कृते हव्यवाहने।।49।।

ऊपर बताए गए मन्त्र का तीन लाख जप करे, उसका दशांश घी मिश्रित हवि द्वारा सुसंस्कृत अग्नि में होम करे।

शैवे पीठे यजेदेनं मृत्युञ्जयविधानतः।
एवं पूजादिभिः सिद्धे मनौ मन्त्री विषद्वयम्।।50।।

नाशयेदचिरादेव नीलकण्ठ इवाऽपरः।
मनुनाऽनेन सञ्जरैः कुम्भस्थैः सलिलैः शुभैः।।51।।

अभिषिञ्चेद्विषाक्रान्तं स विषान्मुच्यते ध्रुवम्।
स्पृष्ट्वा जपेद्विषाक्रान्तं तत्क्षणं निर्विषो भवेत्।।52।।

पुनः शैव पीठ में मृत्युञ्जय विधि में कहे गए विधान से (द्र. श्लोक 105-118) नीलकण्ठ का पूजन करे। इस प्रकार की पूजा से मन्त्र के सिद्ध हो जाने पर साधक इस मन्त्र के प्रयोग से दोनों के विषों का शीघ्रातिशीघ्र इस प्रकार नष्ट कर देता है जिस प्रकार सदाशिव विष को नष्ट कर देते हैं। इस मन्त्र से अभिमन्त्रित कलश के जल से विषाक्रान्त पुरुष को अभिषिक्त करें तो वह शीघ्र ही विष से मुक्त हो जाता है, यदि विषाक्रान्त का स्पर्श कर इस मन्त्र का जप करे तो वह तत्क्षण विषमुक्त हो जाता है।

बीजाभ्यां प्रथमान्ताभ्यां पार्श्वयोर्विषमाहरेत्।
मध्येन मध्यगं सर्वं मनुनाऽनेन संहरेत्।।53।।

इस मन्त्र के प्रथम और अन्त के दो बीजों से दोनों पार्श्व का तथा मध्य के बीज से शरीर के मध्य भाग का विष आहृत करे।

बहुना किमिहोक्तेन मन्त्रेणाऽनेन मन्त्रवित्।
कालकूटविषं साक्षाद् भुक्तं स्यात्परमामृतम्।।54।।

इस मन्त्र के विषय में बहुत कहने से क्या? मन्त्रवेत्ता इस मन्त्र से यदि कालकूट नामक विष का भी भक्षण कर ले तो वह उसके लिए परमामृत जैसा हो जाता है।

चिन्तामणि मन्त्र साधना

मन्त्रः **क्ष्म्यौ**

जप संख्याः एक लाख

हवन संख्याः दस हजार

परिहार क्षेत्रः ग्रहबाधा एवं व्याधि से मुक्ति हेतु

चिन्तामणिमन्त्रः **अग्निः संवर्त्तकादित्यरानिलौषष्ठबिन्दुमत्।**
चिन्तामणिरिति ख्यातं बीजं सर्वसमृद्धिदम्।।55।।

यहाँ तक दक्षिणवक्त्र प्रधान मन्त्रों का वर्णन किया। अब उत्तरवक्त्र प्रधान चिन्तामणि मन्त्र का वर्णन करते हैं - अग्नि (र्), संवर्त्तक (क्ष्), (ऊ) जो बिन्दु से युक्त हो, यह चिन्तामणि (क्ष्म्यौ) बीज है। यह सर्व समृद्धियों को देने वाला है।

विमर्श- इस में औ तथा 'ऊ' इन दो स्वरों का कहाँ एवं किस प्रकार उच्चारण करना चाहिए इसका निर्देश नहीं है, अतः साधक को इसे गुरु परम्परा द्वारा जानना चाहिए।

ऋष्यादिकथनम् - **काश्यपो मुनिराख्यातश्छन्दोऽनुष्टुबुदाहृतम्।**
अर्द्धनारीश्वरः प्रोक्तो देवता जगतां पतिः।।56।।

इस मन्त्र के कश्यप ऋषि हैं, अनुष्टुप् छन्द हैं, जगत्पति अर्धनारीश्वर इसके देवता हैं।

रेफादिव्यञ्जनैः षड्भिः कुर्यादङ्गानि षट् क्रमात्।।57।।

इस मन्त्र में बताए गए 'र' आदि 6 व्यञ्जनाक्षरों से षडंगन्यास करें।

विमर्श- यहाँ, र, क्ष में दो व्यञ्जन क और ष तदनन्तर र और य इस प्रकार छः व्यञ्जनाक्षर हो जाते हैं।

अर्धनारीश्वरध्यानम्- नीलप्रवालरुचिरं विलसत्त्रिनेत्रं
पाशारुणोत्पलकपालत्रिशूलहस्तम्।
अर्धाम्बिकेशमनिशं प्रविभक्तभूषं
बालेन्दुबद्धमुकुटं प्रणमामि रूपम्।।58।।

अर्धनारीश्वर का ध्यान- जिनका आधा (नीलकण्ठमय) शरीर नीला है और आधा (पार्वत्यर्ध) मूँगे के सदृश लाल है। आधे नारीमय शरीर के हाथ में पाश तथा अरुणोत्पल है और आधे महेशमय शरीर में कपाल एवं त्रिशूल है, जिनके शरीर के आधे भाग में सर्पादि का आभूषण है और आधे भाग में रत्नजटित ताटंक का अलंकरण है, जिनके मुकुट में बालेन्दु बँधा हुआ है, ऐसे अर्धाम्बिकेश अर्धनारीश्वर रूप को मैं प्रणाम करता हूँ।

पुरश्चरणादिकथनम्- एकलक्षं जपेद्बीजमित्थं मन्त्री विचिन्तयेत्।
अयुतं मधुना सिक्तैर्जुहुयात्तिलतण्डुलैः।।59।।

इस चिन्तामणि बीज मन्त्र का एक लाख जप करें और मधुमिश्रित तिल तण्डुल से दस हजार होम करें।

शैवोदिते यजेत्पीठे प्रागङ्गैः षड्भिरीरितैः।
वृषाद्यैर्मातृभिः पश्चाल्लोकपालैस्तदायुधैः।।60।।

तत्पश्चात् शैव मन्त्र में बताए गए हैं (द्र. श्लोक 15-19) पीठ पर अर्धनारीश्वर का आह्वान कर पूजन करें। पूर्व में कहे गए अंगादि की प्रथम आवरण में, र से लेकर ह एवं क्ष पर्यन्त आठ वर्णों की द्वितीयावरण में, समस्त 8 मातृकाओं की पूजा तृतीय आवरण में, फिर वज्रादि आयुधों सहित लोकपालों की चतुर्थ आवरण में पूजा करें।

एवमभ्यर्चयेद् देवमर्धनारीश्वरं परम्।
तेजः कान्ति यशो लक्ष्मी वाचां भवति वल्लभः।।61।।

इस प्रकार जो अर्धनारीश्वर की पूजा करता है वह तेज, कान्ति, यश, लक्ष्मी तथा वाणी से सम्पन्न होता है।

प्रासादाद्यं जपेन्मन्त्रमयुतं रोगशान्तये।
स्वरावृतमिदं बीजं विगलत्परमामृतम्।।62।।

रोग शान्ति के लिए कहे गए (श्लोक 49) प्रासाद मन्त्र से युक्त इस मन्त्र का दस हजार जप करें। अथवा स्वर से सम्पुटित इस बीज मन्त्र का, विषार्त्त के सिर पर अमृत धारा बहाते हुए चन्द्रमण्डल (ठ) का ध्यान करते हुए जप करें तो विष तथा रोग दोनों ही दूर हो जाते हैं।

चन्द्रबिम्बस्थितं मूर्ध्नि ध्यातं क्ष्वेडगदापहम्।
प्रतिलोमात्स्वरावीतं बीजं वह्निगृहे स्थितम्।।63।।

रेफादिव्यञ्जनोल्लासि षट्कोणाभिवृतं बहिः।
भूतार्त्तस्य स्मृतं मूर्ध्नि भूतमाशु विनाशयेत्।।64।।

त्रिकोण के ऊर्ध्वाग्रभाग में प्रतिलोम स्वरों से सम्पुटित चिन्तामणि बीज लिखे। पुनः बाहर से उसे आवृत करने वाले षट्कोणों में 'र क ष म र य' इन छः वर्णों को लिखे। पश्चात् इस मन्त्र का जप करते हुए भूतार्त्त के सिर पर इस यन्त्र को रख दे तो यह यन्त्र भूतों को नष्ट कर देता है।

बीजं चन्द्रगतं वीतं स्वरैः षोडशभिः क्रमात्।
गलत्परसुधापूरं नेत्रे ध्यातं रुजं हरेत्।।65।।

चन्द्रगतं ठकारगम्। एवमेवेति ठकारगं स्वरावृतं गलत्परसुधारूपमिति।

सोलह स्वरों से सम्पुटित चन्द्रगत बीज (ठ) वर्ण से गिरते हुए सुधापूर्ण धारा का विषार्त्त के नेत्र में ध्यान करे तो विषार्त्त का सारा विष दूर हो जाता है।

एवमेव स्मृतं बीजं कुक्षौ शूलादिरोगहृत्।
स्फोटे विषज्वरे दाहे मोहे शीर्षगदे भ्रमे।।66।।

इसी प्रकार स्वर से सम्पुटित ठकार से गिरती हुई सुधापूर्ण रसधारा का कुक्षि (पेट) में ध्यान करे तो शूलादि रोग नष्ट हो जाते हैं।

बीजमेतत्तथा ध्यातं तत्तत्क्लेशान् विनाशयेत्।
कुंकुमाभमिदं बीजं त्रिकोणगतमुज्ज्वलम्।।67।।

यस्य मूर्ध्नि स्मरेन्मन्त्री स वश्यो जायतेऽचिरात्।
ऊर्ध्वरिफस्थसाध्याख्यं बीजं वह्निगृहे स्थितम्।।68।।

स्फोट (फोड़ा, चेचक), विषज्वर, दाह, मूर्च्छा, शिरो रोग तथा भ्रम में इस बीज का ध्यान करें तो समस्त क्लेश दूर हो जाते हैं। इस बीज का स्वरूप कुंकुम के समान रक्त अथवा पीत है। साधक इसे त्रिकोण में उज्ज्वल रंग से रंग कर साध्य के शिर पर स्थापित कर इस मन्त्र का जप करे तो वह साध्य शीघ्र ही उसके वश में हो जाता है।

वह्निगेहद्वयेनाऽग्नियुक्तकोणेन संवृतम्।
प्रतिलोमस्वरावीतं चुल्लीस्थाने निवेशितम्।।69।।

वशीकरोत्यामरणादचिरेणैव दासवत्।
मुधरत्रययुक्तेन शालिपिष्टेन पुत्तलीम्।।70।।

त्रिकोण के मध्य में साध्य का नाम तथा कार्य लिख कर उस पर ऊर्ध्व रेफ लगावे। तदनन्तर इस बीज को लिखे, पुनः उसे षट्कोण से आवृत करे तथा उसके कोणों पर अग्नि बीज (र) लिख देवे। पुनः उस पर प्रतिलोम क्रम से 16 स्वरों से आवृत कर दें, फिर उसे चुल्ली स्थान में गाड़ दे तो साध्य जीवन भर के लिए शीघ्रातिशीघ्र दास के समान वशीभूत हो जाता है।

कृत्वा प्रतिष्ठितप्राणां विभज्य जुहुयाद्वशी।
त्रिवासरमनेनैव साध्यस्तस्य वशीभवेत्।।71।।

त्रिमधुर मिश्रित शाली के चूर्ण की पुतली बनावे, फिर साध्य के नाम से उसमें प्राण प्रतिष्ठा करवाए। पश्चात् उसका विभाजन कर तीन दिन पर्यन्त इस मन्त्र द्वारा उससे होम करें, तो साध्य उसके वश में हो जाता है।

मकारगतसाध्याख्यमनलस्थगदाह्वयम् ।
चन्द्रगं चतुरस्रेण टान्तकोणेन वेष्टितम्।।72।।

बीजं ताम्बूलपत्रस्थं प्रजप्तं मनुनाऽमुना।
भक्षितं नाशयेत्सम्यक् शिरोरोगं न संशयः।।73।।

ताम्बूल पत्र पर दो मकार के भीतर इस मन्त्र को लिखे। पुनः साध्य लिखे। तदनन्तर उसके रोग का नाम लिख कर ऊर्ध्व रेफ से युक्त करे। पुनः उसके चारों ओर प्रत्येक कोण पर 'ठं ठं' लिख कर उसके मध्य में स्थित चन्द्र बीज (ठं) को वेष्टित कर दे। तत्पश्चात् वह पान उस साध्य रोगी को खिला दे तो रोगी के सिर की सारी व्यथा दूर हो जाती है, इसमें संशय नहीं है।

लिखित्वा बन्धुजीवेन त्रिकोणं बीजगर्भितम्।
अत्र वह्निं समाधाय सम्यगाराध्य देवताम्।।74।।

जुहुयात् कृतसम्पातं सर्पिषाऽष्टोत्तरं शतम्।
सम्पाताज्येन संसिक्ता त्रिलोहकृतमुद्रिका।
विधृता भूतवेतालकृत्यारोगविनाशिनी।।75।।

बन्धुजीव (दुपहरिया या जपाकुसुम) के पुष्पों के रस से त्रिकोण बनाकर उसके बीच में चिन्तामणि बीज लिखे। तदनन्तर उस त्रिकोण में अग्नि स्थापन कर उसमें अर्धनारीश्वर देवता की आराधना करे। फिर घी से 108 बार हवन करे तथा हुत् शेष घृत किसी पात्र में छोड़ता जाए। फिर उस संस्रव के घृत से त्रिलौह की अँगूठी को अच्छी तरह संसिक्त कर दे। पश्चात् उसे धारण करे तो भूत, वेताल, कृत्या तथा रोग अपने आप ही नष्ट हो जाते है।

चिन्तामणियन्त्रम् - ऊर्ध्ववह्निरहितं मनुमेनं वह्निगेहयुगले परिलेख्य।
अग्निमस्रिषु महीपुरवीतं यन्त्रमेतदुदितं ग्रहवैरि।
अग्निं रं। अस्रिषु षट्सु कोणेषु।।76।।

ऊर्ध्व रेफ से रहित इस चिन्तामणि मन्त्र को षट्कोणों पर लिखे। फिर उन षट्कोणों को भूपुर बना कर घेर दे. तो इस प्रकार का यह यन्त्र ग्रहों का विनाशक होता है।

अग्निबीजलसत्कोणत्रिकोणलिखिते ध्रुवे।
शरावे कपिलाज्याब्जसूत्रदीपं प्रविन्यसेत्।।77।।

घटेनैनं पिधायाऽस्य पृष्ठे यन्त्रमिदं लिखेत्।
भूतार्त्तमत्र संस्थाप्य चिन्तामणिमनुं जपेत्।
तमाविश्य क्षणान् मुञ्चेद् ग्रहः क्रूरोऽपि सर्वथा।।78।।

भूर्जपत्र अथवा रजत पट्ट अथवा सुवर्णपत्र पर लाल रंग से त्रिकोण मन्त्र लिखे। मध्य में प्रणव लिखकर उसके तीनों कोणों पर तीन अग्निबीज (रम्) लिखे, तदनन्तर कपिला के घी में कमल सूत्र की बत्ती डाल कर वहाँ मिट्टी का दीपक जलाकर स्थापित कर दे और उस दीपक को घड़े से ढक दे। उस घड़े की पीठ पर पुनः यही मन्त्र लिखे। भूतबाधा से पीड़ित व्यक्ति को उस घटस्थ यन्त्र पर बिठा दे और उसका स्पर्श करते हुए चिन्तामणि मन्त्र का जप करे, तो क्रूर से क्रूर ग्रह भी उस घट में प्रविष्ट हो कर रोगी को शीघ्र छोड़ देता है।

मनोरथप्रदयन्त्रम् - कृशानुभवनद्वये मनुमिमं लिखित्वा
पुनस्तदस्रिषु हलो लिखेत्स्वरयुगं ततः सन्धिषु।
ध्रुवेण परिवेष्टितं धरणिगेहमध्यस्थितं
मनोरथफलप्रदं भवति यन्त्रमेतन्नृणाम्।।79।।

षट्कोण के मध्य में चिन्तामणि मन्त्र को लिखे। पुनः छः कोणों पर 'र क ष म र य' इन व्यञ्जनाक्षरों को लिखे तथा आठों सन्धियों में दो दो स्वर के क्रम से 16 स्वरों को लिखे। उसके चारों ओर प्रणव लिख कर परिवेष्टित करे। फिर चौकोर भूपुर से उसे घेर दे। इस प्रकार से निर्मित यह यन्त्र मनुष्यों के मनोरथों को पूर्ण करता है।

आपदाग्रहघ्नयन्त्रम्- षट्कोणान्तस्त्रिकोणे लिखतु मनुमिमं साध्यनामाक्षराढ्यं
षट्कोणेष्वङ्गमन्त्रान् वसुदलविवरेष्ट मन्त्राक्षराणि।
वीतं बाह्ये कलाभिस्तदनु परिवृतं कादिभिर्यादिभि-
स्तत् क्षौणीबिम्बेन युक्तं नृहरिमनुयुतं यन्त्रमापद्ग्रहघ्नम्।।80।।

षट्कोण के मध्य में त्रिकोण बनाए। उस त्रिकोण में साध्य के नामाक्षरों से युक्त इस मन्त्र को लिखे। पुनः षट्कोण के प्रत्येक कोण में अङ्गमन्त्रों को लिखे। षट्कोण को बाहर अष्टदल में

पूर्वोक्त 'र क ष म र य' इन छः व्यंजन वर्णों को तथा औ ऊ इम दो दीर्घ स्वरों को लिखे, उसके बाद बाहर षोडश स्वरों से उसे घेर दे। पुनः उसे भी क से लेकर म वर्ण तक पुनः य से लेकर क्ष वर्ण तक (इस प्रकार तीन आवृत्तियाँ प्रथम स्वर, द्वितीय कादि वर्ण, तृतीय यकारादि क्षान्त समुदाय) मातृका से घेर दे। उसके चारों ओर भूपुर बनाए तथा उसके चारों कोणों पर नृसिंह का बीज मन्त्र (क्षौ।) लिख दे। इस प्रकार निर्मित यह यन्त्र आपत्तियों तथा ग्रह बाधा को समाप्त करता है।

रोगकृत्यापहयन्त्रम्- **अस्मिन्यन्त्रे प्रतिष्ठाप्य कलशं प्रोक्तवर्त्मना।**
कृतोऽभिषेकः स्यात् कृत्याभूतद्रोहादिशान्तिदः।।81।।

इस मन्त्र में षष्ठ पटल में कही गई विधि के अनुसार कलश प्रतिष्ठापित करे। फिर रोगी का उस कलश जल से अभिषेक करे तो कृत्या, भूत-बाधा, शत्रुता आदि से मुक्ति प्राप्त करता है।

स्वरावृतममुं मनुं लिखतु टान्तमध्ये ततः
षडस्रिषु हुताशनं तदनु कादिवर्णैर्वृतम्।
धरापुरयुगेन तन्नृहरिबीजयुक्तास्रिणा
प्रवेष्टितमुदाहृतं दुरितरोगकृत्यापहम्।।82।।

टान्तमध्ये ठकारमध्ये। षडस्रिषु षट्कोणेषु। हुताशनं रेफम्।।

षट्कोण के मध्य में 'ठ' वर्ण से सम्पुटित इस मन्त्र को लिखे। षटकोणों में रेफ लिखे, उसके बाद क से लेकर क्ष वर्ण पर्यन्त वर्णों से उसे घेर दे। दो भूपुर के प्रत्येक कोण में नृसिंह बीज (क्षौं) लिख कर उसे वेष्टित कर दे तो इस प्रकार का यन्त्र पाप, रोग तथा अभिचारादि प्रयोगों को नष्ट कर देता है।

तुम्बरु बीजम्

ग्रहबाधा तथा समस्त ग्रहपीड़ा, ग्रहकृत अवरोध के निवारण हेतु तुम्बरु बीजम् मंत्र अत्यन्त शीघ्रफल प्रदान करने वाला सिद्ध होता है। इस मंत्र का जप विधि-विधान सहित करने से जटिल से जटिल व्याधि समूल नष्ट हो जाती है।

मन्त्रः **क्ष म र यूँ**

परिहार क्षेत्रः ग्रहवाधा एवं व्याधियों के निवारणार्थ

तुम्बरुबीजम् - **क्षकारो माग्निपवनवामकर्णार्धचन्द्रवान्।**
उक्तं तुम्बरुबीजं तु येन सिध्यन्ति साधकाः।।83।

अब तुम्बरु बीज का वर्णन करते हैं - क्षकार, पुनः म, अग्नि (रेफ) पवन (य) वामकर्ण ऊकार और अर्धचन्द्र (अनुस्वार) से युक्त हो। इस प्रकार 'क्ष म र यूँ' यह तुम्बरु बीज का उद्धार कहा गया। इसके अनुष्ठान से साधक को समस्त सिद्धियाँ प्राप्त होती हैं।

षडङ्गन्यासादि - **षड्दीर्घभाजा बीजेन षडङ्गानि प्रकल्पयेत्।**
क्षकाररहितं बीजं क्रमाज्जभसहान्वितम्।।84।।

चत्वारि देवीबीजानि देव्यो ज्ञेया इमाः क्रमात्।
जयाख्या विजया पश्चादजिता चाऽपराजिता।।85।।

साधक षड्दीर्घ (आ ई ऊ ऐ औ अं) से युक्त बीज से आगे कहे जाने वाले न्यास करें। क्षकार को छोड़कर उसके स्थान में 'ज भ स ह' एक-एक वर्ण से युक्त उपर्युक्त तुम्बरु बीज के चार अक्षर क्रमशः चार बीज 'देवी बीज' कहे जाते हैं।

उन देवियों के नाम जया, विजया, अजिता तथा अपराजिता हैं।

बीजमङ्गुलिषु न्यस्य करयोर्व्यापकं ततः।
कनिष्ठादिषु विन्यस्येत् षडङ्गानि तलावधि।।86।।

मूल मन्त्र जिसमें क्षकार को क और ष दो भागों में विभक्त कर इस प्रकार पाँच वर्णों का एक-एक अक्षर से अंगुलियों में न्यास करे। तदनन्तर दोनों हस्त दलों में सम्पूर्ण मूल मन्त्र पढ़ कर व्यापक न्यास करें।

देवं देवीः स्वबीजादि कनिष्ठादिषु विन्यसेत्।
पादान् मूर्धावधि न्यस्येन् मुष्टिनाऽवयवेषु तत्।।87।।

'ज भ स ह' इन चार देवी बीजों से युक्त उपर्युक्त पाँच तुम्बरु बीज से कनिष्ठादि अंगुलियों में न्यास करे। पुनः पैर से शिर पर्यन्त, पुनः मुष्टिका से तदवयव पाद, जानु, गुह्य, नाभि, हृदय, कण्ठ, मुख तथा सिर इत्यादि स्थानों में न्यास करे।

तलाभ्यां व्यापकं कुर्यान् मूर्धादिचरणावधि।
षडङ्गानि ततो न्यस्येद्यथास्थानं विशालधीः।।88।।

पुनः दोनों हस्त दल में मूल मन्त्र पढ़कर सिर से पैर पर्यन्त व्यापक न्यास करे। तदुपरान्त विद्वान साधक यथा यथा स्थान में षडङ्ग न्यास करे।

देवं देवीर्यथापूर्वं मूर्धास्यहृदयाम्बुजे।
नाभौ गुह्ये क्रमान् न्यस्येत् पश्चाद्देवं विचिन्तयेत्।।89।।

इसके बाद पुनः देव एवं देवी बीजों से पूर्व की भाँति सिर, मुख, हृदय, नाभि एवं गुह्य स्थानों में न्यास करें। पश्चात् तुम्बरु देव का इस प्रकार ध्यान करे।

तुम्बरुध्यानम्। पुरश्चरणादिकथनम् -

रक्ताभमिन्दुशकलाभरणं त्रिनेत्रं
खट्वाङ्गपाशसृणिशुभ्रकपालहस्तम्।
वेदाननं चिपिटनासमनर्घभूषं
रक्ताङ्गरागं कुसुमांशुकमीशमीडे।।90।।

रक्त वर्ण की कान्ति से युक्त चन्द्र खण्ड के आभूषण को धारण करने वाले, त्रिनेत्र, हाथों में खट्वाङ्ग, पाश, अंकुश, तथा शुभ्र कपाल लिये हुए, चार मुखों से युक्त चिपटी नाक वाले बहुमूल्य भूषणों से भूषित, रक्तवर्ण का अंगराग, रक्तवर्ण का पुष्प तथा रक्त वर्ण का वस्त्र धारण करने वाले तुम्बरु सदा शिव की मैं स्तुति करता हूँ।

लक्षमानं जपेन्मन्त्रं जुहुयात्सर्पिषाऽन्वितम्।
वक्ष्यमाणे यजेत्पीठे देवमावरणैः सह।।91।।

इस मन्त्र का एक लाख जप करें। घी युक्त हवि पदार्थों से उसका दशांश होम करें, तदन्तर वक्ष्यमाण पीठ पर आवरण सहित देव की पूजा करें।

स्वदेहे पीठकल्पनम् -

नपुंसकस्वरैर्विद्वान् स्वराद्यन्तद्वयेनच।
धर्मादिकानधर्माद्यान् पादान् गात्राणि विन्यसेत्।।92।।

विद्वान साधक 'ऋ ॠ ऌ'- इन चार नपुंसक स्वरों से क्रमशः धर्म, ज्ञान, वैराग्य और ऐश्वर्य युक्त पादों में, पुनः क्रमशः 'अ आ अं अः' आदि अन्त के स्वरों से युक्त उन नपुंसक वर्णों से (अधर्मादि अर्थात् अधर्म, अज्ञान, आसक्ति, दारिद्र्य) आसन के चार गात्रों में न्यास करें। यथा-- 'अ आ अं अः ऋ अधर्माय नमः', 'इ ई ओ औ ॠ अज्ञानाय नमः' इत्यादि।

इकारेण न्यसेत्पश्चात्तनुरूपान् गुणानथ।
शान्त्या तत्परवर्णेन मायाविद्यामये क्रमात्।।93।।

इसके पश्चात् इकार से पीठ के शरीर रूप सत्त्वादि गुणों का न्यास करे। उसके परे शान्ति (ईकार) वर्ण से, माया का उससे परे उकार वर्ण से विद्या का न्यास करे।

अध-ऊर्ध्वच्छदे न्यस्येदर्घीशेन ततोऽम्बुजम्।
सन्ध्यक्षरैर्यजेन्मन्त्री शक्तीर्वामादिकाः क्रमात्।।94।।

इसके बाद अर्घीश (दीर्घ ऊकार) से नीचे, ऊपर फिर हृदयाम्बुज का न्यास करे। फिर सन्ध्यक्षरों (ए ऐ ओ औ) से क्रमशः वामादि शक्तियों का न्यास करे।

वामां ज्येष्ठां तथा रौद्रीमिच्छां ज्वालास्वरूपिणीः।
एवं प्रकल्पिते पीठे मूर्त्तिं मूलेन कल्पयेत्।।95।।

वामा ज्येष्ठा रौद्री और इच्छा – ये वामादि शक्तियाँ हैं सभी ज्वाला स्वरूपिणी हैं। इस प्रकार न्यास युक्त स्वशीर में 'तुम्बुरुयोगपीठाय नमः' से पीठ का पूजन कर उस पीठ में मूल मन्त्र से मूर्त्ति की कल्पना करे।

आवाह्य पूजयेद्देवं तस्यामावरणैः सह।
अङ्गावृतेर्बहिर्देवीर्दिक्पत्रेषु समर्चयेत्।।96।।

जयाद्याः स्वस्वबीजेन रक्ता रक्तानुलेपनाः।
अरुणांशुकपुष्पाढ्यास्ताम्बूलापूरिताननाः।।97।।

तत्पश्चात् उस मूर्त्ति में देवाधिदेव का आवाहन कर आवरणों के साथ पूजन करे। सर्व प्रथम अंगावरणों की और उसके बाहर दिक्पत्रों में जयादि देवियों की तत्तद् बीजाक्षरों से पूंजा करे। ये सभी देवियाँ लाल वर्ण की हैं तथा रक्त अनुलेपन से युक्त हैं। अरुण वर्ण के परिधान तथा अरुण वर्ण के पुष्पों को धारण किए हुए हैं, सभी के मुख ताम्बूल से परिपूर्ण हैं।

वल्लकीवादनपरा मन्मथपीडिताः।
ईशनादिकोणेष्वभ्यर्चेद् दूतीर्बीजादिकाः क्रमात्।।98।।

समस्त वीणा बजाने में संलग्न हैं तथा सभी गर्व एवं काम से पीड़ित हैं। इसके बाद ईशान कोण से प्रदक्षिणा आग्नेय कोण पर्यन्त वक्ष्यमाण बीजादि मन्त्रों से क्रमशः उनकी दूतियों की पूजा करे।

दुर्भगां सुभगां भूयः करालीं मोहिनीमिमाः।
बद्धाञ्जलिपुटाः किञ्चिदानम्रवदनाम्बुजाः।।99।।

देवीसदृशभूषाढ्य दूतीमन्त्रान् विदुः क्रमात्।
चतुरः शादिकान् वर्णानर्धेन्दुकृतशेखरान्।।100।।

दुर्भगा, सुभगा, कराली तथा मोहिनी - ये उन दूतियों के नाम हैं। सभी अंजलि बाँधे स्थित हैं तथा मुखकमल नीचे की ओर किए झुकी सी हैं। सभी के वस्त्र तथा आभूषण उन देवियों के सदृश हैं। उन दूतियों के बीज मन्त्र क्रमशः अनुस्वार युक्त श ष स ह वर्ण हैं।

लोकपालान् यजेद् बाह्ये वज्राद्यायुधसंयुतान्।
एवं यो भजते भक्त्या देवमुक्तेन वर्त्मना।
न तस्य दुर्लभं किञ्चित् त्रिषु लोकेषु विद्यते।।101।।

इसके पश्चात् बाहर वज्रादि आयुधों से युक्त लोकपालों की पूजा करे। इस प्रकार ऊपर कहे गए मार्ग से जो देवाधिदेव की पूजा करता है उसे तीनों लोकों में कुछ भी दुर्लभ नहीं है।

वायुवह्निपुरान्तस्थं बीजं स्मृत्वा जपेत् सुधीः।
ज्वरभूतमहारोगा नश्यन्ति तेन तत्क्षणात्।।102।।

प्रथम वायुमण्डल उसके भीतर अग्निपुर, उसके भीतर इस बीज का साध्य के सिर पर स्मरण करते हुए जप करे तो उसके ज्वर भूतभय तथा महारोग तुरन्त नष्ट हो जाते हैं।

क्रुद्धस्य हृदये ध्यात्वा जपेद् बीजमनन्यधीः।
स वश्यो जायते शीघ्रं मन्त्रस्याऽस्य प्रभावतः।।103।।

साधक क्रुद्ध हुए देवाधिदेव का अपने हृदय में ध्यान कर एकाग्रचित्त हो कामबीज सहित इस मन्त्र का जप करे तो इस मन्त्र में यह शक्ति है कि वह साध्य को शीघ्रातिशीघ्र वश में कर लेता है।

हृद्रोगे कामलारोगे विष्टम्भे श्वासकासयोः।
एतज्जप्तं जलं प्रातः पिबेत्तद्रोगशान्तये।।104।।

वश्यो जायत इत्यत्र कामबीजादित्वम्।
रोगशान्तये इत्यत्र नृसिंहबीजादित्वम्।।105।।

हृद्रोग, पाण्डुरोग, गठिया तथा श्वास, कास - इन सभी रोगों की शान्ति के लिए नृसिंह बीज (क्ष्रौं) सहित इस मन्त्र से अभिमन्त्रित किया हुआ जल प्रातःकाल पिए तो रोग शान्त हो जाता है।

कृत्वा नवपदात्मानं मण्डलं तत्र शोभनान्।
कलशान् स्थापयेन्मन्त्री नव पूर्वोक्तलक्षणान्।।106।।

मध्ये देवं यजेत्सम्यक् देवीः पूर्वोक्तकुम्भगाः।
इष्ट्वा कोणस्थिता दूतीरभिषिञ्चेत् पतिव्रताम्।।107।।

नवपद के शोभायुक्त मण्डल का निर्माण करे, उस पर पूर्वोक्त लक्षणयुक्त नव कुम्भ स्थापित करे। मध्य कलश में देवाधिदेव की पूजा करे। पूर्वादि दिशाओं में जयादि देवियों की तथा कोणों में कराली आदि दूतियों की पूजा करे। पुनः उन कुम्भों से पतिव्रता स्त्री का अभिषेक करे।

नारी सा लभते पुत्रं बन्ध्याऽपि किमुताऽपरा।
भूतकृत्याग्रहद्रोहशान्तिदः सम्पदावहः।।

अभिषेकोऽयमाख्यातो राज्ञां विजयवर्द्धनः।।108।।

इस से वह वन्ध्या स्त्री भी पुत्र प्राप्त करती है अन्य की तो बात ही क्या है? इस प्रकार का यह अभिषेक, भूतबाधा, अभिचार, ग्रहदोष, शत्रुद्रोहादि उपद्रवों को शान्त कर देता है, सम्पत्ति भी प्रदान करता है।

यदि साधक इस प्रकार से राजा को अभिषिक्त करे तो उस राजा की सर्वत्र विजय होती है।

तुम्बरुयन्त्रम् - **अन्तर्बीजं स्वरगणलसत्केसरं तस्य बाह्य**
देवीदूतीमनुयुतदलं दिग्विदिक्षु क्रमेण।
काद्यैर्वर्णैर्वृतमथ बहिर्भूमिगेहेन वीतं
यन्त्रं प्रोक्तं सकलसुखदं रोगकृत्याग्रहघ्नम्।।109।।

तुम्बरू का यन्त्र - प्रथम अष्टदल कमल का निर्माण करे। उसकी कर्णिका में मूल मन्त्र लिखे। केशरों में स्वरों को लिखे। दिग्दलों में देवी बीजों को तथा कोणों में दूती बीजों को लिखे। इसके बाद उसे ककारादि क्षान्त समुदाय वर्ण लिख कर आवृत करे। इसके बाद चारों ओर से भूपुर द्वारा उन वर्णों को घेर देवे। इस प्रकार निर्मित यह यन्त्र सब प्रकार का सुख प्रदान करता है तथा रोग एवं ग्रह बाधा को विनष्ट करता है।

खड्गरावण मन्त्र

खड्गरावण मंत्र का जप करने से दृश्य अथवा अदृश्य प्रेतबाधा का शमन होता है। सभी प्रकार की ग्रहकृत व्याधि की वेदना से मुक्ति प्राप्त होती है तथा महामारी ऐसी प्रकम्पित कर देनी वाली व्याधियों का भी शमन होता है।

मन्त्रः **'ॐ नमः पशुपतये ॐ नमो भूत अधिपतये ॐ नमो रुद्राय खड्गरावण विहर विहर सर सर नृत्य नृत्य श्मशान भस्मार्चितशरीराय घण्टाकपालमालादिधराय व्याघ्रचर्म रिधानाय शशांककृतशेखराय कृष्णसर्पयज्ञोपवीतिने चल चल वल्गु वल्गु अनिवर्त्तकपालिने हन हन भूतान त्रासय त्रासय मण्डलमध्ये कट कट रुद्रांकुशेन शमय प्रवेशय प्रवेशय आवेशय आवेशय चण्डासि धराधिपति रुद्र ज्ञापय स्वाहा।'**

जप संख्याः बीस हजार

खड्गरावणमन्त्रः **प्रणवो हृदयं पश्चात् ङेऽन्तं पशुपतिं पुनः।**

तारो नमो भूतपदं ततोऽधिपतये ध्रुवम् ।।1।।

नमो रुद्राय युगलं खड्गरावणशब्दतः।
विहरद्वितयं पश्चात्सरनृत्ययुगं पृथक् ।।2।।

श्मशानभस्मार्चितान्ते शरीराय ततः परम्।
घण्टाकपालमालादिधरायेति पदं पुनः ।।3।।

व्याघ्रचर्मपदस्याऽन्ते परिधानाय तत्परम्।
शशाङ्ककृतशब्दान्ते शेखराय ततः परम् ।।4।।

कृष्णसर्पपदं पश्चात्ततो यज्ञोपवीतिने।
चलयुग्मं वल्गुयुगमनिवर्त्तकपालिने ।।5।।

हनयुग्मं ततो भूतान् त्रासय द्वितयं पुनः।
भूयो मण्डलमध्ये स्यात् कटयुग्मं ततः परम् ।।6।।

रुद्रांकुशेन शमय प्रवेशययुगं ततः।
आवेशययुगं पश्चाच्चण्डासिपदमीरयेत् ।।7।।

धराधिपतिरुद्रोऽथ ज्ञापयेत्यग्निसुन्दरी।
खड्गरावणमन्त्रोऽयं सप्तत्यूर्ध्वशताक्षरः ।।8।।

<u>खड्ग रावण मन्त्र का उद्धार</u>- प्रथम प्रणव (ॐ), इसके बाद हृदय (नमः), तदनन्तर चतुर्थ्यन्त पशुपति शब्द (पशुपतये), इसके बाद पुनः तार (ॐ), फिर 'भूत' यह पद, उसके बाद 'अधिपतये' शब्द, पुनः ध्रुव (प्रणव), उसके बाद 'नमो रुद्राय' ये दो पद, पुनः 'खड्गरावण' शब्द, उसके बाद दो बार विहर शब्द (विहर विहर), उसके बाद दो बार 'सर' शब्द (सर सर) इसके बाद नृत्य शब्द दो बार (नृत्य नृत्य), इसके बाद 'श्मशानभस्मार्चित शरीराय' ये शब्द उसके बाद 'घण्टामालाधराय' शब्द पुनः 'व्याघ्रचर्मपरिधानाय' शब्द, इसके बाद 'शशांककृतशेखराय', शब्द फिर 'कृष्णसर्पयज्ञोपवीतिने' शब्द, पुनः दो बार 'चल' शब्द (चल चल), पुनः दो बार 'हन' शब्द (हन हन), इसके बाद 'भूतान' 'पश्चाद्' दो बार 'त्रासय' शब्द (त्रासय त्रासय), तदनन्तर 'मण्डलमध्ये कट कट' इसके बाद 'रुद्रांकुशेन' 'शमय', तदतन्तर 'प्रवेशय प्रवेशय', 'आवेशय आवेशय,' पश्चात् 'चण्डासि धराधिपतिरुद्र ज्ञापय स्वाहा' इतना कहे।

विमर्श- इस प्रकार 170 अक्षरों के 110 से 117 पर्यन्त श्लोक में कहे गए खड्गरावण मन्त्र का स्वरूप इस प्रकार होगा- 'ॐ नमः पशुपतये ॐ नमो भूत अधिपतये ॐ नमो रुद्राय खड्गरावण विहर विहर सर सर नृत्य नृत्य श्मशान भस्मार्चितशरीराय घण्टाकपालमालादिधराय व्याघ्रचर्म रिधानाय शशांककृतशेखराय कृष्णसर्पयज्ञोपवीतिने चल चल वल्गु वल्गु अनिवर्त्तकपालिने हन हन भूतान त्रासय त्रासय मण्डलमध्ये कट कट रुद्रांकुशेन शमय प्रवेशय प्रवेशय आवेशय आवेशय

चण्डासि धराधिपति रुद्र ज्ञापय स्वाहा।'

उक्त मन्त्र मे 'भूत अधिपतये' अलग-अलग कहा गया है अतः 170 अक्षरों का मन्त्र जो श्लोक में दिया गया है वह ठीक ही है।

भूताधिपतये स्वाहा पूजामन्त्रोऽयमीरितः।
सद्यादिपञ्चह्रस्वाढ्यकान्तबीजादिकान् न्यसेत्।।19।।

'भूताधिपतये स्वाहा' यह पूजा का मन्त्र कहा गया है। सद्यादि पांच ह्रस्व (ओ ए उ इ अ) से एवं बिन्दु से युक्त 'ख' बीज से पञ्चाङ्गन्यास करे। यथा - 'खों' इति हृदये इत्यादि।

ईशानादिपञ्चमूर्त्तिन्यासः -

ईशानाद्याः पञ्चमूर्त्तीर्देहे वक्त्रेषु च क्रमात्।
षड्दीर्घबिन्दुयुक्तेन कान्तेनाऽङ्गक्रिया मता।।10।।

ईशानादि पंचमूर्त्तियों का न्यास सिर, मुख, हृदय, गुह्य तथा पाद में करें, पुनः इन्हीं मूर्त्तियों का न्यास ऊर्ध्व तथा चारों दिशाओं के मुखों में करे। पुनः षड्दीर्घ (आ, ई, ऊ, ऐ, औ, अः) से तथा बिन्दु से युक्त 'ख' बीज से षडंगन्यास करे। यथा - 'खाँ' इति हृदये इत्यादि।

सदाशिवध्यानम्। पुरश्चरणादिकथनम् -

घण्टाकपाल सृणिमुण्डकृपाणखेट-
खट्वाङ्गशूलडमरूनभयं दधानम्।
रक्ताङ्गमिन्दुशकलाभरणं त्रिनेत्रं
पञ्चाननाब्जमरुणां शुकमीशमीडे।।11।।

अयुतद्वितयं मन्त्रं जपित्वा तद्दशांशतः।
पायसेन घृताक्तेन जुहुयात्तस्य सिद्धये।।12।।

आयुधध्यानं दक्षाद्यूर्ध्वयोराद्ये तदधस्तनयोरन्त्ये एवमन्तम्।।13।।

अब पुनः ध्यान कहते हैं - घण्टा, कपाल, अंकुश, नरमुण्ड, कृपाण, खेट, खट्वांग, शूल, डमरूक एवं अभय धारण किए हुए, रक्त वर्ण की कान्ति से युक्त, चन्द्र कला का आभरण धारण करने वाले त्रिनेत्र एवं पाँच मुखों से युक्त रक्त वस्त्र धारण किए हुए सदा शिव की मैं स्तुति करता हूँ।

उक्त मन्त्र का बीस हजार जप करें। तदनन्तर मन्त्र सिद्धि के लिए उसका दशांश घृतमिश्रित खीर से हवन करें।

पञ्चाक्षरोदिते पीठे पूजयेत् खड्गरावणम्।
बीजेन मूर्त्तिक्लृप्तिः स्यात् तत् कान्तं मनुबिन्दुमत्।।14।।

पंचाक्षर में कहे गए पीठ (द्र. श्लोक 15-16), खड्गरावण की पूजा करें। वक्ष्यमाण बीजमन्त्र द्वारा मूर्त्ति की कल्पना करें। यह बीज मन्त्र 'ख' पर 'औ' तथा बिन्दु से युक्त कहा गया है इस प्रकार 'खौं' यह बीज मन्त्र हुआ।

अङ्गानि दलमूलेषु दूतीः पत्रेषु संयजेत्।
चुलुकुण्डां प्रस्खलिनीं तृतीयां कृष्णपिङ्गलाम्।।15।।

फल्गुनीं टिरिटिल्लीं च पञ्चमीं मन्त्रमालिकाम्।
सप्तमीं शङ्खिनी पश्चाच्चन्द्राङ्कितजटामिमाः।।16।।

अष्टदल के मूल (केशरों) में अङ्गावरण की, तदनन्तर पत्र के मध्य में दूतियों की पूजा करनी चाहिए। चुलुकण्डा, प्रस्खलिनी, तृतीया, कृष्णपिङ्गला, फल्गुनी, पाँचवी टिरिटिल्ली, मन्त्रमालिका, शंखिनी पश्चात् आठवीं चन्द्रांकितजटा - ये 8 खड्गरावण की दूतियाँ कही गई है।

पूर्वपत्रादि सव्येन खड्गरावणवल्लभाः।
ऐन्द्रीं कौमारिकीं ब्राह्मीं वाराहीं वैष्णवीं पुनः।।17।।

वैनायकीं च चामुण्डां माहेशीं दिक्षु पूजयेत्।
द्वारपालान् यजेद्दिक्षु द्वौ द्वौ प्रागादि देशिकः।।18।।

इसके बाद खड्गरावण की 8 पत्नियों की पूर्व दिग्दल से प्रदक्षिणा क्रम के अनुसार पूजा करें। ऐन्द्री, कौमारिकी, ब्राह्मी, वाराही, वैष्णवी, वैनायकी, चामुण्डा, माहेशी इनकी तत्तद्दिशाओं में पूजा करें। इसके बाद पूर्व दिशा के क्रम से आचार्य साधक दो दो द्वारपालों की पूजा करे।

रौद्रपिङ्गलनामानौ द्वौ श्मशानविभीषणौः।
दृढकर्णं भृङ्गिरीटिमुदीच्यामर्चयेत् पुनः।।19।।

रौद्र एवं पिंगल नामक दो द्वारपालों की पूर्व दिशा में, श्मशान एवं विभीषण नामक दो द्वारपालों की दक्षिण दिशा में, दृढकर्ण एवं भृङ्गिरीट की पश्चिम दिशा में तथा आमर्दक एवं महाकाल की उत्तर दिशा में पूजा करें।

आमर्दकमहाकालौ कोणपालान् यजेत् पुनः।
कुम्भकर्णमशोकाख्यं भल्लाटं जातहारकम्।।20।।

इसके बाद कुम्भकर्ण, अशोक, भल्लाट एवं जातहारक इन कोणपालों की आग्नेयादि कोणों में पूजा करे।

इन्द्रादिकान् लोकपालान् सायुधान् पूजयेत् ततः।
धूपदीपादिभिर्देवं प्रीणयित्वा महेश्वरम्।।21।।

तदनन्तर वज्रादि आयुधों के सहित इन्द्रादि लोकपालों की पूजा करे इसके बाद धूप-दीपादि उपचारों से महेश्वर को प्रसन्न करे।

पञ्चक्रूरान्धसा बाह्ये ततो भूतबलिं हरेत्।
एवं पूजादिभिः सिद्धे मन्त्रे मन्त्रविदां वरः।।22।।

नाशयेत्सकलान् भूतान् कृत्याग्रहमहाभयान्।
आदेशं तस्य कुर्वन्ति भूता भीता महात्मनः।।231।।

तत्पश्चात् पाँच क्रूर अन्न 1. भात सहित दही, 2. सत्तू, 3. हरिद्रा, 4. लाजा एवं 5. तिल की भूत बलि बाहर दे। इस प्रकार मन्त्रवेत्ता जब मन्त्र को सिद्ध करने में समर्थ हो जाता है तो वह समस्त भूत, कृत्या, ग्रह एवं महाभय को नष्ट करने में समर्थ हो जाता है। इन महात्मा खड्गरावण से भयभीत हुए भूतगण उनकी आज्ञा का पालन करते हैं।

बहुना किमिहोक्तेन मन्त्रेणाऽनेन भूतले।
सदृशो नास्ति मन्त्रोऽन्यो भूतनिग्रहसाधने।।24।।

इस विषय में अधिक क्या कहें ? इस मन्त्र के सदृश पृथ्वी में अन्य कोई मन्त्र भूतों का निग्रह करने में समर्थ नहीं हैं।

अघोर मंत्र साधना

महेश्वर तंत्र की अघोर मंत्र साधना से क्षुद्र व्याधि जैसे कुष्ठरोग, तपेदिक, कैंसर, एड्स, पक्षाघात आदि से निवृत्ति होती है। ग्रहपीड़ा का शमन होता है। प्रेतपीड़ा लुप्त हो जाती है तथा जीवन में अकस्मात् उत्पन्न होने वाले अवरोध स्वतः ही विलुप्त हो जाते हैं तथा सर्वाभीष्ट सिद्धि का मार्ग प्रशस्त होता है।

<u>मन्त्रः</u> **'ह्री स्फुर प्रस्फुर घोरघोरतर तनुरूप चट चट प्रचट प्रचट**
कह कह वम वम बन्ध बन्ध घातय घातय हुं फट्'

शिव के ही एक अन्य स्वरूप को अघोर के नाम से नामांकित किया गया है। अघोर देवता का मंत्र 51 अक्षरों का है जिसका उपयोग ग्रह शान्ति तथा मारण हेतु प्रचलित है। इस 51 अक्षरों के अघोर मंत्र का जप **1 लाख** बार करने का विधान है। दशांश हवन अर्थात् **10** हजार मंत्रों का हवन घी मिश्रित तिल द्वारा संपादित करने से यह मंत्र सिद्ध हो जाता है।

अघोर देवता के यंत्र निर्माण का भी विधान है जिसे धारण करने से क्षुद्र रोग, चोर, ग्रह पीड़ा, बाधा, अपस्मारजन्य, भूत, बाधाओं का विनाश होता है।

<u>अथ अघोर प्रकरणम्</u> **अथाऽभिधास्ये विधिवदघोरास्त्रमुत्तमम्।**
यस्य संस्मरणादेव सर्वे नश्यन्त्युपद्रवाः।।1।।

यहाँ पर सर्वश्रेष्ठ अघोरास्त्र मन्त्र का विधिपूर्वक उल्लेख प्रस्तुत है। जिसके स्मरण मात्र से मनुष्यों के समस्त उपद्रव नष्ट हो जाते है।

माया स्फुरद्वयं भूयः प्रस्फुरद्वितयं ततः।
घोरघोरतरेत्यन्ते तदनुरूपपदं पुनः।।2।।

चटयुग्मं तदन्ते स्यात् प्रचटद्वितयं ततः।
कहयुग्मं वमद्वद्वं ततो बन्धयुगं पुनः।।3।।

घातयद्वितयं वर्म फडन्तः समुदाहृतः।
एकपञ्चाशद्वर्णोऽयमघोरास्त्रमहामनुः ।।4।।

<u>अघोरास्त्र मन्त्र का उद्धार</u>- माया (ह्री) इसके पश्चात् दो 'स्फुर' शब्द, इसके बाद दो 'प्रस्फुर' शब्द, इसके बाद 'चट चट' शब्द, उसके बाद 'प्रचट' शब्द दो बार पुनः 'कह' शब्द दो बार, तत्पश्चात् 'वम' शब्द दो बार, उसके बाद 'बन्ध' शब्द दो बार, इसके बाद 'घातय' शब्द दो बार, तदनन्तर 'हुं फट्' - यह इक्यावन अक्षरों का अघोर मन्त्र का उद्धार कहा गया है।

विमर्श- इसका स्वरूप इस प्रकार है- 'ह्री स्फुर प्रस्फुर घोरघोरतर तनुरूप चट चट प्रचट प्रचट कह कह वम वम बन्ध बन्ध घातय घातय हुं फट्' - यह 51 अक्षरों का अघोरास्त्र नामक महामन्त्र है।

अघोरोऽस्य मुनिः प्रोक्तश्छन्दस्त्रिष्टुबुदाहृतम्।
अघोररुद्रः सन्दिष्टो देवता मन्त्रवित्तमैः।।5।।

इस महामन्त्र के अघोर ऋषि हैं, त्रिष्टुप् छन्द है, मन्त्रवेत्ताओं ने इसके देवता अघोर रुद्र को कहा है।

हृदयं पञ्चभिः प्रोक्तं शिरः षड्भिरुदाहृतम्।
शिखा दशभिराख्याता तावद्भिः कवचं मतम्।।6।।

वसुवर्णैः स्मृतं नेत्रं मासार्णैरस्त्रमीरितम्।
मूर्धनेत्रास्यकण्ठेषु हन्नाभ्यन्धूरुषु क्रमात्।।7।।

जानुजङ्घापदद्वन्द्वे रुद्रभिन्नाक्षरैर्न्यसेत्।
पञ्चभिश्च पुनः षड्भिर्द्वाभ्यामष्टभिरक्षरैः।।8।।

चतुर्वर्णैः षड्वर्णैश्च करणैः करणैः पुनः।
चतुर्भिः षड्भिरक्षिभ्यां वर्णभेदोऽयमीरितः।।9।।

5 अक्षरों से हृदय न्यास, 6 अक्षरों से सिर न्यास, 10 से शिखा, और 10 अक्षरों से ही कवच, 8 वर्णो से नेत्र तथा 12 अक्षरों से अङ्गन्यास करना चाहिए। 7. लिङ्ग, 8. ऊरु, 9. दो जानु,

10. दो जङ्घा तथा 11. दोनों पैर - इन 11 स्थानों में इस मन्त्र का 11 भाग कर न्यास करना चाहिए, वे भाग क्रमशः पांच, छः दो, आठ चार छः, चार वार चार, छः और दो वर्णों के क्रम से समझने चाहिए।

अघोरमन्त्रस्य ध्यानम्-

सजलघनसमाभं भीमदंष्ट्रं त्रिनेत्रं
भुजगधरमघोरं रक्तवस्त्राङ्गरागम्।
परशुडमरुखड्गान् खेटकं बाणचापौ
त्रिशिखिनरकपाले बिभ्रतं भावयामि।।10।।

अघार मन्त्र का ध्यान- जययुक्त बादल के समान जिनके शरीर की कान्ति है, जिनकी दंष्ट्रा अत्यन्त भयानक हैं, जो तीन नेत्रों से युक्त तथा सांपों को धारण करने वाले हैं - ऐसे रक्त वस्त्र एवं रक्त अंगराग से भूषित परशु डमरू, खड्ग, खेटक, बाण, चाप, त्रिशूल तथा नर कपाल को धारण करने वाले अघोर का मैं ध्यान करता हूँ।

अभिचारे ग्रहध्वंसे कृष्णवर्णो भवेद्विभुः।
वश्ये कुसुम्भसङ्काशो मुक्तौ चन्द्रसमप्रभः।।11।।

ये अघोर प्रभु, मारण तथा ग्रहों के विनाश काल में कृष्ण वर्ण और वश्य कार्य में कुसुम्भ के सदृश तथा मुक्ति कार्य में चन्द्रमा के समान रूप धारण करते हैं।

लक्षमेकं जपेन्मन्त्रं घृतसिक्तैस्तिलैः शुभैः।
तद्दशांश प्रजुहुयान्मन्त्री मन्त्रस्य सिद्धये।।12।।

पुरश्चरण- साधक इस मन्त्र का एक लाख जप करें, उसका दशांश घृतसिक्त तिल से हवन करें, जिससे साधक को मन्त्र सिद्ध हो जाता है।

शैवे संपूजयेत्पीठे षट्कोणान्तस्थपङ्कजे।
अङ्गपूजां केसरेषु कृत्वा पत्रेषु तत्परम्।।13।।

परशुं डमरुं खड्गं खेटं बाणं च कार्मुकम्।
शूलं कपालं प्रयजेदष्टास्त्राण्यस्य देशिकः।।14।।

दलाग्रेषु ततः पूज्या ब्राह्म्याद्याः प्रोक्तलक्षणाः।
लोकेशान् पूजयेत्पश्चादायुधैः स्वैः समन्वितान्।।15।।

यन्त्र निर्माण विधि- शैवपीठ पर प्रथम अष्टदल कमल बनाए। उस पर षट्कोण के मध्य में स्थित अष्टदल कमल पर साधक देवाधिदेव अघोर की पूजा करें। केशरों में अंगपूजा करे। उसके

बाद पत्रों पर परशु, डमरू, खड्ग, खेटक, बाण, धनुष, शूल और कपाल इन आठ अस्त्रों की पूजा करें। इसके बाद दल के अग्रभाग में पूर्वोक्त ब्राह्मी आदि देवियों की पूजा करे। इसके उपरान्त वज्रादि अस्त्र धारण किए हुए इन्द्रादि दिक्पालों की पूजा करें।

इति पूजादिभिः सिद्धे मन्त्रेणाऽनेन साधकः।
इष्टान् प्रयोगान् कुर्वीत सिध्यन्ते नात्र संशयः।।16।।

पूजा जपादि के द्वारा मन्त्र सिद्ध हो जाने के पश्चात् साधक अपना अभिलक्षित काम्य प्रयोग करे। ऐसा करने से उसके मनोरथों की सिद्धि होगी, इसमें संशय नहीं।

क्रमात् सर्पिरपामार्गतिलसर्षपपायसैः।
साज्यैः सहस्रं प्रत्येकं यामिन्यां जुहुयात् सुधीः।।17।।

घी, अपामार्ग, तिल, सफेद सर्षप, पायस इनमें घी मिला कर एक-एक के क्रम से रात्रि काल में बुद्धिमान् साधक एक-एक सहस्र हवन करें।

होमोऽयं नाशयेत् सद्यो भूतकृत्याद्युपद्रवान्।
सितकिंशुकनिर्गुण्डीहेमापामार्गसम्भवैः ।।18।।

समिद्वरैः कृतो होमः पूर्ववद्भूतशान्तिदः।
अपामार्गारग्वधयोः पञ्चगव्यसमुक्षिताः।।19।।

समिधो जुहुयात् कृष्णपञ्चम्यां निशि संयतः।
पृथक् सहस्रहोमेन भूतानां निग्रहो भवेत्।।20।।

इस प्रकार से किया गया हवन तत्क्षण भूत एवं कृत्यादि उपद्रवों को नष्ट करता है। सित किंशुक, निर्गुण्डी, धतूरा, अपामार्ग की लकड़ी से इस मन्त्र द्वारा किया गया हवन पूर्ववत् भूत बाधा को शान्त करता है। अपामार्ग एवं आरग्वध की समिधा जो पंचगव्य में प्रक्षालित की गई हो उससे कृष्णपक्ष की पंचमी तिथि की रात्रि में साधक संयमपूर्वक पृथक्-पृथक् एक एक हजार हवन करें तो भूतों का निग्रह हो जाता है।

क्रमात् सर्पिरपामार्गपञ्चगव्यहविर्घृतैः।
हुत्वा सहस्रं प्रत्येकं पात्रे सम्पातयेत् सुधीः।
सम्पातसर्पिषा साध्यं भोजयेद् भूतशान्तये।।21।।

क्रमशः घी, अपामार्ग और पंचगव्य में पकाए गए पायस इनमें घी मिला कर एक एक द्रव्य से पृथक् पृथक् सहस्र संख्या में हवन करे और आहुति शेष घृत किसी पात्र में छोड़ता जाए, फिर उस संस्रव को भूत बाधा की शान्ति के लिए साध्य को पिलाए तो भूत बाधा शान्त हो जाती है।

मध्ये शक्तिं ससाध्यां स्वरगणसहितां केसरेष्वष्टवर्गान्।
पत्रान्तर्मन्त्रवर्णान् लिखतु गुणमितानग्रदेशेषु तद्वत।

वर्मास्त्रोल्लासिकोणे दहनपुरयुगे कल्पिते भूपुरस्थे।
यन्त्रेऽस्मिन् प्राग्विधानात् कृतकलशविधिः सर्वदुःखापहारी।।22।।

अब मन्त्र लिखने की विधि- अष्टदल कमल बनाकर उसकी कर्णिका में साध्य साधक, तथा कर्म के सहित शक्ति बीज लिखकर षोडश स्वरों से उन्हें आवृत करे, केशरों पर क वर्ण, च वर्ग, ट वर्ग, त वर्ग, प वर्ग, य वर्ग, श वर्ग तथा क्ष इन आठ वर्गों को लिखे, अष्ट पत्र के मध्य में मन्त्र के 'स्फुर स्फुर' से ले कर 'चट चट' शब्द पर्यन्त 24 अक्षरों को तीन तीन अक्षरों के क्रम से लिखे। पश्चात् उस अष्टदल कमल के चारों ओर परस्पर व्यतिभिन्न षट्कोण बना कर 'हुं फट्' लिखे। तदनन्तर उस पर भूपुर निर्माण करे। पुनः इस यन्त्र को पूर्ववत् कलश पर स्थापित कर पूजादि करे तो यह सभी प्रकार के दुःखों का हरण करता है।

यन्त्रान्तरकथनम्- **षट्कोणे शक्तिरन्तः स्फुरयुगलवृता प्रस्फुरद्वन्द्वकोणे**
शिष्टैर्मन्त्रस्य वर्णैः रसकरणचतुः षट्चतुर्वेदवेदैः।
षड्भिः क्लृप्ताष्टपत्रं दहनपुरयुगेनावृतं वर्मफड्भ्यां
राजत्कोणेन वीतं धरणिपुरयुगं यन्त्रमघोरमेतत्।।23।।

अघोर साधना का अन्य मन्त्र- षट्कोण के प्रत्येक कोण पर 'प्रस्फुर' शब्द के एक एक अक्षर को क्रमशः दो बार लिखे, पुनः उसके भीतर 'स्फुर' से सम्पुटित साध्य साधन कर्म तथा साधक को सहित शक्ति मन्त्र (ह्रीं) लिखे। पुनः उसके चारों ओर बनाए गए अष्टदल कमल पर शिष्ट मन्त्र वर्ण अर्थात् घोर से लेकर घातय पर्यन्त 38 अक्षरों को छः, चार, चार, छः, चार, चार, छः वर्णों के क्रम से आठ भागों में प्रविभक्त कर प्रत्येक पत्र पर लिखे, उस अष्टदल कमल को चारों को षट्कोण से आवृत कर उसके प्रत्येक कोण पर 'हुं फट्' लिख कर आवृत करे। उसके षट्कोण के चारों ओर दो भूपुर बना दे तो अघोर यन्त्र बन जाता है।

क्षुद्र चौरग्रहव्यालभूतापस्मारनाशनम्।
यन्त्रमेतत् समाख्यातं सर्वसम्पत्प्रदायकम्।।24।।

यह अघोर यन्त्र क्षुद्र रोग, चोर, ग्रह, व्याल, भूत तथा अपस्मारजन्य बाधाओं को दूर करता है, और सब प्रकार की सम्पत्ति से परिपूर्ण करता है।

पाशुपतास्त्र

महेश्वर तंत्र के पाशुपतास्त्र मंत्र का यथोचित्त जप करने से इस मंत्र की संसिद्धि होती है। इस मंत्र के शास्त्र संगत उपयोग से जिन शस्त्रों को अभिमंत्रित और प्रतिष्ठित किया जाता है, वे अस्त्र एवं शस्त्र शत्रु विनाशक अमोघ शक्ति प्राप्त कर लेते हैं। उनके उपयोग से शत्रु का विनाश पूर्णतः असंदिग्ध होता है।

मन्त्रः **'ॐ श्लीं पशुः हुं फट्'**

1. पाशुपतास्त्र मंत्र के देवता भगवान शिव हैं अर्थात् भगवान शिव का ही दूसरा नाम पशुपति है। इसी कारण इस साधना को पाशुपतास्त्र के नाम से शब्दांकित किया गया है। पाशुपतास्त्र से अभिमंत्रित करके प्रयोग किये जाने वाले शस्त्र से अवश्य सफलता प्राप्त होती है। महाभारत में भी पाशुपतास्त्र का उल्लेख प्राप्त होता है कि दानवीर कर्ण के पास पाँच पाशुपतास्त्र थे जिनसे वह पाँचों पाण्डवों का वध करना चाहता था परन्तु इन्द्र ने छल से कर्ण द्वारा पाशुपतास्त्र दान में प्राप्त कर लिया। पाशुपतास्त्र का उपयोग कदापि निरर्थक नहीं जाता है तथा वह शत्रु का वध करके ही शान्त होता है। आधुनिक परिवेश में पाशुपतास्त्र का उपयोग भी अस्त्रों पर करने की परम्परा है परन्तु उसके पूरे विधान का संज्ञान प्राप्त होना चाहिए। पाशुपतास्त्र स्तोत्र का उल्लेख हमने अपनी अनेक पुस्तकों में किया है। पाशुपतास्त्र का उपयोग उन व्याधियों के शमन के लिए भी किया जाता है जिनकी चिकित्सा संभव नहीं होती। जब ऐसा प्रतीत हो कि यह व्याधि तो प्राणलेवा है, तब पाशुपतास्त्र स्तोत्र के 1100 पाठ करने का विधान है।

2. पाशुपतास्त्र स्तोत्र के अतिरिक्त पाशुपतास्त्र मंत्र करने से भी सिद्धि प्राप्त होती है। यह मंत्र छह अक्षरों का है तथा इसकी जप संख्या 6 लाख है जिसका दशांश 60 हजार हवन गौ के घृत द्वारा किया जाना चाहिए।

3. पाशुपतास्त्र के मंत्र का पूजन करने से पूर्व, शैव पीठ पर पशुपति की पूजा तत्पश्चात् अंगों की पुनः अष्टमातृकाओं की और वज्रादि आयुधों सहित इन्द्रादि लोकपालों की पूजा करनी चाहिए।

पाशुपतास्त्र मन्त्र- **तारो वान्तो धरासंस्थो वामनेत्रेन्दुभूषितः।**
पार्श्वो वकः कर्णयुतो वर्मास्त्रान्तः षडक्षरः।।1।।

पाशुपतास्त्र मन्त्र का उद्धार कहते हैं- तारः (प्रणवः), वान्त (शः), वामनेत्र (ईकार), इन्दु भूषित (अनुस्वार युक्त), धरा (ल=श्लीं), पार्श्व (पकार), वकः (शकार), कर्णयुतः (उकार से युक्त =शु), वर्मास्त्रान्त (हुं फट्)- यह पाशुपतास्त्र का उद्धार कहा गया है।

विमर्श- इस प्रकार 'ॐ श्लीं पशुः हुं फट्' यह 6 अक्षर का मन्त्र है।

मनुः पाशुपतास्त्राख्यो ग्रहक्षुद्रनिवारणः।
षड्भिर्वर्णैः षडङ्गानि हुं फडन्तैः सजातिभिः।।2।।

पाशुपतास्त्र नामक यह मन्त्र ग्रह बाधा तथा क्षुद्र रोगों का निवारण करता है। इस प्रकार हुं फट अन्त वाले इस छः अक्षर के मन्त्र से प्रत्येक अक्षर का षडंग यास करना चाहिए।

ध्यानम् पुरश्चरणादिकथनम् -

मध्याह्नार्कसमप्रभं शशिधरं भीमाट्टहासोज्ज्वलं
त्र्यक्षं पन्नगभूषणं शिखिशिखाश्मश्रूस्फुरन्मूर्धजम्।
हस्ताब्जैस्त्रिशिखं समुद्गरमसिं शक्तिं दधानं विभुं
दंष्ट्राभीमचतुर्मुखं पशुपतिं दिव्यास्त्ररूपं स्मरेत्।।3।।

पाशुपतास्त्र मन्त्र का ध्यान- जो मध्याह्नकालीन सूर्य के समान कान्ति से युक्त हैं, चन्द्रमा को धारण किए हुए, जिनका भयंकर अट्टहास अत्यन्त उज्ज्वल है, जिनके तीन नेत्र हैं तथा जिनके शरीर में सर्पों का आभूषण सुशोभित हो रहा है जिनके लाटस्थ अग्नि की शिखा से श्मश्रु तथा केश दैदीप्यमान हो रहे हैं जो अपने कर कमलों में त्रिशूल, मुद्गर, तलवार तथा शक्ति धारण किए हुए हैं, ऐसे दंष्ट्रां से भयानक चार मुख वाले दिव्य स्वरूपधारी सर्वव्यापक पशुपति का स्मरण करना चाहिए।

वर्णलक्षं जपेन्मन्त्रं जुहुयात् तद्दशांशतः।
गव्येन सर्पिषा मन्त्री संस्कृते हव्यवाहने।।4।।

पुरश्चरण- उपर्युक्त मन्त्र का छः लाख जप करना चाहिए और उसका दशांश, गौ के घी से संस्कृत अग्नि में हवन करना चाहिए।

शैवे पीठे यजेद्देवं प्रागङ्गैरष्टमातृभिः।
इन्द्रादिभिर्लोकपालैर्वज्राद्यैरायुधैस्ततः ।।5।।

पूर्वोक्त शैव पीठ पर पशुपति का अर्चन करना चाहिए। इसके उपरान्त अंगों की, पुनः अष्टमातृकाओं की और तत्पश्चात् वज्रादि आयुधों सहित इन्द्रादि लोकपालों की पूजा करनी चाहिए।

अनेन मन्त्रितं तोयं ग्रस्तस्य वदने क्षिपेत्।
सद्यस्तं मुञ्चति क्रन्दन् ग्रहो मन्त्रप्रभावतः।।6।।

इस मन्त्र से अभिमन्त्रित जल द्वारा ग्रहग्रस्त व्यक्ति के मुख पर यदि छींटा दिया जाए तो ग्रह चिल्लाता हुआ पुरूष को छोड़कर भागता है, ऐसा इस मन्त्र का प्रभाव है।

अमुना मन्त्रितान् बाणान् विसृजेद् युधि भूपतिः।
जयेत् क्षणेन निलिखान् शत्रून् पार्थ इवापरः।।7।।

राजा इस मन्त्र से अभिमन्त्रित बाण को युद्ध स्थल में छोड़े तो वह दूसरे अर्जुन के समान समस्त शत्रुओं पर विजय प्राप्त करता है।

विरोधी गतिविधियों को पराजित करने हेतु

मंत्र- **ॐ श्रीं हसकलहीं पशु हसकहलहीं हुं सकल हीं फट्।**

ध्यानः **पञ्चवक्त्रं दशभुजं प्रतिवक्त्रं त्रिलोचनम्।**
अग्निज्वालानिभश्मश्रुसंयुतं भीमदंष्ट्रकम्।।
खड्ग-बाणनक्षसूत्रं शक्तिं परशुमेव च।
दधानं दक्षिणैर्हस्तैरुर्ध्वादिक्रमतो गुरुम्।।
खेटचापौ कुण्डिकां च त्रिशूलं ब्रह्मदण्डयुक्।
वामहस्तैश्च बिभ्राणां मध्याह्नार्क समप्रभम्।।
नानाभरण सन्दीप्तं पन्नगेन्दैरलंकृतम्।
स्फटिकौघनिभं शान्तं सर्वरक्षाकरं स्मरेत्।।

विनियोग - इस मंत्र के **वामदेव ऋषि, पंक्तिछन्द** एवं **पशुपति देवता** है।

न्यास - ॐ हुं फट्, श्लीं हुं फट्, प हुं फट्, शु हुं फट्, हुं हुं फट्, फट् हुं, फट् इन विभागों से करन्यास करें।

मंत्र जप में यह भावना रखनी चाहिए कि शिव पशुता (अज्ञानता, जड़ता, भय, अंधकार क्लेश एवं दुःख) का नाश करने वाले हैं एवं शिवता (कल्याण) के कारक होकर साधक को अभय प्रदान करते हैं।

इस मंत्र के प्रयोग से परमन्त्र परतन्त्र प्रयोग एवं महामारी का शमन भी होता है। पाशुपतास्त्र मंत्र विरोधियों की गतिविधियों के पराजय हेतु तथा स्वास्थ्य की रक्षा हेतु अर्थात् आरोग्य प्राप्ति करने हेतु सम्पन्न किया जाता है।

विकृत व्याधि को विनष्ट करने हेतु

पाशुपतास्त्र स्तोत्र की महिमा उपयोगिता एवं प्रभाव हमें, उस समय ज्ञात हुआ, जब हमारे घनिष्ट मित्र एक असाध्य व्याधि के साथ संघर्षरत थे। सभी चिकित्सकों ने, उनके जीवन की रक्षा के प्रति उदासीनता ही व्यक्त की थी। उनके शरीर के सभी प्रमुख अंग निष्क्रिय हो गए थे। उनकी जीवन-रक्षा हेतु, अनेक अनुष्ठान प्रतिपादित कराये गए। संजीवनी मृत्युंजय के भी सवालाख जप सम्पूर्ण पुरश्चरण विधि से सम्पन्न कराये गए। नवग्रह शान्ति एवं आरोग्य के निमित्त की जाने वाली अनेक दुर्गासप्तशती के सम्पुट पाठ सम्बन्धी अनुष्ठान योग्य विद्वान् और अनुभवी आचार्यो द्वारा सम्पन्न कराये गए परन्तु कोई लाभ नहीं हुआ। जीवन-रक्षा की आशा की कोई रश्मि प्रस्फुटित नहीं हुई। उसी समय पाशुपतास्त्र के विषय में संज्ञान प्राप्त हुआ। जब निरोगता और जीवन-रक्षा हेतु समस्त प्रयास, प्रयोग, तथा परम्परागत प्रसिद्ध अनुष्ठान भी विफल हो जाये तो पाशुपतास्त्र स्तोत्र का पाठ विधिविधान सहित सम्पन्न करने से, व्यक्ति समस्त विघ्न, विरोध व्यवधान, विपत्ति, विकृति, विनाश, विषमता, विरूपता, व्याकुलता तथा विपरीत परिस्थितियों के साथ-साथ विविध व्याधियों से मुक्त हो जाता है। असाध्य व्याधियों का भी शमन होता है तथा शिथिल पड़ती हुई जीवन-ज्योति, पुनः प्रज्वलित और जीवन्त हो उठती है।

पाशुपतास्त्र स्तोत्र, देवाधिदेव महादेव भगवान शंकर की असीम कृपा प्राप्ति के निमित्त की जाने वाली अद्भुत साधना है, जिसका सुखद प्रतिफल हमने, अनेक अवसरों पर अनुभव किया है।

भगवान शंकर का सविधि षोडशोपचार पूजन करने के उपरान्त पाशुपतास्त्र स्तोत्र का पाठ करना चाहिए। यदि संभव हो तो रुद्राभिषेक के सम्पादन तथा शतरुद्री के पाठ के पश्चात् पाशुपतास्त्र स्तोत्र का 108 बार पाठ ग्यारह दिन तक प्रतिदिन करना चाहिए। स्तोत्र पाठान्तर दशांश हवन करना अति आवश्यक है। अग्रांकित पाशुपतास्त्र स्तोत्र के साथ-साथ दशांश हवन के विधान का भी उल्लेख किया गया है। किन मंत्रों के साथ 'स्वाहा' का उच्चारण करके आहुति देने का विधान है, यही स्पष्ट करने के उद्देश्य से हवन विधान भी प्रस्तुत किया गया है। हवन अर्थात् यज्ञ की सामान्य विधि का अनुसरण करना अपरिहार्य है। दशांश हवन के उपरान्त दशांश तर्पण तथा तर्पण का दशांश मार्जन करना चाहिए।

पाशुपतास्त्र स्तोत्र का पुरश्चरण पूर्ण करने के उपरान्त बटुक भैरव स्तोत्र का कम से कम एक पाठ अवश्य कर लेना चाहिए।

पाशुपतास्त्र स्तोत्र

विनियोगः- ॐ अस्य पाशुपतास्त्रशान्तिस्तोत्रस्य भगवान वेदव्यास ऋषिः अनुष्टुप छन्दः श्रीसदाशिव परमात्मा देवता सर्वविघ्नविनाशनार्थे पाठे विनियोगः।

स्तोत्रः-

ॐ नमो भगवते महापाशुपताय अतुलवीर्यपराक्रमाय, त्रिपञ्चनयनाय नानारूपाय नानाप्रहरणोद्यताय, सर्वाङ्गरक्ताय, भिन्नाञ्जनचयप्रख्याय, श्मशानवेतालप्रियाय सर्वविघ्ननिकृन्तनरताय, सर्वसिद्धिप्रदाय भक्तानुकम्पिनेऽसंख्यवक्त्रभुजपादाय, तस्मिन सिद्धाय, वेतालचित्रासिने, शाकिनीक्षोभजनकाय, व्याधिनिग्रहकारिणे, पापभञ्जनाय सूर्यसोमाग्निनेत्राय, विष्णुकवचाय, खड्गवज्रहस्ताय यम दण्ड वरुण पाशाय, रुद्रशूलाय, ज्वलज्जिह्वाय, सर्वरोगविद्रावणाय ग्रहनिग्रहकारिणे दुष्टनाशक्षयकारिणे।

ॐ कृष्णपिङ्गलाय फट्। हुंकारास्त्राय फट्। वज्रहस्ताय फट्। शक्तये फट्। दण्डाय फट्। यमाय फट्। खड्गाय फट्। नैर्ऋताय फट्। वरुणाय फट्। वज्राय फट्। पाशाय फट्। ध्वजाय फट्। अंकुशाय फट्। गदायै फट्। कुबेराय फट्। त्रिशूलाय फट्। मुद्गराय फट्। चक्राय फट्। पद्माय फट्। नागास्त्राय फट्। ईशानाय फट्। खेटकास्त्राय फट्। मुण्डाय फट्। मुण्डास्त्राय फट्। कंकालास्त्राय फट्। पिच्छिकास्त्राय फट्। क्षुरिकास्त्राय फट्। ब्रह्मास्त्राय फट्। शक्त्यस्त्राय फट्। गणास्त्राय फट्। सिद्धास्त्राय फट्। पिलिपिच्छास्त्राय फट्। गन्धर्वास्त्राय फट्। पूर्वास्त्राय फट्। दक्षिणास्त्राय फट्। वामास्त्राय फट्। पश्चिमास्त्राय फट्।

मन्त्रास्त्राय फट्। शाकिन्यास्त्राय फट्। योगिन्यास्त्राय फट्। दण्डास्त्राय फट्। महादण्डास्त्राय फट्। नमोऽस्त्राय फट्। शिवास्त्राय फट्। ईशानस्त्राय फट्। पुरुषास्त्राय फट्। अघोरास्त्राय फट्। सद्योजातास्त्राय फट्। हृदयास्त्राय फट्। महास्त्राय फट्। गरुडास्त्राय फट्। राक्षसास्त्राय फट्। दानवास्त्राय फट्। क्षौंनरसिंहास्त्राय फट्। त्वष्ट्रस्त्राय फट्। सर्वास्त्राय फट्। नः फट्। वः फट्। पः फट्। फः फट्। भः फट्। श्रीः फट्। पैः फट्। भूः फट्। भुवः फट्। स्वः फट्। महः फट्। जनः फट्। तपः फट्। सत्यं फट्। सर्वलोक फट्। सर्वपाताल फट्। सर्वतत्व फट्। सर्वप्राण फट्। सर्वनाड़ी फट्। सर्वकारण फट्। सर्वदेव फट्। ह्रीं फट्। श्रीं फट्। हूं फट्। स्त्रुं फट्। स्वां फट्। लां फट्। वैराग्याय फट्। मायास्त्राय फट्। कामास्त्राय फट्। क्षेत्रपालास्त्राय फट्। हुंकारास्त्राय फट्। भास्करास्त्राय फट्। चन्द्रास्त्राय फट्। विघ्नेश्वरास्त्राय फट्। गौः गां फट्। स्त्रौं स्त्रौं फट्। हौं हौं फट्। भ्रामय-भ्रामय फट्। सन्तापय सन्तापय फट्। छादय-छादय फट्। उन्मूलय-उन्मूलय फट्। त्रासय-त्रासय फट्। संजीवय-संजीवय फट्। विद्रावय-विद्रावय फट्। सर्वदुरितं नाशय नाशय फट्।

पाशुपतास्त्र के मंत्रों का 1008 पाठ करने के पश्चात् दशांश हवन, तर्पण, मार्जन आदि अनिवार्य है। उल्लेखनीय है कि पाशुपतास्त्र के प्रत्येक मंत्र के साथ 'स्वाहा' लगाकर विस्तृत हवन विधिविधान सहित संपादित करना चाहिए।

हवन विधान

'ॐ नमो भगवते महापाशुपताय नमः स्वाहा। ॐ अतुलवीर्य पराक्रमाय नमः स्वाहा। ॐ त्रिपञ्चनयनाय नमः स्वाहा। ॐ नाना रूपाय नमः स्वाहा। ॐ नाना प्रहरणोद्यताय नमः स्वाहा। ॐ सर्वाङ्ग रक्ताय नमः स्वाहा। ॐ भिन्नाञ्जनचयप्रख्याय नमः स्वाहा। ॐ श्मशानवेतालप्रियाय नमः स्वाहा। ॐ सर्वविघ्न निकृन्तनरताय नमः स्वाहा। ॐ सर्वसिद्धिप्रदाय नमः स्वाहा। ॐ भक्तानुकम्पिनेऽसंख्यवक्त्र-भुजपादाय नमः स्वाहा। ॐ तस्मिन सिद्धाय नमः स्वाहा। ॐ वेतालवित्रासिने नमः स्वाहा। ॐ शाकिनीक्षोभजनकाय नमः स्वाहा। ॐ व्याधिनिग्रह कारिणे नमः स्वाहा। ॐ पाप भञ्जनाय नमः स्वाहा। ॐ सूर्यसोमाग्नि नेत्राय नमः स्वाहा। ॐ विष्णुकवचाय नमः स्वाहा। ॐ खड्गवज्रहस्ताय नमः स्वाहा। ॐ यमदण्डवरुण पाशाय नमः स्वाहा। ॐ रुद्रशूलाय नमः स्वाहा। ॐ ज्वलज्जिह्वाय नमः स्वाहा। ॐ सर्वरोगविद्रावणाय नमः स्वाहा। ॐ ग्रह निग्रह कारिणे नमः स्वाहा। ॐ दुष्टनाशक्षय कारिणे नमः स्वाहा। ॐ कृष्णपिङ्गलाय फट् स्वाहा। ॐ हुंकारास्त्राय फट् स्वाहा। ॐ वज्रहस्ताय फट् स्वाहा। ॐ शक्तये फट् स्वाहा। ॐ दण्डाय फट् स्वाहा। ॐ यमाय फट् स्वाहा। ॐ खड्गाय फट् स्वाहा। ॐ नैर्ऋताय फट् स्वाहा।

ॐ वरुणाय फट् स्वाहा। ॐ वज्राय फट् स्वाहा। ॐ पाशाय फट् स्वाहा। ॐ ध्वजाय फट् स्वाहा। ॐ अंकुशाय फट् स्वाहा। ॐ गदायै फट् स्वाहा। ॐ कुबेराय फट् स्वाहा। ॐ त्रिशूलाय फट् स्वाहा। ॐ मुद्गराय फट् स्वाहा। ॐ चक्राय फट् स्वाहा। ॐ पद्माय फट् स्वाहा। ॐ नागास्त्राय फट् स्वाहा। ॐ ईशानाय फट् स्वाहा। ॐ खेटकास्त्राय फट् स्वाहा। ॐ मुण्डाय फट् स्वाहा। ॐ मुण्डास्त्राय फट् स्वाहा। ॐ कंकालास्त्राय फट् स्वाहा। ॐ पिच्छिकास्त्राय फट् स्वाहा। ॐ क्षुरिकास्त्राय फट् स्वाहा। ॐ ब्रह्मास्त्राय फट् स्वाहा। ॐ शक्त्यस्त्राय फट् स्वाहा। ॐ गणास्त्राय फट् स्वाहा। ॐ सिद्धास्त्राय फट् स्वाहा। ॐ पिलिपिच्छास्त्राय फट् स्वाहा। ॐ गन्धर्वास्त्राय फट् स्वाहा। ॐ पूर्वास्त्राय फट् स्वाहा। ॐ दक्षिणास्त्राय फट् स्वाहा। ॐ वामास्त्राय फट् स्वाहा। ॐ पश्चिमास्त्राय फट् स्वाहा। ॐ मन्त्रस्त्राय फट् स्वाहा। ॐ शाकिन्यस्त्राय फट् स्वाहा। ॐ योगिन्यस्त्राय फट् स्वाहा। ॐ दण्डास्त्राय फट् स्वाहा। ॐ महादण्डास्त्राय फट् स्वाहा। ॐ नमोऽस्त्राय फट् स्वाहा। ॐ शिवास्त्राय फट् स्वाहा। ॐ ईशानस्त्राय फट् स्वाहा। ॐ पुरुषास्त्राय फट् स्वाहा। ॐ अघोरास्त्राय फट् स्वाहा। ॐ सद्योजातास्त्राय फट् स्वाहा। ॐ हृदयास्त्राय फट् स्वाहा। ॐ महास्त्राय फट् स्वाहा। ॐ गरुडास्त्राय फट् स्वाहा। ॐ राक्षसास्त्राय फट् स्वाहा। ॐ दानवास्त्र.य फट् स्वाहा। ॐ क्षौं नरसिंहास्त्राय फट् स्वाहा। ॐ त्वष्ट्रस्त्राय फट् स्वाहा। ॐ सर्वास्त्राय फट् स्वाहा। ॐ नः फट् स्वाहा। ॐ वः फट् स्वाहा। ॐ पः फट् स्वाहा। ॐ फः फट् स्वाहा। ॐ भः फट् स्वाहा। ॐ श्रीः फट् स्वाहा। ॐ पैः फट् स्वाहा। ॐ भूः फट् स्वाहा। ॐ भुवः फट् स्वाहा। ॐ स्वः फट् स्वाहा। ॐ महः फट् स्वाहा। ॐ जनः फट् स्वाहा। ॐ तपः फट् स्वाहा। ॐ सत्य फट् स्वाहा। ॐ सर्वलोक फट् स्वाहा। ॐ सर्वपाताल फट् स्वाहा। ॐ सर्वतत्व फट् स्वाहा। ॐ सर्वप्राण फट् स्वाहा। ॐ सर्वनाड़ी फट् स्वाहा। ॐ सर्वकारण फट् स्वाहा। ॐ सर्वदेव फट् स्वाहा। ॐ ह्रीं फट् स्वाहा। ॐ श्रीं फट् स्वाहा। ॐ हूं फट् स्वाहा। ॐ स्त्रुं फट् स्वाहा। ॐ स्वां फट् स्वाहा। ॐ लां फट् स्वाहा। ॐ वैराङ्गाय फट् स्वाहा। ॐ मायास्त्राय फट् स्वाहा। ॐ कामास्त्रय फट् स्वाहा। ॐ क्षेत्र पालास्त्राय फट् स्वाहा। ॐ हुंकारास्त्राय फट् स्वाहा। ॐ भास्करास्त्राय फट् स्वाहा। ॐ चन्द्रास्त्राय फट् स्वाहा। ॐ विघ्नेश्वरास्त्राय फट् स्वाहा। ॐ गौः गां फट् स्वाहा। ॐ स्त्रौं स्त्रौं फट् स्वाहा। ॐ हौं हौं फट् स्वाहा। ॐ भ्रामय भ्रामय फट् स्वाहा। ॐ सन्तापय सन्तापय फट् स्वाहा। ॐ छादय छादय फट् स्वाहा। ॐ उन्मूलय उन्मूलय फट् स्वाहा। ॐ त्रासय त्रासय फट् स्वाहा। ॐ संजीवय संजीवय फट् स्वाहा। ॐ विद्रावय विद्रावय फट् स्वाहा। ॐ सर्वदुरितं नाशय नाशय फट् स्वाहा।'

यथासंभव ग्यारह दिवस में पाशुपतास्त्र स्तोत्र के 1100 पाठ करने का विधान है। यदि ग्यारह दिन में 1100 पाठ संभव न हो पाये तो 21, 31, 41 अथवा 51 दिवस में 1100 पाठ का पुरश्चरण सम्पूर्ण करना चाहिए। दशांश हवन, स्तोत्र पाठ के साथ-साथ भी किया जा सकता है। 108 पाठ की गणना मात्र एक सौ ही करनी चाहिए। माला की 108 संख्या को 100 ही स्वीकारा जाता है। ग्यारह माला मंत्र को 1100 x 108=118800 न मानकर मात्र 1100 ही गिनना चाहिए। अपनी सुविधा और समय के अनुसार अग्निवास देखकर, एक, दो अथवा तीन आदि माला का हवन तथा उसी के अनुरुप दशांश तर्पण, मार्जन आदि करते रहना चाहिए ताकि एक साथ दशांश हवन सम्पन्न करने में उत्पन्न होने वाली असुविधा न उत्पन्न हो।

पाशुपतास्त्र स्तोत्र का सविधि अनुष्ठान करने से समस्त असाध्य व्याधियों से मुक्ति प्राप्त होती है, व्यवधानों का शमन होता है, प्रतिरोध और विरोध करने वाले व्यक्ति या तो मित्रवत हो जाते हैं या पराजित होते हैं। सभी प्रकार के विकट व्यवधान विरूपता तथा प्रतिकूलता नष्ट होती है।

क्षेत्रपाल मन्त्र

<u>मन्त्रः-</u> **'ॐ क्षौं क्षेत्रपालाय नमः'**

<u>जप संख्याः-</u> एक लाख

<u>हवन संख्याः-</u> दस हजार (घृत परिप्लुत पायस से)

<u>परिहार क्षेत्रः-</u> कान्ति, मेधा बल, आरोग्य, यश एवं महाश्री प्रदायक।

<u>क्षेत्रपालमन्त्रः -</u> **वर्णान्त्यमौबिन्दुयुक्तं क्षेत्रपालाय हृन्मनुः।**
ताराद्यो वसुवर्णोऽयं क्षेत्रपालस्य कीर्त्तितः।।1।।

अब क्षेत्रपाल का मन्त्र-वर्ण का अन्त्य (क्ष) उस पर औ की मात्रा तथा अनुस्वार उसके बाद 'क्षेत्रपालाय नमः' यह पद, पुनः मन्त्र के आदि 'प्रणव' यह क्षेत्रपाल मन्त्र का उद्धार कहा गया है।

विमर्श- इस प्रकार 'ॐ क्षौं क्षेत्रपालाय नमः' यह प्रणव को छोड़कर आठ अक्षर का मन्त्र कहा गया है।

षड्दीर्घभाजा बीजेन षडङ्गान्यस्य योजयेत्।
ऋषिर्ब्रह्मा भवेदस्य गायत्रं छन्द ईरितम्
क्षेत्रपालो देवता पालयेति शक्तिरीरिता।।2।।

षड्दीर्घ (आ ई ऊ ऐ औ अः) युक्त बीज (क्षकार) से युक्त षडंगन्यास करना चाहिए। 'क्षां क्षीं क्षूँ, क्षैं, क्षौं, क्षः' इनसे यथाक्रम षडंगन्यास करना चाहिए। इस मन्त्र के ब्रह्मा ऋषि हैं। गायत्री छन्द है। क्षेत्रपाल देवता हैं और 'पालय' यह शक्ति है।

<u>क्षेत्रपालध्यानम्-</u> **नीलाञ्जनाद्रिनिभमूर्ध्वपिशङ्गकेशं वृत्तोग्रलोचनमुपात्तगदाकपालम्।**
आशाम्बरं भुजगभूषणमुग्रदंष्ट्रं क्षेत्रेशमद्भुततनुं प्रणमामि देवम्।।3।।

<u>क्षेत्रपाल का ध्यान-</u> जो काले पहाड़ के सदृश हैं, जिनकी पीली-पीली जटाएँ ऊपर की ओर खड़ी हैं, जिनके गोल नेत्र अत्यन्त उग्र हैं, जिनके हाथ में गदा तथा कपाल है, जो सर्वथा वस्त्रहीन और सर्पों का आभूषण धारण किए हुए हैं, जिनके दांत अत्यन्त भयानक हैं, ऐसे अद्भुत शरीरधारी क्षेत्रपाल देवता को मैं प्रणाम करता हूँ।

<u>पुरश्चरणकथनम्-</u> **लक्षमेकं जपेन्मन्त्रं जुहुयात्तद्दशांशतः।**
चरुणा घृतसिक्तेन ततः क्षेत्रेशमर्चयेत्।।4।।

उक्त क्षेत्रपाल मन्त्र का एक लाख जप करे, उसका दशांश घृत परिप्लुत पायस से हवन करे। तदुपरान्त क्षेत्रपाल की पूजा करे।

धर्मादिकल्पिते पीठे पूर्वमङ्गानि पूजयेत्।
अनलाख्यमग्निकेशं करालं तदनन्तरम्।।5।।

घण्टारवं महाकोपं पिशिताशयसंज्ञकम्।
पिङ्गलाक्षमूर्ध्वकेशं पत्रेषु परितो यजेत्।।6।।

पुनः धर्मादिकल्पित शिव पीठ पर सर्वप्रथम अंगों का अर्चन करे। उसके बाद पत्र के चारों दिशाओं एवं चारों कोणों में पूर्वादि क्रम से अनल, अग्निकेश, कराल, घण्टारव, महाकोप, पिशिताशय, पिङ्गलाक्ष तथा ऊर्ध्वकेश की पूजा करे।

प्रधानमूर्त्तिप्रतिमान्नानालङ्कारबन्धुरान् ।
लोकपालांस्तदस्त्राणि यथापूर्वं प्रपूजयेत्।।7।।

ये समस्त प्रधानमूर्त्ति (क्षेत्रपाल) के समान शरीर वाले हैं और प्रधानमूर्त्ति के सामने नाना अलंकारों से विभूषित हैं। इसके बाद लोकपालों की तथा उनके अस्त्रों की पूजा करे।

<u>क्षेत्रपालबलिमन्त्रः</u> **तस्मै सपरिवाराय बलिमेतेन निर्हरेत।**
पूर्वमेहिद्वयं पश्चाद्विदुषि स्यात् पुरुद्वयम्।।8।।

भञ्जयद्वितयं भूयो नर्त्तयद्वितयं पुनः।
ततो विघ्नपदद्वन्द्वं महाभैरव तत्परम्।।9।।

क्षेत्रपाल बलिं गृह्णद्वयं पावकसुन्दरी।
बलिमन्त्रोऽयमाख्यातः सर्वकामफलप्रदः।।10।।

क्षेत्रपालबलि मन्त्र - परिवार सहित उन क्षेत्रपाल को 'एहि एहि विदुषि पुरु पुरु भञ्जय नर्त्तय विघ्न विघ्न महाभैरव क्षेत्रपाल बलिं गृह्ण गृह्ण' इस मन्त्र से बलि प्रदान करे, यह क्षेत्रपाल को बलि देने का मन्त्र है। इस मन्त्र द्वारा बलि देने से सम्पूर्ण कामनाओं का फल प्राप्त होता है।

सोपदंशं बृहत् पिण्डं कृत्वा रात्रिषु साधकः।
स्मृत्वा यथोक्तं क्षेत्रेशं तस्य हस्ते बलिं हरेत्।।11।।

व्यजन युक्त भोजन का एक बहुत बड़ा पिण्ड बनाकर साधक एक प्रहर रात्रि के पश्चात् पूर्वोक्त रीति से नीलसारमेयारूढ़ भगवान् क्षेत्रपाल का ध्यान करते हुए उनके वामहस्तस्थित कपाल में उस पिण्ड को समर्पित करने की भावना करते हुए पिण्ड किसी स्थान में गिरा दें।

बलिनाऽनेन सन्तुष्टः क्षेत्रपालः प्रयच्छति।
कान्तिं मेधां बलारोग्यतेजः पुष्टियशः श्रियः।।12।।

इस प्रकार की बलि से सन्तुष्ट हुए क्षेत्रपाल साधक को कान्ति, मेधा, बल, आरोग्य, तेज पुष्टि, यश और महाश्री प्रदान करते हैं।

शिव मानस पूजा

पूजा का सम्बन्ध भावना से है बाह्य वस्तुओं या किसी विशिष्ट प्रक्रिया से नहीं। इसीलिए भारतीय मनीषियों ने स्थान एवं वस्तु के अभाव में भावभक्ति पूजन करने की विधि का भी प्रतिपादन किया। मानस पूजा को वस्तु पूजा (बाह्य उपासना) से श्रेष्ठ भी बताया गया है। मानस पूजा में संकल्प की महत्ता है।

रत्नैः कल्पितमासनं हिमजलैः स्नानं च दिव्याम्बरं।
नानारत्नविभूषितं मृगमदामोदाङ्कितं चन्दनम्।
जातीचम्पकबिल्वपत्ररचितं पुष्पं च धूपं तथा।
दीपं देव दयानिधे पशुपते हृत्कल्पितं गृह्यताम्।।1।।

हे दयानिधे ! हे पशुपते ! हे देव ! यह रत्ननिर्मित सिंहासन, शीतल जल से स्नान, नाना रत्नावलि विभूषित दिव्य वस्त्र, कस्तूरिका गन्ध समन्वित चन्दन; जूही, चम्पा और बिल्वपत्र द्वारा रचित पुष्पांजलि तथा धूप और दीप-यह सब मानसिक पूजोपहार ग्रहण कीजिए।

सौवर्णे नवरत्नखण्डरचिते पात्रे घृतं पायसं।
भक्ष्यं पञ्चविधं पयोदधियुतं रम्भाफलं पानकम्।
शाकानामयुतं जलं रुचिकरं कर्पूरखण्डोज्ज्वल।
ताम्बूलं मनसा माया विरचिंत भक्त्या प्रभो स्वीकुरु।।2।।

मैंने नवीन रत्नखण्डों से खचित सुवर्ण पात्र में घृत युक्त खीर, दूध और दधि सहित पाँच प्रकार के व्यंजन, कदलीफल, शर्बत, कई प्रकार के शाक, कपूर से सुवासित स्वच्छ मीठा जल तथा ताम्बूल- ये सब मैंने मन के द्वारा ही बनाकर प्रस्तुत किये हैं। प्रभो ! कृपया इन्हें स्वीकार कीजिए।

छत्रं चामरयोर्युगं व्यजनकं चादर्शकं निर्मलं।
वीणाभेरिमृदङ्गकाहलकला गीतं च नृत्यं तथा।
साष्टाङ्गं प्रणतिः स्तुतिर्बहुविधा ह्येतत्समस्तं मया।
सङ्कल्पेन समर्पितं तव विभो पूजां गृहाण प्रभो।।3।।

छत्र, दो चंवर, पंखा, निर्मल दर्पण, वीणा, भेरी, मृदंग, दुन्दुभी के वाद्य; गान और नृत्य, साष्टांग प्रणाम तथा नानाविधि स्तुति- ये सब मैं संकल्प से ही आपको समर्पण करता हूँ। प्रभो! मेरी यह पूजा ग्रहण कीजिए।

आत्मा त्वं गिरिजा मतिः सहचराः प्राणाः शरीरं गृहं।
पूजा ते विषयोपभोगरचना निद्रा समाधिस्थितिः।
सञ्चारः पदयोः प्रदक्षिणविधिः स्तोत्राणि सर्वागिरो।
यद्यत्कर्म करोमि तत्तदखिलं शम्भो तवाराधनम्।।4।।

हे शम्भो ! मेरी आत्मा तुम हो, बुद्धि पार्वती जी हैं, प्राण आपके गण हैं, शरीर आपका मन्दिर है, सम्पूर्ण विषय-भोग की रचना आपकी पूजा है, निद्रा समाधि है, मेरा चलना-फिरना आपकी परिक्रमा है तथा सम्पूर्ण शब्द आपके स्तोत्र हैं। इस प्रकार मैं जो भी कर्म करता हूँ, वह सब आपकी आराधना ही है।

करचरणकृतं वाक्कायजं कर्मजं वा।
श्रवणनयनजं वा मानसं वापराधम्।
विहितमविहितं वा सर्वमेतत्क्षमस्व।
जय जय करुणाब्धे श्रीमहादेव शम्भो।।5।।

हे प्रभो ! मैंने हाथ, पैर, वाणी, शरीर, कर्म, कर्ण, नेत्र अथवा मन से जो भी अपराध किये हों; वे विहित हों अथवा अविहित - उन सबको आप क्षमा कीजिये। हे करुणा सागर श्रीमहादेव शंकर! आपकी जय हो।

बटुक मन्त्र प्रयोग

<u>मन्त्रः</u> **ह्री बटुकाय आपदुद्धारणाय कुरु कुरु बटुकाय ह्रीं**

<u>जप संख्याः</u> इक्कीस लाख

<u>हवन संख्याः</u> दो लाख दस हजार (पय मधु तथा शर्करायुक्त हव्य से)

परिहार क्षेत्रः भूतबाधा, ग्रहबाधा, धर्म अर्थ काम, आयु एवं आरोग्य प्रदायक

आपदुद्धारक बटुक के मन्त्रों का विधान

1. आपदुद्धारक बटुक देवता का 21 अक्षरों का मन्त्र है।
2. इसके उपास्य देवता श्री बटुक देवता हैं।
3. इनका ध्यान तीन प्रकार का होता है- सात्त्विक, राजस, तामसिक।
4. सात्त्विक ध्यान से श्री बटुक देवता 'अपमृत्यु से मुक्तकर आयु आरोग्य प्रदान करते हैं तथा अपवर्ग का फल प्रदान करते हैं।
5. राजस ध्यान से श्री बटुक देवता धर्म, अर्थ तथा काम को सिद्धि प्रदान करते हैं।
6. तामस ध्यान के द्वारा कृत्या, भूतबाधा तथा ग्रहबाधा को दूर करते हैं।
7. श्री बटुक भैरव देवता का यन्त्र भी निर्मित किया जाता है।
8. श्री बटुक भैरव देवता के यन्त्र निर्माण की पूजा विधि में, ऊर्ध्वमुखी के पुत्रों की तत्पश्चात् अधोमुखी के पुत्रों की उपासना का विशेष महत्त्व है।
9. अन्त में, गणेश तथा दुर्गा की पूजा कर उन्हें बलि प्रदान कर साधक अभीष्ट की सिद्धि प्राप्त करता है।
10. 'श्री बटुक भैरव' तथा 'श्री बटुकेश्वर' दो प्रकार के यन्त्रों का निर्माण का विधान दिया गया है।

आपदुद्धारणमन्त्रः- **उद्धरेद् वटुकं ङेऽन्तं आपदुद्धारणं तथा।**
कुरुद्वयं पुनर्ङेऽन्तं वटुकं तं समुद्धरेत्।।1।।

एकविंशत्यक्षरात्मा शक्तिरुद्धो महामनुः।
अभीष्टफलसंसिध्यै कीर्त्तितः सुरपादपः।।2।।

चतुर्थ्यन्त बटुक शब्द (बटुकाय) इसके उपरान्त पुनः चतुर्थ्यन्त आपदुद्धारण शब्द (आपदुद्धारणाय) तदनन्तर कुरु शब्द दो बार (कुरु कुरु) पुनः चतुर्थ्यन्त बटुक शब्द (बटुकाय) पुनः उसे शक्ति मन्त्र से सम्पुटित करें। इस प्रकार **ह्रीं बटुकाय आपदुद्धारणाय कुरु कुरु बटुकाय ह्रीं**। इक्कीस अक्षरों का बटुक मन्त्र उद्धृत किया गया। यह साधकों की कामना पूर्ण करने के लिए कल्पवृक्ष के समान कहा गया है।

ऋष्यादिकथनम्। मूर्त्तिन्यासादि -

बृहदारण्यक ऋषिश्छन्दोऽनुष्टुबुदाहृतम्।
आपदुद्धारणो देवो भैरवो देवता बुधैः।।3।।

इस मन्त्र के बृहदारण्यक ऋषि हैं तथा अनुष्टप् छन्द कहा गया है। बुद्धिमानों ने समस्त आपत्तियों से उद्धार करने वाले श्री बटुक भैरव को इसका देवता कहा है।

अंगुलीदेहवक्त्रेषु मूर्त्तीर्न्यस्येद्यथा पुरा।
सद्यादिपञ्चह्रस्वाढ्य शक्तिबीजपुरः सरम्।।4।।

वकारं पञ्चह्रस्वाढ्यमीशानादिषु योजयेत्।
षड्दीर्घयुक्त्या शक्त्या वकारेण च तद्वता।।5।।

इसके पश्चात् पाँचों अंगुष्ठादि अंगुलियों में सिर, मुख, हृदय, गुह्य एवं पदादि शरीर में तथा ऊर्ध्व, पूर्व, दक्षिण, उत्तर एवं पश्चिम के मुखों में पूर्ववत् मूर्त्तिन्यास सद्य आदि पाँच ह्रस्व (ओ ए उ इ अ) से युक्त 'व' बीज मन्त्र से जिसके आदि में शक्ति बीज लगा हो, न्यास करें।

विमर्श- प्रयोग विधि यथा - अंगुष्ठादि अंगुलियों में 'ह्रीं वों ईशानाय नमः', अंगुष्ठे-इसी प्रकार तत्पुरुष, अघोर, वामदेव तथा सद्योजात पद का सन्निवेश कर तत्तद् अंगुलियों में न्यास करे। देह में मूर्त्तिन्यास का प्रकार यथा- **ह्रों वों ईशानाय नमः इति शिरसि,** इसी प्रकार तत्तन्मूर्त्तियों का नाम सन्निविष्ट कर पाँच सिर इत्यादि शरीरावयवों में न्यास करे। इसी प्रकार मुखादि में यथा- **ह्रों वों ईशानाय नमः इति ऊर्ध्वमुखे** इत्यादि।

अङ्गानि जातियुक्तानि प्रणवाद्यानि कल्पयेत्।
तस्य ध्यानं त्रिधा प्रोक्तं सात्त्विकादिविभेदतः।।6।।

इन न्यासों को करने के पश्चात्, छः दीर्घ वर्णों (आ ई ऊ ऐ औ अः) से युक्त बीज तथा 'व' बीज द्वारा हृदयादि न्यास करे, आदि में प्रणव लगाए।

विमर्श- यथा **'ॐ ह्राँ, वाँ हृदयाय नमः', 'ॐ ह्रीं वीं शिरसे स्वाहा'** इत्यादि। इन बटुक भैरव का ध्यान सात्त्विक राजस तथा तामस भेद से तीन प्रकार का कहा गया है।

<u>बटुकभैरवस्य सात्त्विकध्यानम् -</u>

वन्दे बालं स्फटिकसदृशं कुन्तलोल्लासिवक्त्रं
दिव्याकल्पैर्नवमणिमयैः किङ्किणीनूपुराद्यैः।
दीप्ताकारं विशदवसनं सुप्रसन्नं त्रिनेत्रं
हस्ताब्जाभ्यां वटुकमनिशं शूलदण्डो दधानम्।।7।।

<u>बटुक भैरव का सात्त्विक ध्यान-</u> स्फटिक मणि के सदृश स्वच्छ आकार वाले बटुक की मैं वन्दना करता हूँ, जिनका मुख कमल कुण्डल से दैदीप्यमान हैं, जो नवीन मणिनिर्मित किंकिणी और नूपुर आदि आभूषणों से भूषित हैं, जिनका आकार अत्यन्त तेजोमय है, जो दिव्य वसन धारण

किए हुए तीन नेत्रों एवं प्रसन्न मुद्रा से युक्त हैं, जिन्होंने अपने दो हस्त कमलों में शूल और दण्ड धारण किया है।

सात्त्विकं ध्यानमाख्यातमपमृत्युनिवारणम्।
आयुरारोग्यजननमपवर्गफलप्रदम् ।।8।।

यह ऊपरांकित में बताया गया है कि सात्त्विक ध्यान अपमृत्यु का निवारण करता है। आयु, आरोग्य तो प्रदान करता ही है, साथ में अपवर्ग का फल भी देता है।

बटुकभैरवस्य राजसध्यानम्-

उद्यद्भास्करसन्निभं त्रिनयनं रक्ताङ्गरागस्रजं
स्मेरास्यं वरदं कपालमभयं शूलं दधानं करैः।
नीलग्रीवमुदारं भूषणशतं शीतांशुचूडोज्ज्वलं
बन्धूकारुणवाससं भयहरं देवं सदा भावये।।9।।

राजस ध्यान- उदीयमान सूर्य के समान जिनका तेजोमयशरीर है, जिनके नेत्र हैं, जो रक्त वर्ण की माला एवं रक्त अङ्गराग से युक्त हैं, जो ईषत्स्मित युक्त हैं। जिन्होंने अपने हाथों में वरद, कपाल, अभय, तथा त्रिशूल धारण किया है, जो नीलग्रीवा से युक्त, उदार स्वभाव वाले, सैकड़ों आभूषणों एवं सिरःस्थित चन्द्रमा की किरणों से उज्ज्वल हैं। ऐसे बन्धूक के समान रक्त वस्त्र धारण करने भयकारी बटुक देव का मैं सदैव ध्यान करता हूँ।

बटुकभैरवस्य तामसध्यानम्-

ध्यायेन्नीलाद्रिकान्तं शशिशकलधरं मुण्डमालं महेशं
दिग्वस्त्रं पिङ्गकेशं डमरुमथ सृणिं खड्गपाशाभयानि।
नागं घण्टां कपालं करसरसिरुहैर्बिभ्रतं भीमदंष्ट्रं
सर्पाकल्पं त्रिनेत्रं मणिमयविलसत्किङ्किणीनूपुराढ्यम्।।10।।

तामस ध्यान- नीले पर्वत के समान कान्ति वाले, चन्द्रकला से सुशोभित, गले में मुण्डमाला धारण किए हुए, नंगे, पीली पीली जटाओं से युक्त, डमरू, अंकुश, खड्ग, पाश, अभय, सर्प, घण्टा, तथा कपाल को कर कमलों में धारण किए हुए उग्र दंष्ट्रा से युक्त सर्वाभरण से विभूषित मणिमय किंकिणी तथा नूपुर से भूषित बटुक का ध्यान करना चाहिए, सात्त्विक ध्यान का फल ऊपर बताया गया है।

पुरश्चरणादिकथनम्-

राजसं ध्यानमाख्यातं धर्मकामार्थसिद्धिदम्।
तामसं शत्रुशमनं कृत्याभूतग्रहापहम्।।11।।

राजस ध्यान धर्म, अर्थ तथा काम को सिद्ध करने वाला है और तामस ध्यान, कृत्या, भूत तथा ग्रह बाधा को दूर करने वाला बताया गया है।

वर्णलक्षं जपेन्मन्त्रं हविष्याशी जितेन्द्रियः।
तद्दशांशं प्रजुहुयात्तिलैर्मधुरसंयुतैः।।12।।

इस बटुक भैरव मन्त्र का हविष्यान्न भोजन करते हुए ब्रह्मचर्य एवं जितेन्द्रिय रहकर 21 लाख जप करे और पय, मधु तथा शर्करा युक्त हव्य पदार्थों से उसका दशांश हवन करें।

धर्माधर्मादिभिः क्लृप्ते पीठे पङ्कजशोभिते।
षट्कोणान्तस्त्रिकोणस्थव्योमपङ्कजसंयुते ।।13।।

बटुकं पूजयेद्देवं मूर्त्तिं मूलेन कल्पयेत्।
मूलादिसद्योजातेन देवमावाहयेत्ततः।।14।।

बटुक भैरव यन्त्रनिर्माण- साधक अष्टदल कमल, उसके अन्दर षट्कोण उसके अन्दर त्रिकोण, उसके अन्दर अष्ट मातृकामय कमल निर्माण करें। इन समस्त के चारों ओर (पूर्व के अष्टदल कमल के बाहर) चतुरस्र भूपुर का निर्माण करें। इस प्रकार निर्मित यन्त्र में धर्माधर्म युक्त पीठ पर बटुक का इस प्रकार पूजन करें। मूल मन्त्र से मूर्त्ति की कल्पना कर 'सद्योजातं प्रपद्यामि' मन्त्र से उसमें बटुक देव का आवाहन करें।

वामदेवेन मन्त्रेण स्थापयेत्परमेश्वरम्।
मूलमन्त्रेण कर्त्तव्यं सान्निध्यं तदनन्तरम्।।15।।

वामदेव मन्त्र से उस में परमेश्वर को स्थापित करे। इसके बाद मूल मन्त्र पढ़कर मूर्त्ति में सान्निध्य स्थापित करे।

अघोरेण सुधीः कुर्यात् सन्निरोधमनन्तरम्।
पुरुषाख्येन मनुना योनिमुद्रां प्रदर्शयेत्।।16।।

इसके बाद बुद्धिमान साधक अघोर मन्त्र से सन्निरोध करे। तदनन्तर तत्पुरुष मन्त्र से योनि मुद्रा प्रदर्शित करे।

देवाय वन्दनं कुर्यादीशानेन समाहितः।
एतत्सर्वं विधातव्यं तत्तन्मुद्राभिरादरात्।।17।।

पुनः एकाग्रचित्त से ईशान मन्त्र द्वारा बटुक देवता को नमस्कार समर्पित करे। यह सब साधक को श्रद्धापूर्वक तत्तन्मुद्राओं को प्रदर्शित करते हुए करना चाहिए।

ईशानादीन् यजेद्देवान् न्यासमार्गेण देशिकः।
सकलीकरणं कृत्वा यजेन्मूर्त्तीर्यथा पुरा।।18।।

इसके उपरान्त न्यास क्रम के अनुसार देशिक साधक सकलीकरण कर ईशानादि मूर्त्तियों की पूर्ववत् पूजा करें।

विमर्श- यथा ह्रीं वों ईशानाय नमः, ह्रीं वें तत्पुरुषाय नमः इत्यादि।

व्योमपद्मदलेष्वर्चेदसिताङ्गादिभैरवान्।
आसिताङ्ग रुरुं चण्डं क्रोधमुन्मत्तभैरवम्।।19।।

कलालिनं भीषणाख्यं संहारं च क्रमादमून्।
षट्कोणेषु षडङ्गानि क्रमेणाऽभ्यर्चयेत् सुधीः।।20।।

अष्टमातृकायुक्त पद्म पर असिताङ्ग आदि आठ भैरवों की पूजा करे। असिताङ्ग, रुद्र, चण्ड, क्रोध, उन्मत्त भैरव, कपाली, भीषण और संहार ये उन आठ भैरवों के नाम है। तदनन्तर सुधी साधक षटकोण में क्रमशः षड्ंगों की पूजा करे।

पूर्वादीशानपर्यन्तं तद्बहिः पूजयेदिमान्।
डाकिनीपुत्रकान् पूर्वं राकिणीपुत्रकांस्ततः।।21।।

लाकिनीपुत्रकान् पश्चात्काकिनीपुत्रकांस्ततः।
शाकिनीपुत्रकान् भूयो हाकिनीपुत्रकान् पुनः।।22।।

मालिनीपुत्रकान् पश्चाद्देवीपुत्रांस्ततः परम्।
अथोमारुद्रमातृणां पुत्रान् दक्षिणतो यजेत्।।23।।

इसके उपरान्त षट्कोण से बाहर अष्ट दल कमल के अन्दर पूर्व से ईशान पर्यन्त डाकिन्यादि पुत्रों की इस प्रकार पूजा करें। पूर्व में डाकिनी पुत्र, आग्नेय में राकिणी पुत्र, दक्षिण में लाकिनी पुत्र, नैर्ऋत्य में काकिनी पुत्र, पश्चिम में शाकिनी पुत्र, वायव्य में हाकिनी पुत्र, उत्तर में मालिमी पुत्र। इसके बाद ईशान में देवीपुत्रों का पूजन करे। इस प्रकार आठ दिशाओं में आठ पुत्रों की पूजा कर दक्षिण दिशा में उमा पुत्र, रुद्र पुत्र तथा मातृका पुत्रों की पूजा करे। इस प्रकार कुल 11 पुत्रों की पूजा करें।

ऊर्ध्वमुख्याः सुतानूर्ध्वमधोमुख्याः सुतानधः।
इति संपूजयेन्मन्त्री पुत्रवर्गांस्त्रयोदश।।24।।

तदनन्तर अग्रांकित ऊर्ध्वमुखी के पुत्रों की, पश्चात् अधः अधोमुखी के पुत्रों की पूजा करे। इस प्रकार साधक तेरह पुत्र वर्गों की पूजा करें।

तद्बहिः पद्मपत्रेषु लोकेशबटुकान् यजेत्।
ब्रह्माणीपुत्रकं पूर्वे माहेशीपुत्रमैश्वरे।।25।।

वैष्णवी पुत्रकं सौम्ये कौमारीपुत्रमानिले।
इन्द्राणीपुत्रकं भूयः पूजयेत्पश्चिमे ततः।।26।।

महालक्ष्मीसुतं पश्चाद्रक्षोदिशि समर्चयेत्।
वाराही पुत्रकं याम्ये चामुण्डासुतमानले।।27।।

तद्बहिरिति। षट्कोणेबाह्ये। अष्टपत्रान्तः पूर्वादीशानपर्यन्तमिमान् वक्ष्यमाणान् पूजयेदिति सम्बन्धः।।64-70।।

उसके उपरान्त अष्टदल पद्म पर साधक को लोकेश्वर रूप बटुकों की पूजा इस प्रकार करनी चाहिए- पूर्व में ब्रह्माणी पुत्र, ईशानकोण में माहेशी पुत्र, उत्तर में वैष्णवीपुत्र, आग्नेय कोण में कौमारी पुत्र, इसके बाद पशिचम में इन्द्राग्नि पुत्र, नैर्ऋत्य में लक्ष्मी पुत्र, दक्षिण मे वाराही पुत्र और वायव्य में चामुण्डा पुत्रों की पूजा करे।

बटुकान् दशदिक्ष्वर्चेद्धेनुकं त्रिपुरान्तकम्।
वेतालं वह्निजिह्वाख्यं कालान्ताख्यं करालकम्।।28।।

एकपादं भीमदंष्ट्रचमलं हाटकेशवरम्।
दिग्विदिक्ष्वन्तरालेषु श्रीकण्ठादीन यजेत् पुनः।।29।।

क्रोधीश्वरादिभृग्वन्तांस्तद्वद्बाह्ये समर्चयेत्।
ततस्त्रीन्नकुलीशाद्यान् दक्षिणे पूजयेत् सुधीः।।30।।

दश दिशाओं में, 1. धेनुक, 2. त्रिपुरान्तक, 3. वेताल, 4. वह्निजिह्व, 5. कालान्त, 6. करालक, 7. एकपाद, 8. भीमदंष्ट, 9. अचल एवं 10. हाटकेश्वर- इन दश बटकों की पूजा करें। पश्चात् चारों दिशाओं में चारों विदिशाओं में तथा उन दोनों के आठ आन्तरालों में इस प्रकार 16 स्थानों में श्रीकण्ठादि 16 देवताओं का पूजन करें। पुनः आठ दिशाओं में और आठ विदिशाओं में उन दोनों के षोडश अन्तरालों में कुल 32 स्थानों में क्रोधीश्वर से भृगुपर्यन्त पूजा करें। उसके दक्षिण में विद्वान साधक नकुलीश आदि तीन की पूजा करे।

दिव्यान्तरिक्षभूमिष्ठान् योगीशान् शक्तिसंयुतान्।
योगिनीभिः सहाऽभ्यर्चेदीशाग्निनिर्ऋतिस्थितान्।।31।।

इति संपूजयेद्देवं बटुकं प्रोक्तवर्त्मना।
धर्मार्थकाममोक्षाणां पतिर्भवति मानवः।।32।।

इसके बाद स्वर्ग लोक, अन्तरिक्ष लोक तथा भूलोक स्थितं योगेश्वरों की उनकी योगेश्वरी आदि शक्तियों के साथ पूजा करें। इस प्रकार ईशान कोण, अग्नि कोण तथा नैर्ऋत्यकोण में निवास करने वाले योगेश्वरों की उनकी योगिनी शक्तियों के साथ पूजा करनी चाहिए। इस प्रकार कही गई विधि से जो साधक बटुक देवता की पूजा करता है वह धर्म, अर्थ, काम तथा मोक्ष का अधिकारी हो जाता है।

विघ्नं दुर्गां समाराध्य बलिं दत्त्वा विधानतः।
काम्यानि साधयेन्मन्त्री यथोक्तां सिद्धिमाप्नुयात्।।33।।

अन्त में काम्यकर्म के विघ्न (गणेश) और दुर्गा की पूजा कर विधानपूर्वक, उन्हें बलि प्रदान करें। साधक ऐसा कर अपनी कामनाओं में यथोक्त सिद्धि प्राप्त करता है।

शाल्यन्नं पललं सर्पिर्लाजाचूर्णानि शर्करा।
गुडमिक्षुरसापूपैर्मध्वक्तैः परिमिश्रितैः।।34।।

कृत्वा कवलमाराध्य देवं प्रागुक्तवर्त्मना।
रक्तचन्दनपुष्पाद्यैर्निशि तस्मै बलिं हरेत्।।35।।

बलि विधान की प्रक्रिया- चावल, मांस, घी, हलवा एवं सत्तू, शर्करा, गुड़ इक्षुरस, अपूप इन में मधु डालकर इनका एकीकरण करे और उसका ग्रास बनाएँ। फिर ऊपर दी गई विधि के अनुसार केवल क्षेत्रपाल के स्थान पर बटुक पद का सन्निवेश कर, रात्रि में रक्त चन्दन तथा पुष्पादि से अर्चना कर बलि प्रदान करे।

ततः सिध्यन्ति कार्याणि बलिनाऽनेन मन्त्रिणः।
जुहुयात् सर्पिषा मन्त्री यथोक्तां सिद्धिमाप्नुयात्।।36।।

वश्याय जुहुयाद्दिक्षु शकलैर्वशयेज्जनान्।
जुहुयात् पुत्रलाभाय प्रफुल्लैः कैरवैः सुधीः।।37।।

इस प्रकार की बलि देने से मन्त्रज्ञ के समस्त कार्य सिद्ध होते है, घी से हवनं करें तो भी उक्त प्रकार की सिद्धि प्राप्त होती है। वशीकरण प्रयोग में उक्त ग्रासों से हवन करे तो वशीकरण सिद्ध हो जाता है, पुत्र लाभ के लिए फूले हुए कैरव के पुष्पों का हवन करे।

धनधान्यादिसम्पत्यै जुहुयात्तिलतण्डुलैः।
बिल्वप्रसूनैर्जुहुयान्महतीं विन्दति श्रियम्।।38।।

धन-धन्यादि सम्पत्तियों की प्राप्ति के लिए तिल एवं चावल से हवन करना चाहिए। बिल्व के फूलों द्वारा हवन से महती श्री की प्राप्ति होती है।

लोणैर्मधुरसंमिश्रैर्वशयेद्वनिताजनान् ।
वृष्टिकामेन होतव्यं वेतसानां समिद्वरैः ।।39।।

त्रिमधुर (आज्य, दूध, मधु) मिश्रित नमक से हवन करें तों स्त्रियों को वश में करता है। वृष्टि चाहने वालों को बेंत की समिधा से हवन करना चाहिए।

अन्नेन जुहुयान्नित्यं धनधान्यादिसम्पदे।
वश्याय जुहुयान्मन्त्री मधुना दिवसत्रयम् ।।40।।

धन-धान्यादि सम्पत्ति की प्राप्ति के लिए अन्न का हवन करना चाहिए वशीकरण प्रयोग में मन्त्रज्ञ साधक मधु से मात्र तीन दिन तक होम करें।

रोगोक्तौषधहोमेन रोगा नश्यन्ति तत्क्षणात्।
कृत्याद्रोहे ग्रहद्रोहे भूतापस्मारसम्भवे ।।41।।

व्याघ्राजिने समासीनो जुहुयादयुतं तिलैः।
भूतादयः पलायन्ते नेक्षन्ते तां दिशं भयात् ।।42।।

वैद्यकशास्त्र में जिस जिस रोग के लिए जिन जिन औषधियों का विधान हैं, उन औषधियों का इस मन्त्र से हवन करे, तो वे रोग तत्क्षण नष्ट हो जाते हैं। कृत्यादि अभिचार में, शत्रुद्रोह में, भूतबाधा तथा अपस्मार जैसे रोगों में बाघम्बर पर बैठ कर इस मन्त्र से दस हजार तिलों का हवन करे तो समस्त भूतादि भाग जाते हैं और भयग्रस्त हुए वे उस दिशा की ओर फिर कभी नहीं देखते हैं।

कृष्णाष्टमीं समारभ्य यावत् स्यात्तच्चतुर्दशी।
तिलैस्तण्डुलसंमिश्रैर्मधुरत्रयलोलितैः ।।43।।

त्रिसहस्रं प्रतिदिनं जुहुयात् संस्कृतेऽनले।
बटुकेश्वरमभ्यर्च्य भक्ष्यभोज्यफलान्वितम् ।।44।।

नित्यं निवेद्य नैवेद्यं मध्यरात्रे बलिं हरेत्।
एवं जपित्वा प्रयतः सहस्राण्येकविंशति ।।45।।

समाप्तिदिवसे रात्रावजं हत्वा बलिं हरेत्।
ततः कारयिता राजा तोषयेत्साधकं धनैः ।।46।।

विधिनाऽनेन सन्तुष्टो बटुकेशः प्रयच्छति।
तेजो बलं यशः पुत्रान् कान्तिं लक्ष्मीमरोगताम् ।।47।।

कृष्ण पक्ष की अष्टमी से कृष्ण पक्ष की चतुर्दशी पर्यन्त त्रिमधुर युक्त तण्डुल मिश्रित तिलों का इस मन्त्र से प्रतिदिन सुसंस्कृत अग्नि में तीन सहस्र हवन करें और भक्ष्य-भोज्य तथा फलादिकों का बटुकेश्वर को नैवेद्य अर्पण कर मध्य रात्रि में प्रतिदिन बलि दे। पश्चात् नियमित रूप से 21 हजार बटुक मन्त्र का जप करें और समाप्ति के दिन रात्रि में बकरे की बलि दे। तदनन्तर बलिदान करने वाला साधक जिससे कराए उसे धनादि देकर सन्तुष्ट करे तो इस विधि से प्रसन्न हुए बटुकेश्वर तेज, बल, यश, पुत्र, कान्ति, लक्ष्मी तथा नीरोगता प्रदान करते हैं।

नश्यन्ति शत्रवः सर्वे वर्धन्ते बन्धुबान्धवाः।
अवग्रहो न जायेत विषये तस्य भूपतेः।।48।।

उस व्यक्ति के समस्त शत्रुओं का नाश हो जाता है, भाई-बन्धु बढ़ते हैं तथा राजा के राज्य में कभी भी अनावृष्टि का भय नहीं होता।

जुहुयात् केवलैर्लोणैरयुतं स्तम्भनेच्छया।
निगडादिविमोक्षाय प्रयोगोऽयमुदाहृतः।।49।।

स्तम्भन प्रयोग के लिए केवल नमक का इस मन्त्र से दस हजार हवन करें। कारागार से मुक्ति के लिए भी इस प्रकार का प्रयोग करना चाहिए।

वचाचूर्णपलं जप्त गव्येनाज्येन लोलितम्।
विभज्य भक्षयेद् बन्ध्या मण्डलात् पुत्रकाङ्क्षिणी।।50।।

विनीतं पुत्रमाप्नोति मेधारोग्यबलान्वितम्।
आदावन्ते प्रयोगस्य बटुकाय बलिं हरेत्।।51।।

गो घृत से मिले हुए एक पल वचा चूर्ण को इस मन्त्र से अभिमन्त्रित करे। पश्चात् प्रतिदिन 7 रत्ती से कुछ कम मात्रा में उस चूर्ण का पुत्र की कामना करती हुई वन्ध्या स्त्री भक्षण करे तो वह 49 दिन (= मण्डलम्) के अन्दर गर्भवती हो जाती है, और बुद्धिमान्, नीरोग, बलवान् तथा विनीत पुत्र को जन्म देती है। इस प्रयोग के आरम्भ में तथा अन्त में बटुकेश्वर के लिए बलिदान अवश्य करें।

द्विविधो बलिराख्यातो राजसः सात्त्विको बुधैः।
राजसो मांसरक्ताढ्यः पलत्रयसमन्वितः।।52।।

बुद्धिमानों ने सात्त्विक तथा राजस भेद से दो प्रकार की बलि कही है। तीन पल अर्थात् भूचर, खेचर और जलचर जन्तुओं के मांस एवं रक्त मिश्रित अन्नादि की बलि राजस बलि है।

मुद्गपायससंयुक्तो मधुरत्रयलोलितः।
सात्त्विको मांसरहितः शेषमन्यत् पुरोक्तवत्।।53।।

मूँग की दाल जो पायस तथा त्रिमधुर मिश्रित हो सात्त्विक बलि है। इसमें मांस का प्रयोग नहीं होता और शेष पहले जैसा बताया गया है वैसे ही बलि प्रदान करें। केवल क्षेत्रपाल के स्थान में बटुक का सन्निवेश करें।

ब्राह्मणो नियतः शुद्धः सात्त्विकं बलिमाहरेत्।
साधयेन्मनुनाऽनेन भस्म सर्वार्थसिद्धिदम्।।54।।

ब्राह्मण बटुक के प्रयोग में नियमतः सात्त्विक बलि दें। इस मन्त्र से सिद्ध किया हुआ भस्म सम्पूर्ण प्रयोजनों की सिद्धि करता है।

उशीरं चन्दनं कुष्ठं घनसारं सकुंकुमम्।
श्वेतार्कमूलं वाराहीं लक्ष्मीं क्षीरमहीरुहाम्।।55।।

त्वचो बिल्वतरोर्मूलं शोषयित्वा सुचूर्णयेत्।
चूर्णं व्योम्नि गुहीतेन गोमयेन विमिश्रितम्।।56।।

कृत्वा पिण्डानि संशोष्य संस्कृते हव्यवाहने।
मूलेन दग्ध्वा तद्भस्म शुद्धपात्रे विनिः क्षिपेत्।।57।।

केतकीमालतीपुष्पैर्वासयेद् भस्मशोधितम्।
अयुतं प्रजपेन्मन्त्रं स्पृष्ट्वा भस्म सुपूजितम्।।58।।

एतदादाय दिनशः प्रातः पुण्ड्रं करोति यः।
तस्य रोगाः प्रणश्यन्ति कृत्याद्रोहमहाग्रहाः।।59।।

रिपुचौरमृगादिभ्यो भयमस्य न जायते।
वर्धन्ते सम्पदः सर्वाः पूज्यते सकलैर्जनैः।।60।।

भस्म की प्रक्रिया- उशीर, चन्दन, कुष्ठ, कपूर, कुंकुम, सफेद मन्दार की जड़, वाराही, लक्ष्मी, (शमी) क्षीरी वृक्षों का त्वक् और बिल्व की जड़- इन्हें सुखा कर चूर्ण कर ले। इसके बाद गाय का गोबर जो पृथ्वी पर न पड़े अर्थात् जो ऊपर ऊपर ग्रहण किया गया हो, उसी में उस चूर्ण को मिला दे। तदनन्तर उसका पिण्ड बना कर धूप में सुखा लें। तदुपरान्त शुद्ध की गई अग्नि में उन्हें डाल कर मूलमन्त्र पढ़ते हुए भस्म कर डाले। पश्चात् उसे शंख पात्र में रखकर केतकी तथा मालती के पुष्पों से सुवासित करे। इस प्रकार के उस भस्म से जो प्रातःकाल प्रतिदिन त्रिपुण्ड करता है उसके रोग तो शान्त होते ही हैं। कृत्याद्रोह, महाग्रह की बाधा एवं शत्रु, चोर तथा व्याघ्रादि जन्तुओं का भय उसे नहीं होता। उस पुरुष की सारी सम्पत्ति की अभिवृद्धि होती है और वह समस्त लोकों में नित्य पूजा जाता है।

राजा वश्यो भवेत्तस्य सामात्यः सपरिच्छदः।
अभिषेकं प्रकुर्वीत राज्ञो विजयाकांक्षिणः।।61।।

अमात्य तथा परिकरों सहित राजा उसके वश में हो जाते हैं। इस मन्त्र से सात पाँच दिन तक विजय की अपेक्षा रखने वाले राजा का इस प्रकार अभिषेक करना चाहिए।

पूर्वोक्तमण्डपे क्लृप्ते वितानध्वजशोभिते।
सर्वतोभ्रदमालिख्य कर्णिकां तस्य पूरयेत्।।62।।

अष्टद्रोणप्रमाणेन शालिभिः शोधितैः शुभैः।
तदर्धांस्तण्डुलांस्तस्मिन् न्यस्य दूर्वाक्षतान्वितान्।।63।।

हेमादिविहितं कुम्भं नवरत्नसमन्वितम्।
संस्थाप्य विमलैस्तोयैरापूर्याऽस्मिन्विनिःक्षिपेत्।।64।।

क्षीरद्रुमप्रबालानि लक्ष्मीं दूर्वां सहां पुनः।
कर्पूरं चन्दनं बिल्वमुशीरं कुंकुमं पुनः।।65।।

कङ्कोलमगुरुं जातिं मल्लिकां चम्पकोत्पलैः।
गोमेदं दाडिमं पश्चात्पट्टयुग्मेन वेष्टयेत्।।66।।

पूर्व में कहीं गई विधि के अनुसार वितान एवं ध्वज से शोभित मण्डम में सर्वतोभद्रमण्डल का निर्माण करे। उसकी कर्णिका को आठ द्रोण प्रमाण के शुद्ध किए हुए चावलों से परिपूर्ण करे। इसके बाद उस पर बने अष्टदल कमल पर उसका आधा चावल रखकर, दूर्वाक्षत से युक्त हेमादि (रजत, ताम्र या मिट्टी) विरचित नवरत्न युक्त कलश स्थापित करे। उसे विशुद्ध जल से परिपूर्ण करे। पुनः उसमें क्षीरीवृक्षों के पत्ते, शमी, दूर्वा, सहदेवी, कर्पूर, चन्दन, विल्व, उशीर, कुंकुम, कंकोल, अगुरु, जाति, मल्लिका, चम्पक, कमल, गोमेन्द, दाडिम आदि डालकर उस कलश को दो वस्त्रों से लपेटकर अच्छी तरह बाँध दे।

तस्मिन्नावाह्य बटुकं राजसं सम्प्रपूजयेत्।
बहिरष्टसु कुम्भेषु भैरवानष्ट पूजयेत्।।67।।

त्रयोदशसु कुम्भेषु त्रयोदश गणान् यजेत्।
बाह्य दशसु कुम्भेषु लोकेशानर्चयेत् सुधीः।।68।।

उसमें राजस ध्यान में कहे गए बटुक की मूर्त्ति का आवाहन कर पूजा करे। उसके बाहर आठों कुम्भों पर आठों भैरवों का पूजन करे। इसके बाद तेरह कुम्भों में तेरह गणों का पूजन करे। उसके बाद के दश कुम्भों पर विद्वान् साधक लोकेश्वरो की पूजा करे।

तद्बहिर्द्व्याष्टकुम्भेषु श्रीकण्ठादीन् सुरेश्वरान्।
पञ्चत्रिंशद्घटेष्वर्चेत् कादिवर्णेश्वरान् क्रमात्।।69।।

इति गन्धादिभिः सम्यक् पञ्चावरणमर्चयेत्।
अयुतं प्रजपेत्स्पृष्ट्वा तान् घटान् देशिकोत्तमः।।70।।

उसके बाद के 16 कुम्भों पर श्रीकण्ठादि 16 स्वर देवताओं का पूजन करे, इसके बाद 35 कलशों पर 35 कादि से लेकर हकार पर्यन्त व्यंजन 35 देवताओं का क्रमशः एक एक कर पूजन करे। इस प्रकार ऊपर कहे गए पंचावरणों की गन्धादि द्वारा पूजा करे। तदनन्तर कुशादि से उन घटों का स्पर्श कर देशिकोत्तम साधक इस मन्त्र का दश हजार जप करें।

पायसैः सर्पिषा शुद्धैस्तिलैर्दशशतं पृथक्।
जुहुयात्तान् घटान् स्पृष्ट्वा प्रत्यहं बलिमाहरेत्।।71।।

राजसोक्तप्रकारेण रात्रौ देशिकसत्तमः।
सुदिने शोभने लग्ने वाचयित्वा द्विजन्मभिः।।72।।

खीर, घृत तथा शुद्ध तिलों से पृथक्-पृथक् कर एक सहस्र के क्रम से हवन करें, इस प्रकार प्रतिदिन तीन सहस्र हवन, उन घड़ों का स्पर्श करते हुए करे और नित्य राजस् विधि के अनुसार विद्वान् साधक रात्रि में बलि देता रहे।

स्वस्तिमङ्गलवाक्यानि विशुद्धैर्वेदपारगैः।
नदत्सु पञ्चवाद्येषु प्रणम्य बटुकेश्वरम्।।73।।

जितेन्द्रियं शुद्धकायं राजानं ब्राह्मणप्रियम्।
आस्तिकं सत्यवचनमभिषिञ्चेत् प्रसन्नधीः।।74।।

इसके उपरान्त शुभ दिन लग्न में वेदपारगामी ब्राह्मणों से स्वस्तिवाचन करवाकर एवं आशीर्वाद प्राप्त कर पाँच प्रकार के वाद्य बजवाते हुए बटुकेश्वर को प्रणाम कर जितेन्द्रिय, बाह्य एवं आभ्यन्तर शौच युक्त, ब्राह्मण्य, आस्तिक और सत्यवादी राजा का प्रसन्नतापूर्वक अभिषेक करें।

अभिषिक्तो नरपतिः प्रणिपत्य गुरुं परम्।
भूयसीं दक्षिणां दद्यात् प्रसीदति तथा गुरुः।।75।।

राजाऽभिषिक्तो भवति साक्षाद् भूमिपुरन्दरः।
परान् विजयते भूपान् स्तूयते सकलैर्जनैः।।76।।

इस प्रकार अभिषेक से युक्त राजा अपने गुरु तथा अन्य श्रेष्ठ जनों को प्रणाम कर गुरु को भूयसी दक्षिणा समर्पित करें, जिससे वे सन्तुष्ट हो जाएँ। इस प्रकार वह अभिषिक्त राजा इस

पृथ्वी पर साक्षात् इन्द्र के तुल्य हो जाता है। वह अन्य सभी राजाओं को युद्ध में परास्त करता है तथा समस्त जन उसकी स्तुति करते हैं।

कृताभिषेकः षण्मासं प्रतिमासं महीपतिः।
चतुरम्भोधिवलयां शास्ति सर्वां वसुन्धराम्।।77।।

उपर्युक्त विधि से अभिषिक्त राजा प्रत्येक मास में छः मास पर्यन्त निरन्तर अपना छः बार अभिषेक करवाए तो वह चतुःसमुद्र पर्यन्त समस्त पृथ्वी का शासन करता है।

गजाश्वादि शान्तिविधिः

गजाश्वशान्तिविधये तेषां शालासु साधकः।
कुण्डं कृत्वा विधानेन होमं कुर्याद्यथाविधि।।78।।

साधक गजशान्ति और अश्वशान्ति की विधि में गजशाला अथवा अश्वशाला में विधि-विधान से कुण्ड निर्माण करवाकर यथाविधि इस मन्त्र से होम करे।

विमर्श– यहाँ यथाविधि का तात्पर्य है-- त्रिकोण कुण्ड में सुसंस्कृत अग्नि में श्री बटुकेश्वर का आवाहन एवं पूजन पूर्वक होम करना चाहिए।।

पायसाज्यतिलैर्विद्वानयुतत्रितयावधि ।
ब्राह्मणान् भोजयेन्नित्यं भक्ष्यभोज्यफलादिभिः।।79।।

उक्त होम खीर, घृत तथा तिलों के द्वारा तीस हजार की संख्या में होना चाहिए और नित्य भक्ष्य, भोज्य तथा फलादि द्वारा ब्राह्मणों को भोजन कराना चाहिए।।

प्राक्प्रोक्तविधिना कुम्भान् स्थापयित्वाऽत्र देशि कः।
अभ्यर्च्य गन्धपुष्पाद्यैस्तज्जलैः प्रोक्षयेद्गजान्।। 80

अश्वशालामनेनैव वर्धन्ते ते दिने दिने।
युद्धेषु महती शक्तिर्जायते पूर्वतोऽधिका।।81।।

सर्वरोगा प्रणश्यन्ति कृत्याद्रोहाः परैः कृताः।
अस्मात्परतरा रक्षा नास्ति तेषां महीतले।।82।।

ऐसा अनुष्ठान कराने वाले राजा के भी समस्त रोग शान्त हो जाते हैं। उस पर दूसरों के द्वारा किया गया मारणादि अभिचार शान्त हो जाता है। बहुत क्या? इससे बढ़कर रक्षा के लिए अन्य कोई विकल्प नहीं है।

राजसबलिदानविधिः

अभिषिच्व महीपालं परेषां विजयोद्यतम्।
उक्तेन विधिना मन्त्री यामिन्यां बलिमाहरेत्।।183।।

शत्रुओं पर विजय के लिए उद्यत राजा को इसी प्रकार अभिषिक्त कर आचार्य रात्रि में बटुकेश्वर के निमित्त इसी प्रकार बलिदान करें।

अन्यूनाङ्गमजं हत्वा राजसं प्रागुदाहृतम्।
बलिप्रदानसमये रिपूणां सर्वसैन्यकम्।।184।।

निवेदयेद् बलित्वेन बटकाय विशिष्टधीः।
विदर्भयेच्छत्रुनाम्ना बलिमन्त्रं तथा सुधीः।।85।।

जैसाकि पहले कहा जा चुका है राजा को राजस बलि देनी चाहिए। अतः न्यूनांग तथा अधिकांग बकरे की बलि न देकर सुलक्षण सर्वांगावयव संयुक्त बकरे की बलि दे। उसी के साथ-साथ शत्रु के समस्त सैन्यों की भी बलि बटुकेश्वर देव को समर्पित करे तथा शत्रु के नाम के साथ बलि मन्त्र को विदर्भित करें।

विमर्श- दो-दो मन्त्राक्षरों के बीच शत्रुनाम के एक एक अक्षर को लिखे- इसे विदर्भ कहते हैं।

अब बलिदान की विधि संकल्प में- 'शत्रुपक्षस्य रुधिरं पिशितं च दिने दिने भक्षय स्वगणैः सार्द्धं सारमेयसमन्वितः।'

बलिदानमन्त्रः - **शत्रुपक्षस्य रुधिरं पिशितं च दिने दिने।**
भक्षय स्वगणैः सार्द्धं सारमेयसमन्वितः।।86।।

बलिमन्त्रोऽयमाख्यातः सर्वेषां विजयप्रदः।
अनेन बलिना हृष्टो बटुकः परसैन्यकम्।।87।।

सर्वं गणेभ्यो विभजेदामिषं क्रुद्धमानसः।
एवं कृते परबलं क्षीयते नाऽत्र संशयः।
विजयश्रियमेतेन राजा प्राप्नोत्ययत्नतः।।88।।

यह बलिदान का मन्त्र है। इससे सब पर विजय प्राप्त होती है। इस प्रकार की बलिदान की विधि से बटुकेश्वर प्रसन्न होकर शत्रु सेना पर क्रोधित होकर अपने गणों के भोजन के रूप में उन्हें विभक्त कर देते हैं। शत्रु सेना निरन्तर क्षीण हो जाती है, इसमें संशय नहीं। ऐसा करने वाला राजा बिना यत्न के विजयश्री प्राप्त करता है।

आपदुद्धरणं यन्त्रम् -

श्रीमायास्मरकूटमत्र विलिखेन्मध्ये दलेष्वष्टसु
द्विः प्रोक्तं बटुकायशब्दमपरान् मन्त्रस्य वर्णान् बहिः।
अष्टद्वन्द्वदलेषु तद्बहिरतस्तत्संख्यपत्रेष्वथ
द्वात्रिंशद्दलकादिसान्तसहितं यन्त्रं लिखेद् भूपुरे।।89।।

बटुकेश्वर यन्त्र के प्रकार- सर्वप्रथम अष्टदल कमल निर्माण करें। पुनः उसके ऊपर षोडश दल कमल निर्माण करें। पुनः उसके भी ऊपर षोडश दल का तीसरा वृत्त निर्माण करे। पुनः उसके ऊपर 32 दलों का एक वृत्त और बनाए। उसके उपरान्त चतुरस्र कोण युक्त भूपुर निर्माण करे। अन्दर के अष्टदल की कर्णिका के मध्य में श्री बीज (श्रीं) मायाबीज (ह्रीं) स्मर बीज (क्लीं) कूट (श्रीं) लिखे। इसके उपरान्त अष्टदल कमल पर 'बटुकाय' इस शब्द के एक एक अक्षर को क्रमशः दो बार लिखे। फिर प्रथम षोडश दल पर आपद् से लेकर मायान्त मन्त्रवर्णों के 16 अक्षरों को लिखे। पुनः इसके ऊपर वाले षोडश दल में षोडश स्वरों को लिखे। पुनः इसके ऊपर निर्मित 32 दल वाले कमल पर 'क' से आरम्भ कर 'स' पर्यन्त 32 व्यंजन अक्षरों के एक-एक अक्षर लिखें। तदुपरान्त उसे चारों ओर चतुरस्र भूपुर से घेर दे।

आपदुद्धरणं यन्त्रमपमृत्युभयापहम्।
सर्वसम्पत्प्रदं नित्यं सर्वसौभाग्यदायकम्।।90।।

यह आपदुद्धारक नामक यन्त्र अपमृत्यु के भय को दूर करता है, सभी प्रकार की सम्पत्तियों को प्रदान करता है तथा समस्त प्रकार का सौभाग्य प्रदान करता है।

रक्षाकारं ग्रहार्त्तानां राज्ञां विजयवर्धनम्।
आपदुद्धरणादस्मादापदुद्धरणक्षमः ।।91।।

यह यन्त्र ग्रह-ग्रहीतों की रक्षा करता है एवं राजाओं को विजयश्री प्रदान करता है। तन्त्रशास्त्र के ग्रन्थों में आपत्तियों से उद्धार करने मे समर्थ इस आपदुद्धरण यन्त्र से बढ़कर अन्य कोई यन्त्र नहीं है- तन्त्रशास्त्र के मर्मज्ञों का ऐसा कहना है।

चण्डेश्वर मन्त्र

मन्त्रः- **ऊर्ध्व फट्**

जप संख्याः- ग्यारह हजार

हवन संख्याः- ग्यारह सौ

परिहार क्षेत्रः- पुत्र एवं श्री प्राप्ति हेतु

चण्डेश्वरमन्त्रोद्धारः- तन्त्रेषु नास्ति मन्त्रोऽन्य इत्याहुर्मन्त्रवेदिनः।
अर्धीशो वह्निशिखरो लान्तस्थो दान्त ईरितः।।1।।

फडन्तश्चण्डमन्त्रोऽयं त्रिवर्णात्मा समीरितः।
अस्य त्रिको मुनिः प्रोक्तश्छन्दोऽनुष्टुबुदाहृतम्।।2।।

चण्डमन्त्र का उद्धार- अर्धीश (ऊः), वह्नि शिखा (रेफ है ऊपर में जिसके) लान्त (व), उसमें मिला हुआ दान्त (ध), इसके उपरान्त 'फट्'-यह चण्ड मन्त्र का उद्धार बताया गया है।

इस प्रकार 'ऊर्ध्व फट्' यह तीन वर्ण का चण्ड मन्त्र है। इसके त्रिक् ऋषि हैं, अनुष्टुप् छन्द है और चण्डीश्वर देवता हैं।

चण्डेशो देवता प्रोक्ता कुर्यादङ्गविधिं पुनः।
हृदयं दीप्तं फट् प्रोक्तं ज्वल फट् शिर ईरितम्।।3।।

इस मन्त्र का अंगन्यास इस प्रकार करना चाहिए- 'दीप्त फट्' से हृदय का 'ज्वल फट्' से सिर का न्यास करना चाहिए।

शिखा ज्वालामालिनी फट् ज्ञेया फट् कवचं मतम्।
हन फट् नेत्रमाख्यातं सर्वज्वालिनि फट् परम्।
विन्यस्यैवं षडङ्गानि ततो देवं विचिन्तयेत्।।4।।

'ज्वालामालिनी फट्' से शिखा, 'फट्' से कवच का 'हन फट' से नेत्र का, तदनन्तर 'सर्वज्वालिनी फट्' से अस्त्रन्यास करना चाहिए। इस प्रकार षडंगन्यास के अनन्तर चण्डेश्वर देव का ध्यान इस प्रकार करे।

चण्डेश्वरध्यानम्- चण्डेश्वरं रक्ततनुं त्रिनेत्रं
रक्तांशुकाढ्यं हृदि भावयामि।।5।।

रक्तवर्ण के शरीर वाले तीन नेत्रों से युक्त रक्तवर्ण का वस्त्र धारण किए हुए चण्डेश्वर का मैं अपने हृदय में ध्यान करता हूँ, जो अपने हाथ में फरसा, त्रिशूल, अक्षमाला और कमण्डलु धारण किए हुए हैं, एवं जिनके मस्तक में चन्द्रकला विराजमान है।

टङ्कं त्रिशूलं स्फटिकाक्षमालां
कमण्डुलं बिभ्रतमिन्दुचूडम्।
वर्णलक्षं जपेन्मन्त्रं होमं कुर्याद्दशांशतः।
मधुरत्रयसंयुक्तैर्विशुद्धैस्तिलतण्डुलैः ।।6।।

वर्णलक्ष (तीन लाख) इस मन्त्र का जप करें, पुनः उसका दशांश पय, मधु एवं घृत इन तीन मधुर पदार्थों से मिश्रित शुद्ध किए गए तिल युक्त तण्डुलों से हवन करें।

<u>पुरश्चरणमाह-</u> **पञ्चाक्षरोदिते पीठे चण्डेशं साधु पूजयेत्।**
मूर्तौ बीजेन क्लृप्तायां तत् कूर्मो बिन्दुसंयुतः।।7।।

चण्डेश्वराय हृद् बीजपूर्वः पूजामनुर्मतः।
अङ्गैर्मातृभिराशेषैर्वज्राद्यैरायुधैर्यजेत् ।।8।।

पंचाक्षर में कहे गए पीठ पर चण्डेश्वर की अच्छी तरह पूजा करें। बीज मन्त्र से मूर्त्ति का संकल्प कर 'च चण्डेश्वराय नमः' से पहले बीज (ऊर्ध्व फट्) लगा कर पूजा करें। इस प्रकार 'ऊर्ध्व फट् चं चण्डेश्वराय नमः' यह उनकी पूजा का मन्त्र है। उसके उपरान्त अंगों की, फिर मातृकाओं की, तदनन्तर लोकपालों की और फिर उनके वज्रादि आयुधों की पूजा करें।

चतुरावरणं प्रोक्तं चण्डेशस्य समर्चने।
इति सिद्धे मनौ मन्त्री धनवान् जायतेऽचिरात्।।9।।

चण्डेश्वर के अर्चन में चार आवरणों द्वारा पूजा का विधान है। इस प्रकार साधक जब चण्ड मन्त्र सिद्ध कर लेता है तो वह शीघ्र ही धनवान हो जाता है।

तर्पयेन्मनुनाऽनेन नित्यमष्टोत्तरं शतम्।
श्रियमाप्नोति महतीं पुत्रमित्रसमन्वितः।।10।।

जो साधक इस मन्त्र से नित्य 108 बार तर्पण करता है वह पुत्र एवं मित्र से समन्वित हो महती श्री प्राप्त करता है।

प्रियंगुकुसुमैः फुल्लैस्तत्काष्ठज्वलितेऽनले।
जुहुयादयुतं मन्त्री पुरः क्षोभो प्रजायते।।11।।

फूले हुए प्रियंगु के पुष्पों से एवं प्रियंगु काष्ठ से जलती हुई अग्नि में मन्त्रज्ञ साधक दस हजार आहुति प्रदान करे तो सारा नगर क्षुब्ध हो जाता है।

साध्यवृक्षत्वचो लोणं पिष्ट्वा पिष्टसमन्वितम्।
पुत्तलीं रुचिरां कृत्वा प्रतिष्ठाप्य समीरणम्।।12।।

साध्य नक्षत्र के वृक्ष की छाल और नमक पीस कर चावल की पिट्ठी में मिला दें। तदनन्तर उसकी अत्यन्त सुन्दर पुतली बनावे और उसमें शत्रु की प्राणप्रतिष्ठा करवाए।

छित्त्वा छित्त्वा प्रजुहुयादष्टोत्तरशतं निशि।
सप्ताहमेवं कुर्वीत साध्यो दासो भवेत् स्वयम्।।13।।

रात्रिकाल में 22 पटल में कही गई विधि के अनुसार उस पुतली के अंग को काट-काट कर 108 बार हवन करें। यह क्रिया सात दिन तक निरन्तर करे तो साध्य स्वयं दास हो जाता है।

शैवमन्त्रेषु निष्णातश्चण्डेश्वरमनुं भजेत्।
सर्वान् कामानवाप्नोति परत्रेह च नन्दति।।14।।

शिवमन्त्र से दीक्षित पुरुष चण्डेश्वर मन्त्र का जप करे। इसका तात्पर्य यह है कि जितनी संख्या में चण्डेश्वर मन्त्र का जप करे उतनी ही संख्या में शैव षडूक्षर का भी जप करे तो साधक अपनी समस्त कामनाएँ पूर्ण कर लेता है और इस लोक तथा परलोक में सुखी रहता है।

<u>शिवः स्तुतिः-</u> **धरापोऽग्निमरुद् व्योममखेशेन्द्वर्कमूर्त्तये।**
सर्वभूतान्तरस्थाय शङ्कराय नमों नमः।।15।।

शैव मन्त्रों के प्रतिपादनोपरान्त श्री शिव की स्तुति प्रारम्भ-

1. पृथ्वी, 2. जल, 3. अग्नि, 4. वायु, 5. आकाश, 6. यजमान, 7. सूर्य, और 8. चन्द्ररूप से अष्टमूर्त्ति रूप धारण कर समस्त प्राणियों के अन्तःस्थित भगवान् शंकर को हम बारम्बार प्रणाम करते हैं।

श्रुत्यन्तकृतवासाय श्रुतये श्रुतिजन्मने।
अतीन्द्रियाय महसे शाश्वताय नमो नमः।।16।।

श्रुतियों के सिद्धान्तभूत उपनिषत् में निवास करने वाले, श्रुति का स्वरूप धारण करने वाले तथा श्रुतियों के जन्मदाता, इन्द्रियों से अगोचर, अनिर्वचनीय तेजःस्वरूप सदाशिव को हमारा अनेकों बार प्रणाम।

स्थूलसूक्ष्मविभागाभ्यामनिर्देश्याय शम्भवे।
भवाय भवसम्भूतदुःखहन्त्रे नमोऽस्तु ते।
भवाय भवनात्मने भवो जन्म तद्दुःखहन्त्रे।।17।।

स्थूल एवं सूक्ष्म दोनों प्रकार के विभागों से अनिर्देश्य भव नाम वाले, किन्तु भवसम्भूत क्लेश के विनाशकर्त्ता शम्भु को हमारा प्रणाम है।

तर्कमार्गातिदूराय तपसां फलदायिने।
चतुर्वर्गवदान्याय सर्वज्ञाय नमो नमः।।18।।

तर्क मार्ग से सर्वथा अगम्य, तपस्या का फल प्रदान करने वाले तथा धर्म, अर्थ, काम एवं मोक्ष रूप चारों पुरुषार्थों के फल देने वाले सर्वज्ञ सदा शिव को हमारा नमस्कार है।

आदिमध्यान्तशून्याय निरस्ताशेष भीतये।
योगिध्येयाय महते निर्गुणाय नमो नमः।।19।।

विश्वात्मनेऽविचिन्त्याय विलसच्चन्द्रमौलिने।
कन्दर्पदर्पकालाय कालहन्त्रे नमो नमः।।20।।

आदि, मध्य एवं अन्त से रहित, समस्त भीतियों को विनष्ट करने वाले योगिराजों के एक मात्र ध्येय, महान् एवं निर्गुण रूप सदाशिव को अनेकोनेक प्रणाम।

समस्त विश्व के आत्मास्वरूप, इयत्ता से रहित, चन्द्रकला को मस्तक पर धारण करने वाले, कन्दर्प के दर्प के लिए कालस्वरूप एवं अन्तकान्तक सदाशिव को बहु प्रणाम है।

श्रीकण्ठादि कलामातृका मंत्र

कोई भी रुद्र प्रयोग हो, मृत्युंजय प्रयोग या शिव के किसी अन्य स्वरूप का यन्त्र का प्रयोग पुरश्चरणादि, हो तो श्रीकण्ठादि कलामातृका न्यास करने से शीघ्र विशेष सिद्धि प्राप्त होती है।

विनियोगः- अस्य श्रीकण्ठादिकलान्यासस्य दक्षिणामूर्ति ऋषिः, गायत्री छन्दः, अर्द्धनारीश्वरो देवता, हलो बीजानि, स्वराः शक्तयः, चतुर्विध पुरुषार्थ सिद्ध्यर्थे न्यासे विनियोगः।

ऋष्यादिन्यासः- ॐ दक्षिणामूर्तये नमः शिरसि। ॐ गायत्री छन्दसे नमः मुखे। ॐ अर्द्धनारीश्वर देवतायै नमः हृदये। ॐ हल बीजाय नमः गुह्ये। स्वरशक्तयो नमः पादयोः। ॐ विनियोगाय नमः सर्वाङ्गे।

हृदयादिन्यासः- ॐ ह्सां, ॐ ह्सीं, ॐ ह्सूं, ॐ ह् सैं, ॐ ह्सौं, ॐ ह्सः से करन्यास, हृदयादि न्यास करें।

ध्यानः- **पाशाङ्कुश वराक्षस्रकपाणि शीतांशु शेखरम्।**
त्र्यक्षं रक्तसुवर्णाभमर्द्धनारीश्वरं भजे।।1।।

बन्धूक काञ्चननिभं रुचिराक्षमालां,
पाशाङ्कुशौ च वरदं निजबाहुदण्डैः।
बिभ्राणमिन्दुशकलाभरणं त्रिनेत्र-
मर्धाम्बिकेशमनिशं वपुराश्रयामः।।2।।

न्यासः- सभी नाम मंत्रों के पहले **ॐ ह्सौं** और बाद में **नमः** का उच्चारण करते हुए न्यास करे। यथा-

ॐ ह्सौं अं श्रीकण्ठेश पूर्णोदरीभ्यां नमः मस्तके। ॐ ह्सौं आं अनंतेश विरजाभ्यां नमः मुखवृत्ते। ॐ ह्सौं इं सूक्ष्मेश शाल्मलीभ्यां नमः दक्षिण नेत्रे। ईं त्रिमूर्ति लोलाक्षीभ्यां वामनेत्रे। उं अमरेश वर्तुलाक्षीभ्यां दक्षिणकर्णे। ॐ अर्धीश दीर्घघोणाभ्यां वामकर्णे। ऋं भारभूतेश दीर्घमुखीभ्यां दक्षनासापुटे। ॠं तिथीश गोमुखीभ्यां वामनासापुटे। लृं स्थाण्वीश दीर्घजिह्वाभ्यां दक्षगण्डे। लॄं हरेश कुण्डोदरीभ्यां वामगण्डे। एं झिण्टीशोर्ध्वकेशीभ्यां उर्ध्वोष्ठे। ऐं भौतिकेश विकृतमुखीभ्यां अधरोष्ठे। ॐ सद्योजातेश ज्वालामुखीभ्यां उर्ध्वदन्त पंक्तौ औं अनुग्राहेशोल्कामुखीभ्यां अधोदन्तपङ्क्तौ। अं अक्रूरेश श्रीमुखीभ्यां कण्ठे शिरसि। अः महासेनेश विद्यामुखीभ्यां मुखमध्ये।

कं क्रोधीश महाकालीभ्यां दक्षस्कंधे। खं चण्डेश सरस्वतीभ्यां दक्षकपूरे। गं पञ्चान्तकेश सर्वसिद्धि गौरीभ्यां दक्षमणिबन्धे। घं शिवोत्तमेश त्रैलोक्य विद्याभ्यां दक्षकराङ्गुलिमूले। ङं एकरुद्रेश मंत्रशक्तिभ्यां दक्षकराङ्गुल्यग्रे। चं कूर्मेशात्मशक्तिभ्यां वामस्कंधे। छं एकनेत्रेश मूलमातृकाभ्यां वामकपूरे। जं चतुराननेश लम्बोदरीभ्यां वाममणिबंधे। झं अजेश द्राविणीभ्यां वामकराङ्गुलिमूले। ञं सर्वेश नागरीभ्यां वामकराङ्गुल्यग्रे।

टं सोमेश खेचरीभ्यां दक्षोरुमूले। ठं लाङ्गलीश मञ्जरीभ्यां दक्षजानुनि। डं दारुकेश रूपिणीभ्यां दक्षगुल्फे। ढं अर्धनारीश वारिणीभ्यां दक्षपादाङ्गुलिमूले। णं उमाकान्तेश काकोदरीभ्यां दक्षपादाङ्गुल्यग्रे। तं आषाढीष पूतनाभ्यां वामोरुमूले। थं दण्डीश भद्रकालीभ्यां वामजानुनि। दं अत्रीश योगिनीभ्यां वामगुल्फे। धं मीनेश शंखिनीभ्यां वामपादाङ्गुलिमूले। नं मेषेश तर्जनीभ्यां वामपादाङ्गुल्युग्रे।

पं लोहिते श कालरात्रिभ्यां दक्षपार्श्वे। फं शिखीश कुब्जिनीभ्यां वामपर्श्वे। बं छगलाण्डेश कपर्दिनीभ्यां पृष्ठे। भं द्विरण्डेश वज्राभ्यां नाभौ। मं महाकालेश जयाभ्यां जठरे। यं त्वगान्मभ्यां वालीश सुमुखेश्वरीभ्यां हृदये। रं असृगात्मभ्यां भुजगेश रेवतीभ्यां दक्षांसे। लं मासात्मभ्यां पिनाकीश माधवीभ्यां ककुंदि। मेदात्मभ्यां खड्गीश वारुणीभ्यां हृदयादि वामांसे। शं अस्थ्यात्मभ्यां केशवायवीभ्यां हृदयादि दक्षकरान्तं। षं मज्जात्मभ्यां श्वेतेश रक्षोविदारिणीभ्यां हृदयादि वामकरान्तं। सं शुक्रात्मभ्यां भृग्वीश सहजाभ्यां हृदयादि दक्षपादाग्रान्तं। हं प्राणात्मभ्यां लकुलीश लक्ष्मीभ्यां हृदयादि वामपादाग्रान्तं। लं शक्त्यात्मभ्यां शिवेश व्यापिनीभ्यां हृदयादि नाभ्यन्तम्। क्षं परमात्मभ्यां संवर्तकेश मायाभ्यां हृदयादि शिरोन्तम्।

इस प्रकार न्यास करके भगवान शिव का ध्यान करें। न्यास में शिव के स्वरूपों व उनकी शक्तियों का आवाहन है।

अत्र रुद्राः स्मृता रक्ताघृताशूल कपालकाः।
शक्तयो रुद्रपीठस्थः सिन्दूरारुण विग्रहाः।।
रक्तोत्पल कपालाभ्यामलङ्कृत कराम्बुजाः।
न्यस्तास्तिष्ठन्तु सर्वेऽपि शक्ति सौख्य विवर्धनाः।।

इति शिव कलामातृकान्यासः

धर्मराज मंत्र

(सर्व-व्याधि-विनाशक धर्मराज मंत्र विधान)

संकल्प- मम सकलापदां विनाशनाय सर्वरोगाणां प्रशमनार्थे श्रीधर्मराज मन्त्र जपमहं करिष्ये।

करन्यास- हृदयादि न्यास की तरह करें। ॐ क्रों ह्रीं हृदयाय नमः। ॐ आं वैं शिरसे स्वाहा। ॐ वैवस्वताय शिखायै वषट्। ॐ धर्मराजाय कवचाय हुं। ॐ भक्तानुग्रहकृते नेत्रत्रयाय वौषट्। ॐ नमः अस्त्राय फट्।

मन्त्र - ॐ क्रों ह्रीं आं वैं वैतवस्ताय धर्मराजाय भक्तानुग्रहकृते नमः।

ध्यान - पाथः संयुतमेघसन्निभतनुः प्रद्योतनस्यात्मजो
नृणां पुण्यकृतां शुभावहवपुः पापीयसां दुःखकृत्।
श्रीमद्दक्षिणदिक्पति र्महिषगो भूषाभरालङ्कृतो
ध्येयः संयमनीपतिः पितृगण स्वामी यमो दण्डभृत्।।

विद्यार्णव तंत्र एवं त्रिपुरसुन्दरी के भिन्नपाद रुद्रमंत्रों को यहाँ उद्धृत किया गया है। ये दुर्लभ मंत्र प्रयोग जिज्ञासु पाठकों के हितार्थ दिये गए हैं। ध्यान रहे कि ये तांत्रिक साधनाएँ हैं जिनका प्रयोग अत्यन्त शुद्धता और सतर्कता के साथ करना आपेक्षित है। किसी प्रकार की त्रुटि के कारण साधक के कष्ट में वृद्धि संभव है। ये मंत्र प्रयोग वैदिक मंत्रों से पूर्णतः भिन्न हैं परन्तु इनका प्रभाव अत्यन्त शीघ्र होता है। मंत्र, यंत्र, तंत्र का उद्गम तंत्र शास्त्रीय ही है परन्तु तंत्रोक्त रुद्रमंत्र वैदिक मंत्रों की अपेक्षा शीघ्र फल प्रदान करने वाले स्वीकारे गए हैं। उपरोक्त सभी मंत्रों के 11,000 मंत्र जप विधि-विधान सहित सम्पन्न करने से साधक के अभीष्ट की संसिद्धि होती है विशेष रूप से शरीर के सभी अंगों की निरोगता हेतु यह मंत्र चमत्कृत करने वाले सिद्ध हुए हैं। इन मंत्रों का जप करने से अकाल मृत्यु नहीं होती तथा साधक प्रसन्नतापूर्वक स्वस्थ जीवन व्यतीत करता है। मंत्र जप की संख्या 11 हजार के स्थान पर सवालाख करना उस स्थिति में करना अपरिहार्य है जब असाध्य रोग से मुक्ति प्राप्त करने हेतु अनेक एक-दूसरे के विपरीत ऊर्जा प्रदान करने वाली साधनाएँ की गयी हैं तथा व्याधिग्रस्त व्यक्ति स्वस्थ होने के स्थान पर दिन-प्रतिदिन अधिक व्याधि और कष्ट का ग्रास बनता जा रहा हो। यदि व्यक्ति पर मारण प्रयोग किया गया हो, तो भी सवा लाख मंत्र जप सम्पन्न किया जाना चाहिए। मंत्र जप का दशांश हवन, तर्पण, मार्जन, ब्राह्मण भोजन की प्रक्रिया सभी मंत्र जप सम्पन्न करने के उपरान्त अनिवार्य है। इन रुद्र एवं मृत्युंजय आदि मंत्रों का दशांश अमृतेश्वरी मंत्र जप भी अवश्य करना चाहिए तभी पूर्ण फल शीघ्र प्राप्त होता है।

अमृतेश्वरी मंत्र

पुरुष देवता के साथ उसकी शक्ति देवता का पूजन करने से पूर्णाङ्ग होता है। स्त्री देवता के साथ पुरुष देवता का पूजन-अर्जन भी आवश्यक है।

यदि पुरुष देवता के एक लक्ष जप किये जाये तो उसके दशांश जप (दस हजार) उसकी स्त्री देवता के करने आवश्यक है। अतः मृत्युंजय प्रयोग के साथ अमृतेश्वरी देवी का पूजन अर्चन व जप किया जाय तभी पूर्णाङ्ग होगा।

श्रीभुवनेश्वरी महास्तोत्र में श्रीपृथ्वीधराचार्य ने मन्त्रोद्धार इस प्रकार किया है।

श्रीमृत्युञ्जयनामधेय भगवच्चैतन्य चन्द्रात्मिके
ह्रींङ्कारि प्रथमा तमांसि दलय त्वं हंससञ्जीविनि।

जीवं प्राणविजृम्भमाण हृदयग्रंथिस्थितं मे कुरु
त्वां सेवे निजबोधलाभरभसा स्वाहा भजामीश्वरीम् ।।

मंत्र- ॐ श्रीं ह्रीं मृत्युञ्जये भगवति चैतन्य चन्द्रे हंससञ्जीवनी स्वाहा।

ध्यान - जाग्रद बोधसुधामयूखनिचयैराप्लाव्य सर्वादिशो,
यस्याः कापि कला कलङ्करहिता षट्चक्रमाक्रामति।
दैन्यध्वान्तविदारणैकचतुरा वाचं परां तन्वती,
या नित्या भुवनेश्वरी विहरतां हंसीव मन्मानसे।।

यही पृथ्वीधराचार्य ने यन्त्रोद्धार दिया है-

व्योमेन्दो रसनार्णकर्णिकमचां द्वन्द्वै स्फुरत्केसरं,
पत्रान्तर्गत पञ्चवर्ग यशलार्णादि त्रिवर्ग क्रमात्।
आशास्वस्त्रिषु लान्तलाङ्गलियुजा क्षोणीपुरेणावृतं,
वर्णाब्जं शिरसि स्थितं विषगद प्रध्वंसि मृत्युञ्जयेत्।।

दशाक्षररुद्र मन्त्र

इस दशाक्षररुद्र मंत्र की एकाग्र आराधना समस्त सुखों को प्रदान करने वाली तथा व्याधियों से मुक्त करने वाली होती है। इस मंत्र का जप यदि कोई निरन्तर करे तो वह सदा स्वस्थ जीवन व्यतीत करता है। सभी प्रकार की व्याधियों से मुक्त करने वाला यह दशाक्षररुद्र मंत्र परमोपयोगी पुष्टिवर्धक तथा जीवनप्रदायक होता है।

रुद्रयाग व विशिष्ट साधना में विविध ऋचाओं से न्यास किये जाते हैं। इसलिए इनका अनुष्ठान विधिवत अग्रांकित है।

मन्त्र - ॐ नमो भगवते रुद्राय।

विनियोग - ॐ अस्य श्री रुद्रमन्त्रस्य बोधायन ऋषिः, पंक्ति छन्दः, रुद्रो देवता ममाभिष्ट सिद्ध्यर्थे जपे विनियोगः।

ऋषिन्यास - ॐ बोधायनर्षये नमः शिरसि, पंक्ति छन्दसे नमः मुखे, रुद्र देवतायै नमः हृदि, विनियोगाय नमः सर्वाङ्गे।

न्यासः - ॐ या ते रुद्र शिवा तनूरघोरापापकाशिनी। तयानस्तन्वा शंतमया गिरिशंताभिचाकशीहि।। इति शिखायां।।1।। ॐ अस्मिन्महत्यर्णवेंऽतरिक्षे भवा अधि। तेषा ७ँ सहस्रयोजने०। इति शिरसि।।2।। सहस्राणि सहस्रशोबाह्वोस्तव हेतयः। तासामीशानो भगवः पराचीना मुखाकृधि।। इति ललाटे।।3।। ॐ ह ७ँ सः शुचिषद्वसुरंतरिक्षसद्धोता

वेदिषदतिथि-र्दुरोणसत्। नृषद्वरसदृतसद्व्योम सदब्जा गोजा ऋतजा अद्रिजा ऋतं बृहत्।। इतिभ्रुवोर्मध्ये।।4।। ॐ त्र्यंबकं यजामहे....।। नेत्रयोः।।5।। नमः स्रुत्याय च पथ्याय च नमः काट्याय च नीप्याय च नमः कुल्याय च नमो नादेयाय च वैशंताय च।। कर्णयोः।।6।। मानस्तोके तनये मानऽआयुषिमानो गोषुमानो अश्वेषुरीरिषः। मानोवीरान् रुद्रभामिनो वधीर्हविष्मंतः सदमित्वा हवामहे।। नासिकयोः।।7।। ॐ अवतत्य धनुष्ट्व ं सहस्राक्षशतेषुधे। निशीर्यशल्यानांमुखोशिवो नः सुमनाभव।। इतिमुखे।।8।। नीलग्रीवाः शितिकण्ठाः शर्वा अधः क्षमाचराः। तेषा ं सहस्र योजने०।। इतिकण्ठे।।9।। ॐ नीलग्रीवाः शितिकण्ठा दिव ं रुद्रा उपश्रिता तेषांं सहस्र।। इत्युपकण्ठे।।10।। नमस्ते आयुधायानातताय धृष्णवे। उभाभ्यामुतते नमो बाहुभ्यां तवधन्वने।। इतिस्कंधे।।11।। यातेहेतिर्मीढुष्टम हस्ते बभूवते धनुः। तया ऽस्मान्विश्वतस्त्वमयक्ष्मया परिभुज।। इति बाह्रो।।12।। ये तीर्थानि प्रचंरति सृकाहस्तानिषंगिणः। तेषा ं सहस्र.।। इति हस्तयो.।।13।।

सद्योजातं प्रपद्यामि सद्योजाताय वै नमो नमः। भवे भवेनातिभवे भवस्व मां भवोद्भवाय नमः।। इत्यंगुष्ठयोः।।14।। वामदेवाय नमो ज्येष्ठाय नमः श्रेष्ठाय नमो रुद्राय नमः कालाय नमः कलविकरणाय नमो बलविकरणाय नमः बलायनमो बलप्रमथनाय नमः सर्वभूतदमनाय नमो मनोन्मनाय नमः।। इति तर्जन्योः।।15।। अघोरेभ्योऽथ घोरेभ्यो घोरघोरतरेभ्यः। सर्वेभ्यः सर्व शर्वेभ्यो नमस्ते अस्तु रुद्ररूपेभ्यः।। मध्यमायोः।।16।। तत्पुरुषाय विद्महे महादेवाय धीमहि। तन्नो रुद्रः प्रचोदयात्।। इत्यनामिकयोः।।17।। ईशान सर्वविद्यानामीश्वरः सर्वभूतानां ब्रह्माधिपति र्ब्रह्मणो ऽधिपतिर्ब्रह्मा। शिवो मे अस्तु सदाशिवोम्।। इति कनिष्ठिकयोः।।18।।

नमो व किरिकेभ्यो देवानां ं हृदयेभ्यो नमो विचिन्वत्केभ्यो नमो विक्षिणत्केभ्यो नमः आनिर्हतेभ्यः।। इति हृदये।।19।। नमो गणेभ्यो गणपतिभ्यश्च वो नमो नमो व्रातेभ्यो व्रातपतिभ्यश्च वो नमो नमो गृत्सेभ्यो गृत्सपतिभ्यश्च वो नमो नमो विरूपेभ्यो विश्वरूपेभ्यश्च वो नमः।। इति पृष्ठे।।20।। नमो व हिरण्य बाहवे सेनान्ये दिशां च पतये नमो नमो वृक्षेभ्यो हरिकेशेभ्यः पशूनाम्पतये नमो नमः। सस्पिञ्जरायत्विषीमते पथीनाम्पतये नमो नमो हरिकेशायोपवीतिने पुष्टानाम्पतये नमो नमो बभ्लुशाय।। इति पार्श्वद्वये।।21।। विज्ज्यंधनुः कपर्द्दिनो विशल्यो बाणवाँ 2 उत। अनेशन्नस्य या इषव आभुरस्य निषङ्गधिः।। इति जठरे।।22।। हिरण्यगर्भः समवर्तताग्रेभूतजातस्यजातः पतिरेकआसीत्। सदाधार पृथिवीन्द्यामुतेमां कस्मै देवाय हविषा विधेम।। इतिनाभौ।।23।। मीढुष्टम शिवतम शिवो नः सुमना भव। परमेवृक्ष आयुधन्निधायकृत्तिं वसानआचर पिनाकम्बिभ्रदागहि।। इति कट्याम्।।24।। ये भूतानामधिपतयो विशिखासः कपर्द्दिनः। तेषा ं सहस्र.।। इति गुह्ये।।25।। ॐ जातवेदसे सुनवाम सोममरातीयतो निदहाति वेदः। सनः पर्षदति दुर्गाणि विश्वानावेव ऽसिन्धुं दुरितात्यग्निः।। इति गुदे।।26।। मानो महान्त मुतमानो अर्भकंमान उक्षन्तमुतमान उक्षितम्। मानो ऽवधीः पितरंमोतमातरंमानः प्रियास्तन्वोरुद्र रीरिषः।। इति ऊर्वो।।27।। एषतेरुद्रभागस्तं जुषस्व तेनावसेन परोमूज वतोतीहि। अवततधन्वा पिनाकहस्तः कृत्तिवासाः।। इति जानुनो।।28।। ये पंथा परि रक्षय ऐलबृदाऽआयुर्युधः। तेषा ं सहस्र.

।। इति पादयो।।29।। अध्यवोच दधिवक्ता प्रथमोदैव्योभिषक। अहींश्चसर्वाञ्जम्भन्त्सर्वाश्च यातुधान्यो धराचीः परासुव।। इति कवचम्।।30।। नमो बिल्मिने च कवचिने च नमो वर्मिणे च वरूथिने च नमः श्रुताय च श्रुतसेनाय च नमो दुन्दुभ्याय चाहनन्नयाय च नमो धृष्णवे।। इत्युपकवचम्।।31।। नमोऽस्तु नीलग्रोवाय सहस्राक्षायमीढुषे। अथो ये अस्य सत्त्वाना हन्तेभ्यो करन्नमः।। इति तृतीय नेत्रे।।32।। प्रमुञ्च धन्वनस्त्वमुभयोरात्र्योर्ज्याम्। याश्चते हस्त इषवः पराता भगवो वप।। इत्यस्त्रम्।।33।।

(इति प्रथमोन्यासः)

1. दिग्बंधन - य एतावन्तश्च भूयाँ सश्चदिशोरुद्रा वितस्थिरे। तेषा ७ सहस्रयोजनेऽव धन्वानितन्मसि।।

2. दशाङ्ग अक्षरन्यासः- ॐ नमः मूर्ध्नि। नं नमः नासिकायाम्। मों नमः ललाटे। भं नमः मुखे। गं नमः कण्ठे। वं नमः हृदये। तें नमः दक्षिण हस्ते। रुं नमः वामहस्ते। द्रां नमः नाभौ। यं नमः पादयोः।

3. तृतीय न्यासः- ॐ सद्योजातं..........नमः हंस हंस पादयो। वामदेवाय ....नमः हंस हंस उर्वोः। अघोरेभ्यो......रुद्ररूपेभ्यः हंस हंस हृदि। तत्पुरुषाय......प्रचोदयात् हंस हंस मुखे। ईशान...........शिवोम् हंस हंस मूघ्नि। इस प्रकार 5 ऋचाओं से न्यास करें।

न्यासः (सम्पुट) - दशों दिशाओं में लोकपालों के मन्त्रों से न्यास पूर्वादिक्रम से करें-

त्रातारमिन्द्र०........इन्द्राय नमः। त्वंनो अग्ने०........अग्नये नमः। सुगन्नः पंथां प्रदिशन्न एहि ज्योतिष्मद्धेह्य जरन्न आयुः। अपैतुमृत्युरमृतं आगाद्वैवस्वतो नो अभयं कृणोतु दक्षिणे यमायः नमः।। असुन्वन्तम य जमानमिच्छस्तेन स्येत्यामन्विहि त स्करस्य। अन्यमस्मदिच्छसात इत्यानमो देवि निर्ऋते तुभ्यमस्तु।। निर्ऋते नमः। तत्वायामि०........वरुणाय नमः। आनोनियुद्भिः शतिनीभिरध्वर ७ सहस्रिणीभिरुपयाहि यज्ञम्। वायो अस्मिन्त्सवनेमादय स्वयूयं पातस्वस्तिभिः सदानः। वायवे नमः।। वय ७ सोमव्रते तवमनस्तनूषु बिभ्रतः। प्रजावन्तः सचेमहि। कुबेराय नमः।। तमीशानं जगत........। ईशानाथ नमः। अस्मेरुद्रा महेना पर्वता सो वृत्रहत्येभरहूतौ सजोषाः। यः स ठ सतेस्तुवतेधायि वज इन्द्र ज्येष्ठा अस्माँ अवन्तुदेवाः। ब्रह्मणे नमः।। स्योना पृथिवी...........। धरायै नमः।।

4. चतुर्थ न्यास - मनोजूतिर०...........इति गुह्ये। अबोध्याग्निः समिधाजानानां प्रतिधेनुमिवायतीमुषासम्। यह्वा इवप्रवयामुज्जिहानाः प्रभानवः सिस्रतेनाकमच्छ। इति उदरे।। मूर्द्धानं दिवो अरतिं पृथिव्या वैश्वानरमृत आजातमग्निम्। कवि ठ सम्राजमतिथिं जनानामासन्ना पात्रं जनयंत देवाः। इति हृदये।। मर्म्माणिते वर्म्मणाछादयामि सोमस्त्वाराजामृतेनानुवस्ताम्। उरोर्वरीयो वरुणस्ते कृणोतु

जयन्तन्त्वानु देवामदन्तु। इति मुखे।। जातवेदा य दिवापाकोसि विश्वतश्चक्षुरुत विश्वतोमुखो विश्वतोबाहुरुत विश्वतस्पात्। संबाहुभ्यां धमति संपत त्रैर्द्यावाभूमि जनयन्देव एकः इति शिरसि।।

5. पञ्चमन्यासः- रुद्राष्टाध्यायी के मन्त्रों से इस प्रकार न्यास करे - यज्जग्रतो० इत्यादि **शिवसंकल्प के 6 सूत्रों का हृदय पर, सहस्रशीर्षाः इत्यादि 16 मन्त्रों से शिर पर, अद्भ्यः संभृतं........इत्यादि 6 मन्त्रों से शिखा पर आशुः शिशानो इत्यादि 12 मन्त्रों से कवच पर, विभ्राट..........इत्यादि 17 मन्त्रों से नेत्रों पर, नमस्ते रुद्रमन्यवे इत्यादि 66 मन्त्रों से अस्त्राय फट् का न्यास करें।**

इसके बाद अष्टऋचाओं से नमस्कार करें। यथा -

हिरण्यगर्भः समवर्तताग्रे.। ब्रह्मजज्ञानं प्रथमं.। यः प्राणतो.। ॐ मही द्यौः पृथिवीचन इमं यज्ञं मिमिक्षताम्। पितृन्नोभरीमभिः। उपश्वासय.। अग्नेनय.। यातेअग्ने.। इमंयम.।

रुद्रमंत्र अनुष्ठान

(हेमाद्रिशांति रत्नेषु)

प्रमुञ्च धन्वनस्त्वमुभयोरात्नयो ज्याम्।
याश्च ते हस्त इषवः परा ता भगवोवप।।

हे देवाधिदेव महादेव, आशुतोष दयालु ! आप अपने धनुष की दोनों छोरों पर चढ़ी हुई प्रत्यंचा को शीघ्र उतार लीजिए। अपने कर कमलों में सुशोभित बाणों को अपने से पृथक् कर दीजिए। हमारे समक्ष आप सौम्य स्वरूप में प्रकट होकर समस्त प्रकार के रोग शोक आदि को निर्मूल करने वाले महादेव बनकर प्रकट होइए हम नतमस्तक होकर करबद्ध प्रार्थना करते हैं कि हमें अपने स्नेहाशीष से अभिषिक्त कीजिए।

इस तरह से भगवान शंकर के रौद्र रूप का ध्यान करके उनसे अपने रोग-शोक, चिन्ता-व्यथा, विपदा, समस्या के समाधान हेतु प्रार्थना करनी चाहिए। भगवान शिव के रौद्र रूप को ही रुद्र से नामांकित किया गया है। राजा दक्ष की पुत्री और शिव की भार्या सती ने जब हवन कुण्ड में कूद कर आत्मदाह किया तो भगवान शंकर की क्रोधाग्नि प्रज्वलित हो उठी। उसी समय शिव ने रौद्र रूप ग्रहण करके, सती के शव को अपने कंधों पर लटकाकर विध्वंसात्मक रूप ग्रहण किया और प्रलय की विपलवकारी संभावना सशक्त होने लगी, देवताओं का आसन प्रकम्पित हो उठा समस्त ब्रह्माण्ड में त्राहि-त्राहि का स्वर भयभीत होने लगा, ऋषि-मनीषी, देव-दानव सभी काँपने लगे, भगवान विष्णु की शरण में पहुँचकर सभी एक स्वर से, रक्षा हेतु रुदन करने लगे तब भगवान विष्णु ने शिव के रौद्र रूप की धधकती ज्वाला तथा प्रज्वलित अग्नि को शीतल करने के प्रयोजन से उनका जिन मंत्रों से अभिषेक किया, वही रुद्राष्टाध्यायी के आठ अध्यायों में विभाजित व्याख्यायित और वर्णित है।

इस तरह से भगवान शंकर से समस्त व्याधियों के विनाश के लिए शोक-शमन एवं निरापद होने हेतु अग्रांकित अनुष्ठान को करने का विधान है, भगवान शंकर का षोडशोपचार पूजन करने के उपरान्त संकल्प लेना चाहिए। ध्यान रहे कि इस मंत्र का प्रयोग सभी कामनाओं की सिद्धि हेतु तथा विघ्ननाश हेतु किया जाता है। औषधोपचार में यदि औषधि निष्फल हो रही है तो इसके प्रयोग से मार्गदर्शन होकर रोगी व्याधिमुक्त हो जाता है। महामृत्युञ्जय अनुष्ठान के विधि-विधान तथा उसके फल की पूर्णतः के सम्बन्ध में हमने महामृत्युञ्जय जप से सम्बन्धित अध्याय में लिखा है कि जप करने से पूर्व शतरुद्री या रुद्राष्टाध्यायी का पाठ करना चाहिए यदि रुद्रीपाठ सम्भव न हो तो उपरांकित रुद्र मंत्र का एक, तीन या पाँच माला मंत्र जप करने के पश्चात् महामृत्युञ्जय जप करना चाहिए। इस मंत्र का पूर्णतः पृथक् प्रयोग अर्थात् अनुष्ठान करने का महत्त्व मंत्र शास्त्रकारों ने विभिन्न कार्यों की संसिद्धि हेतु अनेक स्थलों पर उल्लेखित किया है इस मंत्र का पुरश्चरण 20 हजार दशांश हवन, तर्पण, मार्जन आदि विधि सहित सम्पन्न करने से होता है, इसका पुरश्चरण पूर्ण कर लेने पर सभी प्रकार की कामनाओं की संसिद्धि होती है। व्यक्ति व्याधि रहित होकर स्वस्थ्य व सुखी जीवन व्यतीत करता है। चिन्ता, व्यथा तथा विपदा का शमन होता है, शत्रुओं का विनाश और प्रतिद्वन्द्वियों की पराजय होती है।

मन्त्रोयथा - **ॐ यो रुद्रो ऽग्नौ योऽप्सुय ओषधीषु यो रुद्रो विश्वाभुवनाविवेश तस्मै रुद्राय नमोऽस्तु ।।**

विनियोगः- अस्य त्वरितरुद्र मन्त्रस्य अथर्वण ऋषिः, अनुष्टुप् छन्दः, त्वरितरुद्रसंज्ञिका देवता, नमः बीजम्, अस्तु शक्तिः त्वरितरुद्र प्रीत्यर्थे जपे विनियोगः।

अङ्गन्यास	करन्यास	षडङ्गन्यास
ॐ यो रुद्रः	अंगुष्ठाभ्यां नमः।	हृदयाय नमः।
अग्नौ	तर्जनीभ्यां नमः।	शिरसे स्वाहा
योऽप्सु	मध्यमाभ्यां नमः।	शिखायै वषट्
ओषधीषु	अनामिकाभ्यां नमः।	कवचाय हुँ।
यो रुद्रो विश्वा भुवना विवेश	कनिष्ठिकाभ्यां नमः।	नेत्रत्रयाय वौषट्।
तस्मै रुद्राय नमोऽस्तु	करतल करपृष्ठाभ्यां नमः।	अस्त्राय फट्।

पादादिन्यास - ॐ यः पादयोः। ॐ रुद्र जङ्घयोः। ॐ अग्नौ जानुनोः। ॐ यः ऊर्वोः। ॐ अप्सु गुल्फयोः। ॐ यः मेढ्रे। ॐ ओषधीषु नाभौ। ॐ यः उदरे। ॐ रुद्रः हृदये। ॐ विश्वाकण्ठे। ॐ भुवनामुखे। ॐ विवेश नासिकायाम्। ॐ तस्मै नेत्रयोः। ॐ रुद्राय भ्रुवोः। ॐ नमः ललाटे। ॐ अस्तु शिरसि।

मुर्द्धादिन्यास - ॐ यः शिरसि। ॐ रुद्र ललाटे। ॐ अग्नौ नेत्रयोः। ॐ यः कर्णयो। ॐ अप्सु नासिकायाम्। ॐ यः मुखे। ॐ ओषधीषु बाह्वोः। ॐ यः हृदये। ॐ रुद्रः नाभौ। ॐ विश्वा गुह्ये। ॐ भुवना अपाने। ॐ विवेश ऊर्वोः। ॐ तस्मै जानुनोः। ॐ रुद्राय जङ्घयोः। ॐ नमः गुल्फयोः। ॐ अस्तु चरणयोः।

इस प्रकार न्यास करके शिवजी को शुभमुद्रा दिखायें- **ॐ एषते रुद्रभागः सहस्वसाम्बिकया तज्जुषस्व स्वाहैषतेरुद्रभाग आखुस्तेपशुः।** इत्यादि मंत्रों से मुद्रा दिखाकर ध्यान करें।

ॐ रुद्रं चतुर्भुजं देवं त्रिनेत्रं वरदाभयम्।
दधानमूर्ध्व हस्ताभ्यां शूलं डमरूमेव च।।

अङ्क संस्थामुमां पद्मे दधानं च करद्वये।
आद्ये करद्वये कुंभं मातुलुंगं च बिभ्रतम्।।

इस प्रकार ध्यान कर शिव पूजा करें। मंत्र का पुरश्चरण 20 हजार जप का है। विशेष जप 2 लाख संख्या में करने चाहिए। दशांश होम, तर्पण, मार्जन, ब्राह्मण भोजन करे। जपकाल में भूमिशयन करे एक समय भोजन करे।

जपेत्त्वरितरुद्रं तु सर्वकामसमृद्धये।
श्रीकामः शांतिकामो जपेल्लक्षमतंद्रितः।।1।।

बिल्वसमिद्भिः श्रीकामः शांतिकामः शमीमयैः।
जुहुयादाज्यसंमिश्रैस्तर्पण मार्जनं ततः।।2।।

जप्त्वा लक्षं सुपुत्रार्थी पायसं जुहुयात्ततः।
वित्तार्थी श्रीफलैर्होममायुष्कामस्तु दूर्वया।।3।।

तिलैराज्येन संमिश्रैस्तेस्कामो घृतेन वै।
व्रीहिभिः पशुकामस्तु राष्ट्रकामस्तु वै यवैः।।4।।

पायसं सर्वकामेन होतव्यं शर्करान्वितम्।
मध्वक्तान्याम्रपत्राणि तीव्रज्वरविनाशिना।।5।।

हिमभूतज्वरार्थं तु गुडूचीभिर्हुनेद् ध्रुवम्।
सर्वरोग विनाशाय सूर्यस्याभिमुखो जपेत्।।6।।

अयुते द्वे जपा होमः कार्योऽर्क समिधा शुभः।
औदुम्बरैरन्नकामस्तेजस्कामस्तु बादरैः।।7।।

अपामार्ग समिध होमात् भूतबाधा विनश्यति।
ग्रहबाधा विनाशाय जपेत् अश्वत्थसन्निधौ।।8।।

लवणान्वित दध्यक्तास्तीक्ष्णाग्राश्वत्थ संभवा।
हूयंते समिधः शुष्काः स्वाहांतं मन्त्रमुच्चरेत्।।9।।

लाजाहोमेन कन्यार्थी कन्या प्राप्नोगति रूपिणीम्।
लाजाश्चमधुसंमिश्राः श्वेतपुष्पाणि वा पुनः।।10।।

हूयंते हरिते देशे तस्य विश्वं वशेभवेत्।
वामाङ्ग मुत्तमं कार्यं स्त्रीवशित्वे विचक्षणैः।।11।।

होम के स्थान पर जलकुंभ रखें उसको स्पर्श करके 1 हजार जप करे उसके जल से अभिषेक द्वारा व शाला को प्रोक्षण करने पर सभी अरिष्ट की शांति होती है।

लाजा होम से पुरुष वाञ्छित पत्नी व कन्या वाञ्छित पति को प्राप्त कर सकने में सफल होती है। वृष्टि कामना हेतु तिलों से पलाश की समिधा से होम करें। वास्तुपूजा, ईशान को बलिद्रव्य आदि प्रदान कर विधिवत् साधना सम्पन्न करनी चाहिए।

रुद्र भगवान शंकर के रौद्ररूप को कहा जाता है। भगवान शंकर के रौद्ररूप का आवाहन एक कठोर साधना है जिसको करने से पूर्व साधक को बार-बार विचार कर लेना चाहिए। रुद्र मंत्र से समस्त अभीष्टों की संसिद्धि होती है। शत्रु का विनाश करने हेतु अपराधी को प्रताड़ित करने के लिए तथा प्रतिद्वन्दी को पराजित करने के उद्देश्य से अथवा शारीरिक कष्ट से मुक्ति प्राप्ति हेतु, यह साधना अधिक उपयोगी तथा त्वरित फल प्रदान करने वाली सिद्ध होती है।

मंत्र - **"ॐ हसकलह्रीं नमो हसकहलह्रीं भगवते सकलह्रीं रुद्राय"।**

विनियोगन्यास - शिरसि ब्रह्मणे ऋषये नमः, मुखे विराटछन्दसे नमः, हृदये सदाशिव देवतायै नमः, सर्वाङ्गे ममाभीष्टसिद्धये विनियोगः।

ध्यान - **आकीर्ण दिव्यभोगैरमरदितिसुतैरर्चितं शैलकन्या**
देहार्धं धारयन्तं स्फटिकमणिनिभं व्याघ्रचर्मोत्तरीयम्।
द्वैपीं कृत्तिं वसानं हिमकिरणकलाशेखरं नीलकण्ठं
हृष्टं व्याप्तं कलाभिर्धृतकपिलजटं भावयेऽहं महेशम्।।

रुद्रयन्त्र

रुद्र मंत्र का जप, महामृत्युञ्जय मंत्र का जप, रुद्राष्टाध्यायी का पाठ तथा रुद्र सम्बन्धी अन्य साधनाओं में रुद्र यंत्र की स्थापना करना शीघ्र और स्थायी फल प्रदान करता है। रुद्र यंत्र निम्नांकित है तथा रुद्र यंत्र का पूजन विधान भी साथ में दिया जा रहा है।

रुद्र यन्त्र के मध्य में पंचकोण है, उसके बाहर अष्टदल, उसके बाहर षोडशदल, उसके ऊपर चतुर्विंशतिदल, उसके ऊपर द्वात्रिंशदल तथा उसके बाहर चत्वारिंशदल (कहीं-कहीं पर 45 दल का भी लेख है।) पश्चात् बाहर भूपूर में (द्वारयुक्त परिधि) बनाकर यन्त्र शोधन करें। यह यन्त्र शिव पूजन व मृत्युञ्जय प्रयोग दोनों में किया जाता है। (मन्त्र. महो.)

कैलासाचल सन्निभं त्रिनयनं पञ्चास्यमम्बायुतं
नीलग्रीव महीश भूषणधरं व्याघ्रत्वचाप्रावृतम्।
अक्षस्रग्वर कुण्डिकाभयकरं चान्द्रीं कलां बिभ्रतं
गङ्गाम्भो विलसज्जटं दशभुजं वन्दे महेशं परम्।।

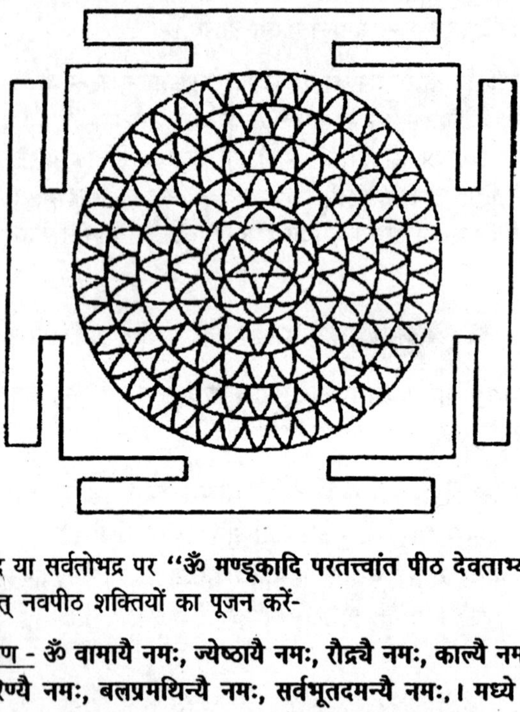

लिङ्गतोभद्र या सर्वतोभद्र पर **"ॐ मण्डूकादि परतत्त्वांत पीठ देवताभ्यो नमः"** से पीठ पूजन करें पश्चात् नवपीठ शक्तियों का पूजन करें-

पूर्वादिक्रमेण - ॐ वामायै नमः, ज्येष्ठायै नमः, रौद्र्यै नमः, काल्यै नमः, कलविकरिण्यै नमः, बलविकरिण्यै नमः, बलप्रमथिन्यै नमः, सर्वभूतदमन्यै नमः,। मध्ये - ॐ मनोन्मन्यै नमः।

स्वर्णादिनिर्मित यंत्र का **अग्न्युत्तारण** कर दुग्ध व जलधारा से शोधन कर भद्रमण्डल पर पुष्पादि का आसन देकर **"ॐ नमो भगवते सकलगुणात्मक शक्तियुक्तायानंत योगपीठाय नमः"** से स्थापित करें।

भगवान रुद्र का पूजन करें। यंत्र के आवरण देवताओं के पूजन की रुद्र से आज्ञा मांगें।

ॐ संविन्मयः परोदेव परामृतरस प्रियः।
अनुज्ञां रुद्र मे देहि परिवारार्चनाय मे।।

प्रत्येक देवता की नामावलि में संबोधन के पश्चात् प्रथमा से पुष्पगंधार्चन तर्पण करते हुए **"पादुकां पूजयामि तर्पयामि नमः"** कहें। प्रत्येक आवरण की पूजा पश्चात् **"ॐ अभीष्ट सिद्धिं मे देहि शरणागतवत्सल। भक्त्या समर्पये तुभ्यं अमुकावरणार्चनम्"** से पुष्पाञ्जलि प्रदान करें।

प्रथमावरणम् - (पञ्चकोणे) **1. ॐ सद्योजाताय नमः। 2. वामदेवाय नमः। 3. अघोराय नमः। 4. तत्पुरुषाय नमः। 5. ईशानाय नमः।** पूजनकर पुष्पाञ्जलि दे।

द्वितीयावरणम् - (अष्टदले) **पूर्वादिक्रमेण - ॐ नंदिने नमः। महाकालाय नमः। गणेश्वराय नमः। वृषभाय नमः। भृंगिरिटये नमः। स्कंदाय नमः। उमायै नमः। चण्डेश्वराय नमः।** पूजन करके पुष्पाञ्जलि दे।

तृतीयावरणम् - (षोडशदले) **अनंताय नमः। सूक्ष्माय नमः। शिवाय नमः। एकपादाय नमः। एकरुद्राय नमः। त्रिमूर्तये नमः। श्रीकण्ठाय नमः। वामदेवाय नमः। ज्येष्ठायै नमः। श्रेष्ठायै नमः। रुद्राय नमः। कालाय नमः। कलविकरणाय नमः। बलाय नमः। बलविकरणाय नमः। बलप्रमथनाय नमः।** पूजन करके पुष्पाञ्जलि दे।

चतुर्थावरणम् - (चतुर्विंशति दले) **अणिमायै नमः। महिमायै नमः। लघिमायै नमः। गरिमायै नमः। प्राप्त्यै नमः। प्राकाम्यायै नमः ईशितायै नमः। वशितायै नमः। ब्राह्म्यै नमः। माहेश्वर्यै नमः। कौमार्यै नमः। वैष्णव्यै नमः। वाराह्यै नमः। इन्द्राण्यै नमः। चामुण्डायै नमः। चण्डिकायै नमः। असितांगभैरवाय नमः। रुरुभैरवाय नमः। चण्डभैरवाय नमः। क्रोधभैरवाय नमः। उन्मत्तभैरवाय नमः। कालभैरवाय नमः। भीषणभैरवाय नमः। संहारभैरवाय नमः।** इति पूजयित्वा पुष्पाञ्जलिं च दद्यात्।

पञ्चमावरणम् - (द्वात्रिंशत्पत्रके पूर्वादिक्रमेण) **ॐ भवाय नमः। शर्वाय नमः। ईशानाय नमः। पशुपतये नमः। रुद्राय नमः। उग्राय नमः। भीमाय नमः। महादेव नमः। अनंताय नमः। वासुकये नमः। तक्षकाय नमः। कुलीरकाय नमः। कर्कोटकाय नमः। शङ्खपालाय नमः। कंबलाय नमः। अश्वतराय नमः। वैन्याय नमः। पृथवे नमः। हैहनाय नमः। अर्जुनाय नमः। शाकुंतेलाय नमः। भरताय नमः। नलाय नमः। रामाय नमः। हिमवते नमः। निषधाय नमः। विंध्याय नमः। माल्यवते नमः। पारियात्राय नमः। मलयाय नमः। हेमकूटाय नमः। ॐ गंधमादनाय नमः।** इति पूजयित्वा पुष्पाञ्जलिं च दद्यात्।

षष्ठमावरणम् - (चत्वारिंशदले) सभी तन्त्र ग्रन्थों में **प्रथम 8 दिक्पाल, पश्चात् उनकी 8 शक्तियां, उनके 8 आयुधों एवं 8 वाहन तथा अष्टदिग्गजो का पूजन क्रम लिखा है।** परन्तु इससे देवता कहीं, उनकी शक्ति व वाहन कहीं, आयुध कहीं इस तरह का क्रम हो जाता है। जब की आवाहन मन्त्रों में आता है कि अमुक देवतायै सांगायै सशक्त्यै सायुधायै सवाहनायै आवाहामि। अतः यहाँ इस आवाहन क्रम से स्थापना व पूजन दिया जा रहा है जो दूसरे मतों से भिन्न हो सकता है।

पूर्वादिक्रमेण - **ॐ इन्द्रायै नमः। ॐ शच्यै नमः। ॐ वज्राय नमः। ॐ ऐरावतायै नमः। ॐ अग्नये नमः। ॐ स्वाहायै नमः। ॐ शक्त्यै नमः। ॐ अजाय नमः। ॐ यमाय नमः। ॐ वाराह्यै नमः। ॐ दण्डाय नमः। ॐ महिषाय नमः। ॐ निर्ऋतये नमः। ॐ खड्गिन्यै नमः। ॐ खड्गाय नमः। ॐ प्रेताय नमः। ॐ वरुणाय नमः। ॐ वारुण्यै नमः। ॐ पाशाय नमः। ॐ मीनाय नमः। ॐ वायवे नमः। ॐ वायव्यै नमः। ॐ अङ्कुशायै नमः। ॐ पृषदे नमः। ॐ कुबेराय नमः। ॐ कौबेर्यै नमः। ॐ गदायै नमः। ॐ नराय नमः। ॐ ईशानाय नमः। ॐ ईशान्यै नमः। ॐ त्रिशूलाय नमः। ॐ वृषभाय नमः। ॐ ऐरावताय नमः। ॐ पुण्डरीकाय नमः। ॐ वामनाय नमः। ॐ कुमुदाय नमः। ॐ अञ्जनाय नमः। ॐ पुष्पदंताय नमः। ॐ सार्वभौमाय नमः। ॐ सुप्रतीकाय नमः।**

सप्तमावरणम् - (भूपूरे) - इन्द्रादि देवों का अनन्त पर्यंत 10 दिक्पालों का पूजन करें।

अष्टमावरणम् - (भूपूरे आग्नेयादि कोणेषु) **ॐ विरूपाक्षाय नमः। ॐ विश्वरूपाय नमः। ॐ पशुपतये नमः। ॐ उर्ध्वलिङ्गाय नमः ऐशान्ये।**

भूपूर के बाहर पूर्वादि 8 दिशाओं में - **ॐ श्वेताय विप्रवर्णाय सहस्रफणाय शेषाय नमः। ॐ नीलाय वैश्यवर्णाय पञ्चशतफणाय तक्षकाय नमः। ॐ कुंकुमाभाय विप्रवर्णाय सहस्रफणाय अनन्ताय नमः। ॐ पीताय क्षत्रियवर्णाय सप्तशतफणाय वासुकये नमः। ॐ कृष्णाय वैश्यवर्णाय सप्तशतफणाय शङ्खपालाय नमः। ॐ उज्ज्वलाय शूद्रवर्णाय पञ्चशतफणाय महापद्माय नमः। ॐ उज्ज्वलाय शूद्र वर्णाय त्रिंशद्फणाय कंबलाय नमः। ॐ उज्ज्वलाय शूद्रवर्णाय त्रिंशद्फणाय कर्कोटकाय नमः।**

इति अष्टमावरणं पूजयित्वा पुष्पाञ्जलिं द दद्यात्। एवमावरणपूजनं कृत्वा धूपादि नीराजनान्तं संपूज्य बद्धांजलि पूर्वकं प्रार्थयेत्।

ॐ नमो विरिचिविष्णवीशभेदिने परमात्मने। सर्गसंस्थिति संहार व्यापृतव्यक्त-मूर्तये।।1।। नमश्चतुर्धाप्रोद्भूत भूतभीतात्मनो भुवः। भूरिभारार्ति संहर्त्रे भूतनाथय शूलिने।।2।। विश्वग्रासाय विकसत्कालकूट विषाशने। तत्कालां कांकितग्रीव नीलकण्ठाय ते नमः।।3।। नमो देहार्द्धकांताय दग्धदक्षाध्वराय च। चतुर्वर्गेष्ट सिद्ध्यर्थदायिने मायिनेऽणवे।।4।। स्थूलाय मूलभूताय शूलवारितविद्विषे। कालहंत्रे नमश्चन्द्रखण्ड-मण्डितमौलये।।5।। भस्मासक्ताय भक्ताय भुक्ति-मुक्ति प्रदायिने। सकृद्व्यक्त स्वरूपाय शंकराय नमो नमः।।6।। नमो अंधकांतकरिपवेऽसुरद्विषे नमोऽस्तु ते द्विरदवराभवभेदिने। विषोल्लसत्फणिकुलबद्धमूर्तये नमः सदा वृषवरवाहनायते।।7।। वियन्मरुद्धुत वहवायु

कुंभनीमखेशख्यमृत मयूखमूर्तये। नमः सदा नरकायावभेदिने भवेह नो भवभयभंगकृद्विभो।।8।।

इति रुद्रस्वतेन स्तुत्वा साष्टांगं प्रणम्य जपं कुर्यात्। अस्य पुरश्चरणं दशलक्षं जपः एवमर्चन्महादेवं पञ्चाङ्गन्यास पूर्वकम्। दशाक्षर जपासक्तो न सीदेत्स्वेष्टसाधने।। मनोहराणिगेहानि सुंदर्योवामलोचनाः। धनमिच्छापूरणांतं लभते शिवसेवनात्।।

रुद्राष्टाध्यायी

रुद्राष्टाध्यायी मात्र पुस्तक या किसी संरचना का नाम नहीं है बल्कि यह देवादिदेव महादेव भगवान शंकर का वह प्रसादामृत है जो इन धरतीवासियों को भगवान शंकर के प्रसादामृत के रूप में प्राप्त है। रुद्राष्टाध्यायी भगवान शिव का ऐसा वरदान है जिसके पाठ मात्र से जन्म-जन्म के करोड़ों पापों का पूर्णतः शमन होता है, उसकी वाणी में ओज के साथ-साथ वरदान देने की शक्ति समाहित हो जाती है, जो साधक रुद्राष्टाध्यायी का नियमित रूप से पाठ करता है उसके तन-मन में भगवान शंकर का स्थाई वास होता है और वह सदा रोग व्याधि आदि से सदा मुक्त रहता है। यह भगवान शंकर का ऐसा चरणामृत है जिसे प्राप्त करने के लिए अधिक से अधिक, कठोर से कठोर श्रम करने में भी किसी प्रकार का संशय नहीं करना चाहिए, क्योंकि रुद्राष्टाध्यायी का निरन्तर पाठ करने से हर जन्म धन्य हो जाता है तथा साधक शिवमय हो जाता है, इसकी व्याख्या या वर्णन करना किसी प्राणी की भावना व्यक्त करने की शक्ति की परिधि तक सीमित नहीं है।

रुद्राष्टाध्यायी से सम्बन्धित कतिपय अतिमहत्त्वपूर्ण ज्ञातव्य तथ्यों का प्रसंग अग्रांकित है।

1. रुद्रपाठ का महत्त्व

आशुतोष भगवान सदाशिव की उपासना में रुद्राष्टाध्यायी का विशेष माहात्म्य है। शिवपुराण में सनकादि ऋषियों के प्रश्न करने पर स्वयं शिवजी ने रुद्राष्टाध्यायी के मंत्रों द्वारा अभिषेक का माहात्म्य बताये हुए कहा है कि मन, कर्म तथा वाणी से परम पवित्र तथा सभी प्रकार की आसक्तियों से रहित होकर भगवान शूलपाणि की प्रसन्नता के लिए रुद्राभिषेक करना चाहिए। इससे वह भगवान शिव की कृपा से सभी कामनाओं को प्राप्त कर, अन्त में परम गति को प्राप्त करता है। रुद्राष्टाध्यायी द्वारा रुद्राभिषेक से मनुष्यों की कुलपरम्परा को भी आनन्द की प्राप्ति एवं समस्त अभीष्टों की संसिद्धि होती है-

मनसा कर्मणा वाचा शुचिः संगविवर्जितः।
कुर्याद् रुद्राभिषेकं च प्रीतये शूलपाणिनः।।
सर्वान् कामानवाप्नोति लभते परमां गतिम्।
नन्दते च कुलं पुंसां श्रीमच्छम्भुप्रसादतः।।

वायुपुराण में आया है कि रुद्राष्टाध्यायी के नमक (पंचम अध्याय) और चमक (अष्टम अध्याय) तथा पुरुषसूक्त का प्रतिदिन तीन बार जप (पाठ) करने से मनुष्य ब्रह्मलोक में प्रतिष्ठा प्राप्त करता है। जो नमक, चमक, होतृमन्त्रों और पुरुषसूक्त का सर्वदा जप करता है, वह उसी प्रकार महादेवजी में प्रवेश करता है, जिस प्रकार घर का स्वामी अपने घर में प्रवेश करता है। जो मनुष्य अपने शरीर में भस्म लगाकर, भस्म में शयनकर और जितेन्द्रिय होकर निरन्तर रुद्राध्याय का पाठ करता है, वह परा मुक्ति को प्राप्त करता है। जो रोगी और पापी, जितेन्द्रिय होकर रुद्राध्याय का पाठ करता है, वह रोग और पाप से मुक्त होकर अद्वितीय सुख प्राप्त करता है-

नमकं चमकं चैव पौरुषं सूक्तमेव च।
नित्यं त्रयं प्रयुञ्जानो ब्रह्मलोके महीयते।।
नमकं चमकं होतॄन् पुरुषसूक्तं जपेत् सदा।
प्रविशेत् स महादेवं गृहं गृहपतिर्यथा।।
भस्मदिग्धशरीरस्तु भस्मशायी जितेन्द्रियः।
सततं रुद्रजाप्योऽसौ परां मुक्तिमवाप्स्यति।।
रोगवान् पापवांश्चैव रुद्रं जप्त्वा जितेन्द्रियः।
रोगात् पापाद्विनिर्मुक्तो ह्यतुलं सुखमश्नुते।।

2. शतरुद्रियपाठ

शतरुद्रिय रुद्राष्टाध्यायी का मुख्य भाग है। शतरुद्रिय का माहात्म्य रुद्राष्टाध्यायी का ही माहात्म्य है। मुख्यरूप से रुद्राष्टाध्यायी का पंचम अध्याय शतरुद्रिय कहलाता है। इसमें भगवान रुद्र के शताधिक नामों द्वारा उन्हें नमस्कार किया गया है। **'शतं रुद्रा देवता अस्येति शतरुद्रीयमुच्यते'** (भट्टभास्कर का उपोद्घात भाष्य)। शतरुद्रिय का पाठ अथवा जप समस्त वेदों के पारायण के तुल्य माना गया है। शतरुद्रिय को रुद्राध्याय भी कहा गया है। भगवान वेदव्यास जी ने अर्जुन को इसकी महिमा बताते हुए कहा है-

धन्यं यशस्यमायुष्यं पुण्यं वेदैश्च सम्मितम्।
सर्वार्थसाधनं पुण्यं सर्वकिल्बिषनाशनम्।
सर्वपापप्रशमनं सर्वदुःखभयापहम्।
पठन् वै शतरुद्रीयं शृण्वंश्च सततोत्थितः।।
भक्तो विश्वेश्वरं देवं मानुषेषु च यः सदा।
वरान् कामान् स लभते प्रसन्ने त्र्यम्बके नरः।।

(महा०, द्रोणपर्व 202/148-149, 151-152)

पार्थ! वेदसम्मित यह शतरुद्रिय परम पवित्र तथा धन, यश और आयु की वृद्धि करने वाला है। इसके पाठ से सम्पूर्ण मनोरथों की सिद्धि होती है। यह पवित्र, सम्पूर्ण किल्बिषों का नाशक,

सब पापों का निवारक तथा सब प्रकार के दुःख और भय को दूर करनेवाला है। जो सदा उद्यत रहकर शतरुद्रिय को पढ़ता और सुनता है तथा मनुष्यों में जो कोई भी निरन्तर भगवान विश्वेश्वर का भक्तिभाव से भजन करता है, वह उन त्रिलोचन के प्रसन्न होने पर समस्त उत्तम कामनाओं को प्राप्त कर लेता है।

अथर्ववेदीय जाबालोपनिषद् में महर्षि याज्ञवल्क्यजी ने शतरुद्रिय को अमृतत्व का साधन कहा है।

अथ हैनं ब्रह्मचारिण ऊचुः किं जप्येनामृतत्वं ब्रूहीति।।
स होवाच याज्ञवल्क्यः।।
शतरुद्रियेणेत्येतान्येव ह वा अमृतस्य नामानि।।
एतैर्ह वा अमृतो भवतीति एवमेवैतद्याज्ञवल्क्यः।।

(जाबालोपनिषद् 3)

कृष्णयजुर्वेदीय कैवल्योपनिषद् में शतरुद्रिय को कैवल्यपदप्राप्ति का साधन बताया गया है। पितामह भगवान ब्रह्माजी ने महर्षि आश्वलायन से शतरुद्रिय की महिमा इस प्रकार बतायी है -

यः शतरुद्रियमधीते सोऽग्निपूतो भवति स वायुपूतो भवति स आत्मपूतो भवति स सुरापानात्पूतो भवति स ब्रह्महत्यायाः पूतो भवति स सुवर्णस्तेयात्पूतो भवति स कृत्याकृत्यात्पूतो भवति तस्मादविमुक्तमाश्रितो भवत्यत्याश्रमी सर्वदा सकृद्वा जपेत्।। अनेन ज्ञानमाप्नोति संसारार्णवनाशनम्। तस्मादेवं विदित्वैनं कैवल्यं पदमश्नुते कैवल्यं पदमश्नुत इति।।

अर्थात् जो शतरुद्रिय का पाठ करता है, वह अग्निपूत होता है, वायुपूत होता है, आत्मपूत होता है, सुरापान के दोष से छूट जाता है, ब्रह्महत्या के दोष से मुक्त हो जाता है, स्वर्ण की चोरी के पाप से छूट जाता है, शुभाशुभ कर्मों से उद्धार पाता है, भगवान सदाशिव के आश्रित हो जाता है तथा वह अविमुक्तस्वरूप हो जाता है। अतएव जो आश्रय से अतीत हो गए हैं, उन परमहंसों को सदा-सर्वदा अथवा कम-से-कम एक बार इसका पाठ अवश्य करना चाहिए। इससे उस ज्ञान की प्राप्ति होती है, जो भवसागर का नाश कर देता है। इसलिए इसको इस प्रकार जानकर मनुष्य कैवल्यरूप मुक्ति को प्राप्त होता है, कैवल्यपद को प्राप्त होता है।

शतरुद्रिय नाम से एक सौ मंत्रों के पाठ की परम्परा भी कहीं-कहीं है। इस संदर्भ में निम्न श्लोक प्रसिद्ध है-

षट्षष्टिर्नीलसूक्तं च पुनः षोडशमेव च।
एष ते द्वे नमस्ते द्वे न तं विद्द्वयमेव च।।
मीढुष्टमेति चत्वारि वयꣳ सोमाष्टमेव च।
वेदवादिभिराख्यातमेतद्वै शतरुद्रियम्।।

अर्थात् रुद्राष्टाध्यायी के पंचम अध्याय के **'नमस्ते रुद्र०'** इत्यादि 66 मंत्र, फिर उसी पंचम अध्याय के प्रारम्भिक 16 मंत्र, तदनन्तर रुद्राष्टाध्यायी के छठे अध्याय के 'एष ते०' और

'अवरुद्र०' ये दो मंत्र, फिर रुद्राष्टाध्यायी के पंचम अध्याय के **'नमस्ते'** और **'या ते०'** ये दो मंत्र, फिर शुक्ल यजुर्वेदसंहिता के 17वें अध्याय के 31वें तथा 32वें मंत्र (**'न तं विद्०'** तथा **'विश्वकर्मा०'**) तदनन्तर रुद्राष्टाध्यायी के पंचम अध्याय के 51वें मंत्र से 54 वें मंत्र (**'मीढुष्टम शिवतम०'** से **'असंख्याता सहस्राणि०'**) - तक और फिर रुद्राष्टाध्यायी के सम्पूर्ण छठे अध्याय के आठ मंत्रों का यथोक्त रूप से आनुपूर्वी पाठ करने पर सौ मंत्र हो जाते हैं। सौ मंत्र होने से इसे शतरुद्रिय कहा जाता है। {रुद्रकल्पद्रुम आदि में इस पक्ष को निर्मूल बताया गया है-**'तन्निर्मूलमिति'** (रुद्रकल्पद्रुम 181)।} इनके अनुसार पंचम अध्याय के 66 मंत्र के पाठ से ही शतरुद्रिय पूरी हो जाती है। सामान्यतः सम्पूर्ण रुद्राष्टाध्यायी द्वारा रुद्राभिषेकादि कार्य अधिक प्रचलित एवं प्रशस्त है।

3. अभिषेक-विधि

शास्त्रों में रुद्रपाठ के पाँच प्रकार बताये गए हैं- 1- रूपक या षडङ्गपाठ, 2- रुद्री या एकादशिनी, 3 - लघुरुद्र, 4 - महारुद्र तथा 5- अतिरुद्र।

रुद्राः पञ्चविधाः प्रोक्ता देशिकैरुत्तरोत्तरम्।
साङ्गस्त्वाद्यो रूपकाख्यः सशीर्षो रुद्र उच्यते।।
एकादशगुणैस्तद्वद् रुद्री संज्ञो द्वितीयकः।
एकादशभिरेताभिस्तृतीयो लघुरुद्रकः।।
लघ्वेकादशभिः प्रोक्तो महारुद्रश्चतुर्थकः।
पञ्चमः स्यान्महारुद्रैरेकादशभिरन्तिमः।।
अतिरुद्रः समाख्यातः सर्वेभ्यो ह्युत्तमोत्तमः।।

(रुद्रकल्पद्रुम)

यहाँ संक्षेप में इनका विवरण दिया जा रहा है -

1. रूपक या षडङ्गपाठ - सम्पूर्ण रुद्राष्टाध्यायी में 10 अध्याय हैं, प्रथम आठ अध्यायों में भगवान रुद्र - शिव की विशेष महिमा तथा उनकी कृपाशक्ति का वर्णन होने से ये आठ अध्याय रुद्राष्टाध्यायी के नाम से प्रसिद्ध हैं। 9वें अध्याय में **'ऋचं वाचं प्रपद्ये०'** इत्यादि 24 मंत्र हैं। यह अध्याय शान्त्यध्याय के नाम से जाना जाता है। अन्तिम 10वें अध्याय में **'स्वस्ति न इन्द्रो०'** इत्यादि बारह मंत्र हैं, जो स्वस्तिप्रार्थनाध्याय के नाम से प्रसिद्ध हैं। दस अध्याय होने पर भी नाम रुद्राष्टाध्यायी ही है।

इस प्रकार पूरे दस अध्यायों की एक सामान्य आवृत्ति रूपक या षडङ्गपाठ कहलाती है। रुद्र के छह अंग कहे गए हैं, इन छह अंगों का यथाविधि पाठ ही षडङ्गपाठ कहा जाता है। ये छह अंग इस प्रकार हैं -

शिवसंकल्पहृदयं सूक्तं स्यात् पौरुषं शिरः।
प्राहुर्नारायणीयं च शिखा स्याच्चोत्तराभिधम्।।

आशुः शिशानः कवचं नेत्रं बिभ्राड् बृहत्स्मृतम्।
शतरुद्रियमस्त्रं स्यात् षडङ्गक्रम ईरितः।।
हृच्छिरस्तु शिखा वर्म नेत्रं चास्त्रं महामते।
प्राहुर्विधिज्ञा रुद्रस्य षडङ्गानि स्वशास्त्रतः।।

रुद्राष्टाध्यायी के प्रथम अध्याय के **'यज्जाग्रतो०'** से लेकर छह मंत्रों को शिवसंकल्पसूक्त कहा गया है। यह सूक्त रुद्र का **प्रथम हृदयरूपी अंग** है। द्वितीय अध्याय के प्रारम्भ से 16 मंत्रों को पुरुषसूक्त कहते हैं, यह पुरुषसूक्त रुद्र का **द्वितीय सिररूपी अंग** है। इसी द्वितीय अध्याय के अन्तिम छह मंत्रों को उत्तरनारायणसूक्त कहते हैं। यह **शिखास्थानीय** रुद्र का **तीसरा अंग** है। तृतीयाध्याय के **'आशुः शिशानः०'** से लेकर द्वादश मंत्रों को अप्रतिरथसूक्त कहा जाता है। यह रुद्र का **कवचरूप चतुर्थ अंग** है। चतुर्थाध्याय के **'बिभ्राड् बृहत्०'** मंत्र से लेकर पूरा चतुर्थ अध्याय मैत्रसूक्त कहलाता है। यह रुद्र का **नेत्ररूप पंचम अंग** है। **'नमस्ते रुद्र०'** से प्रारम्भकर पूरा पंचम अध्याय शतरुद्रिय कहलाता है। यह रुद्र का **अस्त्ररूप षष्ठ अंग** है। पंचम अध्याय के मंत्रों में **'नमस्ते'** पद के प्राधान्य से इसे **'नमकाध्याय'** भी कहा जाता है।

इन छह अंगों (पाँच अध्यायों) - का पाठ करने के पश्चात् षष्ठाध्याय तथा सप्तम अध्याय का पाठ होता है। **'वयःसोम०'** आदि अष्ट-मन्त्रात्मक षष्ठाध्याय रुद्र के **'महच्छिर'** के नाम से जाना जाता है। **'उग्रश्च०'** इत्यादि सप्त-मंत्रात्मक सप्तम अध्याय **'जटा'** नाम से विख्यात है। इन दो अध्यायों के पाठ के अनन्तर आठवें चमकाध्याय का पाठ करना चाहिए। इस अध्याय के मंत्रों में **'च'** कार और **'मे'** का बाहुल्य होने से यह अध्याय **'चमकाध्याय'** कहलाता है। इस अध्याय के पाठ के अनन्तर अन्त में शान्त्यध्याय तथा स्वस्तिप्रार्थनाध्याय का पाठ करना चाहिए। इस प्रकार सम्पूर्ण रुद्राष्टाध्यायी के दस अध्यायों का पाठ षडङ्ग या रूपकपाठ कहलाता है। षडङ्गपाठ में विशेष बात यह है कि इसमें आठवें अध्याय के साथ पाँचवें अध्याय की आवृत्ति नहीं होती।

2. रुद्री या एकादशिनी - षडङ्गपाठ में नमकाध्याय (पंचम) तथा चमकाध्याय (अष्टम)- का संयोजन कर रुद्राध्याय की, की गयी ग्यारह आवृत्ति को रुद्री या एकादशिनी कहते हैं। आठवें अध्याय के साथ पाँचवें अध्याय की जो आवृत्ति होती है, उसके लिए शास्त्रों का निश्चित विधान है, तदनुसार आठवें अध्याय के क्रमशः चार-चार तथा फिर चार मंत्रों, तीन-तीन तथा पुनः तीन मंत्रों; तदनन्तर दो मंत्र, फिर एक-एक मंत्र और पुनः दो मंत्रों के अनन्तर पूरे पाँचवें अध्याय (नमक) - की एक-एक आवृत्ति होती है। अन्त में शेष दो मंत्रों का पाठ होता है। इस प्रकार आठवें अध्याय के कुल उन्तीस मंत्रों को रुद्रों की संख्या ग्यारह होने के कारण ग्यारह अनुवाकों में विभक्त किया गया है- ऐसा रुद्रकल्पद्रुम में बताया गया है। इसके बाद नवें और दसवें अध्याय का पाठ होता है। इस प्रकार की गयी एक आवृत्ति को रुद्री या एकादशिनी कहते हैं।

3. लघुरुद्र - एकादशिनी रुद्री की ग्यारह आवृत्तियों के पाठ को लघुरुद्रपाठ कहा जाता है। यह लघुरुद्र-अनुष्ठान एक दिन में ग्यारह ब्राह्मणों का वरण करके एक साथ सम्पन्न किया

जा सकता है तथा एक ब्राह्मण द्वारा अथवा स्वयं ग्यारह दिनों तक एक एकादशिनी-पाठ नित्य करने पर भी लघुरुद्र की सम्पन्नता होती है।

4. महारुद्र - लघुरुद्र की ग्यारह आवृत्ति अर्थात् एकादशिनी रुद्री का 121 आवृत्तिपाठ होने पर महारुद्र-अनुष्ठान होता है। यह पाठ 11 ब्राह्मणों द्वारा ग्यारह दिनों तक कराया जा सकता है तथा एक दिन में भी ब्राह्मणों की संख्या बढ़ाकर 121 पाठ होने पर महारुद्र-अनुष्ठान सम्पन्न हो जाता है।

5. अतिरुद्र - महारुद्र की ग्यारह आवृत्ति अर्थात् एकादशिनी रुद्री का 1331 आवृत्तिपाठ होने से अतिरुद्र-अनुष्ठान सम्पन्न होता है।

ये अनुष्ठान पाठात्मक, अभिषेकात्मक तथा हवनात्मक तीनों प्रकार से किये जा सकते हैं। शास्त्रों में इन अनुष्ठानों की अत्यधिक महिमा का वर्णन है।

4. शतरुद्रीय का माहात्म्य

शतरुद्रीय का पाठ अथवा जप समस्त वेदों के पारायण के तुल्य माना गया है। समग्र वेद का एक बार पारायण करने से जिस प्रकार पापों से मानव की शुद्धि होती है, उसी प्रकार रुद्राध्याय के पाठ के उपरान्त पापों का क्षालन हो जाता है। इसलिए रुद्राध्याय का पाठ वेद-पाठ के तुल्य फलप्रद माना गया है। वायुपुराण में बताया गया है कि रुद्राध्याय का जप करनेवाला रोगों तथा पापों से पूर्णतया मुक्त होकर इस लोक में अनुपम सुखानुभव पाकर अन्त में शिव-सायुज्यरूपी परा-मुक्ति को प्राप्त करता है। जाबालोपनिषद् में कहा गया है कि शतरुद्रीय के जप मात्र से अमृतत्व की सिद्धि हो जाती है। आगे कहा गया है कि रुद्राध्याय में वर्णित सभी नामों में अमृतत्व प्रदान करने की सामर्थ्य है जिनके मनन से मनुष्य स्वयं अमर (मृत्युंजय) हो जाता है।

कैवल्योपनिषद् में शतरुद्रीय की अनन्त महिमा का वर्णन करते हुए कहा गया है कि शतरुद्रीय का एक बार भी सम्यक्-रूप से पाठ करने वाला समस्त पातकों से परिशुद्ध होकर संसारसागर से मुक्त हो जाता है, ज्ञान प्राप्त कर लेता है अथवा कैवल्यपद को प्राप्त कर लेता है।

5. रुद्रमंत्रों का विनियोग एवं विविध उपासनापद्धतियाँ

भट्टभास्कराचार्यकृत 'रुद्रनमक' के भाष्य के अन्त में रुद्रमंत्रों के अनेकानेक विनियोग एवं उपासनापद्धतियों का विवेचन किया गया है। उनमें से कुछ काम्योपासनाओं का परिचय इस प्रकार है-

1. राज्य प्राप्ति के लिए - घृताक्त पायस को रुद्राध्याय से अभिमन्त्रित करने के उपरान्त अयुत संख्या में **'मानस्तोके तनये०'** इस मंत्र से उसका विधिपूर्वक होम करने से राज्य की प्राप्ति निर्दिष्ट है।

2. राज्यभोग के लिए - **'प्रमुञ्च धन्वनस्त्व०'** इस मंत्र से भगवान रुद्र पर एक लाख संख्या में सौगन्धिक कमल तथा कुमुदों से पूजन करने से राजा ऐश्वर्य को प्राप्त कर लेता है।

3. श्री-वित्त-द्रव्य-प्राप्ति के लिए - रुद्र, महारुद्र, अथवा अतिरुद्रों में किसी एक से अभिमन्त्रित खीर को अयुत संख्या में हवन करने से सम्पत्ति और शोभा की प्रचुर मात्रा में उपलब्धि बतायी गयी है।

'इमा रुद्राय०' - इस मंत्र से लाख संख्या में तिलहोम करने से अशेष धनप्राप्ति का निर्देश है। अपने ही रसोई-घर की अग्नि में **'प्रमुञ्च धन्वनस्त्व०'** इत्यादि मंत्रों से आठ सहस्र पर्याय चरुहोम (अन्न का हवन) करने से अक्षय द्रव्यसिद्धि बतायी गयी है।

4. सुवृष्टि और सुभिक्ष के लिए - 'असौ यस्ताम्रो०' इत्यादि मंत्र से वेतस-समिधों से अयुत संख्या में होम करने पर भगवान आदित्य (रुद्र की अष्टमूर्तियों में एक हैं) संतुष्ट होकर जल बरसाते हैं।

प्रतिदिन उभय संध्याओं में सूर्योपस्थान-मंत्रों के साथ-साथ **'असौ यस्ताम्रो०'** इत्याद्युपर्युक्त मंत्र का जप करने से अक्षय अन्न की सिद्धि होती है।

5. रोगनाश और आयुर्वृद्धि के लिए - रविवार के दिन ब्राह्मणों को यथाशक्ति दक्षिणा देकर उनसे सहस्र संख्या में शतरुद्रीय का पाठ करवाने से व्याधि का नाश होता है और वह यजमान शतायु होता है। महारुद्रपाठ के उपरान्त **'आरात्ते गोघ्नं०'** इत्यादि मंत्र से षोडशोपचार पूजन करके तत्पश्चात् उसी मंत्र का सहस्र जप करने से आयुर्वृद्धि होती है। **'मा नो महान्तमुत०'** इत्यादि मंत्र से अयुत संख्या में तिलों की आहुतियों के चढ़ाने से बालक से लेकर वृद्धों तक पूरे परिवार का स्वास्थ्य सक्षेम ठीक होता है।

6. पुत्रप्राप्ति के लिए - 'परिणो रुद्रस्य०' इत्यादि मंत्र से पीपल की समिधाओं से अयुत संख्या में होम और जपादि करने से आयुष्मान् पुत्र की प्राप्ति होती है।

7. रक्षा और क्षेम के लिए - 'नमो भवाय च', 'नमो ज्येष्ठाय च' इन दोनों मंत्रों से भस्म को अभिमन्त्रित कर कुमारादि ग्रहगण से पीड़ित शिशुओं के ललाट पर तिलक लगाने से वे ग्रहपीड़ाओं से मुक्त हो सुखी हो जाते हैं।

'या ते रुद्र शिवा तनू०' इस ऋक्-मंत्र से प्रत्येक सूत्र को हजार संख्या में अभिमन्त्रित कर रुद्रैकादशिनी का पाठ करते हुए उन सूत्रों से एकादश गाँठ लगाकर शिशुओं और गर्भिणी स्त्रियों के हाथ में बाँध दें तो वे सुखपूर्वक रहेंगे। गर्भिणी का प्रसव सुखपूर्वक होगा।

अग्नि-चोर-प्राणभयादि संकट की परिस्थितियों में **'मीढुष्टम शिवतम०'** इत्यादि मंत्र के जप करने से भयमुक्त हो सकुशल अपने घर पहुँच जाता है।

8. सर्वकामनाओं की सिद्धि के लिए - रुद्राध्याय के केवल पाठ अथवा जप से ही समस्त कामनाओं की पूर्ति हो जाती है।

नमक-चमकों के प्रथमानुवाकों के सम्पुटीकरण से जप-होमादि करने के बाद रुद्राध्याय का पाठ करे और यथाशक्ति रुद्रजापी ब्राह्मणों को भोजन-वस्त्र दक्षिणादि देकर सत्कार करे। इस प्रकार करने से सभी कामनाएँ सिद्ध होंगी। अथवा रुद्रमहारुद्रातिरुद्रों का यथाशक्ति जप करके उक्त संख्या में पायस चरु का होम करने से भी समस्त कामनाओं की पूर्ति होगी।

6. ब्रह्मा-विष्णुकृत शिव-स्तवन

नमस्तुभ्यं भगवते सुव्रतेऽनन्ततेजसे।
नमः क्षेत्राधिपतये बीजिने शूलिने नमः।।
नमस्ते ह्यस्मदादीनां भूतानां प्रभवाय च।
वेदकर्मावदातानां द्रव्याणां प्रभवे नमः।।
विद्यानां प्रभवे चैव विद्यानां पतये नमः।
नमो व्रतानां पतये मन्त्राणां पतये नमः।।
अप्रमेयस्य तत्त्वस्य यथा विद्मः स्वशक्तितः।
कीर्तितं तव माहात्म्यमपारं परमात्मनः।।
शिवो नो भव सर्वत्र योऽसि सोऽसि नमोऽस्तु ते।।

(ब्रह्मा और विष्णु स्तुति करते हुए बोले) - भगवन्! आप सुव्रत और अनन्त तेजोमय हैं, आपको प्रणाम है। और क्षेत्राधिपति तथा विश्व के बीज-स्वरूप और शूलधारी हैं, आपको नमस्कार है। आप हम सभी भूतों के उत्पत्ति स्थान और वेदोक्त सभी श्रेष्ठ यज्ञ आदि कर्मों को सम्पन्न करानेवाले, समस्त द्रव्यों के स्वामी हैं, आपको नमस्कार है। आप विद्या के आदि कारण और स्वामी हैं, आपको नमस्कार है। आप व्रतों एवं मन्त्रों के स्वामी हैं, आपको नमस्कार है। आप अप्रमेय तत्त्व हैं। अपनी शक्ति से जैसा हमने आपको समझा, वैसा ही आपके अपार माहात्म्य का यशोगान किया। आप हमारे लिए सर्वत्र कल्याणकारक हों। आप जो हैं, वहीं हैं अर्थात् अज्ञेय और अगम्य हैं, आपको नमस्कार है।

श्रीरुद्राष्टक

गोस्वामी तुलसीदास द्वारा विरचित श्री रुद्राष्टक में भगवान रुद्र की महिमा का रोचक वर्णन किया गया है। जो व्यक्ति इस रुद्राष्टक का भक्ति-भावपूर्वक पाठ करते हैं, वे वृद्धावस्था, रोग, शोक तथा आपदाओं से बचे रहते हैं। इसके अतिरिक्त उन्हें भगवान शिव की अनुकम्पा भी प्राप्त होती है।

नमामीशमीशान निर्वाणरूपं विभुं व्यापकं ब्रह्म वेदस्वरूपं।
निजं निर्गुणं निर्विकल्पं निरीहं चिदाकाशमाकाशवासं भजेऽहं।।1।।

हे ईशान! मैं मुक्ति स्वरूप, समर्थ, सर्वव्यापक, ब्रह्म, वेद स्वरूप, निज स्वरूप में स्थित, निर्गुण, निर्विकल्प, निरीह, अनन्त ज्ञानमय और आकाश के समान सर्वत्र व्याप्त प्रभु को प्रणाम करता हूँ।

निराकारमोङ्कारमूलं तुरीयं गिरा ग्यान गोतीतमीशं गिरीशं।
करालं महाकाल कालं कृपालं गुणागार संसारपारं नतोऽहं।।2।।

जो निराकार हैं, ओंकार रूप आदि कारण हैं, तुरीय हैं; वाणी, बुद्धि और इन्द्रियों के पथ से परे हैं; कैलासनाथ हैं, पापियों के लिए कराल एवं भक्तों के लिए दयालु हैं, महाकाल के भी काल हैं, गुणों के आगार तथा संसार से तारने वाले हैं; उन भगवान को मैं नमस्कार करता हूँ।

तुषाराद्रि संकाश गौरं गंभीरं मनोभूत कोटि प्रभा श्री शरीरं।
स्फुरन्मौलि कल्लोलिनी चारु गंगा लसद्भालबालेन्दु कंठे भुजंगा।।3।।

जो हिमालय के समान श्वेत वर्ण, गम्भीर और करोड़ों कामदेव के समान कान्तिमान शरीर वाले हैं; जिनके मस्तक पर मनोहर गंगा जी लहरा रही हैं, भालदेश में बालचन्द्रमा सुशोभित होते हैं तथा गले में सर्पों की माला शोभा देती है।

चलत्कुंडलं भ्रू सुनेत्रं विशालं प्रसन्नाननं नीलकंठं दयालं।
मृगाधीशचर्माम्बरं मुण्डमालं प्रियं शंकरं सर्वनाथं भजामि।।4।।

जिनके कानों में कुण्डल हिल रहे हैं, जिनके नेत्र एवं भृकुटी सुन्दर और विशाल हैं, जिनका मुख प्रसन्न तथा कण्ठ नीला है, जो बड़े ही दयालु हैं, जो बाघ की खाल का वस्त्र एवं मुण्डों की माला पहनते हैं; उन सर्वाधीश्वर प्रियतम शिव का मैं भजन करता हूँ।

प्रचंडं प्रकृष्टं प्रगल्भं परेशं अखंडं अजं भानुकोटिप्रकाशं।
त्रयः शूल निर्मूलनं शूलपाणिं भजेऽहं भवानीपतिं भावगम्यं।।5।।

जो प्रचण्ड, सर्वश्रेष्ठ, प्रगल्भ, परमेश्वर, पूर्ण, अजन्मा, कोटि सूर्य के समान प्रकाशमान, त्रिभुवन के शूलनाशक और हाथ में त्रिशूल धारण करने वाले हैं; उन भावगम्य भवानीपति का मैं भजन करता हूँ।

कलातीत कल्याण कल्पान्तकारी सदा सज्जनानन्ददाता पुरारी।
चिदानंद संदोह मोहापहारी प्रसीद प्रसीद प्रभो मन्मथारी।।6।।

हे प्रभो ! आप कला रहित, कल्याणकारी और कल्प का अन्त करने वाले हैं। आप सर्वदा सत्पुरुषों को आनन्द देते हैं। आपने त्रिपुरासुर का नाश किया था। आप मोहनाशक और ज्ञानानन्दघन परमेश्वर हैं। आप कामदेव के शत्रु हैं। आप मुझ पर प्रसन्न हों, प्रसन्न हों।

न यावद् उमानाथ पादारविन्दं भजंतीह लोके परे वा नराणां।
न तावत्सुखं शान्ति सन्तापनाशं प्रसीद प्रभो सर्वभूताधिवासं।।7।।

जब तक मनुष्य उमाकान्त महादेव जी के चरणारविन्दों का भजन नहीं करते, उन्हें इहलोक या परलोक में कभी सुख-शान्ति नहीं प्राप्त होती और न उनका सन्ताप दूर होता है। हे समस्त भूतों के निवास स्थान भगवान शिव! आप मुझ पर प्रसन्न हों।

न जानामि योगं जपं नैव पूजां नतोऽहं सदा सर्वदा शंभु तुभ्यं।
जरा जन्म दुःखौघ तातप्यमानं प्रभो पाहि आपन्नमामीश शंभो।।8।।

हे प्रभो! हे शम्भो! हे ईश! मैं योग, जप और पूजा कुछ भी नहीं जानता। हे शम्भो! मैं सदा-सर्वदा आपको नमस्कार करता हूँ। जरा, जन्म और दुख समूह से सन्तप्त होते हुए मुझ दुखी की दुख से आप रक्षा कीजिए।

रुद्राष्टकमिदं प्रोक्तं विप्रेण हरतोषये।
ये पठन्ति नरा भक्त्या तेषां शम्भुः प्रसीदति।।9।।

जो मनुष्य भगवान शंकर की तुष्टि के लिए ब्राह्मण द्वारा कहे हुए इस रुद्राष्टक का भक्तिपूर्वक पाठ करते हैं, उन पर शंकर जी प्रसन्न होते हैं।

श्रीपशुपत्यष्टक

श्रीपशुपत्यष्टक के रचियता पृथिवीपति सूरि हैं। यह एक अद्भुत और चमत्कारी अष्टक है। इसका पाठ मन को शांति देने वाला तथा आपदाओं से बचाने वाला है। श्रीपशुपत्यष्टक का श्रवण एवं पाठ करने से साधक को मोक्ष प्राप्त होता है। वह शिवपुरी में आनन्दपूर्वक निवास करता है।

ध्यान-

ध्यायेन्नित्यं महेशं रजतगिरिनिभं चारुचन्द्रावतंसं
रत्नाकल्पोज्ज्वलाङ्गं परशुमृगवराभीतिहस्तं प्रसन्नम्।
पद्मासीनं समन्तात्स्तुतममरगणैर्व्याघ्रकृत्तिं वसानं
विश्वाद्यं विश्वबीजं निखिलभयहरं पञ्चवक्त्रं त्रिनेत्रम्।।

चाँदी के पर्वत-समान जिनकी श्वेत कान्ति है, जो सुन्दर चन्द्रमा को आभूषण रूप से धारण करते हैं, रत्नमय अलंकारों से जिनका शरीर उज्ज्वल है; जिनके हाथों में परशु, मृग, वर और अभय है; जो प्रसन्न हैं, पद्म के आसन पर विराजमान हैं, देवतागण जिनके चारों ओर खड़े होकर स्तुति करते हैं, जो बाघ की खाल पहनते हैं; जो विश्व के आदि, जगत की उत्पत्ति के बीज और समस्त भय को हरने वाले हैं, जिनके पाँच मुख और तीन नेत्र हैं; उन महेश्वर का प्रतिदिन ध्यान करें।

पशुपतिं द्युपतिं धरणीपतिं भुजगलोकपतिं च सतीपतिम्।
प्रणतभक्तजनार्तिहरं परं भजत रे मनुजा गिरिजापतिम्।।1।।

अरे मनुष्यों! जो समस्त प्राणियों, स्वर्ग, पृथ्वी और नागलोक के पति हैं; दक्ष-कन्या सती के स्वामी हैं, शरणागत प्राणियों और भक्तजनों की पीड़ा दूर करने वाले हैं; उन परम पुरुष पार्वतीवल्लभ शंकर जी का भजन करो।

न जनको जननी न च सोदरो न तनयो न च भूरिबलं कुलम्।
अवति कोऽपि न कालवशं गतं भजत रे मनुजा गिरिजापतिम्।।2।।

ऐ मनुष्यों ! काल के वश में पड़े जीव को पिता, माता, भाई, बेटा, अत्यन्त बल और कुल-- इनमें से कोई भी नहीं बचा सकता। अतः तुम गिरिजापति का भजन करो।

मुरजडिण्डिमवाद्यविलक्षणं मधुरपञ्चमनादविशारदम्।
प्रमथभूतगणैरपि सेवितं भजत रे मनुजा गिरिजापतिम्।।3।।

हे मनुष्यों ! जो मृदंग और डमरू बजाने में निपुण हैं, मधुर पंचम स्वर के गायन में कुशल हैं तथा प्रमथ और भूतगण जिनकी सेवा में लगे रहते हैं; उन गिरिजापति का भजन करो।

शरणदं सुखदं शरणान्वितं शिव शिवेति शिवेति नतं नृणाम्।
अभयदं करुणावरुणालयं भजत रे मनुजा गिरिजापतिम्।।4।।

हे मनुष्यों! 'शिव! शिव! शिव!' कहकर मनुष्य जिनको प्रणाम करते हैं; जो शरणागतों को शरण, सुख और अभय देने वाले हैं; उन दयासागर गिरिजापति का भजन करो।

नरशिरोरचितं मणिकुण्डलं भुजगहारमुदं वृषभध्वजम्।
चितिरजोधवलीकृतविग्रहं भजत रे मनुजा गिरिजापतिम्।।5।।

अरे मनुष्यों ! जो नरमुण्ड रूपी मणियों का कुण्डल और साँपों का हार पहनते हैं, जिनका शरीर चिता की धूलि से धूसर है; उन वृषभ ध्वज गिरिजापति का भजन करो।

मखविनाशकरं शशिशेखरं सततमध्वरभाजि फलप्रदम्।
प्रलयदग्धसुरासुरमानवं भजत रे मनुजा गिरिजापतिम्।।6।।

अरे मनुष्यों! जिन्होंने दक्ष-यज्ञ का विध्वंस किया था, जिनके मस्तक पर चन्द्र सुशोभित है, जो यज्ञ करने वालों को सदा फल देते हैं और जो प्रलय की अग्नि में देवता, दानव एवं मानव को दग्ध करने वाले हैं; उन गिरिजापति का भजन करो।

मदमपास्य चिरं हृदि संस्थितं मरणजन्मजराभयपीडितम्।
जगदुदीक्ष्य समीपभयाकुलं भजत रे मनुजा गिरिजापतिम्।।7।।

अरे मनुष्यों ! जगत को जन्म, वृद्धावस्था और मृत्यु के भय से पीड़ित तथा सामने उपस्थित भय से व्याकुल देखकर बहुत दिनों से हृदय में संचित मद का त्यागकर उन गिरिजापति का भजन करो।

हरिविरञ्चिसुराधिपपूजितं यमजनेशधनेशनमस्कृतम्।
त्रिनयनं भुवनत्रिंतयाधिपं भजत रे मनुजा गिरिजापतिम्।।8।।

अरे मनुष्यों ! विष्णु, ब्रह्मा और इन्द्र जिनकी पूजा करते हैं, यम और कुबेर जिनको प्रणाम करते हैं, जिनके तीन नेत्र हैं तथा जो त्रिभुवन के स्वामी हैं, उन गिरिजापति का भजन करो।

पशुपतेरिदमष्टकमद्भुतं विरचितं पृथिवीपतिसूरिणा।
पठति संशृणुते मनुजः सदा शिवपुरीं वसते लभते मुदम्।।9।।

जो मनुष्य पृथिवीपति सूरि के बनाए हुए इस अद्भुत पशपति अष्टक का सदा पाठ और श्रवण करता है, वह शिवपुरी में निवास करके आनन्दित होता है।

श्रीविश्वनाथाष्टक

वाराणसी के शिव विश्वनाथ हैं। काशी को त्रिलोक से न्यारी कहा गया है। मान्यता है कि काशी शिव के त्रिशूल पर स्थित है। यहाँ गंगा उत्तरवाहिनी है। महर्षि व्यास ने श्री विश्वनाथ की सुन्दर छवि का वर्णन इस स्तोत्र द्वारा किया है। शिव के सान्निध्य में इसका श्रद्धापूर्वक नित्य पाठ करने वाला शिवलोक को प्राप्त करता है, ऐसा विश्वास दिलाते हैं महर्षि व्यास।

गङ्गातरङ्गरमणीयजटाकलापं गौरीनिरन्तरविभूषितवामभागम्।
नारायणप्रियमनङ्गमदापहारं वाराणसीपुरपतिं भज विश्वनाथम्।।1।।

जिनकी जटाएँ गंगा जी की लहरों से सुन्दर प्रतीत होती हैं, जिनका वाम भाग सदा पार्वती जी से सुशोभित रहता है, जो नारायण के प्रिय हैं और कामदेव के मद का नाश करने वाले हैं; उन काशीपति विश्वनाथ का भजन करो।

वाचामगोचरमनेकगुणस्वरूपं वागीशविष्णुसुरसेवितपादपीठम्।
वामेन विग्रहवरेण कलत्रवन्तं वाराणसीपुरपतिं भज विश्वनाथम्।।2।।

वाणी द्वारा जिनका वर्णन नहीं हो सकता, जिनके अनेक गुण और अनेक स्वरूप हैं; ब्रह्मा, विष्णु एवं अन्य देवता जिनकी चरण पादुका का सेवन करते हैं तथा जो अपने सुन्दर वामांग द्वारा ही सपत्नीक हैं; उन काशीपति विश्वनाथ का भजन करो।

भूताधिपं भुजगभूषणभूषिताङ्गं व्याघ्राजिनाम्बरधरं जटिलं त्रिनेत्रम्।
पाशाङ्कुशाभयवरप्रदशूलपाणिं वाराणसीपुरपतिं भज विश्वनाथम्।।3।।

जो भूतों के अधिपति हैं, जिनका शरीर सर्प रूपी गहनों से विभूषित है, जो बाघ की खाल का वस्त्र पहनते हैं तथा जिनके हाथों में पाश, अंकुश, अभय, वर और शूल हैं; उन जटाधारी त्रिनेत्र काशीपति विश्वनाथ का भजन करो।

शीतांशुशोभितकिरीटविराजमानं भालेक्षणानलविशोषितपञ्चबाणम्।
नागाधिपारचितभासुरकर्णपूरं वाराणसीपुरपतिं भज विश्वनाथम्।।4।।

जो चन्द्रमा द्वारा प्रकाशित किरीट से शोभित हैं, जिन्होंने अपने भालस्थ नेत्र की अग्नि से कामदेव को दग्ध कर दिया और जिनके कानों में बड़े-बड़े साँपों के कुण्डल चमक रहे हैं; उन काशीपति विश्वनाथ का भजन करो।

पञ्चाननं दुरितमत्तमतङ्गजानां नागान्तकं दनुजपुङ्गवपन्नगानाम्।
दावानलं मरणशोकजराटवीनां वाराणसीपुरपतिं भज विश्वनाथम्।।5।।

जो पाप रूपी उन्मत्त हाथियों को मारने वाले सिंह हैं, जो दैत्य समूह रूपी साँपों का नाश करने वाले गरुड़ हैं तथा जो मृत्यु, शोक और वृद्धावस्था रूपी भीषण वन को जलाने वाले दावानल हैं; ऐसे काशीपति विश्वनाथ का भजन करो।

तेजोमयं सगुणनिर्गुणमद्वितीय मानन्दकन्दमपराजितमप्रमेयम्।
नागात्मकं सकलनिष्कलमात्मरूपं वाराणसीपुरपतिं भज विश्वनाथम्।।6।।

जो तेज पूर्ण, सगुण, निर्गुण, अद्वितीय, आनन्दकन्द, अपराजित और अतुलनीय हैं; जो अपने शरीर पर साँपों को धारण करते हैं तथा जिनका रूप ह्रास-वृद्धि रहित है; ऐसे आत्मस्वरूप काशीपति विश्वनाथ का भजन करो।

रागादिदोषरहितं स्वजनानुरागं वैराग्यशान्तिनिलयं गिरिजासहायम्।
माधुर्यधैर्यसुभगं गरलाभिरामं वाराणसीपुरपतिं भज विश्वनाथम्।।7।।

जो रागादि दोषों से रहित हैं, अपने भक्तों पर कृपा करते हैं, वैराग्य एवं शान्ति के स्थान हैं, जिनके साथ पार्वती जी रहती हैं, जो धीरता और मधुर स्वभाव से सुन्दर दिखाई पड़ते हैं तथा जिनका कण्ठ गरल के चिह्न से सुशोभित है; उन काशीपति विश्वनाथ का भजन करो।

आशां विहाय परिहृत्य परस्य निन्दां पापे रतिं च सुनिवार्य मनः समाधौ।
आदाय हृत्कमलमध्यगतं परेशं वाराणसीपुरपतिं भज विश्वनाथम्।।8।।

सभी आशाओं को छोड़कर, दूसरों की निन्दा त्यागकर, पाप-कर्म से अनुराग हटाकर तथा चित्त को समाधि में लगाकर अपने हृदय कमल में प्रकाशमान परमेश्वर काशीपति विश्वनाथ का भजन करो।

वाराणसीपुरपतेः स्तवनं शिवस्य व्याख्यातमष्टकमिदं पठते मनुष्यः।
विद्यां श्रियं विपुलसौख्यमनन्तकीर्तिं सम्प्राप्य देहविलये लभते च मोक्षम्।।9।।

जो मनुष्य काशीपति शिव के इन आठ श्लोकों के स्तवन का पाठ करता है; वह विद्या, धन, प्रचुर सौख्य और अनन्त कीर्ति प्राप्त कर देहावसान होने पर मोक्ष भी पा लेता है।

विश्वनाथाष्टकमिदं यः पठेच्छिवसन्निधौ।
शिवलोकमवाप्नोति शिवेन सह मोदते।।10।।

जो शिव के समीप इस विश्वनाथाष्टक का पाठ करता है, वह शिवलोक जाकर शिव के साथ आनन्दित होता है।

हरिहरपुत्र मंत्र

जिस तरह वास्तुपुरुष की उत्पत्ति अंधकदैत्य व शिव के बीच युद्ध समय में दोनों के पसीने की बूँदे भूमि पर गिरीं, उससे हुई इसी तरह किसी अन्यप्रकरण में यह हरि एवं हर का मानस पुत्र है एवं इसकी गणना विशेष शिवगणों में की जाती है।

इसका प्रयोग शत्रुनाश व पुत्र लाभ हेतु तथा साधना के विघ्नों को दूर करने हेतु किया जाता है।

1. पुत्रलाभार्थ मंत्रः- **ॐ ह्रीं हरिहरपुत्राय पुत्र लाभाय शत्रुनाशाय मदगजवाहनाय महाशास्ताय नमः।**

विनियोगः- ॐ अस्य श्री महाशास्ता मंत्रस्य अर्द्धनारीश्वर ऋषिः। अनुष्टुप् छंदः महाशास्ता देवता, ह्रीं बीजं, श्रीं शक्तिः। इष्टार्थं सिद्धर्थे जपे विनियोगः।

षडङ्गन्यासः	करन्यासः	अङ्गन्यासः
ह्रीं हरिहरपुत्राय	अंगुष्ठाभ्यां नमः	हृदयाय नमः
पुत्रलाभाय	तर्जनीभ्यां नमः	शिरसे स्वाहा
शत्रुनाशाय	मध्यमाभ्यां नमः	शिखायै वषट्
मदगजवाहनाय	अनामिकाभ्यां नमः	कवचाय हुं
महाशास्ताय	कनिष्ठिकाभ्यां नमः	नेत्रत्रयाय वौषट्
नमः	करतलकरपृष्ठाभ्यां नमः	अस्त्राय फट्

ध्यानः- **आश्यामकोमल विशाल विचित्रितंतु**
वासोवसानमहणोत्पल दान हस्तम्।
उत्तुङ्ग रक्तमुकुटं कुटिलार्द्रकेशं
शास्तारमिष्ट वरदं शरणं प्रपद्ये।।

पुत्रलाभ हेतु मृत्तिका मूर्ति बनाकर पूजा करे मोदक व पक्वान्न का भोग लगाये, पंचमेवा अर्पित करें। सवालक्ष जप से पुरश्चरण करे। पलाश समिद् से होम करे। खीरान्न घृत युक्त तिलादि से हवन करें।

2. अरिष्ट एवं विघ्ननाश हेतु - इस मंत्र प्रयोग में 'शास्ता' को अश्वारूढ बताया है।

शास्तारं मृगयाश्रान्तं अश्वारूढं गणवृत्तं।
पानीयार्थं वनादेत्य शास्त्रे ते रैवते नमः।।

इस मंत्र का उल्लेख प्राचीन मंत्रमहोदधि में है वर्तमान प्रचलित पुस्तकों में नहीं हैं। मंत्र में **'मृगया श्रान्तमश्वारूढं'** हैं।

शास्ता से अर्थ शासन करने वाले से होता है। भावार्थ पालन करने हेतु वन से प्रकट हुए तेजोमय रूप अश्वारूढ़ गणों से वेष्टित दुष्टों के संहार से परिश्रत सुदृढ़ शासन करने वाले, हे महाशास्ते आपको नमस्कार है।

विनियोग- ॐ अस्य श्री महाशास्ता मंत्रस्य रैवत ऋषिः, पंक्ति छंदः, महाशास्ता देवता, सर्वाभीष्टसिद्धये जपे विनियोगः।

करन्यास हेतु 8-8 अक्षरों से अंगुष्ठ से अनामिका तक न्यास करें। इसके बाद मूल मंत्र कनिष्ठा का नहीं करें करतल न्यास करें।

अङ्गन्यास हेतु भी 8-8 अक्षरों से शिर से कवचन्यास तक करे फिर नेत्र न्यास को छोड़कर पुनः मूलमंत्र से अस्त्रन्यास करे।

ध्यानः- साध्यं स्वपाशेन विवन्ध्यगाढं निपातयन्तुं खलु साधकस्य।
पादाब्जयोर्दण्डधरं त्रिनेत्रं शास्तारमभीष्ट-सिद्धयै।।

पुरश्चरण में एक लाख जप कर तिलों से दशांश होम करे। पलाश व विल्व समिधा से होम करे। ऑदुम्बर समिधा भी उपयुक्त है।

शास्तागायत्री- ॐ भूताधिपाय विद्महे महादेवाय धीमहि तन्नः शास्ता प्रचोदयात्।।

मंजुघोष मंत्र साधना

मंजुघोष मंत्र आराधना विद्या प्राप्ति हेतु एक दुर्लभ प्रयोग है। इसकी साधना से विद्या अध्ययन में रुचि तो उत्पन्न होती है साथ ही साथ परीक्षा एवं प्रतियोगिता में सफलता भी प्राप्त होती है। गणपति पूजन के उपरान्त भगवान शंकर का सर्वभाँति पूजन करके ध्यान, संकल्प विनियोग आदि का उच्चारण करें, उसके पश्चात् मंजुघोष मंत्र जो आगे उद्धृत किया जा रहा है का ग्यारह माला जप करें। यहाँ पर मंजुघोष के जो मंत्र उद्धृत किये जा रहे हैं उनमें से किसी भी एक मंत्र का जप करना उपयुक्त है, मंत्र के उच्चारण में शुद्धता तथा प्रतिपादन में स्वच्छता की अनिवार्यता असंदिग्ध है। उत्तर की ओर मुख करके साधना करना अधिक लाभप्रद सिद्ध होता है। इस विषय में शिव कहते हैं-

श्रुणु देवि! महामंत्रं साधकानां सुखावहम्।
यजूज्ञात्वा जड़धीः प्रायो वाचस्पति समो भवेत्।।
जपते् सिद्धिप्रदं सद्यो वैष्णवं सात्विकात्मकम्।
शैवसिद्धिप्रदं सधस्तामसं समुदाहृतम्।।

अर्थात् इसकी सात्विक उपासना पद्धति भी है और मुण्डसाधन आदि विधान भी है।

एकाक्षर मंत्र- ह्रीं

त्र्यक्षर- (1) क्रों, ह्रीं, श्रीं (2) ह्रीं, श्रीं, क्लीं

षडक्षर- (मंत्रकोष) मंत्रोद्धार - मातृकादि समुद्धृत्य (अ) वह्नि बीजं समुद्धरेत (रं) वामांशं कूर्च संज्ञं च ततो ऽ नेन समुद्धरेत मीनेशं च ततः कर्याद वामनेत्र संयुक्तं।

मंत्र - 'अ र व च ल धीं'

अन्यत्र- (भैरव सर्वस्वे-) विष्ण्वग्नि पाशी शशि युकूच धीश्च षडवर्णमन्त्रो
जगतां प्रदिस्टः।

(टीका) विष्णुः - अकार। अग्नि - रकार। पाशीवकारः
शशी-सकारः तेन-युक्तश्चकारः-धीश्च-धीः इतिस्वरूपम्।

(परन्तु शशी का संबोधन लकार हो तो मंत्र सही बैठता है।)

अथ मंत्रः- **'अ र व च ल धीः'**

विनियोगः- ॐ अस्य मंत्रस्य वृहदारण्यक ऋषिः, विराट छंदः, श्रीमंजुघोष देवता वाक्सिद्धि हेतवे, सर्भाष्ट सिद्धिये जपे विनियोगः।

अङ्गन्यास- एक एक अक्षर से अङ्गन्यास करें।

सप्ताक्षर- मंत्रोद्धार - **रविर्विन्दु समा युक्तो जान्तो वान्तोऽग्नि शांति युक्। क्षकारः पृथिवी चाग्निर्विन्दुः शांतिश्च उद्धतः।।**

भैरव सर्वस्य में टीका में रवि का अर्थ मकार माना है। वैसे मकार ईश्वर हेतु होता है। मंत्रकोष के अन्य टीकाकार ने भी शंका की है परन्तु यह नहीं लिखा कि रवि का अर्थ क्या हो।

जान्तो-ज का अंतिम 'झ'। वान्तो-वकार अंतिम 'ल'। यद्यपि यह व का पूर्वाक्षर है। शान्तिरीकारः। पृथिवी-लकारः।।

अथ सप्ताक्षर मंत्र- **मं झं ल रीं क्ष ल रीं।**

विनियोगः- अस्य मंत्रस्य कण्व ऋषिः, विराट छंदः वटुक देवता, सर्वाभीष्ट सिद्धये जपे विनियोगः।

अङ्गन्यासः- प्रथम दो अक्षरों से प्रथम न्यास करें फिर एक-एक अक्षर से एक-एक न्यास करें।

परन्तु (टीका में लिखा है - षड्दीर्घभाजा युक्ते न कुर्यादङ्गानि साधकः)

षडक्षर मंत्रस्य ध्यानः

संपूर्णमण्डल तुषारमरीचिमध्य बालं विलंबिचिकुरं वर-खड्गहस्तम्।
उद्यामकङ्कणवहं परपुष्पकाढ्य नग्नं यजेत् क्षतजपदादलायताक्षम्।।

सप्ताक्षर मंत्रस्य ध्यानः

शिशुतर वरक्लांतिक्लांत-नीलाम्बुदाभं विकचसरसिजाभ्यां पुस्तकं कर्पकं च।
स्मत - सुविशदवक्त्रं पञ्चचूड़ं त्रिनेत्रं कुमतिदहन दक्षं मञ्जुघोषं नमामि।।

<u>यंत्रपूजन</u>

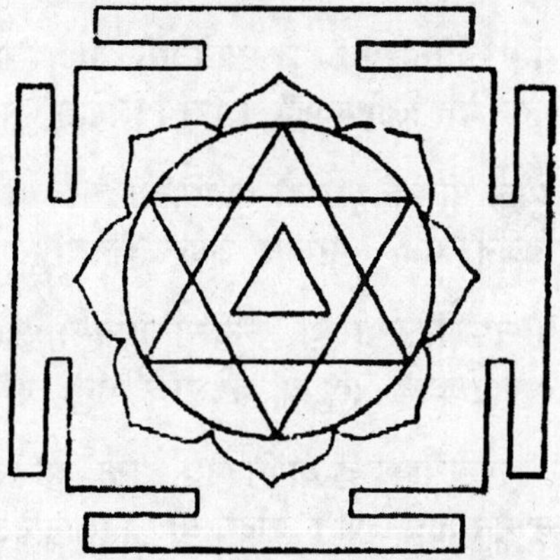

1. त्रिकोण के मध्य बिन्दु मंजुघोष का ध्यानपूर्वक आवाहन करे।

2. **षट्कोण में** - **हृदयायनमः, शिरसे स्वाहा, शिखायै वषट्, कवचाय हुँ, नेत्रत्रयाय वौषट, अस्त्राय फट्** से छह अंगों का पूजन करें। देव के वामांग में उसकी शक्ति की पूजा करे। (आदावङ्गानि संपूज्य पश्चाच्छक्तीरिमा यजेत्)

3. **अष्टदलेषु** - (पूर्वादिक्रमेण) **योगायैनमः, सत्यायैनमः, विमलायैनमः ज्ञानायैनमः, बुद्ध्यैनमः, स्मृत्यैनमः, मेधायैनमः, प्रज्ञायैनमः** (पत्रेषु सर्वान् मुद्रापुस्तक धारिणीः)

4. **भूपुरे** - भूपुर में इन्द्रादि लोकपालों का तथा उनके बाहर उनके अस्त्रों का पूजन करें।

इस यंत्र के अर्चन के जल को पीने से, अथवा यंत्र का थाली में गंधादि से लिखकर उसका प्रक्षालन पीये तो वाक्सिद्धि होती है। एक हजार बार जप कर जल अभिमंत्रित कर नित्य पीये तो महाकविर्भवेन्मंत्री मासेन तु न संशयः। प्रतिपालन विषय में कहा है -

आचरेत् कुत्सिताचार भक्षयेद् वामबाहुना।
प्रदीपोच्छिष्टतैलेन विलियेद्गात्रमन्वहम्।।
परिधानं सदा कुर्यात् केवलं रात्रिवाससा।
निशि निशि बलिभस्मै युक्तमन्तं प्रदद्याद्धृदय
मनुगलान्ते मंत्र जापं वितन्वन्।
भवति नृपतिपूज्यो योषितां प्रीतिपात्रं
भवतिखुल कवीनामग्रणीः पण्डितश्च।।
सर्ववेदागमादीनां व्याख्याता जायतेऽचिरात्।
काव्यार्थी कुरुते काव्यं धनार्थी प्राप्नुयद्धनम्।।

मुण्डसाधनम्

गोमुण्डे गिरिपृष्ठे च यत्नेनापि च गोमये।
यन्त्रे मंत्र लिखित्वादौ पश्चामंत्रं लिखेत् पुनः।।

ध्यान मात्रं विधायादौ भावयित्वा चिरं सुधीः।
निर्जनस्थान मासाद्य जपेन्मन्त्रमधोमुखः।।

पौर्णमासीं समारभ्य कुन्दस्य कुसुमैः शतैः।
अष्टाधिकैश्च संपूज्य जपेन्मंत्रं चतुः पथै।।

त्रिमुण्डारोहणं कृत्वा निशीथे मुक्त कुन्तलः।
षण्मासमात्रं जपति यदिमन्त्री विधानवित।।

बृहस्पति समोवक्ता नात्र कार्या विचारिणा।
कुक्कुरस्य च मुण्डैकं मुण्डं क्रोष्टुर्वृषस्य च।।

त्रिमुण्डमेतद् विख्यातं साधकानां सुखावहम्।
आसनं चैव गोमुण्डे वामे कुक्कुरमुण्डकम्।
दक्षिणे च शिवामुण्ड कृत्वा पूजा समाचरेत्।।

अर्धचन्द्राकृतिः पश्चात् वामे चन्द्राकृति स्फुटम्।
तत्रं मंत्रं लिखेत् पूजा कुन्दस्य कुसुमेन च।।

सव्येनपाणिकमलेन जपादि पूजा शृङ्गारशीलनविधिः खलु दक्षिणेन।
राकासुधाकर मरीचितुषारहार गौरं चतुष्पथतटेवृषमस्तकस्थम्।।

सचिन्त्य कुक्कुरशिवाशिर साधिरूढः कुन्देन साधकतमो जयति प्रकामम्।
गोचर्मरक्तरचितं रसकोणमात्रं चक्रं तपोऽपि नवकुंकुमरोचनाभिः।।
निर्माय सव्यविधिनाः विजने श्मशाने संपूजयेद् वनभवैश्च नवैः पलाशैः।

इसके बाद ध्यान मंत्र से आवाहन कर पूजन करें।

अरिष्ट गेहे निशि तैलमेवमादाय यत्ना कर पल्लवेन्।
तेनांजितं कांचन पुष्पमेव निवेद्य तस्मै रजति प्रकामम्।।

अशोकशाखोटतरोश्च मूले विलिप्य पादौ वदनामृतेन।
त्रिमुण्डमात्रस्थित एवं रात्रौ जपेद् यथाशक्ति च पौर्णमास्याम्।।

**लकुचविटपिमूले मुंडमात्रैकरूढो हिमकर करगौरं चिंतयित्वा निशीथे।
यदि जपति जड़ात्मा लक्षमेनं त्रिपक्षं भवति जगति साक्षात् गीर्पतिर्न्नात्र चित्रम्।।**

**भुक्तवान्नमेव कदलीतरुपुष्प जालैः मुण्डत्रये विरचितासन सन्निविष्टः।
राकाविधूदयमुपेत्य करोजितपूजां यः सोपि सूर्य इव वाक्पतिरीश्वरः स्यात्।।**

**जिह्वां विसृज्य निजपाणि सरोरुहाभ्यां वाणाप्रसूनशतकैः परिपूज्य गोष्ठी।
यौ वै जपेदनुदिनं रसलक्षमात्र मीशं जयेत् किमुत वाक्पतिमेकवक्त्रम्।।**

**वाणा पोतार्गेठी, स्थित्वा निशीथ समये
रजकस्यकाष्ठे खड्गान्वितो यजति कत्यपि पौर्णमास्याम्।
संपूर्णमासमथवा तरसापि तस्य वक्त्राद् विनिस्सरति गीरमृतायमाना।।**

**या दन्तधावन कृतैश्च करञ्जकाष्ठैस्तस्यापि गीः पतिवचो नियतंसुलभ्यम्।
तिलतैलेन मतिमान् कुन्दकैरवपुष्यकैः यत्नतो जुहुयान्मंत्री सर्वसिद्धिमुपा लभेत्।।**

**मंजिष्ठतोयसुर सासितभानुपुष्पैः स्वीयाङ्ग शोणितयुतः समकुष्ठकैश्च।
कृत्वा ललाटफलके तिलकं जपस्थो विद्याववोधविषयेन च गीः पतिः स्यात्।।**

(टीका=तीय राव इति ख्यातम्। सितभानुः = श्वेतार्कः। कुष्ठं-कूठं)

इति भैरव सर्वस्वे मंजुघोष प्रयोगः

शिव अष्टोत्तर शतनाम

मानव जीवन में अनेक प्रकार के उतार-चढ़ाव आते रहते हैं। कभी-कभी मन बहुत ही अशांत हो जाता है, कोई भी मार्ग सामने दिखाई नहीं देता कि हम क्या करें या किधर जांय, ऐसे अन्धकारमय काल में प्रकाश पथ का आधार शिवाष्टोत्तर शतनाम स्तोत्र होता है। इसके लिए किसी भी मुहूर्त्त की आवश्यकता नहीं होती, जब भी भय, बेचैनी, अशांति एवं विकट स्थिति प्रतीत हो, शिव जी के सानिध्य में इसका भक्तिपूर्वक एक भी पाठ कर लिया जाय तो भी शांति मिल जाती है, अधिक हो सके तो उत्तम ही है नियमित रूप से करने से दैनिक समस्याओं का समाधान होता रहता है और जीवन सुखमय व्यतीत होता है शिव की कृपा उस पर बनी रहती है।

शिवाष्टोत्तर शत नामों का स्मरण कण्ठस्थ हो जाने पर चलते फिरते, यात्रा के समय, किसी उच्च पदाधिकारी से मिलने के पूर्व या महत्त्वपूर्ण कार्य करते समय मन ही मन पाठ करते रहने से सभी कार्यों में सफलता मिलती है, और अनुकूल परिणाम की प्राप्ति होती है। यह अनुभव सिद्ध है।

शिवाष्टोत्तरशतनामस्तोत्रम्

शिवो महेश्वरः शम्भु; पिनाकी शशिशेखरः।
वामदेवो विरूपाक्षः कपर्दी नीललोहितः।।1।।

शङ्करः शूलपाणिश्च खट्वाङ्गी विष्णुवल्लभः।
शिपिविष्टोऽम्बिकानाथः श्रीकण्ठो भक्तवत्सलः।।2।।

भवः शर्वस्त्रिलोकेशः शितिकण्ठः शिवाप्रियः।
उग्रः कपाली कामारिरन्धकासुरसूदनः।।3।।

गङ्गाधरो ललाटाक्षः कालकालः कृपानिधिः।
भीमः परशुहस्तश्च मृगपाणिर्जटाधरः।।4।।

कैलासवासी कवची कठोरस्त्रिपुरान्तकः।
वृषाङ्को वृषभारूढो भस्मोद्धूलितविग्रहः।।5।।

सामप्रियः स्वरमयस्त्रयीमूर्तिरनीश्वरः।
सर्वज्ञः परमात्मा च सोमसूर्याग्निलोचनः।।6।।

हविर्यज्ञमयः सोमः पञ्चवक्त्रः सदाशिवः।
विश्वेश्वरो वीरभद्रो गणनाथः प्रजापतिः।।7।।

हिरण्यरेता दुर्धर्षो गिरीशो गिरिशोऽनघः।
भुजङ्गभूषणो भर्गो गिरिधन्वा गिरिप्रियः।।8।।

कृत्तिवासा पुरारातिर्भगवान् प्रमथाधिपः।
मृत्युञ्जयः सूक्ष्मतनुर्जगद्व्यापी जगद्गुरुः।।9।।

व्योमकेशो महासेनजनकश्चारुविक्रमः।
रुद्रो भूतपतिः स्थाणुरहिर्बुध्न्यो दिगम्बरः।।10।।

अष्टमूर्तिरनेकात्मा सात्त्विकः शुद्धविग्रहः।
शाश्वतः खण्डपरशूरजः पाशविमोचनः।।11।।

मृडः पशुपतिर्देवो महादेवोऽव्ययो हरिः।
पूषदन्तभिदव्यग्रो दक्षाध्वरहरो हरः।।12।।

भगनेत्रभिदव्यक्तः सहस्राक्षः सहस्रपात्।
अपवर्गप्रदोऽनन्तस्तारकः परमेश्वरः।।13।।

।। इति श्रीशिवरहस्ये शिवाष्टोत्तरशतनाम स्तोत्रम्।।

संसारपावनं शिवकवचम्

संसार पावन शिव कवच का सविधि संपादन करने से साधक का सभी प्रकार से कल्याण होता है। इस कवच के द्वारा अभिषेक करने का भी विधान है। भगवान शिव को कमल पुष्प अर्पित करके अभिषेक करना सर्वोत्तम स्वीकारा गया है यथा सम्भव ग्यारह सौ कमल पुष्पों द्वारा भगवान शंकर का पूजन करना चाहिए, यदि कमल के पुष्प प्राप्त न हो सकें तो श्वेतार्क के पुष्पों से भगवान शंकर का पूजन करना चाहिए। इस प्रकार से पूजन करके संसार पावन शिवकवचम् का पाठ करने से साधक समस्त कष्टों से उन्मुक्त होकर सुखमय जीवन व्यतीत करता है। सभी प्रकार की विपत्तियों का अन्त होता है तथा संसार पावनं शिवकवच का पाठ प्रतिदिन करने से भगवान शंकर की विशिष्ट कृपा की वृष्टि संभव होती है। स्वस्थ्य जीवन के साथ-साथ धन ऐश्वर्य कीर्ति वैभव, सम्पत्ति सम्पदा प्रतिष्ठा प्रशंसा प्रसिद्धि लोकप्रियता, विद्वता योग्यता निरोगता की उपलब्धि होती है और व्यक्ति निष्कंटक जीवन व्यतीत करता हुआ सदा प्रगति पथ की ओर प्रशस्त होता है।

<u>सौतिरुवाच</u>

शिवस्य कवचं स्तोत्रं श्रूयतामिति शौनक।
वसिष्ठेन च यद्‌दत्तं गन्धर्वाय च यो मनुः।।1।।

ॐ नमो भगवते शिवाय स्वाहेति च मनुः।
दत्तो वसिष्ठेन पुरा पुष्करे कृपया विभो।।2।।

अयं मन्त्रो रावणाय प्रदत्तो ब्रह्मणा पुरा।
स्वयं शम्भुश्च बाणाय तथा दुर्वाससे पुरा।।3।।

मूलेन सर्वं देयं च नैवेद्यादिकमुत्तमम्।
ध्यायेन्नित्यादिकं ध्यानं वेदोक्तं सर्वसम्मतम्।।4।।

'ॐ नमो महादेवाय' इति मन्त्रः

<u>बाणासुर उवाच</u>

महेश्वर महाभाग कवचं यत् प्रकाशितम्।
संसारपावनं नाम कृपया कथय प्रभो।।5।।

<u>**महेश्वर उवाच**</u>

शृणु वक्ष्यामि हे वत्स कवचं परमाद्भुतम्।
अहं तुभ्यं प्रदास्यामि गोपनीयं सुदुर्लभम्।।6।।

पुरा दुर्वाससे दत्तं त्रैलोक्यविजयाय च।
ममैवेदं च कवचं भक्त्या यो धारयेत् सुधीः।।7।।

जेतुं शक्रोति त्रैलोक्यं भगवानिव लीलया।
संसारपावनस्यास्य कवचस्य प्रजापतिः।।8।।

ऋषिश्छन्दश्च गायत्री देवोऽहं च महेश्वरः।
धर्मार्थकाममोक्षेषु विनियोगः प्रकीर्तितः।।9।।

पञ्चलक्षजपेनैव सिद्धिदं कवचं भवेत्।
यो भवेत् सिद्धकवचो मम तुल्यो भवेद् भुवि।
तेजसा सिद्धियोगेन तपसा विक्रमेण च।।10।।

शम्भुर्मे मस्तकं पातु मुखं पातु महेश्वरः।
दन्तपङ्क्तिं नीलकण्ठोऽप्यधरोष्ठं हरः स्वयम्।।11।।

कण्ठं पातु चन्द्रचूडः स्कन्धौ वृषभवाहनः।
वक्षःस्थलं नीलकण्ठः पातु पृष्ठं दिगम्बरः।।12।।

सर्वाङ्गं पातु विश्वेशः सर्वदिक्षु च सर्वदा।
स्वप्ने जागरणे चैव स्थाणुर्मे पातु संततम्।।13।।

इति ते कथितं बाण कवचं परमाद्भुतम्।
यस्मै कस्मै न दातव्यं गोपनीयं प्रयत्नतः।।14।।

यत् फलं सर्वतीर्थानां स्नानेन लभते नरः।
तत् फलं लभते नूनं कवचस्यैव धारणात्।।15।।

इदं कवचमज्ञात्वा भजेन्मां यः सुमन्दधीः।
शतलक्षप्रजप्तोऽपि न मन्त्रः सिद्धिदायकः।।16।।

इति श्रीब्रह्मवैवर्ते मन्त्रसहितं संसारपावनं शिवकवचं सम्पूर्णम्

अमोघ शिव कवच

संसार पावन शिवकवच की भाँति ही अमोघ शिव कवच की महत्ता का भी उल्लेख शास्त्रों में उपलब्ध है। संसार पावन शिवकवच की अपेक्षा अमोघ शिव कवच भी एक दुर्लभ स्तोत्र है और यह दुर्लभ स्तोत्र अमोघ भी है।

भगवान शंकर का ग्यारह सौ कमल पुष्पों से पूजन करना चाहिए। कमल पुष्प के अभाव में श्वेतार्क के पुष्पों से भगवान शंकर का षोडशोपचार पूजन करना चाहिए। तदुपरान्त हाथ में जल लेकर विनियोग पढ़े और ऋष्यादिन्यास तन्मयता के साथ सम्पन्न करें। करन्यास, हृदयादिन्यास करने के पश्चात् ध्यान करें तत्पश्चात् स्तोत्र का पाठ करें

अमोघ शिव कवच का पाठ करने से असाध्य व्याधि से भी रोगी मुक्त हो जाता है और स्वस्थ्य जीवन व्यतीत करता है। समस्त व्याधियों के साथ-साथ समस्त विपत्तियों और आपत्तियों का भी शमन होता है। इसके पाठ से साधक उज्ज्वल भविष्य के सुखप्रदायक पथ पर प्रशस्त होता है। भीषण संकट आने पर अमोघ शिव कवच का पाठ करने का परामर्श प्रदान करना चाहिए। इस कवच का एक, तीन, पाँच अथवा सात बार पाठ करना श्रेयस्कर सिद्ध होता है, जो साधक इस कवच का पाठ प्रतिदिन करते हैं वे सभी संकटों से सदा मुक्त रहते हैं। किसी प्रकार की असाध्य व्याधि से वे ग्रस्त नहीं होते, इसके अतिरिक्त धन, यश और वैभव से अमोघ शिव कवच का पाठ करने वाले साधक सदा सर्वदा अभिपूरित रहते हैं।

<u>विनियोगः-</u> अस्य श्री शिवकवचस्तोत्रमंत्रस्य ब्रह्मा ऋषिः अनुष्टुप् छन्दः, श्री सदाशिव रुद्रो देवता, ह्रीं शक्तिः, वं कीलकम्, श्रीं ह्रीं क्लीं बीजं, सदाशिव प्रीत्यर्थे शिवकवचस्तोत्र पाठे विनियोगः।

<u>ऋष्यादिन्यासः-</u> ॐ ब्रह्म ऋषये नमः - शिरसि। अनुष्टुप् छन्दसे नमः - मुखे।
श्री सदाशिव रुद्रदेवाय नमः - हृदि। ह्रीं शक्तये नमः - पादयोः।
वं कीलकाय नमः - नाभौ। श्रीं ह्रीं क्लीं इति बीजाय नमः - गुह्ये।
विनियोगाय नमः - सर्वाङ्गे।।

<u>करन्यासः</u>

ॐ नमो भगवते ज्वल ज्वाला मालिने,
ॐ ह्रीं रां सर्वशक्ति धाम्ने ईशानात्मने - अङ्गुष्ठाभ्यां नमः।

ॐ नमो भगवते ज्वल ज्वालामालिने
ॐ नं रीं नित्यतृप्ति धाम्ने तत्पुरुषात्मने - तर्जनीभ्यां नमः।

ॐ नमो भगवते ज्वल ज्वालामालिने
ॐ मं रूं अनादि शक्ति धाम्ने अघोरात्मने - मध्यमाभ्यां नमः।

ॐ नमो भगवते ज्वल ज्वालामालिने
ॐ शिं रैं स्वतंत्र शक्ति धाम्ने वामदेवात्मने - अनामिकाभ्यां नमः।

ॐ नमो भगवते ज्वल ज्वालामालिने
ॐ वां गैं अलुप्त शक्तिधाम्ने सद्यो जातात्मने - कनिष्ठिकाभ्यां नमः।

ॐ नमो भगवते ज्वल ज्वालामालिने
ॐ यं रः अनादि शक्तिधाम्ने सर्वात्मने -करतलकर पृष्ठाभ्यां नमः।

<u>हृदयादिन्यासः</u>

ॐ नमो भगवते ज्वल ज्वालामलिने,
ॐ ह्रीं रां सर्व शक्ति धाम्ने ईशानात्मने - हृदयाय नमः।

ॐ नं रीं नित्य तृप्ति धाम्ने तत्पुरुषात्मने - शिरसे स्वाहा।

ॐ नमो भगवते ज्वल ज्वालामालिने,
ॐ नमो भगवते ज्वल ज्वालामालिने
ॐ मं रुं अनादि शक्ति धाम्ने अघोरात्मने - शिखायै वषट्।

ॐ नमो भगवते ज्वल ज्वालामालिने
ॐ शिं रैं स्वतंत्र शक्ति धाम्ने वाम देवात्मने - कवचाय हुम्।

ॐ नमो भगवते ज्वल ज्वालामालिने
ॐ वां गैं अलुप्तशक्ति धाम्ने सद्योजातात्मने - नेत्रत्रयाय वौषट्।

ॐ नमो भगवते ज्वल ज्वाला मालिने
ॐ यं रः अनादि शक्ति धाम्ने सर्वात्मने - अस्त्राय फट्।

(ब्रह्मखण्ड 19/39-54)

<u>ध्यानम्ः</u> वज्र दंष्ट्रं त्रिनयनं काल कण्ठमरिंदमम्।
सहस्रकरमप्युग्रं वन्दे शम्भुमुमापतिम्।।

<u>ऋषभ उवाच</u>

अथापरं सर्व पुराण गुह्यं निःशेष पापौघहरं पवित्रम्।
जयप्रदं सर्व विपद्विमोचनं वक्ष्यामि शैवं कवचं हिताय ते।।

नमस्कृत्य महादेवं विश्व व्यापिनमीश्वरम्।
वक्ष्ये शिवमयं वर्म सर्वरक्षा करं नृणाम्।।1।।

शुचौ देशे समासीनो यथावत्कल्पितासनः।
जितेन्द्रियो जितप्राणश्चिन्तयेच्छिवमव्ययम्।।2।।

हृत्पुण्डरीकान्तर सन्निविष्टं स्वतेजसा व्याप्तनभोऽवकाशम्।
अतीन्द्रियं सूक्ष्ममनन्तमाद्यं ध्यायेत् परानन्दमयं महेशम्।।3।।

ध्यानावधूताखिलकर्म बन्धश्चिरं चिदानन्द निमग्नचेताः।
षडक्षर न्यास समाहितात्मा शैवेन कुर्यात् कवचेन रक्षाम्।।4।।

मां पातु देवोऽखिलदेवतात्मा संसार कूपे पतितं गभीरे।
तन्नाम दिव्यं वर मंत्रमूलं धुनोतु मे सर्वमघं हृदिस्थम्।।5।।

सर्वत्र मां रक्षतु विश्वमूर्तिर्ज्योतिर्मयानन्द घनश्चिदात्मा।
अणोरणीयानुरुशक्तिरेकः स ईश्वरः पातु भयादशेषात्।।6।।

यो भूस्वरूपेण विभर्ति विश्वं पायात् स भूमेर्गिरिशोऽष्टमूर्तिः।
योऽपां स्वरूपेण नृणां करोति संजीवनं सोऽवतु मां जलेभ्यः।।7।।

कल्पावसाने भुवनानि दग्ध्वा, सर्वाणि यो नृत्यति भूरिलीलः।
स कालरुद्रोऽवतु मां दवाग्नेर्वात्यादिभीतेरखिलाच्च तापात्।।8।।

प्रदीप्त विद्युत्कनकावभासो विद्यावराभीति कुठार पाणिः।
चतुर्मुखस्तत्पुरुषस्त्रिनेत्रः प्राच्यां स्थितं रक्षतु मामजस्रम्।।9।।

कुठार वेदाङ्कुश पाशशूल कपाल ढक्काक्षगुणान् दधानः।
चतुर्मुखो नीलरूचिस्त्रिनेत्रः पायादघोरो दिशि दक्षिणस्याम्।।10।।

कुन्देन्दुशंखस्फटिकावभासो वेदाक्षमालावरदाभयाङ्कः।
त्रयक्षश्चतुर्वक्तर उरू प्रभावः सद्योऽधिजातोऽवतु मां प्रतीच्याम्।।11।।

वराक्षमालाभयटङ्कहस्तः सरोजकिञ्जल्कसमानवर्णः।
त्रिलोचनश्चारू चतुर्मुखो मां, पायादुदीच्यां दिशि वामदेवः।।12।।

वेदाभयेष्टाङ्कुशपाशटङ्क कपाल ढक्काक्षक शूल पाणिः।
सितद्युतिः पञ्चमुखोऽवतान्मामीशान ऊर्ध्व परमप्रकाशः।।13।।

मूर्द्धानमव्यान्मम चन्द्रमौलिर्भालं ममाव्यादथ भालनेत्रः।
नेत्रे ममाव्याद्भगनेत्रहारी नासां सदा रक्षतु विश्वनाथः।।14।।

पायाच्छ्रुती मे श्रुतिगीतकीर्तिः कपोलमव्यात् सततं कपाली।
वक्त्रं सदा रक्षतु पञ्चवक्त्रो जिह्वां सदा रक्षतु वेदजिह्वः।।15।।

कण्ठं गिरीशोऽवतु नीलकण्ठः पाणिद्वयं पातु पिनाकपाणिः।
दोमूर्लमव्यान्मम धर्मबाहुर्वक्षः स्थलं दक्षमखान्त कोऽव्यात्।।16।।

ममोदरं पातु गिरीन्द्रधन्वा मध्यं ममाव्यान्मदनान्तकारी।
हेरम्बतातो मम पातु नाभिं-पायात् पातु धूर्जटिरीश्वरो मे।।17।।

उरूद्वयं पातु कुवेरमित्रो जानुद्वयं मे जगदीश्वरोऽव्यात्।
जङ्घायुगं पुङ्गवकेतुख्यात् पादौ ममाव्यात् सुरवन्द्यपादः।।18।।

महेश्वरः पातु दिनादियामे मां मध्ययामेऽवतु वामदेवः।
त्रियम्बकः पातु तृतीययामे, वृषध्वजः पातु दिनान्त्ययामे।।19।।

पायान्निशादौ शशि शेखरो मां गङ्गाधरो रक्षतु मां निशीथे।
गौरी पतिः पातु निशावसाने मृत्युञ्जयो रक्षतु सर्वकालम्।।20।।

अन्तःस्थितं रक्षतु शङ्करो मां स्थाणुः सदा पातु बहिस्थितं माम्।
तदन्तरे पातु पतिः पशूनां सदाशिवो रक्षतु मां समन्तात्।।21।।

तिष्ठन्तमव्याद् भुवनैकनाथः पायाद् ब्रजन्तं प्रमथाधिनाथः।
वेदान्तवेद्योऽवतु मां निषण्णं, मामव्ययः पातु शिवः शयानम्।।22।।

मार्गेषु मां रक्षतु नीलकण्ठः शैलादि दुर्गेषु पुरत्रयारिः।
अरण्यवासादि महाप्रवासे पायान्मृगव्याध उदारशक्तिः।।23।।

कल्पान्तकाटोपपटुप्रकोपः स्फुटाट्टहासोच्चलिताण्डकोशः।
घोरारि सेनार्णवदुर्निवार महाभयाद् रक्षतु वीरभद्रः।।24।।)

पत्यश्वमातङ्ग घटावरुथ सहस्र लक्षायुत कोटि भीषणम्।
अक्षौहिणीनां शतमाततायिनां छिन्द्यान्मृडोघोर कुठार धारया।।25।।

निहन्तु दस्यून प्रलयानलार्चिर्ज्वलत् त्रिशूलं त्रिपुरान्तकस्य।
शार्दूलसिंहर्क्ष वृकादि हिंस्रान् संत्रासयत्वीश धनुः पिनाकम्।।26।।

दुःस्वप्न दुश्शकुन दुर्गति दौर्मनस्य दुर्भिक्ष दुर्व्यसन दुस्सहदुर्यशांसि।
उत्पात ताप विषभीतिम सद्ग्रहार्ति व्याधींश्चनाशयतु मे जगतामधीशः।।27।।

ॐ नमो भगवते सदाशिवाय सकल तत्त्वात्मकाय सकल तत्त्व विहाराय सकल लोकैकहर्त्रे सकल लोकैकगुरुवे सकल लोकैक कर्त्रे सकल लोकैकभर्त्रे सकललोकैक साक्षिणो सकल निगम गुह्याय सकल वर प्रदाय सकल दुरितार्ति भञ्जनाय सकल जगद् भयंकराय सकल लोकैक शङ्कराय शशाङ्क शेखराय शाश्वत निजाभासाय निर्गुणाय निरुपमाय निरूपाय निराभासाय निरामयाय निष्प्रपञ्चाय निष्कलंकाय निर्द्वन्द्वाय निरसङ्गाय निराधाय नित्य शुद्ध बुद्ध परिपूर्ण सच्चिदानन्दाद्वयाय परमशान्त प्रकाश तेजोरूपाय जय जय महारुद्र महारौद्र भद्रावतार दुःखदावदारण महाभैरव काल भैरव कल्पान्त भैरव कपाल मालाधर खट्वाङ्ग खड्ग चर्मपाशाङ्कुश डमरू शूल चाप गदा शक्ति भिन्दपाल तोमर मुसल मुद्गर पट्टिश परशु परिघ भुशुण्डी शतघ्नी चक्राद्यायुध भीषणकर सहस्रमुख दंष्ट्राकराल विकटाट्टहास विस्फारित ब्रह्माण्ड मण्डल नागेन्द्र कुण्डल नागेन्द्रहार नागेन्द्र वलय नागेन्द्र चर्म धर मृत्युञ्जय त्र्यम्बक त्रिपुरान्तक विरुपाक्ष विश्वेश्वर विश्वरूप वृषभवाहन विषभूषण विश्वतोमुख सर्वतोरक्षरक्ष मां ज्वल ज्वल महामृत्युभयमपमृत्युभयं

नाशय नाशय रोगभयमुत्सादयोत्सादय विषसर्प भयं शमय शंमय चोर भयं मारय मारय मम शत्रूनुच्चाटयोच्चाटय शूलेन विदारय विदारय कुठारेण भिन्धिभिन्धि खड्गेन छिन्धि छिन्धि खट्वाङ्गेन विपोथय विपोथय मुसलेन निष्पेषय निष्पेषय वाणैः संताडय संताडय रक्षांसि भीषय भीषय भूतानि विद्रावय विद्रावय कूष्माण्ड बेताल मारीगण ब्रह्मराक्षसान् संत्रासय संत्रासय ममाभयं कुरु कुरु वित्रस्तं मामाश्वासयाश्वासय नरक भयान्मामुद्धार-योद्धारय संजीवय संजीवय क्षुतृड्भ्यां मामाप्याययाप्यायय, दुःखातुरं मामानन्दयानन्दय शिवकवचेन मामाच्छादयाच्छादय त्र्यम्बक सदाशिव नमस्ते नमस्ते नमस्ते।

ऋषभ उवाच

इत्येतत्कवचं शैवं वरदं व्याहृतं मया।
सर्व बाधा प्रशमनं रहस्यं सर्वदेहिनाम्।।28।।

यः सदा धारयेन्मर्त्यः शैवं कवचमुत्तमम्।
न तस्य जायते क्वापि भयं शम्भोरनुग्रहात्।।29।।

क्षीणायुर्मृत्युमापन्नो महारोग हतोऽपि वा।
सद्यः सुखमवाप्नोति दीर्घमायुश्च विन्दति।।30।।

सर्वदारिद्र्य शमनं सौमङ्गल्य विवर्धनम्।
यो धत्ते कवचं शैवं स देवैरपि पूज्यते।।31।।

महापातक संघातैर्मुच्यते चोपपातकैः।
देहान्ते शिवमाप्नोति शिववर्मानुभावतः।।32।।

त्वमपि श्रद्धया वत्स शैवं कवचमुत्तमम्।
धारयस्वमयादत्तं सद्यः श्रेयो ह्यवाप्स्यसि।।33।।

।। श्री स्कन्दपुराणे अमोघ शिव कवचम्।।

नरसिंह कवच

समाज में हर प्रकार के प्राणी विद्यमान हैं। कोई व्यक्ति निरन्तर प्रगति पथ पर प्रशस्त हो रहा है क्योंकि वह अपनी उन्नति, प्रगति के विस्तार एवं विकास हेतु प्रयत्नशील है। उसकी जागरूकता स्वयं को श्रेष्ठ से श्रेष्ठतर और पुनः श्रेष्ठतम बनाने हेतु उपयोग में आ रही है। जबकि समाज में एक ऐसा वर्ग भी है जो अपनी उन्नति या वृद्धि की चिन्ता न करके, अपनी समग्र ऊर्जा, दूसरों को आहत, हताहत तथा व्यथित, शिथिल तथा उनकी प्रतिष्ठा को अपमान, अपयश तथा अनादर में परिवर्तित करने में व्यय करता है। अनेक प्रकार के अभिचार कर्म द्वारा, दूसरों को हानि पहुँचाकर, उन्हें दारुण दुःख से आक्रान्त देखकर, ऐसे व्यक्ति प्रसन्न होते हैं। अपने प्रतिद्वन्द्वी या शत्रु का प्राणान्त कराने तक के लिए अभिचार कर्म करवाने में उन्हें संकोच नहीं होता। परकृत

अभिचार कर्म आदि, प्रेत बाधा, ग्रह पीड़ा, दुर्घटना, शत्रुता, पदोन्नति में अवरोध तथा निरन्तर असफलता हेतु नरसिंह प्रयोग अतिउत्तम सिद्ध हुआ है। नरसिंह कवच अमोघ है। इसके प्रयोग में सतर्कता अनिवार्य है। यदि नरसिंह कवच का निर्माण संभव न हो, तो अन्त में दिये गये नरसिंह मन्त्र का एक से लेकर ग्यारह माला तक प्रतिदिन जप करने से किसी कार्य में उत्पन्न होने वाली समस्त बाधाओं का विनाश होता है। शत्रु का दमन तथा पदोन्नति से संबंधित अवरोध आदि का शमन होता है। प्रेतबाधा से भयाक्रान्त व्यक्ति भयमुक्त होता है तथा अभिचार कर्म निष्क्रिय हो जाते हैं। नरसिंह मन्त्र भगवान विष्णु के षोडशोपचार पूजन के उपरान्त करना उपयुक्त है क्योकि नरसिंह भगवान विष्णु के ही अवतार हैं। यह प्रयोग अनेक आचार्यों द्वारा अनुभूत है और हमने जब भी नरसिंह कवच का अनुष्ठान सम्पन्न किया है, तब आश्चर्यजनक फल प्राप्त हुए हैं।

विधि : नरसिंह कवच को किसी ताम्रपत्र पर शुद्ध खुदवा कर अथवा भोजपत्र पर अष्टगंध से लिखकर सामान्य प्राणप्रतिष्ठा विधि से पूजा करके नौ दिन तक एक सौ आठ पाठ प्रतिदिन करता रहे अथवा शुक्ल पक्ष की अष्टमी से प्रारंभ करके चतुर्दशी तक सात दिन का पुरश्चरण करने, दशांश हवन, ब्राह्मण भोजन करने से यह कवच अत्यन्त जागृत व सप्राण हो जाता है। इस प्रकार का कवच जिस घर में स्थापित रहेगा, उसमें किसी भी प्रकार की आगन्तुक बाधा अपना दुष्प्रभाव नहीं करेगी, इतना ध्यान रखना चाहिए कि इस कवच को प्रतिदिन अगरबत्ती और चतुर्दशी के दिन स्नानादि कराकर पूजित रखने से अधिक लाभ प्राप्त होता है, उपेक्षा करने से कर्त्ता और कारयिता दोष-भागी बनते हैं।

कवच

नारद उवाच- **इन्द्रादि देववृन्देश ईड्येश्वर जगत्पते,**
महाविष्णोर्नृसिंहस्य कवचं ब्रूहि मे प्रभो।।
यस्य प्रपठनात् विद्वान त्रैलोक्य विजयी भवेत्।

ब्रह्मोवाच - **शृणु नारद वक्ष्यामि पुत्रश्रेष्ठ तपोधन,**
कवचं नरसिंहस्यस्त्रैलोक्यविजयी भवेत्।

स्रष्टाहं जगतां वत्स पठनात् धारणात् यतः, लक्ष्मीः जगत्त्रयंपाति संहर्ताच महेश्वरः।
पठनात् धारणात् देवाः बहवश्च दिगीश्वराः ब्रह्ममंत्रमयं वक्ष्ये भ्रान्त्यादि विनिवारकम्।।
यस्य प्रसादात् दुर्वासास्त्र्यैलोक्य विजयीभवेत् पठनाद्धारणाद्यस्य शास्ताच क्रोधभैरवः।
त्रैलोक्य विजयस्यापि कवचस्य प्रजापतिः ऋषिश्छन्दस्तु गायत्री नृसिंहो देवता विभुः

क्ष्रौं बीजं मे शिरः पातु चन्द्रवर्णो महामनुः,
ओम् उग्रं वीरं महाविष्णुं ज्वलन्तं सर्वतोमुखम्

नृसिंह भीषणं भद्रं मृत्युमृत्युं नमाम्यहम् द्वात्रिंशदक्षरो मंत्रो मंत्रराजः सुरद्रुमः।
कण्ठं पातु ध्रुवं क्ष्रौं हृद् भगवते चक्षुषीमम, नरसिंहाय च ज्वालामालिने पातुकर्णकम्
दीपदंष्ट्राय च तथा अग्निनेत्राय नासिकाम्, सर्वरक्षोःघ्नायच तथा सर्वभूतहिताय च।।

सर्वज्वर विनाशाय दहदह पदद्वम, रक्ष रक्ष वर्म मंत्रःस्वाहा पातु मुखं मम।। तारादि रामचन्द्राय नमः पातु हृदं मम क्लीं पायात्पार्श्वयुग्मं च तारो नमः पदं ततः।

नारायणाय नाभिं च आं ह्रीं क्रों क्षीं च हुं फट्,
षडक्षरः कटि पातु ओम् नमो भगवते पदम्।
वासुदेवाय च पृष्ठं क्लीं कृष्णाय क्लीं उरुद्वयम्
क्लीं कृष्णाय सदा पातु जानुनी च मनूत्तमः

क्लीं ग्लौं क्लीं श्यामलांगाय नमः पायात्मदद्वयम् क्ष्रौं नृसिंहाय क्ष्रौं च सर्वांगे मे सादवतु इति ते कथितं वत्स सर्व मंत्रौघ विग्रहम, तवसनेहानमयाख्यातं प्रवक्तव्यं नकसयचित् गुरुपूजां विधायाय गृह्णीयात् कवचं ततः सर्वपुण्ययुतो भूत्वा सर्वसिद्धियुतोभवेत्।

विशेष - यह कवच नृसिंह मंत्र का स्वरूप है। कवच के साथ मंत्र का जप करने से अति उत्तम फल प्राप्त होता है। मंत्र इस प्रकार है -

"ओम् नरसिंहाय हिरण्यकशिपुवक्षः स्थलविदारणाय त्रिभुवनव्यापकाय भूतप्रेत पिशाचडाकिनीकुलोन्मूलनाय स्तंभोद्भवाय समस्त दोषान् हर हर विसर विसर पच पच हन हन कंपय कंपय मथ मथ ह्रीं ह्रीं ह्रीं फट् फट् ठः ठः ठः एहि एहि रुद्रः आज्ञापयति स्वाहा।"

पारद शिवलिंग साधना

(साधना का समय)

शिवरात्रि भगवान् शिव का परम प्रिय दिन है। इससे पाँच दिवस पूर्व उच्चकोटि के योगी, साधक, शिष्य और सद् गृहस्थ एक अद्वितीय साधना सम्पन्न करते हैं। वह 'पारद शिवलिंग साधना' कही जाती है। इस साधना को सम्पन्न करने पर जीवन में किसी प्रकार की कमी नहीं रहती। आश्चर्य तो इस बात का है कि साधना भली प्रकार से सम्पन्न होते ही उसका आश्चर्यजनक फल उसी क्षण से साधक को मिलने लग जाता है।

चाहे आर्थिक उन्नति करनी हो, चाहे व्यापार वृद्धि, चाहे रोग मुक्ति हो, चाहे पारिवारिक समस्या का समाधान करना हो, सभी कार्यों के लिए यह साधना सर्वश्रेष्ठ एवं अद्वितीय कही गई है। पूरे वर्ष में केवल एक बार इस साधना को सम्पन्न करने का अवसर आता है और जो इस अवसर को चूक जाता है, वह पछताकर रह जाता है।

साधना सामग्रीः-

मंत्र सिद्धि प्राण प्रतिष्ठा युक्त पारद शिवलिंग या लघु पारद शिवलिंग प्रभंजन गुटिका, तीन रूद्राक्ष के दाने।

इसके अलावा कुमकुम, जलपात्र, दीपक और अगरबत्ती की आवश्यकता होती है।

साधना कैसे करें:-

शिवरात्रि के दिन उपर्युक्त सामग्री मंगवाकर रख लेनी चाहिए। इसमें मूंगे की या रुद्राक्ष की माला का प्रयोग होता है। रुद्राक्ष की माला ज्यादा फलप्रद है। अतः पारद शिवलिंग, प्रभंजन (पारद) गुटिका तथा तीन रुद्राक्ष के दाने प्राप्त कर लेने चाहिए। ये वस्तुएँ मंत्र सिद्ध प्राणप्रतिष्ठा युक्त हों।

प्रातः उठकर स्नान कर पूर्वाभिमुख होकर बैठ जायें। सामने पवित्र वस्त्र बिछा दें और उस पर किसी चाँदी, स्टील अथवा तांबे के पात्र में पारद शिवलिंग स्थापित कर दें। उसके सामने ही प्रभंजन गुटिका तथा तीनों रुद्राक्ष के दाने रख दें।

शुद्ध घृत का दीपक जला दें और अगरबत्ती प्रज्वलित करें, फिर केसर कुमकुम से पारद शिवलिंग, प्रभंजन गुटिका तथा तीनों रुद्राक्ष के दानों पर तिलक करें तथा मन में संकल्प लें कि मैं अपने जीवन की पूर्ण भौतिक एवं आध्यात्मिक उन्नति के लिए यह साधना सम्पन्न कर रहा हूँ।

फिर एकनिष्ठ होकर रुद्राक्ष की माला से निम्न मंत्र का जाप प्रारम्भ करें। यह रुद्राक्ष की माला चैतन्य प्राणप्रतिष्ठा-युक्त होनी चाहिए। यदि रुद्राक्ष की माला न हो, तो मूंगे की माला का प्रयोग किया जा सकता है। यह मंत्र जाप मात्र इक्कीस मालाएँ नित्य होना चाहिए। इसमें लगभग तीन घंटे लगते हैं। इस प्रकार पाँच दिन तक नित्य इक्कीस माला मंत्र जाप होना चाहिए।

मंत्र- **ॐ ह्रीं तेजस श्रीं कामसे क्रीं पूर्णत्व सिद्धि।**
देहि पारदेश्वराय क्रीं श्रीं ह्रीं ॐ।।

यह साधना प्रातः, दोपहर या रात्रि को किसी समय भी की जा सकती है। यदि ऐसा न हो सके, तो ग्यारह मालाएँ दिन को तथा दस मालाएँ रात को सम्पन्न कर इस साधना को पूर्णता दी जा सकती है।

यह साधना महाशिवरात्रि के दिन सम्पन्न होती है। इस दिन जब इक्कीस मालाएँ पूरी हो जाएँ, तो उसी दिन चाँदी के ताबीज में वह पारद गुटिका डालकर एक तरफ धागे में दो रुद्राक्ष के दाने तथा एक तरफ एक रुद्राक्ष का दाना पिरोकर वह माला के रूप में गले में धारण कर लें अथवा दाहिनी भुजा पर बाँध लें। इसके लिए काले धागे का प्रयोग किया जा सकता है।

इस साधना को सम्पन्न कर आप जिस दिन से पारद गुटिका डालकर ताबीज धारण करेंगे, उसी दिन से कार्य सिद्धि हेतु मार्ग प्रशस्त होने लगेगा और जीवन में सफलताएँ मिलने लगेंगी, आवश्यकता इस बात की है कि यह साधना पूर्ण श्रद्धा के साथ सम्पन्न हो।

नास्ति धर्मात् परो बन्धुर्नास्ति धर्मात् परं धनम्।
धर्मात् प्रियः परः को वा स्वधर्म रक्ष यत्नतः।।
स्वधर्मे रक्षिते तात शाश्वत सर्वत्र मंगलम्।
यशसं सुप्रतिष्ठां च प्रतापः पूजनं परम्।।

धर्म से श्रेष्ठ बंधु कोई नहीं है और धर्म से बढ़कर धन नहीं है। धर्म से अधिक प्रिय और उत्तम कौन है? अर्थात् कोई नहीं। अतः आप यत्नपूर्वक अपने धर्म की रक्षा कीजिए। स्वधर्म की रक्षा करने पर सदा और सर्वत्र मंगल होता है। यश, प्रतिष्ठा, प्रताप और परम आदर की प्राप्ति होती है।

अध्याय 5

महामृत्युंजय मंत्र साधना

स्वस्थ जीवन से अधिक महत्त्वपूर्ण संभवतः कुछ अन्य नहीं समझा जा सकता है। कदाचित् सामान्यतया हम स्वास्थ्य की ही सर्वाधिक उपेक्षा करते हैं, जो तन द्वारा स्वस्थ मन और धन प्राप्त करने का साधन और स्रोत है। उस पर तभी ध्यान देते हैं, जब तन कार्य करने में असमर्थ दृष्टिगत होने लगता है अथवा व्याधि से आक्रान्त तन, निर्बल और शिथिल हो उठता है। जीवन को प्रभु का सर्वोत्तम वरदान जानकर, सदा सुरक्षित स्वस्थ, सक्रिय, सजीव एवं सुव्यवस्थित रखने का प्रयास करना चाहिए। जीवन का यथार्थ, मृत्यु से बँधा है। मृत्यु शाश्वत है परन्तु असमय अथवा अस्वाभाविक मृत्यु से रक्षा संभव है।

आयु का अल्प अथवा दीर्घ होना उतना महत्त्वपूर्ण नहीं है जितना कि जीवन अवधि का सद्उपयोग उपयुक्त दिशा में करना। कुछ लोग क्षण-भर में हर्ष के वातावरण को विषाक्त कर देते हैं और दूसरे अपनी पल-भर की उपस्थिति से ही दूसरों को जीवन तो प्रदान करते ही हैं साथ ही उनके भीतर चेतना, प्रसन्नता, उल्लास, उत्साह, उमंग और ऊर्जा का भी संचार कर देते हैं। श्रीरामानुजम् ऐसे गणितज्ञ, जिन्होंने 32 वर्ष की अवस्था में ही अपनी जीवन-यात्रा समाप्त कर दी, विश्व को गणित के ऐसे सूत्र दिए जो शताधिक वर्षों के अनुसंधान के उपरान्त भी उपलब्ध नहीं हो सके थे। स्वामी विवेकानन्द ने अल्पायु में ही भारत की गरिमा को प्रशंसित और प्रतिष्ठित किया और शीघ्र ही विश्व से पलायन कर गए। ऐसे अनेक महापुरुष हैं जिन्होंने आयु की सीमा की चिंता किये बिना असीमित उपलब्धियों से विश्व को अलंकृत किया और प्रकृति के नवीन आयाम स्थापित किये।

आयु को अनेक सीमाओं में विभाजित किया गया है– अल्पायु, मध्यमआयु, दीर्घायु, बालारिष्ट आदि। महर्षि पाराशर ने अपनी कालजयी कृति 'बृहत् पाराशर होराशास्त्र' के द्वितीय खण्ड में आयु गणना का उल्लेख करते हुए अंकित किया है '**आयुश्चलोक यात्राश्च, शास्त्रेऽस्मिंस्तत् प्रयोजनम्। निश्चेतुं तत्र शक्नोति वसिष्ठो वा बृहस्पतिः। किं पुनर्मनुजास्तत्र विशेषात्तु कलौयुगे**। भाव यह है कि आयु गणना और जीवन संग्राम में घटने वाली घटनाओं को बृहस्पति देवाचार्य्य और वसिष्ठ जैसे देवर्षि तक ठीक से निश्चय नहीं कर सकते तो मनुष्यों की कैसी निश्चितता। कहा गया है-

ये धर्मकर्मनिरता द्विजदेवभक्ता,
ये पथ्यभोजन रता विजितेन्द्रियाश्च।
ये मानवा दधाति सत्कुलशील
सीमास्तेषांमिदं कथितमायुरुदारधीभिः।।

ये पापलुब्धाश्चौरा ये देव ब्राह्मणनिन्दकाः।
वह्वाशिनश्च ये तेषाम कालमरणं नृणाम्।।

धर्मे विकल्पबुद्धिनां दुःशीलानां च विद्विषाम्।
ब्राह्मणानां च देवानां परद्रव्यापहारिणाम्।।

भयंकराणां सर्वेषा मूर्खाणां पिशुनस्य च।
स्वधर्माचारहीनानां पापकर्मोप जीविनाम्।।

शास्त्रेष्वनियतानां च मूढ़ानामुपमृत्यवः।
अन्येषामुत्तमायुः स्यादिति शास्त्रविदो विदुः।।

भगवान् मनु ने भृगु जी के यह प्रश्न पूछने पर कि द्विजातियों को अपने समय से पहले ही मृत्यु क्यों ग्रस लेती है, निम्नलिखित श्लोक में उत्तर देते हुए कहा-

अनभ्यासेन वेदानामाचारस्य च वर्जनात्।
आलस्यादन्नदोष्तच्च मृत्युर्विप्राञ्जि घांसति।।

इसका अभिप्राय यह है कि जो मनुष्य ईश्वर प्रेमी होता है, धार्मिक कार्यों में अर्थात् परोपकार, सत्य, दया, क्षमा, न्याय में निरत रहता है, एवं ईर्ष्या, परधनलिप्सा इत्यादि कुकर्मों से बचा रहता है, अपनी इंद्रियों को अपने वश में रखता है, भोजनादि का प्रबन्ध अच्छा रखता है। अर्थात् खाद्य-अखाद्य वस्तु पर दृष्टि रखते हुए मिताहारी होता है और पौष्टिक पदार्थ का सेवन करता है, अपने देश और कुल की मर्यादा का पालन करता है, स्वधर्मानुयायी होता है तथा रुग्ण होने पर उचित औषधि एवं स्वास्थ्यविधि का पालन करता है, वह ग्रह द्वारा दी हुई निश्चित आयु का पूर्णरूप से भोग करता है तथा वह मनुष्य भी अपनी पूर्णायु तक सुखोपभोग करता है जो वेदाभ्यासी है और आलसी नहीं है।

आयु (जीवन काल) को चार भागों में विभाजित किया जा सकता है-

1. बालारिष्ट या शीघ्र मृत्यु - 4 वर्षों तक।
2. अल्पायु - 8 से 32 वर्षों तक।
3. मध्यम आयु - 62 से 75 वर्षों तक।
4. पूर्ण आयु - 75 से 120 वर्षों तक।

जीवनकाल के विभाजन के सम्बन्ध में प्राचीन अधिकृत पुस्तकों से निम्नलिखित योगों का चयन कर निकाला गया है। इनकी विस्तृत व्याख्या आयु-निर्धारण से सम्बन्धित किसी भी ग्रंथ में देखी जा सकती है।

यदि अष्टम भाव में मारक ग्रह स्थित हो तो जातक की अप्राकृतिक मृत्यु होती है जैसे आत्महत्या, हत्या या दुर्घटना। यदि अष्टमभाव पर शुभग्रहों के प्रभाव हों तो स्वाभाविक मृत्यु होती है अर्थात् व्याधि से या वृद्धावस्था से। यदि लग्नेश अष्टमेश का परस्पर सम्बन्ध हो तो स्वास्थ्य

प्रतिकूल होने से मृत्यु होती है, यदि इस विषय में षष्ठभाव और अष्टमभाव अत्यधिक पीड़ित हों तो लम्बी व्याधि के बाद मृत्यु होती है जैसा कि चिरकालिक रोग के विषय में होता है।

यदि अष्टमभाव में चन्द्रमा, मंगल और शनि स्थित हों तो शस्त्र से मृत्यु होती है। द्वादशभाव में मंगल और अष्टमभाव में शनि होने पर भी शस्त्र द्वारा मृत्यु होती है। यदि षष्ठभाव में मंगल हो तो जातक की मृत्यु शस्त्र से होती है। यदि राहु चतुर्थेश के साथ षष्ठभाव में हो तो डकैती या चोरी के कारण उग्रता द्वारा मृत्यु होती है। यदि चन्द्रमा मेष या वृश्चिक राशि में हो और पापकर्तरी योग में हो तो जातक जलकर या शस्त्र द्वारा मृत्यु को प्राप्त होता है। यदि अष्टम में चन्द्रमा, दशम में मंगल, चतुर्थ में शनि और लग्न में सूर्य हो तो कुन्द वस्तु से मृत्यु होती है। यदि सप्तम में मंगल और लग्न में चन्द्रमा तथा शनि हो तो जातक की मृत्यु संताप से होती है।

यदि अष्टम भाव में चन्द्रमा स्थित हो और साथ में मंगल, शनि या राहु हों तो मिरगी से मृत्यु हो सकती है। किसी भी भाव में क्षीण चन्द्रमा यदि अशुभ ग्रहों से पीड़ित हो तब भी इसी प्रकार से मृत्यु होती है। यदि अष्टमभाव में मंगल हो और उस पर बली शनि की दृष्टि हो तो सर्जरी या गुदा की व्याधि या नेत्ररोग मृत्यु का कारण बन सकते हैं। यदि क्षीण चन्द्रमा मंगल, शनि या राहु से युक्त होकर अष्टमभाव में स्थित हो तो जायदाद या डूबकर या अग्नि या शस्त्र से मृत्यु हो सकती है। यदि चन्द्रमा, सूर्य मंगल और शनि 8, 5 या 9 भाव में स्थित हों तो ऊँचाई से गिरकर, डूबकर या तूफान या बिजली गिरने से मृत्यु होती है। यदि चन्द्रमा अष्टम में, मंगल नवम में, सूर्य लग्न में, और शनि पंचम में हो तो वज्रपात या वृक्ष से गिरकर मृत्यु होती है। जब क्षीण चन्द्रमा षष्ठ या अष्टमभाव में हो और चतुर्थ तथा दशमभाव में अशुभ ग्रह स्थित हों तो ऊर्जा के षड़यन्त्र से मृत्यु होती है।

जिस द्रेष्काण से आत्महत्या, हत्या, फांसी, दुर्घटना आदि जैसी अस्वाभाविक मृत्यु का संकेत मिलता है उन विभिन्न प्रकार के द्रेष्काणों का विवरण द्रेष्काण सारणी में देखें।

सप्तमभाव में स्थित ग्रह और उस भाव पर बुरे प्रभाव मृत्यु के स्वरूप का संकेत देते हैं। यदि नवांश में मांदि से सप्तम भाव में शुभग्रह स्थित हों तो बिना किसी कष्ट के मृत्यु होगी। इसी स्थिति में यदि अशुभ ग्रह हों तो कष्ट से मृत्यु होती है। यदि नवांश में मांदि जिस राशि में है उस राशि से सप्तम भाव में शनि स्थित हो तो सर्प या चोर या अप्राकृतिक जन्तुओं से मृत्यु होती है। यदि इस राशि में मंगल स्थित हो तो जातक की मृत्यु झगड़े में होती है। यदि इस राशि में कोई प्रकाश वाला ग्रह हो तो न्यायालय द्वारा मृत्युदण्ड या राजनैतिक मृत्यु होती है। विशेष रूप से चन्द्रमा के होने पर जलीय जानवरों द्वारा भिड़न्त से मृत्यु हो सकती हैं।

यदि बुध और शुक्र अष्टम भाव में हों तो नींद में जातक की मृत्यु होती है। यदि अष्टम भाव में बुध और शनि स्थित हों तो जातक को फांसी को सजा मिलती है। यदि चन्द्रमा और बुध षष्ठ या अष्टम भाव में युक्त हों तो विष द्वारा मृत्यु होती है।

यदि मंगल और सूर्य राशि परिवर्तन में हों और अष्टमेश से केन्द्र में स्थित हों तो जातक को शासन द्वारा मृत्यु दण्ड मिल सकता है। यदि लग्नेश और अष्टमेश कमजोर हों और मंगल षष्ठेश से युक्त हो तो जातक की युद्ध में मृत्यु हो सकती है। जब शनि लग्न में हो, राहु क्षीण

चन्द्रमा के साथ सप्तम भाव में हो और शुक्र नीच का हो तो जातक हाथ और पैर की व्याधि से ग्रस्त रहेगा। यदि लग्न का स्वामी मंगल हो यदि नवांश स्वामी मंगल हो और वहाँ सूर्य और राहु स्थित हों, सिंह में बुध और क्षीण चन्द्रमा स्थित हो तो पेट की शल्यक्रिया से जातक की मृत्यु होती है। जब शनि लग्न में हो और उसपर किसी शुभग्रह की दृष्टि न हो तथा सूर्य, राहु और क्षीण चन्द्रमा युक्त हों तो जातक की मृत्यु अस्त्र या शस्त्र से होती है।

यदि शुक्र मेषराशि में, सूर्य लग्न में और चन्द्रमा सप्तमभाव में अशुभ ग्रह से युक्त हो तो मृत्यु का कारण एक स्त्री होगी। यदि मीन राशि में सूर्य, चन्द्रमा और अशुभ ग्रह हों और वही राशि लग्न में हो और यदि अष्टम भाव में अशुभ ग्रह स्थित हों तो एक दुष्ट स्वामिनी के कारण मृत्यु होती है। यदि अष्टम भाव में चन्द्रमा और शनि स्थित हों और मंगल चतुर्थ भाव में हो या सूर्य सप्तम में या चन्द्रमा और बुध षष्ठभाव में हों तो जातक की मृत्यु भोजन में विष के कारण होती है।

साधारण नियम यह है कि शनि, मांदि और राहु से युक्त लग्नेश द्वारा दृष्ट चन्द्रमा यदि दुःस्थान में स्थित हो तो अस्वाभाविक मृत्यु होती है।

यदि नवांश लग्न से सप्तमेश शनि से युक्त हो या 6, 8 या 12 वें भाव में स्थित हो तो जातक की गृत्यु विष से होती है। यदि वही स्वामी राहु या केतु से युक्त हो तो वह फांसी लगाकर जीवन का अन्त कर लेता है। यदि चन्द्रमा से पंचम या नवम राशि पर अशुभ ग्रह की दृष्टि या युक्ति हो और जब अष्टम भाव अर्थात् 22 वें द्रेष्काण में सूर्य, निगड़, पाश या आयुध द्रेष्काण का उदय हो तो फांसी लगाकर आत्महत्या करने से मृत्यु होती है। जब चतुर्थ और दशम या त्रिकोण भाव में अशुभ ग्रह स्थित हों और जब अष्टमेश लग्न में मंगल से युक्त हो तो जातक फांसी लगाकर आत्महत्या करता है।

यदि अष्टमभाव में एक या अधिक अशुभ ग्रह हों तो गम्भीर व्याधि या दुर्घटना, हत्या या आत्महत्या जैसे प्रचण्ड कारणों से कष्ट से मृत्यु होती है। परन्तु यदि अष्टमभाव में शुभग्रह स्थित हों तो जातक की स्वाभाविक और शान्त मृत्यु होती है।

22वां द्रेष्काण लग्न के द्रेष्काण से लिया जाता है। यदि लग्न कुम्भ में 27 अंश पर है तो कुम्भ का तीसरा द्रेष्काण होगा। यहाँ से 22वां द्रेष्काण तुला का पहला द्रेष्काण होगा।

यदि सूर्य अष्टम में, चन्द्रमा लग्न में, बृहस्पति द्वादश में हो और चतुर्थभाव में अशुभ ग्रह स्थित हो तो वह व्यक्ति पलंग से गिरकर मृत्यु को प्राप्त हो सकता है। जब लग्नेश लग्न से 64 वें नवांश में हो या भूमिगत हो या षष्ठभाव में हो तो मुखमरी से मृत्यु होती है। यदि सूर्य चतुर्थभाव में, चन्द्रमा दशमभाव में और शनि अष्टम भाव में हो तो जातक को लकड़ी के एक टुकड़े से क्षति होगी और वह मृत्यु को प्राप्त होगा। यदि सूर्य, चन्द्रमा और बुध सप्तमभाव में स्थित हों, शनि लग्न में हो और मंगल द्वादशभाव में हो तो जन्मभूमि से बाहर शान्त वातावरण में शान्ति से मृत्यु होती है। यदि सूर्य और चन्द्रमा अष्टम या षष्ठ भाव में स्थित हों तो जातक खूंखार पशु द्वारा मृत्यु को प्राप्त होता है।

जब लग्नेश या सप्तमेश द्वितीयेश और चतुर्थेश से युक्त हों तो अपच के कारण मृत्यु होती है। जब चन्द्रमा अष्टम भाव में जलीय राशि में हो तो भोजन के कारण मृत्यु होती है। जब बुध

सिंह राशि में अशुभ ग्रह से दृष्ट हो तो लू से मृत्यु होती है। जब शुक्र अष्टम भाव में स्थित हो और अशुभ ग्रह से दृष्ट हो तो भोजन, गठिया या मधुमेह से मृत्यु होती है। जब बृहस्पति अष्टम भाव में जलीय राशि में हो तो फेफड़े में खराबी से मृत्यु होती है। यदि राहु अष्टम भाव में अशुभ ग्रह से दृष्ट हो तो चेचक, घाव, सर्प के विष, पित्त दोष से मृत्यु होती है। जब मंगल षष्ठ भाव में सूर्य से दृष्ट हो तो हैजा से मृत्यु होती है। यदि मंगल और शनि अष्टम भाव में स्थित हों तो महाधमनी में खराबी के कारण मृत्यु होती है। नवमभाव में बुध और शुक्र के स्थित होने पर भी पक्षाघात से मृत्यु होती है। जब चन्द्रमा कन्या राशि में हो और अशुभ ग्रहों के घेरे में हो तो रक्त की कमी के कारण मृत्यु होती है। जब जन्मांग में ये विशेष योग न हों तो मृत्यु के कारण का पता लगाने के लिए प्राचीन पुस्तकों के अनुसार 22वें द्रेष्काण के स्वामी का विचार किया जाता है। अष्टम भाव में स्थित ग्रह जिस द्रेष्काण में स्थित है वहाँ से भी मृत्यु का कारण निश्चित किया जाता है।

मृत्युञ्जय मंत्र का उपयोग

जन्मांग में अष्टम भाव जीवन की अवधि तथा जीवन के अन्त के कारण का संज्ञान प्रदान करता है। तृतीय भावस्थ ग्रह कदाचित् मारक ग्रहों से नामांकित किये जाते हैं जबकि अष्टम, तृतीय व लग्न से द्वादश भाव अर्थात् सप्तम, द्वितीय व द्वादशभाव के अधिपति मारकेश होते हैं जिनकी विस्तृत भूमिका, हमने अपनी अन्य कृति मंत्र संदर्शन में उद्धृत की है। एक से अधिक मारकेश की दशा, अन्तर्दशा अथवा प्रत्यन्तर्दशा होने पर स्वास्थ्य अथवा जीवन अवश्य प्रभावित एवं आक्रान्त होता है। गंभीर व्याधि के कारण व्यक्ति अनेक प्रकार की व्याधियों से ग्रस्त होने के कारण जीर्णता अथवा शारीरिक निर्बलता की अनुभूति करने लगता है। उसकी दशा दयनीय हो उठ्ती है। ऐसी स्थिति में प्राणी, मृत्यु की आकांक्षा करने हेतु विवश हो उठता है। कृपया स्मरण रखें कि ईश्वर ने हमे यह जीवन, जीने के लिए प्रदान किया है तथा मृत्यु प्रदान करने का अधिकार स्वयं के पास सुरक्षित रखा है। उसी ईश्वर ने हमे मृत्युंजय मंत्र के विभिन्न प्रकार, प्रसाद स्वरूप में प्रदान किये हैं जब औषधि सेवन से स्वस्थ्य होने का निरन्तर प्रयास विफल हो तो यह जान लेना हितकर है कि क्रूर मारक ग्रह, अपना अशुभ व्याधिकारक प्रभाव प्रदान कर रहे हैं। यह अनिष्टकर ग्रह स्थिति, प्रायः सभी के जीवन के किसी न किसी मोड़ पर आती है। उस अशुभ ग्रह स्थिति के कारण स्वास्थ्य की विभीषिका और व्याधि अथवा असाध्य शारीरिक कष्टों से मुक्त होने हेतु महामृत्युंजय मंत्र साधना का विधान शास्त्रगर्भित है।

1. मारकेश ग्रहों से पीड़ित व्यक्ति को स्वस्थ जीवन प्रदान करने हेतु मृत्युञ्जय मंत्र साधना सर्वविदित एवं सुविख्यात है। श्रीमद्भागवत गीता में भगवान् कृष्ण ने कहा है

"जातस्य हि ध्रुवोमृत्यु ध्रुवं जन्म मृतस्य च"

इसका तात्पर्य यह है कि प्राणी के चारों ओर जीवन और मृत्यु का चक्र सदा घूमता रहता है। जो लोग पूर्ण आयु प्राप्त कर लेते हैं उन्हें मृत्यु के उपरान्त कष्ट नहीं होता है जो लोग

असाध्य व्याधि के कारण दुर्घटना अथवा हत्या के कारण अकाल मृत्यु प्राप्त करते हैं, उन्हें मृत्यु के उपरान्त अत्यधिक कष्ट प्राप्त होता है और पुनर्जन्म प्राप्त करने हेतु तब तक प्रेत योनि में रहकर दुःख उठाना पड़ता है, जब तक पूर्ण आयु की अवधि शेष रहती है। स्मरण रहे कि अल्पायु मृत्यु अथवा अकाल मृत्यु से रक्षा करने वाले मन्त्र को ही मृत्युंजय मंत्र कहते हैं अर्थात् मृत्यु पर विजय प्राप्त करने वाला मंत्र।

2. शनि की साढ़ेसाती यदि स्वास्थ्य को प्रभावित करती है तो मृत्युंजय मंत्र साधना से शनि की साढ़ेसाती या ढैय्या की अशुभता में स्वतः ही न्यूनता आती है तथा अपेक्षाकृत व्यक्ति स्वस्थ्य जीवन व्यतीत करता है।

3. मंगल दोष से ग्रसित कन्या का विवाह यदि ऐसे वर के साथ सम्पन्न हो जो मंगली नहीं है तो पति के स्वास्थ्य अथवा जीवन के समक्ष प्रश्नचिह्न लग जाता है। अतः मंगली और अमंगली वर कन्या के विवाह से पूर्व मृत्युञ्जय मंत्र का पुरश्चरण विद्वान् अनुभवी आचार्यों द्वारा सम्पन्न कराना चाहिए।

4. किसी कन्या के जन्मांग में यदि वैधव्य दोष विद्यमान है तो भी मृत्युञ्जय मंत्र साधना वैधव्य से मुक्ति प्रदान करने वाली सिद्ध होती है। इसी स्थिति में अल्पायु में ही पत्नी की मृत्यु से सम्बन्धित ग्रह योग की अशुभता भी मृत्युञ्जय यंत्र की साधना से निरस्त हो जाती है।

5. महामारी, दुर्भिक्ष अथवा दुर्दमनीय दारुण दुःखों से दग्ध वेदना से आक्रान्त होने पर मृत्युञ्जय मंत्र साधना लाभदायक तथा प्राण रक्षक सिद्ध होती है।

6. वर-कन्या के जन्मांग के मिलान में नाड़ीदोष उपस्थित हो तो मृत्यृञ्जय मंत्र साधना अति लाभदायक सिद्ध होती है और यह शास्त्रीय विधान भी है।

7. मृत्यु का भय, राजदण्ड, अकाल मृत्यु का भय, अवसादग्रस्त मानसिक स्थिति, असाध्य व्याधि, अथाह चिंता विकृतिपूर्ण व्यथा आदि से आक्रान्त होने पर मृत्युंजय मंत्र आराधना उपयोगी सिद्ध होती है। असीमित कष्ट, आपत्ति अथवा विपत्ति से ग्रस्त होने पर मृत्युंजय साधना हितकर होती है।

महामृत्युञ्जय साधना हेतु उपयुक्त मुहूर्त्त

महामृत्युञ्जय साधना प्रारम्भ करने से पूर्व सब प्रकार से उपर्युक्त मुहूर्त्त का चुनाव करना चाहिए। ताराबल, चन्द्रबल, चन्द्रराशि, गोचर ग्रह, श्रेष्ठ और अनुकूल नक्षत्र का चयन करना चाहिए। शुद्ध एवं उपर्युक्त मुहूर्त्त हेतु, किसी योग्य ज्योतिर्विद का परामर्श ग्रहण करना उत्तम है। प्रायः कर्मकाण्डी पंडितों को मुहूर्त्त का सम्यक् ज्ञान नहीं होता जिसके अभाव में कोई भी साधना या तो फलहीन सिद्ध होती है अथवा पूर्ण शास्त्रोक्त फल नहीं प्रदान कर पाती है। मृत्युंजय साधना हेतु उपर्युक्त मुहूर्त्त के चयन के समय शिववास पर अवश्य ध्यान देना चाहिए क्योंकि मृत्युंजय साधना शिव की शक्ति की आराधना है जो अन्यान्य अभीष्टों की संसिद्धि करने वाली तथा स्वस्थ्य जीवन प्रदान करने वाली होती है।

मृत्युञ्जय मंत्र के कतिपय अन्य लाभ

1. यदि किसी प्रकार की असाध्य व्याधि हो, शत्रु को पराजित करना हो तो सुधाबल्ली (गिलोय) की बेल के चार-चार अंगुल के टुकड़ों से हवन करने का विधान है।
2. लक्ष्मी प्राप्ति हेतु भी महामृत्युंजय मंत्र साधना फलदायी सिद्ध होती है।
3. धन हेतु बिल्व फल (बेल पत्र) का उपयोग हवन में करना चाहिए।
4. ब्रह्मत्व प्राप्त करने के लिए अथवा किसी साधना की सिद्धि हेतु पलाश की समिधाओं से हवन करना चाहिए।
5. धनार्जन एवं धन-संचय में वृद्धि हेतु वटवृक्ष की समिधा का उपयोग करना चाहिए।
6. मुखमंडल मुरझाता जा रहा हो, और शिथिलता अनुभव होती हो तो, खैर की समिधा हवन हेतु उपयोग में लानी चाहिए।
7. पाप और दुष्कर्म के नाश हेतु तथा स्वास्थ्य लाभ हेतु हवन में तिल का उपयोग परम्परागत है।
8. शत्रु विनाश के लिए सरसों एवं कालीमिर्च से हवन करना शीघ्रफल प्रदान करता है।
9. यश और कीर्ति की वृद्धि की इच्छा हो तो पायश (खीर) का हवन करना चाहिए।
10. मृत्यु पर विजय प्राप्त करने हेतु हवन में दही का प्रयोग करना चाहिए।
11. असाध्य व्याधि अथवा सामान्य व्याधि से मुक्ति प्राप्त करने हेतु तीन-तीन दूर्वाओं से हवन किया जाना चाहिए।
12. तीव्र ज्वर से निवृत्त होने हेतु अपामार्ग की समिधाओं द्वारा पकायी गयी दूध की खीर से हवन करना चाहिए।
13. वशीकरण प्रयोग हेतु गाय के दूध और घृत से हवन करने की परम्परा है।

हवन करने से पूर्व अग्निवास अवश्य देख लेना चाहिए। हवन का फल तभी प्राप्त होता है जब पृथ्वी पर अग्निवास होता है। शिववास एवं अग्निवास देखने का विधान शास्त्रों में देखा जा सकता है।

हवन सम्पन्न करने से पूर्व हवन के विषय में आवश्यक संज्ञान प्राप्त कर लेना उपयोगी है।

महामृत्युंजय मंत्र के प्रारूप

महामृत्युंजय मंत्र के कतिपय स्वरूप अग्रांकित हैं, इनमें से किसी का भी उपयोग करना अथवा करवाना अतिउत्तम है। मारकेश की दशाभुक्ति ग्रहपीड़ा से भी ये मंत्र निश्चित ही मुक्ति प्रदान करते हैं।

1. एकाक्षरी मृत्युंजय मंत्र- **हौं।**

इसे 2 लाख की संख्या में जप करके पुरश्चरण करें।

2. त्र्यक्षरी मृत्युंजय मंत्र- **ॐ जूं सः।**

इस मंत्र को 3 लाख जप द्वारा पुरश्चरण करें। यह रोग द्वारा मृत्यु की संभावना को समाप्त कर देता है। कुछ विद्वानों का मत है कि इस मंत्र के एक लाख जप के पश्चात् हवन (घी-मधु से) करने से इसका दिव्य प्रभाव परिलक्षित होता है। यह मंत्र रोग, अशांति, मृत्यु, दुर्घटना तथा वायव्य दोषों को शांत करके व्यक्ति को सौभाग्य, संपदा, मोक्ष और अनेक प्रकार की उपलब्धि प्रदान करता है। यदि दैनिक पूजा में इस मंत्र की नित्य एक माला फेर ली जाए, तो बहुत ही शुभ फल प्राप्त होता है।

विनियोगः- ॐ अस्य त्र्यक्षरात्मक मृत्युंजयमंत्रस्य कहोलऋषिः, गायत्री छंदः, मृत्युजयो महादेवो देवता, जूं बीजं, सः शक्तिः, सर्वेष्ट सिद्धयर्थे जपे विनियोगः।

ध्यानः- **चन्द्रार्काग्नि विलोचनं स्मितमुखं पद्मद्वयान्तः स्थितम्।**
मुद्रापाश मृगाक्ष सूत्र विलसत्पाणिं हिमांशु प्रभम्।।
कोटिरेन्दु गलत्सुधा प्लुततनुं हारादि भूषोज्ज्वलम्।
कान्या विश्वविमोहन पशुपतिं मृत्युंजयं भावयेत्।।

3. चतुक्षरी अमृतमृत्युंजय मंत्र- **ॐ हौं जूं सः।**

यह चार अक्षरों का मंत्र है। इसका जप करने से ज्वर आदि के कारण शरीर में बढ़े हुए ताप की शीघ्र शान्ति हो जाती है। इसका पुरश्चरण चार लाख जप के द्वारा किया जाता है।

4. अष्टाक्षरी मृत्युंजय मंत्र- **ह्रीं ॐ नमः शिवायः ह्रीं।**

आठ अक्षरों वाले इस मंत्र का विनियोग एवं ध्यान इस प्रकार है -

विनियोगः- ॐ अस्य श्री शिवाष्टाक्षरमंत्रस्य वामदेव ऋषिः, पंक्तिश्छंदः, उमापतिदेवता, सर्वेष्ट सिद्धयर्थे जपे विनियोगः।

ध्यान - **बंधूक सन्निभं देवं त्रिनेत्रं चन्द्रशेखरम्,**
त्रिशूलधारिणं वंदे चारु हासं सुनिर्मलम्।
कपालधारिणं देव वरदाभय हस्तकम्,
उमासहितं शंभुं ध्यायेत्सोमेश्वरं सदा।।

5. नवाक्षरी मृत्युंजय मंत्र- **ॐ जूं सः पालय पालय।**

125 हजार जप द्वारा इस मंत्र का पुरश्चरण करें। यह जीवनदाता तथा रोगों का निवारण करने वाला बहुउपयोगी मंत्र है।

6. दशाक्षरी अमृतमृत्युंजय मंत्र- **ॐ जूं सः मां पालय पालय।**

यदि किसी दूसरे व्यक्ति के लिए मंत्र जप करना हो, तो 'मां' के स्थान पर रोगी व्यक्ति का नाम बोलना चाहिए। यह मंत्र सभी प्रकार के रोगों से रक्षा करता है।

7. पंचदशाक्षरी मृत्युंजय मंत्र- **ॐ जूं सः मां पालय पालय सः जूं ॐ जूं सः।**

इस मंत्र के जप से सभी प्रकार के मानसिक, शारीरिक और भौतिक कष्ट दूर हो जाते हैं। इसका जप किसी पुरोहित आदि से कराना चाहिए।

8. त्र्यम्बक वैदिक महामृत्युंजय मंत्र-

त्र्यम्बकं यजामहे सुगंधिं पुष्टिवर्धनम्।
उर्वारुकमिव बंधनान्मृत्योर्मुक्षीय माऽमृतात्।।

अकालमृत्यु, अल्पायु, शत्रुभय, रोगभय, दुर्घटना, आक्रमण और युद्धभय आदि संकटों के निवारण हेतु इस मंत्र का जप परम कल्याणकारी सिद्ध होता है। अनुष्ठान रूप में इसका एक लाख की संख्या में जप तथा हवन करना चाहिए। जप के पूर्व प्रतिदिन शिव-प्रतिमा की पूजा करना आवश्यक है। प्रतिमा (शिवलिंग) पर बेलपत्र अवश्य अर्पित करना चाहिए।

विनियोगः- ॐ अस्य त्र्यम्बक मंत्रस्य वशिष्ठ ऋषिः, अनुष्टुपछंदः त्र्यम्बक पार्वती पतिर्देवता, त्र्यं बीजं, वं शक्तिः, कं कीलकं, सर्वेष्ट सिद्ध्यर्थे जपे विनियोगः।

ध्यानः- **हस्ताभ्यां कलश द्वयामृत रसैराप्लावयन्तं शिरौ,**
द्वाभ्यां तौ दधतं मृगाक्ष वलये द्वाभ्यां वहन्तं परम्।
अंकन्तस्त करद्वयामृतघटं कैलाशकान्तं शिवम्,
स्वच्छाम्भोजगजं नवेन्दु मुकुटं देवं त्रिर्नेत्रं भजे।।

9. तैंतीसाक्षरी मृत्युंजय मंत्र- इस मंत्र के पहले 'ॐ' लगाने से 33 अक्षरी इस मंत्र की संरचना होती है। 'शांतिरत्न' नाम ग्रन्थ में इसके बारे में कहा गया है -

त्र्यम्बकस्य विधानं तु कीर्तयिष्ये मुनीश्वराः।
यथोक्तविधिना युक्तं संस्मृतं ब्रह्मणा पुरा।।

मंत्र का उद्धार-पद्य इस प्रकार है -

मृत्युंजयस्त्रिधा प्रोक्त आद्यो मृत्युंजयः स्मृतः।
मृतसंजीवनी चैव महामृत्युंजयस्तथा।।

मृत्युंजयः केवलः स्यात् पुटितो व्याहृतित्रयैः।
तारं त्रिबीजं व्याहृत्य पुटितो मृतजीवनी।।
तारं त्रिबीजं व्याहृत्य पुटितैस्तैस्त्रियम्बकः।
महामृत्युंजयः प्रोक्तः सर्वमंत्रविशारदैः।।

10. त्र्यम्बक मंत्रों का स्वरूप-

ब्रह्माजी द्वारा शास्त्रोक्त विधान के अनुसार त्र्यम्बक मंत्र तीन प्रकार का होता है- मृत्युंजय, मृतसंजीवनी और महामृत्युंजय।

इनमें पहला मंत्र व्याहृतित्रय 'भूर्भुवः स्वः' से संपुटित होता है। इसे 'मृत्युंजय' भी कहते हैं। दूसरे मंत्र में 'ॐ' त्रिबीज-हौं जूं सः' और 'व्याहृतित्रय' का संपुट होता है। इसे 'मृतसंजीवनी' कहते हैं।

उपर्युक्त द्वितीय मंत्र में जोड़े गए त्रिबीज और व्याहृतित्रय के प्रत्येक अक्षर के पहले 'ॐ' लगाया जाता है। यह तीसरा मंत्र 'शुक्राचार्य द्वारा आधारित है। त्र्यम्बक मंत्रों का स्वरूप इस प्रकार हैं -

- मृत्युंजय- **ॐ भूः ॐ भुवः ॐ स्वः ॐ त्र्यम्बकं यजामहे सुगंधि पुष्टिवर्धनम्। उर्वारुकमिव बंधनान्मृत्योर्मुक्षीय माऽमृतात्। ॐ स्वर्भुवः भूं ॐ सः जूं हौं ॐ।।**

- मृतसंजीवनी- **ॐ हौं जूं सः ॐ भूर्भुवः स्वः ॐ त्र्यम्बकं यजामहे सुगंधि पुष्टिवर्धनम्। उर्वारुकमिव बंधनान्मृत्योर्मुक्षीय माऽमृतात्। ॐ स्वः ॐ भुवः भूः ॐ सः जूं हौं ॐ।।**

- महामृत्युंजय- **ॐ हौं ॐ जूं ॐ सः ॐ भूः ॐ भुवः ॐ स्वः ॐ त्र्यम्बकं यजामहे सुगंधि पुष्टिवर्धनम्। उर्वारुकमिव बंधनान्मृत्योर्मुक्षीय माऽमृतात्। ॐ स्वः ॐ भुवः ॐ भूः ॐ सः ॐ जूं ॐ हौं ॐ।।**

देह का रुपान्तरण : मृत्यु का आवरण

नियति परिवर्तनशील नहीं है परन्तु उसके निर्णय को निश्चित करना विधाता के आधीन है। विधाता ही प्राणी मात्र के नियति का निर्णय करने में समर्थ है। यहाँ पर हम पाठकों का ध्यान एक उल्लेखनीय सत्य की ओर आकर्षित करना चाहते हैं, जो विधाता के सम्बन्ध में ज्ञातव्य तथ्य हैं जिससे प्रायः हम अपरिचित हैं। व्याख्या हेतु एक कथा पर ध्यानपूर्वक चिन्तन करने के उपरान्त स्वयं का मंथन करने हेतु चेष्टा करनी चाहिए। विधाता को सर्वशक्तिमान स्वीकारा गया है। विधाता ने कतिपय विधान स्थापित किये हैं जिसमें सम्पूर्ण विश्व बँधा है और विधाता स्वयं भी ऐसे विधानों के बंधन से मुक्त नहीं है, विधाता एक ऐसी पर्वत शिला की संरचना नहीं कर सकता

जिसे वह स्वयं उठा न सके। दोनों ही स्थितियाँ यह स्पष्ट करती हैं कि विधाता के लिए भी सदा सर्वस्व सम्भव नहीं है। एक रुचिकर प्रसंग है कि विधाता ने एक सेठ के भाग्य में तीन महीने तक एक सेवक का सुख लिख दिया परन्तु कदाचित् विधाता, वह सेवक बनाना ही भूल गया जिसे सेठ की सेवा के लिए उसके पास पहुँचना था। एक दिन एक बालक सेठ के यहाँ आया और बोला कि 'मैं आपके यहाँ नौकरी करने आया हूँ, कितना वेतन देंगे?' सेठ ने उत्तर दिया 'मैं तुम्हें एक हजार रुपये प्रतिमास के लिए नियुक्त करता हूँ तथा वेतन के साथ भोजन एवं वस्त्र भी दूँगा।' बालक अपनी स्वीकृति देते हुए बस इतना बोला, "कि मेरे लिए पाँच सौ रुपये वेतन ही पर्याप्त है। इससे अधिक की मुझे आवश्यकता नहीं है।" वह बालक उसी दिन से सेवक का कार्य करने लगा। प्रारम्भ में सेठ जी सेवक का अत्यधिक ध्यान रखते थे परन्तु कुछ समय व्यतीत होने पर सेठ जी ने सेवक को बात-बात में डांटना शुरू कर दिया। कुछ और समय व्यतीत हुआ सेठ जी ने डांटने के स्थान पर सेवक को मारना-पीटना प्रारम्भ कर दिया। तीन महीने पश्चात् सेवक ने सेठ जी से कहा, "आप ने मेरा अपमान करके मुझे बहुत प्रताड़ित किया है। आपकी मार खाने के पश्चात् अब मैं आपके यहाँ सेवक का कार्य नहीं करूँगा, मुझे मेरा वेतन दे दीजिए, मैं अभी इसी पल से आपके यहाँ सेवक के कार्य का त्याग कर रहा हूँ।" सेठ जी भयभीत हो गए और उन्हें आश्चर्य भी हुआ। सेठ जी ने बालक को विश्वास दिलाने का प्रयास किय कि अब वह ऐसा नहीं करेंगे और वह नौकरी छोड़कर न जाये। परन्तु बालक ने उनका अनुरोध अस्वीकार कर दिया। सेठ जी पश्चातापू करने लगे और उनकी आँखों में आँसू छलक आये, बालक ने सेठ जी को आश्वासन देते हुए कहा, "कि मेरी बात ध्यान से सुनिए, सेठ जी विधाता ने आपके भाग्य में तीन महीने सेवक का सुख लिखा था परन्तु विधाता उस सेवक को बनाना विस्मृत कर गये, जिसे आपके यहाँ आकर सेवक का कार्य करना था। विधाता ने जिस विधान की संरचना की है, उससे वह स्वयं भी मुक्त नहीं है। सेवक की संरचना न करने की भूल तो विधाता से हुई ही थी, अतः विधाता को स्वयं सेवक बनकर आपके यहाँ आना पड़ा और तीन महीने तक आपकी डाँट और मार सहन करनी पड़ी। मैं वही विधाता हूँ सेट जी।" इतना कहकर वह बालक वहाँ से अन्तर्धान हो गया।

इस वृत्तान्त से यह स्पष्ट हो जाता है कि हमें अपने कर्म का फल चाहें वह शुभ हो या अशुभ अवश्य भोगना पड़ता है। विधाता भी हमें उससे मुक्त नहीं करता है, गरुड़ पुराण में इसको अवश्यमेव भोक्तव्यम् की संज्ञा प्रदान की गयी है।

हमारे कर्मानुसार ही आयु का निर्धारण होता है। मृत्यु का समय, जन्म होने के साथ ही निश्चित हो जाता है। जीवन की यथार्थता, मृत्यु के अभाव में संभव नहीं हो सकती। निर्माण और विनाश, समय की सत्ता के दो पक्ष हैं। मृत्यु की अपरिहार्यता अग्रांकित श्लोक में व्याख्यायित है-

"मरणं प्रकृति शरीरिणाम् विक्रतिर्जीवनमुच्यतै बुधैः"

मृत्यु का भय व्यक्ति की चेतना को जाग्रत रखता है सत्य तो यही है कि मृत्यु, जीवन के दुर्दमनीय दारुण दुखों की दुर्दान्त वेदना से मुक्त करने वाला अटल सत्य है परन्तु मृत्यु वह भी नहीं चाहते जिनके लिए वह वरदान सिद्ध होती है। विश्व में उपलब्ध सुख और भोग के साधन

रसीले पदार्थ के साथ-साथ मधुरता उत्पन्न करने वाले मूल्यवान पल, जब सहसा विमुखता, नीरसता, अथवा उदासीनता में रुपान्तरित होने की स्थिति, अनुभूति के उन जटिल द्वारों को अनावृत्त करती है, जिनमें मृत्यु का शाश्वत सत्य सन्निहित है। मृत्यु एक स्थिति है जो देह की देहरी पर, पूर्व निर्णायक समय पर प्रकट होती है परन्तु जिसे हम अन्त मान बैठते हैं। सत्य तो यह है कि मृत्यु देह को पूर्णतः रूपान्तरित करने वाली एक अवस्था है जिसके विषय में हम कदाचित् नितान्त अनभिज्ञ हैं। विज्ञान के रूपान्तरण की भाँति ही देह के रूपान्तरण का माध्यम, मृत्यु की अपरिहार्यता है। जिसे समय की सत्ता प्रमाणित कर देती है, आवश्यकता है देह के रुपान्तरण को भली प्रकार से समझ कर तदनुसार अपने कर्तव्य और अधिकार के उपयुक्त संपादन की।

मानव के साथ प्रकृति ने एक विलक्षण उपकार किया है परन्तु कदाचित् इसे आज का भोग युक्त समाज इस उपकार के स्थान पर अपकार ही स्वीकार करने के लिए विवश है।

मानव को यौवन के निष्पंद मधुमास में विचरण करने हेतु आयु की एक सीमा निर्धारित कर दी है जिसके व्यतीत हो जाने के पश्चात् यौवन पुनः लौट कर नहीं आता, यौवन के पश्चात् प्रारम्भ होती है शारीरिक शिथिलता निर्बलता, निर्भरता तथा वृद्धावस्था की करुणा जो उत्तरोत्तर मृत्यु के द्वार की ओर प्रशस्त होती जाती है यह बिड़म्बना ही तो है कि वृक्षों पर पत्रपात के उपरान्त पुनः ऋतुराज आक्षादित होता है और प्रकृति का रूपान्तरण यूँ ही प्रत्येक वर्ष होता रहता है। पशु भी ऋतु विशेष में मदृशिक्त होते हैं उनकी अवस्था भोग शक्ति को क्षीण नहीं कर सकती है। जागतिक चंचलता के माध्यम से अक्षय सत्ता को प्राप्त करने के लिए मानव सदा से जिज्ञासु और जागरुक रहा है। मानव के इसी कौतूहल ने मृत्यु के रहस्य के कतिपय बन्द द्वार की शांकल खोल दी है। ज्योतिष शास्त्र के जटिल सूत्रों के आधार पर की गयी गणना जीवन की अवधि का संज्ञान प्रदान करने में सक्षम है परन्तु अनेक ऐसी सामान्य घटनाएँ हैं जो प्रकृति के गर्भ में अवस्थित मृत्यु का पूर्वाभास करा देती है। मृत्यु के निकट आने के साथ-साथ ज्ञानेन्द्रियों की शिथिलता एक अत्यन्त स्वाभाविक स्थिति है और मृत्यु की उत्क्रान्त शक्ति का स्पष्ट पूर्वानुमान होने लगता है।

योगशास्त्र की मान्यता है कि हमारे देह में स्थित षट्चक्र, चेतक के प्रस्थान से सर्वाधिक प्रभावित होते हैं। वे चक्र पाँच तत्वों के प्रतिनिधि हैं और इनमें किसी भी तत्व का अत्यन्त ह्रास होने का अर्थ होता है, उत्क्रान्ति और इससे शेष तत्व एवं उनके प्रतिनिधि चक्र स्वतः निष्क्रिय हो जाते हैं। इन चक्रों की क्रिया स्वाधीन होती है। इसे मन्द या तीव्र करने की क्षमता केवल यौगिक क्रियाओं में ही है किसी भौतिक पदार्थ में नहीं।

अब हम मृत्यु के संकेतों पर विचार करते हैं। ये संकेत हमें दैहिक और मानसिक स्तरों पर मिलते हैं। मानसिक स्तर पर मिलने वाले संकेत स्वप्न में दिखते हैं। वाल्मीकि ने सुन्दरकाण्ड में रावण के विनाश और राम की विजय के सूचक स्वप्नों का एक प्रमाणिक संकलन प्रस्तुत किया है। आज की वैज्ञानिक अवधारणा के सहस्रों वर्ष पूर्व भारत ने प्रकृति की संकेतात्मक तरंगों को व्यावहारिक भाषा में समझने की सार्थक चेष्टा की थी। इन सूचना-संकेतों में आज भी यथार्थता है- यह पृथक् विषय है कि इनका कारणवादी विश्लेषण सरल नहीं है।

जिनका एक वर्ष से अधिक का जीवन नहीं होता है, उनको स्वप्न में सूर्य, शुक्रतारा, अग्नि और आकाश दिखायी देते हैं। सोना, चाँदी को मल या मूत्र विसर्जन में देखने वाला दस माह,

भूत-पिशाच और गंधर्वों की नगरी देखने वाला नौ माह से अधिक नहीं जीता है। जो व्यक्ति सहसा कुछ ही दिनों में मोटे से दुबला या दुबले से मोटा हो जाता है, उसका जीवन आठ माह से अधिक का नहीं होता है। जिस व्यक्ति को स्वप्न में अपना पैर टूटा हुआ दिखता है, वह छह माह ही जीवित रहता है।

जिस व्यक्ति के सिर पर कौए, गिद्ध, कबूतर या अन्य मांसाहारी पक्षी झपटते हैं, उनका जीवन छह माह से अधिक नहीं होता है। कौए को संभोग करते समय देखने पर भी, देखने वाले व्यक्ति की छह माह में मृत्यु हो जाती है अथवा उसके स्वजन की मृत्यु होती है। जिस व्यक्ति के स्वभाव में आकस्मिक परिवर्तन हो जाता है अर्थात् शान्त रहने वाला क्रोधी अथवा क्रोधी शान्त प्रकृति का बन जाता है, तो वह भी छह माह का जीवन प्रदर्शित करता है। व्यक्ति अपनी छांह को अस्वाभाविक रूप में देखने पर चार माह से अधिक नहीं जीवित रहता। दक्षिण दिशा में बिना बादल के बिजली का चमकना और उत्तर दिशा में इन्द्रधनुष देखने वाले व्यक्ति का अन्त दो-तीन महीने में हो जाता है। जल, घृत, तेल अथवा दर्पण में जिसको कभी-कभी अपनी छाया न दिखायी दे अथवा सिरविहीन शरीर दिखाई दे, उसका जीवन एक माह से अधिक का नहीं होता है। मुख लाल और जीभ सफेद हो जाय, तो भी यही स्थिति स्वीकारनी चाहिए।

जिस व्यक्ति के शरीर में बकरे या मृत व्यक्ति के समान दुर्गन्ध आने लगे, वह पन्द्रह दिन से अधिक जीवित नहीं रहता। स्नान करते ही जिसके हृदय और पैरों पर पानी सूख जाता है, वह दस दिन से अधिक जीवित नहीं रहता। जिस व्यक्ति को वायु कोमल अंगों को काटती हुई सी प्रतीत हो तथा जल से किसी प्रकार का रोमांच न हो, वह कुछ ही घण्टों में मृत्यु को प्राप्त हो जाता है।

आसन्न मृत्यु की कुछ सूचनाएँ इस प्रकार हैं- जिसे भोजन करते ही भूख लग जाय, धूप या अन्य सुगंध का ज्ञान न हो (नजले से होने वाले गंधज्ञान नाश की बात नहीं है) दिन-रात नींद आती रहे, दूसरे की आँखों में अपना प्रतिबिम्ब दृष्टिगत न आये, रात में इन्द्रधनुष और दिन में तारे दिखायी देने लगें, कानों को हाथ से मूंद लेने पर जिसे अपनी देह की भीतरी ध्वनि सुनायी न दे, अपनी नाक की नोक न दिखायी दे, नाभि में गहरा गढ़ा हो जाय, जो अपने ललाट पर चलने वाली जूं या चीटी का आभास न करे, ललाट पर दोनों आँखों के बीच में हाथ रखकर देखने से जिसे कलाई बिल्कुल पतली दिखाई दे, जो सप्त ऋषियों में अरुन्धती तारे को न देख सके, ऐसे व्यक्तियों का जीवन छह माह से अधिक नहीं होता है। यहाँ हमने कुछ ऐसे संकेतों का उल्लेख किया है जिसके लिए ज्योतिष के ज्ञान की आवश्यकता नहीं और न ही आवश्यकता है शुद्ध जन्मांग की या जन्मांग में विद्यमान जीवन की अवधि से सम्बन्धित निगूढ़ ग्रहयोगों के संज्ञान की। आगे के पृष्ठों में ज्योतिष के सुगम सूत्रों का उल्लेख करने की भी चेष्टा करेंगे जो सूत्र बार-बार अनुभूत हैं और जीवनकाल की अवधि का निर्णय कर सकने में समर्थ हैं।

मृत्यु पर विजय प्राप्त करने हेतु तथा अकाल मृत्यु से सम्बन्धित विकराल ग्रहयोगों के शमन हेतु तथा उपरोक्त समस्त संकेतों के उत्पन्न होने के उपरान्त भी, आसामयिक मृत्यु को पराजित करने हेतु मृत संजीवनी विद्या का उल्लेख करना प्रासंगिक है।

मृतसंजीवनी विद्या

कहा जाता है कि महर्षि शुक्राचार्य को अमृतसिद्धि थी। वे असुरों के गुरु थे। जब देवताओं और असुरों में युद्ध होता था और देवताओं के शस्त्रास्त्र से असुर घायल होते या मृत्युमुख में चले जाते थे, तो शुक्राचार्य अपनी अमृतसिद्धि के द्वारा उन्हें पुनः जीवित कर देते थे। तंत्रशास्त्र में यह विद्या मृत्युंजय मंत्र और गायत्री मंत्र के योग से बनी है। मंत्र का स्वरूप इस प्रकार है-

ॐ हौं जूं सः ॐ भूर्भुवः स्वः ॐ तत्सवितुर्वरेण्यं त्र्यम्बकं यजामहे भर्गो देवस्य धीमहि सुगंधि पुष्टिवर्धनम् धियो यो नः प्रचोदयात् उर्वारुकमिव बंधनान्मृत्योर्मुक्षीय माऽमृतात् ॐ स्वः भुवः भूः ॐ सः जूं हौं ॐ।।

अन्य कल्पों में यह मंत्र इस प्रकार बताया गया है-

ॐ हौं जूं सः ॐ भूर्भुवः स्वः ॐ त्र्यम्बकं यजामहे तत्सवितुर्वरेण्यं सुगंधि पुष्टिवर्धनम् भर्गो देवस्य धीमहि उर्वारुकमिव बंधनान्मृत्योर्मुक्षीय धियो यो नः प्रचोदयात् तृम्योर्मुक्षीय माऽमृतात् स्वः भुवः भूः ॐ सः जूं हौं ॐ।।

असाध्य रोग से निवृत्ति पाने के लिए इस मंत्र का जप करने तथा शिवलिंग पर मट्ठे से अभिषेक करने पर शीघ्र आराम मिलता है। मंत्र का विनियोग एवं न्यासादि इस प्रकार है-

विनियोगः अस्य श्रीलघुमृत्युंजयमंत्रस्य वामदेवकहोलवशिष्ठा ऋषयो, गायत्र्युष्णिगनुष्टुपछंदासि, श्रीसदाशिव महामृत्युंजयरुद्रो देवता, मम सर्वरोगनिवारणार्थे जपे विनियोगः।

ऋष्यादिन्यासः वामदेवकहोलवशिष्टेभ्यो ऋषिभ्यै नमः (शिरसि), गायत्र्युष्णिगनुष्टुपछंदोभ्यो नमः (मुखे), श्रीसदाशिव मृत्युंजयरुद्रदेवतायै नमः (हृदि), ॐ बीजाय नमः (गुह्ये), सः शक्तये नमः (पादयो), जूं कीलकाय नमः (नाभौ), विनियोगाय नमः (सर्वांगे)।

करन्यासः ॐ (अंगुष्ठाभ्यां नमः), जूं (तर्जनीभ्यां नमः), सः (मध्यमाभ्यां नमः), ॐ (अनामिकाभ्यां नमः), जूं (कनिष्ठिकाभ्यां नमः) सः (करतलकरपृष्ठाभ्यां नमः)।

षडंगन्यासः ॐ (हृदयाय नमः), जूं (शिरसे स्वाहा), सः (शिखायै वषट्), ॐ (कवचाय हुम्), जूं (नेत्रत्रयाय वौषट्) सः (अस्त्राय फट्)।

ध्यान- **हस्ताम्भोजयुगस्थकुम्भयुगलादुद्धृत्य तोयं शिरः,**
सिंचन्तं करयोर्युगेन दधतं स्वांके सुकुम्भौ करौ।
अक्षस्रङ्मृगहस्तमम्बुजगतं मूर्धस्थचन्द्रस्रवत-
पीयूषार्द्रतनुं भजे सगिरिजं मृत्युंजयं शंकरम्।।

शताक्षरी मृत्युञ्जय मंत्र साधना

विनियोगः- ॐ अस्य श्री शताक्षरी गायत्रीमन्त्रस्य विश्वामित्र मरीचि कश्यप वसिष्ठ ऋषयो गायत्री त्रिष्टुप् अनुष्टुपृछन्दासि सवितृ जातवेदस्त्र्यम्बका देवता गायत्र्यक्षराणि बीजानि अनुष्टुबक्षराणि शक्तयस्त्रिष्टुबक्षराणि कीलकानि ममारिष्टशान्तये जपे विनियोगः।

ऋष्यादिन्यासः- विश्वामित्र मरीचि कश्यप वसिष्ठ ऋषियो नमः शिरसि। गायत्रीत्रिष्टुबनुष्टुप छन्दोभ्यो नमः मुखे। सवितृ जातवेदस्त्रम्बकदेवेभ्यो हृदये। गायत्र्यक्षरेभ्यो बीजेभ्यो नमः गुह्ये। अनुष्टुबक्षरेभ्यो शक्तिभ्यो नमः पादयोः। त्रिष्टुबक्षरेभ्यः कीलकेभ्यो नमः नाभौ विनियोगाय नमः सर्वाङ्गे।

करन्यासः- ॐ तत्सवितुवरिण्यं भर्गो देवस्य धीमहि, अंगुष्ठाभ्यां नमः। ॐ धियो यो नः प्रचोदयात्, तर्जनीभ्यां नमः। ॐ जातवेदसे सुनवाम सोममराभतीयतो निदहाति वेदः, मध्यमाभ्यां नमः। ॐ स नः पर्षदति दुर्गाणि विश्वनावेव सिन्धुं दुरितात्यग्निः, अनामिकाभ्यां नमः। ॐ त्र्यम्बकं यजामहे सुगंधिं पुष्टिवर्धनम्। कनिष्ठिकाभ्यां नमः। ॐ उर्वारुकमिव बन्धनान् मृत्योर्मुक्षीय मामृतात् करतल करपृष्ठाभ्यां नमः।

अङ्गन्यास- ॐ तत्सवितुवरिण्यं भर्गो देवस्य धीमहि, हृदयाय नमः। ॐ धियो यो नः प्रचोदयात्, शिरसे स्वाहा। ॐ जातवेदसे सुनवाम सोममराभतीयतो निदहाति वेदः, शिखायै वषट्। ॐ स नः पर्षदति दुर्गाणि विश्वनावेव सिन्धुं दुरितात्यग्निः, कवचाय हुँ। ॐ त्र्यम्बकं यजामहे सुगंधिं पुष्टिवर्धनम्, नेत्रत्रयाय वौषट्। ॐ उर्वारुकमिव बन्धनान् मृत्योर्मुक्षीय मामृतात्, अस्त्राय फट्।

ध्यान-

स्मर्तव्या ऽखिलालोकवर्ति सततं यज्जङ्गमस्थावरं
व्याप्तं येन च यत्प्रपञ्चविहितं मुक्तिर्यतः सिद्धयति।
यद्वास्यात् प्रणवत्रिमेदगहनं श्रुत्वा च यद्गीयते।
तद्वस्तु स्थितिसिद्धयेस्तु वरदं ज्योतिस्त्रयोर्त्थ महः।।

सम्पूर्णमूलमन्त्र-

ॐ तत्सवितुवरिण्यं भर्गो देवस्य धीमहि। धियो यो नः प्रचोदयात्।।
ॐ जातवेदसे सुनवाम सोममरातीयतो निदहाति वेदः।
स नः पर्षदहि दुर्गाणि विश्वानावेव सिन्धुं दुरितात्यग्निः।।
ॐ त्र्यम्बकं यजामहे सुगन्धिं पुष्टिवर्धनम्।
उर्वारुकमिव बंधनान् मृत्योर्मुक्षीय माऽमृतात्।।

इस मंत्र के पाँच प्रकार हैं - 1. गायत्रीत्र्यम्बक जातवेद - पापशांति हेतु। 2. त्र्यम्बक, जातवेद, गायत्री। 3. त्र्यम्बकगायत्री एवं जातवेद - दोनों ही आयुष्यवृद्धि हेतु। 4. जातवेद, त्र्यम्बक और गायत्री 5. जातवेद गायत्री और त्र्यम्बक - दोनों ही शत्रुनाश हेतु जप करें।

इस शताक्षरी मंत्र का जप उपरोक्त पाँच प्रकार से करने का विधान है। विभिन्न प्रयोजनों की संसिद्धि हेतु उपरोक्त क्रम से तीनों मंत्रों को सम्मिलित रूप में जपने से सम्बन्धित प्रयोजन

शीघ्र सिद्ध होते हैं। इन तीनों मंत्रों को सम्मिलित करके शताक्षरी मृत्युंजय मंत्र की संरचना होती है। मंत्र जप से पूर्व विनियोग, न्यास आदि सम्पन्न करने का विधान है। मंत्र जप के पश्चात् दशांश हवन, हवन का दशांश तर्पण, तर्पण का दशांश मार्जन तथा मार्जन का दशांश ब्राह्मण भोजन कराना चाहिए। हवन के समय पृथ्वी पर अग्निवास अवश्य देख लेना चाहिए।

सहस्राक्षरमृत्युञ्जय मालामंत्र

ॐ नमो भगवते सदाशिवाय सकलतत्त्वात्मकाय सर्वमन्त्रस्वरूपाय सर्वयन्त्राधिष्ठिताय सर्वतन्त्रस्वरूपाय सर्वतत्त्वविदूराय ब्रह्मरुद्रावतारिणे नीलकण्ठाय पार्वतीप्रियाय सोमसूर्याग्निलोचनाय भस्मोद्धूलितविग्रहाय महामणिमुकुटधारणाय माणिकभूषणाय सृष्टिस्थितिप्रलयकालरौद्रावताराय दक्षाध्वरसंकाय महाकाल भेदकाय मूलाधारैकनिलयाय तत्त्वातीताय गङ्गाधराय सर्वदेवाधिदेवाय षडाश्रयाय वेदान्तसाराय त्रिवर्गसाधनायानेक - कोटिब्रह्माण्डनायकाय अनन्त वासुकि तक्षक कर्कोटक खड्ग कुलिक पद्ममहापद्मेत्यष्टनागकुलभूषणाय प्रणवस्वरूपाय चिदाकाशायाकाशादि स्वरूपाय ग्रहनक्षत्रमालिने सकलाय कलङ्करहिताय सकललौकैककर्त्रे सकललोकैकसंहर्त्रे सकललोकैकभर्त्रे सर्वलोकैकसाक्षिणे सकलनिगमगुह्याय सकलवेदान्तपारगाय सकललोकैकवरप्रदाय सकललौकैकशङ्कराय शशाङ्कशेखराय शाश्वतनिजावासाय निराभासाय निरामयाय निर्मलाय निर्लोभाय निर्मोहाय निर्मदाय निश्चिन्ताय निरहङ्काराय निराकुलाय निष्कलङ्काय निर्गुणाय निष्कामाय निरुपप्लवाय निरवद्याय निरन्तराय निष्कारणाय निरातङ्काय निष्प्रपञ्चाय निस्सङ्गाय निर्द्वन्द्वाय निराधाराय निरोगाय निष्क्रोधाय निर्गमाय निष्पापाय निर्भयाय निर्विकल्पाय निर्भेदाय निष्क्रियाय निस्तुलाय निस्संशयाय निरञ्जनाय निरुपमविभवाय नित्यशुद्धबुद्ध-परिपूर्ण सच्चिदानन्द अदृश्याय परमशान्तस्वरूपाय तेजोरूपाय तेजोमयाय जय जय महारौद्र भद्रावतार महाभैरव कालभैरव, कल्पान्तभैरव कपालमालाधर खट्वाङ्गखड्ग-पाशाङ्कुश डमरु-त्रिशूलचापवाणगदा-शक्ति-भिन्दिपाल-तोमर मुसलमुद्गर-पट्टिशपरशुपरिध भुशुण्डी शघ्नी चक्राद्यायुध भीषण करसहस्रमुखदंष्ट्रा करालविकटाट्टहास विस्फारित-ब्रह्माण्ड मण्डल नागेन्द्रकुण्डल नागेन्द्रहार नागेन्द्रवलय नागेन्द्रचर्मधर मृत्युञ्जय त्र्यम्बक त्रिपुरान्तक विरूपाक्ष विश्वेश्वर विश्वरूप वृषवाहन विश्वतोमुख सर्वतो मां रक्ष रक्ष। ज्वल ज्वल महामृत्युभयमपमृत्युभयं नाशय नाशय रोगभयमुत्सादयोत्सादय विषसर्पभयं शमय शमय चौरान् मारय मारय मम शत्रून् उच्चाटयोच्चाटय त्रिशूलेन विदारय विदारय कुठारेण भिन्धि भिन्धि खड्गेन छिन्धि छिन्धि खट्वाङ्गेन विपोथय विपोथय मुसलेन निष्पेषय 2 बाणैः सन्ताडय 2 रक्षांसि भीषय भीषय भूतानि

विद्रावय 2 कूष्माण्ड वेताल मारीच ब्रह्मराक्षसगणान् संत्रासय 2 मामऽभयं कुरु कुरु वित्रस्तं मामाश्वासय नरकभयाद् मामुद्धरोद्धर संजीवय 2 क्षुतृड्भ्यां मामाप्याय पाप्यायय दुःखातुरं मामनन्दयानन्दय शिवकवचेन मामाच्छादयाच्छादय मृत्युञ्जय त्र्यम्बक सदाशिव नमस्ते नमस्ते नमस्ते स्वाहा।

सहस्त्राक्षर महामृत्युंजय मंत्र के सवा लाख मंत्र जप से पुरश्चरण पूर्ण होता है। यह मंत्र पर्याप्त विस्तृत है अतः व्यावहारिक दृष्टि से किंचित् दुष्कर है तथा इसके लिए पर्याप्त समय अपेक्षित है। हमारा परामर्श है कि सहस्त्राक्षर महामृत्युंजय मंत्र के सवा लाख मंत्र का पुरश्चरण सम्पन्न करने की अपेक्षा स्वास्थ्य लाभ से सम्बन्धित अनेक अन्य साधनाएँ सम्पन्न करना श्रेयस्कर है। उदाहरण के रूप में पाशुपतास्त्र स्तोत्र, महाकाली मंत्र, इन्द्राक्षी स्तोत्र, महाविद्या स्तोत्र, कर्मजव्याधि मंत्र आदि ऐसी साधनाएँ हैं जिनके सम्पन्न करने से असाध्य व्याधि, कैंसर, एड्स, एच.आई.वी पाजिटिव, हेपिटाइटिस बी, किडनी प्रत्यारोपण, पक्षाघात, हृदयाघात आदि से मुक्ति प्राप्त होती है।

शताक्षरी महामृत्युंजय मंत्र को अग्रांकित प्रकार से भी जपने का विधान है। ॐ का उपयोग करने से यह मंत्र अधिक प्रभावशाली, उपयोगी और ओजयुक्त हो गया है।

वृहद्महामृत्युञ्जयमालामन्त्र

(असाध्य व्याधि से पूर्णतः मुक्त होने हेतु अमोघ वृहद्महामृत्युञ्जय मालामंत्र)

यह मालामंत्र सूर्य, ब्रह्मा, विष्णु एवं त्र्यम्बक का समष्टि मंत्र है एवं इसके साथ चतुष्पाद गायत्री का संयोजन करके प्रभाव को विशेष ओजमय बना दिया है।

ॐ भूः ॐ भुवः ॐ स्वः ॐ महः ॐ जनः ॐ तपः ॐ सत्यं ॐ तत्सवितुर्वरेण्यं ॐ घृणिः सूर्य आदित्य ॐ तत्सत् ॐ हंसात्मको यो अपामग्नेस्तेजसा दीप्यमानः स नो मृत्योस्त्रायतां नमो ब्रह्मणे विश्वनाभिः हाहि हाहि हाहि हावु हावु हावु ॐ ह्रीं हंसः सोहं स्वाहा ॐ भुवः भर्गो देवस्य धीमहि ॐ नमो नारायणाय ॐ उग्रं वीरं महाविष्णु ज्वलन्तं सर्वतोमुखं नृसिंहं भीषणं भद्रं मृत्युमृत्युं नमाम्यहं भ्राजा भ्राजा भ्राजा वव्रेववायवों आधारतोरण्याय वर्यो सहस्र ज्वालिनी मृत्युनाशिनी स्वाहा। ॐ स्वः धियो यो नः प्रचोदयात् आमद्य ॐ ह्रीं ॐ नमः शिवाय त्र्यम्बकं यजामहे सुगन्धिं पुष्टिवर्धनम् उर्वारुकमिव बन्धनान् मृत्योर्मुक्षीय मामृतात्। ववावं वववं ववं वेवं ववं वस जझदौं झ ह्रीं अरे वं वं मेवरयु धावया दं जं ॐ जूं सः स्वौः हंसः मां पालय पालय ह्लादय ह्लादय मृत्योर्मोचय मोचय सोहं स्वौं ईं हंसः जूं ॐ ईं स्वौ हंसः मां पालय पालय ह्लादय ह्लादय मृत्योर्मोचय मोचय सोहं स्वौं ईं सः जूं ॐ परो रजसे सावदों आपोज्योतीरसोऽमृतं ब्रह्म भूर्भुवः स्वरोम्।

त्र्यम्बकमृत्युञ्जयमन्त्र साधना

मंत्र - **ॐ त्र्यम्बकं यजामहे हसकलह्रीं सुगन्धिं पुष्टिवर्धनम्।
हसकहलह्रीं उर्वारुकमिव बंधनान् सकलह्रीं मृत्योर्मुक्षीय मामृतात्।।**

विनियोगन्यास- वशिष्ठर्षये नमः शिरसि। अनष्टुप् छन्दसे नमः मुखे। त्र्यम्बकपार्वतीपतिर्देवतायै नमः हृदि। त्र्यं बीजाय नमः गुह्ये। बं ॐ शक्तये नमः पादयो। कं कीलकाय नमः नाभौ। विनियोगाय नमः सर्वाङ्गे।

कराङ्गन्यास, ध्यान पूर्व में दिये गए हैं। 32-33 अक्षरीय मंत्र के साथ दिये गए हैं, वे कर सकते हैं। भिन्नपादमंत्र में कामराजपूजिता त्रिपुरसुन्दरी से संपुटित करे तो मंत्र इस प्रकार होगा-

**ॐ त्र्यम्बकं यजामहे कएईलह्रीं सुगन्धिं पुष्टिवर्धनम्।
हसकहलह्रीं उर्वारुकमिव बंधनान् सकलह्रीं मृत्योर्मुक्षीय मामृतात्।।**

गायत्री मंत्र से भिन्नपाद मंत्र शुक्रोपासिता मृतसंजीवनी विद्या में बताया गया है, उसे अवलोकन करें।

1. महामृत्युंजय का लघु अनुष्ठान- यदि सवालाख मंत्र जप का पुरश्चरण संभव न हो, तो 24 हजार मंत्रों का जप करके लघु अनुष्ठान सम्पन्न करने का विधान है। लघु अनुष्ठान में मात्र 240 आहुतियों से हवन सम्पन्न हो जाता है।

2. महामृत्युंजय का मध्यम अनुष्ठान- इसमें एक लाख पच्चीस हजार मंत्र जप करने के उपरान्त 1250 आहुतियों से हवन सम्पन्न किया जाता है। महामृत्युंजय मंत्र का यह सर्वाधिक प्रसिद्ध, प्रतिष्ठित एवं चर्चित पुरश्चरण विधान है जिसमें हवन का दशांश तर्पण तथा तर्पण का दशांश मार्जन तथा मार्जन का दशांश ब्राह्मण भोजन किया जाता है।

3. महामृत्युंजय मंत्र का महा-अनुष्ठान- 24 लाख मंत्र जप तथा उसी के अनुसार दशांश हवन, तर्पण, मार्जन करने से महामृत्युंजय मंत्र का महाअनुष्ठान सम्पन्न किया जाता है।

- **लघु अनुष्ठान**- 9 दिनों में 27 माला जप करना चाहिए।
- **मध्यम अनुष्ठान**- 40 दिन में 33 माला का जप प्रतिदिन करना चाहिए।

ज्ञातव्य तथ्य-

1. महामृत्युंजय साधना करने वाले साधक या आचार्य को आराधना काल में पूर्ण ब्रह्मचर्य का अनुसरण करना चाहिए। यथासंभव पृथ्वी पर शयन करना चाहिए। सात्त्विक भोजन परमावश्यक है। तन के साथ-साथ मन की पवित्रता, श्रद्धा और आस्था अनिवार्य है। यथासंभव अल्पाहार करने का प्रयास करना चाहिए।

2. महामृत्युंजय साधना से पूर्व विधिविधान सहित रुद्री अथवा शतरुद्री करने पर शीघ्र ही पूर्ण फल प्राप्त होता है।
3. प्रत्येक दिन के मंत्र जप समाप्त करने के पश्चात् बटुक भैरव तथा हनुमत बड़वानल स्तोत्र करने से महामृत्युंजय मंत्र के प्रभाव में स्थायित्व उत्पन्न होता है।
4. साधना काल में अखण्ड दीपक जलते रहना श्रेयस्कर है।
5. रुद्राक्ष की माला से मंत्र जप करना सर्वोत्तम है।
6. महामृत्युंजय मंत्र जप के साथ-साथ पृथ्वी पर अग्निवास देखकर क्षमता और समय के अनुसार दशांश हवन भी संपादित करते रहना चाहिए; क्योंकि एक साथ दशांश हवन कर सकना संभव नहीं होता है।
7. एक बार मंत्र का उच्चारण होने पर यदि कितने ही लोग आहुति डालें, तो भी हवन की संख्या एक ही स्वीकारी जानी चाहिए।
8. हवन के साथ-साथ तर्पण और मार्जन भी करते रहना चाहिए, परन्तु ब्राह्मण भोजन की व्यवस्था अन्त में की जा सकती है।

महामृत्युञ्जय मंत्र

<u>मन्त्रः</u> ॐ जूँ सः

यह तीन अक्षर का मंत्र है तथा महादेव इसके देवता हैं, तीन लाख जप करने के उपरान्त शुद्ध घृत से आलुप्त गुडूची की संविधाओं से दशांश हवन का विधान है।

<u>परिहार क्षेत्रः</u> आयु, आरोग्य, सम्पत्ति, यश तथा पुत्र की वृद्धि तथा लक्ष्मी अर्थात् समृद्धि।

<u>मृत्युञ्जयमन्त्रः। ऋष्यादिकथनम्-</u>

तारं स्थिरा सकर्णेन्दुः भृगुः सर्गविभूषितः।
त्र्यक्षरात्मा निगदितो मनुर्मृत्युञ्जयादिकः।।1।।

तारम् (प्रणव), स्थिरा (जं), सकर्णेन्दु (दीर्घ उकार युक्त अनुस्वार), भृगु (सकार) जिस पर सर्ग (विसर्ग) हो। इस प्रकार - 'ॐ जूँ सः' यह त्र्यक्षर मन्त्र कहा गया है। यह मृत्युञ्जय मन्त्र के आदि में लगाया जाता है।

ऋषिः कहोलो देव्यादिगायत्री छन्द ईरितम्।
मृत्युञ्जयो महादेवो देवताऽस्य समीरितः।।2।।

इस त्र्यक्षर मन्त्र के कहोल ऋषि हैं। सभी देवियों की आदि गायत्री इस का छन्द है और महामृत्युंजय महादेव इसके देवता है।

भृगुणा दीर्घयुक्तेन षडङ्गानि समाचरेत् ।।3।।

दीर्घयुक्त भृगु (सकार) से इसका षडङ्गन्यास करना चाहिए।

महामृत्युञ्जयध्यानम् । पुरश्चरणादिकथनम्-

चन्द्रार्काग्निविलोचनं स्मितमुखं पद्मद्वयान्तः स्थितं
मुद्रापाशमृगाक्षसूत्रविलसत्पाणिं हिमांशुप्रभम् ।
कोटीरेन्दुगलत्सुधाप्लुततनुं हारादिभूषोज्ज्वलं
कान्त्या विश्वविमोहनं पशुपतिं मृत्युञ्जयं भावयेत् ।।4।।

जिनके सूर्य, चन्द्र और अग्निस्वरूप तीन नेत्र हैं, जिनके मुख मण्डल पर स्मित है, जिनके शिरोभाग दो कमलों के मध्य (अर्थात् एक ऊर्ध्वमुख तथा उसके ऊपर विद्यमान दूसरा कमल अधोमुख रूपेण) स्थित है, जो अपने हाथों में मुद्रा, पाश, मृग (मुद्रा) तथा अक्षमाला धारण किए हैं, जिनके मुख की कांति चन्द्रमा के समान उज्ज्वल है, जिनका शरीर किरीट में जटित चन्द्रमण्डल से टपकते हुए अमृत कणों से आप्लावित है और हारादि नाना प्रकार से भूषणों से उज्ज्वल है- ऐसे महामृत्युञ्जय पशुपति का ध्यान करना चाहिए, जो अपनी कांति से विश्व को मोहित कर रहे हैं।

गुणलक्षं जपेन्मन्त्रं तद्दशांश विशालधीः ।
जुहुयादमृताखण्डैः शुद्धदुग्धाज्यलोलितैः ।।5।।

विशाल बुद्धि वाला साधक इस मन्त्र का तीन लाख जप करे। तदनन्तर शुद्ध घृत से आप्लुत गुडूची की समिधाओं से उसका दशांश (तीस हजार) होम करे।

शैवे संपूजयेत्पीठे मूर्त्तिं मूलेन कल्पयेत् ।
अङ्गावरणमाराध्य पश्चाल्लोकेश्वरान् यजेत् ।।6।।

पुनः शैव पीठ पर मूल मन्त्र से मूर्ति की कल्पना करें। आवाहन पूर्वक पूजा करें। तदनन्तर अंगावरणों की पूजा कर लोकपालों की पूजा करें।

तदस्त्राणि ततो बाह्ये पूजयेत् साधकोत्तमः ।
जपपूजादिभिः सिद्धे मन्त्रेऽस्मिन् मनुना क्रमात् ।।7।।

कुर्यात् प्रयोगान् कल्पोक्तानभीष्टफलसिद्धये ।
दुग्धयुक्तैः सुधाखण्डैर्मन्त्री मासं सहस्रकम् ।।8।।

इसके उपरान्त उनके वज्रादि आयुधों की पूजा करें। इस प्रकार जप पूजादि द्वारा जब मन्त्र सिद्ध हो जाए तो साधक क्रमशः इस मन्त्र द्वारा अपनी अभीष्ट सिद्धि के लिए इस कल्प में आगे कहे गए प्रयोगों का अनुष्ठान करें।

आराधितेऽग्नौ जुहुयात् विधिवद्विजितेन्द्रियः।
सन्तुष्टः शङ्करस्तेन सुधाप्लावितविग्रहः।।9।।

आयुरारोग्यसम्पत्तियशः पुत्रान् विवर्धयेत्।
सुधावटौ तिलौ दूर्वा पयः सर्पिः पयोहविः।।10।।

प्रयोग एवं फलश्रुति -

दूध से परिषिंचित गुडूची की समिधा से एक मास पर्यन्त सहस्र संख्या में इन्द्रियों को वश में कर विशुद्ध सुसंस्कृत अग्नि में नित्य होम करे। उसके इस अनुष्ठान द्वारा अमृत प्रवाह से आप्लावित शरीर वाले शंकर सन्तुष्ट हो आयु, आरोग्य, सम्पत्ति यश और पुत्र की वृद्धि प्रदान करते हैं।

इत्युक्तैः सप्तभिर्द्रव्यैर्जुहुयात्सप्तवासरम्।
क्रमाद्दशांशतो नित्यमष्टोतरमतन्द्रितः।।11।।

सप्ताधिकान् द्विजान्नित्यं भोजयेन्मधुरान्वितम्।
विकारानुगुणं मन्त्री वर्धयेद्धोमवासरान्।।12।।

गुडूची, वट, तिल, दूर्वा, दूध, घी एवं खीर-- इन सात पदार्थों से अलग अलग निरन्तर सात दिन पर्यन्त 108 बार दशांश होम करे तथा आठ ब्राह्मणों को नित्य मिष्ठान युक्त भोजन कराए। यदि भयानक पाप के कारण रोगादि विकार अत्यन्त प्रचण्ड हों तो उसके अनुसार इस अनुष्ठान के क्रम में सात-सात दिन और अर्थात् 14 अथवा 21 दिन अथवा इससे भी अधिक दिन संख्या बढ़ाता जाए।

महामृत्युञ्जयध्यानप्रयोगः-

होतृभ्यो दक्षिणां दद्यादरुणा गाः पयस्विनीः।
गुरुं संप्रीणयेत्पश्चाद्धनाद्यैर्देवताधिया।।13।।

अनेन विधिना साध्यः कृत्याद्रोहज्वरादिभिः।
विमुक्तः सुचिरं जीवेच्छरदां शतमञ्जसा।।14।।

होम के अनन्तर होता को दूध देने वाली लाल वर्ण की गाय दान करे तथा गुरु में देवता बुद्धि कर धनादि द्वारा उन्हें सन्तुष्ट करें। इस विधि से साधक कृत्या (अभिचार मारणादि) शत्रुद्रोह एवं ज्वरादि से मुक्त हो जाता है और सैकड़ों वर्ष तक नीरोग रह कर जीता है।

अभिचारे ज्वरे तीव्रे घोरोन्मादे शिरोगदे।
असाध्यरोगक्ष्वेडादौ महादाहे महाभये।।15।।

होमोऽयं शान्तिदः प्रोक्तः सर्वसम्पत् प्रदायकः।
द्रव्यैरेतैः प्रजुहुयात् त्रिजन्मसु यथाविधि।।16।।

भोजयेन्मधुरैर्भोज्यैर्ब्राह्मणान् वेदपारगान्।
दीर्घमायुरवाप्नोति वाञ्छितां विन्दति श्रियम्।।17।।

मारणादि अभिचार में, तीव्र ज्वर में, घोर से घोर उन्माद में, सिर, पीड़ा में असाध्य रोग में, खेद में, महादाह में, महाभय में यह होम साधक को शांति प्रदान करता है तथा सब प्रकार की सम्पत्ति प्रदान करता है। साधक (त्रिजन्म) अपने जन्म नक्षत्र में ऊपर कही गई विधि के अनुसार होम करें और वैदिक ब्राह्मणों को मिष्ठान्न भोजन कराए। ऐसा करने से साधक को दीर्घ आयु प्राप्त होती है और मनवांछित श्री भी प्राप्त होती है।

एकादशाहुतीर्नित्यं दूर्वाभिर्जुहुयाद् बुधः।
अपमृत्युजिदेषः स्यादायुरारोग्यवर्धनः।।18।।

त्रिजन्मसु सुधावल्लीकाश्मरीबकुलोद्भवैः।
समिद्वरैः कृतो होमः सर्वमृत्युगदापहः।।19।।

यदि बुद्धिमान साधक दूर्वा द्वारा नित्य 11 आहुति प्रदान करे तो वह अपमृत्यु को जीत लेता है और उसकी आयु तथा अरोग्य की अभिवृद्धि होती है। जन्म नक्षत्र के दिन, जन्म नक्षत्र से दसवें नक्षत्र के दिन अथवा इक्कीसवें नक्षत्र के दिन गुडूची, काश्मीरी, अथवा बकुल की समिधा द्वारा होम करे तो सब प्रकार की मृत्यु एवं सब प्रकार के रोगों से छुटकारा हो जता है।

सिद्धान्नैर्विहितो होमो महाज्वरविनाशनः।
अपामार्गसमिद्धोमः सर्वामयविषूदनः।।20।।

इस मन्त्र के द्वारा खीर से किया होम सम्पूर्ण ज्वरों को विनष्ट कर देता है। अपामार्ग की समिधा किया गया सभी प्रकार के ज्वरों को विनष्ट कर देता है।

महामृत्युञ्जय यन्त्रमाह-

प्रणवरचितनालं मन्त्रमध्यार्णपत्रं
भृगुविलसितमध्यं पद्मयुग्मं तदन्तः।

कृतवसतिमुमेशं वर्णनिर्यत्सुधार्द्रं
कलयतु हृदि नित्यं सर्वदुःखप्रशान्त्यै।।21।।

इस मन्त्र के यन्त्र का प्रकार- दो अष्टदल कमल निर्माण करे। दोनों के नाल पर प्रणव लिखे, दोनों अष्टदल के मूल में प्रत्येक पर मध्य वर्ण जूँ आठ आवृत्ति में लिखे तथा मध्य भाग में 'सः' इस अक्षर को लिखे। इस प्रकार दोनों मन्त्रों को सम्पुट कर मध्य में एकार वर्ण से निकलते हुए अमृत रस से सराबोर महेश्वर का हृदय में ध्यान कर एक को ऊर्ध्वमुख स्थापित कर दे, दूसरे को अधोमुख स्थापित कर दे तो इस प्रकार का यन्त्र सारे दुःखों को शान्त कर देता है।

अभिषेकविधिः -

यन्त्राढ्ये कमलं सौम्ये कलशं प्रोक्तवर्त्मना।
नवरत्नसमायुक्तं दुकूलाभ्यामलङ्कृतम्।।22।।

आपूर्य सलिलैः शुद्धैस्तस्मिन् देवं प्रपूजयेत्।
उपचारैः षोडशभिर्विधानेन विधानवित्।
अभिषिञ्चेत् प्रियं साध्यं विनीतं दत्तदक्षिणाम्।।23।।

आधिव्याधिमहारोग कृत्याद्रोहनिवारणः
अभिषेकोऽयमाख्यातः कीर्त्तिलक्ष्मीजयप्रदः।।24।।

आगे कहे जाने वाले मन्त्र युक्त सर्वतोभद्रमण्डल पर पहले कही गई विधि के अनुसार कलश स्थापित करे। उसमें नवरत्न छोड़े और दो वस्त्रों से लपेट कर अच्छी तरह अलंकृत करे।

पुनः शुद्ध जल उसमें डालकर पूर्ण करें, तदनन्तर उस पर षोडशोपचार से सदाशिव का पूजन करे और कलश के जल की दक्षिणा से संतुष्ट करने वाले विनीत स्वभाव के यजमान को अभिषिक्त करे तो इस प्रकार का अभिषेक आधि, व्याधि, महारोग, अभिचार तथा शत्रुजन्य बाधा को दूर कर देता है। इस प्रकार यह अभिषेक कीर्त्ति, लक्ष्मी और जय प्रदान करने वाला है।

मृत्युञ्जययन्त्रम् -

मध्ये साध्याक्षराढ्यं ध्रुवमभिविलिखेन्मध्यगं दिग्दलस्थं
कोणेष्वन्त्यं मनोस्तत्क्षितिभुवनमथो दिक्षु चन्द्रान्विदिक्षु।
टान्तं यन्त्रं तदुक्तं सकलभयहरं क्ष्वेडभूतापमृत्यु-
व्याधिव्यामोहदुःखप्रशमनमुदितं श्रीप्रदं कीर्त्तिदायिनः।।25।।

अष्टदल कमल की कर्णिका में साध्य के अक्षरों के साथ प्रणव लिखे, चारों दिशाओं के चार पत्रों पर मन्त्र के मध्य अक्षर (जूँ) को लिखे। कोणों के चार पत्रों पर मन्त्र का अन्तिम अक्षर 'सः' लिखे। तदनन्तर भूपुर की चारों दिशाओं और चारों कोणों में चन्द्र बिन्दु युक्त ठकार लिखे। इस प्रकार का यन्त्र, विष, भूत, अपमृत्यु, व्याधि, व्यामोह तथा दुःखों का प्रशमन कर देता है, श्री प्रदान करता है और कीर्त्तिकारक होता है।

महामृत्युञ्जय कवच

कवच का अर्थ होता है स्वयं की सुरक्षा हेतु साधन। महामृत्युञ्जय मंत्र का विस्तृत विधान यहाँ दिया गया है परन्तु महामृत्युञ्जय कवच का पाठ कर लेना अत्यन्त हितकर होता है। मंत्रजप से किसी प्रकार की हानि न हो या त्रुटि होने पर कोई दोष न लगे तथा स्वयं की सुरक्षा अवश्य होती रहे इस उद्‌देश्य से महामृत्युञ्जय कवच का पाठ मूल मंत्र से पूर्व करने की परम्परा है। साधक स्वयं मंत्र करे या आचार्य से कराये तो महामृत्युञ्जय कवच का पाठ पहले कर लेना चाहिए।

महामृत्युञ्जय के अन्यान्य अनुष्ठान, शास्त्रों में वर्णित हैं, प्रत्येक अनुष्ठान को यहाँ उद्धृत किया जा सकना संभव नहीं है। महामृत्युञ्जय सहस्रनाम स्तोत्र भी एक दुर्लभ स्तोत्र है जिसे सम्पादित करने से पूर्व महामृत्युञ्जय कवच का पाठ अनिवार्य है।

दानवों के आचार्य, दैत्यों के गुरु शुक्राचार्य ने महामृत्युञ्जय सहस्रनाम स्तोत्र की साधना करके मृतकों को जीवित करने से सम्बन्धित विद्या एवं मंत्र शक्ति प्राप्त की थी। महामृत्युञ्जय सहस्रनाम स्तोत्र अत्यन्त प्रभावशाली है, इसके पाठ से विविध प्रकार के रोग, शोक, आपदाओं तथा कष्टों का शमन होकर मनुष्य को शांति प्राप्त होती है। उल्लेखनीय है कि महामृत्युञ्जय मंत्र से सम्बन्धित कोई भी प्रयोग स्वयं में अप्रतिम है जिनके उपयोग से प्राण घातक हिंसा, मृत्युप्रदायक दुर्घटना तथा अकाल मृत्यु की संभावना से रक्षा होती है, परन्तु महामृत्युञ्जय कवच का पाठ सर्वप्रथम कर लेना अत्यधिक हितकर है।

<u>भैरव उवाच</u>

श्रृणुष्व परमेशानि कवचं मन्मुखोदितम्।
महामृत्युञ्जयस्यास्य न देवं परमाद्भुतम्।।

यं धृत्वा च पठित्वा च यं श्रुत्वा कवचोत्तमम्।
त्रैलोक्याधिपतिर्भूत्वा सुखितोऽस्मि महेश्वरि।।

तदेव वर्णयिष्यामि तव प्रीत्या वरानने।
तथापि परमं तत्त्वं न दातव्यं दुरात्मने।।

<u>विनियोगः-</u> ॐ अस्य श्री महामृत्युञ्जय कवचस्य ब्रह्मा ऋषिः महामृत्युञ्जय रुद्रो देवता अनुष्टुप् छन्दः ॐ बीजं, जूं शक्तिः सः कीलकम् हौं इति तत्त्वम् श्री चतुर्वर्ग फल साधनार्थ पाठेविनियोगः।

<u>ध्यानम्</u>

चन्द्रमण्डल मध्यस्थे रुद्र माले विचित्रिते।
तत्रस्थं चिन्तयेत्साध्यं मृत्युं प्राप्नोति जीवति।।1।।

कवचम्

ॐ जूं सः शिरः पातु देवो मृत्युञ्जयो मम।
श्री शिवो वै ललाटं च ॐ हौं भ्रुवौ सदाशिवः।।2।।

नीलकण्ठोऽवतान्नेत्रे कपर्दी मेवताच्छुती।
त्रिलोचनोऽवताद्गण्डौ नासामे त्रिपुरान्तकः।।3।।

मुखं पीयूषघट् भृंदोष्ठौ मे कृत्तिकाम्बरः।
हनुं मे हाटकेशानो मुखं वटुक भैरवः।।4।।

कन्धरां कालमथनो गलं गण प्रियोऽवतु।
स्कन्धौ स्कंदपिता पातु हस्तौ मे गिरिशोऽवतु।।5।।

नखान्मे गिरिजानाथः पायादङ्गुलि संयुतान्।
स्तनौ तारापतिः पातु वक्षः पशुपतिर्मम।।6।।

कुक्षिं कुवेरवदः पार्श्वौ मे मारशासनः।
शर्व पातु तथा नाभिं शूली पृष्ठं ममावतु।।7।।

शिश्नं मे शङ्करः पातु गुह्यं गुह्यकवल्लभः।
कटिं कालान्तकः पायाद् उरु मेऽन्धक घातकः।।8।।

जागरूकोऽवताज्जानू जङ्घौ मे कालभैरवः।
गुल्फौ पायाज्जटाधारी-पादौ मृत्युञ्जयोऽवतु।।9।।

पादादि मूर्द्धापर्यन्तं सद्योजातो ममावतु।
रक्षाहीनं नामहीनं वपुः पात्वमृतेश्वरः।।10।।

पूर्वे बलविकरणो दक्षिणे कालशासनः।
पश्चिमे पार्वतीनाथ उत्तरे मां मनोन्मनः।।11।।

ऐशान्यामीश्वरं पायादाग्नेयामग्नि लोचनः।
नैऋत्यां शंभु रव्यान्मां वायव्यां वायुवाहनः।।12।।

ऊर्ध्वे बल प्रमथनः पाताले परमेश्वरः।
दश दिक्षु सदा पातु महामृत्युञ्जयश्च माम्।।13।।

रणे राजकुले द्यूते विषमे प्राण संशये।
पायादों जूं महारुद्रो देवदेवो दशाक्षर।।14।।

प्रभाते पातु मां ब्रह्मा मध्याह्ने भैरवोऽवतु।
सायं सर्वेश्वरः पातु निशायां नित्यचेतनः।।15।।

अर्द्धरात्रे महादेवो निशान्ते मां महोदयः।
सर्वदा सर्वतः पातु ॐ जूं सः हौं मृत्युञ्जयः।।16।।

इतीदं कवचं पुण्यं त्रिषु लोकेषु दुर्लभम्।
सर्वमंत्रमयं गुह्यं सर्वतंत्रेषु गोपितम्।।17।।

पुण्यं पुण्यप्रदं दिव्यं देवदेवाधिदैवतम्।
य इदं च पठेन्मंत्रं कवचं वाचयेत्ततः।।18।।

तस्य हस्ते महादेवि त्र्यम्बकस्याष्ट सिद्धयः।
रणे धृत्वा चरेद्युद्धं हत्वा शत्रुञ्जयं लभेत्।।19।।

जपं कृत्वा गृहे देवि स प्राप्स्यति सुखं पुनः।
महाभये महारोगे महामारी भये तथा।।20।।

दुर्भिक्षे शत्रु संहारे पठेत्कवचमादरात्।
सर्वं तत्प्रशमं याति मृत्युञ्जय प्रसादतः।।21।।

धनं पुत्रान्सुखं लक्ष्मीमारोग्यं सर्वसम्पदः।
प्राप्नोति साधकः सद्यो देवि सत्यं न संशय।।22।।

इतीदं कवचं पुण्यं महामृत्युञ्जयस्य तु।
गोप्यं सिद्धिप्रदं गुह्यं गोपनीयं स्वयोनिवत्।।23।।

।। इति श्रीमहामृत्युञ्जय कवचम्।।

शास्त्रसंगत हवन विधान

मृत्युञ्जय मंत्र के अनुष्ठान के उपरान्त हवन करने की अनिवार्यता असंदिग्ध है। मृत्युञ्जय अनुष्ठान के उपरान्त दशांश हवन करना चाहिए।

हवन के विषय में अनेक ज्ञातव्य तथ्यों का उल्लेख करने से पूर्व, हवन विधान से पूर्णतः अनभिज्ञ साधकों के लिए, प्रयोग में आने वाले कतिपय विशेष शब्दों का अर्थ लिखना भी अप्रासंगिक नहीं होगा। हवन पदार्थों को, विधिवत् स्थापित कुण्डस्थ अथवा वेदीगत अग्नि में मन्त्रोच्चार पूर्वक अर्पित करना हवन कहलाता है। इसमें हवन करने योग्य पदार्थों को हविष्य कहते हैं, उनको अग्नि में समर्पित करने को आहुति कहा जाता है। जलाने वाली लकड़ियों को समिधा, हवन करने वाले को यजमान, कराने वाले को आचार्य, द्रष्टा ब्रह्मा, अन्य सहयोगियों को ऋत्विक् कहते हैं।

शास्त्रों में हवन के विषय में उद्धृत है कि-

दुग्धयुक्तैः सुधाखण्डैर्मन्त्री मासं सहस्रकम्।
आराधितेऽग्नौ जुहुयाद् विधिवद्विजितेंद्रियः।।
सन्तुष्टः शंकरस्तेन सुधाप्लावितविग्रहः।
आयुरारोग्य संपत्तियशः पुत्रान् विवर्धयेत्।।

अर्थात् यदि मनुष्य जितेन्द्रिय होकर मंत्र द्वारा प्रतिदिन कच्चे दूध के साथ गिलोय के टुकड़ों की एक हजार आहुतियाँ अग्नि को समर्पित करे तो शिवजी प्रसन्न होकर उसे सुस्नात् शरीर, आयु, आरोग्य, सम्पत्ति, यश और कई पुत्र प्रदान करते हैं।

होम और यज्ञ में अन्तर यह है कि आहुति देने से शेष को अलग पात्र में प्रक्षेप करने की व्यवस्था होने पर यज्ञ और शेष का प्रक्षेप न करने पर होम, इसे संस्रव कहते हैं। कहीं इस संस्रव को खाया जाता है और कहीं इसे स्नान के समय देह में मल लिया जाता है। यह प्रक्षेप करते समय-न मम बोलते है जैसे इन्द्राय स्वाहा बोलकर अग्नि में डालते हैं। 'इदमिंद्राय न मम' बोलकर शेष को पात्र में डालते हैं।

घी का हवन करने के लिए लकड़ी का स्रुवा होता है। यह खैर जैसी लकड़ी से बनाया जाता है।

स्रुवाधारण-

इधर स्रुवा को कलम की तरह पकड़ने का प्रावधान है जबकि स्रुवा का मूल भाग दिखाई नहीं देना चाहिए अर्थात् लकड़ी की तरह स्रुवा को मुट्ठी में पकड़ना चाहिए।

चतुरंगुलं परित्यज्य षडंगुलमथापि वा।
करेण मूलमाच्छाद्य धारयेच्छंखमुद्रया।।

अर्थात् स्रुवा के आगे के भाग के चार अथवा छः अँगुल छोड़ कर उसके मूल भाग को हाथ से ढाँप कर शंखमुद्रा से पकड़ना चाहिए।

स्रुवा के मुख अथवा अग्रभाग में अँगुलप्रमाण के अनुसार अग्नि, सोम, सूर्य, रुद्र, प्रजापति और यमराज का अधिवास होता है इसलिए यह भाग छोड़ कर स्रुवा पकड़ना चाहिए। प्रमाण है-

अग्निः सोमस्तथा सूर्यो रुद्रश्चैव प्रजापतिः
षष्ठश्चैव यमोदेवः श्रुवे तिष्ठन्ति सर्वदा

समिधा, यज्ञ काष्ठ को समिधा कहते हैं। इनके लिए कहा गया है- पलाश, पीपल, न्यग्रोध, प्लक्ष, वैकंक, शमी, गूलर, बिल्व, चन्दन, सरल, शाल, देवदार और खैर। जहाँ ये वृक्ष नहीं होते वहाँ विवशता की स्थिति में अन्य वृक्षों का काष्ठ हवन में लेना पड़ता है।

जिस प्रयोग में हवनीय द्रव्य का उल्लेख नहीं मिलता है, वहाँ घी से हवन करना चाहिए।

जहाँ हवन करते समय बैठने या खड़े रहने का उल्लेख नहीं मिले वहाँ बैठकर हवन करते हैं। पूर्णाहुति खड़े होकर ही देते हैं। जहाँ कारण विशेष से हाथ (यज्ञानुष्ठानादि में) का उल्लेख नहीं किया जाता है वहाँ दाहिने हाथ से ही काम करते हैं।

आहुति प्रमाण-

घी-कर्म के अनुसार, लाजा-मुट्‌ठीभर, अन्य-ग्रास के जितना, कन्द-पूरे कन्द का आठवाँ भाग, तिल-सत्तू आदि-मृगी मुद्रा जितने।

हवन हंसी अथवा मृगी मुद्रा में करते हैं।

हवन करते समय कनिष्ठा का उपयोग नहीं होता है। मध्यमा और अनामिका मिलाने पर हंसी तथा तर्जनी, मध्यमा, अनामिका अँगुलियों के मिलाने पर मृगी मुद्रा होती है। यज्ञाग्नि में आहुति देते समय अँगुलियों में मध्यम पर्व पर हवन सामग्री रहती है और उसे अँगूठे से सरका दिया जाता है। चुटकी की तरह सामग्री लेकर अथवा फेंकने के तरीके से आहुति नहीं दी जाती। जिस प्रकार हम किसी को आदरपूर्वक भोजन कराते हैं, उसी प्रकार आहुति देना उचित है। इसमें दोनों हाथ काम में नहीं आते।

आहुति के विषय में-

दूध	-	एक शुक्ति भर। अर्थात् न इतना हो कि यज्ञाग्नि मन्द हो जाय और न इतना हो कि बूँद जितना कम।
शहद व अन्य	-	रुद्राक्ष के बड़े दाने जितना
जौ	-	आठ तोला, सत्तू व कसार-ग्रास जितना
गुड़ व शक्कर	-	दो तोला
चरु	-	आधा ग्रास जितना
गन्ना	-	एक पेली (पर्व)
फूल	-	एक-एक
पूआ	-	एक
केला और नारंगी	-	एक-एक
बिजौरा	-	चार टुकड़े करके एक-एक
कटहल	-	दस टुकड़े
नारियल	-	आठ टुकड़े
कपित्थ	-	(कैथ) तीन टुकड़े
ककड़ी	-	तीन टुकड़े
दूर्वा	-	तीन अंकुर
समिधा	-	दस अँगुल
गिलोय	-	चार अँगुल
मूँग, उड़द, जौ	-	आठ तोले
चावल	-	चार तोले
तिल-सरसों	-	चुल्लूभर का प्रमाण बताया गया है।

शास्त्रों का वचन और व्यवहार सिद्ध तथ्य यह है कि हवन से ही प्रयोग सफल होता है मैंने कभी भी हवन को विफल होते नहीं देखा। आग में घी फूँकने के अतिरिक्त गरीबों की सहायता की जाय- इस तरह की सोच इस विधि में उचित नहीं रहती क्योंकि यज्ञ एक सामाजिक कार्य है, उससे उठता धूम्र पर्यावरण को शुद्ध करता है।

प्रयोजनानुसार हवनीय पदार्थ-

मोक्षकामी	- खीर
अभिचार कर्म (मारण, मोहन, उच्चाटन) के लिए	- माँस
सम्मोहन के लिए	- त्रिमधु सहित शहद
स्तंभन के लिए	- मातुल फल
वशीकरण के लिए	- सफेद सरसों
रोग नाश	- गिलोय दूध में भिगोकर
ज्वर	- दुग्ध में भिगोकर आम के पत्ते, व मुलैठी
कुष्ठ	- शंखपुष्पी के फूल
मृगी	- अपामार्ग के बीज,
मानसिक विकृति	- दूधवाले वृक्ष के पत्ते या तने के टुकड़े
प्रमेह अथवा डायबिटीज	- गूलर, शहद और गन्ने का रस (शहद और गन्ने के रस में गूलर के फल भिगोकर)
धनप्राप्ति	- लालफूल, बिल्वफल, पत्र, पुष्प, घी, दूध
विवाह (पुरुष का)	- लाजा त्रिमधु में भिगोकर
दीर्घायुष्य	- पलाश का अग्रभाग पीपल, गूलर, पाकुड के टुकड़े त्रिमधु में भिगोकर तथा समिधा दूधवाले वृक्ष की।
अपमृत्यु निवारण	- दूब, दूध, शहद, घी, तथा समिधा, शमी वृक्ष की
राज्यप्राप्ति	- बिल्व के फल, पत्ते और जड़, इनके अलावा एक सौ कमल पुष्प
बुद्धिवृद्धि	- दूध, घी, तेज, - पलाश की समिधा

हवन, कुण्ड अथवा वेदी में किया जाता है। कुण्ड आठ प्रकार से बनाया जाता है जिसमें गोल, अर्धचन्द्राकार, त्रिकोण, षट्कोण, अष्टकोण, सप्तकोण, योन्याकार होते हैं कुण्डों की रचना प्रयोजन के अनुसार की जाती हैं। हमारा अपना विचार है कि कुण्ड में हवन करना हो तो चौकोर बना लिया जाय। आहुति के प्रमाण के अनुसार कुण्ड की लम्बाई चौड़ाई और गहराई रखी जाय।

वेदिका - सामान्य रूप से जिसे चबूतरी कहा जाता है वह वेदी होती है।

मेखला - कुण्ड और वेदी दोनों के ही मेखला बनायी जाती है। यह मेखला चार अँगुल चौड़ी और चार अँगुल ऊँची होती है। सामान्यतः वेदी या कुण्ड के तीन मेखला रखनी चाहिए। परिस्थिति विशेष में एक मेखला भी हो सकती है।

आहुति उस विधि को कहते हैं जो हवनीय द्रव्य को अग्नि में दिया जाता है।

यदि घी की आहुति हो तो श्रुवा से, सोने, चाँदी या ताँबे के चम्मच से अथवा वृक्ष पत्र से दी जाती है। तिलादि अन्य ठोस पदार्थों से यज्ञ करने पर यज्ञवेदी पर प्रज्चलित अग्नि में ड़ालने के लिए मृगी और हंसी मुद्रा बनायी जाती है। बीच की दो अँगुलियों मध्यमा और अनामिका पर हवनीय सामग्री को रखकर अँगुष्ठ से सरका देने को हंसी और प्रारम्भ की तीन अँगुलियों तर्जनी, मध्यमा, अनामिका को सटा कर इन पर आहुति के द्रव्य को रखकर अँगुष्ठ से सरका देने को मृगी मुद्रा कहते हैं। यज्ञ में आहुति देने में कनिष्ठा अँगुली का उपयोग नहीं किया जाता है।

हविष्य उस पदार्थ को कहते हैं जिससे हवन किया जाता है। कुछ पदार्थ स्वभाव से हल्के, सुपाच्य व पवित्र माने जाते हैं उनको हविष्यान्न कहा जाता है।

यज्ञ की सामग्री को शाकल्य कहते हैं।

आहुति प्रमाण - यदि पुष्पों का हवन किया जाय तो पूरे फूल की आहुति दी जाती है, तिल से हवन करने पर एकबार की आहुति में एक सौ तिल से कम नहीं होने चाहिए, लाजा का हवन करने पर मुठ्ठी प्रमाण, घी से करने पर एक कौडी के बराबर, शहद अथवा दूध से करे तो आधा चुल्लूभर किशमिश या अन्य मेवे हों तो पूरे, कपूर- कस्तूरी जैसे पदार्थ इस मात्रा में लेने चाहिए जिससे मन की सन्तुष्टि हो जाय। फल यदि छोटे हों तो पूरे अन्यथा टुकड़े करके, नारियल से करने पर मोटे टुकड़े करके, गन्ने का हवन करे तो उसकी गाँठ या पेरू के माप से केला बड़ा हो तो चार टुकड़े करके छोटा हो तो सम्पूर्ण, अन्न अथवा मिश्रित सामग्री से हवन करने पर एक ग्रास के आकार की आहुति देनी चाहिए।

किसी लकड़ी की आहुति देनी हो तो अँगूठे और अनामिका अँगुलि से पकड़ कर अग्नि में डालना चाहिए। हवन करने का समय सूर्योदय से लेकर डेढ़ घण्टे तक हवन करने से ऐश्वर्यप्राप्ति, मध्याह्न में करने से सुख व धनलाभ, तीसरे पहर करने से मुक्ति, तीनों प्रहर के अन्तिम काल में करने से पितरों की तुष्टि, संध्या समय करने से गृह शान्ति, रात्रि में पापनाश, दिन में सिद्धिप्राप्ति, अर्धरात्रि में आयुष्यप्राप्ति, ब्रह्म मुहूर्त में पुत्र प्राप्ति और सूर्योदय के समय करने से सर्वकामना सिद्ध होती हैं। स्मरण रहे यह समय हवन प्रारम्भ करने का है।

समिधा उन लकड़ियों को कहते हैं जो यज्ञ में जलाने के काम आती हैं। अच्छा तो यह रहे कि ये पेड़ से सूखी-सूखी तोड़ ली जाय, अन्यथा स्थिति में काटी हुई और फाड़ी हुई भी ली जा सकती हैं।

संभव हो तो जिस पेड़ से ली जाय वह श्मशान अथवा देवालय में उगा हुआ न हो, जिसमें दीमक लगी हुई हो या अन्य प्रकार के कीट हों उसे काम में न लाया जाय। समिधा के लिए कुछ

वर्जित वृक्ष हैं उनको छोड़ कर दूसरे वृक्ष ही लिये जायँ। इमली जैसे पेड़ अथवा जो अत्यन्त धूआँ देते हैं उनका प्रयोग न किया जाय।

प्रणीता और प्रोक्षणी नाम के पात्र होते हैं। इनमें पानी भरा जाता है। प्रणीता के जल से प्रोक्षणी पात्र में जल डाला जाता है। मुख्यतः प्रणीता पात्र में दर्भ से या कुशा से बनाये पवित्रा रखे जाते हैं और उसमें अक्षत डाले जाते हैं।

अग्निस्थापन - यदि किसी श्रोत्रिय के घर से अग्नि लायी जाय तो **"ओं फट् हुम्"** बोलते हुए उस अग्नि को कुण्ड पर तीन बार घुमा कर, घुटने जमीन पर छुआते हुए बैठ कर कुण्ड की योनि में होते हुए उस अग्नि को डाल दे और **"ह्रीं चित्पिंगल हन हन दह दह पच पच सर्वज्ञापय स्वाहा"** इस मन्त्र से प्रार्थना करता हुआ उसे पूरी तरह जलने दें।

पूर्णपात्र वह बर्तन होता है जो यजमान को मुँह धोने के लिए रखा जाता है। पूर्णपात्र के नाम पर एक वह लोटा भी होता है जो यज्ञ समाप्ति पर यज्ञ की सम्पूर्ण सफलता के लिए घी या अन्य पदार्थ से भर कर दिया जाता है।

शराव सराई को कहते हैं। यह मिट्टी का बर्तन इसी नाम से जाना जाता है।

आज्यस्थाली का अर्थ होता है घी की थाली आजकल घी के लिए काँसे का कटोरा लेने की प्रथा है।

चरुस्थली जिस में चरु पकाया जाता है वह चरुस्थली कही जाती है।

स्रुवा लकड़ी का बना होता है जिससे हवन करते समय घी की आहुति दी जाती है।

इनके अतिरिक्त अन्य भी बहुत से पात्र होते हैं जिनका विवरण विस्तृत हो जायगा इसलिए यहाँ अति आवश्यक पात्रों का ही परिचय दिया गया है। इतना अवश्य ध्यान रखना चाहिए कि आजकल स्टील का प्रचार बढ़ता जा रहा है। घरों में तांबे या पीतल के पात्र रहे ही नहीं, फिर भी पूजन अथवा यज्ञ में स्टील के पात्रों का उपयोग न किया जाय - यही उचित है।

समिधा के अलावा आरणे में हवन करने का भी विधान है। आरणे का अर्थ है बिना पाथा हुआ गोबर। यह गोबर जूठन या दूषित पदार्थ खानेवाली गाय का न लिया जाय, रोगिणी गाय का भी काम में नहीं लिया जाता है।

यज्ञ रक्षा या प्रारंभ करने के पूर्व करशुद्धि करते हुए यज्ञ रक्षा करनी चाहिए। चन्दन लिपे फूलों को हाथ में लेकर **"ह्सौं फट्"** मन्त्र का जप करते हुए फूलों को दोनो हाथों से मसले फिर उनको बाँयें हाथ में लेकर मस्तक पर होते हुए तीन बार घुमावे तब उनको सूँघ कर-

हों ॐ ते सर्वे विलयं यान्तु ये माँ हिंसन्ति हिंसकाः मृत्युरोगभयक्लेशाः पतन्तु रिपु मस्तके फट्

यह मन्त्र बोलते हुए ईशान दिशा में फेंक दे और तीन ताल बजाये।

इसके स्थान पर या इनके साथ-साथ हाथ में पीली सरसों, वर्णित दिशाओं में बिखरा दें।

पूर्वे माम् शंकरः पातु तथाग्नेय्यां च शूलधृक्।
कपाली दक्षिणे पातु नैऋत्ये जटिलोऽवतु।।
पश्चिमे पार्वतीनाथो वायव्ये प्रमथाधिपः।
उत्तरे मुण्डमालोव्यादैशान्ये वृषभध्वजः।।
ऊर्ध्वं पातु तथा शंभुरधस्तात् धूलिधूसरः।
अग्रतो भैरवः पातु पृष्ठतः पातु खेचरः।।
दक्षिणे भूचरः पातु वामे च पिशिताशनः।
केशान्पातु विशालाक्षो मूर्धानं मरुत्प्रियः।।
मस्तकं पातु भृग्वीशो नेत्रे पातु महामना।
कपोलौ पातु वीरेशो गण्डौ गण्डाभिमर्दनः।।
उत्तरोष्ठे विरूपाक्षो ह्यधरे योगिनीप्रियः।
अक्षेषु दक्षविध्वंसी चिंबुके तु कपालधृक्।।
कण्ठे रक्षतु मां देवी नीलकण्ठो जगद्गुरुः।
दक्षस्कन्धे गिरीन्द्रेशो वामस्कन्धे वसुंजयः।।
दक्षिणे च भुजे सर्वमन्त्रनाथः सदावतु।
वामे भुजे सार्वभौमः हृदये पातु पाण्डुरः।।
दक्षहस्ते पशुपतिः वामे पातु महेश्वरः।
उदरे सर्वकल्याणकारकोवतु माम् सदा।
नाभौ कामप्रविध्वंसी जंघे पातु दयामयः।
जानुनी पातु जामित्रः गुल्फौ गौरीपतिः सदा।।
पादपृष्ठे सामनिधिः तथा पादांगुलीर्हरः।
पादाधः पातु सततं व्योमकेशो जगत्प्रियः।।

आगे लिखा मन्त्र बोलते हुए सरसों चारों तरफ बिखरा दें-

अपसर्पन्तु ते भूताः ये भूताः भूमिसंस्थिताः
ये चात्र विघ्नकर्तारः ते नश्यन्तु शिवाज्ञया।
मयैतत्कीलितं क्षेत्रं परित्यज्य विदूरतः
अपसर्पन्तु ते सर्वे निर्विघ्नासिद्धिरस्तु मे।।

यज्ञ विधि

भारत की पवित्र धरती पर ही अग्निदेव अवतरित हुए थे क्योंकि देवत्व की कल्पना इसी तपः स्थली पर संभव थी और इसी कर्मक्षेत्र पर देवत्व का जाज्वल्यमान रूप प्रकट हो सकता

था। सागर में और अरण्यानी में अग्निदेव अपने प्रचण्ड तेजस् के साथ प्राकृत रूप में अविर्भूत हुआ करते थे किन्तु उनको वैश्वानर अथवा हव्यवाह के रूप में प्रकट करना मनुष्य की साधना पर ही निर्भर था।

कितनी तपश्चर्या की होगी मनुपुत्र ने कि उसके कर्मण्यतेजस् के आगे हिरण्यगर्भ अति सहनीय रूप में, उसके चूल्हे में, उसकी संकीर्ण-सी वेदी पर आ विराजे, कितना आह्लादक क्षण रहा होगा ! मेरा अनुमान है धरित्रीपुत्र की इस विकटसाधना का फल जब उसके सामने ज्वालारूप लेकर उपस्थित हुआ होगा तो (उसका यह निर्दोष रूप ही ऋषि कहलाया था।) नाचने और गाने लगा होगा। गान के रूप में यह वाणी ऋग्वेद की प्रथम ऋचा बनी और अग्नि देवताओं के पुरोधा के रूप में प्रथम नैवेद्य स्वीकार करने वाले ऋत्विक्।

अग्निमीले पुरोहितं देवानां ऋत्विजं

यह ऋग्वेद की प्रथम ऋचा है।

हम सब जानते हैं कि यह वैश्वानर हमारे जीवन में कितना काम करता है। कपिला की तरह यह हमारे जीवन की आधार भित्ति है। रसायन इसी की महिमा है। (रासायनिक परिवर्तन करने में अग्नि पुरोधा के रूप में माननीय रहता है।) भारत इसे जड़ प्रकृति की कार्यशैली मात्र नहीं मानता, देवता के रूप में पूज्य मानता है। वेद और वेदी का अविच्छिन सम्बन्ध व्यावहारिक रूप में हमारे यहाँ साधना का फलितार्थ बना और यज्ञ एक शैली के रूप में समादृत हुआ। जहाँ व्यक्ति आत्मसंस्कार करता है, समष्टि से जुड़ता है और श्रेयस् साधन करता है वही यज्ञ कहलाता है इसीलिए ज्ञानयज्ञ, तपोयज्ञ जैसे शब्द व्यवहार में आये।

यज्ञ के विराट् विविध रूप व कार्य सम्पादन की शैलियों, विधि-विधान एवं कर्मकाण्ड के विस्तार को सरहस्य समझने पर ही इसकी सार्थकता सिद्ध होती है। जिन तत्त्व-द्रष्टा ऋषियों ने प्रकृति के रहस्यों को एवं उनकी कार्यशैली को समझा है उसे आत्मसात् करने के लिए ऋषिवत् श्रद्धावान और पुत्रवत् प्रकृतिपूजक होना पड़ता है। यज्ञ का मूल विधान बाद में पहले यज्ञ करने की पात्रता तथा विश्वास का विश्लेषण कर लें-

यज्ञ को पवित्र पुरुष के रूप में माना जाता है। वेदों में यज्ञ के स्वरूप और महिमा का विवेचन करने वाली अनेक ऋचाएँ हैं अतः जिस स्तर एवं विधि का हम आयोजन कर रहे हैं तदनुरूप पात्रता प्राप्त करने पर ही तारतम्य बैठ सकता है। यज्ञ करनेवाला यजमान, श्रोता, ऋत्विक् आदि सम्बोधनों से भूषित होता है और ये पवित्र अवस्था के सूचक होते हैं। वैचारिक पवित्रता और मानसिक शुद्धता के लिए श्रद्धा-विश्वास का प्रकाश आवश्यक है। जड़वादी दृष्टि से केवल स्थूल का दर्शन होता है, तर्कसिद्ध तथ्य चरम नहीं होता, इनमे आगे का दृश्य श्रद्धा और विश्वास के प्रकाश में ही गोचर होते हैं।

व्यवहार सिद्ध बात है कि किसी भी शक्ति के प्रकट होने से पहले शुद्ध स्थिति बननी चाहिए। अशुद्धता में पाप और पाप से प्रभावित होने की अवस्था आती हैं। कोई भी व्यक्ति यह सोचे कि वह निष्पाप है अथवा उसके द्वारा एकान्त में किये गये कृत्य को किसी ने नहीं देखा- यह

भ्रम है क्योंकि प्रत्येक व्यक्ति के हृदयप्रदेश में अंगुष्ठमात्र शरीर वाला पाप पुरुष होता है। वह बार-बार मारने पर भी निःशेष नहीं होता, इसलिए यज्ञ जैसे आयोजन में उसे दग्ध करने की क्रिया सम्पन्न की जाती है। उसके अंग-उपांगो में दुष्कर्मों का सनाम आख्यान रहता है जबकि वे दुष्कर्म मात्र ही पाप नहीं होते, उनके अंशांश भी पाप ही कहलाते हैं। उनसे पूर्ण रूपेण मुक्त होना सतत प्रयत्न पर निर्भर करता है दूसरी बात यह है कि-सूर्य, चन्द्र, काल, यम, पंच महाभूत शाश्वत द्रष्टा हैं और व्यक्ति के स्वयं अपने द्वारा किये जा रहे कर्म भी फल में परिणत होंगे ही।

यज्ञ करने से पहले शुद्धिकरण किया जाता है जिसमें पाँच प्रकार की शुद्धियाँ आती हैं। आत्मशुद्धि, स्थानशुद्धि, द्रव्यशुद्धि, मन्त्रशुद्धि, देवशुद्धि। इन शब्दों के अर्थ स्पष्ट हैं। प्रथम आत्मशुद्धि आती है। आत्मशुद्धि में देहशुद्धि पहले होती है। जिसमें शौच, दान्तुन, स्नान, नये अथवा शुद्ध वस्त्र पहनना आता है, यह स्थूल देह का संस्कार है। आभ्यन्तर देह की शुद्धि अधिक महत्त्वपूर्ण होती है क्योंकि वास्तविक प्रयोक्ता आभ्यन्तर देह का अन्तःकरण ही है।

<u>आत्मशुद्धि के विधान में</u>- मन का स्वस्थ, श्रद्धालु विश्वस्त और तेजस्वी होना आवश्यक है। स्मरण रखना चाहिए कि काम, क्रोध जैसे विकार मन को प्रभावित करते हैं इसलिए कार्य आरम्भ करने से पहले और कार्य करते समय इस प्रकार के विकार आने ही नहीं चाहिए। यदि आ जाय तो आचमन प्राणायाम व इष्टमन्त्र जप करके मन को विकार व उत्तेजना से रहित करना चाहिए। मन को एकाग्र करने के साथ-साथ श्रद्धापूरित करने के लिए हमारी स्वयं की इच्छाशक्ति काम करती है। संकल्प के नाम पर हम जो देश, काल व करणीयकर्म का आख्यान करते हुए बोलते हैं वह तो है ही पर उससे भी अधिक महत्त्वपूर्ण है हमारी भावनात्मक दृढ़ता जो हमारे मन को अस्वाभाविक स्थितियों से दूर रखेगी, जिसके बल पर विकार हमारे मन को उत्तेजित नहीं कर सकेंगे, यह संकल्प का निहित आशय है।

औपचारिक तौर पर हम आसन पर बैठ कर इष्ट मन्त्र से प्राणायाम करते हैं। प्राणायाम में हमारे मन के बहिर्विस्तार को संयत करके अन्तर्गत करने की विधि आती है। इस विधि में मन को एकाग्र करने का प्रयास किया जाता है। यह मान लेने की अथवा व्यावहारिक बात है कि संस्कारवश असद् अथवा आसुरी भाव हमारे मन को चंचल कर देते हैं। ये आसुरीभाव प्रत्येक व्यक्ति के हृदय में विद्यमान पापपुरुष की देन होते हैं इसलिए पापपुरुष को निष्प्राण करना पहली विधि है। निष्पाप होने के लिए प्राणायाम करने पर वायु बीज, वह्नि बीज और फिर वायुबीज का जप करना होता है।

<u>प्राणायाम</u> में तीन स्थितियाँ होती हैं, पूरक श्वास को फेफड़ों में खीचना, कुंभक भीतर भरे श्वास को रोके रखना, रेचक रोके गये श्वास को बाहर छोड़ना। योगशास्त्र के अनुसार हमारे दाहिने नासाछिद्र में सूर्य की बाँयें में चन्द्र की और समान स्थिति में अग्नि की प्रधानता मानी जाती है। अर्थात् इन छिद्रों में श्वास गति की तीव्रता के आधार पर सूर्यस्वर, चन्द्रस्वर और वह्नि स्वर माना जाता है। इसी को इडा, पिंगला और सुषुम्णा का प्रवाह कहा जाता है। सामान्यतया दाहिने हाथ के अँगूठे से नासिका का दाहिना छिद्र बन्द करके बाँयें छिद्र से पूरक प्राणायाम किया जाता है फिर दाहिने हाथ की दो अँगुलियों से मध्यमा और अनामिका से बाँयें नथुने को बन्द किया जाता है। रेचक क्रिया में अँगूठे वाले नासाछिद्र से श्वास निकाला जाता है।

पापरहित होने के लिए पाप पुरुष को नष्ट करने का उपक्रम रचा जाता है इसमें बाँयें नासा छिद्र से श्वास भीतर खीचते हुए 'यं' बीज मन्त्र को बत्तीस बार बोलना है। मन में यह भावना रखनी पड़ती है कि इस श्वास वायु से पाप पुरुष सूखता चला जाएगा। श्वास भीतर खीचने के बाद फेंफड़ों में भर कर चौसठ बार 'रं' वह्नि बीज को बोलना चाहिए। इस मन्त्र का जप करते समय यह भावना करनी चाहिए कि इससे पाप पुरुष भस्म हो रहा है। यदि चौसठ बार बोलने तक श्वास नहीं रोका जा सके तो पचास बार बोल लिया जाय। श्वास को धीरे-धीरे बाहर छोड़ते समय 'यं' बीज सोलह बार बोलना है और यह भावना करते रहना है कि वह दग्ध पापपुरुष बाहर आ रहा है।

इस प्रक्रिया को सम्पन्न करने से पहले इष्टदेवता से प्रार्थना कर ली जाय-

हे देव प्राकृतं चित्तं पापाक्रान्तमभून्मम
तन्निः सारय चित्तान्मे पापं फट् फट् च ते नमः

इस प्रक्रिया से आत्मशुद्धि की जाती है।

इस दृष्टि से आत्मशुद्धि के दो भाग हुए- एक देह दूसरा मन। देहशुद्धि के अनन्तर आसन पर बैठकर ये प्राणायामादि व्यवहार किये जाते हैं अतः स्थान शुद्धि पहले कर ली जाय। स्थान शुद्धि में जिस जगह बैठकर उपासना की जायगी वह समतल हो, स्वच्छ हो व संभव हो तो धो लीपकर शुद्ध कर लिया जाय। शुद्ध की गयी धरती पर आसन बिछाया जाय।

आज का व्यक्ति कष्टसहिष्णु नहीं होता, इसलिए केवल कुशासन पर बैठ पाना संभव नहीं होगा। ऐसी स्थिति में कुशासन के ऊपर कम्बल और कम्बल के ऊपर कोई मुलायम साटन या फलालेन का टुकड़ा डाल लिया जाय।

आसन पर बैठते ही पृथिवी की प्रार्थना करनी चाहिए-

पृथिवी त्वया धृताः लोकाः देवि त्वं विष्णुना धृता
त्वं च धारय माँ देवि पवित्रं कुरु चासनम्।

इसके बाद कूर्माय नमः शेषाय नमः अनन्ताय नमः कहना चाहिए। **"ह्रीं आधारशक्तये कमलासनाय नमः"** बोलकर आसन का स्पर्श कर लेना चाहिए।

यह थी आत्मशुद्धि। स्थान शुद्धि का अर्थ होता है जिस स्थान पर बैठकर यज्ञ किया जाना है उस स्थान को झाड़ बुहार और लीप कर स्वच्छ पवित्र कर लिया जाय।

द्रव्यशुद्धि से आशय उन सब पदार्थों की शुद्धता से है जो यज्ञ के काम में आयेंगे। ध्यान में रखने की बात है कि हम हमारे काम में आनेवाली वस्तुओं को ही साफ सुथरा करके काम में लेते हैं फिर ये द्रव्य तो देवता के लिए हैं इसलिए अच्छी तरह से साफ कर लिया जाय। यज्ञ करते समय कुशकण्डी विधान में इन्हें जल व अग्नि से पवित्र करने की विधि सम्पादित की जाती है, वह अलग से है।

देह, आत्म, स्थान और द्रव्य की शुद्धियाँ होने पर मन्त्र अथवा मूर्ति की शुद्धि की जाती है। मन्त्र की शुद्धि के लिए सोने, चाँदी अथवा तांबे की पट्टी (ये धातुपट्टियाँ न मिलें तो भोज पत्र) पर अष्टगंध से लिखकर पीपल के पत्तों से ढाँप दिया जाता है। मूर्ति का प्रसंग हो तो उसकी सामान्य शुद्धि मूर्तिकार कर देता है, शेष में प्राण प्रतिष्ठा के समय की जाती है।

यज्ञ और होम में भेद

सामान्यतया यज्ञ और होम में अन्तर नहीं किया जाता परन्तु तकनीकी दृष्टि से इनमें अन्तर होता है। व्युत्पत्ति के आधार पर यज्ञ शब्द यज् धातु से और होम हूम् धातु से बनता है। यज्ञ में भी आहुति लगती हैं और होम में भी किन्तु यज्ञ शब्द अधिक व्यापक है। जपयज्ञ, ज्ञानयज्ञ आदि व्यवहारों में यज्ञ शब्द का ही व्यवहार होता है जपहोम, ज्ञानहोम आदि का व्यवहार नहीं हो सकता।

यज्ञ में जो आहुति दी जाती है उसके तीन अंश होते हैं उद्देशांश, त्यागांश और प्रक्षेपांश। उद्देशांश का अर्थ होता है जिस देवता के निमित्त जो अंश होता है वह उद्देशांश कहलाता है। मान लिया जाय कि यज्ञ करने के लिए जो सामग्री-शाकल्य बनायी जाती है उसमें जिन-जिन देवताओं के निमित्त जो अंश है वह उद्देशांश होगा। वरुण के लिए एक सौ आठ आहुति देनी हैं इनके लिए जो सामग्री है वह उद्देशांश है, उसमें से प्रत्येक आहुति के लिए जो दिया जाता है वह त्यागांश कहलाता है। ये दो ही अंश जिस विधि में किये जाते हैं वह **'यज्ञ'** होता है।

इनके अलावा कुछ आहुतियाँ, (विशेषतया घी की) ऐसी भी दी जाती हैं जिनमें आहुति देने के बाद शेषांश को वेदी के पास रखे पात्र में डाला जाता है यह प्रक्षेपांश होता है। जहाँ यह प्रक्षेपांश डाला जाता है वह **'होम'** कहलाता है। प्रक्षेपांश वाले व्यवहार में -

वरुणाय स्वाहा, इदम् वरुणाय न मम

बोला जाता है। वरुणाय स्वाहा में उद्देशांश और त्यागांश निहित हैं। इदम् वरुणाय यह प्रक्षेपांश है। इस दृष्टि से ग्रहशान्ति आदि के निमित्त जो किया जाता है वह होम कहा जाता है।

ग्रहदोष जनित अरिष्टनाश के लिए ग्रहशान्ति करने का विधान है और इसमें हवनादि अनिवार्य रूप से किया जाता है इसे होम कहा जायगा।

यह सब करने के बाद अब यज्ञ वेदी के सामने बैठकर कार्य आरंभ करेंगे। ये विधि-विधान नित्य हवन करने में नहीं किये जाते किन्तु नैमित्तिक यज्ञ में तथा बड़े यज्ञ में जिसमें सहस्राधिक आहुतियाँ दी जाती हैं उसमें किया जाना चाहिए। यज्ञ से पहले कुशकण्डी की जाती है।

कुशकण्डी में यज्ञ संभारों को यथा स्थान रखना, वेदी के संस्कार और सामग्री को पवित्र करने का विधान रचा जाता है।

वैष्णव विधि से किये जाने वाले यज्ञ में ब्रह्मा स्थापित किये जाते हैं। यह ब्रह्मा कुशाओं को मोली लपेट कर किया जाता है। प्रणीता और प्रोक्षणी मिट्टी की सराई होती हैं। इस विधि के यज्ञ में कुशा से अँगुलि में पहनने का पवित्री बनायी जाती है जिसे यज्ञ करते समय पहने रहना पड़ता है।

अग्नि अर्थात् यज्ञ अथवा वेदी पर स्थापित की जाने वाली अग्नि के दक्षिण की तरफ ब्रह्मा का आसन होता है। वहाँ ब्रह्मा को स्थापित किया जाता है। अग्नि के उत्तर की ओर पूर्व दिशा की तरफ जिनके अग्रभाग, हों ऐसी कुशा बिछाकर प्रणीता संस्कार के लिए एक आसन लगा दें अब प्रणीता पात्र को आगे रखकर उसमें जल भरकर कुशा से उस पात्र का मुँह ढाँप कर ब्रह्मा के मुख को देखकर पहले आसन से उठा कर दूसरे आसन पर रख दें। ब्रह्मा पहले दक्षिण की तरफ रख हुए थे, इस विधि के सम्पादन करने में जो एक आसन खाली था उस पर ब्रह्मा को स्थापित कर देना चाहिए।

तदनन्तर वेदी के चारों ओर बारह अँगुल जगह छोड़कर पूर्व और उत्तर की ओर अग्रभाग रखते हुए तीन-तीन या चार-चार दर्भों को बिछा दें, जिसका क्रम ऐसे रहेगा- आग्नेय दिशा (पूर्व-दक्षिण के बीच वाले कोण) से ईशान कोण पर्यन्त, नैऋत्य कोण से वायव्य कोण तक अग्नि से प्रणीता पात्र तक।

इसके पश्चात् यज्ञ में उपयोगी वस्तुओं और पात्रों को रखने के लिए यज्ञ वेदी के उत्तर एवं दक्षिण की तरफ अच्छी कुशा बिछाकर तथा अग्नि के पश्चिम की तरफ यजमान के सामने रख दें।

टिप्पणी -

इस प्रक्रिया में कोई विरोध नहीं हैं क्योंकि यह दिग्गज पण्डितों द्वारा परम्परागत रूप से व्यवहार में आती रही है फिर भी मैंने जिन लोगों को यह कुशकण्डी विधान करते देखा है तथा उनके द्वारा रचित ग्रन्थों को पढ़कर अल्पमति से समझा है वहाँ उत्तर और दक्षिण-वास्तविक उत्तर और दक्षिण दिशाएँ ही होती हैं।

तन्त्र में जहाँ यन्त्रादि का पूजन किया जाता है वहाँ यन्त्र को अभिमुख मानते हुए दिशाएँ भी बदल दी जाती हैं अर्थात् वास्तविक दक्षिण उत्तर और उत्तर दक्षिण तथा पूर्व दिशा पश्चिम और पश्चिम पूर्व दिशा मानी जाती है।

अस्तु-

सामग्री रचना में **पवित्राच्छेदन** के लिए तीन कुशाएँ, कुशा के दो तिनके - जिनके भीतर दूसरे पत्र न हों, प्रोक्षणीपात्र घी का कटोरा, **सम्मार्जन** के लिए तीन या पाँच कुशा, सात या नौ **उपयमन** कुशा, तीन समिधा, स्रुवा, घी, पूर्णपात्र एवं अन्य उपयोगी वस्तुएँ क्रमशः रख ले। इस विधि को **द्रव्यासादन** कहते हैं।

यह सब करने के बाद दो कुशा बाँयें हाथ में करके तीन और कुशा रखकर पहले वाली दो कुशाएँ तीन कुशाओं के दोनों ओर करके दाहिने हाथ से उन तीन कुशाओं को दो कुशाओं के चारों ओर करके उन तीन कुशाओं को आगे की तरफ से तोड़ दे और फेंक दे, ये बची हुई कुशा बिखर न जाय इसलिए इसे मोली से बाँध दें। फिर प्रोक्षणी पात्र को, जिस सराई में जल भरा है उसको प्रणीता पात्र के पास रखकर हाथ में पवित्री पहने हुए प्रणीता पात्र के पास रखकर प्रणीता के जल को सेचन करे फिर दोनों हाथों से अँगुष्ठ और अनामिका अँगुलि से पानी बाहर

डाले। अपने हाथ में पहने पवित्री प्रोक्षणीपात्र में रखकर उस पात्र को बाँयें हाथ में रखकर दाहिने हाथ से ढाँक कर रख दे। फिर प्रणीता के जल से छीटें मारे। पवित्री और प्रोक्षणीपात्र के जल से घी की कटोरी को छीटें मारे, सम्मार्जन कुशा को छीटें लगाये, उपयमन कुशा, तीन समिधा, स्रुवा, पूर्णपात्र, दक्षिणा तथा अन्य उपकरणों को छीटें मारकर प्रोक्षण करे। इतना करने के बाद पवित्री सहित प्रोक्षणीपात्र को अग्नि और प्रणीता के बीच में रख दे।

घी के कटोरे में घी डाल दे। चरु की थाली में प्रणीता का जल तथा अन्य जल डालते हुए चावल डाल दे। अग्नि के दाहिनी ओर घी का पात्र और उसकी बगल में उत्तर की तरफ चरु पात्र रख दे। अंगारा लेकर चरु और घी पर फिरावे फिर उस अंगार को वेदी पर रख दे।

स्रुवा को दाहिने हाथ से उल्टा मुँह (जिस भाग में घी डाला जाता है वह अग्र भाग अथवा मुख कहा जाता है) करके अग्नि में तपावे फिर उसे ऊँचा-खड़ा करके बाँयें हाथ में लेकर दाहिने हाथ से सम्मार्जन कुशा से साफ कर ले, यह क्रम ऊपर से नीचे की तरफ जायेगा फिर इन कुशाओं को अग्नि में डाल दे। प्रणीता के जल से स्रुवा को धोकर फिर अग्नि में तपाकर अपने दाहिने भाग में रख ले घी को उठा कर आग में तपा कर अपने बाँयें भाग में रख ले। स्रुवा को संस्कारित करने में जो दर्भ काम में आते हैं उनमें क्रम रहता है - पहले अग्रभाग फिर मध्यभाग फिर मूलभाग, ये भाग इच्छा, ज्ञान और क्रिया के रूप में माने जाते हैं।

ये विधान एक प्रकार के संस्कार हैं और किसी भी वस्तु को प्रयोग में लाने से पहले उसे शुद्ध-स्वच्छ करने की आवश्यकता व्यावहारिकता भी है और अनिवार्यता भी।

कुण्ड अथवा वेदी के संस्कार

जहाँ संस्कारों का सम्बन्ध आता है वहाँ षोडश संस्कार एक प्रकार के मानक हैं। वेदी के भी सोलह संस्कार होते हैं। यद्यपि यज्ञार्थ वेदी बनी रहती है फिर भी संस्कार के रूप में ये व्यवहार करने चाहिए। ये क्रमशः इस प्रकार है - **वीक्षण** का अर्थ होता है देखना अर्थात् बनी हुई वेदी या कुण्ड को देखे। देखते हुए मन में मूल मन्त्र अथवा इष्टमन्त्र का जप करता रहे। जहाँ दीक्षा आदि करने हैं वहाँ व्यक्ति को कोई मन्त्र दिया हुआ होता ही नहीं, इसलिए वह व्यक्ति मूल मन्त्र वा इष्टमन्त्र का जप कैसे कर सकता है? इसके उत्तर में सीधी-सी बात है कि उस स्थिति में ये संस्कार गुरु करता है, वह व्यक्ति इन विधियों को करने का अधिकारी ही नहीं होता। इससे वेदी का टेढ़ापन समझ में आ जाता है। अगर कहीं तिरछापन हो तो उसे दूर कर लेना चाहिए।

प्रोक्षण - का अर्थ होता है छिड़कना। मन में 'फट्' मन्त्र का जप करते हुए वेदी पर पानी का छिड़काव करना पड़ता है। ताडन का अर्थ होता है पीटना। वेदी को दर्भा (पूरी कुशा) लेकर- 'फट्' मन्त्र का जप करता हुआ तीन बार पीटे।

अभ्युक्षण - पानी से गीला करना होता है इसके लिए मूठी बाँध कर उस पर पानी डालना। अच्छी तरह पानी डालने को अभ्युक्षण कहते हैं। यह क्रिया करते समय 'हुम्' इस कवच मन्त्र का जप करता रहे।

खनन - माने खोदना होता है। वेदी में कहीं कोई स्थान उभरा हुआ हो तो उस स्थान पर अन्यथा संस्कार निर्वाह के लिए ही एक अँगुल भर खोद लेना चाहिए। खोदते समय 'फट्' मन्त्र का जप करना चाहिए।

उद्धरण - का अर्थ होता है, उठाना। जहाँ खोदा गया था उस मिट्टी को अँगूठे और अनामिका अंगुलि से उठा कर बाहर डाल देना होता है। यह विधि सम्पादित करते समय 'फट्' मन्त्र का जप करना चाहिए।

पूरण - जो स्थान खोदा गया और खोदी गयी मिट्टी को उठा कर बाहर फेंक दिया गया उस खड्डे को नयी मिट्टी से भरने को पूरण कहा जाता है। यह कार्य करते समय 'नमः' मन्त्र का जप करते रहना पड़ता है।

समीकरण - का अर्थ होता है समतल करना। जहाँ खोदा गया था और नयी मिट्टी डाल कर भरा गया था उस स्थान के साथ सारी वेदी को समतल करने को समीकरण कहते हैं। 'फट्' मन्त्र बोलते हुए वेदी को हाथ से या लकड़ी आदि से समतल किया जाता है।

सेचन - का अर्थ होता है सींचना। 'हुम्' मन्त्र का जप करते हुए समतल की गयी वेदी को पानी से सींचना चाहिए - यही सेचन संस्कार होता है।

कुट्टन - किसी लकड़ी के फट्टे से या ऐसे ही किसी अन्य वस्तु से सिंचित वेदी को कूटते हैं यही होता है कुट्टन। 'फट्' इस मन्त्र का जप करते हुए यह क्रिया सम्पन्न की जाती है।

सम्मार्जन - बुहारने को कहते हैं। समतल करके, कूट कर तैयार की गयी वेदी को 'हुम्' मन्त्र का जप करते हुए कुशा से बुहार कर साफ करना चाहिए।

विलेपन - का अर्थ होता है लीपना। तैयार की गयी वेदी को गोबर व जल से लीपा जाता है। लीपते समय 'हुम्' मन्त्र का जप करते रहना पड़ता है।

विचिन्तन - माने सोचना होता है। निर्मित वेदी के सामने बैठकर सूर्य, चन्द्र और अग्नि की कलाओं की कल्पना करनी चाहिए और यह कल्पना करते समय 'हुम्' मन्त्र का जप करना होता है।

वेष्टन - का अर्थ होता है लपेटना। यह सूत के तीन धागों से वेदी अथवा कुण्ड की प्रत्येक मेखला को तीन-तीन बार लपेटना होता है। इसे त्रिसूत्री करण करते हैं ऐसा करते समय 'हुम्' मन्त्र का जप करना चाहिए।

वज्रीकरण - का अर्थ होता है खूब मजबूत करना। वेदी को किंचित् समय के लिए सूखने देना चाहिए।

पूजन - ये सारे संस्कार करके कुण्ड अथवा वेदी का षोडशोपचार पूजन करना होता है।

षोडशोपचार पूजन करने से पहले स्रुवा के मूल से तीन रेखाएँ नीचे से ऊपर की ओर जाती हुई खींची जाती हैं। वैष्णव विधि में इसे **स्रुवेणोल्लिख्य** के रूप में किया जाता है। इन रेखाओं में जो नीचे से ऊपर की ओर जाती हैं उनमें दाहिने से बाँयी तरफ के क्रम से मुकुन्दाय नमः,

ईशाय नमः, पुरन्दराय नमः बोल कर मुकुन्द, ईश और पुरन्दर की पूजा की जाती है तथा दक्षिण से उत्तराग्र जा रही रेखाओं में नीचे से ऊपर की ओर के क्रम से ब्रह्मणे नमः, वैवस्वताय नमः, इन्दवे नमः कह कर ब्रह्मा, वैवस्वत और इन्द्र का पूजन किया जाता है।

इस प्रकार पूजन न करे तो आटे या हल्दी से एक षट्कोण बनाकर उसके मध्य में अधःशीर्ष त्रिकोण बनाकर उसमें वागीश्वर से संयुक्त वागीश्वरी का पूजन करे। **ह्रीं वागीश्वरी वागीश्वरयोः योगपीठाय नमः** कह कर पीठ पूजन करे तदनन्तर नीले कमल के सदृश कान्तिवाली ऋतु स्नान की हुई वागीश्वरी का वागीश्वर समेत पूजन करे।

इसके पश्चात् आतसी सीसे से अथवा श्रोत्रिय ब्राह्मण के घर से लायी गयी अग्नि को वेदी अथवा कुण्ड में स्थापित करके उसे प्रज्वलित होने दे। ऐसा संभव न हो तो एक घी में डुबोई बत्ती अथवा कपूर जला कर अग्नि चैतन्य करनी चाहिए।

अग्नि को हाथ, पंखा, शूप थाली आदि वस्तुओं से नहीं झपकना चाहिए। यज्ञाग्नि को मुख से फूँक कर ही प्रदीप्त करना चाहिए। सीधे फूँकने से थूक जाने की संभावना हो तो गौकर्ण की तरह हाथ करके उससे टकरा कर जाती हुई हवा देनी चाहिए। इस सम्बन्ध में शास्त्रकार कहते हैं कि यज्ञ की अग्नि को मुँह से ही फूँकना चाहिए क्योंकि यह अग्नि विश्वात्मा के मुख से प्रकट हुई है। यज्ञ करने के पश्चात् भी इसे मुख से ही फूँकना चाहिए। कहा है -

जुहूस्रुश्च हुताग्निश्वपाणिशूर्पस्रुवादिभिः
न कुर्यादग्निधमनं न कुर्याद् व्यजनादिना
मुखेनैव धमेदग्निं मुखादेषो ह्यजायत

अब अग्नि का पूजन करे। अग्नि का ध्यान करने के लिए -

अग्निं प्रज्वलितं वन्दे जातवेदं हुताशनम्।
सुवर्णवर्णममलं समिद्धं विश्वतोमुखम्।।

बोलकर विधिपूर्वक पूजन करके अग्नि का पूजन उसके अंगमंत्रों से करें वह क्रम इस प्रकार है-

सहस्रार्चिषे हृदयाय नमः हृदयश्रीपादुकां पूजयामि तर्पयामि नमः।
स्वस्तिपूर्णाय शिरसे स्वाहा शिरः श्री पादुकां पूजयामि तर्पयामि नमः।
उत्तिष्ठपुरुषाय शिखायै वषट् शिखा श्री पादुकां पूजयामि तर्पयामि नमः।
धूमव्यापिने कवचाय हुम् कवच श्री पादुकां पूजयामि तर्पयामि नमः।
सप्तजिनाय नेत्रत्रयाय वौषट् नेत्रत्रयाय श्रीपादुकां पूजयामि तर्पयामि नमः।
धनुर्धराय अस्त्राय फट् अरत्र श्री पादुकां पूजयामि तर्पयामि नमः।

इस मन्त्र से नैवेद्य अर्पित करें-

चितिपंगल हन हन दह दह पच पच सर्वज्ञापय स्वाहा।

अग्निदेव के पूजन करने के पश्चात् -

अमर्त्येभ्यः नमः पितृभ्यो नमः गन्धर्वेभ्यो नमः
नागेभ्यो नमः पिशाचेभ्यो नमः राक्षसेभ्यो नमः

बोलते हुए अधिदेवताओं का पूजन करे। पूजन करने के पश्चात् -

इष्टां शक्तिं स्वस्तिकाभीतिमुच्चैः, दीर्घैर्दोर्भिः धारयन्तं जपाभम्।
हेमाकल्पं पद्मसंस्थं त्रिनेत्रं, ध्यायेद् वह्निं बद्धमौलिं जटाभिः।।

इस श्लोक से अग्निदेव को प्रणाम करे और वेदी की मेखला पर पानी सींच दे। यज्ञाग्नि पूजन के पश्चात् अग्नि जिह्वाओं का पूजन करें। सात्विक कर्मों में दिशाक्रम से पूजन क्रम यह होगा -

उत्तर दिशा में - **हिरण्यायै नमः**
पूर्व दिशा में - **गगनायै नमः**
आग्नेय कोण में - **रक्तायै नमः**
नैऋत्य में - **कृष्णायै नमः**
पश्चिम - **सुप्रभायै नमः**
वायव्य में - **अतिरक्तायै नमः**
मध्य में - **बहुरूपायै नमः**

यज्ञाग्नि प्रज्वलित हो जाय तब घृतादि के संस्कार करे। इसमें भी प्रथम **वीक्षण** होता है अर्थात् घी को अच्छी तरह से देख ले कि उसमें किसी तरह की गन्दगी तो नहीं है अथवा उसमें कोई वस्तु गिर तो नहीं गयी है। इसके बाद **तापन** किया जाता है। कुण्ड अथवा वेदी से निकाल कर रखे गये अंगारों पर घी को गर्म किया जाता है।

पावित्रीकरण से आशय है दो दर्भ लेकर उन्हें घी में डुबो कर यज्ञवेदी में जल रही अग्नि में डाल दिया जाय।

अभिद्योतन का आशय है जलते हुए दर्भों को घी में डाले।

उद्योतन क्रिया में दो जलते हुए दर्भों को घी में दिखाकर अग्नि में डाल दे।

उत्प्लवन का अर्थ है अंगारों को इकठ्ठा करके जल को छूये, एक हाथ लम्बे दो दर्भों को अँगूठे और अनामिका से उठा कर अग्नि में डाल दे।

घृत संप्लवन क्रिया में कुछ दर्भों को लेकर उन्हें घी में डुबो कर अग्नि में डाल दे। इसी क्रिया में दो दर्भ कृष्ण और शुक्ल के प्रतीक के रूप में ले कर घी में डाल दे। आशय यह है कि घी से हवन किया जायगा इसलिए घी को अच्छी तरह देख ले, उसमें से कुछ ले कर जला कर देख ले, उसे तपा ले - इस प्रकार प्रत्येक विधि से उसे जाँच परख लिया जाय।

इतना करने के पश्चात् आहुति दे। यज्ञ करते समय यह ध्यान रखा जाय कि यज्ञाग्नि मन्द नहीं हो। घी से आहुति देते समय यह ध्यान रखे कि स्रुवा का मूलभाग मूठी में दबा हुआ रहे। यह भाग दिखना नहीं चाहिए।

अग्नये स्वाहा बोलकर यज्ञ पुरुष किंवा तत्प्रतीक अग्नि के वाम नेत्र की कल्पना करते हुए **अग्नीषोमाभ्यां स्वाहा** बोलकर मध्यनेत्र की कल्पना करते हुए और **अग्नये स्विष्टकृते स्वाहा** बोलकर मुख की कल्पना करते हुए आहुति दे।

इन चार आहुतियों के बाद **ॐ भूः स्वाहा, ॐ भुवः स्वाहा, ॐ स्वः स्वाहा, ॐ भूर्भवः स्वः स्वाहा** के नाम से व्याहृति होम करे।

वैश्वानर जातवेद इहावत सर्वकर्माणि साधय स्वाहा - 3 आहुति

संस्काराहुति-गर्भाधानादि

अग्नेर्गर्भाधानं सीमन्तोन्नयनं सम्पादयामि स्वाहा	- एक आहुति
अग्नेः पुंसवनं सम्पादयामि स्वाहा	- एक आहुति
अग्नेः सीमन्तोन्नयनं सम्पादयामि स्वाहा	- एक आहुति
अग्नेर्नालच्छेदं सम्पादयामि फट् स्वाहा	- समिधा के दोनों कोनों को घी में डुबोकर पाँच बार होमें
वह्नेः सूतकं शोधयामि स्वाहा	- एक आहुति
वह्ने त्वम् नामासि	- इष्ट नाम (आगे चार नाम हैं, इनमें से प्रयोजनानुसार अथवा 'वरद' जोड़ दें।)
अग्नेः नामकरण सम्पादयामि स्वाहा	- 8 आहुति

अथवा

अग्ने त्वं शिव नामासि
अग्ने त्वं वरद नामासि
अग्ने त्वं विश्वरूप नामासि

शान्ति पुष्टि कर्म में **वरद नामासि** आत्मकल्याण के लिए **शिव नामासि** मुक्ति किंवा विश्वकल्याण के लिए **विश्वरूप नामासि** दीक्षित जन यदि श्री विद्या का अनुष्ठान, अथवा पुरश्चरण कर रहे हैं तो **कामाग्नि नामासि** बोलकर स्वाहा के साथ आहुति दें - 8 आहुति।

अग्नेः निष्क्रमणं सम्पादयामि स्वाहा
अग्नेः अन्नप्राशनं सम्पादयामि स्वाहा
अग्नेः चूडाकरणं सम्पादयामि स्वाहा

अग्नेः उपनयनं सम्पादयामि स्वाहा
अग्नेः महानाम्न्यं व्रतं सम्पादयामि स्वाहा
अग्नेः महाव्रतं सम्पादयामि स्वाहा
अग्नेः उपनिषद् व्रतं सम्पादयामि स्वाहा
अग्नेः गोदान व्रतं सम्पादयामि स्वाहा
अग्नेः समावर्तनं सम्पादयामि स्वाहा
अग्नेः विवाहं सम्पादयामि स्वाहा

प्रत्येक की 8-8 आहुति घी से दें।

तीन समिधाएँ घी में डुबाकर **ह्रीं वागीशवागीश्वरीभ्यां स्वाहा** बोलकर तीन बार आहुति दें।

इसके उपरान्त नवग्रह की आहुतियाँ उनके वैदिक तांत्रिक, अथवा पौराणिक मन्त्रों में स्वाहा लगाकर आहुतियाँ दें।

अग्नेः मातापितरौ पूजयामि, पाद्य, अर्घ्य, आचमन, स्नान, गंध, पुष्प, धूप, दीप, नैवेद्य द्वारा

वेदी के आगे अग्नि के माता पिता का पूजन करके उनको अपने हृदय में स्थापित करने की भावना कर लें।

अब अग्नि की सात जिना के नाम से एक-एक आहुति दें-

हिरण्यायै नमः स्वाहा, गगनायै नमः स्वाहा, रक्तायै नमः स्वाहा, कृष्णायै नमः स्वाहा, सुप्रभायै नमः स्वाहा, बहुरूपायै नमः स्वाहा, अतिरक्तायै नमः स्वाहा।

षडंग की एक-एक आहुति -

सहस्रार्चिषे हृदयाय नमः स्वाहा, स्वस्तिपूर्णाय शिरसे स्वाहा, उत्तिष्ठपुरुषाय शिखायै वषट् (यहाँ स्वाहा नहीं बोला जायगा)

धूमव्यापिने कवचाय हुम् स्वाहा, सप्तजिनाय नेत्रत्रयाय वौषट् स्वाहा, धनुर्धरायास्त्राय फट् स्वाहा।

अग्नि की मूर्तियों की आहुति -

अग्नये जातवेदसे स्वाहा, अग्नये सप्तजिनाय स्वाहा, अग्नये हव्यवाहनाय स्वाहा, अग्नये अश्वोदरजाय स्वाहा, अग्नये वैश्वानराय स्वाहा, अग्नये कौमारतेजसे स्वाहा, अग्नये विश्वमुखाय स्वाहा, अग्नये देवमुखाय स्वाहा।

प्रत्येक की एक-एक आहुति दें।

सुवा से चार बार श्रुचि में घी डाल उसमें पुष्प रख कर अपने स्थान पर खड़े होकर **वैश्वानर जातवेद इहावह सर्वकर्माणि साधय स्वाहा वौषट्** अग्नि में डाल दे। श्रुचि न हो तो श्रुवा में डाल कर दे दें।

अग्नि संस्कार एवं पूजन के पश्चात-

ॐ - स्वाहा

ॐ श्रीं - स्वाहा

ॐ श्रीं ह्रीं - स्वाहा

ॐ श्रीं ह्रीं क्लीं - स्वाहा

ॐ श्रीं ह्रीं क्लीं ग्लौं - स्वाहा

ॐ श्रीं ह्रीं क्लीं ग्लौं गं - स्वाहा

ॐ श्रीं ह्रीं क्लीं ग्लौं गं गणपतये - स्वाहा

ॐ श्रीं ह्रीं क्लीं ग्लौं गं गणपतये वर वरद - स्वाहा

ॐ श्रीं ह्रीं क्लीं ग्लौं गं गणपतये वर वरद सर्वजनं - स्वाहा

ॐ श्रीं ह्रीं क्लीं ग्लौं गं गणपतये वर वरद सर्वजनं मे वशमानय - स्वाहा

प्रत्येक पद एक-एक आहुति देने के अन्त में वर्णित मन्त्र की पाँच आहुति दे।

यहाँ तक वेदी का सारा काम हो गया। इसके बाद एक माला अथवा आधी माला की संख्या में - **गं गणपतये नमः** इस मन्त्र के आगे स्वाहा जोड़ कर आहुति दे दें।

तदनन्तर यदि पीठ अथवा मण्डल पर लोकपाल, नवग्रह, षोडश मातृका, मण्डूकादि पीठ देवताओं में से जिनका आवाहन पूजन किया गया है उनके नाम से एक-एक या चार-चार आहुति दें।

यह सब होने के बाद जिस देवता का अनुष्ठान किया गया है अथवा जिस मन्त्र का पुरश्चरण किया गया है - उसका यथा संख्यांक होम करें।

पूर्णाहुति

पत्तल अथवा थाली में बची हुई सामग्री को उठकर अपनी तरफ से डालते हुए ये मन्त्र बोलें-

इतः पूर्वं प्राणबुद्धिदेहधर्माधिकारात् जाग्रत्स्वप्नसुषुप्त्यवस्थासु मनसा वाचा कर्मणा हस्ताभ्यां पद्भ्यामुदरेण शिश्ना यत् स्मृतं यदुक्तं यत्कृतं तत्सर्वं ब्रह्मार्पणमस्तु स्वाहा।

भूरग्नये पृथिव्यै महते च, भुवो वायवे अन्तरिक्षाय च दिने च महते, स्वरादिस्वाहाय चन्द्रमसे दिग्भ्यश्च नक्षत्रेभ्यश्च, भूर्भुवः स्वः चन्द्रमसे नक्षत्रेभ्योदिग्भ्यश्च महते

'अग्नये स्विष्टकृते स्वाहा'

यदि सामग्री से ही हवन किया जाता है तो पूर्णाहुति है और पूर्णाहुति घी से करनी है तो यह पहले कर दें।

घी से पूर्णाहुति करते समय श्रुचि में नारियल या सुपारी रख कर श्रुवा से ढाँप कर खड़ा हो दोनों हाथों से यजमान पकड़े रहे और याजक आगे लिखे मन्त्रों को बोलें तब तक घी की धार श्रुवा होकर अग्नि में गिरती रहे। पूर्णाहुति में अग्नि की मृड नाम से पूजा की जाती है।

ये मन्त्र घी की अविच्छिन्न धारा डालते समय बोले जाते हैं-

मूर्धानं दिवो अरतिं पृथिव्या वैश्वानर मृत अजातमग्निम् कविंसम्राजमतिथिं जनानामासन्ना पात्रं जनयन्त देवाः।।

पूर्णादर्वि परापत सुपूर्णा पुनरापत व्वस्नेवा विक्रीणावहा ईषमूर्ज ठं शतक्रतो।।

चितिं जुहोमि मनसा घृतेन यथा देवा इहागमन्वीति होमा ऋतावृधः पत्ये विश्वस्य भू मना जुहोमि विश्वकर्मण व्विश्वाहादाभ्य ठं हविः।।

सप्त ते अग्ने समिधः सप्तजिह्वा सप्त ऋषयः सप्तधाम प्रियाणि सप्त होत्रा सप्त धात्वा यजन्ति सप्त योनीरापृणस्व घृतेन स्वाहा शुक्रज्योतिश्च चित्रज्योतिश्च सत्यज्योतिश्वच ज्योतिष्मांश्वच शुक्रश्च ऋतपश्वात्य स्वाहा।

ईदृङ्. चान्यादृङ्. च सदृङ्. च प्रति सदृङ्. च सम्मितश्व सभराः ऋतश्च सत्यं च ध्रुवश्च धरुणश्च धर्ता च विधर्ता च विधारयः ऋतजिश्च सत्यजिश्च सेनजिश्च सुषेणश्च अंति मित्रश्च दूरे अमित्रश्च गणः।।

ईदृक्षास एतादृक्षास ऊषुणः सदृक्षास प्रतिसदृक्षास एतन मितासश्च सम्मिता सोनो अद्य सभरसो मरुतो यज्ञे अस्मिन् स्वतवांश्च प्रघासी च सांतपनश्च गृहमेधी च क्रीडी च शाकी चो ज्जेषी। उग्रश्च भीमच ध्वान्तश्च धुनिश्च सासनांश्वभियुग्वाचव्विक्षिपः स्वाहाः। पूर्णा दर्विपरापत सुपूर्णा पुनरापत वस्नेव विक्रीणा वहा इषमूर्जा। पुनस्त्वादित्या रुद्राः वसवः समिन्धता पुनर्ब्राह्मणो वसुनीथ यज्ञैः घृतेन त्वं तत्त्वं व्यर्धयस्वसत्याः सन्तु यजमानस्य कामाः। यजमानस्य कामाः सत्याः सन्तु स्वाहा।।

नये वस्त्र पहन कर बैठ जाय, गुरु या अन्य पाठक रुद्र कलश से दुर्वा या पुष्प से अभिषेक करेः

आपोहिष्ठा मयोभुव स्तान ऊर्जे दधातनः महेरणाय चक्षसे यो वः शिवतमोरसस्तस्य भाजयते हनः उशतीरिव मातरः तस्मा अरंग मामवो यस्य क्षयाय जिन्वथ आपोजन यथा च नः। वरुणस्योत्तं भनमर्सि वरुण ऋत सदन्यसि वरुणस्य ऋत सदनमसि वरुणस्य सदनमासीत भगप्रणेतर्भया रायराधो भगे मां धियमुदवाददन्नः भगप्राणो जनय गोभिरश्वैभंग प्रनृभिर्निवन्तः स्याम।।

इदमाप प्रवहतावदय/मलं चयत् यश्च भिदुद्रोहानृतं यच्च शेपे अभीरुणम् आपोमा तस्मादेनसाः पावमानश्च मुंचतु। समुद्रायत्वा व्याताय स्वाहा। शरीरायत्वा व्याताय स्वाहा। अनाधृष्यायत्वा व्याताय स्वाहा। प्रतिधृष्याय त्त्वा व्याताय स्वाहा। अवयस्यवे त्त्वा व्याताय स्वाहा सिनिदायत्वा व्याताय स्वाहा। सिमिदायत्वा व्याताय स्वाहा।।

पुनन्तु मा देवजनाः पुनन्तु मनसा धियः पुनन्तु व्विश्वा भूतानि जातवेदः पुनीहि मा आप्यायस्व समेतु ते व्विश्वतः सोमवृष्ण्यम् भवा व्वाजस्य संगथे

शिरो श्री र्यशो मुखं त्विषिः केशाश्च श्मश्रूणि राजा में प्राणो अमृत ठं. सम्राट् चक्षुर्विराट् श्रोत्रम्।

जिना में भद्रं वाड्. महो मनो मन्युः स्वाराड्भामः मोदा प्रमोदा अँगुलीरंगानि मित्रं में सहः बाहू में बलमिन्द्रिय ठं. हरतों में कर्मवीर्याम् आत्माक्षत्रमुरा मम।

पृष्ठं में राष्ट्रमुदरठं. सौग्रीवाश्चश्रोणी उरू अरत्नी जानुनी व्विशो में गानि सर्वतः।

नाभि में चित्तं विज्ञानं पायु में पचितिर्भसत् आनन्दा वाण्डौ में भगः सौभाग्यं पसः जंघाभ्यां पद्भ्यां धर्मोस्मि व्विशि राजा प्रतिष्ठितः।

पयः पृथिव्यां औषधीषु देवस्य त्वा सवितुः प्रसवेश्विनो बहुिभ्यां पूष्णो हस्ताभ्यां सरस्वत्यै व्वाचो यन्तुर्यत्रिये दधामि बृहस्पतेष्ट्रा साम्राज्येना भिषिंचा म्यसौ।

देवस्य त्वा सवितुः प्रसवेश्विनो बाहुम्यां पूष्णो हस्ताभ्यां सरस्वत्यै व्वाचो यन्तु र्यत्रेणाग्नेः साम्राज्ये नाभिषिंचामि।

देवस्य त्वा बाहुम्यां पूष्णो हस्ताभ्यां अश्विनोर्भेषज्येत तेजसे ब्रह्मवर्चसामाभिषिंचामि।

सरस्वत्यै भैषज्येन वीर्यायान्नाद्यायाभिषिंचामीन्द्र स्येन्द्रियेण बलाय श्रियै यशसे भिषिंचामि।

पालाशं भवति तेन ब्राह्मणोऽभिषिंचति ब्रह्मवै पालाशो ब्रह्मणैनमेतदभिषिंचति।

सर्वेषां वा एष रसो यत्साम सर्वेषां वै नमेतद् वेदाना रसेनाभिषिंचति।

यद्देवकल्पां जुहोति प्राणा वै कल्पा अमृतमुप वै प्राणा अमृतेनैवैनमेतदभिषिंचति

दीर्घायुत्वा बलाय वर्चसे सुप्रजास्त्वायचासा अथो जीव शरदः शतम्।

द्यौः शान्तिरन्तरिक्ष ठं. शान्तिः पृथिवी शान्तिरापः शान्ति रोषधयः शान्ति र्वनस्पतयः शान्ति र्विश्वे देवाः शान्ति र्ब्रह्म शान्तिः सर्व ठं शान्तिः शान्ति रेव शान्तिः सामाशान्ति रेधि द्विपद चतुष्पदेभ्यः शुभ शान्ति र्भवतु।

उपस्पर्श

तनूपा अग्नेसि तन्वं मे पाहि, आयुवर्दा अग्नेसि आयुर्मे देहि, मेधा मे सविता आदधातु मेधां यन्मे तत्वा ऊनं तन्म आपूण मेधा मे सविता आदधातु मेधां मे देवी सरस्वती आधत्तां मेधाम्मे अश्विनौ देवावाधत्तां पुष्कर स्रजौ अंगानि च मे आप्या यन्ताम्। वाक् च आप्ययताम् मुखे प्राणश्च आप्यायताम् नासोः चक्षुश्च म आप्यायताम् अक्ष्णोः श्रोत्रेच म आप्यायताम् यशो बलंच आप्यायताम् बानोः।

त्रयायुषीकरण

वेदी के ईशानकोण से भस्म लेकर

त्र्यायुषं जमदग्नेः ललाटे (ललाट में)

कश्यपस्य ज्यायुषम् कण्ठे (कण्ठ में)

तन्नोऽस्तु ज्यायुषम् हृदये (हृदय में)

यज्ञभस्म से तिलक करें।

देवताग्नि विसर्जन

यान्तु देवगणाः सर्वे पूजामादाय ममकीमृइष्टकाम समृद्ध्यर्थं पुनरागमनाय च। सर्वे उत्तिष्ठ ब्रह्मणस्पते देवयन्तस्त्वे सन्तु मरुतः सुदानव इन्द्र प्राशुर्भवाश च। गच्छ त्वं भगवन्नग्ने स्वस्थानम् कुण्डमध्यतः हुतमादाय देवेभ्यः शीघ्रं देहि प्रसीद मे। गच्छ गच्छ सुरश्रेष्ठ स्वस्थाने परमेश्वर यत्र ब्रह्मादयो देवास्तत्र गच्छ हुताशन। यज्ञ यज्ञं गच्छ यज्ञपतिं स्वां योनिं गच्छ स्वाहा एष ते यज्ञो यज्ञपते सहसूक्तवाकः सर्ववीरस्तं जुषस्व स्वाहा।

आशीः स्वति न। पुनस्त्वादित्या रुद्राः वसवः समिंधतां पुन र्ब्राह्मणो वसुनीथ यज्ञैः घृतेन त्वन्तन्व वर्धयस्व। मन्त्रार्थाः सफलाः सन्तु पूर्णाः सन्तु मनोरथाः शत्रूणां बुद्धिनाशोस्तु मित्रणामुद्यस्तव। आयुष्कामो यशस्कामः पुत्र पौत्रस्तथैव च आरोग्यं धनकामश्च सर्वे कामाः भवन्तु ते। विघ्ना विनाशमायान्तु नाशमायान्तु शत्रवः प्रयत्नाः सफलाः सन्तु पूर्णाः सन्तु मनोरथाः।

स्वस्ति श्रद्धां यशः प्रज्ञां विद्यां बुद्धिं श्रियं बलम्

आयुष्यं तेज आरोग्यं देहि में हव्यवाहन

भो भो वह्ने महाशक्ते सर्वकर्मप्रसाधक

कर्मान्तरेपि सम्प्राप्ते सान्निध्यं कुरु सादरम्।।

उपरोक्त विधान के अनुरूप हवन करना उपयुक्त तथा श्रेष्ठफलदायी सिद्ध होता है। हवन के उपरान्त दशांश तर्पण करना चाहिए। तर्पण का दशांश मार्जन करने का विधान है। मार्जन के उपरान्त ही अनुष्ठान का पूर्णफल प्राप्त होता है। यही शास्त्रों में वर्णित है। मार्जन का दशांश ब्राह्मण भोजन करना चाहिए।

यथासंभव किसी योग्य अनुभवी और विद्वान आचार्य द्वारा ही हवन कर्म सम्पादित करवाना चाहिए। यदि स्वयं ही हवन सम्पन्न करना हो तो किसी योग्य गुरु अथवा आचार्य के संरक्षण में भलीभाँति, हवन पद्धति सीख लेने के उपरान्त ही हवन कर्म प्रतिपादित करना उपयुक्त है।

प्रयोजनानुसार हवनीय पदार्थ

दूर्वा भव्याश्च समिधो गोघृतेन समन्वितः
होतव्याः शांतिके देवि शान्तिर्येन भवेत् स्फुटम्।।
समिधो राजवृक्षोत्या होतव्याः स्तंभकर्मणि।
मेषीघृतेन संयुक्तः स्तंभसिद्धिर्भवेद् ध्रुवम्।।
खादिराः मारणे प्रोक्ताः कटुतैलेन संयुताः।
होतव्याः साधकेंद्रेण मारणं येन सिद्ध्यति।।
उच्चाटने आम्रजाताः कटुतैलेन संयुताः।
उच्चाटयेन्महीं सर्वां सशैलवन काननम्।।
वश्ये चैव सदा होमः कुसुमैर्दाडिमोद्भवैः।।
अजाघृतेन देवेशि वशयेत् सचराचरम्।।
विद्वेषे चैव होतव्याः उन्मत्त समिधो मताः।
अतसी तैल संयुक्ताः विद्वेषण करं परम्।।

शान्ति-पुष्टिकर कर्मों में विशेषतया आरोग्य प्राप्ति के लिए दूब को घी में डुबोकर हवन करना चाहिए।

स्तम्भन करने के धानबहेड़ा नामक वृक्ष की समिधाओं को भेड़ के घी में डुबोकर हवन करना उत्तम रहता है।

मारण कर्म में कड़वे तेल में डुबाकर खैर की लकड़ी का हवन करना पड़ता है।

उच्चाटन के लिए आम की समिधा कड़वे तेल में डुबाकर होमते हैं।

वशीकरण सिद्ध करने के लिए अनार के फूलों को बकरी के घी में डुबोकर हवन करने से उत्तम फल मिलता है।

विद्वेषण करने के लिए धतूरे की लकड़ी अलसी के तेल में डुबोकर होमी जाती है।

भिन्न-भिन्न प्रयोजन के अनुरूप पदार्थों का हवन करने के विषय में आगे विचार किया जायगा-यहाँ प्रसंगवश चर्चा कर दी गयी है।

चीनी- हवन सामग्री में जहाँ शकर का उपयोग बताया गया है, वहाँ चीनी का प्रयोग नहीं करना चाहिए। गुड़ अथवा गुड़िया खाँड का प्रयोग किया जाय क्योंकि चीनी में एक केमिकल डाला जाता है जो हड्डियों से प्राप्त किया जाता है।

त्याज्य सामग्री- जिस सामग्री में कीट पतंगादि गिर जाते हैं या उसी में इल्ली घुन आदि पैदा हो जाय तो उससे हवन न करे। हवन सामग्री साफ की हुई होनी चाहिए उसमें कंकर-मिट्टी या और कोई गंदगी नहीं रहनी चाहिए।

चरू- पकाया हुआ चावल ही होता है इसके लिए कहा गया है-

अनिर्गतोष्मा सुस्विन्नो ह्यदग्धोकठिनश्चरुः
न चातिशिथिलः पाच्यो न च वीतरसो भवेत्।।

जिसकी ऊष्मा निकली न हो, गीला, बिन जला हुआ, मुलायम, ज्यादा ढीला या सूखा न हो ऐसा चरु कहलाता है।

हविष्य पदार्थ- चरु, भिक्षान्न, भूँजे हुए जौ, सत्तू, गाय का दूध, दही, घी, मूल, फल और जल हविष्यान्न में माने जाते हैं।

यज्ञ के लिए अग्नि- अरणि मंथन से प्रकट अग्नि श्रेष्ठ मानी जाती है, आतसी सीसे-उन्नतोदर शीशे से उत्पन्न मध्यम, नित्य हवन करने वाले के घर की भी उत्तम मानी जाती है।

गंदे व्यक्ति के घर की, अशौच (जिस घर में जननाशौच अथवा मरणाशौच हो उस घर की) और चिता की अग्नि काम में नहीं लेनी चाहिए।

अग्नि प्रज्वलित करने के लिए केवल फूँक ही लगानी चाहिए पर ध्यान रहे फूँक के साथ थूक के कण न चले जायँ। फूँक के अलावा कपड़े से अग्नि को प्रदीप्त करने से रोग होता है, सूप से हवा करके अग्नि को प्रज्वलित करने से धनहानि और हाथ से हवा करते हुए अग्नि प्रज्वलित करने से गंभीर क्षति होती है।

आहुति शब्द आपूर्वक हूय् धातु के क्तिन प्रत्यय लगाने से होता है जिसका अर्थ होता है सम्यक् प्रकार से मन्त्रोचारण पूर्वक देवता के उद्देश्य से जो पदार्थ अग्नि में डाला जाता है वह आहुति कहलाता है।

श्री बटुक भैरव कवच

साधनाओं के विभिन्न साधनों में स्थूल रूप से स्तुति का आश्रय लिया जाता है। वाणी, शब्द की जननी है, जिसकी कृपा से स्तुति सुलभ होती है, परात्पर ब्रह्म अव्यक्त, अज्ञेय, अनन्त और अदृश्य है। ब्रह्म का सच्चिदानन्द स्वरूप प्रकृति के उपादानों में, आनन्द रूप, शरीरस्थ आत्मा में और चिद् रूप से सम्यक् ब्रह्माण्ड में विस्तारित और व्याप्त होकर अखण्ड चेतना के रूप में उपलब्ध होता है। यही प्रकृतिकरण प्रक्रिया जिसे प्रकाशन प्रक्रिया, अवतार के नाम से शब्दांकित होती है। हमारी इस धरती का त्राण अवतारों द्वारा प्रत्येक युग में अनेक शताब्दियों में बार-बार हुआ है और भगवान के इन अवतारों ने भारत की इस भूमि को धन्य ही नहीं किया बल्कि विश्व का उद्धार किया है। बटुक भैरव भी भगवान शिव का अवतार स्वीकारे गए हैं। भगवान रुद्र ही भैरव का स्वरूप हैं। वेदों में जिसका वर्णन रुद्र नाम से उपलब्ध है, तंत्र शास्त्रों में उसी को भैरव की संज्ञा प्रदान की गई है। भैरव के भय से ही अग्नि में ऊष्मा और सूर्य में असहनीय तपन है। भैरव के कारण ही मृत्यु वायु तथा इन्द्र देवता अपने उत्तरदायित्त्वों का तत्परता के साथ निर्वाह कर रहे हैं। वायु का प्रवाह सूर्योदय, मृत्यु अग्नि और इन्द्रादि स्वयं के कार्यों में प्रवृत्त हैं।

उठे हुए बज्र के समान, जो महान भय स्वरुप परमात्मा को जानता है अनन्त अन्यान्य अशेष स्तुतियाँ जिस सहस्त्र शीर्ष, महाभयावह, वेद पुरुष का वर्णन करती हैं, वही तंत्रशास्त्र में भैरव नाम से व्याख्यायित है। इसी वेदमानव का वर्णन रौद्र एवं सौम्य दोनों स्वरूपों में वेदों एवं तंत्रों में उपलब्ध है।

मोक्ष एवं संसार दोनों ही स्वरुप वाले, संसार के समस्त सुख प्रदान करने वाले, कल्याणकारी, परममंगलमय शिव को नमस्कार है।

कैलाशपर्वत वेदवाणी अथवा मेघमण्डल में विराजमान होकर, प्राणियों को सुख प्रदान करने वाले, हे रुद्र आपका जो शान्त अघोर और अपापकाशी पुण्य फल को प्रकाशित करने वाला शरीर है उसी अतिशय सुख प्रदान करने वाले शरीर से तुम मेरी ओर देखों। पंचरात्र आगम में भगवान विष्णु का एक नाम भैरव दिया गया है। यजुर्वेदान्तरगत रुद्राष्टाध्यायी में नमोदुन्दमाय पद् आता है। बृहस्पति के साठ संवत्सर चक्र के अन्तर्गत, छप्पनवें संवत्सर का नाम दुन्दुमी है, जिसके अभिमानी देवता भैरव हैं। इन्हें विष्णु स्वरूप ही माना गया है।

श्री बटुक भैरव की शास्त्रों में वर्णित महिमा अपार है। तन्त्रों में पृथक्-पृथक् आगमों की गणना में 'भैरवागम' का विशेष स्थान है। शैवागम और रुद्रागम में भी भैरवागम का समावेश है। इनकी संख्या 64 बताई गयी है। आगम के चार पाद 1. ज्ञान, 2. योग, 3. चर्या, और 4. क्रिया में सभी प्रकार की साधनाओं का समावेश हुआ है। यह निर्देश 'श्रीकण्ठी-संहिता' में मिलता है कि उपर्युक्त 14 भैरवागम अद्वैतसिद्धान्त के प्रतिपादक हैं, इसके साथ ही भैरवाष्टक,

यामलाष्टक, मत्ताष्टक, मंगलाष्टक, शुक्राष्टक, बहुरूपाष्टक, वागीशाष्टक और शिखाष्टक इन आठ अष्टकों में भी बटुक भैरव के विभिन्न नाम, रूप, गुण, कर्मादि के आधार पर भैरवोपासना का वर्णन किया है।

64 तन्त्रों में 5 से 12 तक की संख्या वाले तन्त्र - 1. सिद्ध, 2. बटुक, 3. कंकाल, 4. काल, 5. कालाग्नि, 6. योगिनी, 7. महाभैरव और 8. शक्ति भैरव हैं और यह ऐहिक फल प्रदान करने वाले हैं।

यह सर्वत्र स्पष्ट है कि भगवती महाभैरवी है और भगवान शिव, महाभैरव हैं। अतः भैरव की उपासना से सर्वसिद्धि सुलभ है।

रुद्रयामल में कहा गया है - आपदुद्धारक श्रीभैरव के सहस्र, दशसहस्र और अर्बुद नाम है। उन्हीं का सार-संग्रह करके 108 नामों का संग्रह बनाने की भगवती पार्वती ने शिवजी से प्रार्थना की थी-

तस्य नाम-सहस्राणि प्रयुतान्यर्बुदानि च।
सारमुद्धृत्य तेषां वै 'नामाष्टशतकं' वद।।

तदनुसार संकीर्तन मात्र से सर्व कामनाओं को पूर्ण करनेवाला, सर्वपापहर, पुष्य, सर्वापत्तिनिवारक, साधकों को सुखद, आयुष्कर, पुष्टिकर, श्रीकर और यशस्कर यह 'अष्टोत्तरशतनामयुत भैरवस्तोत्र' कहा गया है। इससे यह स्पष्ट है कि इसमें आये हुए 108 नाम भैरव के अनन्तनामों का एक वैज्ञानिक साररूप संग्रह है।

प्राचीनकाल में ऐसे नामों को क्रमशः स्मृति में रखने तथा पाठादि की सुविधा के लिए श्लोकबद्ध किया जाता था। अतः इस नामावली के अनुष्टुप् में संकलित पद्य ही पाठ में प्रचलित हो गए।

'भैरव सहस्रनाम' में ग्रन्थों और तन्त्रों में पाठ-प्रभेद हो जाने से कुछ पाठान्तर है। इससे फलप्राप्ति में तर-तमता का आ जाना स्वाभाविक ही है। अतः योग्य गुरु परम्परा की नितान्त आवश्यकता रहती है।

मेरुपृष्ट पर विराजमान शिव से पार्वती ने पूछा कि सर्व शास्त्र एवं आगमों में आपदुद्धारक तथा सर्वसिद्धिकर मंत्र सुनने की मेरी इच्छा है। अतः न्यास-सहित उसका वर्णन कीजिए। उत्तर में शिव जी ने मंत्र-माहात्म्य और **'ॐ ह्रीं बटुकाय आपदुद्धारणाय कुरु कुरु बटुकाय ह्रीं'** यह मंत्र बताया। तदनन्तर एक अन्य प्रश्न के उत्तर में भैरव के अरबों नामों के साररूप एक सौ आठ नाम बताते हुए उसकी महिमा, ऋषि, छन्द, देवता, शक्ति, बीज और कीलक, अंगन्यास, करन्यास, देहन्यास, दिशान्यास, नामांगन्यास तथा ध्यान का वर्णन है।

भैरव शतनाम एक नैमित्तिक साधना है, जिसका पाठ करने से साधक को प्रचुर धन-धान्य, समृद्धि, सम्पत्ति तथा सम्पदा प्राप्त होती है। भैरव की साधना से समस्त कामनाओं की संसिद्धि होती है। समस्त पापों का नाश होता है, सभी प्रकार की आपत्ति और विपत्ति लुप्त होती है इसके अतिरिक्त भैरव पाठ करने से यश, पुष्टि, बल, आयु, सुख, आदि प्रचुरता के साथ उपलब्ध होते

हैं अर्थात् भैरव की साधना करने वाला साधक स्वस्थ्य, निरोग एवं पुष्टिवान् रहते हुए अपार धन कीर्ति, समृद्धि-सम्पत्ति तथा सम्यक् सुखों का उपभोग करता है।

यहाँ पर भैरव अष्टोत्तर शतनाम तथा भैरव कवच साधना का उल्लेख किया जा रहा है जो स्वयं में पर्याप्त है। प्रथम भैरव का षोडशोपचार पूजन उसी प्रकार से करें, जिस प्रकार भगवान शंकर के पूजन का विधान है तदनन्तर भैरव कवच का एक पाठ करें। उसके पश्चात् भैरव शतनाम अष्टोत्तर स्तोत्र के एक, तीन या पाँच पाठ करें। भैरव अष्टोत्तर शतनाम से पूर्व भैरव कवच का पाठ सर्वथा उपयुक्त और निरापद है।

विनियोगः- ॐ अस्य श्री बटुक भैरव कवचस्य भैरव ऋषिः अनुष्टुप् छन्दः बटुक भैरवो देवता मम सर्वाभीष्ट साधने जपे विनियोगः।

देव्युवाच

भगवन्सर्ववेत्ता त्वं देवानां प्रीतिकारकम्।
भैरवं कवचं ब्रूहि यदि चास्ति कृपा मयि।।1।।

प्राणत्यागं करिष्यामि यदि नो कथयिष्यसि।
सत्यं सत्यं पुनः सत्यं सत्यमेव न संशयः।।2।।

इति देव्या वचः श्रुत्वा बृहस्पतिसमप्रभुः।
उवाच कवचं तस्यै देवदेवो महेश्वरः।।3।।

महादेव उवाच

कवचं बटुकस्येदं शृणु मत्प्राणवल्लभे।
चण्डिके तत्र सर्वस्वं बटुकस्य विशेषतः।।4।।

तन्त्र-मन्त्राक्षरं चैव बटुकस्य स्वरूपकम्।
शङ्खवर्णोऽद्वितीयो वा बटुकश्चन्द्रशेखरः।।5।।

आपदुद्धारणो नाम भैरवः परिकीर्तितः।
प्रवक्ष्यामि समासेन चतुर्वर्गस्य सिद्धये।।6।।

ॐ प्रणवं कामदं विद्याल्लज्जाबीजं च सिद्धिदम्।
बटुकायेति विज्ञेयो महापातकनाशनम्।।7।।

आपदुद्धारणायेति आपदुद्धारकं नृणाम्।
कुरु द्वयं महेशानि मोहनं परिकीर्तितम्।।8।।

बटुकाय महेशानि जपनं परिकीर्तितम्।
लज्जाबीजं तथा विद्यान्मुक्तिदं परिकीर्तितम्।।9।।

द्वाविंशत्यक्षरो मन्त्रः क्रमेण जगदीश्वरि।
'ॐ' शिरसि पातु नित्यं पातु ह्रीं कंठदेशके।।10।।

बटुकं पातु हृदये नाभौ आपदुद्धारकम्।
कुरु द्वयं लिङ्गमूले आपदुद्धारणाय च।।11।।

सर्वदा पातु ह्रीं बीजो बाह्वार्युगलमेव च।
खड्गं च सहितो देवो नित्यं रक्षतु भैरवः।।12।।

ॐ ह्रीं बटुकाय सततं सर्वाङ्गेषु च सर्वदा।
ॐ ह्रीं कालपाशयोः पातु वीरासनो हृदि।।13।।

महाकालः शिरः पातु कण्ठदेशे तु भैरवः।
दण्डपाणिर्गुह्यमूले भैरवी सहितस्ततः।।14।।

ॐ ह्रीं ललितं भैरवः पातु अष्टाभिः शक्तिभिः सह।
ॐ ह्रीं विश्वनाथः सदा पातु सर्वाङ्गे मम सर्वदा।।15।।

ॐ ह्रीं अन्नपूर्णा पातु अवसादतु चंडिका।
असितांगं शिरः पातु ललाटे रुरुभैरवः।।16।।

चण्डभैरवः वक्त्रं तु संकट-श्रीक्रोध भैरवः।
हृदि उन्मत्तकः पातु कपाली बाहुयुग्मके।।17।।

नाभौ भीषणः पातु लिङ्गे संहारभैरवः।
हंसबीजं पादयुग्मे सोऽहं रक्षतु हस्तयोः।।18।।

प्राणापानौ समाने च उदानं व्यानमेव च।
प्राणिनां रक्षतु द्वारमूले दशदिक्षु समन्तकः।।19।।

प्रणवः पातु सर्वाङ्गे लज्जाबीजं महाभयम्।
इति श्रीदेवि! कवचं भैरवस्य प्रकीर्तितम्।।20।।

चतुर्वर्गप्रदो नित्यं स्वयं देवेन प्रकाशितम्।
यः पठेच्छृणुयाद्वाऽपि भैरवं कवचं परम्।।21।।

सदानन्दमयो भूत्वा लभते परमं पदम्।
यश्चैनं धारयेद् देवि कवचं मन्मुखोदितम्।।22।।

कोटिजन्मार्जितं पापं विनश्यति च तत्क्षणात्।
जलमध्ये अग्निमध्ये दुर्गमे शत्रुसंकटे।।23।।

कवचं स्मरणाद् देवी सर्वत्र विजयी भवेत्।
भक्तियुक्तेन मनसा कवचं पूजयेत् यदि।।24।।

कामतुल्यस्तु नारीणां रिपूणां च यमो यमः।
तस्य पादाम्बुजं छन्दं राज्ञां मुकुटभूषण्।।25।।

तस्य मूर्त्तिं विलोक्यैव कुबेरोऽपि तिरस्कृतः।
अस्य विज्ञानमात्रेण सर्वसिद्धिर्न संशयः।।26।।

इदं कवचमज्ञात्वा यो जपेद् बटुकं नरः।।27।।

न प्राप्नोति फलं तस्य परे च नरकं व्रजेत्।
मन्वन्तरत्रयं स्थित्वा तिर्यङ्योनिषु जायते।।28।।

इह लोके महारोगी दारिद्र्येण प्रपीडितः।
शत्रूणां वशगो भूत्वा करपात्री भवेज्जडः।।29।।

देयं शिष्याय पूज्याय शान्ताय प्रियवादिने।
यो दद्याद् परिक्षेभ्यः तस्य नश्यति सत्वरम्।।30।।

आयुर्विद्या यशो धर्मो बलं चैव न संशयः।
लक्ष्मीपुत्र-कलत्रादि धनधान्यादि सम्पदः।।31।।

श्रीबटुकभैरवस्याष्टोत्तरशतनामस्तोत्र

ॐ अस्य श्रीबटुकभैरवस्याष्टोत्तरशतनामस्तोत्र-विलोमगर्भितस्य बृहदारण्यक-ऋषिरनुष्टुप्छन्द आपदुद्धारकश्रीबटुकभैरवो देवता ममाभीष्टसिद्ध्यर्थें जपे विनियोगः।

ॐ ह्रीं बटुकाय आपदुद्धारणाय कुरु कुरु बटुकाय ह्रीं सर्वार्थसिद्धिदाय मनोवाञ्छाफलपूरणाय कुरु कुरु बटुकाय ह्रीं ॐ।

ॐ भैरवो भूतनाथश्च भूतात्मा भूतभावनः।
क्षेत्रज्ञः क्षेत्रपालश्च क्षेत्रदः क्षत्रियो विराट्।।
ट्राविं योत्रिक्ष दःत्रक्षे श्चलपात्रक्षे ज्ञःत्रक्षे।
नःवभातभू त्माताभू श्चथनातभू वोरभै ॐ।।
क्षेत्रज्ञः क्षेत्रपालश्च क्षेत्रदः क्षत्रियो विराट्।
भैरवो भूतनाथश्च भूतात्मा भूतभावनः।।1।।

ॐ ह्रीं बटुकाय आपदुद्धारणाय कुरु कुरु बटुकाय ह्रीं सर्वार्थसिद्धिदाय मनोवाञ्छाफलपूरणाय कुरु कुरु बटुकाय ह्रीं ॐ। इति वारद्वयं पठेत्।।1।।

श्मशानवासी मांसाशी खर्पराशी स्मरान्तकः।
रक्तपः पानपः सिद्धः सिद्धिदः सिद्धसेवितः।।
तःविसेद्धसि दःद्धिसि द्धःसि पःनपा पःक्तर।
कःन्तरास्म शीरार्पख शीसामां सीवानशाश्म।।
रक्तपः पानपः सिद्धः सिद्धिदः सिद्धसेवितः।
श्मशानवासी मांसाशी खर्पराशी स्मरान्तकः।।
ॐ ह्रीं बटुकाय० इति वारद्वयं पठेत्।।2।।

कङ्कालः कालशमनः कलाकाष्ठातनुः कविः।
त्रिनेत्रो बहुनेत्रश्च तथा पिङ्गललोचनः।।
नःचलोलङ्गपि थात श्चत्रनेहुब त्रोनेत्रि।
विःक नुःतष्ठाकालाक नःमशलका लःङ्काक।।
त्रिनेत्रो बहुनेत्रश्च तथा पिङ्गललोचनः।
कङ्कालः कालशमनः कलाकाष्ठातनुः कविः।।
ॐ ह्रीं बटुकाय० इति वारद्वयं पठेत्।।3।।

शूलपाणिः खड्गपणिः कङ्काली धूम्रलोचनः।
अभीरुर्भैरवीनाथो भूतपो योगिनीपतिः।।
तिःपनीगियो पोतभू थोनावीरर्भैरुभीअ।
नःचलोम्रधू लीङ्काक णिःपागड्ख णिःपालशू।।
अभीरुर्भैरवीनाथो भूतपो योगिनीपतिः।
शूलपाणिः खड्गपाणिः कङ्काली धूम्रलोचनः।।
ॐ ह्रीं बटुकाय० इति वारद्वयं पठेत्।।4।।

धनदोऽधनहारी च धनवान् प्रतिमानवान्।

नागहारो नागपाशो व्योमकेशः कपालभृत् ।।
त्भृलपाक शःकेमव्यो शोपागना रोहागना ।
न्वानभातिप्र नूवानध च रीहानधऽदोनध ।।
नागहारो नागपाशो व्योमकेशः कपालभृत् ।
धनदोऽधनहारी च धनवान् प्रतिभानवान् ।।
ॐ ह्रीं बटुकाय० इति वारद्वयं पठेत् ।।5।।

कालः कपालमाली च कमनीयः कलानिधिः ।
त्रिलोचनो ज्वलन्नेत्रस्त्रिशिखी च त्रिलोकपः ।।
पःकलोत्रि च खीशिस्त्रित्रन्नेलज्व नोचलोत्रि ।
धिःनिलाक यःनीमक च लीमालपाक लःका ।।
त्रिलोचनो ज्वलन्नेत्रस्त्रिशिखी च त्रिलोकपः ।
कालः कपालमाली च कमनीयः कलानिधिः ।।
ॐ ह्रीं बटुकाय० इति वारद्वयं पठेत् ।।6।।

त्रिनेत्रतनयो डिम्भशान्तः शान्तजनप्रियः ।
बटुको बहुवेषश्च खट्वाङ्गवरधारकः ।।
कःरधारवङ्गवाट्ख श्चषवेहुब कोटुब ।
यःप्रिनजन्तशा न्तःशाम्भडि योनतत्रनेत्रि ।।
बटुको बहुवेषश्च खट्वाङ्गवरधाकः ।
त्रिनेत्रतनयो डिम्भशान्तः शान्तजनप्रियः ।।
ॐ ह्रीं बटुकाय० इति वारद्वयं पठेत् ।।7।।

भूताध्यक्षः पशुपतिर्भिक्षुकः परिचारकः ।
धूर्तो दिगम्बरः शूरो हरिणः पाण्डुलोचनः ।।
नःचलोण्डुपा णःरिह रोशू रःम्बगदि र्तोधू ।
कःरचारिप कःक्षुर्भितिपशुप क्षःध्यताभू ।।
धूर्तो दिगम्बरः शूरो हरिणः पाण्डुलोचनः ।
भूताध्यक्षः पशुपतिर्भिक्षुकः परिचारकः ।।
ॐ ह्रीं बटुकाय० इति वारद्वयं पठेत् ।।8।।

प्रशान्तः शान्तिदः शुद्धः शङ्करप्रियबान्धवः ।
अष्टमूर्तिर्निधीशश्च ज्ञानचक्षुस्तपोमयः ।।
यःमपोस्तक्षुचनज्ञा श्चशधीर्निर्तिमूष्टअ ।
बःन्धबायप्रियङ्कश द्धःशु दःन्तिशा न्तःशाप्र ।।

अष्टमूर्तिर्निधीशश्च ज्ञानचक्षुस्तपोमयः।
प्रशान्तः शान्तिदः शुद्धः शङ्करप्रियबान्धवः।।
ॐ ह्रीं बटुकाय० इति वारद्वयं पठेत्।।9।।

अष्टाधारः षडाधारः सर्पयुक्तः शिखीसखः।
भूधरो भूधराधीशो भूपतिर्भूधरात्मजः।।
जः त्मराधर्भूतिपभू शोधीराधभू रोधभू।
खःसखीशि क्तःयुर्पस रःधाडाष रःधाष्टाअ।।
भूधरो भूधराधीशो भूपतिर्भूधरात्मजः।
अष्टाधारः षडाधारः सर्पयुक्तः शिखीसखः।।
ॐ ह्रीं बटुकाय० इति वारद्वयं पठेत्।।10।।

कङ्कालधारी मुण्डी च आन्त्रज्ञोपवीतवान्।
जृम्भणो मोहनः स्तम्भी मारणः क्षोभणस्तथा।।
थास्तणभक्षो णःरमा म्भीस्त नःहमो णोम्भजृ।
न्वातवीपज्ञोयन्त्रआ चण्डीमु रीधालङ्कार।।
जृम्भणो मोहनः स्तम्भी मारणः क्षोभणस्तथा।
कङ्कालधारी मुण्डी च आन्त्रयज्ञोपवीतवान्।।
ॐ ह्रीं बटुकाय० इति वारद्वयं पठेत्।।11।।

शुद्धनीलाञ्जनप्रख्यो दैत्यहा मुण्डभूषितः।
बलिभुग् बलिभुङ्नाथो बालोऽबालपराक्रमः।।
मःक्रापलबाऽलोबा थोनाङ्भुलिब ग्भुलिब।
तःषिभूण्डमु हात्यदै ख्योप्रनञ्जलानीद्धशु।।
बलिभुग् बलिभुङ्नाथो बालोऽबालपराक्रमः।
शुद्धनीलञ्जनप्रख्यो दैत्यहा मुण्ड़भूषितः।।
ॐ ह्रीं बटुकाय० इति वारद्वयं पठेत्।।12।।

सर्वापत्तारणो दुर्गो दुष्टभूतनिषेवितः।
कामी कलानिधिकान्तः कामिनीवशकृद् वशी।।
शीद्वकृशवनीमिका न्तःकाधिनिलाक मीका।
तःविषेनितभूष्टदु र्गोदु णोरत्तापर्वास।।
कामी कलानिधिकान्तः कामिनीवशकृद्वशी।
सर्वापत्तारणो दुर्गो दुष्टभूतनिषेवितः।।
ॐ ह्रीं बटुकाय० इति वारद्वयं पठेत्।।13।।

जगद्रक्षाकरोऽनन्तो मायामन्त्रौषधीमयः।
सर्वसिद्धिप्रदो वैद्यः प्रभविष्णुरितीव हि।।
यःमधीषन्त्रौमयामा न्तोनऽरोकक्षाद्रगज।
हि वतीरिष्णुविभप्र द्यःवै दोप्रद्धिसिर्वस।।
सर्वसिद्धिप्रदो वैद्यः प्रभविष्णुरितीव हि।
जगद्रक्षाकरोऽनन्तो मायामन्त्रौषधीमयः।।
ॐ ह्रीं बटुकाय० इति वारद्वयं पठेत्।।14।।

श्रीबटुक भैरव अष्टोत्तरशत-नामावली

सात्त्विक ध्यान

स्फटिक सरिस सुन्दर तन राजै। कुण्डल मणि आभा मुख साजै।।
दिव्य किंकिणी मणि मंजीरा। नूपुर शोभित चरण सुधीरा।।
दिव्य क्रान्ति चहुं दिग् बगरावै। विषद वसन सुषुमा मन भावै।।
परम प्रसन्न बटुक शुभ रूपा। तीन नयन अति दिव्य अनूपा।।
शूल दण्ड दोउ भुजनि विराजै। करि दर्शन हिय कहँ दुख भाजै।।
भक्त इष्टप्रद भैरव नाथा। पुनिपुनि प्रभो नवावौं माथा।।

तमस ध्यान

नील अद्रि सम सुन्दर रूपा। शशिलेखा शृंङ्गार अनूपा।।
गल मुण्डमाल मनोहर वेशा। दिव्य दिगम्बर पिङ्गल केशा।।
डमरु खड्ग शृणि पाश विराजै। अभय नाग घण्टा शुभ राजै।।
कर-कपाल सरसीरुह सोहै। छवि निरखत त्रिभुवन मन मोहै।।
दंष्ट्राभीम वक्त्र छवि पावै। नाग यज्ञ उपवीत सुहावै।।
तीन नयन जग अनुपम दानी। मणि किंकिणि नूपुर छवि खानि।।
धरौ ध्यान तव सहज कृपाला। हरहु नाथ हिय कहं दुख जाला।।

राजस ध्यान

उदित सूर्य सम अरुण स्वरूपा। त्रिनयन सुषुमा परम अनूपा।।
रक्त सुरंजित शुभ अंगरागा। रक्त माल्य शोभित उरभागा।।
मन्द हास्ययुत मुख छवि राजै। वरदरूप सुषुमा हिय साजै।।
शूल कपाल करनि शुभ सोहै। मुद्रा अभय भक्त मन मोहै।।

नीलकण्ठ शुभ भूषणधारी। चन्द्रचूड सुषुमा मन हारी।।
बन्धूकारुण वसन सुहावै। भक्त भीर हरि हिय सरसावै।।
भजौं तोहिं भैरव महाराजा। पूरउ नाथ सकल हिय काजा।।

अष्टादश भुज-ध्यान

शुभ्र कान्तिमय रूप अनूपा। अष्टादश भुज शोभित रूपा।।
पञ्व वक्त्र अनुपम छवि शोभा। तीन नयन सुषुमा मन लोभा।।
मुद्रा ज्ञान कञ्जकर साजै। अपर हस्त में वज्र विराजै।।
भेषज शंख चाप कर मांहीं। शूल खट्वाङ्ग बाण छवि पाहीं।।
डमरु गदा असि चक्र मनोहर। पाश त्रिशूल मुण्ड कर सुन्दर।।
होई मुदित पल में अपनावै। भक्त इष्टप्रद रूप दिखावै।।
नमो-नमो भैरव बलवाना। अरिकुल मारि देउ वरदाना।।
जय-जय भैरव सब सिधि दायक। भक्त इष्ट पूरक सब लायक।।

दशभुज-ध्यान

पद्मासन आसीन कृपाला। परम शान्त छवि दीन दयाला।।
चन्द्र मुकुट शुभ सीस विराजै। मुण्डमाल छवि उर विच साजै।।
तीन नयन सुषुमा अति सोहै। अनुपम छवि त्रिभुवन मनमोहे।।
शूल खड्ग अरु वज्र विराजै। परशु मुसल दक्षिण कर राजै।।
नाग घण्ट सुकपाल सुहावै। नलिन पाश अंकुश छवि छावै।।
नाना भूषण भूषित झाँकी। स्फटिकोपक सुषुमा अति बाँकी।।
विश्वाकर्षक शिव सिर नाऔं। करहु कृपा पद-पंकज ध्याऔं।।

अष्टभुज-ध्यान

शुद्ध स्फटिक सरिस शुभ भासै। सहस सूर्यसम दीप्ति प्रकासै।।
नील मेघ सम वर्ण विराजै। नीलाञ्जन सम प्रभा सुसाजै।।
आठ भुजा दृग तीन विराजै। भुजा चार युग भुजसौं भ्राजै।।
दन्तुर वदन परम शुभ सोहै। नूपुर धुनि सौं त्रिभुवन मोहैं।।
भुजग मेखला परम सुहाई। अग्निवर्ण शिख हृदय लुभाई।।
दिग्-अम्बर सब बालक राजा। अति बलवन्त बटुक महाराजा।।
कर खट्वाङ्ग-पाश-असि राजै। दक्षिण में शुभ शूल विराजै।।
डमरु कपाल भुजग वरदाना। अनल सरिस शुभ तेज निधाना।।

सारमेय वाहन संग सोहै। ध्यान धरत त्रिभुवन मन मोहै।।
सकल कामना तुरत पुरावैं। जै निज हियमहं बटुकहिं ध्यावैं।।

द्विभुज ध्यान

कर कपाल शुभ सुन्दर राजै। कुण्डल कर्ण दण्ड कर साजै।।
तरुण तिमिर सम नील स्वरूपा। व्याल यज्ञ-उपवीत अनूपा।।
विघ्ननाशि मखरक्षक पूरे। साधु सिद्धिप्रद रण अति शूरे।।
जय-जय बटुकनाथ सिधि दायक। कृपासिन्धु प्रभु भक्त सहायक।।

नामावली पाठ

नमो-नमो भैरव सिद्धि दाता। भूतनाथ भव भयतें त्राता।
भूतात्मा भूतल उजियारे। बटुक भूत-भावन मतवारे।।1।।

क्षेत्रद क्षेत्रपाल सुरराटा। क्षत्रियवर क्षेत्रज्ञ विराटा।।
जय श्मशानवासी शुभनामा। मांसाशी प्रभु मंगलधामा।।2।।

नमो खर्पराशी भगवन्ता। जय स्मरान्तक रूप अनन्ता।।
(हे खरान्तक अतिबलवाना। हे मखान्तक सर्वसुजाना)।।3।।

रक्तप तोहि बहुरि सिरनाऔं। पानप-सिद्ध हृदय महँ ध्याऔं।।
(रक्तपान तत्पर बलि जाऔं। पुनि-पुनि प्रभु तोहि सीस नवाऔं)।।4।।

सिद्धिद देव सिद्धि के नाथा। सिद्ध सुसेवित सेवक साथा।।
जय कङ्काल कुटिल नर-नाशी। कालशमन जय सब सुख राशी।।5।।

नमो कलाकाष्ठा-तनुधारी। जय-जय कवि सर्वज्ञ सुखारी।।
जय त्रिनेत्र बहुनेत्र नमामि। पिङ्गललोचन शरण व्रजामि।।6।।

शूलपाणि जय दीन दयाला। खट्‌गपाणि जय परम कृपाला।।
कङ्काली तोहि कोटि प्रणामा। जयतु धूम्रलोचन शुभ नामा।।7।।

जय अभीरु जय भैरव नाथा। भूतप योगिनिपति शुचि गाथा।।
नमो धनद धनहारी देवा। जय धनवान विश्वसुख देवा।।8।।

जय प्रतिभानवान सुरस्वामी। (जय प्रतिभावित अन्तर्यामी)।।
नागहार तव चरण नमामि। देव ! दयामय सदा भजामि।।9।।

नागपाश जय-जय सुरसांई। व्योमकेश जय प्रभो गुसांई।।
(नागकेश जय-जय सुरराया। कीजै नाथ भक्त पै दाया)।।10।।

जय कपालभृत्, काल कराला। जय कपालमाली जगपाला।।
जय कमनीय कालानिधि त्राता। जयतु त्रिलोचन आनन्ददाता।।11।।

ज्वलन्नेत्र त्रिशिखी तोहि ध्याऔं। नमो त्रिलोकप सब सिधि पाऔं।।
जय त्रिनेत्रतनय सुखराशी। जय हे डिम्ब ! नित्य अविनाशी।।12।।

जय हे शान्त! भक्त वरदाई। (डिम्भशान्त प्रभु भक्त सहाई)।।
शान्तजनप्रिय दीन दयाला। नमो बटुक बहुवेष कृपाला।।13।।

जय खट्वाङ्गवरधारक देवा। भूताध्यक्ष करैं सुख सेवा।।
जय-जय पशुपति भिक्षुक देवा। जय परिचारक जन-मन-मेवा।।14।।

(जय परिवारक जग के स्वामी। तुम कहँ बारम्बार नमामि)।।
धूर्त दिगम्बर शूर भजामि। हरिण पाण्डुलोचन जय स्वामी।।15।।

जय प्रशान्त हे शान्तिद शुद्धा। (सिद्ध युद्ध-जयकारी बुद्धा)।।
हे शंकरप्रियबान्धव नामी। शंकरप्रिय-बान्धव शुभ कामी।।16।।

अष्टमूर्ति जय देव निधीशा। ज्ञानचक्षु तपोमय ईशा।।
अष्टाधार नमो सुर स्वामी। षडाधार जग अन्तर्यामी।।17।।

सर्पयुक्त शिखिसख भूधर जय। जय भूधर अधीश मंगलमय।।
भूपति भूधर आत्मज दाता। (भूधर आत्मक सब जग त्राता)।।18।।

जय कङ्कालधारि सुरनाथा। मुण्डी तोहि नवावौं माथा।।
नाग यज्ञ-उपवीत विराजे। (आन्त्रयज्ञ उपवीत सुसाजै)।।19।।

जृम्भण मोहन स्तम्भन स्वामी। मारण क्षोभण जगसुख कामी।।
(हे गुरुदेव ज्ञान के दाता। भोग मोक्षप्रद कृपा विधाता)।।20।।

शुद्ध नील अञ्जन प्रख्याता। देव दैत्यहा सेवक त्राता।।
मुण्ड विभूषित छवि सरसाये। सकल सुमङ्गल मूल सुहाये।।21।।

बलिभुक् तुम प्रभु बलिभुङ् नाथा। बाल अबाल पराक्रम साथा।।
जय सर्वापत्तारण स्वामी। दुर्गरूप प्रभु अन्तर्यामी।।22।।

दुष्ट भूत-निषेवित देवा। कामी कामफलप्रद सेवा।।
जयतु कलानिधि कान्त सुनामी। कामिनीवशकृत तोहि नमामि।।23।।

सकल जगत वशीकृत नामा। (कामिनिवशकृत वशी ललामा)।।
देव जगत रक्षा कर जय-जय। अनन्त माया मन्त्रौषधि-मय।।24।।

सर्व सिद्धिप्रद वैद्य महाना। हे प्रभु विष्णु विवेक निधाना।।
तुम विभु अखिल विश्वसरसाओ। भक्तभरण करिसुयश कमाओ।।25।।

अष्टोत्तर शतनाम स्वरूपा। कल्पवृक्ष यह परम अनूपा।।
जपत जीव सब मंगल पावै। सकल कामना तुरत पुरावै।।26।।

दुरित भूत भय मारी भीती। जपत मिटै पल में सब ईती।।
राज शत्रु ग्रह भय नहिं लागै। भैरव स्तवन करत दुख भागै।।27।।

अष्टोत्तर शतनाम शुभ, जपत धरै नित ध्यान।
तिनकहँ भैरव लाडिले, सदा करैं कल्याण।।28।।

बटुक भैरव कवच एवं बटुक भैरवअष्टोत्तरशतनाम का पाठ महामृत्युञ्जय मंत्र की समस्त साधनाओं के अन्त में करना अत्यधिक उपयुक्त है, जबतक बटुक भैरव स्तोत्र एवं कवच का पाठ न किया जाये तब तक महामृत्युञ्जय मंत्र का स्थायी फल नहीं उपलब्ध होता है।

परोपकरणं येषां जागर्ति हृदये सताम्।
नश्यन्ति विपदस्तेषां सम्पदः स्यु पदे पदे।।
तीर्थस्नानैर्न सा शुद्धिर्बहुदानैर्न तत् फलम्।
तपोभिरुग्रैस्तन्नाप्यमुपकृत्या यदाप्यते।।

जिन सज्जनों के हृदय में परोपकार की भावना जाग्रत रहती है, उनकी समस्त आपदाएँ नष्ट हो जाती हैं और उन्हें पद-पद पर सम्पदाएँ प्राप्त होती हैं। न तो अनेक तीर्थों में स्नान करने से वैसी पवित्रता होती है। और न प्रचुर दानों तथा उग्र तपस्याओं से ही वैसा फल प्राप्त होता है, जैसा कि दूसरों का उपकार करने से होता है।

अध्याय 6 दत्तात्रेय तन्त्र साधना

प्रभु के चौबीस अवतारों में श्रेष्ठ विद्या-विशारद अनेकानेक विज्ञ एवं योग्य गुरुजनों से शिक्षा-दीक्षा प्राप्त करके महामुनि महर्षि दत्तात्रेय ने, विश्व के अभ्युत्थान और कल्याण हेतु विभिन्न तेजों का मर्म उद्घाटित किया, जो उनकी अगाध अभिनव अनवरत आराधना साधना का अद्भुत प्रतिफल है। तंत्र के मर्म को महर्षि दत्तात्रेय ने, गहन रूप में, जन-जीवन को प्रगति पथ पर प्रशस्त करने हेतु अभिव्यक्त करने के उद्देश्य से रचनाबद्ध किया एवं 'दत्तात्रेय तंत्रम्' की संरचना की। दत्तात्रेय तंत्रम् महायोगी, कालजयी, त्रिदेवरूप तथा परम सिद्ध श्री दत्तात्रेय द्वारा तन्त्रशास्त्र के परमाचार्य भगवान् शंकर से प्रार्थना करके विशेषतः कलियुग में सिद्ध तंत्र विद्या-विधान के रूप में प्राप्त किया गया है।

किसी कार्य को सम्पन्न करने के लिए साम-दाम-दण्ड-भेद में से परिस्थिति के अनुरूप किसी का भी उपयोग करके, अभीष्ट की संसिद्धि करना ही लक्ष्य होता है, उसी प्रकार से तंत्र साधना शिरोमणि दत्तात्रेय तंत्रम् में विभिन्न प्रकार की अन्यान्य तंत्र साधनाएँ सन्निहित हैं जिनका सतर्क एवं सघन उपयोग एवं अनुसरण, अभीष्ट की संसिद्धि करता है। अनिवार्यता है विषय वस्तु के तलस्पर्शी ज्ञान को आत्मसात् करके उसका अनुसरण करने की। दत्तात्रेय तंत्रम् की व्याख्या अनेक प्रतिभावान आचार्यों ने सफल और सुन्दर रूप में करके कल्याण सेतु का निर्माण किया है, जिसका अनुगमन करके मारण, मोहन, वशीकरण, विद्वेषण, स्तम्भन, उच्चाटन आदि षटकर्म प्रयोगों की सफलता सुनिश्चित हो जाती है। यह एक अनुभूत सत्य है।

समस्त चराचर के कल्याण की कामना से, भगवती जगदम्बा के आग्रह से भगवान् शिव ने 'तंत्र-विद्या' का उपदेश दिया है। इसमें प्राणी-मात्र के जीवन में आने वाली सभी प्रकार की समस्याओं का समाधान करने का विधान है। इसके साथ ही ऐसी कोई कामना सम्भव नहीं है जिसकी सम्पूर्ति का मार्ग तंत्र साधना में सन्निहित न हो।

तंत्र शास्त्र धरातल के चराचर के कल्याण हेतु एक महान वैज्ञानिक कल्याण पथ का वरदान है जिसका अवलम्बन करके साधक दुर्लभ अभिलाषाओं को भी साकाररूप में उपलब्ध कर सकता है। तंत्र विद्या की यह विशेषता है कि यह प्रकृति के विशिष्ट उपादानों द्वारा विधि-विशेष से साधना करके, मंत्र-जप से उसे तेजस्वी और कार्य सम्पादन के सामर्थ्य से सम्पन्न बनाता है तथा स्वयं के और अन्य जनों की समस्याओं के समाधान एवं अभीष्ट की संसिद्धि हेतु कल्याण के मार्ग को प्रशस्त कर लेता है।

भगवान् दत्तात्रेय का उपासना तंत्र शीघ्र कामना की संसिद्धि करने वाला सिद्ध हुआ है। भगवान् दत्तात्रेय को अवतार की संज्ञा दी गयी है। कलियुग में अमर और प्रत्यक्ष देवता के रूप

में भगवान् दत्तात्रेय सदा प्रशंसित एवं प्रतिष्ठित रहेंगे। दत्तात्रेय तंत्र देवाधिदेव महादेव शंकर के साथ महर्षि दत्तात्रेय का एक संवाद पत्र है।

दत्तात्रेय तंत्र में सन्निहित साधनाएँ परीक्षित एवं अनुभूत हैं, जिसका अनुसरण साधक को स्तम्भित करके तंत्र विज्ञान में, उसकी संसुप्त आस्था को जाग्रत करता है। इस अध्याय में हम दत्तात्रेय तंत्र में सन्निहित कतिपय अत्यन्त उपयोगी, लाभप्रद, हितकर एवं आवश्यक साधनाएँ एवं उनके विधान को अंकित करने की चेष्टा कर रहे हैं। स्थानाभाव के कारण उन्हीं साधनाओं का उल्लेख प्रस्तुत किया गया है जो परीक्षित एवं प्रतिष्ठित हैं।

मोहन–प्रयोग

तुलसी-बीजचूर्ण तु सहदेव्या रसेन सह।
रवौ यस्तिलकं कुर्यान्मोहयेत् सकलं जगत्।।1।।

तुलसी के बीज के चूर्ण को सहदेवी के रस में पीस कर तिलक के रूप में उसे ललाट पर लगाए। उससे उसको देखने वाले मोहित हो जाते हैं।

हरितालं चाश्वगन्धां पेषयेत् कदलीरसे।
गोरोचनेन संयुक्तं तिलके लोकमोहनम्।।2।।

हरताल और असगन्ध को केले के रस में पीस कर उसमें गोरोचन मिलाएँ तथा उसका मस्तक पर तिलक लगाए तो उसको देखने से सभी लोग मोहित हो जाते हैं।

शृङ्गि-चन्दन-संयुक्तो वचा-कुष्ठ समन्वितः।
धूपौ गेहे तथा वस्त्रे मुखे चैव विशेषतः।।3।।
राजा प्रजा पशु-पक्षि दर्शनान्मोहकारकः।
गृहीत्वा मूलमाम्बूलं तिलकं लोकमोहनम्।।4।।

काकडा सिंगी, चन्दन, वच और कुष्ठ इनका चूर्ण बनाकर अपने शरीर तथा वस्त्रों पर धूप देने तथा इसी चूर्ण से तिलक लगाने पर राजा, प्रजा, पशु और पक्षी उसे देखने मात्र से मोहित हो जाते हैं। इसी प्रकार ताम्बूल की जड़ को घिस कर उसका तिलक करने से लोगों का मोहन होता है।

सिन्दूरं कुङ्कुमं चैव गोरोचन समन्वितम्।
धात्रीरसेन सम्पिष्टं तिलकं लोकमोहनम्।।5।।

सिन्दूर, केशर, और गोरोचन इन तीनो को आँवले के रस में पीसकर तिलक लगाने से लोग मोहित हो जाते हैं।

सिन्दूरं च श्वेत वचा ताम्बूल रस पेषिता।
अनेनैव तु मन्त्रेण तिलकं लोकमोहनम्।।6।।

सिन्दूर और सफेद वच को पान के रस में पीस कर आगे उद्घृत किये मन्त्र से तिलक करे तो लोग मोहित हो जाते हैं।

अपामार्गो भृङ्गराजो लाजा च सहदेविका।
एभिस्तु तिलकं कृत्वा त्रैलोक्यं मोहयेन्नरः।।7।।

अपामार्ग- ओंगा, भाँगरा, लाजा,, धान की खोल और सहदेवी इनको पीसकर उसका तिलक करने से व्यक्ति तीनों लोकों को मोहित कर लोता है।

श्वेतदूर्वां गृहीता तु हरितालं च पेषयेत्।
एभिस्तु तिलकं कृत्वा त्रैलोक्यं मोहयेन्नरः।।8।।

सफेद दूर्वा और हरताल को पीसकर उसका तिलक करने से मनुष्य तीनों लोकों को मोह लेता है।

मनःशिला च कर्पूरं पेषयेत् कदलीरसे।
तिलकं मोहनं नृणां नान्यथा मम भाषितम्।।9।।

मैनसिल और कपूर को केले के रस में पीस कर तिलक करने से वह मनुष्यों को मोहित करता है।

अथ कज्जल विधानम्

गृहीत्वौदुम्बरं पुष्पं वर्तिं कृत्वा विचक्षणैः।
नवनीतेन प्रज्वाल्य कज्जलं कारयेन्निशि।।1।।
कज्जलं चांजयेन्नेत्रे मोहयेत् सकलं जगत्।
यस्मै कस्मै न दातव्यं देवानामपि दुर्लभम्।।2।।

बुद्धिमान व्यक्ति को चाहिए कि गूलर के पुष्प से कपास रूई के साथ बत्ती बनाए और उस बत्ती को नवनीत से प्रज्वलित कर जलती हुई ज्वाला से काजल निकाले तथा उस काजल को रात में अपनी आँखों में लगा लें। इस काजल के लगाने से वह समस्त जगत को मोहित कर लेता है।। ऐसा सिद्ध किया हुआ काजल किसी भी व्यक्ति को नहीं दें।

अथ लेपविधानम्

श्वेत-गुंजारसे पेष्यं ब्रह्मदण्डीय-मूलकम्।
शरीरे लेपमात्रेण मोहयेत् सर्वतो जगत्।।1।।

श्वेतगुंजा सफेद घूँघची के रस में ब्रह्मदण्डी की जड़ को पीस ले और उसका शरीर में लेप करे तो उससे समस्त जगत् मोहित हो जाता है।

बिल्वपत्रं गृहीत्वा तु छायाशुष्कं च कारयेत्।
कपिला - पयसा युक्तं वटीं कृत्वा तु गोलकम्।।2।।

एभिस्तु तिलकं कृत्वा मोहयेत् सर्वतो जगत्।
क्षणेन मोहनं याति प्राणैरपि धनैरपि।।3।।

बिल्व पत्रों को लाकर उन्हें छाया में सुखा लें। फिर उन्हें पीस कर कपिला सफेद रंग की गाय के दूध में मिलाकर गोली बना ले और उससे तिलक करे तो, उससे तत्काल सब प्रकार से, प्राण और धन सहित सभी मोहित हो जाते हैं।

श्वेतार्क मूलमादाय श्वेत चन्दन संयुतम्।
अनेन लेपयेद् देहं मोहयेत सकलं जगत्।।4।।

सफेद आक (मदार) की जड़ और सफेद चन्दन, इन दोनों को पीसकर उससे शरीर में लेप करे। इससे समस्त जगत् को मोहित करने में सफलता मिलती है।

विजया पत्रमादाय श्वेतसर्षप - संयुतम्।
अनेन लेपयेद् देहं मोहयेत् सकलं जगत्।।5।।

भाँग की पत्ती में सफेद सरसों पीस कर उसका लेप करे, तो उस लेप के प्रभाव से व्यक्ति सब लोक को मोहित करने में सफल होता है।

गृहीत्वा तुलसीपत्रं छायाशुष्कं तु कारयेत्।
अश्वगन्धा समायुक्तं विजयाबीज - संयुतम्।।6।।

कपिलादुग्ध सार्द्धेन वटी टंकप्रमाणतः।
भक्षिता प्रातरुत्थाय मोहयेत् सकलं जगत्।।7।।

तुलसी के पत्तों को लाकर उन्हें छाया में सुखाए और उसमें भाँग के बीज तथा असगन्ध को मिलाकर कपिला गाय (भूरे-बादामी रंग की) का दूध मिलाकर पीस लें, फिर उसकी 4-4 माशे की गोली बनाकर प्रातः उठकर खाए। इससे समस्त जगत् मोहित हो जाता है।

कटुतुम्बी बीजतैलेन ज्वालयेत् पटवर्तिकाम्।
कज्जलं चांजितं नेत्रे मोहयेत् सकलं जगत्।।8।।

कडुवी तुम्बी के बीजों के तैल से कपड़े की बत्ती को जलाए और उससे काजल बना कर आँख में लगाने से समस्त जगत मोहित हो जाता है।

पंचांगदाडिमी पिष्ट्वा श्वेत गुंजा समन्विताम्।
एभिस्तु तिलकं कृत्वा मोहयेत् सकलं जगत्।।9।।

अनार के पंचाङ्ग (जड़, पत्ते फल, पुष्प और टहनी) को पीसकर उसमें सफेद घुँघुची मिलाकर तिलक लगाएँ। इस तिलक के प्रभाव से व्यक्ति समस्त जगत को मोहित कर लेता है।

<u>मन्त्रस्तु-</u> इन प्रयोगों की सिद्धि के लिए अग्रिम दिए हुए मन्त्रों के दस हजार जप करने से लाभ होता है-

"ॐ नमो भगवते रुद्राय सर्वजगन्मोहनं कुरु कुरु स्वाहा।"अथवा
"ॐ नमो भगवते कामदेवाय यस्य यस्य दृश्यो भवामि
यश्च यश्च मम मुखं पश्यति तं तं मोहयतु स्वाहा।।

आकर्षण प्रयोग

कृष्ण धत्तूरपत्राणां रसं रोचनसंयुतम्।
श्वेतकर्वीर लेखन्या भूर्जपत्रे लिखेत् ततः।।
मन्त्रं नाम लिखेन्मध्ये तापयेत् खदिराग्निना।
शतयोजनगो वापि शीघ्रमायाति नान्यथा।

काले धतूरे के पत्रों से रस निकालकर उसमें गोरोचन मिलाए और स्याही बना ले। फिर सफेद कनेर की कलम से भोजपत्र पर जिसका आकर्षण करना हो उसका नाम लिखे और उसके चारों ओर मन्त्र लिखे। फिर उसको खैर की लकड़ी से बनी आग पर तपाए, इससे जिसके लिए प्रयोग किया हो, वह सौ योजन दूर गया हो तो भी शीघ्र ही वापस आ जाता है।

अनामिकाया रक्तेन लिखेन्मन्त्रं च भूर्जके।
यस्य नाम लिखन्मध्ये मधुमध्ये च निक्षिपेत्।।
तेन स्यादाकर्षणं च सिद्धयोग उदाहृतः।
यस्मै कस्मै न दातव्यं नान्यथा मम भाषितम्।।

अनामिका अंगुली के रक्त से भोजपत्र पर मन्त्र लिखे और मध्य में अभीष्ट व्यक्ति का नाम लिखकर मधु (शहद) में डाल दें, इसमें जिसका नाम लिखा हुआ होगा उसका आकर्षण हो जाएगा। यह सिद्धयोग कहा गया है।

<u>अथाकर्षण मन्त्रः</u>

"ॐ नम आदिपुरुषाय अमुकस्याकर्षणं कुरु कुरु स्वाहा।"
एकलक्षजपान्मन्त्रः सिद्धो भवति सर्वथा।
अष्टोत्तरशतजपादग्रे प्रयोगोऽस्य विधीयते।।

इस मन्त्र का एक लाख बार जप करने से यह मन्त्र पूर्ण रूप से सिद्ध हो जाता है। तदनन्तर प्रयोग से पूर्व इस मन्त्र का 108 बार जप करके इसका प्रयोग किया जाता है।

सर्वजन वशीकरण प्रयोग

ब्रह्मदण्डी वचाकुष्ठ चूर्णं ताम्बूल मध्यतः।
पाययेद् यं रवौ वारे सोवश्यो वर्तते सदा।।1।।

ब्रह्मदण्डी, वच और कुठ के चूर्ण को रविवार के दिन पान में डालकर खिला दे। जिसको खिलाया जाए वह सदैव के लिए वश में हो जाता है।

गृहीत्वा वटमूलं च जलेन सह घर्षयेत्।
विभूत्या संयुतं शाले तिलकं लोकवश्यकृत।।2।।

बड़ के पेड़ की जड़ को पानी में घिस कर उसमें भस्म मिलाए और उसका तिलक लगाए तो उसे देखने वाले लोग वशीभूत हो जाते हैं।

पुष्ये पुनर्नवामूलं करे सप्ताभिमन्त्रितम्।
बुद्ध्वा सर्वत्र पूज्येत सर्वलोक वशङ्करः।।3।।

पुष्य नक्षत्र के दिन पुनर्नवा की जड़ को लाकर उसे वशीकरण मन्त्र से सात बार अभिमन्त्रित करे और हाथ में बाँधे तो वह सर्वत्र पूजित होता है तथा सभी लोग उसके वशीभूत हो जाते हैं।

पिष्ट्वाऽपामार्गमूलं तु कपिला पयसा युतम्।
ललाटे तिलकं कृत्वा वशीकुयोज्जगत्त्रयम्।।4।।

कपिला गाय के दूध में अपामार्ग आँधी झाड़ा की जड़ को पीस कर ललाट पर तिलक करने से त्रिलोक को भी वश में किया जा सकता है।

गृहीत्वा सहदेवीं च छायाशुष्कां च कारयेत्।
ताम्बूलेन च तच्चूर्णं सर्वलोकवशंकरः।।5।।

सहदेवी को छाया में सुखाकर उसका चूर्ण बना लें तथा उसे पान में डाल कर खिलाए तो सभी का वशीकरण हो जाता है।

रोचना सहदेवीभ्यां तिलकं लोकवश्यकृत्।

गोरोचन और सहदेवी को मिलाकर उसका तिलक करने वाला सब को वश में कर लेता है।

गृहीत्वौदुम्बरं मूलं ललाटे तिलकं चरेत्।
प्रियो भवति सर्वेषां दृष्टमात्रो न संशयः।।6।।

उदुम्बर की जड़ को घिस कर उस से जो तिलक लगाता है, उस पर जिसकी दृष्टि पड़ती है, वह उसके वश में हो जाता है। इसमें कोई संशय नही है।

ताम्बूलेन प्रदातव्यं सर्वलोक वशङ्करम्।

यदि गूलर की जड़ का चूर्ण पान में डालकर खिलाया जाए तो उससे वह वश में जो जाता है जिसे यह खिलाया जाता है।

सिद्धार्थ देवदाल्योश्च गुटिकां कारयेद् बुधः।
मुखे निक्षिप्य भाषेत सर्वलोक वशङ्करम्।।7।।

सरसों और देवदाली के चूर्ण की गोली बनाकर उसे मुंह में रखकर बातचीत करने से जिससे बात करता है, वह वश में हो जाता है।

कुङ्कुमं नागरं कुष्ठं हरितालं मनःशिलाम्।
अनामिकाया रक्तेन तिलकं सर्ववश्यकृत्।।8।।

केशर, सोंठ, कुठ, हरताल और मैनसिल का चूर्ण करके उसमें अपनी अनामिका अंगुली का रक्त मिलाकर तिलक लगाने से सभी लोग वश में हो जाते हैं।

गोरोचनं पद्मपत्रं प्रियङ्गुं रक्तचन्दनम्।
एषां तु तिलकं भाले सर्वलोक वशङ्करम्।।9।।

गोरोचन, कमल का पत्र, कांगनी और लाल चन्दन इनका ललाट पर तिलक करने से व्यक्ति वश में हो जाते हैं।

गृहीत्वा श्वेतगुंजां च छायाशुष्कां तु कारयेत्।
कपिला पयसा सार्द्ध तिलकं लोकवश्यकृत्।।10।।

सफेद घुंघुची को छाया में सुखा कर कपिला गाय के दूध में घिस कर तिलक करने से सर्वजन वश में जाते हैं।

श्वेतार्कं च गृहीत्वा च छायाशुष्कं तु कारयेत्।
कपिला पयसा सार्द्धं तिलकं लोकवश्यकृत्।।11।।

सफेद मदार (आक) को छाया में सुखा कर कपिला गाय के दूध में घिस कर तिलक करने से सर्वजन वश में जाते हैं।

श्वेतार्कं च गृहीत्वा च कपिला दुग्ध मिश्रिताम्।
लेपमात्रं शरीरे तु सर्वलोक वशङ्करम्।।12।।

सफेद दूर्वा को कपिला गाय के दूध मिलाकर शरीर में लेप करने मात्र से सभी जन वश में हो जाते हैं।

बिल्वपत्राणि संगृह्य मातुलुंगं तथैव च।
अजादुग्धेन तिलकं सर्वलोक वशङ्करम्।।13।।

बिल्व पत्र और बिजोरा नीबू को बकरी के दूध में पीसकर तिलक करने से सर्वजन वश में हो जाते हैं।

कुमारी मूलमादाय विजया बीज संयुतम्।
तिलकं मस्तके कुर्यात् सर्वलोक वशङ्करम्।।14।।

घी कुँवारी की जड़ और भाँग के बीज, दोनों को मिलाकर मस्तक पर तिलक करने से सर्वजन वश में हो जाते हैं।

हरितालं चाश्वगन्धा सिन्दूरं कदली रसः।
एषां तु तिलकं भाले सर्वलोक वशङ्करम्।।15।।

हरताल और असगन्ध को सिन्दूर तथा केले के रस में मिलाकर ललाट पर तिलक करने से सर्वजन वश में हो जाते हैं।

अपामार्गस्य बीजानि छागदुग्धेन पेषयेत्।
अनेन तिलकं भाले सर्वलोक वशङ्करम।।16।।

अपामार्ग के बीजों को बकरी के दूध में पीसकर उसका कपाल में तिलक लगाने से समस्त जन वश में होते हैं।

ताम्बूलं तुलसी पत्रं कपिलादुग्धेन पेषितम्।
अनेन तिलकं भाले सर्वलोक वशङ्करम्।।17।।

नागरबेल का पान और तुलसी पत्र को कपिला गाय के दूध में पीस कर उसका मस्तक पर तिलक लगाने से समस्त जन वश में हो जाते हैं।

धात्रीफलरसैर्भाव्यमश्वगन्धा मनः शिला।
अनेन तिलकं भाले सर्वलोक वशङ्करम्।।18।।

आँवले के रस में मैनसिल और असगन्ध को मिलाकर ललाट पर तिलक करने से समस्त जन वश में हो जाते हैं।

अथ वशीकरण मन्त्र–

इन उपर्युक्त वस्तुओं को अभिमन्त्रित करने का मन्त्र इस प्रकार है-

"ॐ नमो नारायणाय सर्वलोकान् मम वशं कुरु कुरु स्वाहा।"

इसकी प्रयोगात्मक सफलता के लिए-

एकलक्षजपान्मन्त्रः सिद्धो भवति नान्यथा।
अष्टोत्तरशतजपात् प्रयोगे सिद्धिरुत्तमा।।19।।

एक लाख जप से यह मन्त्र सिद्ध होता है और प्रयोग के समय इस मन्त्र का 108 बार जप करके प्रयोग करने से सफलता मिलती है।

युवक एवं युवती वशीकरण प्रयोग

रविवारे गृहीत्वा तु कृष्णधत्तूरपुष्पकम्।
शाखां लतां गृहीत्वा तु पत्रं मूलं तथैव च।।
पिष्ट्वा कर्पूरसंयुक्तं कुङ्कुमं रोचनां तथा।
तिलकैः स्त्रीवशीभूता यदि साक्षादरुन्धती।।

रविवार के दिन काले धतूरे के पुष्प, शाखा, लता और जड़ लेकर उनमें कपूर, केशर और गोरोचन पीसकर मिला दे और तिलक बना ले। इस तिलक को मस्तक पर लगाने से स्त्री चाहे वह साक्षात् अरुन्धती (वसिष्ठ ऋषि की पत्नी, महासती पतिव्रता) जैसी भी हो, तो भी वश में हो जाती है।

काकजङ्घा च तगरं कुङ्कुमं तु मनःशिलाम्।
चूर्णं स्त्रीशिरसि क्षिप्तं वशीकरणमद्भुतम्।।

काकजङ्घा, तगर, केशर और मैनशिल का चूर्ण बनाकर उसे स्त्री के सिर पर डाले तो वह वश में हो जाती है। यह उत्तम वशीकरण है।

ब्रह्मदण्डीं समादाय पुष्यार्केण तु चूर्णयेत्।
कामार्त्तां कामिनीं दृष्ट्वा उत्तमाङ्गे विनिक्षिपेत्।।

पृष्ठतः सा समायाति नान्यथा मम भाषितम्।

रवि पुष्य के दिन ब्रह्मदण्डी को लाकर उसको पीस लें। तदनन्तर जिस काम पीड़ित कामिनी के मस्तक पर वह चूर्ण डाला जाए वह स्त्री ऐसी आकर्षक हो जाती है कि प्रयोग करने वाले पुरुष के पीछे-पीछे वह चली आती है।

राजवशीकरण प्रयोग

कुङ्कुमं चन्दनं चैव कर्पूरं तुलसीदलम्।
गवां क्षीरेण तिलकं राजवश्यकरं परम्।।

केशर, चन्दन, कपूर और तुलसी पत्र को गाय के दूध में पीस कर तिलक करने से राजा का वशीकरण हो जाता है।

करे सुदर्शनं मूलं बद्ध्वा राजप्रियो भवेत्।

सुदर्शन जामुन की जड़ को हाथ में बाँधकर मनुष्य राजा का अथवा अपने बड़े अधिकारी का प्रिय हो जाता है।

हरितालं चाश्वगन्धां कर्पूरं च मनःशिलाम्।
अजाक्षीरेण तिलकं राजवश्यकरं परम्।।

हरताल, असगन्ध, कपूर तथा मैनसिल को बकरी के दूध में पीस कर तिलक लगाने से राजा का वशीकरण होता है।

हरेत् सुदर्शनं मूलं पुष्यभे रविवासरे।
कर्पूरं तुलसीपत्रं पिष्ट्वा तु वस्त्रलेपने।।
विष्णुक्रान्तस्य बीजानां तैले प्रज्वाल्य दीपके।
कज्जलं पातयेद रात्रौ शुचिपूर्व समाहितः।।
कज्जलं चांजयेन्नेत्रे राजवश्यकरं परम्।।

जामुन की जड़ को रविपुष्य के दिन लाए और कपूर तथा तुलसीपत्र के साथ पीस कर एक वस्त्र के ऊपर लपेट ले। तदनन्तर अपराजिता के बीजों के तेल से (उस कपड़े की बत्ती बना कर) दीपक जलाए। दीपक से रात्रि में पवित्रता और सावधानी से काजल बनाए और उसे अपने दोनों नेत्रो में लगा लें। ऐसा करने से राजा का वशीकरण होता है।

भौमवारे दर्शदिने कृत्वा नित्यक्रियां शुचिः।
वने गत्वा ह्यपामार्गवृक्षं पश्येदुदङ् मुखः।।

तत्र विप्रं समाहूय पूजां कृत्वा यथा विधि।
कर्षमेकं सुवर्णं च दद्यात् तस्मै द्विजन्मने।।
तस्य हस्तेन गृहीणीयादपामार्गस्य बीजकम्।
कृत्वा निस्तुषबीजानि मौनी गच्छेन्निजं गृहम्।।
रमेशं हृदये ध्यात्वा राजानं खादयेच्च तान्।
येनकेनाप्युपायेन यावज्जीवं वशं भवेत्।।

मंगलवार के दिन वाली अमावस्या को अपना नित्यकर्म करके पवित्रता पूर्वक वन में चला जाए और वहाँ उत्तर की ओर मुँह करके खड़ा हो, अपामार्ग वृक्ष को देखे। फिर वहाँ ब्राह्मण को बुलाकर विधिपूर्वक उसकी पूजा करके उसे 16 माशा सुवर्णदान दे। और उसके हाथ से अपामार्ग के बीजों को लेकर अपने घर चला आए। किसी से मार्ग में अथवा घर में बात न करे और उन बीजों को साफ करके हृदय में भगवान् विष्णु का ध्यान करे और जैसे भी बने वे बीज राजा को खिला दे। इस प्रकार प्रयोग करने से राजा जन्म भर के लिए दास बन जाता है।

तालीस कुष्ठ तगरैर्लिप्तां क्षौमीं सुवर्त्तिकाम्।
सिद्धार्थतैले निक्षिप्य कज्जलं नरमस्तके।।
पातयेदंजनात् तस्य सर्वदा भुवनत्रये।
दृष्टिगोचरमायातः सर्वो भवति दासवत्।।

तालीस, कुठ और तगर को एक साथ पीस कर लेप बना ले। फिर नर कपाल में सरसों का तेल डालकर रेशमी वस्त्र की बत्ती जलाए तथा काजल बनाए। उस काजल को आखों में लगा ले। इसमें जो भी देखने में आता है वह वश में हो जाता है। यह प्रयोग तीनों लोकों को वश में करने वाला है।

अपामार्गस्य बीजं तु गृहीत्वा पुष्य भास्करे।
खाने पाने प्रदातव्यं राजवश्यकरं परम्।।

रविपुष्य के दिन अपामार्ग के बीज लाकर उन्हें भोजन में अथवा पानी में मिलाकर यदि राजा को खिला दिया जाए तो वह वश में हो जाता है।

अथ वशीकरण मन्त्र

अब वशीकरण मन्त्र कहते हैं-

"ॐ नमो भास्कराय त्रिलोकात्मने अमुकं महीपतिं वशं कुरु कुरु स्वाहा।"

इसका विधान इस प्रकार है-

एकलक्षजपादस्य सिद्धिर्भवति नान्यथा।
अष्टोत्तरशतजपादस्य प्रयोगे सिद्धिरुत्तमा।।

प्रथम पुरश्चरण के रूप में उपर्युक्त मन्त्र का एक लाख बार जप कर ले। इससे निश्चित सिद्धि होती है। और प्रयोग करने का अवसर आने पर एक सौ आठ बार जप करके प्रयोग करे तो उसमें पूर्ण सफलता प्राप्त होती है।

बुद्धि स्तम्भन प्रयोग

बुद्धि स्तम्भन प्रयोग-

भृङ्गराज रसैर्भाव्याः सिद्धार्थाः श्वेतनामकाः।
एभिस्तु तिलकं कृत्वा बुद्धिस्तम्भनमुत्तमम्।।1।।

भाँगरे के रस में सफेद सरसों को पीसकर उसका ललाट पर तिलक करके शत्रु के समक्ष जाने में उसकी बुद्धि का स्तम्भन हो जाता है।

सहदेवीमपामार्गं लोहपात्रे च पेषयेत्।
तिलकः सर्वभूतानां बुद्धिस्तम्भनमुत्तमम्।।2।।

सहदेई और अपामार्ग को लोहे के पात्र में रखकर पीस ले और उससे मस्तक पर तिलक लगा ले तो उससे सभी प्राणियों की बुद्धि का स्तम्भन हो जाता है।

भृङ्गराजो ह्यपामार्गः सिद्धार्थः सहदेविका।
कोलं वचा च श्वेतार्कः सत्त्वमेषां समाहरेत्।।
लोहपात्रे विनिक्षिप्य त्रिदिनं मर्दयेद् बुधः।।
ललाटे तिलकं कुर्याच्छत्रुबुद्धिः प्रणश्यति।।

बुद्धिमान् व्यक्ति को चाहिए कि भाँगरा, चिरचिटा, सरसों, सहदेई, कंकोल, वचा, सफेद आक इन सब को समान भाग में लेकर इन्हें कूट ले और सत्त्व निकल ले। तदनन्तर उस सत्त्व को लोहे के पात्र में रखकर तीन दिन तक घोटे, तत्पश्चात् उसका मस्तक पर तिलक लगाए। इस तिलक के देखने से शत्रु की बुद्धि स्तम्भित हो जाती है।

अथ बुद्धि स्तम्भन मन्त्रः-

ॐ नमो भगवते शत्रूणां बुद्धिं स्तम्भय स्तम्भय।
एक लक्षजपात् सिद्धो भवति मन्त्रः।
अष्टोत्तरशतजपात् प्रयोगसिद्धिर्भवति।

इस मन्त्र का एक लाख जप करने से मन्त्र सिद्धि हो जाता है तथा 108 जप करने से प्रयोग सिद्धि होती है।

उच्चाटन प्रयोग

भगवान् शिव कहते हैं-

येनाहृतं गृहं क्षेत्रं कलत्रं धन पुत्रकम्।
उच्चाटनं वधं कुर्याद् दुष्टदण्डो विधीयते।।1।।

यदि किसी व्यक्ति ने स्त्री, पुत्र, धन और भूमि आदि को छीन लिया हो, उस पर उच्चाटन प्रयोग अथवा मारण प्रयोग करना चाहिए, क्योंकि नीति के अनुसार उसे दण्ड अवश्य देना चाहिए।

ब्रह्मदण्डीं चिताभस्मं शिवलिङ्गे प्रलेपयेत्।
सिद्धार्थेन च संयुक्तं शनिवारे क्षिपेद् गृहे।।2।।
उच्चाटनं भवेत् तस्य स्त्रीपुत्रैर्बान्धवैः सह।
उच्चाटनं परं चैतन्यान्यथा मम भाषितम्।।3।।

ब्रह्मदण्डी अजदन्ती, करेला और चिता की भस्म इन तीनों को मिला कर सरसों के साथ पीस ले और बाद में शिवलिङ्ग पर उससे लेप करे। तदनन्तर उसे अभिमन्त्रित करके शनिवार के दिन जिस घर में डाल देंगे वहाँ स्त्री पुत्र आदि का परस्पर उच्चाटन हो जाता है। यह उत्तम उच्चाटन प्रयोग है।

सिद्धार्थान् शिवनिर्माल्यं यद् गृहे निखनेन्नरः।
उच्चाटनं भवेत् तस्य, उद्भूते तु पुनः सुखी।।4।।

सरसों और शिव निर्माल्यं को लेकर जिसके घर में गाड़ दिया जाए तो वहाँ रहने वालों का उच्चाटन हो जाता है। उन दोनों वस्तुओं को वापस वहाँ से निकाल लिया जाए तो उस घर के मनुष्य पुनः सुखी हो जाते हैं।

गृहीत्वौदुम्बरं कीलं मन्त्रेण चतुरङ्गुलम्।
यस्य वै निखनेद् द्वारे स्यात्तस्योच्चाटनं ध्रुवम्।।5।।

गूलर की लकड़ी से बने हुए चार अंगुल की कील को अभिमन्त्रित करके जिसके द्वार पर गाड़ दिया जाए, उसका अवश्य की उच्चाटन हो जाता हैं।

अथोच्चाटन मन्त्रः

ॐ नमो भगवते रुद्राय करालाय अमुकं पुत्रबान्धवैः
सह शीघ्रमुच्चाटयोच्चाटय स्वाहा। ठः ठः ठः।

इस मन्त्र को सिद्ध करने तथा प्रयोग को सफल बनाने के लिए-

अयुतजपात्मन्त्रोऽयं सिद्धो भवति निश्चयम्।
अष्टोत्तरशतजपान्मन्त्रः प्रयोगार्थ युज्यते।।6।।

दस हजार जप करने से यह मन्त्र सिद्ध होता, यह निश्चित है। प्रयोग के लिए इसका 108 बार जप करना उपयुक्त है।

मारण प्रयोग

विषयुक्तं चिताभस्म धत्तूरचूर्ण-संयुतम्।
यस्याङ्गे निक्षिपेद् भौमे सद्यो याति यमालयम्।।1।।

चिताभस्म में विष (अथवा विष कमल की नाल से निकले हुए तन्तुओं) को तथा धतूरे के चूर्ण को मिलाकर जिसके शरीर पर मंगलवार के दिन डाल दे, वह उसी समय मर जाता है।

चिताकाष्ठं गृहीत्वा तु भौमे च भरणीयुते।
निखनेच्च गृहद्वारे मासान्मृत्युर्भविष्यति।।2।।

भरणी नक्षत्र वाले मंगलवार के दिन श्मशान से चिता में जलायी जाने वाली लकड़ी का टुकड़ा लाकर उसको शत्रु के घर के द्वार पर गाड़ दे, तो एक माह में उसकी मृत्यु हो जाती है।

लिखेत् पंचदशी यन्त्रं चिताभस्म विलोमतः।
श्मशानाग्नौ क्षिपेद् यन्त्रं भौमे च म्रियते रिपुः।।3।।

चिता की राख में पन्द्रह का यन्त्र लिखा जाएगा। उसमें अंक लिखते समय 9, 8, 7, 6, 5, 4, 3, 2, 1, इस क्रम से लिखने चाहिए। यह संहार क्रम कहलाता है। यह नौ कोष्ठक वाला पन्द्रह का यन्त्र है।

विजया मिश्रं लवणं गृहदीपे तु निक्षिपेत्।
यस्य नाम्ना क्षयं याति मास मध्ये न संशयः।।4।।

विजया भांग मिला हुआ लवण नमक जिसके नाम से घर के दीपक की लौ में डालकर जलाया जाए तो, वह व्यक्ति एक महीने में मर जाता है। इसमें कोई संशय नहीं है।

उपर्युक्त मारण प्रयोग करने से पूर्व निम्नलिखित मन्त्र का दस हजार जप करने से सिद्धि प्राप्त होती है। मन्त्र इस प्रकार है-

ॐ नमः कालरूपाय अमुकं भस्मी कुरु कुरु स्वाहा।

इस मन्त्र में 'अमुक' शब्द के स्थान पर "शत्रु का नाम" लिखें।

विजयी मन्त्र प्रयोग

मार्गशीर्षे च पूर्णायां शिखीमूलं तु बन्धयेत्।
बाहौ शिरसि वा धार्यं विवादे विजयी भवेत्।।1।।

मार्गशीर्ष मास की पूर्णिमा के दिन चित्रक वृक्ष की जड़ लाकर भुजा अथवा सिर पर धारण करके जो विवाद करता है, वह विवाद में विजयी होता है।

करे सौदर्शनं मूलं बद्ध्वा रणकुले जयी।
आर्द्रायां वटवृन्दाकं हस्ते बद्ध्वाऽपराजितः।।2।।

सुदर्शन जामुन की जड़ को हाथ पर बाँधकर रणभूमि में जाने से विजय होती है। इसी प्रकार आर्द्रा नक्षत्र में वटवृक्ष का बांदा लाकर हाथ पर बाँधने से भी विजय प्राप्त होती है।

अथवा चूत - वृन्दाकं गृहीत्वा धारयेत् करे।
संग्रामे जयमाप्नोति जयां स्मृत्वा जयी तथा।।3।।

संग्राम में जया देवी का स्मरण करने से जिस प्रकार विजय प्राप्त होती है, उसी प्रकार आम के बांदे को जो हाथ में भुजा पर धारण करता है, उसकी सदैव विजय होती है।

गृहीत्वा पुष्यनक्षत्रे श्वेतगुंजीय - मूलकम्।
धारयेद् दक्षिणे हस्ते संग्रमे विजयी भवेत्।।4।।

पुष्य नक्षत्र में सफेद घुँघुची, गुंजा की जड़ लेकर अपने दाहिने हाथ में धारण करे तो वह संग्राम में विजयी होता है।

धत्तूरं करवीरं च ह्यपामार्गस्य मूलकम्।
हरिताल-समायुक्तं ह्यपामार्गस्य मूलकम्।
हरिताल-समायुक्तं तिलकं सुदिने कृतम्।।5।।

अजाक्षीरेण सम्पेष्य रणे राजकुले जयी।
विवादे दूतकार्ये च नान्यथा मम भाषितम्।।6।।

जो मनुष्य धतूरा, कनेर और अपामार्ग की जड़ को हरिताल के साथ मिलाकर पीसकर शुभ मुहूर्त में उसका तिलक करे तो संग्राम में अथवा राजसभा में विजय को प्राप्त करता है।

अथ विजयी मन्त्र साधना

ॐ नमो विश्वरूपाय अमुकस्य अमुकेन सह विवादे विजयं कुरु कुरु स्वाहा। अयुतजपात् मन्त्रसिद्धिर्भवति । अष्टोत्तरशतजपात् प्रयोगसिद्धिर्भवति।

इस मन्त्र के दस हजार बार जप करने से मन्त्रसिद्धि हो जाता है तथा एक सौ आठ बार जप करने से प्रयोग सिद्ध हो जाता है।

प्रेत-बाधा शमन

ईश्वर उवाच-

भगवान् शिव कहते हैं कि-

शिरीष-निम्बयोः पत्रं गोश्रृङ्गं च तथैव च।
वंशत्वक् शिखिपुच्छं च कंगुना च घृतं समम्।।
धूपो बालग्रहान् हन्ति यत् तन्मन्त्रेण मन्त्रितः।

शिरीष, नीम, बबूल, ढाक, बांस की छाल, मोर की पूँछ के बाल, माल कांगनी तथा घृत इन समस्त वस्तुओं को समान मात्रा में लेकर एक साथ पीस लें एवं अग्रांकित मन्त्र से उसे अभिमन्त्रित करके धूप दें, तो इससे बालग्रहों का सर्वथा नाश होता है।

ग्रहबाधा शमन साधना

अथ ग्रहबाधा निवारण मन्त्रः

ॐ द्रुतं मुंच उड्डामेरेश्वर आज्ञापयति स्वाहा।

इसी प्रकार-

बिल्वमूलं देवदारुं गोश्रृङ्गं च प्रियंगु च।
पिष्ट्वा धूपो निहन्त्याशु ग्रहभूत-ज्वरादिकान्।।
शाकिन्यो राक्षसाः प्रेताः पिशाचा ब्रह्मराक्षसाः।
एकाहिको द्व्याहिकश्च ज्वरो नश्यति तत्क्षणात्।।

बेल की जड़, देवदारु, बबूल, तथा प्रियंगु को एक साथ पीसकर धूप देने से भूत-प्रेत और दुष्ट ग्रहों के कारण उत्पन्न ज्वरादि का नाश होता है। शाकिनी, डाकिनी, राक्षस, पिशाच और ब्रह्म राक्षस की बाधाएँ दूर होती हैं। इसी प्रकार प्रतिदिन आने वाला अंतरिया ज्वर और सदैव बना रहने वाला ज्वर नष्ट हो जाता है।

श्वेतापराजिता-पत्रं जपापत्रं द्वयो रसम्।
नस्यं कुर्यात् पलायन्ते, शाकिनी-दानवादयः।।

सफेद अपराजिता के पत्र और जावित्री इस दोनों के रस का नस्य नाक में सुँघाने से शाकिनी तथा दानव-राक्षस आदि का भय दूर हो जाता है।

श्रीवासं सैन्धवं कुष्ठं वचां तैलं घृतं वसा।
धूपो बालग्रहे देयो ग्रह-राक्षस-शान्तये।।

चन्दन, सेंधा नमक, कुठ, वच, तैल, घृत और चर्बी, इन समस्त वस्तुओं को समान मात्रा में लेकर धूप देने से बालग्रह-बालकों के रोगों के कारणभूत राक्षस आदि का भय दूर हो जाता है।

पुष्यार्के श्वेतगुंजाया मूलमुद्धृत्य धारयेत्।
बालानां कण्ठदेशे तु डाकिनीभयनाशनम्।।

जिस रविवार को पुष्य नक्षत्र हो उस दिन सफेद घुँघुची की जड़ लाकर बालकों के कंठ में पहना दें। इससे बालकों को डाकिनी आदि के भय का निवारण हो जाता है।

दाडिमस्य च वृन्दाकं, ज्येष्ठर्क्षे तु समुद्धरेत्।
द्वारबन्धे च बालकानां सर्वग्रह-निवारणम्।।

अनार का बन्दा ज्येष्ठा नक्षत्र में लाकर घर के दरवाजे पर बाँधने से बालकों के समस्त बालग्रहों का निवारण होता है।

पुनर्नवा निम्बपत्रं सर्षपघृतैर्विरचितो धूपः।
गर्भिणीनां च बालानां सततं रक्षाकरः कथितः।।

सरसों, घी, नीम तथा पुनर्नवा के पत्रों के रस को आपस में मिलाकर धूप देने से गर्भिणी और बालकों की रक्षा होती है।

नृसिंहमन्त्रबीजं तु सकृदुच्चरितं हरेत्।
डाकिनी-प्रेत-भूतानि तमः सूर्योदये यदा।।

जब अन्धकार में सूर्योदय हो, तब नृसिंह भगवान् के आगे बतलाये हुए मन्त्र का एक बार उच्चारण करके मात्र धूप देने से डाकिनी का प्रेत नष्ट हो जाता है, जिस प्रकार सूर्योदय होने के साथ ही अन्धकार नष्ट हो जाता है।

दत्तात्रेय आराधना द्वारा लुप्त व्यक्ति का वापस आना : अनुष्ठान विधान

दत्तात्रेय साधना के अन्यान्य प्रयोगों के अतिरिक्त खोये हुए व्यक्ति को वापस बुलाने हेतु, इसकी अत्यधिक उपयोगिता है, यहाँ पर दत्तात्रेय की साधना का विधान संदर्भित मंत्र तथा यंत्र द्वारा उद्धृत किया जा रहा है। संदर्भित मंत्र में अमुक के स्थान पर खोये हुए व्यक्ति का नाम लिखना चाहिए। यह एक दुष्कर और कठिन साधना है और उसी स्थिति में अनुकरणीय है जब खोये हुए व्यक्ति को वापस बुलाने से सम्बन्धित अन्य सभी साधनाएँ विफल हो जायें।

दत्तात्रेय तंत्र साधना विधि

दत्तात्रेय तंत्र साधना का प्रारम्भ शुक्ल पक्ष की पूर्णिमा तिथि से प्रारम्भ करना चाहिए। यह साधना एकान्त कक्ष में सम्पन्न करनी चाहिए अर्थात् एक एकान्त कक्ष में ऊनी आसन लगाकर उसके सामने लकड़ी का बाजोट या तख़्ता रख लेना चाहिए जो लगभग डेढ़ फुट लम्बा एवं ड़ेढ फुट चौड़ा हो, उसके पश्चात् उस पर लाल रंग का वस्त्र बिछाकर उस पर चावलों से दत्तात्रेय यंत्र का निर्माण करना चाहिए, जिसका स्वरूप अग्रांकित है–

यंत्र निर्माण के पश्चात् यंत्र के ऊपर मूँगफली अथवा तिल के तेल से भरा हुआ काँसे या तांबे का कटोरा रखना चाहिए तत्पश्चात् एक छोटा दीपक जलाकर यंत्र के सम्मुख रखना चाहिए।

पूर्णिमा की रात्रि को स्नान कर स्वच्छ लाल रंग के वस्त्र धारण करके ऊनी आसन पर बैठकर यंत्र की षोडशोपचार पूजा करनी चाहिए। यंत्रपूजन के पश्चात् यंत्र पर रखे हुए तेल पात्र की भी पूजा करनी चाहिए।

यंत्र का षोडशोपचार पूजन करने के पश्चात् दत्तात्रेय मंत्र की इक्यावन माला जप का संकल्प लेना चाहिए। मंत्र निम्न प्रकार से है-

मंत्रः- **ओम् ह्रीं क्लीं ऐं श्रीं महायक्षिण्ये**
(लुप्त प्राणी) आगच्छ स्वाहा।।

रात्रि में जब इक्यावन मालाओं का जप सम्पन्न हो जाय तो उसी आसन पर सोना चाहिए। दिन में एक समय भोजन करना चाहिए एवम् समस्त व्यसनों का परित्याग कर देना चाहिए।

इस प्रकार तीन रात्रि तक जप करने से दत्तात्रेय मंत्र सिद्ध हो जाता है। मंत्र सिद्ध होने के पश्चात्, इसका अनुष्ठान किसी भी दिन किया जा सकता है और यह अनुष्ठान प्रातः 9 बजे से प्रारम्भ होकर सायं 5 बजे तक सम्पन्न किया जाता है। इस अनुष्ठान में आसन बिछाकर पूर्वाभिमुख होकर बैठना चाहिए, और सामने तख्ते पर चावलों से दत्तात्रेय यंत्र का निर्माण कर उस पर काँसे अथवा तांबे का कटोरा रख देना चाहिए और उसमें एक किलो शुद्ध मूँगफली अथवा तिल का तेल भरना चाहिए। इसके पश्चात् साधक के चारों ओर एक हजार दीपक प्रज्वलित करने चाहिए। अनुष्ठान सम्पन्न होने तक सभी दीपक प्रज्वलित रहने चाहिए, इस प्रकार एक हजार दीपक प्रातः 9 बजे से सायंकाल 5 बजे तक प्रज्वलित रहने चाहिए, इसकी व्यवस्था के लिए कोई सहयोगी अथवा सेवक नियुक्त कर देना चाहिए। यदि कोई व्यक्ति, बालक, कन्या अथवा नारी किसी ज्ञात अथवा अज्ञात कारण से बिना बताये, बिना पूछे, बिना किसी सूचना के कहीं चला जाए या उनका अपहरण हो जाए तो दत्तात्रेय साधना, उस स्थिति में की जानी चाहिए जब अन्य सभी परिहार विफल हो जाए। ऐसी स्थिति में कार्तिवीर्यार्जुन स्तोत्र आराधना का भी विधान है, परन्तु दत्तात्रेय साधना अधिक प्रभावशाली एवं अनुभूत है। किसी व्यक्ति के सहसा लुप्त हो जाने पर दत्तात्रेय मंत्र यदि पहले से सिद्ध न किया गया हो तो उसकी 125 माला निरन्तर सात दिनों तक करने का विधान है। आठवें दिन मंत्र का दशांश हवन, हवन का दशांश तर्पण, तर्पण का दशांश मार्जन तत्पश्चात् उसका दशांश ब्राह्मण भोजन करना चाहिए। इस अनुष्ठान में शुद्धता सर्वोपरि है। अनुष्ठान के समय आसन से यथाशक्ति उठना नहीं चाहिए, परन्तु परम आवश्यक हो तो पुनः स्नान के पश्चात् ही आसन पर विराजमान होना चाहिए। यह प्रयोग बार-बार परीक्षित है। साधना के सम्पन्न होने के पूर्व ही खोया हुआ व्यक्ति अपने घर वापस आ जाता है। यदि खोये हुए व्यक्ति की हत्या की जा चुकी हो तो तेल के कटोरे में हत्यारे के चित्र के साथ-साथ स्पष्ट रूप से उसकी हत्या का विधान दृष्टिगोचर होता है। जिस व्यक्ति की हत्या हुई हो उसके शव का स्थान भी तेल के कटोरे में प्रतिबिम्ब के रूप में दृष्टिगत होता है।

दत्तात्रेय मन्त्र प्रयोग

मोक्षप्रदाता दत्तात्रेय का एकाक्षरी मंत्र साधना

दत्तात्रेय तंत्र में सन्निहित सभी मंत्रों का जप करने से पूर्व भगवान दत्तात्रेय का सविधि पूजन करें। पूजन के उपरान्त जिस कार्य के निमित्त मंत्र जप कर रहे हों, उसका स्पष्ट रूप से संकल्प में उल्लेख करें, हाथ में जल लेकर विनियोग बोलें तदोपरान्त भगवान दत्तात्रेय का ध्यान करके भगवान दत्तात्रेय के ध्यान के मंत्र का उच्चारण करें तत्पश्चात् पूर्ण निष्ठा और श्रद्धा के साथ ग्यारह माला मंत्र जप करें। इस मंत्र का जप कार्य सिद्धि तक करते रहें, उसके साथ दशांश हवन आदि करते रहना उपर्युक्त है। कार्य सिद्धि के पश्चात् हवन करें, क्षमायाचना करें तथा पूर्ण आहुति आदि की समस्त औपचारिकताओं को सम्पन्न करें। दत्तात्रेय के अग्रांकित सभी मंत्रों के जप का विधान इसी के समान है।

मंत्र- **द्रां**

यह एकाक्षरी उपनिषत् प्रोक्त मोक्षप्रद महामन्त्र है।

विनियोग- अस्य श्रीदत्तात्रेयस्यैकाक्षरी मंत्रस्य सदाशिव ऋषिः, गायत्रीः छन्दः, श्रीचतुर्भुज-दत्तात्रेयो देवमा मम श्रीदत्तप्रसाद सिद्धये विनियोगः।

षडंगन्यास- द्रां, द्रीं, द्रूं, द्रैं, द्रौं, द्रः से करन्यास तथा अंगन्यास करें।

ध्यानम्- **सदानन्दात्मकं शुद्धं सात्त्विकं तारकं परम्।**
विश्वरूपं जगद्योनिं दत्तात्रेयं भजाम्यहम्।।

दत्तात्रेय षडाक्षर मंत्र साधना

मंत्र- **ॐ श्रीं ह्रीं क्रों ग्लौं द्रां।**

यह मंत्र "औपनिषद् मंत्र" कहलाता है। यह भोग और सम्पत्ति की समृद्धि देने वाला है। इसके ऋष्यादि पूर्ववत् है। 4 अंगन्यास एक-एक बीज से करन्यास एवं अंगन्यास करें।

ध्यानम्- **दत्तात्रेयं शिवं शान्तमिन्द्र नीलनिभं विभुम्।**
आत्ममायारतं देवमवधूतं दिगम्बरम्।।
भस्मोद्धूलित सर्वाङ्गं जटाजूटधरं विभुम्।
चतुर्बाहुमुदारांगं प्रफुल्ल कमलेक्षणम्।
ज्ञानयोगनिधिं विश्वगुरुं योगिजनप्रियम्।।
भक्तानुकम्पिनं देवं दत्तात्रेयमहं भजे।

अष्टाक्षरी मंत्र

मंत्रः- द्रां दत्तात्रेयाय नमः।

इस मंत्र के ऋषि एवं छन्द पूर्ववत् हैं। न्यास द्रां बीज से पूर्व बताये गए अनुसार करें।

द्वादशाक्षरी मंत्र

मंत्रः- आं ह्रीं क्रों द्रां एहि दत्तात्रेय स्वाहा।

यह सभी कामनाओं का पूरक तथा अमृत्व प्रदान करने वाला है।

विनियोगः- अस्य श्रीदत्तात्रेय द्वादशाक्षरी मंत्रस्य सदाशिव ऋषिः, गायत्री छन्दः, श्रीदत्तात्रेयो देवता, ॐ बीजं, स्वाहा शक्तिः, श्रीदत्तात्रेय कीलकं, मम श्रीदत्तप्रसाद सिद्धये जपे विनियोगः।

करन्यासः- आं ह्रीं अंगुष्ठाभ्यां नमः। क्रों द्रां तर्जनीभ्यां नमः। एहि मध्यमाभ्यां नमः। दत्त अनामिकाभ्यां नमः। आत्रेय कनिष्ठिकाभ्यां नमः। स्वाहा करतलकरपृष्ठाभ्यां नमः।

अङ्गन्यासः- उपर्युक्त मंत्र के दो-दो अक्षरो वाले छह खण्डों से ही छह अंगों में ('हृदय से अस्त्राय फट्' तक) न्यास करें। ध्यान पूर्ववत् ही है।

चतुर्विधपुरुषार्थ प्राप्ति प्रयोग

मंत्रः- ॐ ऐं क्रों क्लीं क्लूं ह्रां ह्रीं ह्रूं सौः दत्तात्रेयाय स्वाहा।

विनियोगः- अस्य श्रीदत्त-षोडशाक्षरी मंत्रस्य सदाशिव ऋषिः, गायत्री छन्दः, श्रीदत्तात्रेयो देवता, ॐ बीजं, स्वाहा शक्तिः, दत्तात्रेयाय कीलकं, चतुर्विधपुरुषार्थ-प्राप्तये जपे विनियोगः।

ऋष्यादि न्यासः- सदाशिव ऋषये नमः शिरसि। गायत्री छन्दसे नमः मुखे। श्रीदत्तात्रेय देवतायै नमः हृदये। ॐ बीजाय नमः गुह्ये। स्वाहा शक्तये नमः पादयोः। दत्तात्रेयाय कीलकाय नमः नाभौ। चतुर्विधपुरुषार्थ प्राप्तये विनियोगाय नमः सर्वाङ्गे।

अङ्गन्यास	करन्यास	षडङ्गन्यास
ॐ ऐं	अंगुष्ठाभ्यां नमः।	हृदयाय नमः।
क्रों	तर्जनीभ्यां नमः।	शिरसे स्वाहा।
क्लां क्लीं क्लूं	मध्यमाभ्यां नमः।	शिखायै वषट्।
सौः	अनामिकाभ्यां नमः।	कवचाय हुम्।
दत्तात्रेयाय	कनिष्ठिकाभ्यां नमः।	नेत्रत्रयाय वौषट्।
स्वाहा	करतलकरपृष्ठाभ्यां नमः	अस्त्राय फट्।

अन्य मंत्र प्रयोग

माया, कमण्डलु, वाद्य, त्रिशूल, शंख और चक्र को छहों भुजाओं में धारण किये हुए, महर्षि अत्रि को वर देने वाले श्रीदत्तात्रेय का मैं भजन करता हूँ। ऐसा ध्यान करके फिर मंत्रजप करें।

मंत्र इस प्रकार है-

दत्तात्रेय हरे कृष्ण उन्मत्तानन्ददायक।
दिगम्बर मुने बाल पिशाच ज्ञानसागर।।

विनियोग:- अस्य श्रीदत्तात्रेयानुष्टुप् मंत्रस्य शिव ऋषिः, अनुष्टुप छन्दः, षडभुजः श्रीदत्तात्रेयो देवतातत्प्रीत्यर्थे जपे विनियोगः।

ऋष्यादिन्यासः- शिव ऋषये नमः शिरसि। अनुष्टुप् छन्दसे नमः मुखे। षडभुज श्रीदत्तात्रेय देवतायै नमः हृदये। विनियोगाय नमः सर्वाङ्गे।

हृदयादिन्यासः- दत्तात्रेय (हृदये)। हरे कृष्ण (शिरसि)। उन्मत्त (शिखायाम्)। आनन्ददायक दिगम्बर (कण्ठे)। मुने (भुजयोः)। बाल (नेत्रयोः) पिशाच ज्ञानसागर (अस्त्राय फट्)।

करन्यासः- दत्तात्रेय (अंगुष्ठाभ्यां नमः)। हरे कृष्ण (तर्जनीभ्यां नमः)। उन्मत्त (मध्यमाभ्यां नमः)। आनन्ददायक दिगम्बर (अनामिकाभ्यां नमः)। मुने (कनिष्ठिकाभ्यां नमः)। बाल (करतलाय नमः) पिशाच ज्ञानसागर (करपृष्ठाभ्यां नमः)।

ऋणहर्ता एवं ऋणमुक्ति हेतु

विनियोग:- अस्य श्रीऋणनाशक दत्तमंत्रस्य सदाशिव ऋषिः, अनुष्टुप् छन्दः, श्रीदत्तो देवता मम ऋणनाशनार्थे श्रीदत्तमंत्र जपे विनियोगः।

ऋष्यादिन्यासः- सदाशिव ऋषये नमः शिरसि। अनुष्टुप् छन्दसे नमः मुखे। श्रीदत्तदेवतायै नमः हृदये। मम ऋणनाशनार्थे श्रीदत्तमंत्र जपे विनियोगाय नमः सर्वाङ्गे।

अङ्गन्यास	करन्यास	षडङ्गन्यास
ॐ	अंगुष्ठाभ्यां नमः।	हृदयाय नमः।
द्रां	तर्जनीभ्यां नमः।	शिरसे स्वाहा।
ह्रां	मध्यमाभ्यां नमः।	शिखायै वषट्।
क्लीं	अनामिकाभ्यां नमः।	कवचाय हुम्।
दत्तात्रेयाय	कनिष्ठिकाभ्यां नमः।	नेत्रत्रयाय वौषट्।
स्वाहा	करतलकरपृष्ठाभ्यां नमः	अस्त्राय फट्।

ध्यानम्:- **रविमण्डलमध्यस्थं रक्तं रक्ताब्जसंस्थितम्।**
योगारूढं ज्ञानधनं दत्तात्रेयं नमाम्यहम्।।

मूल मंत्रः- **ॐ अत्रेरात्मप्रदानेन यो मुक्तो भगवान् ऋणात्।**
दत्तात्रेयं तमीशानं नमामि ऋणमुक्तये।।

इस मंत्र के पाँच लाख जप करने से ऋण से मुक्ति मिलती है।

सर्वकार्य सिद्धि हेतु

विनियोगः- ॐ अस्य श्रीदत्तात्रेय मालामन्त्रस्य शबराख्य महारुद्र ऋषिः, अनुष्टुप् छन्दः, श्रीदत्तात्रेयो देवता, ह्रां बीजं, ह्रीं शक्तिः, दत्तात्रेयेति कीलकं, सर्वार्थसाधने जपे विनियोगः।

ऋष्यादिन्यासः- न्यास श्रीमहारुद्र-ऋषये नमः शिरसि, अनुष्टुप् छन्दसे नमः, मुखे, श्रीदत्तात्रेयो देवतायै नमः हृदि, ह्रां बीजाय नमः गुह्ये, ह्रीं शक्तये नमः नाभौ, दत्तात्रेयेति कीलकाय नमः पादयोः, सर्वार्थसाधने जपे विनियोगाय नमः अञ्जलौ।

अङ्गन्यास	**करन्यास**	**षडङ्गन्यास**
दत्तात्रेयाय हरये स्वाहा	अंगुष्ठाभ्यां नमः।	हृदयाय नमः।
कृष्णोन्मत्ताय स्वाहा	तर्जनीभ्यां नमः।	शिरसे स्वाहा।
आनन्दाय दिगम्बराय स्वाहा	मध्यमाभ्यां नमः।	शिखायै वषट्।
मुनये बालाय स्वाहा	अनामिकाभ्यां नमः।	कवचाय हुम्।
पिशाचाय ज्ञानसागराय स्वाहा	कनिष्ठिकाभ्यां नमः।	नेत्रत्रयाय वौषट्।
दत्तात्रयाय स्वाहा	करतलकरपृष्ठाभ्यां नमः	अस्त्राय फट्।

ध्यानम्:- **दिगम्बरं भस्मविलेपिताङ्गं, बोधात्मकं मुक्तिकरं प्रसन्नम्।**
निर्मानसं श्यामतनुं भजेऽहं, दत्तात्रेयं ब्रह्मसमाधि-युक्तम्।।

उपयोगी काम्य साधनाएँ

दत्तात्रेय तंत्र में उद्धृत साधना विधान-

दत्तात्रेय तंत्र से सम्बन्धित अन्यान्य साधनाओं का उल्लेख यहाँ किया गया है। सर्वप्रथम पूर्वाभिमुख अथवा उत्तराभिमुख होकर स्वयं आसन पर विराजमान हों भगवान दत्तात्रेय का पंचोपचार या षोडशोपचार पूजन करें। भगवान दत्तात्रेय को विष्णु का अवतार कहा गया है अतः उनका पूजन विष्णु के समान ही किया जाना चाहिए।

ध्यातव्य है कि भगवान दत्तात्रेय के पूजन से प्रथम भगवान गणेश का पूजन एवं मंत्र जप एक अनिवार्य परम्परा है, तत्पश्चात् संकल्प लेकर मंत्र प्रयोग करना चाहिए। जिस कामना के निमित्त मंत्र जप करना हो, उस कामना को संकल्प में स्पष्ट रूप से सम्मिलित करके उच्चारण करना चाहिए। तदनन्तर मंत्र जप 108 बार अर्थात् एक माला तीन अथवा पाँच माला अथवा

सुविधा होने पर ग्यारह माला जप करना चाहिए। इन प्रयोगों को तब तक करते रहना चाहिए, जब तक कार्य की सिद्धि न हो जाय। अधिक से अधिक एक लाख मंत्र जप करने के पश्चात् हवन, तर्पण, मार्जन आदि करके क्षमा प्रार्थना कर लेनी चाहिए। उपरोक्त प्रयोगों में से अनेक प्रयोग अनुभूत हैं, अतः पूरे विश्वास के साथ साधना करने से कामना की संसिद्धि होने में संशय नहीं होता है।

श्रीदत्तात्रेय भगवान् की स्वयं ब्रह्माजी ने तथा अन्य महर्षियों ने भी समय-समय पर अपनी इष्टसिद्धियों के लिए भिन्न-भिन्न जप साधनाएँ की हैं। अतः ये मंत्र भी अनेक तंत्रग्रन्थों में उपलब्ध हैं।

सर्वकार्य सिद्धि दत्तात्रेय मंत्र

विनियोगः- अस्य श्रीदत्तात्रेयमन्त्रस्य ब्रह्मा ऋषिः, गायत्री छन्दः, श्रीदत्तात्रेयो देवता, आं बीजं, ह्रीं शक्तिः, क्रौं कीलकम्, मम श्रीदत्तात्रेय प्रसाद सिद्धये (अमुक कामना सिद्धये) जपे विनियोगः।

ऋष्यादिन्यासः- ब्रह्मणे ऋषये नमः शिरसि। गायत्री छन्दसे नमः मुखे। श्रीदत्तात्रेय देवतायै नमः हृदये। आं बीजाय नमः गुह्ये। ह्रीं शक्तये नमः पादयोः। क्रौं कीलकाय नमः नाभौ। विनियोगाय नमः सर्वाङ्गे।

कर-षडंगन्यासः- क्रमशः आं, ह्रीं, क्रौं, आं, ह्रीं, क्रौं इन छह बीजों से करन्यास तथा हृदयादिन्यास पूर्वोक्त विधि से करें। ध्यान ऊपर लिखें अनुसार करें। मंत्र इस प्रकार है-

1. **ॐ आं ह्रीं क्रौं एहि दत्तात्रेय स्वाहा।**
2. **ॐ दत्तात्रेयाय नमः**
3. **श्रीं ह्रीं क्लीं दत्तात्रेयाय स्वाहा।**
4. **द्रां दत्तात्रेयाय नमः।**
5. **द्रां ॐ दत्तात्रेयाय नमः।**
6. **द्रां (एकाक्षरी मंत्र) आदि।**

इसके पश्चात् मानसिक पंचोपचार-पूजा करके ध्यान करें-

माया-कमण्डलु वाद्य-त्रिशूले शंखचक्रके।
दधानमत्रिवरदं दत्तात्रेयं भजाम्यहम्।।

दत्तात्रेय माला मंत्र

अत्यन्त प्रभावशाली तथा समस्त कामनाओं को पूर्ण करने वाला यह मालामंत्र श्रीविष्णु के द्वारा ब्रह्माजी को प्रदान किया गया था। इसके जप से चित्तशुद्धि, समदृष्टि, दोषों से मुक्ति एवं सभी प्रकार से उपकार करने की शक्ति प्राप्त होती है।

मालामंत्रः-

ॐ नमो भगवते दत्तात्रेयाय स्मरणमात्रसंतुष्टाय महाभयनिवारणाय महाज्ञानप्रदाय चिदानन्दात्मने बालोन्मत्त-पिशाचवेषाय महायोगिने अवधूताय अनुसूयानन्द-वर्धनायात्रिपुत्राय। ॐ भवबन्धविमोचनाय ह्रीं सवविभूतिदाय क्रों असाध्याकर्षणाय ऐं वाक्-प्रदाय क्लीं जगत्त्रय वशीकरणाय सौः सर्वमनःक्षोभणाय श्रीं महासम्पत्प्रदाय ग्लौं भूमण्डलाधिपत्यप्रदाय द्रां चिरजीवने वषट् वशीकुरु वशीकुरु वौषट् आकर्षय-आकर्षय हुं विद्वेषय विद्वेषय फट् उच्चाटय उच्चाटय ठः ठः स्तम्भय स्तम्भय खें खें मारय मारय नमः सम्पन्नय सम्पन्नय स्वाहा पोषय पोषय परमंत्र-परयंत्र-परतंत्राणि छिन्धि-छिन्धि ग्रहान् निवारय निवारय व्याधीन् विनाशय विनाशय दुःखं हर हर दारिद्र्यं विद्राव्य विद्राव्य देहं पोषय पोषय चित्तं तोषय तोषय सर्वमंत्रस्वरूपाय सर्वतंत्रस्वरूपाय सर्वपल्लवस्वरूपाय ॐ नमो महासिद्धाय स्वाहा।

मंत्र साधना

विनियोगः- ॐ अस्य श्रीदत्तात्रेयमंत्रस्य शबर ऋषिः, गायत्री छन्दः, श्रीदत्तात्रेयो देवता, द्रां बीजं, ह्रीं शक्तिः, क्रौं कीलकं, श्रीदत्तात्रेय प्रीत्यर्थे जपे विनियोगः।

ऋष्यादिन्यासः- शबर ऋषये नमः शिरसि। गायत्री छन्दसे नमः मुखे। श्रीदत्तात्रेय देवतायै नमः हृदये। द्रां बीजाय नमः गुह्ये। ह्रीं शक्तये नमः पादयोः। क्रों कीलकाय नमः नाभौ। श्रीदत्तात्रेय प्रीत्यर्थे जपे विनियोगाय नमः सर्वाङ्गे।

अङ्गन्यास	करन्यास	षडङ्गन्यास
द्रां	अंगुष्ठाभ्यां नमः।	हृदयाय नमः।
द्रीं	तर्जनीभ्यां नमः।	शिरसे स्वाहा।
द्रूं	मध्यमाभ्यां नमः।	शिखायै वषट्।
द्रैं	अनामिकाभ्यां नमः।	कवचाय हुम्।
द्रौं	कनिष्ठिकाभ्यां नमः।	नेत्रत्रयाय वौषट्।
द्रः	करतलकरपृष्ठाभ्यां नमः	अस्त्राय फट्।

ध्यान- रविमण्डलमध्यस्थं रक्तं रक्ताब्जसंस्थितम्।
योगारूढं ज्ञानधनं दत्तात्रेयमहं भजे।।

दत्तगायत्री मंत्र- ॐ द्रां ह्रीं क्रों दत्तात्रेयाय विद्महे योगीश्वीराय धीमहि।
तन्नो दत्तः प्रचोदयात्।

श्रीदत्त षट्चक्र स्तोत्र

भगवान् दत्तात्रेय का यह स्तोत्र आठ श्लोकों में आबद्ध है। दत्तात्रेय की आराधना षट्कर्म साधना हेतु की जाती है। किसी भी साधना से पूर्व, काम्य प्रयोजन के पूजन से पूर्व इस स्तोत्र का पाठ एक या तीन बार करना चाहिए। स्तोत्र पाठ से पूर्व नैमित्तिक साधना हेतु संकल्प का उच्चारण करना चाहिए। तदनन्तर दत्तात्रेय माला महामंत्र का जप 108 बार करने से अभीष्ट की संसिद्धि होती है।

मूलाधारे वारिजपत्रे सचतुष्के, वं-शं-षं-सं-वर्ण-विशालैः सु विशालैः।
रक्तं वर्णं श्रीगण-नाथं भगवन्तं, दत्तात्रेयं श्रीगुरुमूर्तिं प्रणतोऽस्मि।।1।।

स्वाधिष्ठाने षड्दलपत्रे तनुलिङ्गे, बालां तावद् वर्णविशालैः सुविशालैः।
पीतं वर्णं वाक्पतिरूपं ग्रहणातं, दत्तात्रेयं श्रीगुरुमूर्तिं प्रणतोऽस्मि।।2।।

नाभिपत्रे पद्मदशान्ते ठ-प-वर्णे, लक्ष्मीकान्तं गरुड़ारूढं नरवीरम्।
नीलं वर्णं निर्गुणरूपं निगमाख्यं, दत्तात्रेयं श्रीगुरु-मूर्तिं प्रणतो प्रणतोऽस्मि।।3।।

हृत् पद्मान्ते द्वादश पत्रे क-ठ-वर्णे, शम्भुं शेषं हंसविशेषं समयं तम्।
सर्गस्थित्यं तान् कुर्वन्तं शिवकान्तिं, दत्तात्रेयं श्रीगुरुमूर्तिं प्रणतो प्रणतोऽस्मि।।4।।

चक्रस्थाने चक्रविशुद्धे कुसुमान्ते, चन्द्रकारे षोडश पत्रे स्वर वर्णे।
मायाधीशं जीवशिवं तं निजमूर्तिं, दत्तात्रेयं श्रीगुरुमूर्तिं प्रणतोऽस्मि।।5।।

आज्ञाचक्रे भ्रुकुटिस्थाने द्वि-दलान्ते, हं-क्षं-बीजं ज्ञाननिधिं तं गुरुमूर्तिम्।
विद्युद्-वर्णं ज्ञान-मयं तं निटिलाक्षं, दत्तात्रेयं श्रीगुरुमूर्तिं प्रणतोऽस्मि।।6।।

शान्ताकारं शेषशयनं सुरवन्द्यं, कान्तानाथं कोमलगात्रं कमलाक्षम्।
चिन्तारत्ने चिद्घनरूपं द्विजराजं, दत्तात्रेयं श्रीगुरुमूर्तिं प्रणतोऽस्मि।।7।।

ब्रह्मानन्दं ब्रह्ममुकुन्दं भगवन्तं, सत्यं ज्ञानं सत्यमनन्तं भगरूपम्।
पूर्णब्रह्मानन्दमयं तं गुरुमूर्तिं, दत्तात्रेयं श्रीगुरुमूर्तिं प्रणतोऽस्मि।।8।।

मानस पूजन -

ॐ लं पृथ्वी-तत्त्वात्मकं गन्धं श्रीदत्तात्रेयप्रीतये समर्पयामि नमः। ॐ हं आकाशतत्त्वात्मकं पुष्पं श्रीदत्तात्रेय प्रीतये समर्पयामि नमः। ॐ यं वायुतत्त्वात्मकं धूपं श्रीदत्तात्रेय प्रीतये घ्रापयामि नमः। ॐ रं अग्नितत्त्वात्मकं दीपं श्रीदत्तात्रेय प्रीतये दर्शयामि नमः। ॐ वं जलतत्त्वात्मकं नैवेद्यं श्रीदत्तात्रेय प्रीतये निवेदयामि नमः। ॐ सं सर्वतत्त्वात्मकं ताम्बूलं श्रीदत्तात्रेय प्रीतये समर्पयामि नमः।

उक्त प्रकार से "मानस पूजा" कर श्रीदत्तात्रेय माला-महा-मंत्र का जप करे। यथा -

ॐ नमो भगवते दत्तात्रेय धूत मम परमगुरवे कोटिसूर्य प्रकाशाय प्रदीप्त कोटिब्रह्माण्ड तेजसे दिव्यरूपाय स्वर्णकाषाय चैलाय स्वर्णयज्ञोपवीताय योगमुद्राज्ञान मुद्राक्षमाला धराय स्फटिकाभ माणिक्यवज्र वैडूर्य रुद्राक्ष मालालंकृताय स्वर्णकंचुक भूषणाय भस्मोद् धूलितविग्रहाय बालचन्द्रशेखराय सदा योगानन्दचिन्मय स्वरूपाय मम हृदय चिन्मय स्वरूपाय माहुरीं भक्ष्य भोक्ष्य निलयाय ॐ ह्रौं द्रौं योगनिद्रा मोक्षलक्ष्मी समेताय श्रीदत्तात्रेयाय परब्रह्मस्वरूपाय चक्रशङ्खडमरु गदापाशांकुश-कुण्ड-खड्ग- शार्ङ्ग-पिनाक-वाणाक्षय तूणीरादि सर्वायुधराय असाध्यसाधनाय ब्रह्मपौरुषे आत्मपौरुषे परमानन्दस्वरूपाय द्रां-द्रीं-द्रूं-द्रैं-द्रौं-द्रः भूतप्रेतपिशाच-शाकिनी-डाकिनी-राक्षस - ब्रह्मराक्षस - भैरव - गणनायक - कूष्माण्ड - बाधा सहस्रोच्चाटनोच्चाटय क्षुद्रमपि क्षुद्रापस्मार स्फोटक व्रण ज्वरोच्चाटयोच्चाटय देव ग्रह नाग ग्रह सामान्य ग्रह मूकग्रह पंगुग्रह स्त्रीग्रह पुरुषग्रह दानवग्रह सर्वग्रहादीनुच्चाटय उच्चाटय परमंत्र परयन्त्र परतंत्रान् कोटि-कोटि छेदनाय आत्ममंत्र आत्मयंत्र आत्मतंत्रान् कोटि कोटि स्फूर्जनाय मां रक्ष-रक्ष आयुर्देहि श्रियं देहि प्रजां देहि ॐ श्रीं क्लीं ग्लौं द्रौं दत्तात्रेय प्रसादेन हुं फट् स्वाहा।

माला मंत्र करने का विधानः- दत्तात्रेय माला मंत्र करने का विधान पूर्व की ही भाँति है। गणपति पूजन के उपरान्त भगवान दत्तात्रेय का षोडशोपचार पूजन करें तदनन्तर संकल्प का उच्चारण करें, उसके पश्चात् माला मंत्र का एक सौ आठ बार जप करें। यह मालामंत्र अत्यन्त दीर्घ होने के कारण इसका सवा लाख जप एक दुष्कर प्रक्रिया है, अतः अन्य मंत्र प्रयोग एवं माला मंत्र जो पूर्व में दिए गए है उनकी साधना पर विश्वास, श्रद्धा और आस्था करना श्रेयष्कर है।

श्री दत्तात्रेयवज्रकवच

श्रीगणेशाय नमः। श्रीदत्तात्रेयाय नमः।।

ऋषय ऊचुः

कथं संकल्पसिद्धिः स्याद्वेदव्यास कलौ युगे।
धर्मार्थकाममोक्षाणां साधनं किमुदाहृतम्।।1।।

व्यास उवाच

श्रृण्वन्तु ऋषयः सर्वे शीघ्रं संकल्पसाधनम्।
सकृदुच्चारमात्रेण भोगमोक्षप्रदायकम्।।2।।

गौरीश्रृंङ्गे हिमवतः कल्पवृक्षोपशोभितम्।
दीप्ते दिव्यमहारत्न हेममण्डपमध्यगम्।।3।।

रत्नसिंहासनासीनं प्रसन्नं परमेश्वरम्।
मंदस्मितमुखाम्भोजं शंकरं प्राह पार्वती।।4।।

श्रीदेव्युवाच

देवदेव महादेव लोकशंकर शंकर।
मन्त्रजालानि सर्वाणि यन्त्रजालानि कृत्स्नशः।।5।।

तन्त्रजालन्यनेकानि मया त्वत्तः श्रुतानि वै।
इदानीं द्रष्टुमिच्छामि विशेषेण महीतलम्।।6।।

इत्युदीरितमाकर्ण्य पार्वत्या परमेश्वरः।
करेणामृज्य संतोषात्पार्वतीं प्रत्यभाषत।।7।।

मयेदानीं त्वया सार्धं वृषमारुह्य गम्यते।
इत्युक्त्वा वृषमारुह्य पार्वत्या सह शंकरः।।8।।

ययौ भूमण्डलं द्रष्टुं गौर्याश्चित्राणि दर्शयन्।
क्वचिद् विन्ध्याचलप्रान्ते महारण्ये सुदुर्गमे।।9।।

तत्र व्याहन्तुमायान्तं भिल्लं परशुधारिणम्।
वध्यमानं महाव्याघ्रं नखद्रंष्ट्राभिरावृतम्।।10।।

अतीव चित्रचारित्रयं वज्रकाय समायुतम्।
अप्रयत्नमनायासमखिन्नं सुखमास्थितम्।।11।।

पलायन्तं मृगं पश्चाद् व्याघ्रो भीत्या पलायितः।
एतदाश्चर्यमालोक्य पार्वती प्राह शंकरम्।।12।।

श्रीपार्वत्युवाच

किमाश्चर्यं किमाश्चर्यमग्रे शम्भो निरीक्ष्यताम्।
इत्युक्तः स ततः शम्भुर्दृष्ट्वा प्राह पुराणवित्।।13।।

श्रीशंकर उवाच

गौरि वक्ष्यामि ते चित्रमवाङ्मनसगोचरम्।
अदृष्टपूर्वमस्माभिर्नास्ति किञ्चित्र कुत्रचित्।।14।।

मया सम्यक् समासेन वक्ष्यते श्रृणु पार्वति।
अयं दूरश्रवा नाम भिल्लः परमधार्मिकः।।15।।

समित्कुशप्रसूनानि कन्दमूलफलादिकम्।
प्रत्यहं विपिनं गत्वा समादाय प्रयासतः।।16।।

प्रिये पूर्वं मुनीन्द्रेभ्यः प्रयच्छति न वाञ्छति।
तेऽपि तस्मिन्नपि दयां कुर्वते सर्वमौनिनः।।17।।

दलादनो महायोगी वसन्नेव निजाश्रमे।
कदाचिदस्मरत् सिद्धं दत्तात्रेयं दिगम्बरम्।।18।।

दत्तात्रेयः स्मर्तृगामी चेतिहासं परीक्षितुम्।
तत्क्षणात्सोऽपि योगीन्द्रो दत्तात्रेयः समुत्थितः।।19।।

तं दृष्ट्वाऽश्चर्यतोषाभ्यां दलादनमहामुनिः।
सम्पूज्याग्रे निषीदन्तं दत्तात्रेयमुवाच तम्।।20।।

मयोपहूतः सम्प्राप्तो दत्तात्रेय महामुने।
स्मर्तृगामी त्वमित्येतत् किंवदन्तीं परीक्षितुम्।।21।।

मयाद्य संस्मृतोऽसि त्वमपराधं क्षमस्व मे।
दत्तात्रेयो मुनिं प्राह मम प्रकृतिरीदृशी।।22।।

अभक्त्या वा सुभक्त्या वा यः स्मरेन्मामनन्यधीः।
तदानीं तमुपागत्य ददामि तदभीप्सितम्।।23।।

दत्तात्रेयो मुनिं प्राह दलादनमुनीश्वरम्।
यदिष्टं तद्वृणीष्वं त्व यत् प्राप्तोऽहं त्वया स्मृतः।।24।।

दत्तात्रेयं मुनिः प्राह मया किमपि नोच्यते।
त्वच्चित्ते यत्स्थितं तन्मे प्रयच्छ मुनिपुङ्गव।।25।।

श्रीदत्तात्रेय उवाच

ममास्ति वज्रकवचं गृहाणेत्यवदन्मुनिम्।
तथेत्यङ्गीकृतवते दलादमुनये मुनिः।।26।।

स्ववज्रकवचं प्राह ऋषिच्छन्दः पुरःसरम्।
न्यासं ध्यानं फलं तत्र प्रयोजनमशेषतः।।27।।

विनियोगः- अस्य श्रीदत्तात्रेयवज्रकवचस्तोत्रमन्त्रस्य किरातरूपी महारुद्र ऋषिः, अनुष्टुप् छन्दः, श्रीदत्तात्रेयो देवता, द्रां बीजम्, आं शक्तिः, क्रौं कीलकम्, ॐ आत्मने नमः। ॐ द्रीं मनसे नमः। ॐ आं द्रीं श्रीं सौः ॐ क्लां क्लीं क्लूं क्लैं क्लौं क्लः। श्रीदत्तात्रेयप्रसादसिद्ध्यर्थे जपे विनियोगः।

करन्यासः- ॐ द्रां अंगुष्ठाभ्यां नमः। ॐ द्रीं तर्जनीभ्यां नमः। ॐ द्रूं मध्यमाभ्यां नमः। ॐ द्रैं अनामिकाभ्यां नमः। ॐ द्रौं कनिष्ठिकाभ्यां नमः। ॐ द्रः करतलकरपृष्ठाभ्यां नमः।

'ॐ भूर्भुवः स्वरोम्' (इति दिग्बन्धः)

अथ ध्यानम्

जगदङ्कुरकन्दाय सच्चिदानन्दमूर्त्तये।
दत्तात्रेयाय योगीन्द्र चन्द्राय परमात्मने।।1।।

कदा योगी कदा भोगी कदा नग्नः पिशाचवत्।
दत्तात्रेयो हरिः साक्षाद् भुक्तिमुक्तिप्रदायकः।।2।।

वाराणसीपुरस्नायी कोल्हापुरजपादरः।
माहुरीपुरभिक्षाशी सह्यशायी सह्यशायी दिगम्बरः।।3।।

इन्द्रनीलसमाकारश्चन्द्रकान्तसमद्युतिः।
वैदूर्यसदृशस्फूर्तिश्चलत्किञ्चिज्जटाधरः।।4।।

स्निग्धधावल्ययुक्ताक्षोऽत्यन्तनीलकनीनिकः।
भ्रूवक्षःश्मश्रुनीलाङ्कः शशाङ्कसदृशाननः।।5।।

हासनिर्जितनीहारः कण्ठनिर्जितकम्बुकः ।
मांसलांसो दीर्घबाहुः पाणिनिर्जितपल्लवः । ।6 । ।

विशालपीनवक्षाश्च ताम्रपाणिर्दलोदरः ।
पृथुलश्रोणिललितो विशालजघनस्थलः । ।7 । ।

रम्भास्तम्भोपमानोरूर्जानुपूर्वैकजंघकः ।
गूढगुल्फः कूर्मपृष्ठो लसत्पादोपरिस्थलः । ।8 । ।

रक्तारविन्दसदृशरमणीयपदाधरः ।
चर्माम्बरधरो योगी स्मर्तृगामी क्षणे क्षणे । ।9 । ।

ज्ञानोपदेशनिरतो विपद्धरणदीक्षितः ।
सिद्धासनसमासीन ऋजुकायो हसन्मुखः । ।10 । ।

वामहस्तेन वरदो दक्षिणेनाभयंकरः ।
बालोन्मत्तपिशाचीभिः क्वचिद्युक्तः परीक्षितः । ।11 । ।

त्यागी भोगी महायोगी नित्यानन्दो निरञ्जनः ।
सर्वरूपी सर्वदाता सर्वगः सर्वकामदः । ।12 । ।

भस्मोद्धूलितसर्वाङ्गो महापातकनाशनः ।
भुक्तिप्रदो मुक्तिदाता जीवन्मुक्तो न संशयः । ।13 । ।

एवं ध्यात्वाऽनन्यचित्तो मद्वज्रकवचं पठेत् ।
मामेव पश्यन्सर्वत्र स मया सह संचरेत् । ।14 । ।

दिगम्बरं भस्मसुगन्धलेपनं चक्रं त्रिशूलं डमरुं गदायुधम् ।
पद्मासनं योगिमुनीन्द्रवन्दितं दत्तेति नामस्मरणेन नित्यम् । ।15 । ।

(पञ्चोपचारैः मानसोपचारैर्वा सम्पूज्य, 'ॐ द्रां' इति अष्टोत्तरशतं जपेत्)

ॐ दत्तात्रेयः शिरः पातु सहस्राब्जेषु संस्थितः ।
भालं पात्वानसूयेयश्चन्द्रमण्डलमध्यगः । ।1 । ।

कूर्चं मनोमयः पातु हं क्षं द्विदलपद्मभूः ।
ज्योतीरूपोऽक्षिणी पातु पातु शब्दात्मकः श्रुती । ।2 । ।

नासिकां पातु गन्धात्मा मुखं पातु रसात्मकः ।
जिह्वां वेदात्मकः पातु दन्तोष्ठौ पातु धार्मिकः । ।3 । ।

कपोलावत्रिभूः पातु पात्वशेषं ममात्मवित्।
स्वरात्मा षोडशाराब्जस्थितः स्वात्माऽवताद्गलम्।।4।।

स्कन्धौ चन्द्रानुजः पातु भुजौ पातु कृतादिभूः।
जत्रुणी शत्रुजित् पातु पातु वक्षःस्थलं हरिः।।5।।

कादिठान्तद्वादशारपद्मगो मरुदात्मकः।
योगीश्वरेश्वरः पातु हृदयं हृदयस्थितः।।6।।

पार्श्वे हरिः पार्श्ववर्ती पातु पार्श्वस्थितः स्मृतः।
हठ योगादियोगज्ञः कुक्षी पातु कृपानिधिः।।7।।

डकारादिफकारान्त दशारसरसीरुहे।
नाभिस्थले वर्तमानो नाभिं वह्न्यात्मकोऽवतु।।8।।

वह्नितत्त्वमयो योगी रक्षतान्मणिपूरकम्।
कटिं कटिस्थब्रह्माण्ड वासुदेवात्मकोऽवतु।।9।।

बकारादिलकारान्त षट्पत्राम्बुजबोधकः।
जलतत्त्वमयो योगी स्वाधिष्ठानं ममावतु।।10।।

सिद्धासनसमासीन ऊरू सिद्धेश्वरोऽवतु।
वादिसान्तचतुष्पत्रसरोरुहनिबोधकः ।।11।।

मूलाधारं महीरूपो रक्षताद्वीर्यनिग्रही।
पृष्ठं च सर्वतः पातु जानुन्यस्तकराम्बुजः।।12।।

जङ्घे पात्ववधूतेन्द्रः पात्वंघ्री तीर्थपावनः।
सर्वाङ्गं पातु सर्वात्मा रोमाण्यवतु केशवः।।13।।

चर्म चर्माम्बरः पातु रक्तं भक्तिप्रियोऽवतु।
मांसं मांसकरः पातु मज्जां मज्जात्मकोऽवतु।।14।।

अस्थीनि स्थिरधीः पायान्मेधां वेधाः प्रपालयेत्।
शुक्रं सुखकरः पातु चित्तं पातु दृढाकृतिः।।15।।

मनोबुद्धिमहंकारं हृषीकेशात्मकोऽवतु।
कर्मेन्द्रियाणि पात्वीशः पातु ज्ञानेन्द्रियाण्यजः।।16।।

बन्धून् बन्धूत्तमः पायाच्छत्रुभ्यः पातु शत्रुजित्।
गृहारामधनक्षेत्रपुत्रादीञ्छंकरोऽवतु ।।17।।

भार्यां प्रकृतिवित् पातु पश्वादीन्पातु शार्ङ्गभृत्।
प्राणान्पातु प्रधानज्ञो भक्ष्यादीन्पातु भास्करः।।18।।

सुखं चन्द्रात्मकः पातु दुःखात् पातु पुरान्तकः।
पशून्पशुपतिः पातु भूतिं भूतेश्वरो मम।।19।।

प्राच्यां विषहरः पातु पात्वाग्नेय्यां मखात्मकः।
याम्यां धर्मात्मकः पातु नैर्ऋत्यां सर्ववैरिहृत्।।20।।

वराहः पातु वारुण्यां वायव्यां प्राणदोवऽतु।
कौबेर्यां धनदः पातु पात्वैशान्यां महागुरुः।।21।।

ऊर्ध्वं पातु महासिद्धः पात्वधस्ताज्जटाधरः।
रक्षाहीनं तु यत्स्थानं रक्षत्वादिमुनीश्वरः।।22।।

ॐ द्रां इति अष्टोत्तरशतं जपेत्

हृदयानिन्यासः:- ॐ द्रां हृदयाय नमः। ॐ द्रीं शिरसे स्वाहा। ॐ द्रूं शिखायै वषट्। ॐ द्रैं कवचाय हुम्। ॐ द्रौं अस्त्राय फट्।।

फलश्रुतिः

एतन्मे वज्रकवचं यः पठेच्छृणुयादपि।
वज्रकायश्चिरञ्जीवी दत्तात्रेयोऽहमब्रुवम्।।23।।

त्यागी भोगी महायोगी सुखदुःखविवर्जितः।
सर्वत्रसिद्धसंकल्पो जीवन्मुक्तोऽथ वर्तते।।24।।

इत्युक्त्वान्तर्दधे योगी दत्तात्रेयो दिगम्बरः।
दलादनोऽपि तज्जप्त्वा जीवन्मुक्तः स वर्तते।।25।।

भिल्लो दूरश्रवा नाम तदानीं श्रुतवानिदम्।
सकृच्छ्रवणमात्रेण वज्राङ्गोऽभवदप्यसौ।।26।।

इत्येदद्वज्रकवचं दत्तात्रेयस्य योगिनः।
श्रुत्वाशेषं शम्भुमुखात् पुनरप्याह पार्वती।।27।।

पार्वत्युवाच

एतत्कवचमाहात्म्यं वद् विस्तरतो मम।
कुत्र केन कदा जाप्यं किं यज्जाप्यं कथं कथम्।।28।।
उवाच शम्भुस्तत्सर्वं पार्वत्या विनियोदितम्।

श्री शिव उवाच

श्रृणु पार्वति वक्ष्यामि समाहितमनाविलम्।।29।।

धर्मार्थकाममोक्षाणामिदमेव परायणम्।
हस्त्यश्वरथपादाति सर्वैश्वर्यप्रदायकम्।।30।।

पुत्रमित्रकलत्रादिसर्वसन्तोषसाधनम्।
वेदशास्त्रादिविधानां निधानं परमं हि तत्।।31।।

सङ्गीतशास्त्रसाहित्य सत्कवित्वविधायकम्।
बुद्धिविद्यास्मृतिप्रज्ञा मतिप्रौढ़िप्रदायकम्।।32।।

सर्वसन्तोषकरणं सर्वदुःखनिवारणम्।
शत्रुसंहारकं शीघ्रं यशःकीर्तिविवर्धनम्।।33।।

अष्टसंख्या महारोगाः सन्निपातास्त्रयोदश।
षण्णवत्यक्षिरोगाश्च विंशतिर्मेहरोगकाः।।34।।

अष्टादश तु कुष्ठानि गुल्मान्यष्टविधान्यपि।
अशीतिर्वातरोगाश्च चत्वारिंशत्तु पैत्तिकाः।।35।।

विंशति श्लेष्मरोगाश्च क्षयचातुर्थिकादयः।
मन्त्रयन्त्रकुयोगाद्याः कल्पतन्त्रादिनिर्मिताः।।36।।

ब्रह्मराक्षसवेताल कूष्माण्डादिग्रहोद्भवाः।
संगजादेशकालस्थास्तापत्रयसमुत्थिताः।।37।।
नवग्रहसमुद्भूता महापातकसम्भवाः।
सर्वे रोगाः प्रणश्यन्ति सहस्रावर्तनाद्ध्रुवम्।।38।।

अयुतावृत्तिमात्रेण वन्ध्या पुत्रवती भवेत्।
अयुतद्वितयावृत्त्या ह्यपमृत्युजयो भवेत्।।39।।

अयुतत्रितयाच्चैव खेचरत्वं प्रजायते।
सहस्रादयुतादर्वाक् सर्वकार्याणि साधयेत्।।40।।

लक्षावृत्त्या कार्यसिद्धिर्भवत्येव न संशयः ।।41।।

विषवृक्षस्य मूलेषु तिष्ठन् वै दक्षिणामुखः।
कुरुते मासमात्रेण वैरिणं विकलेन्द्रियम् ।।42।।

औदुम्बरतरोर्मूले वृद्धिकामेन जाप्यते।
श्रीवृक्षमूले श्रीकामी तिंतिणी शान्तिकर्मणि ।।43।।

ओजस्कामोऽश्वत्थमूले स्त्रीकामैः सहकारके।
ज्ञानार्थी तुलसीमूले गर्भगेहे सुतार्थिभिः ।।44।।

धनार्थिभिस्तु सुक्षेत्रे पशुकामैस्तु गोष्ठके।
देवालये सर्वकामैस्तत्काले सर्वदर्शितम् ।।45।।

नाभिमात्रजले स्थित्वा भानुमालोक्य यो जपेत्।
युद्धे वा शास्त्रवादे वा सहस्रेण जयो भवेत् ।।46।।

कण्ठमात्रे जले स्थित्वा यो रात्रौ कवचं पठेत्।
ज्वरापस्मारकुष्ठादि तापज्वरनिवारणम् ।।47।।

यत्र यत्स्यात्स्थिरं यद्यत्प्रसक्तं तन्निवर्तते।
तेन तत्र हि जप्तव्यं ततः सिद्धिर्भवेद्ध्रुवम् ।।48।।

इत्युक्तवान् शिवो गौर्यै रहस्यं परमं शुभम्।
यः पठेद् वज्रकवचं दत्तात्रेय समो भवेत् ।।49।।

एवं शिवेन कथितं हिमवत्सुतायै प्रोक्तं दलादमुनयेऽत्रिसुतेन पूर्वम्।
यः कोऽपि वज्रकवचं पठतीह लोके दत्तोपमश्चरति योगिवरश्चिरायुः ।।50।।

।।श्रीरुद्रयामले हिमवत्खण्डे मन्त्रशास्त्रे उमामहेश्वरसंवादे श्रीदत्तात्रेयवज्रकवचस्तोत्रम् ।।

जामयो यानि गेहानि शपन्त्यप्रतिपूजिताः।
तानि कृत्याहतानीव सद्यो यान्ति पराभवम्।।
अमृतस्यैव कुण्डानि सुखानामिव राशयः।
रतेरिव निधनानि योषितः तेन निर्मिताः।।

स्त्रियाँ तिरस्कृत होकर जिन घरों को शाप देती हैं, वे घर कृत्या राक्षसी के द्वारा हत होने की तरह दुर्दशाग्रस्त हो जाते हैं। स्त्रियाँ मानो अमृत के कुंड अथवा सुख की राशि ही हैं। ब्रह्मा ने इन्हें सम्पूर्ण आनन्द के निधान के रूप में ही रचा है।

अध्याय 7 डामर तथा कामरत्नम् तन्त्र

डामर तथा कामरत्नम् तन्त्र षट्कर्म से सम्बन्धित एक अनुभूत साधना है। यह भैरव का उग्र रूप है इस साधना को सम्पन्न करने में अत्यन्त सतर्कता आपेक्षित है। अग्रांकित श्लोक अर्थ सहित उद्धृत हैं जिनमें डामर तथा कामरत्नम् तन्त्र का सम्पूर्ण परिचय तथा साधना का विधान सन्निहित है। पुनरावृत्ति दोष से रक्षार्थ उनका उल्लेख सम्बन्धित स्थान के अतिरिक्त करना उपयुक्त नहीं है।

(भाषानुवाद सहित)

।। ॐ नमः क्रोधभैरवाय।।

व्योमवक्त्रं महाकायं प्रलयाग्निसमप्रभम्।
अभेद्यभेदकं स्तौमि भूतडामरनामकम्।।

आकाश रूपी मुखवाले, महाकाय, प्रलयाग्नि की प्रभा के समान देदीप्यमान, और अभेद भेद कारक भूतडामर नामक उन्मत्त भैरव को नमस्कार है।।

त्रैलोक्याधिपति रौद्रं सुरसिद्धनमस्कृतम्।
उन्मत्तभैरवं नत्वा पृच्छत्युन्मत्तभैरवी।।

त्रिलोकी के अधिपति, रौद्ररूपी, देवों और सिद्धों द्वारा नमस्कृत उन्मत्त भैरव को नमस्कार करके उन्मत्त भैरवी ने पूछा।।

भैरव्युवाचः

कथं यक्षा नरा नागाः किन्नरा प्रमथादयः।
जम्बूद्वीपे कलौ सिद्धिं यच्छन्त्येतावराङ्गनाः।।

भैरवी बोली : हे भैरव! इस कलियुग में किस प्रकार जम्बूद्वीप के निवासी यज्ञ, नर, भुजग, किन्नर, प्रमथ एवं नायिकादि समस्त सिद्धियाँ प्राप्त कर सकते हैं?।।

येऽन्ये पापरता मिथ्यावादिनः शीलवर्जिताः।
सालस्या ये नरास्तेम्यः साहाय्यं कुरतः स्वयम्।।

पापरत, मिथ्यावादी, दुःशील एवं आलसी ये सकल मानव अपनी सहायता किस प्रकार कर सकते हैं।।

कैनोपाये नश्यन्ति कलौदुष्टाधराशयः।
लभ्यन्ते सिद्धयः सर्वा मोक्षपद्धतयः शुभाः।
सिद्धयोऽप्यनिमाद्याश्च महापातक नाशिकाः।।

इस कलि से दुष्ट पापराशि किस प्रकार विनष्ट हो। सर्वप्रथम मंगलदायक और अभिलषित मोक्ष पद्वति क्या है जिससे महापापराशि नष्ट हो और किस प्रकार अणिमादि अष्ट सिद्धियों का लाभ प्राप्त किया जाय।।

अन्यान्नाशनतः पापमन्यस्त्रीगमनाद्विजम्।
कथं नश्यन्ति देवेश हेलया नरकं तमः।।

हे देवदेवेश! अपर जाति के अन्नभोजन और अपर जाति के स्त्रीगमन से उत्पन्न पापसमूह किस प्रकार नष्ट हो? किस प्रकार तमिस्र नरक की यन्त्रणा का नाश हो?।।

दूरादागत्य कामार्ता बलादालिङ्गयन्तिकम्।
ब्रह्मेशशक्रप्रमुखा मारिता वा कथं प्रभो।
पुनः केन प्रकारेण मृजा जीवन्ति निर्जराः।।

हे प्रभो! दूर रहने वाला पुरुष किस प्रकार स्त्री से आकर्षित हो अपने स्थान से आकार बलात स्त्री का आलिंगन करे और किस प्रकार ब्रह्मा, शिव और इन्द्र प्रभृत प्रमुख देवों को विनष्ट किया जाय? किस प्रकार मृत व्यक्ति पुनर्जीवित होकर अजर-अमर हो? कृपा करके इन सब बातों को आप मुझसे बतायें।।

उन्मत्तभैरव उवाच

क्रोधाधीशं व्योमवक्त्रं वज्रपाणिं सुरान्तिकम्।
वक्ष्ये नत्वा ततस्तत्र भूपतिं भूतडामरम्।।

उन्मत्त भैरव बोले : मैं क्रोधाधिपति, व्योमवक्त्र, वज्रपाणि, सुरान्तक, भूपति, भूतडामर नमस्कारपूर्वक तुमको यह सब बताऊँगा।।

तव स्नेहान्महादेवि कथ्यतेऽकथ्यमद्भुतम्।
यत्सुरैर्दुर्लभं स्वर्गे मर्त्यै मर्त्यैमुमुक्षुभिः।
नागलोके तथा नागैस्तच्छृणुष्व मम प्रिये।
यस्य ज्ञानं विना क्वापि नारीणां निग्रहोभवेत्।
यक्षिणो नैव गच्छन्ति सिद्धिमिष्टां शृणुष्व तत्।।

हे महादेवि! मैं तुम्हारे स्नेह से वशीभूत होकर यह अत्यन्त गोपनीय और अद्भुत विषय कह रहा हूँ, जो स्वर्ग के देवगण, मृत्युलोक के मुमुक्षु मानवगण और नागलोक के समूहों के लिए

भी दुर्लभ है। हे प्रिये ! तुम इसको श्रवण करो क्योंकि इसके ज्ञान के बिना नारियों के निकट निग्रह एवं यक्षिणियों को अभिलषित सिद्धि लाभ नहीं होता है।।

अथातः सम्प्रवक्ष्यामि सुगोप्य मनुमुत्तमम्।
सूरानामथ भूतानां मारणं येन सिद्धति।।

अब मैं अत्यन्त गोपनीय मंत्र बताता हूँ जिसके द्वारा देवताओं और भूतगणों का मारण कार्य सिद्ध होता है।।10।।

विषं वज्रजालेन हनयुग्मं ततः परम्।
सर्वभूतान् ततः कूर्चमन्त्रान्तं मनुमीरितम्।।
अस्य विज्ञान मात्रेण क्रोधेशाद्रोमकूपतः।
वज्रज्वालाः प्रजायन्ते शुष्यन्ति प्रमथादयः।
ब्रह्मेशशक्रप्रमुखा नीताः सूर्यमृशासनम्।।

"ॐ वज्रज्वालेन हन हन सर्वभूतान् हूँ फट्"- इस मंत्र के चैतन्य होने मात्र से क्रोध भैरव के रोम कूपों से, वज्रज्वाला जन्म लेता है और प्रमथादि भूतगण विशुक होते हैं। इससे ब्रह्मा, शिव, इन्द्र सदृश देवगण भी यम-शासन के अधीन हो जाते हैं।।

विज्ञानाकर्षिणी मन्त्रं भाषतेऽतोऽतिविस्मिता।
तारंब्रह्म मुखेप्रोक्ता शरयुग्माष्टमीरितम्।।
अस्य भाषितमात्रेण वज्रघ्राणाविनिसृताः।।
मृतसञ्जीवनी विद्या मृतप्राणा प्रदायिनी।
भूतानां दूरितध्वंसो भवेदस्य प्रभावतः।।
ततोनृणां हितार्थाय प्रमथाद्युपकारकम्।
क्रोधराजः पुनः प्राह मृतसञ्जीवनीमनुम्।।

अब मैं अत्यन्त विस्मय जनक विज्ञानाकर्षिणी नामक मन्त्र कहता हूँ : **"ॐ वज्रमुखे सर-सर फट्"** - इस मंत्र के उच्चारण करते ही वज्र भय का निवारण होता है। यही मृत संजीवनी विद्या है, इसी मंत्र के द्वारा मृत व्यक्ति जीवित होता है और इसी के प्रभाव से भूतादि विनष्ट होते हैं। तदुपरान्त क्रोधभैरव मनुष्यों के हितकारक एवं प्रथमादि के उपकारक मृतसंजीवनी मंत्र का उच्चारण करते हैं।।

पञ्चरश्मिं समुद्धत्य संघट्टेतिद्विधापदम्।
मृतानिति पदं पश्चाज्जीवयाग्निवधः स्मृतः।।
अस्यभाषिता मात्रेण मूर्च्छिताभूतदेवताः।
स्तम्भिता वेषमानाश्च उतिष्ठन्त्यति विह्वलम्।।

"ॐ संघट्ट-संघट्ट मृतान् जीवय स्वाहा" - इस मंत्र के उच्चारण करने मात्र से भूतादि समस्त देवता मूर्च्छित हो जाते हैं और जब उठते हैं तो स्तम्भित, कम्पित एवं विह्वल होते हैं।।

उन्मत्तभैरव्युवाच

भगवान्! सुन्दरी मन्त्रसाधनं वद मे प्रभो।
मन्त्रोद्धारं तथा मुद्रारर्चनं जपपद्धतिम्।।

उन्मत्त भैरवी बोलीं : हे भगवन् ! सुन्दरी देवी का मन्त्रोद्धार, मन्त्र साधन, मुद्रा, पूजा और जप पद्धति आदि सभी बातें मुझे बताइये।।

उन्मत्तभैरव उवाच

एक वृक्षे देवगेहे वने वज्रधरालये।
निम्नगासङ्गमे वापिपितृभूम्यावथापिवा।
सिद्ध्यन्तिभूतभूतिन्यो नृणामिष्ट फलप्रदाः।।

उन्मत्तभैरव बोले : किसी वृक्ष के नीचे, देवालय में, वन में, शिव मन्दिर में, नदी के संगम पर अथवा श्मशान में बैठकर उपासना करने से भूत-भूतिनी इत्यादि की सिद्धि होती है, और मनुष्य आदि को इष्ट फल प्राप्त होता है।।

उन्मत्तभैरव्युवाच

कालवक्त्र महाभीम प्रमथेश त्रिलोचन।
ब्रह्मादि मारणं ब्रूहि यदि तुष्टोऽसि भैरव।।

उन्मत्तभैरवी बोलीं : हे प्रमथेश, हे त्रिलोचन, हे कालवक्त्र, हे महाभीम! यदि आप मुझसे सन्तुष्ट हैं तो आप ब्रह्मादि के मारण की प्रक्रिया को बताइये।।

उन्मत्तभैरव उवाच

अथातः संप्रवक्ष्यामि असाध्यं येन सिद्धति।
मारणं ब्रह्ममुख्यानां भूतप्रत्यय कारकम्।

उन्मत्तभैरव बोले : मैं अब ब्रह्मादि का मारण मंत्र कहता हूँ। इस मंत्र के द्वारा असाध्य कार्य भी सिद्ध हो जाते हैं।

पालेयं हनयुग्मञ्च सर्वं मारय मारय।
वज्रज्वालेन कुर्चास्त्रमयं मन्त्र्यसुरान्तकः।।
त्रिंशत्सहस्रजपेन वज्रज्वाला कुलादिशः।
अदूरे बहुशस्त्रस्योच्चाराद् ब्रह्माजशङ्कराः।।

शक्राद्यालौकिकादेवा यक्षगन्धर्वकिन्नराः।
एषां स्त्रियो विनाशत्वं खण्ड खण्ड समागताः।
बोधिसत्त्वं मुहुः प्राहुर्विस्मिताः सर्वदेवताः।।
प्रणिपत्य सकृद्देवानस्माकं निग्रहं कुरु।।
वयंसिद्धिप्रयच्छामो जम्बूद्वीपे कलौयुगे।
दुःशीलपापयुक्तेभ्येऽन्यथा जहि सुरान्तक।
तथेत्युक्ता वज्रपाणिर्भाषतेभूतिनीमनुं।।

"ॐ हन हन सर्वं मारय मारय वज्रजालेन हुँ फट्" यह मंत्र समस्त देवताओं का अन्तक स्वरूप है। इस मंत्र का तीस हजार जप करने से समस्त दिशायें वज्र ज्वाला में अस्थिर हो जाती हैं, अस्त्र उच्चाटित हो जाते हैं एवं ब्रह्मा, महादेव, विष्णु, इन्द्रादि देवगण, यक्ष, गंधर्व, किन्नर आदि अपने स्त्रीगणों के साथ विनाश को प्राप्त होते हैं। इस प्रकार का मंत्र बताने पर देवगण विस्मित होकर क्रोधराज से नमस्कार पूर्वक कहते हैं कि इस कलिकाल में जम्बूदीप में हमें सिद्धि प्रदान कीजिए।।

प्रालेयं श्रीशशीदेव्या अनादि श्रीतिलोत्तमा।
सनादीं श्रीमनुस्मृत्य युक्तं काञ्चन मालया।।
विषं श्रीवर्मयंयुक्तमाभाष्य कुलहारिणी।
तारं वर्मसमायुक्तांरत्नमालेति पञ्चमी।।
तां स इति रम्भाख्यां विषं श्रीमुर्वशी परा।
अनादि बीजमाभाष्य भूषणीत्युक्ताप्सरसः क्रमात्।
क्रोधं नत्वा प्रवक्तांर यथा संसिद्धिसाधनम्।।

"ॐ श्रीं त्रिलोत्तमा। श्रीं ह्रीं काञ्चनमाला। ॐ श्रीं हुं कुलहारिणी। ॐ हुं रत्नमाला। ॐ हुं रम्भा। ॐ श्रीं उर्वशी। ॐ रमा भूषिणी।" क्रोध भैरवि को नमस्कार पूर्वक हमने ये सकल भूतिनी साधन मंत्र बताया।।

अथषट्कर्माणां माहेन्द्रादिनिर्णयः

स्तम्भनं मोहनञ्चैव वशीकरणमुत्तमम्।
माहेन्द्र वारुणे चैव कर्त्तव्यमिह सिद्धिदम्।।
विद्वेषोच्चाटनं वह्निवायुयोगेन कारयेत्।।
ज्येष्ठा चैवोत्तराषाढा अनुराधा च रोहिणी।।
माहेन्द्रमण्डलस्था च प्रोक्त कर्मप्रसिद्धिदा।
स्यादुत्तरपदा मूला ऋक्षे शतभिषा तथा।
पूर्वभाद्रपदाश्लेषा ज्ञेया वारुणामध्यगाः।
पूर्वाषाढा ततः कर्मसिद्धिदाशम्भुना स्मृता।

स्वाती हस्तामृगशिरा आर्द्रा चोत्तरफल्गुनी।
पुष्या पुनर्वसु वह्निमण्डलस्था प्रकीर्तिता।।
अश्विनी भरणी चित्रा धनिष्ठा श्रवणा मघा।
विशाखा कृत्तिका पूर्वफल्गुनी रेवती तथा।
वायुमण्डलमध्यस्था तत्तत्कर्मप्रसिद्धिदा।।

षट्कर्मों में माहेन्द्र आदि निर्णय-स्तम्भन और मारण को पृथिवी तत्त्व के उदय के समय करना चाहिए और वशीकरण को जल तत्त्व के उदय के समय करना चाहिए। विद्वेषण को अग्नि तत्त्व के उदयकाल में करना चाहिए। उच्चाटन को वायु तत्त्व के उदयकाल में करना चाहिए। ज्येष्ठा, उत्तराषाढ़ा, अनुराधा और रोहिणी नक्षत्रों को पृथिवी तत्त्व के उदयकाल में किये जाने वाले कर्मों के लिए शुभ माना गया है। उत्तरभाद्रपद, मूल, शतभिषा, पूर्व भाद्रपद और आश्लेषा नक्षत्रों को जल तत्त्व के उदय काल में किये जाने वाले कर्मों के लिए शुभ माना गया है। पूर्वाषाढा, स्वाति, मृगशिरा, आर्द्रा, उत्तरा, फाल्गुनी, पुष्य और पुर्नवसु नक्षत्रों को अग्नि तत्त्व के उदयकाल में किये जाने वाले कर्मों के लिए शुभ माना गया है। अश्विनी, भरणी, चित्रा, धनिष्ठा, श्रवण, मघा, विशाखा, कृत्तिका, पूर्वाफाल्गुनी और रेवती नक्षत्रों को वायु तत्त्व के उदयकाल में करने वाले कर्मों के लिए शुभ माना गया है। अतः अनुकूल नक्षत्रों का निर्णय करने के बाद ही तत्तद कर्मों को करना चाहिए।

अथ षट्कर्मणि अंगुलिनिर्णयः

शान्तिके पौष्टिके चैव अभिचारिककर्माणि।।
तर्जन्यादिसमारूढं कुर्याद्यत्नात् क्रमः सुधीः।
तत्रांगुष्ठसमारूढं सर्वकर्म शुभेरतः।।

षट्कर्मों में अंगुलि निर्णय : शान्ति कर्मों में तर्जनी का प्रयोग, पौष्टिक कर्मों में मध्यमा और अंगुष्ठ का प्रयोग, तथा मारण में अनामिका और अंगुष्ठ का प्रयोग शुभ माना गया है।

अथ मूलीकाग्रहण विधिः

विधिमन्त्र समायुक्तमौषधं सफलं भवेत्।
विधिमन्त्रविहीनन्तु काष्ठवद्भेषजं भवेत्।।

मूलिका ग्रहण विधि : यथाविधि प्राप्त और मंत्र समन्वित होने से ही औषधियाँ फलदायक होती हैं। इसके विपरीत, विधि तथा मन्त्रविहीन होने पर ये साधारण काष्ठवत् विफल होती हैं, और उनमे किसी फल की आशा नहीं करनी चाहिए अर्थात् षट्कर्मों के लिए औषधि संग्रह के सम्बन्ध में जो मन्त्र और नियम बताये गए हैं उनके अनुसार ही कार्य सिद्धि लाभ होता है, अन्यथा सब विफल हो जाता है।

वल्मीककूपरथ्यातरुतलदेवायतनश्मशानेषु ।
जाता विधिना विहिताप्यौषधयः सिद्धिदा न स्युः ।।

चीटों के टीले (वल्मीक), कूप, पथ तरुतल, देवमन्दिर और श्मशान में जो भी औषधियाँ उत्पन्न होती हैं उन्हें विधिवत् ग्रहण करने पर भी उनसे कार्य सिद्धि की कोई आशा नहीं होती है।

जलजीर्णमग्निकवलितमकालजातं कृमिभक्ष्यभूतलशरीरम् ।
न्यूनं तथाधिकया द्रव्यमद्रव्यं जगुर्भिषजः ।।

जलजीर्ण, अग्निदग्ध, अकालोत्पन्न और कीटभक्षित इत्यादि औषधियों का व्यवहार नहीं करना चाहिए। औषधियों को आवश्यक परिमाप से अधिक या न्यून मात्रा में ग्रहण करना भी अनुचित है।

भूतादियुक्तमभ्यर्च्य गिरीशं प्रातरुत्थितैः ।
श्रद्धैरुपासितैर्वापि संग्राह्यं सर्वमौषधम् ।।

प्रातःकाल शय्या से उठकर भूतादि सहित शिव की अर्चना करके औषधि ग्रहण करना चाहिए। श्रद्धा सहित और उपवासी होकर ही औषधियों को ग्रहण करना विधि सम्मत कहा गया है।

इत्येवं सर्वमूलानां विधिमन्त्रश्च कथ्यते ।
आदौ वृक्षमूलं गत्वा तदन्ते चाभिमन्त्रयेत् ।।

अब उन नियमों और मंत्रों को बताते हैं जिनके अनुसार औषधियों का उत्तोलन करना चाहिए। सर्व प्रथम तरुमूल में जाकर ये मंत्र पढ़ना चाहिए।

ॐ वेतालाश्च पिशाचाश्च राक्षसाश्च सरीसृपाः ।
अपसर्पन्तु ते सर्वे वृक्षादस्माच्छिवाज्ञया ।।

अर्थात् वेताल, पिशाच, राक्षस और सरीसृप आदि जो कोई भी वृक्ष में निवास करता हो। वह शिव के आदेश से इस वृक्ष से दूर भाग जाये। इसके अनन्तर यह मंत्र पढ़ना चाहिए।

ॐ नमस्तेऽमृतसम्भूते बलवीर्यविवर्द्धिनि ।
बालमायुश्च मे देहि पापान्मे त्राहि दूरतः ।।

ततो नतिः

अर्थात् हे अमृत सम्भूते, बल-वीर्य-विवर्धिनि! मुझे बल और दीर्घआयुष्य प्रदान करो और मेरे पापराशि को ध्वस्त करो। मैं तुम्हें नमस्कार करता हूँ। इस प्रकार बोलकर नमस्कार करें।

ततः खननम्

इस प्रकार नमस्कार करके औषधि का यह मंत्र बोलकर खनन करें :

येन त्वां खनते ब्रह्मायेन त्वां खनते भृगु।
येन इन्द्रोऽथ वरुणो येन त्वामुपचक्रमे।
तेनाहं खनयिष्यामि मन्त्रपूतेन पाणिना।।
मा ते पाते मानिपाति मा ते तेजोऽन्यथाभवेत्।
अत्रैव तिष्ठ कल्याणि मम कार्यकारी भव।।
ॐ ह्रीं क्ष्रौं स्वाहा। अनेन मूलिकां छेदयेत्।

फिर यह मंत्र बोलकर वृक्ष मूल का छेदन करे अर्थात् उसे काटे।

इत्येवं सर्वविधानां षट्कर्माणां सुसिद्धये।।
कथितश्चात्र यत्नेन मूलिकाग्रहणं शुभम्।

इस प्रकार षट्कर्मों के लिए और अन्य विद्याओं की साधना के लिए मूलिका ग्रहण करना चाहिए।

अथ वशीकरण विधि

अत्र सर्वजनवशीकरणम्

वर्णानामुत्तमाः वर्णमठन्तस्थस्तथैव च।
ॐकार शिरसा चापि ॐकार सिरसन्तथा।।
अधोभागे च रेफश्च दत्त्वा मन्त्रं समुद्धरेत्।
निरामिषान्नभोक्ता च जप्तव्यो मन्त्र एव च।।
ग्रों ड्रों ।
मुरोः सकाशात् सम्प्राप्य जपेत् पञ्चशतं सुधीः।
पुत्रो वा नृपतिश्चैव मित्राणि बन्धुबान्धवाः।
वशीभवन्ति मन्त्रेण सिद्धयोग उदाहृतः।।

सर्वजन वशीकरण : अब वशीकरण विधि तथा उसके अन्तर्गत सर्वप्रथम सर्वजन वशीकरण बताते हैं। इसके लिए उपयुक्त मंत्र **'ग्रों ड्रों'** है जिसे गुरु से यथाविधि ग्रहणपूर्वक पाँच सौ जप करना चाहिए। ऐसा कर लेने से, पुत्र, मित्र, राजा और बन्धु-बान्धव साधक के वशीभूत हो जाते हैं। यह मंत्र सिद्ध योग कहा गया है।।1।।

"ॐ नमः कटविकट घोररूपिणी स्वाहा।"
सप्ताभिमन्त्रितं चन्नं मुङ्क्ते सप्तग्रासं यदि।
प्रत्यहं यस्य नाम्ना तु वशीभवति स ध्रुवम्।।

प्रतिदिन उक्त मंत्र के द्वारा अन्न का सातग्रास अभिमन्त्रित करके जिसका नाम लेकर साधक उन ग्रासों को खा लेगा वह व्यक्ति निश्चित रूप से साधक का वशीभूत हो जायगा।।

"ॐ वश्यमुखीराजमुखी स्वाहा।"
वशीभवन्ति सर्वे तु सप्ताभिक्षालिते मुखे।
सर्वेषु वश्यमन्त्रेषु मन्त्रराजमिदं स्मृतम्।।

प्रतिदिन उक्त मंत्र पढ़कर जो साधक सात बार मुखधावन करता है उसके निकट सभी वशीभूत हो जाते हैं।।

ॐ चामुण्डे जय जय स्तम्भय स्तम्भय मोहय मोहय सर्व सत्त्वान् नमः स्वाहा।

मन्त्रेण मन्त्रितं पुष्पं यस्मै कस्मै प्रदीयते।
राजा वा राज पुत्रो वा वशीभवति निश्चतम्।।

उक्त मंत्र द्वारा पुष्प को अभिमन्त्रित करके वह पुष्प जिसके हाथ में दे दिया जाय वह व्यक्ति, चाहे राजा हो या राजपुत्र, निःसन्देह साधक के वशीभूत हो जाएगा।।

ॐ नमः कोदण्डशरबिजालिनी मालिनी सर्वलोकवशङ्करी स्वाहा।

अष्टोत्तरसहस्रन्तु जप्त्वा मन्त्रं प्रयत्नतः।
अपामार्गस्य मूलं वै गोरोचनासमन्वितम्।
संपिष्य तिलके धृत्वा त्रिलोकं वशमानयेत्।।

उक्त मंत्र का 1008 बार जप करे। फिर अपामार्ग और गोरोचन को एकत्र मर्दन करके इस मंत्र से ललाट पर तिलक लगाने से समस्त त्रिभुवन साधक के वशीभूत हो जाता है।।

अष्टम्यामसिते पक्षे निराहारो जितेन्द्रियः।
चतुर्दश्यां बलिः दत्त्वा दण्डोत्पलं समाचरेत्।।
संपिष्य ताम्बूले कृत्वा यस्मै कस्मै प्रदीयते।
सहस्रं मन्त्रितं मन्त्रैर्वशीभवति निश्चितम्।।

कृष्ण पक्ष की अष्टमी या चतुर्दशी को निराहार और जितेन्द्रिय होकर दण्डोत्पल की जड़ को खोदे और इस जड़ को पीसकर पान के भीतर रखकर जिसे प्रदान कर दिया जाय वह व्यक्ति वशीभूत हो जाता है। इसी दण्डोत्पल (सहदेई) की जड़ को पीसकर प्रयोग से पहले निम्नलिखित मंत्र से सहस्र बार अभिमन्त्रित कर लेना चाहिए :

मन्त्रो यथा - **ॐ नमो भगवती मातङ्गेश्वरि सर्वमुखरञ्जे सर्वेषां महामाये मातङ्गे कुमारिके लह लह जिह्वे सर्वलोकेवशङ्करी स्वाहा।।**

दण्डोत्पल मूलं नीत्वा कट्यौबद्धा प्रयत्नतः।
मन्त्रमुच्चार्य पूर्वोक्तं नारीं गच्छति यो नरः।
सा वश्यं वशगा नित्य दासीवत् नात्र संशयः।।

दण्डोत्पल की जड़ को खोदकर यत्नपूर्वक कमर में बाँधकर उपरोक्त मंत्र का पाठ करते हुए जो व्यक्ति किसी रमणी के निकट जाएगा वह रमणी दासी के समान उस व्यक्ति के वशीभूत हो जाएगी।।

श्वेतापराजितामूलं ग्रहणे चन्द्रकस्य च।
सहस्रं मन्त्रितं तत् संपिष्य नेत्रमञ्जयेत्।
लोकत्रयं वशीकुर्यात सत्यं सत्यं वदाम्यहम्।।

चन्द्र ग्रहण के समय श्वेतापराजिता (विष्णुक्रान्ता) की जड़ खोदकर लाये और उसे निम्नलिखित मंत्र से एक सहस्र बार अभिमन्त्रित करके पीसकर, उस पिसे हुए पदार्थ का नेत्रों में अंजन करने से सकल त्रिभुवन, साधक का वशीभूत हो जाता है।

मन्त्रो यथा - **ॐ वक्रकिरणे शिवे रक्ष भये मायाह्यामृतं कुरु कुरु स्वाहा।**

श्वेतापराजितामूलं गोरोचनासमन्वितम्।
पूर्ववत् मन्त्रितं तेन तिलकं वशीकारकम्।।

श्वेतापराजिता की जड़ और गोरोचन को एकत्र मिश्रित करके पूर्ववत् उपरोक्त मंत्र द्वारा एक सहस्रबार अभिमन्त्रित करके उसका ललाट पर तिलक लगाने से त्रिभुवन साधक के वशीभूत हो जाता है।।

श्वेतापराजितामूलं कृत्वा ताम्बूलमध्यगम्।
पूर्ववत् मन्त्रितं यस्मै दीयते स वशीभवेत्।।

श्वेतापराजिता (विष्णुक्रान्ता) की जड़ को पान के अन्दर रखकर उपरोक्त मंत्र द्वारा पूर्ववत् अभिमन्त्रित करके जिसे उस पान को दे दिया जाए वह व्यक्ति साधक के वशीभूत हो जाता है।।

नासानेत्रमलं पादमलं गुवाकमिश्रितम्।
मन्त्रितं दीयते यस्मै वशीभवति निश्चितम्।।

स्वीयनासामल, नेत्रमल और पादमल लेकर गुवाक के साथ पीसकर सबको अच्छी तरह मिला लें। तदनन्तर उसे निम्नलिखित मंत्र से अभिमंत्रित करके जिसे भक्षणार्थ प्रदान किया जाय वह व्यक्ति निश्चित रूप से वशीभूत हो जाएगा।।

मन्त्रो यथा ॐ पिङ्गलायै नमः।।

इन्दीवरमूलं पिष्ट्वा गोरोचनसमन्वितम्।।
सहस्रं मन्त्रितं तत् तु तेनाञ्जयेनेत्रयुग्मकम्।।
सर्वेषां प्रिय प्रवासौ त्रिलोकं वशमानयेत्।।
मन्त्रन्तु पूर्ववत।।

इन्दीवर (नीलकमल) की जड़ और गोरोचन को एकत्र पीसकर उपरोक्त मंत्र द्वारा एक सहस्रबार अभिमन्त्रित करके उसका नमनपूर्वक अंजन लगाये। ऐसा करने से साधक सभी व्यक्तियों का प्रिय बन जाता है और सकल त्रिभुवन उसके वशीभूत हो जाते हैं।।

रोहिण्यां वटवन्दाकं संगृह्य धारयेत् करे।
वश्यं करोति सकलं विश्वामित्रेण भाषितम्।।

रोहिणी नक्षत्र में वटवृक्ष का बन्दा लाकर उसे हाथ में धारण करने से सभी लोग साधक के वशीभूत हो जाते हैं। यह योग विश्वामित्र द्वारा बताया गया है।।

अथ दुष्टास्त्री वशीकरणम्

काकजङ्घा वचा कुष्ठं शुक्रशोणितमिश्रितम्।
तद्धस्ते भोजने बाला श्मशाने रोदते सदा।।

दुष्टास्त्री वशीकरण : भार्या के दुष्ट हो जाने पर उसके स्वामी को चाहिए कि उपरोक्त मंत्र का पाठ करते हुए काकजङ्घा, वच और कुष्ठ तथा अपना शुक्र और रक्त मिलाकर उस दुष्टस्त्री के हाथ में प्रदान करें अथवा उसे खिला दे। ऐसा करने से वह स्त्री आजीवन अपने स्वामी के वशीभूत हो जाएगी। इतना ही नहीं स्वामी की मृत्यु हो जाने पर वह श्मशान में अपने स्वामी के विरह में रोदन करती रहेगी। उपरोक्त द्रव्यों को प्रदान करते समय निम्नलिखित मंत्र का पाठ करना चाहिए।।

ॐ नमो भगवते रुद्राय ॐ चामुण्डे अमुकीं मे वशमानय स्वाहा।।1।।
कृष्णधूस्तुरजं पुष्पं पुष्पे संगृह्य यत्नतः।
भरण्यां फलमानीय विशाखायां शाखास्तथा।
हस्तायां पत्रमागृह्य मूलायां मूलमेव च।
समं गोरोचनं दत्त्वा समं कर्पूरकुंकुमो।।
तिलकं तेन कृत्वा तु कुलटां वशमानयेत्।।

पुष्य नक्षत्र में कृष्ण धतूर का पुष्प, भरणी नक्षत्र में उसका फल, विशाखा नक्षत्र में उसकी शाखा, हस्त नक्षत्र में उसका पत्ता तथा मूल नक्षत्र में उसकी जड़ लेकर इनमें समपरिमाण कपूर,

कुंकुम तथा गोरोचन मिलाकर सबको एकत्र पीसकर ललाट पर तिलक लगाने से साधक की स्त्री यदि कुल्टा भी हो तो भी वह साधक के वशीभूत हो जाएगी।।

प्रातर्मुखन्तु प्रक्षाल्य सप्तवाराभिमन्त्रितम्।
यस्य नाम्ना पिवेत्तोयं सा स्त्री वश्या भवेद्ध्रुवम्।

प्रातःकाल उठकर मुख धोकर जो पति अपनी कुल्टा भार्या के नाम पर निम्नलिखित मंत्र से सात बार जल का पान करेगा वह अपनी पत्नी को अवश्य वशीभूत कर लेगा।

ॐ नमः क्षिप्रकर्मणि अमुकीं मे वशमानय स्वाहा।।
कृष्णापराजितामूलं ताम्बूलेन समायुतम्।
अवश्यायै स्त्रियै दद्यात्वश्या भवति नान्यथा।।

कृष्णापराजिता की जड़ को पान में मिश्रित कर निम्नलिखित मंत्र से अभिमन्त्रित करके दुष्ट स्त्री को खिलाने से वह स्त्री निःसन्देह अपने पति के वशीभूत हो जाएगी।

ॐ हूं स्वाहा।।
स्वनाम् सहितं पत्नीनाम् उच्चार्य यत्नतः।
सप्ताभिमन्त्रितं पुष्पं भार्यायै प्रददेद्यदि।
वशी भवति सा भार्या नाम कार्या विचारणा।।

अपने नाम के साथ अपनी पत्नी के नाम का उच्चारण करके निम्नलिखित मंत्र से सात बार अभिमन्त्रित करके कोई पुष्प अपनी भार्या के हाथ में दे देने से वह निश्चित रूप से वशीभूत हो जाएगी।।

ॐ हूं स्वाहा।।
पानीयस्याञ्जलीन सप्त दत्त्वा विद्यामिमां जपेत्।
सालङ्कारां नरः कन्यां लभते नात्र संशयः।।

निम्नलिखित मंत्र का जप करते हुए सात अंजलि जल प्रदान करने से पुरुष (साधक) अपने लिए सुविभूषिता कन्या प्राप्त करता है इसमें कोई सन्देह नहीं है।।

ॐ विश्वावसुर्नाम गन्धर्वः कन्यानामाधिपतिः सुरूपां
सालङ्कारां देहि मे मनन्तस्मै विश्ववसवे स्वाहा।।
गोरोचनकुंकुमाभ्यां भूर्जे यस्याः नामाभिलिख्य घृत
मधुमध्ये स्थापयेत् सा वश्या भवति।।

गोरोचन और कुंकुम से भोजपत्र पर किसी स्त्री का नाम लिखकर उस भोजपत्र को घी और मधु में रखने से वह स्त्री वशीभूत होती है।।

अथ पति वशीकरणम्

पञ्चाङ्गं दाडिमं पिष्ट्वा गौरसर्षपसंयुतम्।
सप्ताभिमन्त्रितं तेन योनिलेपात् परिर्वशः।।

पतिवशीकरण : अनार के वृक्ष की जड़, छाल, पत्ते और फूल को लेकर श्वेत सर्षत सहित पीसकर निम्नलिखित मंत्र से सात बार अभिमन्त्रित करके नारी यदि अपने अंगों में लेपन कर ले तो वह अपने पति को दासवत् वशीभूत करने में समर्थ होगी।।

ॐ काममालिनी पति मे वशमानय ठः ठः
उक्तयोगानं सप्ताभिमन्त्रितेन सिद्धिः।।

गोरोचनानलदकुंकुमभाविताया: ।
तस्याः सदैव कुरुते तिलकं वशीत्वम्।
वात्स्यायनेन बहुधा प्रमदाजनानां।
सौभाग्यकृत्यसमये प्रकटीकृतोऽसौ।।

वात्स्यायन ऋषि ने इस प्रकार कहा है : गोरोचन, वेनार की जड़ और कुंकुम को एकत्र करके उन्हें पीसकर तिलक करने से पति दासवत् वशीभूत हो जाता है।।

अथ आकर्षण प्रकरणम्

गृहीत्वामर्जुनवन्दाकमश्लेषायां प्रयत्नतः।
अजमूत्रेण संपिष्य निक्षिपेत् अस्य मस्तके।।
नारी वा पुरुषो वापि सुतो वा पशुरेव च।
आकृष्टः स्वयमायाति सत्यं सत्यं बदाम्यहम्।।

आश्लेषा नक्षत्र में अर्जुन वृक्ष की जड़ लेकर बकरी के मूत्र में उसे पीस लें। इस द्रव्य को जिस नारी या पुरुष या पशु के ही मस्तक पर फेंक दिया जाएगा वह निःसन्देह आकृष्ट होगा।।

शत्रुमुखस्तम्भनम्

मेघनादस्य मूलन्तु मुखस्थं तारवेष्टितम्।
परवादी भवेन्मूकोऽथवा याति दिगन्तरम्।
श्वेत गुञ्जोत्थितं मूलं मुखस्थं परतुण्डजित्।।

स्तम्भन के अन्तर्गत शत्रुमुखस्तम्भन : निम्नलिखित चामुण्डा मंत्र का जप करके सिद्ध कर लें। तदनन्तर पलाश वृक्ष को तारवेष्टित करके उसके नीचे मुख धोने से शत्रु के मुख का स्तम्भन होता है; अथवा शत्रु दूसरे स्थान में चला जाता है। अथवा श्वेत गुञ्जा की जड़ को मुख में रखने से शत्रु की वाणी अवरुद्ध हो जाती है। परन्तु यह सब कर्म चामुण्डा मंत्र को सिद्ध करने के बाद ही करना चाहिए।।

ॐ ह्रीं रक्ष चामुण्डे तुरु तुरु अमुकं मे वशमानय स्वाहा।
अयं चामुण्डा मन्त्रः। अनेन उक्तयोगसिद्धिः।।

पुष्यार्के मधुवन्दाकं गृहीत्वा प्रक्षिपेद् बुधः।
सभामध्ये च सर्वेषां मुखस्तम्भः प्रजायते।।

पुष्य नक्षत्र में यष्टिमधु की जड़ को लाकर यदि किसी सभा के बीच फेंक दिया जाय तो उस सभा में उपस्थित समस्त लोगों का मुख-स्तम्भन हो जाएगा।।

अर्कपत्रे हरितालरसेन यस्य नामाभिलिख्य उद्यानमध्ये
ईशानकोणे स्थापयेत तस्य मुखबन्धनस्तम्भनं भवति।।

अर्कपत्र पर हरिताल के रस से जिसका नाम लिखकर किसी उद्यान के ईशान कोण में गाड़ दिया जाए उस व्यक्ति का मुख-स्तम्भन हो जाएगा।।

अथ जयप्रकरणम्

आर्द्रायां वटबन्दाकं हस्तेबद्धापराजितः।
तद्वृक्षे च्युतबन्दाकं गृहीत्वा धारयेत् करे।
संग्रामे जयमाप्नोति जयां स्मृत्वा जयी तथा।।

जय प्रकरण : आर्द्रा नक्षत्र में बट-वृक्ष का अथवा आम के पेड़ का बण्डा लेकर हाथ में बाँधने से अथवा धारण करने से संग्रामादि में अथवा सर्वप्रकार के विवादादि में जयलाभ होता है।।

कृत्तिका च विशाखा च भौमवारेण संयुता।
तद्दिने घटितं वस्त्रं संग्रामे जयदायकम्।।

यदि कृत्तिका या विशाखा नक्षत्र में मंगलवार का योग हो तो उस मंगलवार को वस्त्र प्रस्तुत करे और उसे पहन कर गमन करे। इससे निश्चित रूप से जयलाभ होगा।।

करे सुदर्शनामूलं बद्धा राजकुलेजयी।
जयामूलं राजकुले मुखस्थञ्च जयप्रदम्।।

सुदर्शन की जड़ हाथ में बाँधने से राजकुल में जयलाभ होता है अर्थात् मुकदमे या अन्य राजकर्मों में जयलाभ होता है। जया की जड़ को मुख में रखने का भी यही फल जानना चाहिए।

अथ बन्धन मोचनं निगडादिभंजनश्च

मार्गशीर्षस्य पूर्णिमायां शिखिमूलं समुद्धरेत्।
बन्धनान्मुच्यते तेन शिखाबद्धो न संशयः।।

बन्धनमोचनं और निगडादि भञ्जन- अगहन मास की पूर्णिमा के दिन शिखि वृक्ष की जड़ को उखाड़कर लाये। उस जड़ को शिखा के साथ बाँधने से निःसन्देह साधक बन्धकमुक्त हो जाता है। प्रयोग से पहले उक्त जड़ को निम्नलिखित मंत्र से 108 बार अभिमन्त्रित कर लेना चाहिए। 'क' बीज को एक लाख बार लिखने से भी बन्धनमोचन होता है।।

मंत्र — **ॐ नमः कमलपिङ्गले रुद्रहृदयाङ्गे वेताल ताल अस्थिधारिणि तिष्ठ तिष्ठ सर सर सर्वान मोहय मोहय भगवति शिखाये तिमिर महामाये स्वाहा। अष्टोत्तरशतं शिखायां पूर्वोक्तमौषधं बन्धयेत्तेन सिद्धिः। लक्षं वर्णं ककारञ्च लिखेद्बन्धनमोचनम्।।**

हस्तार्के सिन्धुवारस्य मूलं चोत्तरगं हरेत्।
स्पर्शनं बन्धविच्छेदं कुरुते शीघ्रमारुतः।।

हस्त नक्षत्र में रविवार का योग होने पर सिन्धुवार की ऐसी जड़ लाये जो उत्तर दिशा में गई हो। इस जड़ को अंग में स्पर्श कराते ही तत्काल बन्धनमोचन हो जाता है।।

ॐ हुं ॐ आय आय चिं चिटि चिटि हां ला
वज्रनन्दिक कालिका स्वाहा।।

एक मुट्ठी श्वेतसर्षप और तीन श्वेतजपाकुसुमों को उपरोक्त मंत्र से अभिमन्त्रित करके घर के प्रथम प्रवेश द्वार पर फेंक देने से अन्य द्वार स्वतः ही टूट कर खुल जाते हैं।।

मांसी रक्तोत्पलं तुल्यं कृकलासे च भोजयेत्।
तन्मलैर्गुटिकास्पर्शात्तदा बनधं तिनत्यलम्।।

जटामांसी और रक्तोत्पल समान भाग लेकर एक कृकलास को भोजन करा दे। तदनन्तर उस कृकलास की विष्ठा की गुटिका बना ले। उस गुटिका को अंग में स्पर्श कराते ही बन्धन का विमोचन हो जाता है।।

अथ कामरत्नम्

भाषाटीकासहितम्

यस्येश्वरस्य निमलं चरणारविन्दं
संसेव्यते विबुधसिद्धमधुव्रतेन।
निर्वाणसूचक गुणाष्टकवर्गपूर्ण
तं शकरं सकलदुःखहरं नमामि।।

जिन ईश्वर के निर्मल चरणारविन्द की देवता तथा सिद्ध भ्रमर के समान उपासना करते हैं, जिनके गुणानुवाद स्मरण से मुक्ति हो जाती है उन अष्टमूर्ति, वेदपूर्ण सम्पूर्ण दुःखों को हरने वाले शंकर को मैं नमस्कार करता हूँ। (कहीं **"निर्माणशातकगुणाष्टकवर्गपूर्ण"** पाठ है, अर्थात् जो सम्पूर्ण सृष्टि के संहार गुण, ध्यान, धारणादि अष्टांग योग और धर्मादि चार वर्ग में विराजित हैं उन सम्पूर्ण दुःखनाशक शिव को प्रणाम है)।

ज्ञातं तव प्रसादेन यथाकालस्य बन्धनम्।
मन्त्रस्य सारसम्भूतमिदानीमौषधं वद।
औषधान्यप्येनेकानि मनुजानां हितायवै।
पूर्वं तु यत्त्वयाप्रोक्तं प्रत्यक्षं कथयस्व मे।।

देवी बोली : हे भगवान् ! आपकी कृपा से मैंने यथायोग्य काल का बन्धन जाना; अब इस समय आप मंत्र के सार से प्रगट होने वाली औषधियों को कहिए। मनुष्यों का हित करने वाली आपने पहले अनेक औषधियाँ कहीं हैं अब उन्हें प्रत्यक्ष कहिए।

ईश्वर उवाच

तिथिनक्षत्रवारेण ऋतुभेदैः परिग्रहः।
खननोत्पाटनं मन्त्रैःकारयेद्वै चिकित्सकः।।
औषधं कालयोगेन गृह्णाति परमं बलम्।
शरद्धेमन्तिके देवित्वचोमूलपरिग्रहः।।

शिशिरे च फलं सम्यङ्मूलं सारसमन्वितम्।
वसन्ते पुष्पपत्रं च ग्रीष्मे च फलबीजके।।
स्वकाले बलवन्तोऽपि वर्षासुतरवः सदा।
मूलेशुष्केबलं चार्द्धमलादौ भिषजे तथा।।
ग्रीष्मवार्षिकयोरेतच्छरत्सम्पूर्णता भवेत्।
वृक्षादीनां फलं बीजं स्वकीये चार्तवे तथा।।

फल पुष्प लता ह्येते स्वकाले बलिनस्तथा।
निशायां वनजा वीर्या जलजा बलिनोदिवा।।

शिवजी बोले : हे देवि ! तिथि, नक्षत्र, वार और ऋतुओं के भेद से औषधियों का ग्रहण, खनन, उखाडना वैद्य को मन्त्रपूर्वक करना चाहिए क्योंकि समय योग में ग्रहण की हुई औषधि परम बल प्रदान करती है। शरद् और हेमन्त में त्वचा (छाल) और मूल ग्रहण करना, शिशिर में फल, मूल, और सार ग्रहण करना, वसन्त में पुष्प और पत्र तथा ग्रीष्म में फल और बीज ग्रहण करना चाहिए। अपने काल और वर्षा में वृक्ष सदा बलवान् होते हैं। मूल शुष्क होने से आधा बल प्राप्त होता है। तथा मलादि स्थान का मूल निर्बल होता है। ग्रीष्म, वर्षा और शरद में सम्पूर्णता होती है। वृक्षादि के फल और बीज अपनी ऋतु में ग्रहण करने चाहिए; क्योंकि ये फल, पुष्प तथा लता अपने समय में बलवान होते हैं। वन में होने वाली रात में और जल में होने वाली औषधियाँ आदि दिन में बली होती हैं।

शान्ति वश्य स्तम्भनानि द्वेषणोच्चाटनं तथा।
मारणान्ता निशंसन्ति षट्कर्माणि मनीषिणः।।

शान्ति, वशीकरण, स्तम्भन, विद्वेषण, उच्चाटन और मारण यह छह कर्म विद्वानों ने कहे हैं।

कामरत्नमिदं चित्रं नानातन्त्रार्णवान्मया।
वश्यादि यक्षिणीमन्त्रसाधनान्तं समुद्धतम्।
वश्याकर्षण कर्माणि वसन्ते योजयेत्प्रिये।।

यह विचित्र "कामरत्न" नामक ग्रन्थ अनेक सागररूप ग्रन्थों से संग्रह करके वशीकरण से प्रारम्भ कर यक्षिणी मंत्र के साधन पर्यन्त उद्धृत किया गया है। हे पार्वती ! वशीकरण और आकर्षण कर्म वसन्त ऋतु में करने चाहिए।

ग्रीष्मे विद्वेषणं कुर्यात्प्रावृषिस्तम्भनं तथा।
शिशिरे मारणञ्चैव शांतिकं शरदि स्मृतम्।।
हेमन्ते पौष्टिकं कुर्यादुक्तं कर्म विशारदैः।

ग्रीष्म ऋतु में विद्वेषण, वर्षा ऋतु में स्तम्भन, शिशिर में मारण शरद् में शान्तिकर्म, हेमन्त में पुष्टिकर्म, इन कर्मों के जानने वालों को करने चाहिए।

वसन्ते चैव पूर्वाह्णे ग्रीष्मे मध्याह्न उच्यते।।
वर्षा ज्ञेयाऽपराह्णे तु प्रदोषे शिशिरस्तथा।
अर्द्धरात्रे शरत्काले उषा हेमन्त उच्यते।।

दोपहर से पहले वसन्त, मध्याह्न में ग्रीष्म, तीसरे पहर को वर्षा, प्रदोष में शिशिर, आधीरात में शरद्, उषाकाल में हेमन्त ऋतु जानना उचित है। क्रम से यह ऋतुओं का वर्णन किया गया है।

ऋतवः कथिता ह्येतेसर्वेह्येव क्रमेण तु।
तद्विहीना न सिद्ध्यन्ति प्रयत्नेनापि कुर्वतः।।
अनन्य करणात्तेहि ध्रुवं सिद्ध्यन्त नान्यथा।।

काल के बिना यत्न करने पर भी मंत्र सिद्धि को प्राप्त नहीं होते और अपने काल में करने से वे सिद्ध होते हैं, इसमें सन्देह नहीं है।

वशीकरणकर्माणि सप्तम्यां साधयेद्बुधः।
तृतीयायां त्रयोदश्यां तथाकर्षणकर्म वै।।

चतुर पुरुष को उचित है कि सप्तमी में वशीकरण कर्म का साधन करे। तृतीय और त्रयोदशी के दिन आकर्षण कर्म करना चाहिए।।

उच्चाटनं द्वितियायां षष्ठ्याञ्चैव प्रकारयेत्।
स्तम्भनञ्च चतुर्दश्याञ्चतुर्थ्याम्प्रतिपद्यति।।

द्वितीया और षष्ठी को उच्चाटन कर्म, चतुर्थी और चतुर्दशी को तथा प्रतिपदा को भी स्तम्भन करना चाहिए।

मोहनन्तु नवम्याञ्च तथाऽष्टम्यां प्रयोजयेत्।
द्वादश्यां मारणञ्चैवमेकादश्यान्तथैव च।।

नवमी और अष्टमी को मोहनकर्म तथा एकादशी और द्वादशी को मारणकर्म करना चाहिए।

पञ्चम्यां पौर्णमास्याञ्च योजयेच्छांतिकादिकम्।
सर्वविद्या प्रसिद्ध्यर्थं तिथयः कथिताः क्रमात्।।

पञ्चमी और पौणमासी को मारण कर्म करना चाहिए। ये तिथियाँ सर्व विद्याओं की प्रसिद्धि के निमित्त क्रम से कही गयी हैं।

अत्रैव तिष्ठ कल्याणि ममकार्यकरी भव।
मम कार्ये कृते सिद्धे ततस्स्वर्ग गमिष्यसि।।

हे कल्याणि! यहीं स्थित होकर तुम हमारा कार्य करो। मेरे कार्य की सिद्धि होने से फिर तुम्हारा स्वर्ग में गमन होगा।

ॐ ह्रीं चण्डे हूँ फट् स्वाहा।
अनेन मन्त्रेणादित्यवारे पुष्यनक्षत्रे
वापुष्यार्कयोगे वा सर्वा औषधीरुत्पाटयेत्।

'ॐ ह्रीं चण्डे हूँ फट् स्वाहा' इस मंत्र से रविवार के दिन, पुष्य नक्षत्र या पुष्य-अर्क योग में सम्पूर्ण औषधियों को उखाड़े।

ॐ ह्रीं क्षौं फट् स्वाहा।
अनेन मूलिकां छेदयेत्। इति मूलिकाग्रहण विधिः।।

'ॐ ह्रीं क्षौं फट् स्वाहा' इस मंत्र से मूलिका छेदन करे। (इति मूलिका ग्रहण की विधि)।

ॐ वनदण्डे महादण्डाय स्वाहा।
ॐ शू (सूत्री) द्री कपालमालिनी स्वाहा।
प्रत्येकं सप्तधा जप्त्वा वन्दाग्राह्या। ततः कार्य सिद्धिः।

'ॐ वनदण्डे महादण्डाय स्वाहा', 'ॐ शूद्री (सूत्री) कपालमालिनी स्वाहा' इन प्रत्येक को सात बार जप कर वन्दाग्रहण करने से कार्य की सिद्धि होती है। (इति वन्दाग्रहण मंत्रः)।

इति वन्दाग्रहण विधिः।

इत्येवं सर्वविद्यानां सिद्ध्ये ऋतुनिर्णयः।
कथितं चात्र यत्नेन मूलिकाग्रहणादिकम्।।

इस प्रकार सब विद्याओं की सिद्धि में ऋतु का निर्णय है। इस प्रकार यत्नपूर्वक मूलग्रहणादि की विधि कही गई है।

क्रों प्रों व्रों अनेन मन्त्रेण।
असाध्यमपि राजानं पुत्रमित्राश्च बांधवाः।
ये मे गोत्रसमुत्पन्नाः पशवो ये च सर्वतः।।
ते सर्वे वशतां यान्तिसहस्रार्द्धस्य जापनात्।
पृष्ट्वादृष्ट्वा च ये साध्या गृहीत्वानाम तत्र वै।।

'क्रों प्रों व्रों' इस मंत्र का 500 बार जप करने से असाध्य राजा, पुत्र, मित्र, बांधव, जो अपने गोत्र में हैं, और जो पशु प्राय हैं। (कहीं पर ग्रौं ड्रौं मंत्र है) वे सभी वशीभूत हो जाते हैं। उन साध्यों से पूछकर तथा देखकर उनके नाम लेकर मंत्र को सिद्ध करें।

इत्यादिकाः सर्वमन्त्रा ग्राह्या भक्त्या गुरोस्तदा।
सिद्धयन्ति सर्वकार्याणि नान्यथा सिद्धिभाग्भवेत्।।

सम्पूर्ण मंत्र भक्तिपूर्वक गुरु से ग्रहण करने चाहिए। इससे सब कार्य सिद्ध हो जाते हैं अन्यथा कार्यसिद्धि नहीं होती।

ॐ राजमुखी वश्यमुखि स्वाहा।
वामहस्ते तैलं संस्थाप्य अनामिका त्रिधा आमन्त्र्य
पुनर्मूलमन्त्रं त्रिधापठित्वा मुख केशादौ विलेपयेत।
प्रातः कालेन शय्यायां स्थित्वा तदा सर्वेजना
वश्या भवन्ति व्याघ्रोपि नखादति।।

'ॐ राजमुखि वश्यमुखि स्वाहा' इससे बाँये हाथ में तेल लेकर अनामिका अँगुली से तीन बार अभिमन्त्रित कर फिर मूलमन्त्र को तीन बार पढ़कर मुख और केशादि में प्रातः काल शय्या में स्थित होकर लगाने से सब मनुष्य वश में होते हैं। व्याघ्र भी ऐसे साधक को नहीं खाता।

भूताख्या वटमूलञ्च जनेन सह घर्षयेत्।
विभूत्या संयुतं मन्त्रं तिलकं लोकवश्यकृत्।।

शाखोट वृक्ष की जड़ यत्नपूर्वक घिसकर विभूति के साथ तिलक लगाने से लोक वशीभूत हो जाते हैं। (कहीं रुद्राक्ष पाठ है)।

पुष्ये पुनर्नवामूलं करेसप्ताभिमन्त्रितम्।
बध्वा सर्वत्र पूज्यः स्यान्मन्त्रस्त्वत्रैव कथ्यते।।
ऐं रौं डं क्षोभय भगवतित्वं स्वाहा।
मन्त्रमिममुक्तयोगस्य पूर्वमयुतद्वय जपेत्ततः सिद्धिः।।

पुष्य नक्षत्र में पुनर्नवा की जड़ को हाथ में सात बार अभिमन्त्रित कर बाँधने से व्यक्ति सर्वत्र पूजित होता है। मंत्र यह है **'ऐं रौं डं क्षोभय भगवति त्वं स्वाहा'**। यह मंत्र 20,000 बार जपने से सिद्ध होता है।

अपामार्गस्यमूलन्तु पेषयेद्रोचनेन च।
ललाटे तिलकं कुर्याद्वशीकुर्याज्जगत्त्रयम्।।

अपामार्ग (चिरचिटे) की जड़ को गोरोचन के साथ पीसकर इसका तिलक मस्तक में करने से साधक त्रिलोकी को अपने वश में कर सकता है।

ॐ नमः कन्दर्पशर (कोदण्डशर इति वा पाठः)
विजालिनिमालिनी सर्वलोकवशंकरी स्वाहा।

'ॐ नमः कन्दर्पशर विजालिनि मालिनी सर्वलोकवशंकरी स्वाहा' यह मंत्र कथित योग में 108 बार जपने से सिद्ध होता है।

कृष्णपक्षे चतुर्दश्यामष्टम्यां वाह्युपोषितः।
बलिंदत्त्वा समुद्धृत्य सहदेवीं सचूर्णयेत्।।
ताम्बूलेन तु तच्चूर्णं दत्तं वश्यकरं ध्रुवम्।
स्नानेलेपे च तच्चूर्णं योज्यं वश्यकरं भवेत्।।

कृष्णपक्ष की चतुर्दशी और अष्टमी को व्रत रखकर बलि देकर सहदेई की जड़ को उखाड़कर चूर्ण करके पान में रखकर जिसको दी जाय वह अवश्य वशीभूत हो जाता है। इसी का चूर्ण स्नानीय जल में मिलाकर नहाने से अथवा शरीर में लेपन करने से भी वश्यता होती है।

रोचनासहदेवीभ्यां तिलकं लोकवश्यकृत्।
शिरसाधारयेत्तच्चवचूर्णं सर्वत्र वश्यकृत्।।
मुखेक्षिप्त्वा च तन्मूलं कट्यां बद्ध्वा च कामयेत्।
यां नारीं सा भवेद्वश्या मन्त्रयोगेन कथ्यते।।

गोरोचन और सहदेई मिलाकर तिलक करने से लोक वशीभूत होते हैं। इसका चूर्ण शिर पर धारण करने से भी लोक वशीभूत होते हैं। इसको अन्य स्त्रियों के मुख में डाल देने या कमर में मंत्रयोग से बाँध देने से वह स्त्री वश में हो जाती है।

ॐ नमो भगवति मातङ्गेश्वरि सर्वमुखरंजिनि
सर्वेषां महामाये मातङ्गी कुमारिके लहलहजिह्व
सर्वलोकवशंकरी स्वाहा।।
सहस्रं जप्त्वा उक्तयोगानां सिद्धिः।।

मंत्र इस प्रकार है **'ॐ नमो भगवति मातङ्गेश्वरि सर्वमुखरंजिनि सर्वेषां महामाये मातंगी कुमारिके लहलहजिह्वे सर्वलोकवशंकरि स्वाहा'**। इस मंत्र का सहस्र जप करने से ऊपर कहे योग की सिद्धि होती है।

श्वेतापराजिता मूलं चन्द्रग्रस्ते (मृगऋक्षे) समुद्धृतम्।
रंजिताक्षो नरस्तेन वशीकुर्याज्जगत्त्रयम्।।
तन्मूलं रोचनायुक्तं तिलकेन जगद्वशम्।

श्वेतविष्णुक्रान्ता की जड़ चन्द्रग्रहण में उखाड़कर उसको पीसकर आँखों में लगाने से त्रिलोकी वश में होती है। इसी की जड़ का गोरोचन के साथ तिलक लगाने से जगत् वश में होता है।

ग्राह्यं कृष्ण (शुक्ल) त्रयोदश्यां श्वेतगुंजीयमूलकम्।।
ताम्बूलेन प्रदातव्यं सर्वलोकवशंकरम्।

कृष्णपक्ष (शुक्ल) की त्रयोदशी के दिन सफेद चौंटली की जड़ को लाकर उसको ताम्बूल के साथ देने से सर्वलोक वशीभूत होते हैं।

शिला रोचन ताम्बूलं वारिणा तिलकेकृते।।
सम्भाषणेन सर्वेषां वशीकरणमुत्तमम्।
स्वर्णेन वेष्टितं कृत्वा तेनैवतिलकेकृते।।
दृष्टमात्रे वशंयाति नारी वा पुरुषोऽपि वा।

मैनशिल और गोरोचन को ताम्बूल और जल के साथ घिसकर तिलक लगाने से जिसके साथ संभाषण करे वह वश में हो जाता है; तथा स्वर्ण से वेष्ठितकर इसका तिलक करने से नारी या पुरुष कोई हो वह देखते ही वशीभूत हो जाता है।

ॐ वज्रकिरणे शिवे रक्षभवेममाद्य अमृतं कुरु कुरु स्वाहा।
इमं मन्त्रमुक्तयोगेन सहस्रं जपेत्तमः सिद्धिः।।

उक्त योग का मंत्र इस प्रकार है **'ॐ वज्रकिरणे शिवे रक्षभवेममाद्य अमृतं कुरुकुरु स्वाहा'**। इस मंत्र का एक सहस्र जप करने से सिद्धि प्राप्त होती है।

हृत्पादचक्षुर्नासानां मलं पूगेप्रदापयेत्।।
तत्पूगं खाद्यते येन यावज्जीवं वशीभवेत्।।

हृदय, चरण, नेत्र और नासिका का मैल पूग (सुपारी) में किंचित् भी देने से खाने वाला जीवन पर्यन्त उसके वश में हो जाता है।

मन्त्राभिमन्त्रितं कृत्वा दण्डेन्दीवर मूलकम्।
रोचनाभिस्ताम्रपात्रे मृष्ट्वानेत्रद्वयां जनात्।।

प्रियोभवति सर्वेषां दृष्टमात्रे न संशयः।
तन्मूलं मधुसंयुक्तं ललाटे तिलके कृते।।

ताम्बूले वा प्रदातव्यं वशीकरणमुत्तमम्।
तन्मूलं रंजनोत्थं वा मूलंपिष्ट्वा प्रयोजयेत्।।

ताम्बूलेन तु तद्भुक्तेध्रुवं वश्यं समानयेत्।
पिंगलायै नमः।
अनेन मन्त्रेणाभिमन्त्र्योक्तयोगान्साधयेत्।

नीलकमल की जड़ मंत्र से अभिमन्त्रित करके गोरोचन सहित ताम्रपात्र में पीसकर दोनों नेत्रों में लगाने से देखते ही वह मनुष्य सबका प्यारा हो जाता है। इसमें सन्देह नहीं है। इसी की जड़ को शहद के साथ तिलक लगाने से या ताम्बूल के साथ देने से उत्तम वशीकरण हो जाता है। नीलकमल की जड़ को पीसकर प्रयोग करना चाहिए। **'पिङ्गलायै नमः'** इस मंत्र से अभिमन्त्रित करके इस योग का साधन करना चाहिए।

देवदालीय सिद्धार्थं गुटिकां कारयेद्बुध।
मुखे निःक्षिप्य सर्वेषां प्रियो भवति नान्यथा।।

देवदाली (घघरवेल) तथा सरसों की गुटिका बनाकर मुख में रखने से सबका प्रिय होता है। (कहीं **'देवदानवसिद्ध्यर्थे'** पाठ है, अर्थात् देवदानव की सिद्धि के निमित्त गुटिका धारण करे)।

भृङ्गमूलं मुखेक्षिप्त्वा सर्वैः सम्पूजितो भवेत्।

इसमें सन्देह नहीं कि भाँगरे की जड़ मुख में डालकर व्यक्ति सर्वत्र पूजित होता है।

कुंकुमं तगरं कुष्टं हरितालं समन्त्रयम्।।
अनामिकाया रक्तेन तिलकं लोकवश्यकृत्।

केशर (कश्मीर में उत्पन्न), तगर, कूठ, हरिताल, इनको बराबर लेकर अनामिका अँगुली के रक्त के साथ तिलक करने से सर्वलोक वशीभूत हो जाते हैं।

विष्णुक्रांन्ता शुमा भृंगीश्वदंष्ट्रा (ण्डा) मूलरोचनाम्।।
पिष्ट्वा तु वटिकां कृत्त्वा तिलकं वशकृत्परम्।

विष्णुक्रान्ता, भाँगरा, गोखरू की जड़, गोरोचन इन सबको पीसकर गोली बना ले। इनका तिलक करने से लोक वशीभूत हो जाते हैं।

पुष्योद्धृतं श्वेतभानु मूलंमूत्रैरजाभवैः।।
वटिकां कारयेत्प्राज्ञस्तिलकेन जगद्वशम्।

पुष्पनक्षत्र में श्वेतमन्दार की जड़ लेकर उसे तथा जवासा को अजामूत्र से पीसकर वटी बनाकर उसका तिलक करने से सब जगत् वशीभूत हो जाता है।

अजारक्तेन तन्मूलं पुष्यार्के पेषयेद्बुधः।।
कज्जलं पातयित्वा तु चक्षुषीरञ्जयेन्नरः।
त्रैलोक्यं वशतां यातिदृष्टमात्रेनसंशयः।।

भेड़ के रुधिर के साथ मन्दार की जड़ को पुष्यनक्षत्र में पीसकर, उसमें काजल डालकर यदि मनुष्य नेत्रों में लगाये तो उसको देखते ही त्रिलोक वश में हो जाता है, इसमें सन्देह नहीं है।

मूलन्तु श्रवणा ऋक्षे पिण्डीतगर सम्भवम्।
संग्राह्यं धारयेद्वश्यं कुरुते सकलं जगत्।।

श्रवण नक्षत्र में पुष्करमूल की जड़ लेकर तगर मिलाकर धारण करने से सम्पूर्ण जगत् वश में हो जाता है।

कृष्णापराजिता मूलं पुष्येणोद्धृत्य चूर्णयेत्।
गोघृतेन समालोड्य कज्जलं धारयेद्बुधः।।
तेनैवाञ्जितमात्रेण वशीकुर्याज्जगत्त्रयम्।

कृष्णक्रान्ता कोयल की जड़ पुष्यनक्षत्र में लाकर चूर्ण कर उसमें गाय का घृत मिलाकर कज्जल धारण करे। (कहीं गोमूत्र लिखा है)। इसके लगाने मात्र से ही त्रिलोकी वश में हो जाती है।

पुत्रजीवकपत्रं च तिलकं राचनायुतम्।।
प्रियोभवति सर्वेषां नरःकृत्वा ललाटके।

जियेपोते के वृक्ष के कोमल पत्तों को पीसकर उसमें गोरोचन मिलाकर तिलक करने से ललाट पर लगे इसके तिलक के दर्शन करते ही सब मनुष्य साधक के वश में हो जाते हैं।

श्वेतापराजितामूलं तथा श्वेतज-
वाग्रजा (जयाल) (श्व) योः ।।
नासाग्रे तिलकं कृत्वा
वशीकुर्यान्नसंशयः ।।

श्वेत विष्णुक्रान्ता की जड़ तथा श्वेत गुड़हल इन दोनों का नासा के अग्रभाग में तिलक लगाने से वशीकरण होता है इसमें सन्देह नहीं है।

मंजिष्ठ तोयद वचाशितसूर्यमूलैः स्वीयाङ्गशोणितयुतैः समकुष्ठकैश्च।
कृत्वा ललाट फलके तिलकं कृतज्ञोलोकत्रयं वशयति क्षणमात्रकेण।।

मजीठ, मोथा, वच, श्वेतआक की जड़, अपने शरीर का रुधिर इनके बराबर कूठ लेकर इनका तिलक मस्तक पर करने से क्षणमात्र में त्रिलोकी वश में होती है।

शम्भोर्जलं च मधुकं च कृताञ्जलिश्च
हव्यं समं निजशरीरमलेन मिश्र (पिष्ट) म्।
आलेप भक्षणविधौ तिलके कृते वा
योगोयमेव भुवनानि वशीकरोति।।

शुद्धपारा, शहद, लज्जावन्ती हव्य और अपने शरीर का मल इसका लेपन, भक्षण या तिलक करने से मनुष्य सब भुवनों को वशीभूत कर सकता है। (कहीं 'घृतजलं च मधुकं च' पाठ है।)

मलं जटा तगर मेष विषाणिकानां पञ्चांगजं निजशरीरमलं तथैव।
एकीकृतानि मधुनादिवसेकुजस्यकुर्वन्तिवक्रतिलकेनवशंजगन्ति।।

रुद्रजटा, तगर, मेढासिंगी का पंचाग और अपने शरीर का मल इन सबको एकत्र कर मंगल के दिन टेढ़ा तिलक लगाने से मनुष्य त्रिलोकी को अपने वश में कर सकता है।

तालीश कुष्ठ तगरैः परिलिप्य वर्त्ति
सिद्धार्थतैल सहितां दृढपट्टवस्त्राम्।।
पुंसः कपालफलके विनिपातितेन
तेनाञ्जनेनः वशतां किलयातिलोकः।।

तालीस, कूठ तथा तगर इनका लेप करके दृढ़ रेशमी कपड़े की बत्ती बनायें। उसे सरसों के तेल से युक्त कर पुरुष के कपाल में कज्जल पार कर नेत्रों में लगाने से सर्वजन निश्चय ही वशीभूत हो जाते हैं।

गोरोचना पद्मपत्रं प्रियंगु रक्तचन्दनम्।
एकीकृत्यांजयेन्नेत्रं यं पश्यति वशीभवेत्।।

गोरोचन, पद्मपत्र, प्रियंगु, लालचन्दन इनको एकत्र कर नेत्रों में लगाकर जिसे देखा जाय वह वश में हो जाता है।

अथ राजवशीकरणम्

कुंकुमञ्चन्दनञ्चैव रोचनं शशिमिश्रितम्।
गवांक्षीरेण तिलकं राजवश्यकरं ध्रुवम्।।

कुमकुम, चन्दन और गोरोचन इनमें भीमसेनी कपूर मिलाकर गाय के दूध से युक्त तिलक करने से राजा अपने वश में हो जाता है।

ॐ ह्रीं सः अमुकं मे वशमानय स्वाहा।
पूर्वमेव सहस्रं जप्त्वानेन मन्त्रेण सप्ताभिमन्त्रितंतिलकं कार्यम्।
चपंकस्य तु वन्दाकं करे बद्ध्वा प्रयत्नतः
संगृह्यभरणी ऋक्षेपुष्यर्क्षे वा विधानतः।।

ॐ ह्रीं सः अमुकं में वशमानय स्वाहा यह मंत्र पहले सहस्रबार जप कर फिर सात बार इन औषधियों को अभिमन्त्रित कर तिलक लगाये। चम्पे के वन्दे को यत्नपूर्वक भरणी नक्षत्र में, अथवा पुष्य नक्षत्र में, या विधान से संग्रह करके हाथ में बाँधे।

राजानं तत्क्षणादेवमनुष्यो वशमानयेत्।
करे सुदर्शनामूलं बद्ध्वा राजप्रियो भवेत्।।

इसे राजा को दिखाने से उसी समय राजा वश में हो जाता है; अथवा सुदर्शना की जड़ हाथ में बाँधने से मनुष्य राजा को प्रिय होता है।

अथ स्त्रीवशीकरणम्

पुष्ये पुष्पं च संगृह्य भरण्यान्तु फलं तथा।
शाखाञ्चैव विशाखायां हस्तेपत्रं तथैव च।।

मूलेमूलं समुधृत्य कृष्णोन्मत्तस्य तत्क्रमात्।
पिष्ट्वा कर्पूरसंयुक्तं कुंकुम रोचनासमम्।।

तिलकात्स्त्रीवशं यातियदिसाक्षादरुंधती।

पुष्य नक्षत्र में काले धतूरे के फूल, भरणी में फल, विशाखा में शाखा, हस्त में पत्ते तथा मूल में जड़ लाये। इस क्रम में काले धतूरे के विभिन्न अंगों को ग्रहण कर कपूर मिलाकर पीसे। फिर इसमें कुमकुम और गोरोचन मिलाकर इसका तिलक करने से कैसी भी स्त्री, चाहे साक्षात् अरुन्धती ही क्यों न हो, वह वश में हो जाती है।

साध्यसाधक नाम्ना तु कृत्वा सप्ताभिमन्त्रितम्।
दीयते कुसुमं यस्यै सा वश्याभवति ध्रुवम्।।

सुसाधितो ह्ययं मन्त्र अवश्यं फलदायकः।
तस्मादिमं प्रयत्नेन साधयेन्मन्त्रमुत्तमम्।।

साधक और साध्य का नाम लेकर अर्थात् अपना और स्त्री का नाम लेकर उसे सात बार अभिमन्त्रित कर जिसको फूल दिया जाय वह अवश्य वश में हो जाती है। साधना करने से यह मंत्र अवश्य फल देने वाला होता है इस कारण इस उत्तम मंत्र को यत्न से सिद्ध कर लेना चाहिए।

ॐ हूं स्वाहा। विशाखायान्तु वन्दाकं मङ्गले च समाहरेत्।
हस्ते बध्वा तु कुरु वशतां वरयोषितम्।।

'ॐ हूं स्वाहा' इस मंत्र से विशाखा नक्षत्र और मंगलवार के दिन दारुहल्दी की जड़ को लाकर हाथ में बाँधने से मनुष्य श्रेष्ठ स्त्रियों को अपने वश में कर लेता है। 'ॐ पाते वज्राय स्वाहा' इस मंत्र से अभिमन्त्रित करके बाँधना चाहिए।

चित्र 7.1 के यंत्र को गोरोचन से लिखकर देवदत्त के स्थान में पृथिवी में गाड़ दे, अर्थात् जिसे वशीभूत करना हो उसके स्थान में गाड़े तो वह वश में हो जाता है।

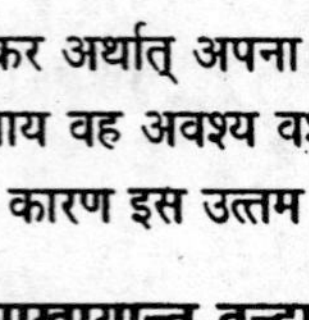

चित्र 7.1

चित्र 7.2 का यंत्र गोरोचन से भोजपत्र पर लिखकर वश में होने वाले का नाम लिखकर सदा पुष्पवाले वृक्ष के नीचे स्थापित करने से वह सात रात्रि में वश में हो जाता है।

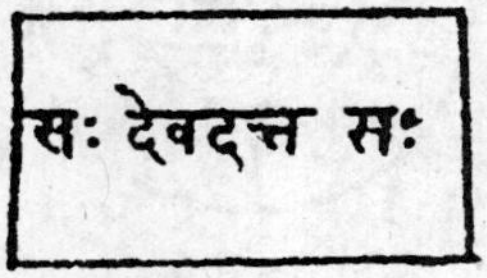

चित्र 7.2

चित्र 7.3 का यंत्र भोजपत्र पर लालचन्दन से लिखकर और वश में होने वाले का नाम लिखकर घी के बीच में तीन रात्रि तक स्थापित करने से वह वशीभूत हो जाता है। बीच में उसका नाम लिखना चाहिए।

चित्र 7.3

चित्र 7.4 के यंत्र को और वश में होने वाले के नाम को कनिष्ठिका उँगली के रुधिर से गोरोचन से लिखकर शहद के बीच में स्थापन करने से वह अवश्य वशीभूत हो जाता है।

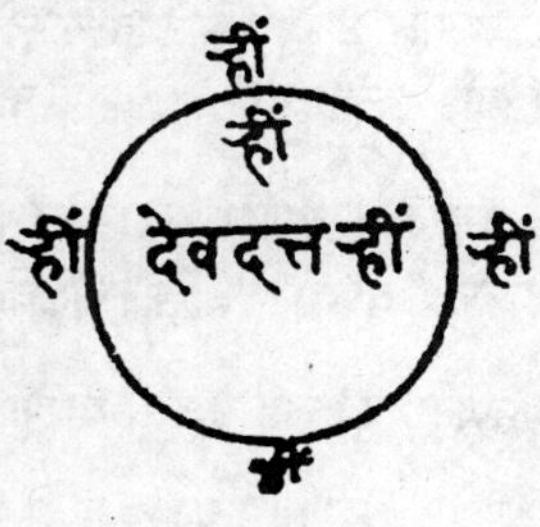

चित्र 7.4

चित्र 7.5 का यंत्र गोरोचन से जिसके नाम सहित लिखकर लाल डोरे से लपेट कर हाथ में बाँधा जाय वह वश में हो जाता है।

चित्र 7.5

चित्र 7.6 का यंत्र गोरोचन से लिखकर और बीच में साध्य का नाम लिखकर घृत और शहद में स्थापित करने से वह अपने वश में हो जाता है।

चित्र 7.6

ॐ पाते वज्राय स्वाहा। अनेनाभिमन्त्र्य बन्धयेत्।
कृष्णोत्पलं मधुकरस्य च पक्षयुग्मं
मूलं तथातगरजं सितकाकजंघा।
भवेज्झटिति सा तरुणी विचित्रम्।।

काले कमल, भौरे के दोनों पंख, पुष्करमूल, तगर, और श्वेत काकजंघा इन सबका चूर्ण करके '**ॐ पाते वज्राय स्वाहा**' इस मंत्र से अभिमन्त्रित करके जिसके शिर पर डाले वह स्त्री तत्काल दासी हो जाती है। इसमें कोई सन्देह नहीं है। कहीं मोर पंख लिखा है।

पुष्ये रुद्रजटामूलं मुखस्थं कारयेद्बुधः।
ताम्बूलादौ प्रदातव्यं वश्या भवति निश्चितम्।।

पुष्य नक्षत्र में रुद्रजटा (शंकरजटा) की जड़ मुख में धारण कर ताम्बुलादि में जिसको दे वह वश में हो जाती है।

तथैव पाटलामूलं ताम्बूलेन तु वश्यकृत्।
त्रिपत्रभण्टिकामूलं पिष्ट्वा गात्रे तु संक्षिपेत्।।
यस्याः सा वशतां याति बिन्दुमात्रेण तत्क्षणात्।

इसी प्रकार याढ़ल की जड़ को ताम्बूल के साथ देने से वशीभूत करती है। बेल तथा मजीठ की जड़ पीसकर एक कण भी जिसके शरीर पर डाले वह अवश्य वश में हो जाती है, इसमे सन्देह नहीं है।

कामाक्रान्तेन चित्तेन मासार्द्ध जपते निशि।।1
अवश्यं कुरुते वश्यं प्रसन्नो विश्वचेटकः।।

कामयुक्त चित्त होकर रात के समय जो पन्द्रह दिन तक जप करता है वह साधक निश्चय ही सम्पूर्ण विश्व को अपने वशीभूत कर सकता है।

ऐं पिं स्थां क्लीं कामपिशाचिनी शीघ्रं अमुकीं ग्राहय ग्राहय
कामेन मम रुपेण नखैर्विदारय विदारय द्रावय द्रावयं स्नेहेन
बंधय बंधय श्रीं फट्। अयुतद्वंयेनसिद्धिः।

"ऐं पिं स्थां क्लीं कामपिशाचिनी शीघ्रं अमुकीं ग्राहय ग्राहय कामेन मम रुपेण नखैर्विदारय विदारय विद्रारय विद्रारय स्नेहेन बंधय बंधय श्रींफट्।।" इस मंत्र का बीस सहस्र जप करने से सिद्धि होती है। कहीं मंत्र में 'ऐंपिंस्त्रीं' पाठ है।

नागपुष्पं प्रियंगुञ्च तगरं पद्मकेशरम्।
जटामांसी समं निम्बं चूर्णयेन्मन्त्रवित्तमः।।

स्वाङ्गं तु धूपयेत्तेन भजतेकामवत्स्त्रियः।
ॐ मूली मूली महामूली सर्वं संक्षोभयएभ्य उपद्रवेभ्यः स्वाहाः।।
धूपमन्त्रः।।
पानीयस्याञलीन्सप्तकृत्वा विद्यामिमां जपेत्।
सालंकारां नरः कन्यां लभते मासमात्रतः।।

नागपुष्प, प्रियंगु, तगर, पद्मकेशर, जटामांसी इनके समान नीम का चूर्ण लेना चाहिए। इससे अपने अंग को धूपित करने से स्त्री कामदेव के समान अपने पति को मानती है। मन्त्र इस प्रकार है "ॐ मूली मूली महामूली सर्वं संक्षोभयएभ्य उपद्रवेभ्यः स्वाहा" यह धूप का मंत्र है। अंजली में जल लेकर इस विद्या को जपने से एक मास में साधक अलंकार युक्त स्त्री को प्राप्त करता है'

ॐ विश्वावसुर्नामगन्धर्वः कन्यानामधिपतिः सुरूपां
सालंकृतां कन्यां देहि नमस्तस्मै विश्वावसेव स्वाहा।।
कन्यागृहे शालकाष्ठं क्षिपेदेकादशांगुलम्।
ऋक्षे च पूर्वफाल्गुन्यां यस्तां कन्यां प्रयच्छति।।

"ॐ विश्वावसुर्नाम गन्धर्वः कन्यानामधिपतिः सरूपां सालंकृतां कन्यां देहिनमस्तस्मै विश्वावसेव स्वाहा"। यह मंत्र है।। इससे अभिमन्त्रित करके कन्या के घर में ग्यारह अंगुल का शालकाष्ठ पूर्वाफाल्गुनी नक्षत्र में डाल देने से कन्या उसको स्वीकार करेगी। यहाँ चित्र 31 का मंत्र लिखें।

अथ पतिवशीकरणम्

कर्पूरं देवदारुं च सक्षौद्रं पूर्ववत्फलम्।।1।।

इसी प्रकार कर्पूर, देवदारु, शहद ये भी पूर्ववत् फल को देने वाले होते हैं।

रोचनां मत्स्यपित्तं च पिष्ट्वापि तिलकेकृते।
वामहस्तकनिष्ठायां पतिर्दासो भवेदध्रुवम्।।

गोरोचन और मछली का पित्ता पीसकर तिलक करने से, अर्थात् बाँये हाथ की कनिष्ठिका उँगली से तिलक लगाने से निश्चय पति अपना दास बन जाता है।

स्वशोणितं रोचनया तिलकं पतिवश्यकृत्।

अपने रुधिर में गोरोचन मिलाकर तिलक करने से पति अपने वश में हो जाता है।

चित्रकस्य तु पुष्पाणि मधुयुक्तानि कारयेत्।।
खानेपानेप्रदातव्य पतिवश्यकरं भवेत्।

चीते के फूल को शहद के साथ मिलाकर अन्न या पान में देने से पति अवश्य अपने वश में हो जाता है।

जलौकसां मुखदेयं शम्बूशंखादिचूर्णकम्।
तच्चूर्णं तु समागृह्य ताम्बूलेन समायुतम्।।
दातव्यं स्वामिने भोक्तु वश्योभवति नान्यथा।

शुद्ध पारा और शंख का चूर्ण लेकर जल जीवों के मुख में देकर फिर उस चूर्ण को ताम्बूल में मिलाकर स्वामी को भोजन के निमित्त देने से अवश्य पति वश में हो जाता है।

अथाकर्षणम्

चतुर्थवर्णमाकृष्य द्वितीयवर्गसंस्थितम्।
कृत्वात्रिविध हाहांतंतदन्तहेद्वितीयकम्।।
ॐकार शिरसंकृत्वा प्रत्यक्षर प्रजापनम्।
सहस्रार्द्धस्य जापेन फलं भवति शाश्वतम्।।

द्वितीय वर्ग में स्थित चौथे वर्ण से तीन संयुक्त कर, अर्थात् झकारत्रय में आकार सहित तीन हकार की योजना करने के पश्चात् एकार सहित दो हकार मिलाकर सबके ऊपर अनुस्वार लगाकर तथा आदि में कार लगाकर पाँच सौ जप करने से पूर्ण फल प्राप्त होता है।

मंत्र इस प्रकार है : **"ॐ झां झां झां हां हां हां हें हें"।**

मानुषासुरदेवाश्च सयक्षोरगराक्षसाः।
स्थावराजंगमाश्चैव आकृष्टास्ते वराङ्गने।।

मनुष्य, असुर, देवता, यक्ष, उरग, राक्षस, स्थावर, जंगम, यह सब इससे आकर्षित होते हैं कहीं झूं झूं झूं पाठ हैं।

हान्तेरेफं समादाय यकारस्तु विशेषतः।
अक्षरत्रितयं तच्च द्विधाकृत्वा प्रजापयेत्।।

हकार के अन्त में रेफ लगाकर और यकार सहित अक्षर को संयुक्त कर दो भाग करके जप करें।

भक्ष्यं द्रव्यं स्वहस्तेन कृत्वा मन्त्रविभावनम्।
दीयते यस्य भक्ष्यन्तत्सर्वेषां प्राणिनां शुभे।।
ते सर्व यत्रनीयन्ते तत्र गच्छंति तत्क्षणात्।

भक्ष्यद्रव्य को अपने हाथ से बनाकर उसमें मंत्र को भावना करके उसका भक्षण करने से सब प्राणी जहाँ ले जाओं वहीं तत्काल गमन करने लगते हैं।

मन्त्रः **हरय हरय ह्रींकारेमन्त्रयेत्पाशं हूँकारेणांकुशन्तथा।**

त्रिफलं वामगंपाशं दक्षिणे ज्वलितांकुशम्।।
संधार्य स्वकरे मन्त्री ततो मन्त्रमिमं जपेत्।।

मंत्र यह है : **'हरय हरय ह्रीं'** से पाश, को अभिमन्त्रित कर, हूँ से अंकुश को अभिमन्त्रित कर, त्रिफल वाम और पाश को दक्षिण ओर प्रज्वलित अंकुश को मंत्रमाला अपने हाथ में धारण कर, फिर इस मंत्र को जपे :

ॐ ह्रीं रक्ष रक्ष चामुण्डे तुरु तुरु अमुकीमाकर्षय
आकर्षय ह्रीं अस्य मन्त्रस्यपूर्वमेवायुतं जपेत्सिद्धिः।

'ॐ ह्रीं रक्ष रक्ष चामुण्डे तुरु तुरु अमुकीमाकर्षय आकर्षय ह्रीं' इस मंत्र को 10,000 बार जपने से सिद्धि प्राप्त होती है।

ॐ चामुण्डे ज्वल ज्वल प्रज्वल प्रज्वल स्वाहा। अमुंमन्त्र स्त्रियंदृष्ट्वा जपेत्तत्क्षणात् सा स्त्रीपृष्ठतः समागच्छतिपूर्वमयुतं जपेत्ततसिद्धिः।

इस अगले मंत्र को स्त्री को देखकर जपने से तत्काल स्त्री उसके पीछे-पीछे चली आती है। मंत्र इस प्रकार है **'ॐ चामुण्डे ज्वल ज्वल प्रज्वल प्रज्वल स्वाहा।'** यह मंत्र भी प्रथम के समान 10,000 जपने से सिद्धि प्राप्त होती है।

आश्लेषायां समादाय अर्जुनस्य तु वृध्नकम्।
अजामूत्रेणसंपिष्य स्त्रीणां शिरसि दापयेत्।।
पुरुषस्य पशूनां वाक्षिपेदाकर्षणं भवेत्।

आश्लेषा नक्षत्र में अर्जुन वृक्ष के वन्दे को लाकर बकरी के मूत्र से पीसकर जिस स्त्री के शिर पर डाले अथवा जिस पुरुष या पशु के ऊपर डाले वह तत्काल आकर्षित हो जाता है।

साध्यावामपदस्थां तां मृत्तिकामाहरेत्ततः।।
कृकलासस्य रक्तेनप्रतिमां कारयेत्ततः।
साध्यानामाक्षरं तस्यास्तद्रक्तैर्विलिखेद्धृदि।।
मूत्रस्थाने च निखनेत्सदा तत्रैव मूत्रयेत्।
आकर्षयेत्ततां नारी शतयोजन संस्थिताम्।।

जिसका आकर्षण करना हो उमसके वामचरण के नीचे की मृत्तिका लाकर गिरगिट के रुधिर से उस मिट्टी का पुतला बनाये और हृदय में उसके रुधिर से आकर्षण वाले प्राणी का नाम लिखे और मूत्रस्थान पर गाड़कर सदा उसी स्थान में मूत्र त्याग करें। इससे सौ योजन पर स्थित हुई स्त्री आकर्षित हो जाती है।

सूर्यावर्त्तस्य मूलन्तु पञ्चम्यां ग्राहयेद्बुधः।
ताम्बूलेन समं दद्यात्स्वयमायाति तत्क्षणात्।।

बुद्धिमान् पंचमी के दिन सूर्यावर्त (शाकविशेष, क्षुप, हुड़हुड़िया) की जड़ लाकर जिसको पान में मिलाकर दे वह तत्काल पीछे-पीछे स्वयम् आ जाती है।

अथ जयः

हकारं स्वरसंयुक्तमुकारेण सुपूजितम्।
ॐ कारेण च सम्पूज्य अग्रे फट् विनियोजयेत्।।1।।
ॐ हुं फट्। जेयाग्रे शतजापेन जितो भवति नान्यथा।

हकार को स्वर संयुक्त उकार से पूजित और ॐकार युक्त कर अन्त में फट् लगाये। जिसको जीतने की इच्छा हो उस पुरुष के आगे 'ॐ हुं फट्' मंत्र को सौ बार जपने से उसे जीता जाता है इसमें सन्देह नहीं है।

जेय नाम हृदिन्यस्य चक्षुषा तन्निमील्य च।।
स्पृष्ट्वा च मन्त्रजापेन तत्क्षणाज्जितवानसौ।

जिस किसी के नाम को हृदय में रखकर नेत्र से उसका निरीक्षण करके और स्पर्श कर मंत्र जपे वह तत्काल जीत लिया जाता है।

गोजिह्वा शिखिमूली वा मुखेशिरसि संस्थिता।।
कुरुते सर्ववादेषु जयं पुष्ये समुद्रधृता।

गाजुवाँ, चीता, पुष्करमूल शिर पर रखने से और पुष्यनक्षत्र में उखाड़कर लाने से सभी वाद में जय प्राप्त होती है।

मार्गशीर्षस्य पूर्णायां शिखीमूलं समुद्धरेत्।।
बाहौशिरसिवाधार्यं विवादे विजयो भवेत्।

मार्गशीर्ष की पूर्णमासी को शिखी की मूल उखाड़कर लाकर उसे भुजा में और शिर पर धारण करने से सब विवाद में विजय प्राप्त होती है इसमें सन्देह नहीं।

गिरिकर्णी शमीं गुञ्जां श्वेतवर्णां समाहरेत्।।
चन्दनेनान्वितं सर्वं तिलकेन जयी भवेत्।

गिरीकर्णी (कोयल), शमी (झंड), श्वेत चौंटली इनको लेकर चन्दन से युक्त कर तिलक लगाने से युद्ध में विजय प्राप्त होती है।

कनकार्कवटो वह्निर्विद्रुम पञ्चमस्तथा।।
तिलक कुरुते यस्तु पश्येत्त पञ्चधा रिपूः।

धतूरा, आक, वट, चीता, सूंगा इनका तो तिलक लगाता है उसको शत्रु पाँच प्रकार से देखता है अर्थात् अपने से पाँचगुना जानता है।

श्वगणैर्भक्ष्यमाणं च पतितं च ततो भुवि।
औषधी सिंहिकानाम तयाघृष्टो महारसः।।

सिंही कपर्दिका मध्ये क्षेप्यस्तन्मूलसंयुतः।
पिधाय वदनन्तस्यालिक्थकेन समन्वितः।।

तस्यां वक्रस्थितायां तु सिंहवज्ज्ञायते नरः।
रणे राजकुले द्यूते विवादे चापराजितः।।
मदोन्मत्तो गजस्तस्य दर्शनेन पराङ्मुखः।

श्वगणों के भक्षण करने से जो पृथिवी पर गिरी सिंहिका नामक औषधी का महारस घिसे (कहीं 'स्वगणैः' स्वगतैः पाठ है) उस सिंहिका (कटेरी) को कौड़ी के बीच में रख ले फिर कटेरी की जड़ के सहित उसका मुख मोम से बन्द करे। उसके मुख में स्थित होने से साधक सिंह के समान हो जाता है। और युद्ध में, राजकुल में, जुए अथवा बाद में कहीं भी पराजित नहीं होता। उसे देखकर मदोन्मत्त हाथी भी पराङ्मुख हो जाता है।

व्याघ्रीरसेन संघृष्ट पारदीमूलसंयुतः।
पूर्ववत्साधयेद्व्याघ्रीं फलं चैव तथाविधम्।।

व्याघ्री (कटेरी) के फल में मूल सहित पारा घिसने से पूर्ववत् यह कटेरी विजय की प्राप्ति कराती है इसमे सन्देह नहीं।

कोकायां नयनं वामं गुडलोहेन वेष्टयेत्।।
मुखेप्रक्षिप्य च नरःसर्ववादे जयी भवेत्।

कोका का बायाँ नेत्र गुड़ और लोहे में लपेटकर मुखपर लेप करने से मनुष्य सम्पूर्ण वादों में जय प्राप्त करता है।

अपामार्ग रसेनैव यानि शस्त्राणि लिप्यते।।
जायन्ते तानि संग्रामे वज्रसाराणि निश्चितम्।
पूर्वोक्त मन्त्रराजेन सर्वाण्येतानि मन्त्रयेत्।।
सर्वेषामुक्तयोगानां सिद्धिर्भवति ते ध्रुवम्।

चिरचिटे के रस में जितने शस्त्र लिप्त किये जायँ वे संग्राम में वज्रसार के समान हो जाते हैं। इसमें सन्देह नहीं। पूर्वोक्त मन्त्रराज द्वारा सम्पूर्ण अस्त्रों को अभिमन्त्रित कर लेना चाहिए। इससे निश्चय सम्पूर्ण योगों की सिद्धि होती है।

हस्तार्के लांगलीमूलं मूलमन्त्राभिमन्त्रितम्।।
तच्चूर्णोद्वर्त्तनान्मल्लोमल्लान्मोहयते बहून।।

मंत्र : ॐ नमो महाबलपराक्रम शस्त्रविद्याविशारद
अमुकस्य भुजबलं बन्धय बन्धय दृष्टिं
स्तम्भय स्तम्भय अङ्गानि धूनय धूनय

हस्तनक्षत्र में लांगली कलिहारी की जड़ को मूल मंत्र से अभिमन्त्रित करके उसके चूर्ण को बलहीन व्यक्ति भी शरीर पर मलकर बलवान व्यक्ति को भी परास्त कर सकता है। मंत्र इस प्रकार है : **'ॐ नमो महाबल पराक्रम शस्त्र विद्याविशारद अमुकस्य भुजबलं बन्धय बन्धय दृष्टिं स्तम्भय स्तम्भय अङ्गानि धूनय धूनय पातय पातय महीतले हूँ'**। यहाँ चित्र 7.7 से 7.19 तक यन्त्र लिखें।

चित्र 7.7

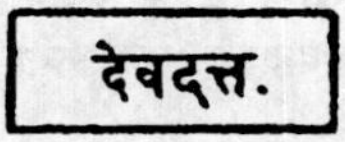

गोरोचन से भोजपत्र में साध्य का नाम लिखकर शिखा में धारण करने से सौभाग्य होता है। जय होती है।

चित्र 7.8

गोरोचन चन्दन से भोजपत्र पर जिसका नाम लिखकर शहद में डाल नलिका में रखकर पृथ्वी में गाड़ दें, वह स्त्री शीघ्र आकर्षित होती है।

चित्र 7.9

गोरोचन से भोजपत्र पर साध्य का नाम लिखकर भुजा या कंठ में धारण करने से संग्राम में विजय होती है। यह महामहेश्वरी विद्या है।

चित्र 7.10

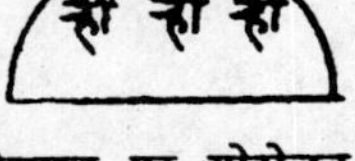

भोजपत्र पर गोरोचन से साध्य का नाम लिखकर भुजा कंठ शिखा में धारण करने से संग्राम में जय होती है।

चित्र 7.11

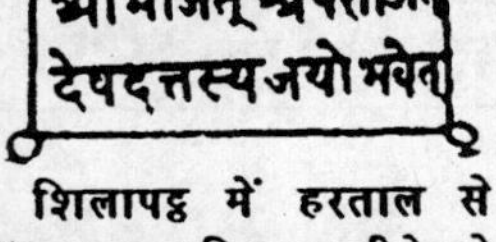

शिलापट्ट में हरताल से जिसका नाम लिखकर नीचे को मुख कर रख दे तो उसका जय होता है।

चित्र 7.12

	१	२६	१	२४
	८	२७	२०	१५
	२५			
	२९			

गोरोचन से भोजपत्र में लिखकर भुजा में बांधने से संग्राम में जय होता है।

चित्र 7.13

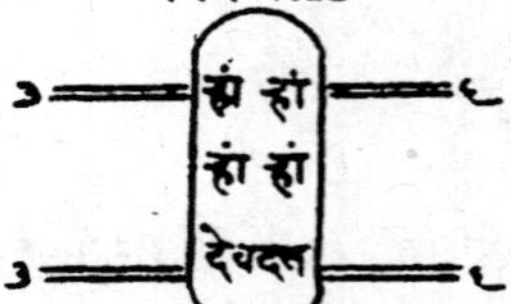

गोरोचन से भोजपत्र में लिखकर भोजपत्र में स्थापन करने से युद्ध में विजय होती है।

चित्र 7.14

गोरोचन से भोजपत्र में लिखकर भुजा या कंठ में धारण करने से संग्राम में जय होता है।

चित्र 7.15

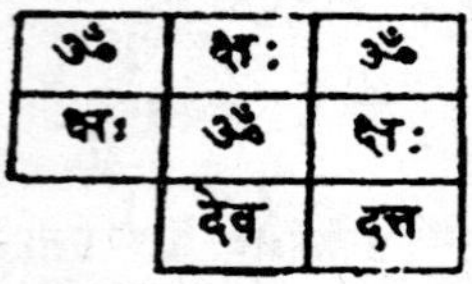

गोरोचन से भोजपत्र पर साध्य का नाम लिखकर मधु के मध्य में स्थापन करने से जय होता है।

चित्र 7.16

गोरोचन से भोजपत्र में लिखकर भुजा में धारण करने से जय होता है।

चित्र 7.17

गोरोचन से भोजपत्र पर साध्य का नाम लिखकर धारण कर राजकुल में देने से व्यवहार में जय होता है।

चित्र 7.18

गोरोचन और अनामिका के रक्त से भोजपत्र पर साध्य का नाम लिखकर घृत में स्थापन करने से दाता होता है, अदातापन छूट जाता है।

चित्र 7.19

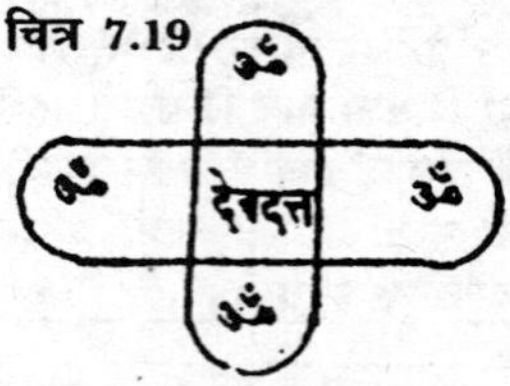

गोरोचन से कुमकुम से राजा का नाम लिखकर भुजा में धारण करने से जय होता है।

अथ मोहनम्

कन्यावरे युवतिसंगमने नाराणामा-
लोकने नरपतेः क्रयविक्रयादौ।
प्रज्ञाविधौ सकलकर्मणिकौतुके वा
धूपः सदैवः कृतिभिर्विनियोजनीयः।।1।।

कन्या के विषय में, स्त्री प्रसंग में, राजा के देखने प्रज्ञाविधि में सम्पूर्ण कर्मों और कौतुक इनमें ही विद्वानों को धूप का प्रयोग सदा करना चाहिए।

भृङ्गीवचा नलदसर्जरसं समानं कृत्वा
त्रुटिं मलयजं च षडेवमिश्रम्।
याधूपयेन्निजगृहं वसनं शरीरंतस्यास्तु
दासइवमोहमुपैति लोकः।।2।।

काकडासिंघी, वच, उशीर, राल (त्रुटि), छोटी इलायची समान भाग लेकर और मलयगिरी चन्दन को मिलाकर स्त्री यदि अपने घर, वस्त्र और शरीर में धूप दे तो लोक मोह को प्राप्त हो उसके दास के समान हो जाता है।

भृङ्गराजः केशराजो लज्जा च सहदेविका।
एभिस्तु तिलकं कृत्वा त्रैलोक्यं मोहयेन्नरः।।3।।

भाँगरा, दूसरा भाँगरा, लज्जावन्ती, सहदेई, इनका तिलक लगाकर मनुष्य त्रिलोकी को मोहित कर सकता है।

त्रिदलं कुसुमं यस्यधत्तूरस्य कृतांञ्जलिः।
भृङ्गराजेन साज्येन तिलकं मोहयेन्नरः।।4।।

त्रिदल हंसपदी के और धतूरे के फूल लज्जावन्ती, और भृङ्गराज इन सबको घृत में मिलाकर तिलक करने से मनुष्य त्रिलोकी को मोह सकता है।

तालकं कुनटीं चैव भृङ्गपक्षं समं सभम्।
कृष्णोन्मत्तस्य कुसुमं वटिकां कारयेद्बुधः।।5।।
तेनैव तिलकं कृत्वा त्रैलोक्यं मोहयेन्नरः।

हरताल, मैनशिल और भौरे के पंख यह समान भाग लेकर तथा धतूरे के फूल लेकर गोली बनाए। उसी से तिलक करके मनुष्य त्रिलोकी को मोहित कर सकता है।

आदौ सप्तस्वराग्राह्या अन्ते हुंकार संयुताः।
ॐ कारं शिरसि कृत्वा हूं अन्ते फडिति न्यसेत्।।6।।

मन्त्रः ॐ अं आं इं ईं उं ऊं ऋं हूं फट्।
अनेनैव तु मन्त्रेण कृत्वा ताम्बूल भावनाम्।
साध्यस्य मुखेनिःक्षिप्ते मोहमायाति तत्क्षणात्।।7।।

प्रथम सात स्वर उच्चारण कर अन्त में हूंकार मिलाये; ॐकार प्रथम लगाकर अन्त पद में फट् लगाये। मंत्र - 'ॐ अं आं इं ईं उं ऊं ऋं हूं फट्'। इस मंत्र से ताम्बूल को भावना देकर साध्य के मुख में खिलाने से वह मोह को प्राप्त होता है, देर नहीं लगती।

ॐ भींक्षांभीं मोहय मोहय।
ॐ नमो भगवती पादपंकजं परागेभ्यः।।
ॐ अस्य मन्त्रस्य वारत्रयं जपान्मोहमाप्नुवंति जनाः।
ॐ भीं क्षां भीं मोहय मोहय।
ॐ नमो भगवतीपादपंकजंपरागेभ्यः।

इस मंत्र को तीन बार जपने से मनुष्य मोह को प्राप्त होता है।

शुभामूलं तथा बीजंरक्तचन्दन संभवम्।।
त्रुटिबीजं समं पिष्ट्वां ताम्बूलादौ प्रयोजयेत्।
भोक्तुं देयं स्वहस्तेन मोहमाप्नोति चेश्वरः।।8।।

प्रियंगु की जड़ तथा बीज, लाल चन्दन, इलायची के बीज इनको समान भाग पीसकर ताम्बूल में दें। यदि अपने हाथ से खाने को दे तो ईश्वर भी मोह को प्राप्त हो जाता है।

गोराचन और अनामिका के रक्त से जिसका नाम लिखकर घृत में स्थापन करें वह मोहित होता है। इति ईश्वरमोहनम्।

अथ दुष्टशत्रुमोहनम्

वृश्चिकोद्भवचूर्णेन धूपो मोहयते नृणाम्।
कपिरोम हिंगुदार्वी खरचर्म्माणि चूर्णयेत्।।1।।

तच्चूर्णं मन्त्रं संजप्तं नामकर्म विदर्भितम्।
त्रिसहस्रं पुनस्तेन स्निग्ध योरत्नरात्मनोः।।2।।

धूपैरतीव विद्विष्टौ स्निग्धावपि भविष्यतिः।
तालपत्रे लिखेन्मन्त्रं नामकर्म विदर्भितम्।।3।।

कृतप्राण प्रतिष्ठान्तं प्रजप्तं त्रिसहस्रकम्।
विषालिप्तं द्विधाकृत्वा निखनेत्सिन्धुतीरयोः।
स्निग्धयोराशु विद्वेषः स्यादुमेशानयोरपि।।4।।

अथ दुष्टशत्रुमोहन। मैनफल के चूर्ण की धूप शत्रु मनुष्य को मोहित कर देती है। वानर के रोम, हिंगु, दारुहल्दी, गर्दभचर्म यह सब चूर्ण करके उस शत्रु के नाम 3000 मंत्र जपने से यह धूप स्निग्ध होकर महाविद्वेष करता है। तालपत्र पर मंत्र लिखकर शत्रु का नाम-कर्म भी लिखें उसकी प्राणप्रतिष्ठा कर 3000 मंत्र जपकर उसे विष लिप्तकर दो खण्ड कर समुद्र के किनारे गाड़ देने से शिवाशिव का भी विद्वेष हो जाता है, तो और क्या है?

गरलंधूर्त्तं पंचाङ्गं महिषीशोणितं कणा।
निशायां कुरुतेमोहं धूपोगुग्गुलुसंयुतः।।5।।

विष, धतूरे, का पञ्चांग, भैंस का रुधिर, श्वेत जीरा, गुग्गुल, इनको एकत्र धूप देने से यह मनुष्य को ही नहीं बल्कि शिला को भी मोहित करता है। 'दुश्चिक्योद्भव' भी पाठ है।

हलिनीविषधत्तूरं शिखिविष्ठाभिरन्वितम्।
तयाधूपः समंभागं मोहयत्येव निश्चितम्।।6।।

कलिहारी, विष, धतूरा और मोर की बीट समान भाग लेकर धूप देने से ही उसी क्षण मनुष्य को मोहित करता है। 'हलिसी' पाठ भी है।

अधःपुष्पीशिखा चैव श्वेतं च गिरिकर्णिका।
गोरोचन समायोगे तिलकं शत्रुमोहनम्।।7।।

गोभी, कलिहारी, श्वेत कितही वृक्ष और गोरोचन इनका तिलक करने से शत्रु को मोहित किया जा सकता है। कहीं 'अविपीत' पाठ है।

तालकोन्मत्तबीजानिपाने शत्रोश्च दापयेत्।
तत्क्षणान्मोहमाप्नोति चोन्मत्तो जायतेनरः।।8।।
समाक्षिकैः सिताम्भोजैः सुस्थः पानाद्भवेन्नरः।।9।।

हरताल और धतूरे के बीज पान में शत्रु को देने से शत्रु उसी क्षण मोह को प्राप्त हो जाता है। और उन्मत्त हो जाता है। फिर शहद मिला श्वेत कमल का पान करने से मनुष्य स्वस्थ होता है।

पूजनीया महाभागाः पुण्याश्च गृहदीप्तयः।
स्त्रियः श्रियो गृहस्योक्तास्तस्माद् रक्ष्या विशेषतः।।

स्त्रियाँ घर की लक्ष्मी कही गई हैं। ये अत्यन्त सौभाग्यशालिनी, आदर के योग्य, पवित्र तथा घर की शोभा हैं। अतः इनकी विशेष रूप से रक्षा करनी चाहिए।

वाङ्मय सूची

ग्रंथ	लेखक/संपादक	प्रकाशक
अभिनव तंत्र दर्शन	आचार्य गोविन्द शास्त्री	चारुलेख प्रकाशन, जयपुर
अभिनव प्रायोगिक तंत्र	गोविन्द शास्त्री	चारुलेख प्रकाशन, जयपुर
आगम और तंत्र	डा. ब्रजबिहारी निगम	रंजन पब्लिकेशन्स, दिल्ली-2
आगम रहस्य (दो भागों में)	डा. सुधाकर मालवीय	चौखम्बा संस्कृत सीरीज कार्यालय, वाराणसी-1
आस्था का केन्द्र : शक्तिपीठ विन्ध्याचल	रमेश चन्द्र त्रिपाठी	त्रिपाठी प्रकाशन, लखनऊ
कर्मठ गुरू	मुकुंद वल्लभ मिश्रा	मोतीलाल बनारसीदास, दिल्ली-7
कर्मकाण्ड प्रदीप	जनार्दन शास्त्री	मोतीलाल बनारसीदास, दिल्ली-7
कर्मजभाव व्याधि : देवी चिकित्सा	पं. केशव देव जी	अथर्व प्रकाशन, दिल्ली
कल्याण (अन्यान्य अंक)		गीताप्रेस, गोरखपुर
कमलात्मिका तंत्र	राजेश दीक्षित	दीप प्रकाशन, आगरा
कामरत्न तंत्र	राम कुमार राय	प्राच्य प्रकाशन, वाराणसी-2
श्री कुलार्णव तंत्र	डा. परमहंस मिश्रा	चौखम्बा सुरभारती प्रकाशन, वाराणसी-1
कौल कल्पतरु चंडी (अंक 6-7, वर्ष 60)	पं. रामदत्त शुक्ला	परावाणी आध्यात्मिक शोध संस्थान, प्रयाग
श्री चक्र रहस्य	ऋतशील शर्मा	शक्ति साधना पीठ, प्रयाग-6
चण्डी महापर्व (नवरात्रि विशेषांक)	पं. रामदत्त शुक्ला	परावाणी आध्यात्मिक शोध संस्थान, प्रयाग
चण्डी श्रीतारा कल्पतरु	आदि शंकराचार्य	परावाणी आध्यात्मिक शोध संस्थान, प्रयाग
चण्डी सौन्दर्य लहरी के यंत्र प्रयोग	आदि शंकराचार्य	परावाणी आध्यात्मिक शोध संस्थान, प्रयाग
डामर तंत्र	राम कुमार राय	प्राच्य प्रकाशन, वाराणसी-2

तंत्र दर्शन	आचार्य गोविन्द शास्त्री	सर्वार्थ सिद्धि प्रकाशन, दिल्ली-16
तंत्र विज्ञान	गोविन्द शास्त्री	न्यू साधना पाकेट बुक्स, दिल्ली-7
दत्तात्रेय तंत्र	डा. रुद्रदेव त्रिपाठी	रंजन पब्लिकेशन्स, दिल्ली-2
दस महाविद्या	राजेश दीक्षित	दीप प्रकाशन, आगरा
दुर्गा सप्तशती	हरिकृष्ण शर्मा	चौखम्बा संस्कृत प्रतिष्ठान, दिल्ली-7
श्री दुर्गा सप्तशती (सचित्र)	श्री राम नारायण दत्त	गीता प्रेस, गोरखपुर-5
श्री दुर्गा कल्पतरु	पं. रामदत्त शुक्ला	परावाणी आध्यात्मिक शोध संस्थान, प्रयाग
श्री दुर्गार्चन पद्धति	श्री राधेश्याम शर्मा	जगदीश संस्कृत पुस्तकालय, जयपुर-1
श्री दुर्गार्चन पद्धति (हिन्दी टीका)	श्री शिवदत्त मिश्र 'शास्त्री'	ठाकुर प्रसाद पुस्तक भण्डार वाराणसी-1
श्री नील तंत्र	प्रदीप कुमार राय	प्राच्य प्रकाशन, वाराणसी-2
श्री बग्लामुखी साधना और सिद्धि	योगेश्वरानन्द	डायनेमिक पब्लिकेशन्स लिमिटेड, दरियागंज, दिल्ली
भूत डामर तंत्र	विभा पाण्डे	प्राच्य प्रकाशन, वाराणसी-2
मंत्र कोष	आदि शंकराचार्य	कल्याण मंदिर प्रकाशन
मंत्र महार्णव (देवता खण्ड)	राम कुमार राय	प्राच्य प्रकाशन, वाराणसी-2
मंत्र महोदधि	श्री महिधर सं.-डॉ. सुधाकर मालवीय	चौखम्बा संस्कृत प्रतिष्ठान, दिल्ली-7
मंत्र प्रयोग	औढरनाथ तपस्वी	रणधीर प्रकाशन, हरिद्वार
मंत्र सिद्धि रहस्य	गोविन्द शास्त्री	साई पाकेट बुक्स, जयपुर
मंत्र और ज्योतिष	गोविन्द शास्त्री	साधना पाकेट बुक्स, दिल्ली-7
महाकाल संहिता	राधेश्याम चतुर्वेदी	चौखम्बा सुरभारती प्रकाशन, वाराणसी-1
महामृत्युंजय साधना	डा. रुद्रदेव त्रिपाठी	रंजन पब्लिकेशन्स, दिल्ली-2

महाशक्ति पीठ विन्ध्याचल	पं. रामदत्त शुक्ला	परावाणी आध्यात्मिक शोध संस्थान, प्रयाग
महेश्वर तंत्र	डा. रुद्रदेव त्रिपाठी	रंजन पब्लिकेशन्स, दिल्ली-2
श्री यंत्र साधना	ऋतशील शर्मा	श्री चण्डी धाम, प्रयाग-6
यज्ञ मीमांसा	श्री वेणीराम शर्मा गौड़	चौखम्बा विद्या भवन
रुद्रयामल तंत्र	रुद्रदेव त्रिपाठी	रंजन पब्लिकेशन्स, दिल्ली-2 मुम्बई
ललिता सहस्रनाम	श्री ब्रह्मानन्द	चौखम्बा विद्या भवन
लक्ष्मी तंत्र (दो भागों में)	कपिल देव नारायन	चौखम्बा सुरभारती प्रकाशन, वाराणसी-1
श्री विद्या साधना (दो भागों में)	डा. श्यामाकान्त द्विवेदी 'आनन्द'	चौखम्बा सुरभारती प्रकाशन, वाराणसी-1
व्रतराज	श्री विश्वनाथ	खेमराज श्रीकृष्ण दास प्रकाशन
हवनात्मक दुर्गा सप्तशती	ऋतशील शर्मा	परावाणी आध्यात्मिक शोध संस्थान, प्रयाग-6
शतचण्डी विधान महापर्व दीपावली विशेषांक	पं. रामदत्त शुक्ला	परावाणी आध्यात्मिक शोध संस्थान, प्रयाग
शतचण्डी विधान	जमुना प्रसाद पंडित	रणधीर प्रकाशन, हरिद्वार
शक्ति साधना	राधेश्याम शास्त्री	अध्यात्म एवं ज्योतिष शोध संस्थान, लखनऊ-10
शाबर तंत्र(1 से 12)	ऋतशील शर्मा	कल्याण मंदिर प्रकाशन
शारदा तिलक तंत्र (दो भागों में)	श्री लक्ष्मण सं.- डॉ. सुधाकर मालवीय	चौखम्बा संस्कृत प्रतिष्ठान, दिल्ली-7
शाक्तनंद तरंगिणी	ब्रह्मानंद गिरि	प्राच्य प्रकाशन, वाराणसी-2
शिव शक्ति चण्डी (अंक 10-12)	पं. रामदत्त शुक्ला	परावाणी आध्यात्मिक शोध संस्थान, प्रयाग
सौन्दर्य लहरी	श्री आदि शंकराचार्य अनु.-पं. रुद्रदेव त्रिपाठी	रंजन पब्लिकेशन्स, दिल्ली-2

सार्थ चण्डी श्री दुर्गासप्तशती		परावाणी आध्यात्मिक शोध संस्थान, प्रयाग
सार्थ सौन्दर्य लहरी	आदि शंकराचार्य	कल्याण मंदिर प्रकाशन, प्रयाग
साधना और संस्कार	गोविन्द शास्त्री	सुमति साहित्य सदन, दिल्ली-6